LOS

AMANTES

CANÍBALES

PABLO ILLANES

LOS AMANTES CANÍBALES

Planeta

Diseño de portada: Genoveva Saavedra / aciditadiseño

© 2015, Pablo Illanes

Derechos reservados

© 2015, Editorial Planeta Mexicana, S.A. de C.V.
Bajo el sello editorial PLANETA M.R.
Avenida Presidente Masarik núm. 111, Piso 2
Colonia Polanco V Sección
Deleg. Miguel Hidalgo
C.P. 11560, México, D.F.
www.planetadelibros.com.mx

Primera edición: mayo de 2015
ISBN: 978-607-07-2779-5

Impreso en los talleres de Litográfica Ingramex, S.A. de C.V.
Centeno núm. 162-1, colonia Granjas Esmeralda, México, D.F.
Impreso y hecho en México - *Printed and made in Mexico*

Para Armando Illanes,
María Möller,
Zoila Illanes Camposano
y Desiderio Tapia,
que también escribía.

Without you
My life has become
A hangover without end
A movie made for TV:
Bad dialogue, bad acting,
No interest—
Too long, with no story
And no sex.

PULP, TV Movie

He visto 16 películas de Jerry Lewis, 12 de Gordon Douglas, 16 de John Huston, 15 de Alfred Hitchcock, 12 de John Sturges, 10 de Richard Fleischer, 9 de Martin Ritt, 12 de Billy Wilder, 10 de Joseph Losey, 11 de Anthony Mann, 9 de Robert Aldrich, 17 de John Ford, 7 de Richard Brooks, 6 de Terence Young, 6 de Howard Hawks, 6 de Arthur Penn, 6 de Henry Hathaway, 6 de William Wyler, 6 de Norman Jewison, 14 de Roger Corman, 8 de Donald Siegel, 5 de Elia Kazan, 4 de Robert Mulligan, 4 de George Cukor, 5 de Stanley Kubrick, 4 de Robert Wise, 4 de Buzz Kulik, 4 de Frank Perry, 4 de Stuart Rosenberg, 4 de Sidney J. Furie.

ANDRÉS CAICEDO, Ojo al cine

Nunca he hecho una película engañado. Todas las hice, y las hago, con lo que llevo en las tripas.

JESÚS FRANCO EN Jess Franco: Una cámara y libertad,
DE DIEGO CANÓS BENAJAS

Dramatis personæ

BALTAZAR DURÁN. Famoso novelista. Marido de David Mendoza. Mítico amigo de Emilio Ovalle.

EMILIO OVALLE. Publicista. Marido de Cecilia. Mítico amigo de Baltazar Durán.

DAVID MENDOZA. Joven marido de Baltazar Durán.

SUSANA DURÁN. Hermana voluptuosa de Baltazar Durán.

MÓNICA MONARDE. La mejor amiga de Baltazar Durán y editora de algunos de sus libros.

NENA DE DURÁN. Esposa de Fernando. Madre de Baltazar, Susana y Fernando Jr.

FERNANDO DURÁN. Marido de Nena. Padre de Baltazar, Susana y Fernando Jr.

MALÚ JÁUREGUI. Madre de Emilio. Amante de José Pablo Alemparte.

JOSÉ PABLO ALEMPARTE. Empresario. Amante de Malú.

LA MECHE GRANDE. Vecina de los Durán en la Villa Santa Úrsula.

LA MECHE CHICA. Vecina y amiga de Susana en la Villa Santa Úrsula.

PAOLO DONAGGIO. Musculoso y popular escritor argentino.

SEÑORA CASSANDRA. Anciana esposa de Desiderio. Dueña del Microcine de los Últimos Días.

DON DESIDERIO. Anciano esposo de Cassandra. Dueño y proyeccionista del Microcine de los Últimos Días.

CECILIA. Esposa de Emilio.

Anoche dormí con Emilio Ovalle.

Aquí, en la *suite royale*.

No fue una noche completa. Ni siquiera era de noche.

La verdad es que no dormimos. Con suerte nos callamos la boca y cerramos los ojos por un rato. Cuarenta y cinco minutos. Una hora, a lo sumo. Para mí fue una eternidad. Sé que para él también.

Ya era de día. La última vez que miré el celular faltaban siete minutos para las seis. El sol se colaba entre las cortinas de la *suite royale*. Me daba risa el nombre.

Suite royale.

Solo recuerdo algunos detalles. Pocos. En las ventanas había unas cortinas color gris metálico brillante. Un par de ojos cerrados, durmiendo artificialmente gracias a una pastilla encontrada por casualidad en el bolsillo de mis *jeans*. Una toalla blanca, vieja y de mala calidad, húmeda sobre la cama. Un frasco vacío de Vicodin. Una cubeta metálica resplandeciente con hielo semiderretido y tres cigarros fumados hasta la mitad. Una caja de seis condones marca Trojan Sensitive, sin abrir.

Para ser bien franco, si me preguntaran cómo estoy o qué hago aquí, no sabría qué responder. Solo sé que no me falta ninguna extremidad importante, que tengo mucha sed y hay un sabor conocido impregnado a mi garganta: a fracaso y clonazepam.

Salto de la cama. Alfombra en mis pies desnudos. Miro hacia abajo. Corrijo: alfombra *color mostaza* bajo mis pies desnudos. Recuerdo el pecho de Emilio Ovalle, los ojos de Emilio Ovalle, el pelo de Emilio Ovalle y entonces recuerdo una cosa más: la nariz de Emilio Ovalle aspirando rayas de benzodiazepinas para pasar el vodka y la coca de mala calidad, seguro cortada con laxante infantil, importada directamente desde más allá de la calle 181.

Hace cinco minutos, poco después de abrir los ojos y recordar que anoche dormí con Emilio Ovalle, pensé que la insólita sucesión de acontecimientos de las últimas horas no había sido más que otra invención mía. Otra anécdota de amor, sexo y miedo surgida durante un instante de total sometimiento a mi némesis más temible: la creatividad.

¡Oh, la creatividad!

En nombre de ¡oh, la creatividad! he logrado convencerme a mí mismo de un hecho que, aunque quiera, no puedo negar: *mi soledad no es casualidad.*

Llevo entre veinticuatro horas y cuarenta y cinco años física y emocionalmente solo. No me importa. Soy un ser humano evolucionado, un adulto liberal y bienpensante que ha aprendido a sacarle el máximo provecho a su soledad. Yo lo llamo «tiempo de higiene mental», el espacio que he aprendido a respetar e incluso a ganarme día a día con el sudor de mi frente. Mi soledad es mi premio. Y también mi castigo.

Me pierdo en estúpidas teorías. Me agacho sobre la llave del lavamanos. Hay pelos ajenos adheridos al jabón. Siento un crujido en la espalda. Recuerdo un dolor lumbar que tengo desde el año pasado y que por alguna razón estúpida me he negado a confesarle a mi médico de cabecera. Temo tumores, todos los tumores: benignos, malignos e intermedios.

Trago agua compulsivamente para eliminar de mi garganta los restos de vodka barato y pastillas inductoras de sueño. Ignoro por qué anoche tomé vodka barato.

Observo mi rostro en el espejo y descubro dos nuevas manchas junto a la comisura de mis labios. Esa es la Zona de Peligro, el triángulo que se forma entre mi barbilla, la nariz y el contorno de la boca. En la Zona de Peligro conviven mi terror al envejecimiento —a estas alturas, no tan prematuro— y todas las posibilidades de despertar una mañana y mirarme al espejo transformado en un solo melanoma ambulante. Morir con dolor: ese es mi peor miedo y el motor principal de mi carrera. Además del sexo, los químicos y el cáncer.

Culpo al alcohol. Y al trasnoche. Y al café. Y al humo. Y a algunas drogas, no a todas. Y a mis amigos obsesionados con verme y tocarme y obligarme a escucharlos. Culpo también a La Mer y Perricone y sus líneas de cremas ridículamente costosas que deberían neutralizar el transcurso del tiempo y no dan resultado. A uno lo engañan: le prometen la eterna juventud y no es más que una estafa. Es una trampa mortal para sacarte dinero. Cuando se trata del tiempo, nada da resultado. El tiempo es el infierno. No lo sabré yo.

A estas alturas ya conoces un puñado de sabrosos detalles sobre quien firma estas líneas. Sabes que soy adorable y pretencioso, que padezco de hipocondría crónica, condición que se ha ido agravando instantáneamente después de los treinta y cinco, que de cuando en cuando me masturbo y que tengo una particular fascinación con la idea de estar solo. Es cierto, soy un animal de cuarenta y cinco años, medianamente rico, relativamente inteligente y en extremo —enfatizo, *en extremo*— encantador. Esta última característica me ha servido mucho para sobrevivir en el paradisiaco infierno donde escogí vivir.

Hace casi diez años y hasta este día vivo en Nueva York, ciudad que venero y detesto con la misma intensidad. Todo depende de las estaciones del año. En invierno, cuando las ventoleras de la tarde comienzan a azotar la Sexta Avenida, trato de escapar de las lluvias y el frío malévolo para visitar a algunos amigos excéntricos. O para hacer algunos excéntricos amigos nuevos. No sin dificultad le pierdo el amor a unos cuantos dolarcillos y me escapo a Miami, Río de Janeiro o Míkonos, la misión es salir de esta ciudad aunque tarde o temprano siempre llegue el momento de decir adiós, de tomar distancia, de olvidar sin prometer regreso, de despedirse sin ganas de los excéntricos amigos nuevos bajo el aire acondicionado de una sala de embarque. Esta ciudad mata en invierno. En verano, en cambio, Nueva York resulta perfecta para combatir mi depresión endógena y recordarme que aún soy un poco joven, un poco hermoso y que todavía puedo permitirme ciertas licencias de tipo creativo, es decir, para propósitos única y exclusivamente inspiracionales, licencias egoístas que a menudo me empujan a variadas jornadas de excesos y que, en la mayoría de las ocasiones, terminan con un séquito de fanáticos/admiradores/caníbales semidesnudos y cocinando *Special K* mientras hacen preguntas sosas, del tipo: «¿Qué hay de ti en Derek Donahue?». Derek Donahue es el vil y retorcido VJ/protagonista de *Todos juntos a la cama*, el tercero de los libros que escribí. Algunos dicen que el único legible.

Pasemos a la historia, a estas alturas lo único que realmente importa.

Todo detona hace exactamente tres horas, cuando un hombre rubio, delgado, 1.87 metros, de cuarenta y seis recién cumplidos, abandona la *suite royale* número 2402 del Hyatt de la calle 42 con Park Avenue. Está claro que se trata de un hotel que probablemente conoces al dedillo porque lo más verosímil —o lo que imagino mientras escribo este prólogo, si es que puede llamársele así— es que tú, querido lector o lectora, seas un empleado o empleada de mal humor perteneciente al departamento de *housekeeping* que entra a la *suite* 2402 del Hyatt Hotel con la rutinaria misión de retirar toallas sucias, hacer las camas, cambiar jaboncitos y chequear el minibar. *Where are you from*, hermano? *Cuba? Colombia? Dominican Republic?* No es para nada inusual que golpees la puerta de la 2402 y que durante un buen rato nadie abra. Después de la espera, un extraño presentimiento te obliga a creer que algo está ocurriendo en la 2402.

Seguramente, al abrir la puerta ya sospechas que este no será un día común y corriente; lo adivinas incluso antes de acercarte a la cama. Entonces ves una mano, la mía, que cuelga tristemente sobre la mesita de noche. *Fuck*, hermano. Joder, hermano. Mierda, hermano. *Conchadetumadre*, hermano. No es lo que esperabas.

Sigues con la mirada mis dedos largos y tristes, recorres los vellos de mi antebrazo, mi abultado bíceps derecho, los pelos recortados de mi axila y solo en ese minuto descubres la verdad en su macabra dimensión. Ahí estoy. Muerto. Sin sangre ni aire ni agua. Seco, boca arriba, el cadáver de un tipo bastante guapo, de tiernos y tempranos cuarenta y tantos y trabajados pectorales, babeando impúdicamente sobre las sábanas que te pagan por cambiar.

No sé quién eres ni cómo te llamas. No sé si eres una buena o una mala persona.

No sé si eres científico o humanista, si naciste en Nueva York, Idaho o Potosí, si votas por los demócratas o los republicanos, si alguna vez te has enamorado, si eres solitario, si has cometido algún crimen, si prefieres el invierno o el verano, si has tenido enfermedades venéreas o si alguna vez se te pasó por la cabeza matar a tu padre.

No te conozco pero no me importa, de cualquier forma voy a tomarme la libertad de exigir un minuto de atención. Antes de iniciar la lectura de este documento —lo llamaremos indistintamente «documento», «material», «obra» o «texto»— debo hacer una declaración acerca de lo que viene.

Lo que viene es un cuento, pero los frecuentes vaivenes de mi vida lo convirtieron en una novela. Una novela que en sentido estricto es una película; una película que nadie ha visto porque nadie la ha filmado porque simplemente nadie ha leído *lo que viene*.

Eres mi primer lector.

Esta es una novela/película sobre una vida: la mía. Decorada, contaminada, redistribuida, edulcorada, aliñada con diversos condimentos que algunos enemigos míos llamarían *la universalidad artística*, pero mi vida al fin y al cabo.

Hace tres horas yo estaba vivo. Apenas se cerró la puerta de la habitación, me senté sobre la cama y encendí un cigarrillo. Permanecí un rato largo con los bóxers a la altura de las rodillas, mirando en el espejo la *V* que Emilio había dibujado con su semen sobre mi pecho. Tosí. Sentí un dolor en la uretra, un mal sabor en la garganta y después lo maldije por veinte años de martirio.

Durante la primera hora me dediqué a releer las doscientas cincuenta páginas que componen este material. Hace unos días, antes de la última cita con Emilio, la comida mentirosamente romántica en un restaurante vietnamita del East Village, los *shots* de José Cuervo a cinco dólares y la visita a los mismos tugurios de siempre, había comprado dos sobres, uno grande de papel marrón para guardar esta obra, y otro más, blanco, pequeño, donde planeaba dejar una nota suicida que escribí con cero inspiración y que decía:

A todos los que conozco:
lo mejor siempre es el final.

A última hora me arrepentí. Me sentí como un personaje de Jack Lemmon en una película de Billy Wilder. Un suicida inteligente jamás deja notas sensibleras explicando su decisión. Es un acto totalmente ridículo si uno considera lo irreversible de los acontecimientos. Nadie podría concentrarse en leer una nota si hay un cadáver en la habitación.

¡Felicitaciones! El asunto es que ya has abierto dos cosas: la puerta de la habitación 2402 y el sobre de color marrón. Ahora tienes las doscientas cincuenta páginas en tu poder y estás tratando de armar el rompecabezas. No sigas leyendo hasta que la policía o la ambulancia o los bomberos se hayan llevado mi cadáver. No queremos que nadie más descubra lo que encontraste en la 2402. Tampoco hace falta que esperes hasta después del funeral o a la expatriación de mis restos; puedes volver ahora mismo a tu casa, adonde vivas, llorar un poco por la pérdida o por eso que llaman el *shock* postraumático, responder a las preguntas de rigor (*¿qué hacía usted a esa hora en la habitación?, ¿conocía usted al occiso?, ¿cuándo fue la última vez que vio al occiso con vida?*), tomar un café, tener un poco de sexo y luego leer los primeros párrafos.

Nadie te apura.

Tómate el tiempo que estimes necesario. Si hacia el final de la lectura encuentras razones para difundir esta historia, adelante, cuéntasela a tus amigos, préstasela a tus parientes, coméntala con tus compañeros del trabajo. Convierte mi vida en algo universal. Algo público. A veces creo que para eso fue vivida.

1

Esa mañana despertó *llorando*. Estaba en Nueva Jersey. En la casa de su madre.

No lloraba por la tragedia de la que se enteró algunos minutos después, que partiría su vida en dos y lo empujaría a una seguidilla de frustrados intentos de suicidio. Lloraba por el intenso dolor perianal.

El día anterior David Mendoza se había hecho un nuevo *piercing*, el cuarto, esta vez a medio camino entre la base de los testículos y el ano. Era solo una argolla pequeña, de centímetro y medio de diámetro, perforando estratégicamente la piel sobrante de su escroto, pero pesar del tamaño se sentía en todo el cuerpo. Hasta en su cabeza.

Antes de la última pelea y de tomar el tren a Nueva Jersey había pensado, un poco ingenuamente, mostrarle el nuevo fetiche a Baltazar y, sin importar las molestias posteriores a la intervención ni la gélida cordialidad con la que se trataban últimamente, tal vez jugar con él durante algunas horas.

Se secó las lágrimas frente al espejo. Su madre golpeó la puerta del dormitorio y le dijo que el desayuno estaba servido. Definitivamente era una mañana extraña. Su madre jamás cocinaba. Tampoco estaba sobria a las ocho de la mañana de un jueves. En realidad, su madre casi nunca estaba sobria.

Había preparado tamales de queso y café de grano, jugo de naranja y tortas de jamón. David sonrió ante la mesa puesta en el pequeño comedor de su infancia, y su madre lo miró satisfecha. Se sentaron a desayunar y hablaron de cosas sin importancia, vigilados de cerca por las fotografías familiares de parientes que casi nunca veían. En eso estaban, David cubriendo los silencios con comida y su madre hablando de recuerdos inventados, cuando interrumpió su celular. Por un segundo pensó no responder y concentrarse en lo que estaba haciendo, compartir un desayuno casero con su madre e intentar parchar la distancia que habían cultivado como una religión desde hacía tantos años. Fue ella la que le dijo que lo hiciera, que contestara, que no se preocupara por ella, que quizás era algo importante, mientras mezclaba su café con un chorrito de whisky. David respondió sin ganas, y lo que vino después, esa llamada telefónica fatídica y todas las que siguieron, el tren de regreso, el *subway* hasta Manhattan, el viento helado y los peldaños sucios de la estación en la calle 42, las manos de su madre aferradas a las suyas en medio de las hordas de turistas sobreestimulados por las vistas de Times Square y las miradas de esos mismos turistas preguntándose por qué llora ese muchacho con esa mujer, por qué lloran si Times Square es tan majestuoso y moderno, es como un sueño; todas esas cosas que vinieron después de la llamada, David Mendoza las recuerda sin un orden cronológico. Como si fueran viñetas tristes e inconexas de una tragedia mayor.

David tiene veintitrés años y un dolor tolerable cerca del escroto. Está sentado en el *lobby* del Grand Hyatt Hotel de la calle 42 con Park Avenue mirando una mesa metálica, cromada, sobre la cual hay un maletín de cuero negro, cerrado. Su madre está junto a él. Desde que llegaron al hotel no le ha soltado la mano.

—¿Quieres un café? —le pregunta.

Él no contesta. Permanece inmóvil, sin perder de vista el maletín, tratando de no quebrarse, de no sufrir un ataque de nervios y gritar y llorar y rezar y reventar ante gente desconocida y manchar las paredes y los elegantes muebles con su sangre y vísceras. Su madre no espera una respuesta y avanza hacia la máquina de café que, según le informan, está al final del *lobby*. David la ve caminar como una gacela, escoltada por un policía, mientras otro le pregunta a él si había visto antes el maletín negro.

David no lo había visto.

Su vientre retumba. Siente una, dos, tres cuchilladas en la panza. Abre los ojos, desesperado por encontrar una fórmula, un antídoto, un remedio, pero a esas alturas sabe que no existe remedio que valga la pena porque Baltazar ha muerto. Los enfermeros que lo trasladan en una camilla no son actores de alguna de sus películas. Son enfermeros reales, de carne y hueso, empujando un cadáver envuelto en una bolsa forense; no es un maniquí de utilería ni un extra/ doble de cuerpo interpretando el rol de su vida. Los policías también son de verdad.

Es Baltazar.

El *lobby* del hotel está atestado de huéspedes, mucamas, periodistas y policías. Desde su lugar en el salón, David se fija en que los enfermeros deben hacer malabares para alcanzar la puerta principal. Todos quieren un pedazo de Baltazar. Todos repiten las mismas preguntas cuyas respuestas él ignora y prefiere seguir ignorando. Se siente desnudo, tan desnudo como fue encontrada la propia víctima, expuesto a las miradas de la prensa y los curiosos, con una jerarquía policial completa preocupada por los antecedentes, las evidencias y los pasos a seguir. David se pregunta cómo saber cuáles son los pasos a seguir.

Con Baltazar nunca supo lo que era el orden ni nada remotamente parecido. Jamás entendió sus silencios ni sus cambios de ánimo; tampoco aprendió a cerrar la boca y a no reclamar cuando esos cambios de ánimo mutaban inevitablemente hacia límites menos felices, como la infidelidad o la violencia. Hoy, muchas personas (amigos, conocidos, *fans*, amantes ocasionales y el público común y corriente) darían un ojo y una mano y un pie por saber por qué murió Baltazar Durán. David preferiría no saberlo jamás.

Las puertas doradas del ascensor se abren en cámara lenta. Los enfermeros avanzan con la camilla. La madre de David levanta la cabeza desde la máquina de café y derrama un poco en su propia mano; se quema. David se pone de pie. Dos policías lo siguen.

—*I wanna see him*—afirma, en inglés de barrio de Nueva Jersey.

David camina hacia el acceso a los ascensores y en ese momento se enciende la alarma. La prensa corre hacia los enfermeros. Los *flashes* se disparan. David camina a paso firme mientras a su alrededor las cámaras y los micrófonos se lanzan sin misericordia sobre la noticia del día. Un fotógrafo empuja a David; pierde el equilibrio. Los enfermeros se miran entre sí. Dos policías detienen a los periodistas e intentan abrirle paso a David. Su madre le toma la mano. Un camarógrafo pierde el equilibrio y deja caer su cámara. Los demás empujan. La cámara estalla en el suelo: pedazos del lente se pierden bajo los pies de los periodistas. David mira la bolsa forense. Su madre le acaricia el pelo; trata de controlar el llanto y lo logra. Los policías reducen a los miembros de la prensa. Un jefe de policía parecido a Paul Giamatti da la orden de buscar otra salida. Los enfermeros retroceden cargando la camilla y regresan al ascensor. Las puertas del ascensor vuelven a cerrarse. El policía bloquea el acceso a los ascensores para la prensa, solo pueden entrar los huéspedes del hotel. Se produce una discusión entre los periodistas y los policías. David observa, distante. Tiene miedo. No sabe exactamente a qué, pero está paralizado desde la cabeza a los pies. Su madre le entrega una taza de café americano, negro.

Apenas se cierran las puertas del ascensor, su colon acusa recibo con una nueva crisis. El café no lo alivia. Su estómago late, expectante.

Algo malo sucedió, piensa David, *y algo peor está a punto de suceder.*

Respira profundamente y sin pausas, como ha aprendido a hacerlo luego de cinco años de vivir con Baltazar. Se sienta con exagerada corrección, como un Playmobil humano: los pies tiesos, las manos abiertas junto a las caderas, el torso en exactos noventa grados en relación a las piernas. Cierra los ojos y durante los minutos siguientes se concentra en una sola parte de su cuerpo, su estómago, el lugar donde almacena todo lo que siente por el difunto: la indispensable complicidad alimentada día a día luego de años de sacrificios, comidas que engordan y películas extrañas; la ternura que le provocan ciertos pliegues y formas de su piel; el respeto que lo obliga a callar cada vez que él habla de sus temas predilectos; la admiración incómoda que a veces lo sacude, casi siempre después de releer alguna de sus primeras novelas, en especial *Todos juntos a la cama*; todo reside en el mismo lugar y ese lugar no es precisamente su corazón (ahí guarda tesoros más oscuros, como por ejemplo lo que nunca sentirá con Baltazar), sino su estómago.

Es un mundo extraño, piensa. Y entonces escucha su voz gastada de exfumador, lo imagina sentado sobre la cama con un porro entre los labios, citando un diálogo de *Terciopelo azul* luego de verla cuatro veces seguidas en un Blu-ray europeo mientras el cielo sobre Manhattan se abre para dejar caer una nevazón de cuatro días.

Lentamente el dolor de estómago comienza a desaparecer. La voz de Baltazar en sus oídos ha servido como anestésico.

Ahora Baltazar viaja boca arriba rumbo a un frío salón donde sus secretos más ocultos serán profanados. En pocos días todo el planeta descubrirá sus heridas y ansiedades, las cosas que lo angustiaban y las que lo dejaban indiferente, las pasiones, las debilidades, los proyectos cumplidos y los incompletos; cada uno de los detalles de su vida, incluso aquellos compartidos con él, estarán impresos en diarios, revistas y tesis universitarias, aparecerán en reuniones de editoriales, en los cafés literarios y círculos intelectuales.

Desde su rincón en el *lobby* del hotel, David escucha atentamente la tesis de la policía. Según la versión de los testigos, a eso de las cuatro de la madrugada dos hombres de edades que fluctuarían entre los treinta y cinco y los cuarenta y cinco años aparecen en el Grand Hyatt solicitando una *suite*. El encargado, un anciano canoso y esmirriado que para David podría ser el hijo mutante de Christopher Lee y Martin Landau, los mira con suspicacia, pero igualmente cobra la tarifa de doscientos cuarenta y nueve dólares más impuestos con una tarjeta de crédito internacional MasterCard Black del Citibank. Tras concretar el pago, procede a entregar la llave de la habitación 2402, también llamada *suite royale*. Lo último que se sabe de los ocupantes de la 2402 es que no mucho después del *check-in* aparentemente tienen una discusión de la que solo se oyen gritos, algunos golpes secos, uno que otro llanto y el tintineo constante de hielo en vasos de un licor que, según se comprueba posteriormente, es Grey Goose. Quince minutos antes de las siete, uno de los hombres abandona la habitación. Una cámara de seguridad registra el momento en el que emerge desde el ascensor para cruzar el *lobby* apuradamente y salir al frío de la calle 42. Cinco horas más tarde, una de las mucamas, una ciudadana peruana nacida en Arequipa, alerta a gritos a su superiora, una argentina de Bariloche, de que en la 2402 hay un hombre «muerto y desnudo». Nada de lo anterior parece sorprender demasiado a David Mendoza.

La policía encuentra además varios elementos en la habitación 2402, pero al analizar el sitio del suceso, la posición del cadáver, y en especial la asombrosa cantidad de medicamentos hallados sobre la cama, se establece con claridad la idea del suicidio.

Luego de la larga explicación policial, todas las pertenencias del escritor fallecido, Baltazar Andrés Durán Carmona, son entregadas a David K. Mendoza, legalmente su cónyuge según las leyes del estado de Nueva York, Estados Unidos.

David observa el maletín de cuero negro. Cuando por fin la policía lo autoriza a abrirlo, le pide a su madre que lo deje solo por un momento.

—¿Por qué? —le pregunta ella—. Conmigo no tienes secretos, hijo. Menos ahora.

—Necesito pensar.

—Voy a salir a fumar.

Su madre observa a los policías, le pide fuego a uno y luego se aleja del salón. David respira profundamente y sin pensarlo demasiado abre el maletín. En el interior encuentra una *laptop*, un par de volantes de fiestas electrónicas, el guion de un mediometraje titulado *Living Dead in Chelsea Gay Funeral Home*, sobre muertos vivos seropositivos en Manhattan, un tubo de lubricante «íntimo», unos calzoncillos Dolce & Gabbana sin usar, una camisa de franela de segunda mano, un libro de entrevistas a Jesús Franco, un ejemplar de una antigua edición de *Sight and Sound* con David Fincher en la portada, una bolsita de plástico con algunos gramos de marihuana, una pipa, papel para tabaco, unos fósforos del bar The Eagle, una foto en blanco y negro de Gena Rowlands en *Torrentes de amor* y, por cierto, el sobre de papel marrón.

David se queda quieto, observando el maletín abierto y el sobre en su mano. Un policía le explica el procedimiento. Él escucha sin atención, cierra el maletín, guarda el sobre en su mochila y organiza su improvisado equipaje en un rincón del salón. El policía le explica que puede retirarse. Que lo van a llamar. David asiente, se acerca al administrador del hotel y le pregunta dónde está el baño. Dos policías se miran de reojo.

Se encierra en una de las casetas, baja la tapa del WC y se sienta. Abre la mochila y luego el sobre marrón; con cuidado saca las páginas del interior. Lee desde el principio. Desde la primera página. No hay título. Solo texto.

Anoche dormí con Emilio Ovalle.
Aquí, en la suite royale.

David se aferra al sobre. Piensa que nadie se enterará jamás de la existencia de ese documento. Ni su propia madre. También piensa que el autor de *Todos juntos a la cama* es un hijo de puta.

Guarda el documento en el sobre, pero antes revisa las páginas que no ha leído, el grueso volumen que compone la obra póstuma de Baltazar. En la segunda hoja, después de la introducción, escrito con letras grandes y llamativas de tipografía Impact, se lee el título:

YO BESÉ A GENA ROWLANDS
por Baltazar Durán

Durante las siguientes horas, el texto permanece oculto en su mochila. Los peritos policiales se creen en *CSI* y dan órdenes a gritos; David piensa que a Baltazar le hubiera gustado tener su propio capítulo de *CSI*. Mientras imagina los posibles desenlaces de este episodio especial ambientado en el brutal mundillo literario neoyorquino, dos chicas guapas y enfundadas en trajes oscuros de Roberto Cavalli se acercan a él, enviadas por la prestigiosa editorial More Books para coordinar los trámites. David las ha visto varias veces en presentaciones y firmas de libros pero no conoce realmente a ninguna, ni siquiera sabe cómo se llaman. Sin hacer preguntas le compran café y cigarrillos para su madre y los trasladan a ambos hasta las oficinas de la editorial en la calle 77 Este, donde un hombre de bigote al que David jamás ha visto en su vida y a quien poco después identificará como Josh Kincaid, el mandamás de More Books, le habla de la culpa, la inmadurez y la redención, los grandes temas del cuerpo literario de Baltazar Durán.

—¿Estás dispuesto a viajar a Chile mañana en la noche? —le pregunta.

David no responde.

Esa tarde se dedica a llorar en los hombros de algunos conocidos, bebe dos botellas de vino blanco en un bar cercano, elige una agencia funeraria, un ataúd y una iglesia, y cuando todo está listo y dispuesto para el velorio, las Chicas Guapas de Roberto Cavalli le preguntan si está preparado para darle la mala noticia a la familia Durán. David no lo está.

—Señora… Lo siento mucho… —dice al teléfono.

El cadáver de su marido aún no pierde la tibieza cuando David estalla en un violento ataque de lágrimas. No puede seguir respirando: está de pie frente al ventanal de la enorme oficina de More Books, las Chicas Guapas lo observan mientras, a miles de kilómetros de distancia, la voz de una mujer a la que nunca ha conocido se resquebraja instantáneamente en una infinidad de gritos difíciles de interpretar.

—Baltazar ha muerto.

—¿Cómo?

Va a caer al vacío desde la ventana mayúscula de la sala de reuniones. Durante la caída el aire entrará en sus globos oculares y ni siquiera alcanzará a mirar hacia abajo. Antes de que sus pies toquen el asfalto y sus rodillas se quiebren hacia atrás, David recordará un instante, un verano, una película y una droga: el Año Nuevo de 2007, *Breakfast at Tiffany's* y la ketamina.

—Lo siento mucho, señora.

La madre de Baltazar llora sin hacer preguntas, como si en lo más recóndito de su espíritu hubiera estado entrenada para recibir esa clase de noticias. Mientras piensa o inventa todo esto, David se seca las lágrimas con la manga de la camisa. Su propia madre se acerca para consolarlo. A David este gesto le parece extraño: nunca antes su madre lo había consolado. Ni siquiera recuerda que lo haya tocado alguna vez. Afuera está nevando de nuevo.

El día pasa rápidamente en las fastuosas dependencias de More Books. Sin detenerse a pensar demasiado en lo que hace, organiza la repatriación de los restos a Chile a través de interminables llamadas telefónicas con un cónsul, un embajador y una agregada del Ministerio de Cultura. Su madre le pide que tenga cuidado, que no tome responsabilidades que luego no podrá cumplir. David le recuerda a su madre que Baltazar era su marido, no un amante ocasional. A su madre le cuesta entenderlo y se calla.

Cerca de las ocho de la noche, David se despide de las Chicas Guapas Roberto Cavalli. Un taxi lo espera en la entrada de la editorial. Antes de salir, le recuerdan que mañana a las siete de la tarde pasarán a buscarlo para llevarlo al aeropuerto.

—Yo voy contigo —le dice su madre antes de subir al taxi.

—No, mamá —la detiene él—. Esto tengo que hacerlo solo. Gracias.

David se sube al auto sin preguntarle si necesita que la acerque a la estación de trenes.

Mientras el taxi se desplaza hacia el *downtown*, David llora. El chofer lo observa a través del espejo retrovisor con curiosidad y un poco de lástima, pero en ningún momento del trayecto le pregunta si le pasa algo o cómo podría ayudarlo. David mira las gotas de aguanieve que mojan las ventanas del taxi y las compara con las lágrimas que empañan sus propios ojos. Llora sin parar y con decisión. Llora por el hecho concreto e irrefutable de la muerte de Baltazar o, como seguramente al propio Baltazar le gustaría llamarlo, por «El final de Baltazar», pero también llora por razones más egoístas. Llora por otro final, el final de los años ambiguos y las verdades a medias. Hoy, piensa, la peor de sus incertidumbres se ha convertido en una certeza. Dolorosa y radical, pero una certeza a fin de cuentas. Lo más sagrado, quizás lo único sagrado en lo que aún creía y confiaba, ha sido violado de la manera más cruel y brutal posible.

Ya no hay vuelta atrás. Sabe que antes de tragar las dos docenas de pastillas que lo llevaron a la muerte, Baltazar le fue infiel. El hecho lo perturba, es cierto, pero no es lo peor. La infidelidad fue un hecho recurrente en ciertas ocasiones anteriores, y probablemente si Baltazar estuviera vivo seguiría ocurriendo hasta el fin de los días. Eso lo inquieta, pero no alcanza a dolerle. Lo que a David realmente le perfora las entrañas, despertando sus más villanos instintos de venganza, es que Baltazar no le fue infiel con un jovenzuelo desdentado de *nickname* nypowerbottom22 conocido a través de Grindr, sino con alguien importante. Alguien peligroso. Una clave fundamental para comprender la mente sádica del monstruo al que todavía ama y al que nunca dejará de amar.

Emilio Ovalle.

Él conoce ese nombre. Lo ha escuchado de manera clandestina detrás de las puertas, en conversaciones prohibidas y a media voz. Lo ha leído a escondidas en cartas, *emails*, artículos de cine y tarjetas virtuales de Navidad. Lo ha imaginado en sus peores pesadillas sin darle jamás un rostro. Una vez, hace varios años, vio un largometraje producido por Emilio Ovalle: se llamaba *Me gustas cuando callas*. Era una comedia con estrellas de la TV chilena sobre una secretaria muda que se enamora de su jefe, y a la fecha era la película más vista en la historia de Chile, derrotando en taquilla a Spielberg, Campanella y una de Tom Cruise. David no había entendido absolutamente nada de la historia porque los actores parecía que hablaban en otro idioma que no era español. Él hablaba español fluidamente, pero no había resistido hasta el final de la proyección. Al salir de la función, Baltazar había comentado que la película «tenía sus momentos».

Durante el trayecto en el taxi hacia el *downtown* mantiene las manos empuñadas junto a sus piernas. Mira fijamente la nuca del taxista mientras la lluvia azota el parabrisas. No quiere llorar de nuevo ni regresar al departamento de Tribeca. No quiere usar el juego de llaves que Baltazar le regaló, quizás un poco apresuradamente, mucho antes de comprometerse, cuando aún eran un par de simpáticos desconocidos que solo compartían unas cuantas fiestas, unas cuantas drogas, unas cuantas películas. David se rehúsa mentalmente a abrir la puerta del piso cuatro y encontrarse de golpe con un sitio vacío, aséptico, demasiado geométrico e impecable para su gusto, una verdadera jaula celestial repleta de detalles pavorosamente conocidos, los retazos de cinco años que fueron cualquier cosa menos predecibles o aburridos o poco interesantes y que hoy han perdido definitivamente todo significado. David se siente culpable, aunque está seguro de su inocencia.

Antes de cruzar la calle Canal, su bolsillo se estremece. Un mensaje de texto. Es su madre. Pregunta cómo está. David no le responde. A los cinco minutos vuelve a escribirle. David le contesta: «Mejor». Antes de cerrar el celular y emprender el cruce de la calle, a esa hora invadida por el tráfico de la tarde, alcanza a distinguir otro mensaje de texto; uno antiguo y que ha leído doscientas cuarenta y cuatro veces antes.

                    Me da pena verte así.

David devuelve el celular al bolsillo de su pantalón mientras espera la luz verde para peatones. Cruza la calle mirando el edificio de siete pisos que se levanta un poco más allá de Canal, hacia la calle Lispenard. Respira profundamente, acariciando el juego de llaves. En ese mismo instante se arrepiente de lo que está a punto de hacer.

                    Me da pena verte así.

Apenas abre la puerta del departamento adivina que esa noche será miserable. Avanza a oscuras por el pasillo y evita mirar los afiches de *Make them die slowly*, de Umberto Lenzi, y *Les yeux sans visage*, de Georges Franju, colgados en la pared. Recuerda cuando él y Baltazar vieron *Les yeux sans visage* en el Film Forum y a la salida intercambiaron opiniones con una pareja de *nerds* sobre el resto de la filmografía de Georges Franju, un ilustre desconocido para él. A la semana siguiente volvieron al Film Forum y vieron *La sangre de las bestias*.

Se detiene a mitad de la sala. A su alrededor hay detalles que lo perturban. Evita mirarlos. Se lo propone: mentalmente se entrena para controlar su visión solo a lo inofensivo, hacia las cosas poco importantes o sin significado alguno. Un cenicero de cristal, regalo de una amiga belga de Baltazar. Un cuadro de un pintor guatemalteco, de origen desconocido. Unos libros de fotógrafos pretenciosos donde se salvaba uno de Nan Goldin. Una fotografía de Banksy comprada en Union Square.

Cierra los ojos.

Respira profundamente, hasta que siente que su pecho se abre, las vértebras se estiran y su cabeza comienza a despertar. Pierde el equilibrio. Está solo. Se marea. Estira una mano; posa la palma abierta contra la pared. Los latidos de su corazón no lo dejan escuchar nada más. Piensa en una solución. Piensa en los somníferos y en el escondite especial donde Baltazar los guardaba con llave. Los latidos se hacen más lentos. Se tranquiliza. Todo está bien. Va a respirar otra vez, y sin encender ninguna luz, va a caminar hasta el baño de la habitación principal. No va a mirar la cama ni los libros que quedaron en la mesita. Tampoco las puertas del clóset abiertas ni la ropa cuidadosamente colgada para que no se arrugue. Va a caminar hasta el baño, se va a agachar frente al lavamanos y tras la puerta de ese mueble aparentemente invisible, el mueble ubicado justo bajo el lavamanos, ahí va a encontrar lo que busca. Durante un segundo logra un estado parecido al alivio: bastará con buscar la llave del mueble invisible y abrir la puerta. En cinco o diez minutos ni se va a acordar del dolor que está sintiendo ahora ni de la angustia que brinca justo entre los latidos de su corazón. Le hace bien pensar en un posible remedio, pero rápidamente vuelve a la desesperación. Es lo que se merece. Por estúpido.

Hace exactamente dos días él mismo vació todos los botiquines del departamento luego de una acalorada discusión que terminó con golpes y una intempestiva visita a la farmacia de la calle Varick.

Cruza el salón y enciende todas las luces. Sobre la mesa distingue la Mac en reposo. Se acerca lentamente. Con un movimiento de sus dedos, reactiva la computadora. En la pantalla hay dos ventanas abiertas, una de Internet Movie Database (www.imdb.com) con la filmografía de Gena Rowlands, y otra de Manhunt (www.manhunt.com) donde aparece el perfil de un usuario de Hell's Kitchen que se define como *Top/Versatile*, llamado HotInMandalay. David cierra la computadora y de la mochila saca el último regalo de Baltazar. La solución del enigma, la pieza que faltaba, el manual de instrucciones para comprender al monstruo y vencerlo: su obra póstuma. Su legado.

Se sienta en la interminable mesa del comedor, programa un *playlist* de tres horas y media de música brasilera en el iPod y enciende un cigarrillo. Solo después de una profunda bocanada se atreve a leer.

Lee desde el principio, una vez más.

Aunque duela.

2

Mi película es simple: abre con un plano secuencia de dieciséis minutos, piensa en Brian de Palma en *Vestida para matar* o en las elegantes oberturas de *La hoguera de las vanidades* y *Femme fatale*. Si eres un cinéfilo clásico, recuerda *La soga*. Para este ejercicio en particular no te imagines las tetas de la doble de cuerpo de Angie Dickinson; esto es otra cosa. Esto es la dura realidad. Esto ha sido vivido por alguien de carne y hueso. Alguien con piel, pelo, sangre y alma. O algo parecido a un alma.

El plano secuencia de dieciséis minutos comienza con las nubes que cruzan la ciudad oscura. Es de noche en Santiago de Chile y hace mucho frío. La cámara sobrevuela una serie de rotondas conectadas por carreteras de una sola pista para luego detenerse frente a una mole de edificios de ladrillo idénticos, construcciones baratas de fines de los sesenta destinadas a familias de nuestra flamante clase media trabajadora, *mi* flamante clase media trabajadora: profesores, contadores, actuarios, funcionarios municipales, gente sencilla que trabaja diez u once horas diarias y cuyo lujo ocasional es ir al restorán chino a compartir wantanes, rollos primavera y carne mongoliana. Piensa en varias hileras de bloques rojizos levantados a lo largo de nueve manzanas para constituir un universo llamado villa, urbanización o complejo habitacional.

En ese laberinto comienza esta historia.

La Vida es Una Sola Films
presenta a
(insertar aquí protagonistas)
en
YO BESÉ A GENA ROWLANDS

Una película de Baltazar Durán
con la actuación de
(insertar aquí elenco secundario)

Son las once de la noche y la cámara avanza lentamente entre los bloques de ladrillo. No hay música, solo el audio ambiente, a saber: gritos, motores de micros, el chirrido lejano de radios sintonizadas en las voces de locutores aterrados. Un perro ladra con desesperación, un niño llora ante un plato de sopa que no comerá y una voz solloza en el teléfono a la distancia. Entra un título con letras blancas donde se lee:

Villa Santa Úrsula
Santiago, Chile
Invierno de 1985

Sin pausas subimos por una escalera angosta donde algunos adolescentes juegan con fósforos, para luego alcanzar una puerta en la tercera planta, la penúltima del pasillo, la 35C. La puerta está entreabierta. La voz que solloza al teléfono se quiebra momentáneamente.

—Tu hermano cayó otra vez —dice.

La dueña de la voz es una mujer de brazos esqueléticos cuya piel blanquísima parece jamás haber sido expuesta a los rayos del sol. Tiene el teléfono adherido a la oreja izquierda, y aunque los nervios la traicionan, intenta desesperadamente apuntar una dirección en una servilleta arrugada.

—Sí, dígame nomás —dice—, ¿dónde lo tienen ahora?

Detalle de la punta de un lápiz Bic sobre el papel de la servilleta. No escribe. El lápiz viaja desde la servilleta a la boca de la mujer; primerísimo primer plano de la punta del lápiz posándose sobre la lengua de la mujer. La mujer es Mi Madre y su angustia es eterna y permanente. La cámara hace una breve pausa para revelar la histeria de Mi Madre, histeria que quizás más tarde comprenderemos en su total dimensión, y luego continúa deambulando por el living, sin prisas. Para la descripción del ambiente, e imprescindible para la comprensión de la totalidad de esta obra, te propongo un desafío: piensa en el primer Chabrol, el de la *nouvelle vague*, el de *El bello Sergio*; piensa en una cámara indecisa y ambigua, una cámara que parece entregada, audaz, sin temor al deslumbramiento, ávida por dejarse impresionar por muebles y cortinas y cucharitas y copitas y gatitos de porcelana pintados a mano. Gracias al *zoom in* revelamos aquellos detalles fundamentales para la historia que vendrá: el televisor ubicado en la sala de estar, las fotografías familiares en blanco y negro tomadas en la sobrepoblada playa de El Tabo, un sillón con una pata rota y un afiche de torero con un nombre inscrito: *Fernando Durán Carmona*. Sobre la mesa del comedor encontramos un *hot dog* recién servido con abundante mayonesa, aguacate y tomate. Una mano, la mía, se acerca con intenciones de probarlo, pero otra mano, esta vez femenina y de uñas pintadas de rojo, la detiene violentamente con un golpecito en los nudillos.

—Suelta, mierda.

Una Exuberante Joven de Diecinueve Años se instala en la mesa. Es morena, de cabello muy crespo y abundante aunque insiste en plancharlo todas las mañanas antes de asistir al Liceo 11, donde no tiene amigas porque ha permitido que todos sus novios le muerdan los pezones en asientos traseros de autos prestados. Es mi hermana. La llamaremos *Susana*.

Según mi madre, Susana tiene problemas. En este momento yo no estoy ni cerca de adivinar de qué clase de problemas se trata, pero más tarde, mucho más tarde, descubriré que hace solo dos semanas y a espaldas de mi padre, mi hermana-querida-de-mi-corazón-a-quien-quiero-mucho-con-todo-mi-amor ha sido acompañada por mi madre a una clínica clandestina de la comuna de Maipú, que ni siquiera queda cerca, donde una doctora piadosa le ha practicado un raspaje, palabra cuyo significado aprenderé casi media década después y en otra circunstancia totalmente absurda. La palabra *raspaje* me suena muy mal y a mis tiernos dieciséis años, sin televisión por cable ni internet, resulta muy difícil obtener información fidedigna sobre las cosas que a uno le importan.

Es la noche del último jueves del mes, un día extraordinariamente difícil porque mi padre tiene balance y no llega hasta después de las doce. Mi padre trabaja como ayudante de contador en un colegio particular de la comuna de Las Condes cuyas mensualidades son inalcanzables para nuestro *tren de vida*. Los alumnos de ese colegio aprenden inglés y francés y algún día van a practicarlos en los viajes que hagan con sus esposas, niños o amantes.

Según mi mamá, nosotros no somos gente pobre, sino de esfuerzo. Dice que da igual el lugar donde uno estudie porque lo que cuenta es el sacrificio, el empeño y la dedicación. «Tu padre estudió en colegio con número y míralo dónde está», dice con la voz gangosa por culpa de un resfrío mal cuidado, mientras los tres con Susana nos bajamos de la micro Catedral 7-E. Faltan veinte minutos para la medianoche.

En el trayecto entre la esquina donde nos bajamos y nuestro destino final, mi madre y mi hermana no dejan de pelear. Si a Susana le parece que hace frío, mi madre se acalora; si a mi madre le duelen los pies, mi hermana la acusa de hipocondriaca y se pregunta cómo papá se pudo fijar alguna vez en una mujer tan poco *sexy* como ella.

Mi madre aborrece a la juventud y mi hermana aborrece cualquier cosa que haya vivido más de veinte años. Las dos se tragan las ganas de seguir peleando. Luego de atravesar tres comunas enteras llegamos a la clínica del Hospital Salvador. Mi madre se acerca a una enfermera y pregunta por Fernando Durán Carmona.

Cada tres meses pasa lo mismo. Mi hermano se pierde. Desaparece. Un día está en el comedor, devorando huevos revueltos con tomate y hablando de Caszely, y al día siguiente se lo traga la tierra. Como un fantasma.

En esta ocasión, Fernando ha cumplido dos semanas perdido, o perdiéndose; lo cierto es que no ha dado señales de vida. Susana piensa que tiene una amante fresa, millonaria y de clase alta, y que le da vergüenza presentarla. Mi madre cree que hay algo que no nos ha contado. Mi padre dice que antes que enterarse de sus andanzas lo prefiere muerto. Todos sabemos que habla en serio.

Corte directo a la sala común del Hospital Salvador.

—¿Por qué te vistes como puta, Susana? —pregunta mi madre.

La rabia se acumula en el rostro de mi hermana.

—Son las dos de la mañana y estamos en un hospital, niña, esto no es una fiesta ni el Picaresque, ni el Humoresque.

Enfurecida y reprimiendo las ganas de defenderse, Susana busca un cigarrillo en su cartera. Se levanta a conseguir fuego: cruza la sala moviendo las caderas demasiado anchas para su edad. Coquetea descaradamente con un enfermero que le mira las tetas. Cuando regresa junto a mi madre pienso que debería aprovechar el viaje y hospitalizarlas a las dos, para siempre. Como si fueran las heroínas de un melodrama clásico mexicano.

Aborrecer a una madre
(México, 1961)

Dirigida por Rafael Cisternas. Con Ninón Sevilla, David Solar, Efraín Belusco, Silvia Sandino y el perro Kaki. Tras el éxito de taquilla y crítica que significó *Aventurera* (1950), Ninón Sevilla reincide en el territorio del melodrama clásico por expresa petición de los Estudios Churubusco. En la propuesta de este cine mexicano comercial, exagerado y folletinesco, esta vez hay varios cambios y no todos funcionan como deberían. En *Aborrecer a una madre* la dirección está a cargo de un desconocido realizador televisivo, lo que de inmediato la aleja de *Aventurera* en el plano estrictamente formal: aquí no están esos dolorosos planos secuencia donde Ninón demostraba que no es la mejor actriz del mundo ni la dueña de una voz privilegiada, lo cual no impedía que su innegable carisma se transmitiera a través de la pantalla de misteriosas e inexplicables maneras. En esta oportunidad la tragedia, que era la sangre de la película anterior, parece opacada por el cliché; si *Aventurera* tenía una gracia era azotar al espectador cada cinco o seis minutos con una revelación imposible, un giro dramático impensado o un diálogo devastador. La historia tiene muchas, a ratos demasiadas, similitudes con *Mildred Pierce, la angustia de una madre,* y también con el melodrama de Lana Turner titulado *Retrato en negro.* Luego de la muerte de su padre, Eva (Ninón Sevilla) se muda con su madre (Silvia Sandino) a un pequeño departamento en un barrio pobre de Guadalajara, donde conoce a un profesor universitario (David Solar), de quien se enamora. Embargada por las deudas de juego de su marido, la madre se empeña en comprometer a Eva con un heredero cuarentón (Efraín Belusco), quien es en realidad su amante secreto desde hace muchos años. El odio entre madre e hija estalla en un confuso hecho de sangre ocurrido el día de Navidad. Sin llegar a los niveles épicos de su antecesora, este nuevo vehículo para el lucimiento de Ninón Sevilla sirve como ejemplo de ese cine mexicano de oro, mentiroso e imperfecto, pero que permitió el asentamiento de una industria. Incluye las canciones «Quererte a ti», «Tú y yo» y «Mi perro Kaki». RECOMENDABLE.

Susana nos manda a la mierda. Dice que nadie la entiende, que está harta de los malos tratos y los gritos y las presiones psicológicas y que ella es independiente y que no necesita una familia, sobre todo si a la cabeza de esa familia no está mi padre, como en el resto de las familias, sino mi mamá, quien supuestamente es su enemiga número uno y la responsable de todas las cosas malas que le han pasado.

—¿Por qué no reconoce que me odia, la vieja *reculiá*? —le pregunta.

Mi madre la abofetea. Es una bofetada grado dos en la escala del uno al tres, una bofetada limpia, sin aspavientos, el último recurso al que a veces está obligada a recurrir para defenderse de los problemas nerviosos de su única hija y que desafortunadamente ella también padece. Susana la observa sin moverse durante un rato que se me hace demasiado largo. Sé que mi hermana es capaz de todo y debo estar preparado para impedir cualquier contraataque. Después de un rato, y a pesar de las preocupaciones, madre e hija se quedan profundamente dormidas.

Ahora son las dos de la mañana. A mi alrededor hay algunos extras, personas cuya participación en esta historia es insignificante; si no estuvieran presentes, todo lo que viene después ocurriría igual, sin sobresaltos. Una Señora junto a un Niño con una fea quemadura en el brazo. Un Carabinero con aspecto desaseado pateando una máquina de café. Un Anciano de unos setenta años esposado a una banca, completamente borracho, con los ojos maquillados de púrpura.

Una voz grita: «Tenemos una urgencia». La tranquilidad de la sala de espera del Hospital Salvador ha sido interrumpida. Entran dos Jóvenes, Uno de Pelo Negro y Corto, otro Rubio con Barba de Tres Días. Ambos están ensangrentados; el Moreno tiene las manos en el vientre, el Rubio con Barba de Tres Días lo sostiene con fuerza. El Carabinero apenas se inmuta, no suelta su café, solo observa a los recién llegados sin inquietarse. Rubio con Barba de Tres Días está bastante menos herido que su amigo, le explica al Carabinero que tuvieron un accidente a unas cuadras de aquí y que su socio tiene un corte en el estómago. El Carabinero se acerca y olfatea a los dos. Rubio con Barba de Tres Días lo empuja y luego arrastra a su amigo hacia una camilla. El herido cierra los ojos, casi inconsciente de dolor; Rubio con Barba de Tres Días le toma la mano y le promete que todo va a estar bien. El Carabinero refunfuña palabrotas ininteligibles mientras se acomoda su cinturón. El herido desaparece tras una puerta batiente junto a una enfermera regordeta. Rubio con Barba de Tres Días se sienta junto a los demás: a rascarse la barba y esperar. Susana bosteza sin taparse la boca. Observa a su alrededor. Me pregunta qué hora es, y cuando le advierto que probablemente dormiremos solo un par de horas, le roba unas monedas a mi madre para comprar un café. No me ofrece. La máquina se traga las monedas; Susana reclama, y en un acto de galantería trasnochada el Carabinero se acerca para enseñarle el truco para que la máquina funcione. El Carabinero le mira las tetas y el culo, y aunque Susana se los muestra igual, yo conozco a mi hermana y sé que el Carabinero no tiene ninguna posibilidad de conseguir algo más porque ella tiene ojos para todos los hombres del mundo, menos para los Carabineros porque odia a la policía, de manera que se aleja de él y camina entre la gente que espera, tratando desesperadamente de llamar la atención. El Niño del brazo quemado está fuera de su rango de edad, como también el Viejo esposado y maquillado de púrpura, situación que deja a mi hermana con una sola alternativa para entablar una conversación.

—¿Tienes un cigarro? —le pregunta a Rubio con Barba de Tres Días.

—Life, nomás.

—Lo que sea.

—Hace frío acá.

—Y eso que andas con suéter; mira yo, toda despechugada. ¿Qué te pasó?

—Chocamos, un amigo y yo. Él iba manejando. Nos dimos vuelta en Santa Isabel.

—Parece que fue fuerte el golpe.

Susana y el Rubio con Barba de Tres Días siguen conversando. Yo estoy sumido en mis propias angustias y lo único que quiero es dormir durante los próximos cien años, cerrar los ojos y no ver nada de lo que estoy mirando o de lo que podría ver si tan solo levantara la cabeza y pusiera un poco de atención en Rubio con Barba de Tres Días, si fuera yo en lugar de Susana quien le pidiera un Life, si fuera yo en vez de Susana quien le preguntara los detalles sangrientos de su accidente o lo que pensó en los dos segundos antes del impacto que por poco mata a su amigo.

⌘

Al martes siguiente recuerdo poco y nada del episodio en el Hospital Salvador. Mi hermano será dado de alta en la tarde, lo que significa que en la noche mi madre cocinará para un regimiento.

Hoy, además, es el día.

El día del infierno.

El día de la prueba global de Educación Física.

El día que nunca se acaba, porque cuando se acaba ya es la hora de *Luz de luna* y la sonrisa de Cybill Shepherd me recuerda que puedo respirar tranquilo durante siete días más.

Mi máximo terror: el día del Circuito.

El Circuito es una invención macabra del entrenador Viamonte para dividir a la clase de Educación Física en dos grupos fácilmente identificables: los fuertes y los debiluchos.

El Circuito consiste en media hora de test de Cooper: veinte minutos de abdominales mixtos, sesión obligada de trepa simple con y sin piernas, salto al caballete por turnos y media hora de práctica de tiro con arco, que en realidad no acumula puntaje, pero sí sirve para demostrarle a Viamonte que uno es capaz de llegar hasta el final.

Durante las últimas semanas me he dedicado a analizar el escenario. Con el test de Cooper estoy perdido porque apenas aguanto siete vueltas a la cancha, lo que significa diez o doce minutos. Con la trepa mejor ni intentarlo, los caballetes me dan pánico y en el tiro con arco hago el ridículo; lo único que puedo hacer con mediana facilidad son los abdominales. Por algún extraño motivo tengo la convicción de que este año será peor que el anterior. Viamonte me usará como carnada para traumatizar a los demás débiles, para mortificarlos con mi ejemplo y conseguir que se esfuercen, que se sacrifiquen, que suden y sangren y chillen hasta alcanzar la meta. Según

Viamonte, esa es la definición de la palabra deporte y la repite en cada una de sus clases.

El ochenta por ciento del tiempo odio al entrenador Viamonte porque me humilla, me empuja, me reprueba y porque hace dos años por poco me rompe la nariz con una pelota de fútbol disparada justo entre mis ojos. Desde ese día comenzó a llamarme *el Merengue*. Además de los malos tratos, últimamente he tenido que soportar sus bromas pesadas porque a los dieciséis todavía no me salen pelos en ninguna parte del cuerpo.

—El Merengue parece un maniquí o una niña.

—Sí, pareces *mina*, Merengue.

—La hermana de Maluenda es más peluda que tú.

Hace dos semanas mi odio por Viamonte creció. Eran las tres y media de la mañana del martes, yo me había acostado a las nueve con la intención de dormir profundamente y despertar preparado para la clase de Educación Física: tomé leche tibia, leí un capítulo completo de *Diez negritos* de Agatha Christie y adiviné quién era el asesino, apagué la luz, le recé un padrenuestro a Dios Padre y después cerré los ojos. Pero él estaba ahí, en mi cabeza, pendiente de cualquier cosa que intentara para quedarme dormido. Comencé a inventar maneras creativas para eliminarlo: con un accidente en el gimnasio, por ejemplo, un tropiezo ridículo que por esas caprichosas leyes de la física desencadena un derrame cerebral, sangre en las baldosas grises, una ambulancia que entra por la puerta de emergencia hasta la cancha del colegio y Viamonte postrado para siempre en la cama fétida de un hospital público. El alumnado del Liceo A-12 «Fermín Cansino» aplaude mi intento de asesinato no frustrado y todos los compañeros me ovacionan por el éxito. Repentinamente soy asesino y popular.

Esa noche, además de imaginar la bien merecida muerte de mi profesor de Educación Física, tengo un sueño sin sentido y que recuerdo a través de cuatro imágenes que no me dejan en paz:

Viamonte se escupe las manos para enseñarnos cómo atajar un penal;

Viamonte se acomoda los testículos a través del *short* rojo reglamentario;

Viamonte entra al vestidor justo después de clase y se desnuda;

Viamonte me felicita por haber cumplido con honores todos los obstáculos del Circuito. Un siete.

Como todos los martes, despierto antes de la hora acostumbrada. A las cinco en punto estoy calentando una marraqueta de ayer mientras escucho la radio. Necesito despejarme. Necesito pensar en otra cosa que no sea El Circuito. Hace una semana se acabó el azúcar y nadie se ha dado cuenta. Tampoco encuentro música porque en la radio solo hablan de las últimas jornadas de protesta. Santiago arde. Yo rezo.

Lentamente, mi familia comienza a despertar. Mi padre devora su marraqueta sin hacer preguntas; como siempre, prefiere no saber absolutamente nada de mi hermano ni de los acontecimientos que provocaron el traumatismo craneoencefálico abierto y su estadía en el hospital, como tampoco la hora en que llegará a la casa, si es que algún día vuelve. Mi madre saca a mi hermana de la cama y la empuja a la ducha en pijama. Susana grita, la insulta, pero el agua caliente no demora en tranquilizarla y veinte minutos más tarde se incorpora a la diminuta mesa familiar maquillada como para fiesta de Año Nuevo y con el pelo estilando pequeñas gotitas con olor a champú de manzanilla. Susana quiere ser rubia. No le está resultando.

Durante el desayuno, mi madre se esfuerza por encontrar una manera de pedirle dinero a mi padre. Quiere comprar un pedazo de lomo vetado para recibir a mi hermano y acompañarlo con causeo de cebolla con queso y ají verde, que a Fernandito le gusta tanto. Igual que mi padre, todos en su familia eran buenos para el causeo, causeteros finos, de los que se pueden pasar tardes completas dándole a la lengua y al pan con pebre, al chancho en piedra, a la cebolla en escabeche. Mi padre levanta la vista de un ejemplar de *Deporte Total* del mes pasado y la contempla, sin hablar; mi madre lo observa con los ojos a punto de reventar en un ataque de llanto que seguramente reprimió toda la noche. Susana y yo nos miramos, sabemos lo que viene a continuación: mi padre comienza su sermón quincenal contra lo que él mismo ha denominado La Escoria, es decir, ese conjunto de amistades, ideas y contactos que transformaron a Fernando, mi hermano experto en desapariciones, la promesa del clan, el histórico alumno ejemplar del Liceo A-12 «Fermín Cansino», el presidente del Centro de Alumnos, capitán del equipo de *baby* fútbol y jefe de la patrulla *scout* «Los Cóndores», en un comunista, un ateo y un antisocial. No sería nada raro que además fuera maricón. Muchos comunistas lo son.

Susana y yo permanecemos inmóviles. Vigilamos la nata que comienza a formarse en nuestros respectivos tazones de té con leche. Mi padre no se rinde; esta mañana parece más inspirado que nunca: cuando abandona por un instante a Fernando, mi hermano, para comenzar a hablar del golpe militar y de cómo mi mamá y algunas vecinas iban a tirarles afrecho a los militares para que se pusieran los pantalones y derrocaran a Allende, entonces Susana agarra su mochila de mezclilla y se levanta sin dejar de mirarme. Es uno de esos instantes de intimidad que a menudo tengo con ella. Suceden al azar, sobre todo cuando tenemos que aliarnos ante la confusión que nos rodea.

La cámara permanece estática en el detalle de los ojos (mal) pintados de Susana. Corte directo a un paradero de micro donde esperamos juntos la Carrascal Santa Julia. Susana se abre, habla sin parar de la kermés anual del Liceo Lastarria y de las ganas que tiene de comprarse una minifalda de mezclilla, que son tan lindas y están tan de moda. Y un cinturón a juego, porque todo lo que sea de mezclilla causa furor. A lo lejos diviso la micro acelerando a la distancia y estiro la mano, suplicando que se detenga o si no tendremos que armarnos de paciencia para esperar otros veintidós minutos más; eso implica llegar tarde al liceo y comenzar el Martes Fatídico con el pie izquierdo. Durante esta reflexión, Susana no se ha callado.

En el último asiento de la Carrascal en movimiento, Susana retoca su maquillaje con la ayuda de un pequeño espejito en forma de corazón. Dice que tenemos que hablar con el Feña y pedirle que se siente a conversar con el Viejo de Mierda, porque el Viejo de Mierda es capaz de echarlo de la casa si no la corta con meterse en política, con lo pinochetista que se puso de la noche a la mañana el Viejo de Mierda; por eso nosotros no podemos permitir que el Viejo de Mierda nos haga lavados de cabeza, el Feña está solo en el mundo y con mi mami no podemos contar porque mi mami es una pobre y triste huevona manipulada por ese Viejo de Mierda.

Si hoy fuera un día común y corriente probablemente le daría a Susana lo que se merece: una precisa bofetada en su mejilla negra porque a mi mamá sí que no me la toca nadie. De mi papá puede decir lo que quiera, puede llamarlo Viejo de Mierda, Dictador Fascista, Perro Fascista, Animal Fascista o como se le antoje; pero a mi mamá no. No tengo todos mis sentidos puestos en las barbaridades que dice, dejo pasar la ocasión y no abro la boca hasta que la Carrascal se repleta de pasajeros trasnochados y con olor a colonia. Susana guarda su espejito por miedo a que algún ratero se lo robe. Saca su mochila; del interior aparecen un par de *blue jeans*. En un par de minutos y sin que ningún pasajero se dé cuenta, Susana se sube los *blue jeans* bajo el *jumper* y se quita la parte de arriba para revelar una ajustada camiseta blanca.

—¿Cómo me veo?

Se ve rechoncha y vulgar, pero a pesar de mi pánico y del sueño y del bamboleo de la Carrascal, sigo siendo un caballero y le contesto lo que ella está acostumbrada a escuchar: se ve igual de radiante y luminosa y estrambótica que todos los días, con la mata de pelo crespo coronando su cabeza redonda y combinando de manera extraña con sus ojos color azabache. Susana se moja los dedos con saliva, alisa mi fleco rebelde y entonces, sin que le pregunte, comienza a hablarme del tipo del Hospital Salvador, alias Rubio con Barba de Tres Días, que tiene plata, lindo abdomen, auto grande y bonitos ojos, con eso basta y sobra. Aunque no han vuelto a verse desde esa noche fatídica y eterna en la sala de espera, han hablado por teléfono tres veces. Conversan sobre música y recitales, nunca de política porque en estos tiempos una nunca sabe; además, seguro que es de derecha porque todos los *minos* ricos son de derecha, al menos los que ella conoce. Luego de tres llamados de media hora cada uno, hoy llegó la hora del reencuentro entre mi hermana y Rubio con Barba de Tres Días. La escucho, no muy sorprendido: no es la primera vez que a mi hermanita le da por hablarme de los hombres que le interesan. Tampoco es la primera vez que falta a clases para encontrarse con alguno.

La biografía erótica de mi hermana mayor comienza a los cinco años, cuando mi madre abrió la puerta de su habitación y la sorprendió *in fraganti* en ciertas tocaciones recíprocas con la Meche Chica, vecina y amiguita de infancia bastante más tonta que ella. Su primer beso lo dio a los ocho y no fue precisamente a un niño de su edad sino a mi hermano mayor, Fernando, que entonces tenía doce y quien se desquitó acusándola con mi padre, desatando así una ola de represión que duraría hasta el presente. En el liceo Susana es una alumna de 3.3, de la clase que es capaz de escribir *Ceñor Hapoderado comunico a husted que su pupilo ce a sakado un 3 por aver kopiado en la prueva de inglés*. Su macabra ortografía, sumada a su nulo interés por el área científica o humanista y a sus desesperados intentos por pelear contra lo establecido, hicieron que Susana repitiera en dos oportunidades el octavo año básico y el tercero medio. A los diecinueve recién está terminando el liceo y su único interés en la vida es el sexo opuesto: todos los hombres la trastornan, incluso Telly Savalas, Don Francisco y Ricardo Montalbán. A la fecha y desde que tengo uso de razón, Susana ha tenido quince novios, todos compañeros del liceo bastante menores que ella y ávidos por perder la virginidad a cualquier costo. Susana les muestra las piernas en la clase de Química, se levanta el *jumper* hasta los muslos, finge asustarse con las ratas del laboratorio, hace preguntas tontas y ellos sonríen, luego vienen las largas tardes de recreo guitarreando alguna canción, fumando a escondidas en El Patio de la Virgen o comiendo un empolvado bajo el sol de las dos de la tarde. Susana es simpática y sus víctimas no tardan en enamorarse completamente de ella. Una vez cumplida la fase de la Atracción viene la fase dos, fundamental para la concreción del proyecto: la Seducción. En esta etapa Susana también es experta, y para superarla no duda en utilizar unas tetas enormes que cada día parecen más redondas. Lo cierto es que una tarde, después de salir del colegio, la víctima de Susana la invita a dar un paseo, algo inocente, como una feria artesanal o un parque, ocasión en la que, presa de los nervios, intenta dar algún paso de manera torpe. Entonces Susana le propone tomar una micro al centro y colarse en un programa triple cochino donde dan películas de Gloria Guida, como *La enfermera erótica*, o unas alemanas que vienen todas cortadas y que a pesar de que cuesta entenderlas, a Susana le gustan porque los actores son rubios y macizos y a ella le encantan los rubios. La que más le gustó, me contó una vez, fue una que se llama *Delito en la playa del vicio*, pero no se acuerda de nada porque su pendejo acompañante no se pudo aguantar la calentura. En estas ocasiones, mi hermana, sabia y para nada sorprendida, toma la mano de su joven víctima y en la oscuridad de la sala, sin palabras, la presiona contra la punta de su teta izquierda. A todos los seduce de manera limpia, aunque siempre pide algo a cambio; una tarde de toqueteos en el cerro Santa Lucía cuesta algo sencillo, como un casete grabado con éxitos de rock latino, un churrasco o un par de aritos *hippies*. Después de algunas semanas de entrenamiento, siempre ocurre lo mismo: Susana se aburre y le dice al adolescente desesperado que no se haga ilusiones. La joven víctima supone que ese será el fin de las tardes eróticas en los cines céntricos, la conclusión definitiva de todos esos revolcones clandestinos que ha revivido mil veces en sus sueños masturbatorios; no más Susana ni tetas de Susana ni culo de Susana. Mi hermana no tiene clemencia. Sabe que en un par de días encontrará otro mejor.

El próximo encuentro de Susana y Rubio con Barba de Tres Días será en Providencia, en la avenida Pedro de Valdivia, donde un amigo suyo tiene un departamento de soltero. Van a estar solos, me cuenta, pero ella ha pensado en jugar a la difícil porque quiere que esto dure. Está cansada de las aventuras pasajeras con menores de edad. Quiere que Rubio con Barba de Tres Días se enamore perdidamente de ella y le enseñe a amar, amar de verdad, amar intensamente. Todo esto me lo cuenta en voz baja, a modo de confesión, mientras la Carrascal salta y chilla entre las calles de la comuna. Yo no hablo, pretendo ahorrar todas mis energías en el día que está empezando. Solo cuando Susana me ofrece doscientos pesos por falsificarle un justificativo abro la boca; acepto gustoso porque siempre estoy necesitando dinero extra.

Me despido de Susana con un beso en la mejilla y me bajo de la Carrascal. Trato de concentrarme en esos doscientos pesos y en qué voy a gastarlos, solo para relajarme, solo para olvidarme del entrenador Viamonte y de los martirios que me esperan al final de la jornada. La Carrascal se aleja con Susana en el último asiento, haciéndome señas con la mano.

Al mediodía, luego de todas las elucubraciones imposibles, decido autoprovocarme un ataque de diarrea. No me importa hacer el ridículo, solo quiero evitar la clase de Educación Física. La única manera de lograrlo es a través de la enfermedad. Trato de no despertar sospechas; al segundo recreo me desaparezco del resto de los alumnos para correr hasta el final del liceo. Nadie me ve. Cosecho cuatro ciruelas verdes de aspecto repugnante y las guardo en el bolsillo de mi chaqueta. A la hora del almuerzo, jugueteo con un trozo de pollo con arroz y de postre me como las ciruelas frente a los demás. Me pregunto qué harían Hércules Poirot o Miss Marple en mi situación. Sé que debo preparar mi motivo con inteligencia; voy a manipular a mis compañeros para que colaboren. Todos ven mi postre; todos son testigos de lo que comí.

Cuando salimos del comedor, el Gordo Oñate sufre un ataque de nervios. Mejor conocido por los matones burlescos de siempre como *Elefantiasis Cefaleus*, Oñate se acerca a mí y me propone una fuga. Dice que hay otros dos que están dispuestos a intentarlo. Tenemos que ser discretos. Suena la campana que marca el fin de la hora del almuerzo. Ya es demasiado tarde para escapar. Llegó el momento de la verdad: en el patio del liceo se respira el aroma inconfundible del terror.

Viamonte aparece puntual y ataviado con sus minúsculos *shorts* rojos con líneas blancas a la altura de la pelvis. Ya no hay vuelta atrás. El entrenador sabe lo que hace y en esta oportunidad pretende superarse a sí mismo en términos de crueldad y disciplina. «Todo aquel que esté pensando en saltarse este examen, mejor que lo olvide en el acto», sentencia. El Gordo Oñate me mira desde la puerta del vestidor, aterrado. Se acerca a Viamonte y le muestra un justificativo (falso) que yo mismo le escribí. *Señor Profesor: A través de la presente quisiera excusar a mi hijo Andrés Patricio de su clase de Educación Física de este martes por encontrarse aquejado de un cuadro gripal. Agradeciendo de antemano su comprensión se despide atentamente de usted, Guillermo Oñate.* Viamonte cierra la libreta de comunicaciones y petrifica a Cefaleus con una sola mirada de sus ojos pequeños y venenosos: automáticamente el Gordo se gana un uno en el examen y termina sentado en la sala de espera de la Vicerrectoría, temblando de miedo, rabia e impotencia. Viamonte comienza a gritar sus incomprensibles peroratas acerca de la disciplina y el rigor. En ese momento, mientras Oñate se aleja con su bolso al hombro y una cara de haber perdido todas las batallas, juro que llegará el día en que Viamonte pague por todas las barbaridades que ha hecho.

La venganza es mía.

Mi profe, mi pesadilla
Teacher Tyler
(Estados Unidos, 2004)

Dirigida por Frank Coraci. Con Seth Rogen, Reese Whiterspoon, Alicia Silverstone, Steve Carrell, Hope Davis, Patricia Clarkson, David Solar. El extraordinario actor, director y guionista Seth Rogen provoca carcajadas en esta hilarante comedia de humor negro interpretando a Jake Fagoat —juego de palabras con el término *faggot*, es decir, maricón—, un exitoso escritor de novelas de misterio que se recupera de un accidente de esquí. Luego de ser dado de alta por una irresponsable psiquiatra (Patricia Clarkson), Jake decide vengarse de Tyler Thompson (Steve Carrell), el implacable profesor de gimnasia con inclinaciones nazis que lo traumatizó en la adolescencia y lo hizo perder al amor de su vida (Reese Witherspoon) para casarse con una mujer *snob* (Alicia Silverstone). Con varios guiños al *film noir*, y muy particularmente al modelo de «asesinatos cruzados» de *Pacto siniestro* (*Strangers on a Train*) de Hitchcock, profusamente imitado con mayor o menor gracia en películas como *Tira a mamá del tren* (*Throw Momma from the Train*), de Danny De Vito, la película funciona por la astucia de un guion relativamente amable (¡firmado por ocho guionistas!) y por las constantes vueltas de tuerca de una historia desopilante, aunque no precisamente original. Sin las actuaciones de la dupla Rogen/Carrell, *Mi profe, mi pesadilla* sería otra comedia veraniega sin carácter ni pedigrí alguno. Ojo con Hope Davis, otrora primera figura del cine *indie* americano, como la pusilánime e intratable madre del protagonista. INTERESANTE.

La tortura dura una hora y media. Gracias a mí, Viamonte se transforma en un comediante frente a su clase: todos se ríen, lo pasan bien con las bromas que el entrenador hace a costa de mi vergüenza. La paciencia infinita y mi sentido del humor me ayudan a obtener un cuatro, lo mínimo para no reprobar la asignatura. Me siento extraño, agotado y sin dignidad. Me violaron, igual que a Farrah Fawcett en *Acorralada*.

Camino de vuelta a la casa; recuerdo las carcajadas de mis compañeros y los gritos eufóricos del entrenador. *El Merengue al suelo, ¿cómo nos vas a hacer reír hoy día, Merengue? Te voy a derretir, Merenguito, voy a dejarte convertido en crema. ¿Quién quiere decirle algo al Merengue? ¿Qué nota le pongo al Merengue? ¿Le pongo un dos o le pongo un tres? Dale, Merengue, nos estamos cagando de la risa, diez minutos más de carcajadas y te pongo un cuatro. Díganme si de todas las clases esta no es la más entretenida. ¿Qué otro profe los hace reír como los hago reír yo?*

Sin honor ni orgullo ni nada parecido, así me siento. Ya no sé si soy hombre, mujer, perro, gato o sandía. No quiero ser nada. No quiero lograr nada. Es martes en la noche y sufro sentado frente al televisor, esperando un nuevo episodio de mi serie favorita, *Luz de luna*. Todo parece perfecto para una noche de descanso. Relajo absoluto, lejos de los gritos de Viamonte y sus pantalones de gimnasia. Mi padre no llega hasta muy tarde porque tiene noche de bar con los colegas. Mi madre duerme desde las ocho y media gracias a unas pastillas que le dio la Meche Grande. Susana no está. Cybill Shepherd, entera para mí.

Estoy tan cansado que no sé cómo me quedo dormido en los comerciales. Huevón. Me odio. Ahora no voy a entender nada del capítulo. Trato de abrir los ojos, pero me aturde el cansancio. Sueño. Que despierto y me dan ganas de comer galletas Hucke sumergidas en yogur Dannon. Que encuentro unas toallas higiénicas tiradas en el suelo de una cancha de fútbol donde muchos niños con camisetas verdes de Milo corren hacia una mesa larga para compartir sus tazones de Cerelac. Que mi madre saluda desde un rincón con una sonrisa impasible junto a una lavadora Mademsa, en cuyo interior alcanzo a distinguir los *jeans* Peroé de Susana. Que las luces se apagan de alguna manera en la cancha de fútbol y un animador me pregunta qué puerta voy a elegir, la A, B o C, y que justo cuando estoy a punto de dar mi respuesta y ganarme el auto cero kilómetros entra Bruce Willis sin camiseta y me dice: «¿Qué tal, Baltazar? Soy tu nuevo profesor particular de Educación Física». Bruce Willis viste de camiseta sin mangas negra y unos pantalones cortos de un plateado brillante que encandila. Al levantar las manos para estirar los músculos miro los vellos de sus axilas. Sufro un ataque de tos. Tengo migas de Tritón en la garganta. Cuando abro los ojos, una nube de humo me rodea. No puedo respirar. La tele sigue encendida.

—Despierta, pendejo, tenemos visitas —dice Susana con un cigarrillo entre los labios pintados de rojo.

Quiero asesinarla. Quiero empujarla por la ventana para que su cuerpo grueso y manoseado por desconocidos choque con la baranda del segundo piso y que con el ruido despierte a la Meche Grande y la Meche Chica, que se acuestan temprano porque son buenazas para la pestaña. Quiero que su espalda se parta en dos antes de tocar el suelo. Quiero que se le revienten las tetas. La muy huevona.

—Despierta, te digo.

Me paso la mano por la cara. El humo me pica la garganta. Levanto la cabeza y solo en ese momento me doy cuenta de que mi hermana no está sola. Veo una mano sobre su rodilla.

—Este es el Emilio Ovalle, ¿te acuerdas de él?

3

Esa voz le da escalofríos.

Yo lo quería, dice.

No despierta. Sigue durmiendo en un sueño concentrado, con los ojos y las manos apretadas bajo las sábanas.

Lo quería como nadie lo quiso nunca, sigue la voz.

David se retuerce.

En su pesadilla, el hombre de cuarenta y cinco años que esa mañana triste abandonó la *suite royale* del Grand Hyatt, ese testigo clave de los hechos llamado Emilio Ovalle, tiene unos profundos ojos azules, las manos grandes y el pelo entrecano. Su figura ya no corresponde a ninguno de los Emilios Ovalles que Baltazar le describió alguna vez: no es el jovencito existencialista que repite apellidos de cineastas como Kaurismäki o Schlöndorff como una enciclopedia ambulante y un poco molestosa; tampoco el adolescente rebosante de hormonas tentado por las redondeces de la hermana de Baltazar, ni definitivamente un genial ingeniero con ganas de ser publicista devenido en productor audiovisual y luego caído en desgracia. Emilio Ovalle es solo un sujeto amable que lo recibe en un campo de golf para conversar con él durante algunas horas.

Yo lo quería mucho, repite.

David ignora por qué la locación elegida por su impredecible inconsciente es un campo de golf. Nunca en su vida ha pisado un campo de golf.

La visita de Emilio es sumamente cordial. Juntos toman el té, miran álbumes de fotos; él le cuenta de su colección de vinilos (su joya es *The Queen is Dead*, de The Smiths) y luego se ponen serios para discutir sobre las posibilidades reales de que Baltazar esté vivo en algún lugar exótico y lejano como Bangladesh, Myanmar o Sierra Leona. La pesadilla se interrumpe cuando Whitney Houston chilla en sus oídos «*It's not right but it's ok*», una horrible canción totalmente pasada de moda que David detesta y que inexplicablemente está escuchando. Abre los ojos; siente algo húmedo en las yemas de los dedos. El sudor de sus manos ha dejado pequeñas gotitas transparentes sobre la superficie del iPhone.

Hasta hace cinco años, David jamás había salido de Nueva Jersey. Hoy está sentado en un Airbus 787 de LanChile, en clase ejecutiva, luego de soportar casi once horas de vuelo, una inexplicable escala técnica de último minuto en Lima, pasajeros con niños literalmente recién salidos del útero materno, ronquidos de ancianos con apnea y, por cierto, el cambiante humor de las auxiliares de vuelo chilenas. David se fija en que todas están peinadas y maquilladas igual, en plan *Atrapadas: las mujeres perfectas*. La más vieja es también la más antipática y ahora le ofrece una *omelette* de plástico que no se ve muy tentadora. David observa la *omelette* sin quitarse los audífonos. La azafata vieja le habla y gesticula, le enseña los audífonos como si fuera a arrebatárselos ella misma; David le devuelve la *omelette* preguntándose qué ingredientes tendrá para lograr ese color amarillo tan dramático.

Además del horror de un vuelo transoceánico, David aún siente ese dolor que podría definir como «íntimo» y al que ya se está acostumbrando. Hasta que recibió la noticia de la muerte de Baltazar, su *piercing* había evolucionado según lo previsto, solo algunas molestias de la cicatrización y nada más, pero durante las últimas horas el dolor ha sido más intenso y la zona, según se fijó antes de salir de Nueva York, hace casi once horas, tomó un color rojo purpuráceo que le preocupa bastante.

Un par de whiskys lo ayudaron a calmar el dolor físico durante el vuelo, al menos por una hora o dos. Intentó buscar una película en la categoría «Estrenos» del sistema de entretenimiento a bordo, pero solo encontró la franquicia completa de *Scary Movie, blockbusters* basados en historietas y comedias de Jennifer Aniston bordeando la menopausia. Eligió *Gigli*, con Jennifer Lopez y Ben Affleck; Baltazar decía que era una de las peores películas que había visto en su vida.

A los quince minutos de *Gigli*, David volvió al menú de entretenimiento. Escapó de la sección «Estrenos» y lo intentó de nuevo en «Cine latinoamericano». Seleccionó tres posibilidades: un semidocumental boliviano filmado en el altiplano con actores no profesionales y ganador del Premio del Jurado en el último Festival de Rotterdam; una película argentina con Ricardo Darín y China Zorrilla, y una película *indie* chilena basada en un cuento antiguo de Baltazar y dirigida por unos improbables amigos suyos. Eligió la chilena *Los últimos días*, un título bastante pobre comparado con el original del cuento, «178 veces te quise». Luego de una introducción muy interesante, David se enfrentó a una secuencia de créditos a todo color.

Escrita por
Vicente San Martín
Dolores Robledo

Basada en el relato
«178 veces te quiero», de Baltazar Durán

David imaginó alaridos; el rostro desencajado por la ira de Baltazar ocupó todos los rincones de su cabeza. Baltazar lloró sangre. Amenazó con demandas, con cárcel, con la Sociedad Internacional del Derecho de Autor. No solo habían cambiado el título del cuento original reemplazándolo por otro sin relación alguna con la historia (*Los últimos días*, además, se llama la película de Gus Van Sant sobre Kurt Cobain); también se habían tomado la molestia de rebautizar su propio cuento en los créditos (¡«178 veces te quiero»! y no el correcto, que es «178 veces te quise»). Ahora nadie podía ayudarlo. David se imaginó a Baltazar gritándole a la azafata vieja: «LanChile está siendo cómplice de una violación a un derecho, el derecho de autor». La película continuó. David observó a Baltazar sentado a su lado en el avión, sin despegar la vista de su pantalla, organizando mentalmente las acciones legales que correspondían para resolver tamaña afrenta. Se distrajo. Baltazar desapareció de su cabeza y del avión en vuelo.

Mientras él y otros pasajeros le daban una oportunidad a *Los últimos días* en las pantallas de nueve pulgadas, los pensamientos de David abandonaron la clase ejecutiva y descendieron hacia el estómago del avión. Baltazar dormía tranquilamente y para siempre bajo los efectos infalibles de un somnífero de última generación, eterno y más potente que todos los medicamentos que había probado en su vida. Que no eran pocos.

David cerró los ojos con los audífonos puestos, aguantando los diálogos infantiles de *Los últimos días*, por cierto no escritos por Baltazar, y un tango majadero ocupando el plano sonoro de cada escena. En su cabeza, David trató de calmar a Baltazar. Estaba descontrolado.

¡No puedes hacer nada!, le explicó en sus fantasías, a medio camino entre el sueño y la realidad del vuelo. *Es una adaptación. Solo está basada en un texto tuyo. No es un texto original escrito por ti.*

No es un texto, reclamó él, indignado. *Odio cuando la gente habla de un texto. ¿Qué mierda es un texto? ¿Un libro? ¿Un mensaje de texto? Cuento, relato, novela breve, lo que tú quieras. Pero texto no.*

Tú mismo escribiste en la nota de introducción que Yo besé a Gena Rowlands *es una obra, un documento o un texto.*

Bueno, me equivoqué. También puedo equivocarme. Pero definitivamente texto no es.

¿También te equivocaste cuando pasaste la noche con Emilio Ovalle?

Baltazar no respondió. Se calló porque estaba muerto. No podía hablar. Ya había hablado lo suficiente. David se había quedado dormido peleando con él, como a veces solían hacerlo de aburridos, otras simplemente porque ya no se aguantaban, porque el tiempo había pasado demasiado rápido y el invierno muy lento y las cosas sencillas y estúpidas que antes los hacían felices se habían convertido en hábitos, en detalles de una rutina científicamente prefabricada que los dos criticaban pero que les resultaba cómoda. David no sabía por qué, pero le gustaba esa vida. Le gustaba despertar temprano un domingo por la mañana, sin resaca ni los efectos secundarios de la última droga de diseño en su organismo. Se sentía inútil y por momentos mal querido, pero le gustaba.

Cuando el avión aterriza no hay una sola parte del cuerpo que no le duela.

Algunos pasajeros se levantan de sus asientos. David se queda quieto, programando un par de canciones más para preparar su llegada. Obsesivamente se pregunta cómo llegó Whitney Houston a su iPhone. Culpa a Baltazar: es otra de sus bromas de mal gusto. Quizás la última antes de irse al infierno.

Mira por la ventana del avión. Ahí está un pedazo de la tierra de Baltazar: un hombre conduciendo un vehículo de carga, una pista de aterrizaje y a lo lejos, casi invisibles, unas montañas no muy impresionantes. Nada que llame su atención.

Nunca quiso conocer Chile. Al menos no de verdad. Una sola maldita vez, en una de esas raras ocurrencias que a veces le venían, tuvo la pésima idea de sugerirle a Baltazar viajar un par de semanas para capear el invierno de Nueva York. El principio del fin había sucedido en un pequeño restaurante etíope de la calle MacDougal.

—Podríamos ir a Chile —propuso David sin levantar la mirada de su plato de lentejas.

—¿A qué? —preguntó Baltazar.

—No sé —solo entonces se dio cuenta de que algo andaba mal, de que quizás había metido la pata—. A conocer.

Baltazar apenas probó su cordero con especias. Se tomó tres vasos de agua; David le preguntó si se sentía bien. Baltazar lo hizo callar y le preguntó qué estaba tramando. Él pensó que estaba borracho, pero desechó la idea porque solo habían tomado agua.

Cruzaron el borde del Village hasta Tribeca sin decir una sola palabra. El viento soplaba hacia la parte baja de la ciudad congelándoles la espalda; el estómago de David se retorció por los nervios y el frío. Baltazar caminó a paso firme y rápido frente a él, sin mirar hacia atrás ni tomarlo de la mano ni acogerlo en un abrazo para darle calor. Llegaron al departamento; Baltazar se fue directo al dormitorio: abrió el armario, movió una silla y se subió a buscar una maleta. David lo miró. No entendió. Pasó un rato. Nunca entendía. No le dijo nada, se quedó pensando mientras Baltazar ordenaba con cuidado la ropa en la maleta. David no quiso hacer preguntas porque las respuestas le parecieron obvias.

Baltazar cerró la maleta y le dijo que se sentía asfixiado.

Por el trabajo, que desde hacía varios meses no le daba placer ni lo sorprendía como antes.

Por la rutina, hecho que despreciaba porque le recordaba a su padre y, además, porque él nunca había sido un hombre de rutinas, sino más bien de momentos espontáneos.

Por su relación, o más bien por eso tan difícil de definir en lo que se había convertido su relación, sin duda un compromiso serio y profundo que aunque les doliera estaba extinguiéndose, como la intimidad, el sexo, el sentido del humor y tantas otras cosas.

Baltazar dejó finalmente la maleta y le confesó que ya no lo soportaba en su vida. Alguna vez lo había querido mucho, pero ya no: desde hacía un tiempo se había convertido en un lastre, en un peso inútil y difícil de llevar, como un trabajo extra que en sentido estricto nunca había buscado ni mucho menos necesitado, del que nunca había dependido, pero que se sentía obligado a cargar sin saber el motivo. David le dijo que pensaba que ese motivo era el amor. Baltazar le confesó que no estaba enamorado de él.

Todas esas cosas se las dijo antes de partir. No se despidió. Llevaban cinco años juntos y dieciocho meses casados. Una semana antes, un domingo, mientras preparaban huevos rancheros para el desayuno, habían hablado de comprar una casa en Brooklyn.

David pensó que la reacción de su marido tenía que ser una broma; ni la primera ni la última. Durante algunos minutos, mudo y con las manos sudorosas, creyó que la comedia era una posibilidad. Baltazar era así: le gustaba jugar con la naturaleza humana, en especial con la naturaleza de los más débiles. A veces comprendía su implacable sentido del humor y casi lo disfrutaba, pero la mayor parte del tiempo sus bromas iban demasiado lejos hasta que alguien, casi siempre él, resultaba herido.

A los dos años de estar juntos comenzó a sentir dudas sobre la realidad; su propia realidad. No sabía si Baltazar lo amaba o si se burlaba de él. No estaba seguro de si se encontraba en una relación con un tipo brillante o con el homosexual más egocéntrico y perverso de una ciudad aún más perversa.

Baltazar arrastró la maleta por el pasillo del departamento. No lo miró. Antes de irse, David le preguntó si había otra persona; quería saber quién era. Baltazar disipó rápidamente sus dudas: le confesó que no sabía sus nombres pero sí sus *nicknames*, Mr. Cheese y Polish Sausage. Eran una pareja de osos cuarentones que había conocido en Scruff, una aplicación especializada en contactos gay con hombres rudos. Baltazar le preguntó si necesitaba detalles del encuentro. David dijo que sí. Escuchó con atención y pronto concluyó que tenía que borrar aquello de su mente si quería evitar el suicidio.

Cuando la descripción de la escena con Mr. Cheese y Polish Sausage terminó, David le preguntó cuál era el problema. No podía ser tan grave. No era la primera vez que le era infiel. Baltazar se acercó y le explicó que en esta ocasión todo había sido distinto. David le preguntó por qué. Baltazar le respondió que esta vez no se había arrepentido.

El demonio estaba quieto. Dormido.

El demonio era la culpa y por alguna razón cósmica ahora la había perdido gracias a Mr. Cheese y Polish Sausage. La culpa había sido su gran adicción durante los últimos años y por primera vez no podía sentirla machacándole la nuca ni zapateando en su cabeza. Tantas veces había caído por compasión o por lástima, otras por vergüenza; pero ahora no: ahora por fin era un hombre libre. Había vencido al demonio, el enemigo que lo obligaba a ser otra persona, a actuar como alguien a quien en el fondo odiaba, alguien en quien jamás esperó convertirse.

Su prosa era culpógena, al menos eso decían los estudiosos. La culpa era su columna vertebral, su *modus operandi*, su campo de batalla. Ahora se la habían extirpado como si fuera su apéndice o las amígdalas. Hacía mucho tiempo que no experimentaba esa sensación de libertad, al menos una década. Treinta y cinco años, y esa era su energía hacía una década. Nada le importaba de verdad, y en esto quería ser muy cuidadoso, pero también franco. Nada le importaba de verdad: ni siquiera lo que pensara, sintiera o sufriera David. Así de grave era la situación.

Le faltaba una pieza: algo que lo motivara de espíritu, un hecho, una aventura o un personaje que le sacudiera la cabeza y lo remeciera desde adentro para salir de su crisis inspiracional. El único remedio que se le ocurría era separarse de David por unos días. Quería descubrir si todavía era capaz de extrañarlo, de echarlo de menos, de sentirlo suyo.

David pensó que era solo una amenaza. Que todo estaba bien. Que la distancia ayudaba y que todos los escritores tenían crisis inspiracionales, algunas más graves que otras. Era una de las desventajas de compartir la vida con un hombre creativo.

Supuso que Baltazar desaparecería algunas horas, tal vez hasta un par de días. Nada serio. No sabría nada de él en ese tiempo. Después lo llamaría o le textearía con el cariño de siempre. Pediría perdón. Rogaría perdón. Se acusaría hasta el cansancio y prometería todo lo que estuviera a su alcance por una segunda oportunidad. Luego le daría las gracias por ser tan comprensivo y tolerar sus rabietas.

Pero no fue así.

Como siempre, David se equivocó y Baltazar terminó por sorprenderlo.

Volvió diez días después, bronceado, tonificado, hablando de unos amigos argentinos que había conocido en Miami y de la posibilidad de irse a vivir a Buenos Aires por una temporada; tal vez abrir un restaurante en Palermo Soho.

Durante su ausencia, David había sufrido varios cambios de ánimo. De la indiferencia a la preocupación, porque el teléfono no sonaba y pasaban los días y no había llamadas ni respuesta a sus mensajes de texto; de la preocupación a la pena, porque quizás se acercaba ese final tremebundo al que siempre le había tenido un miedo que no sabía explicar; de la pena a la rabia, porque el tiempo no había mejorado las cosas, sino más bien todo lo contrario, y él se despedazaba por dentro al comprobar que la paciencia se agotaba y también las ganas de entender, de ser empático, de seguir adelante y de saber perdonar desde lo más sencillo a lo fundamental.

David lo quería. Lo amaba. Era el gran amor de su vida.

Lo quiere. Lo ama. Es el gran amor de su vida.

Tras su regreso de Miami, Baltazar le confesó lo que había hecho en esos días de desaparición. Luego de la pelea, se pasó la tarde llorando en una sucia habitación del hotel Saint Marks. David le preguntó si se había acostado con alguien. Él le dijo que no. Mintió: lo hizo para no herirlo. David no le creyó. Horas más tarde encontró el recibo de una farmacia Duane Reade donde Baltazar había comprado una caja de preservativos Trojan y un tubo de lubricante KY. No quiso pedir detalles. Se los imaginaba y no le gustaban. En un ataque de profunda melancolía agravada por el *skunk*, Baltazar había llamado a Susana, su querida e infranqueable hermana mayor, recientemente diagnosticada con un cáncer ovárico, según ella «controlado». La conversación telefónica terminó luego de tres horas con el llanto de ambos involucrados y la promesa de reunirse, la noche del día siguiente, en el Standard Hotel de Miami. Baltazar le enviaría el pasaje.

Susana y Baltazar pasaron dos días en South Beach y cinco en Fort Lauderdale. La playa, el aire acondicionado y la reconciliación final con su hermana le permitieron a Baltazar reflexionar acerca de las metas que, luego de cinco años junto a David, debía analizar más profundamente. Cuando regresó a Nueva York, David le preguntó cuáles eran esas metas. Baltazar no respondió. David se preparó para lo que venía. Lo miró expectante, listo para escuchar su teoría; pensó que ese era el final, pero él no dijo nada. Solo lo besó y luego le preguntó qué habían estrenado en Netflix.

No volvieron a hablar del tema. Fueron medianamente felices por treinta días con sus treinta noches, como un enfermo terminal que se recupera poco antes de la muerte. Baltazar dejó de escribir y de meterse a Grindr y Manhunt. No compró cocaína ni otras drogas duras. Tampoco volvió a desaparecer. Siguieron cocinando, follando a medias, casi sin ganas, y mirando películas de Susan Hayward como lo habían hecho desde el comienzo. No hablaron de temas importantes. David se sintió aliviado. Había sido una falsa alarma; solo un llamado de atención para seguir adelante. Tenía que confiar, crecer como persona y atreverse a expresar sus sentimientos. Sabía que Baltazar lo amaba y que nunca se iban a separar porque él mismo se lo había prometido muchas veces, en diferentes circunstancias: sobrio y borracho, con ternura y con pasión, llorando o riendo a carcajadas. Juntos habían cruzado todos los estados posibles y uno que otro de los imposibles. Ya no eran solo amantes, eran compañeros de viaje.

Pero un día David se asomó al balcón del departamento y encontró a su compañero de viaje de pie, mirando hacia los edificios de la calle Canal con el celular en la mano y la cara de alguien que acaba de ganarse una fortuna en un concurso. Colgó el teléfono. Se acercó. No pudo disimular su alegría: le contó que Emilio Ovalle estaba en Nueva York, y entonces todo se fue a la mierda.

Anoche dormí con Emilio Ovalle.

—Por favor, acompáñeme… —le susurra una azafata.

Camina quince minutos por el suelo de linóleo del aeropuerto. La azafata le presenta a otra mujer, la supervisora de aduanas. Se despide. La otra mujer le pide que la siga. Cruzan un pasillo angosto, luego una puerta, una escalera mecánica y al final un pequeño salón VIP donde duermen algunos turistas de primera clase. Aguanta una hora de trámites en la Policía Internacional. La mujer le advierte que no es un procedimiento sencillo, debe firmar varias copias de distintos papeles como responsable de la repatriación de los restos. Es algo sumamente importante, le dice. Todo debe estar en regla. David firma los documentos y luego se despide de la mujer. Un agente de aduanas lo obliga a abrir su equipaje: David se aterra ante la posibilidad de un porro a medio fumar en el bolsillo de algún pantalón. Afortunadamente, nada de eso sucede. Espera pacientemente sus maletas. Unos perros antidroga se interesan por su pequeño bolso de a bordo. Un policía le pregunta si trae algo, David le dice que no. El policía observa su pasaporte y luego le dice que pase, que el perro ya está viejo y no olfatea como antes. David sonríe.

Una multitud desordenada y ansiosa se ha congregado en la salida de la terminal internacional. Hay una treintena de periodistas, reporteros gráficos y camarógrafos, escritores y, en especial, aspirantes a escritores haciendo preguntas y exigiendo la verdad. Hay un club de *fans* con un lienzo que dice: «Llévanos a todos juntos a la cama». Hay dos travestis borrachos con pelucas azulinas disfrazados de Joanna Jacopetti, la heroína de *I eat your soul*, la única novela gráfica de Baltazar Durán. Una cámara de televisión entrevista a una mujer de pelo rojizo, posiblemente alguien de la editorial. David avanza hacia la salida: de inmediato lo sorprenden la arquitectura, el calor, el acento de algunos chilenos, los uniformes de la policía y la sequedad del ambiente. Todo le parece de una aridez asfixiante. Mira a su alrededor, como intentando buscar el rostro conocido que lo llevará a algún lugar, quién sabe cuál. Lee las pizarras blancas, buscando su nombre. Las cámaras se le vienen encima. Una reportera pequeña choca con una de sus maletas; se tropieza. Al levantarse, él le pide perdón. Ella se queda mirándolo a los ojos. Lo reconoce, posiblemente de esa última foto en Míkonos que les tomaron el verano pasado: «Baltazar Durán nos cuenta por qué le gusta pasar el verano en la paradisiaca isla griega». La reportera pequeña se le viene encima y junto a ella los demás periodistas. David intenta empujar su maleta a través del mar humano; un periodista, a lo lejos, habla frente a un micrófono de éxito, drogas, promiscuidad y muerte. Alguien toma su mano y lo empuja de la conmoción por un costado. Es la mujer del pelo rojo. Le habla a susurros y en inglés fluido.

—*Follow me. I'm Mónica. The real one.*

Está vestida de negro riguroso y protegida por unos anteojos ópticos de marco grueso. Sin preguntas, toma su maleta y la empuja a un auto con una fuerza que a David le sorprende. Un chofer la está esperando. La reportera pequeña no se cansa y contraataca.

—¡Mónica, espera! —le grita.

—Ahora no —contesta Mónica mientras lo arrastra de la mano hacia el interior del auto en marcha. Los periodistas y camarógrafos siguen a la reportera pequeña. Todos rodean el auto; asoman las cabezas, hambrientos.

—¡Al hotel W! ¡Rápido, por favor!

El chofer no puede mover el auto. David observa a la horda de periodistas: todos hablan al mismo tiempo, no es posible entender lo que dicen. Al menos a David le cuesta.

—Atropéllelos si es necesario.

El chofer se mueve lentamente por el acceso. Dos policías aparecen desde el otro lado del aeropuerto y detienen a la masa; la reportera es la única que logra cruzar el cerco policial. Se detiene justo frente a David. Lo mira a través de la ventana.

—¿Es cierto que estaban pensando adoptar?

David comienza a reír, aunque no sabe exactamente por qué.

En el trayecto desde el aeropuerto de Santiago al hotel, David no mira por la ventana ni piensa en Baltazar ni sufre jaquecas por el vuelo. Mónica Monarde no deja de hablar ni por un segundo: le describe con detalle la pena negra que comenzó a sentir incluso antes de leer el *email* con el asunto «Malas noticias», en el que un amigo suyo de la división editorial de Nueva York le contaba escuetamente sobre la misteriosa muerte del autor latinoamericano más vendido de la última década. Por razones que ignoraba por completo, la noche anterior a la muerte Mónica había tenido una sensación extraña: estaba preparando ensalada de quinoa con camarones a la parrilla cuando, de pronto, vio a Baltazar de pie tras ella con una copa vacía, preguntándole si prefería un Merlot o un Sauvignon Blanc. Esas cosas, le cuenta, antes le pasaban muy a menudo. Antes de llegar al hotel, David está exhausto.

Por ahora, continúa Mónica Monarde, prefiere no pensar en nada, está más preocupada por las interminables actividades que, por agenda obligatoria, deben cumplirse. Le sugiere que se prepare porque los días que vienen serán agotadores: en un par de horas está programada una conferencia de prensa y una misa; para la mañana siguiente otra misa con el gobierno, y luego los funerales en el cementerio Santa Sofía. David le pregunta a Mónica por qué tantas misas si Baltazar no creía en nadie; ella le explica que Chile es un país muy católico. Le promete que tal vez, si estrujan un poco la agenda, podrían saltarse una liturgia, o tal vez canjearla por un memorial literario de esos que están tan de moda y que llaman mucho más la atención de los medios que una misa. David no queda conforme.

A mitad del camino, Mónica Monarde ya le ha pedido que la llame Mony, como la llamó Baltazar hace muchos años, cuando en medio de una fiesta electrónica de dudoso prestigio alguien los presentó como el mejor escritor no publicado y la mejor productora de cualquier cosa y entonces decidieron que lo mejor que podían hacer era probar un ácido llamado Micropunto, y después de cuatro horas bailando y bebiendo jugos de chirimoya él le pidió que leyera una novela que estaba escribiendo en sus ratos libres. *Cuando eyaculo* era una novela negra realmente perturbadora; según ella, encantadoramente bukowskiana, con grandes momentos literarios, uno de los cuales, una pseudoviolación donde el protagonista es analmente ultrajado por sí mismo, se transformó en imagen obligatoria para toda una generación. Solo un par de años después la materia prima de este debut sería la génesis de un estilo inconfundible, pero esa noche, o esa mañana, Mónica Monarde no pensó demasiado en el tiempo y durante los últimos efectos del ocaso anaranjado del Micropunto, antes incluso de leer la novela, aceptó un rol triple en la vida del novel autor: amiga, editora y musa. Según ella, fue quien inspiró *Todos juntos a la cama*, novela seminal en muchos sentidos para la nueva literatura chilena y la que transformó a Baltazar en el autor chileno de mayor proyección internacional en Estados Unidos y Europa.

—Era un espíritu libre, sin ataduras de ningún tipo; por eso le tocó sufrir tanto. No es fácil tener esa imaginación tan fecunda y al mismo tiempo tan extravagante —le sonríe nerviosa mientras juguetea con el marco de sus anteojos—. ¿Cuánto tiempo estuviste con él?

—Cinco años. Casi seis —confiesa—. Pero nos casamos hace dos.

—Ya lo sé. A estas alturas todo el mundo lo sabe.

—Nunca fue un secreto.

—Cada vez que te entrevisten, trata de hablar de eso.

—¿De qué?

—De tu matrimonio. Aquí es un tema muy importante. Los medios te van a amar.

—¿Qué quieres que diga del tema?

—Nada especial. Que des tu testimonio. Que digas que estás a favor de la legalización y de las familias homoparentales. Que en Estados Unidos y Europa...

David no vuelve a dirigirle la palabra. No cuesta demasiado ignorarla. Está muy ocupada: recibe cuatro llamadas telefónicas y hace otras tres, dos de ellas a Nueva York. Comunica que la operación resultó perfecta, que hubo una leve demora en aduanas («totalmente comprensible dada la situación») y que todo se está cumpliendo según lo planificado («a pesar del acoso mediático, que es realmente preocupante para las actividades que vienen»).

—Estoy aquí para ayudarte en lo que quieras —le promete Mónica.

La habitación es una *suite* de lujo. Por la ventana se ve la cordillera de los Andes y a lo lejos el centro de Santiago bajo una nube amarillenta.

David no entiende por qué Mónica lo ha seguido hasta la habitación. Quiere estar solo y no sabe cómo decírselo.

No es una mujer demasiado simpática. Tampoco muy atractiva: por la descripción de Baltazar la había imaginado más sofisticada y con las caderas más anchas. Su voz lo pone nervioso; también esa obsesión por tratarlo como una madre o una hermana mayor. Mientras habla, imparable, David piensa que el cariño de Mónica Monarde por Baltazar era genuino. Eso cree con seguridad hasta que a ella se le ocurre llamar al *room service* y ordenar unos club sándwiches más dos cócteles llamados pisco sours que David una vez probó en Barcelona. Mónica enciende un cigarrillo; David le pide que lo apague. Ella obedece. Lo mira a los ojos, nerviosa.

—Antes de comer... ¿no hay nada que quieras mostrarme?

David se encoge de hombros. Ella saca su iPad y busca algo en su correo.

—Hace dos semanas recibí este *email* de Baltazar. Hace un año que no me escribía.

Mónica Monarde le enseña el iPad.

—Lee.

David le obedece.

Mónica querida de mi alma:

Sé que he sido muy ingrato contigo, pero ¿qué quieres que te diga? No tengo excusa. Hace poco más de un año que no hablamos y todo es por mi culpa, lo reconozco y asumo las consecuencias, si las hubiera.

Nueva York es una mierda. Mi vida también. Las únicas cosas que logran entusiasmarme son, como siempre, tú sabes cuáles (insertar aquí música de suspenso):

Estoy terminando de escribir mis memorias.
Quiero publicarlas en Chile.
Quiero que seas mi editora. Como en los viejos tiempos.
Quiero compartir otro Micropunto contigo.

Un beso y un abrazo,
B. D.

—¿Sabes dónde están esas memorias?

La mochila está sobre la cama.

—No —miente David—. Tú sabes que Baltazar jamás muestra lo que escribe hasta que está revisado.

—Las memorias están terminadas. Me llamó por teléfono desde el hotel donde lo encontraron; hablamos mucho rato. Estaba fascinado: dijo que recién había terminado de escribir el prólogo, que era lo último que le faltaba.

—¿El prólogo? Baltazar odiaba los prólogos.

Mónica Monarde se quita los anteojos.

—¿Seré yo, David? ¿Tú crees... que soy yo? ¿Seré yo la última persona... que habló con él? —se pregunta con la voz apagada.

David se levanta y deja su sándwich a medio comer sobre la mesa. Mónica lo penetra con la mirada, sin mover los ojos.

—¿Dónde están las memorias? —insiste.

Algunas pocas lágrimas comienzan a brotar de sus ojos, mezclándose con el maquillaje oscuro. David se levanta y pasea por la habitación; calcula sus pasos. Le roba un cigarrillo a Mónica y se detiene junto a la ventana, fuma con tranquilidad mientras la ciudad hierve bajo el calor del mediodía. Mónica posa una mano sobre su hombro. David se sobresalta: no está acostumbrado a demostraciones espontáneas de cariño.

—No sabes lo importante que es esto. Pídeme lo que quieras, pero… dime dónde están las memorias.

David vacila un instante y luego la enfrenta sin pudores:

—Las tengo yo.

Mónica se emociona nuevamente.

—Sabía. ¡Yo sabía!

Enciende un cigarrillo, conmovida por el hallazgo. Lo mira fijamente; David se queda callado. Algunos segundos más tarde suena la alarma del detector de humo. David observa a Mónica y cruza la *suite* hasta el panel de control; desactiva la alarma. Cuando gira para mirar a Mónica, ella está junto a él, muy cerca, sin quitarle los ojos de encima.

—Lo que quieras… Lo que necesites.

Respira tres veces, seca sus manos en su camiseta, piensa en palabras como traición, venganza y despecho, vuelve al departamento de Tribeca y recuerda una mañana de domingo abriendo los ojos con un rayo de sol golpéandole la cara y el rostro de Baltazar sumergido en su cuello. Piensa en todos los pequeños momentos que disfrutó en ese departamento y en la posibilidad de que hayan sido falsos. Entonces David adivina que solo existe una forma de llegar a la verdad y destruir cualquier rasgo de incertidumbre.

—Sí. Hay algo que puedes hacer por mí.

Mónica espera, atenta.

—Quiero conocer a Emilio Ovalle.

4

Hay dos formas de contar esta historia.

Una es la clásica, en blanco y negro o glorioso *technicolor*, dirigida por Joseph L. Mankiewicz, Douglas Sirk o John M. Stahl, el director de la magnífica *Que el cielo la juzque*. En esta versión, la Villa Santa Úrsula es una glamorizada construcción modernista de pasajes amplios y jardines brillantes, plagada de vecinos simpáticos y ruidosos que a menudo le aportan humor al relato. Uno de estos vecinos, la señora Yulisa, la dueña del almacén, debería ser interpretada obligatoriamente por Ruth Gordon o Agnes Moorehead. Ambas están bajo tierra, pero para los efectos de mi película ese detalle no importa porque mi película es inmortal.

En esta versión el Hospital Salvador ha sido construido como la escenografía de una obra de teatro o una película de Almodóvar: los sillones de la sala de espera, las camillas abandonadas en los pasillos, las paredes amarillentas con manchitas de sangre y orina y el retrato de Su Santidad Juan Pablo II colgado en la sala de espera. Todo es exagerado y chillón. Apenas se abren las puertas batientes de la entrada, la cámara avanza a gran velocidad para detenerse en seco sobre mi (tierno) rostro adolescente. Soy el héroe.

Suena algo rimbombante de Bernard Herrmann o Pino Donaggio. Emilio y yo nos contemplamos largamente mientras la cámara gira alrededor de la sala de espera, congelando de inmediato a los no-protagonistas: mi madre, mi hermana, los pacientes que esperan y el carabinero de mal humor.

La segunda manera de tragarse esta historia de amor es, justamente, sin amor. Esta es una película sin amor. En la sala de espera real no hubo violines ni trompetas, tampoco cámaras lentas ni miradas demasiado intensas. Esa noche Emilio ni siquiera me vio; nunca se percató de que estábamos bajo el mismo techo. No supo de mi existencia hasta varios días más tarde, esa otra noche en cuestión, cuando apareció en la casa con Susana y nos sentamos por primera vez frente a una pantalla, esta vez de solo catorce pulgadas, tal como lo haríamos muchas veces más a lo largo de nuestras vidas miserables.

En 1985 Emilio Ovalle tiene dieciséis años, el pelo castaño aclarado por los viajes a la playa y el aspecto de alguien que no ha dormido en tres meses o que, por el contrario, se ha pasado toda la vida durmiendo. Fuma mucho, al menos cajetilla y media al día. No habla demasiado, solo lo preciso. Siempre tiene los ojos irritados por el humo y su ropa huele a trago, a cigarrillo y humedad. Si uno lo mira fijamente es imposible no distraerse con dos cosas: su sonrisa Cinerama y una cicatriz en la barbilla, recuerdo de una pelea con *nunchakos*. Emilio Ovalle me da confianza. Diez minutos después de haberlo conocido tengo una sola idea clara: no es de la clase de hombres que le corren mano a mi hermana un martes en la noche.

Nos sentamos los tres a ver *Luz de luna*. Ni Emilio ni yo abrimos la boca. Susana interrumpe, habla demasiado; está nerviosa. Envidia a Cybill Shepherd porque se mete con Bruce Willis. Pregunta si tenemos hambre o si queremos tomar algo más fuerte.

Susana está caliente.

Emilio dice que él seguirá con cerveza. Ella le propone cambiar a piscola. Le pregunto de dónde piensa sacar pisco a esta hora. Susana sale un momento y vuelve con cara de mago y una botella de Pisco Control, casi llena. Miro la cara de Emilio mientras mi hermana prepara tres piscolas en los vasos largos; a mi mamá no le gusta que le usen sus vasos largos. Tomamos. Hacemos salud. Susana no me deja en paz. Me observa con los ojos abiertos, mueve las cejas, se pellizca la nariz. Ya sé lo que pretende.

Quiere que me vaya.

Quiere que me vaya a acostar.

Quiere que me vaya a acostar para que Emilio Ovalle le toque las tetas.

Está esperando que me despida como un buen hermanito menor para que ella se lo coma a besos y le acaricie el paquete a través de los *jeans*. Pierde el tiempo, la muy huevona: esta noche estoy celebrando mi 4.0 en Educación Física, raspado. Ya no tengo sueño. No pienso irme a la cama. Ni ella ni Emilio Ovalle van a salirse con la suya.

—¿Por qué no le muestras tus cuadernos a Emilio? —propone Susana.

Sabe cómo provocarme, la huevona. Cada vez que no obedezco alguna de sus órdenes recurre a la misma estrategia. Tonta huevona. Los cuadernos.

Emilio me mira y sonríe.

—¿Qué cuadernos? —pregunta.

—Son como sus diarios de vida —le cuenta Susana.

—¡No son diarios de vida, tonta huevona! —le grito—. ¡Nada que ver!

—Súper rarito, ¿no? —dice Susana y luego se larga a reír a carcajadas.

Me enfurezco. No la soporto, la quiero matar. Tonta huevona.

Desde hace algunos meses Susana empezó a molestarme. No son bromas idiotas como las que me hace siempre: son cosas que me duelen, cosas que me dejan pensando.

—¿Escribes un diario? —me pregunta Emilio, interrumpiendo mi rabia.

Emilio Ovalle tiene siete meses más que yo, pero ya le salen barba y pelos en las axilas y sabe conducir y acariciar las tetas monstruosas de mi hermana como si fueran suyas. A su lado parezco un púber, un muñeco, un enano insignificante condenado a obedecer las órdenes de los demás, un esclavo sin voluntad ni vida propias.

A veces pienso que me merezco todo lo que me pasa en el liceo. Me merezco las burlas del entrenador Viamonte. Me merezco que me digan Merengue Durán. Soy un mediocre.

—No es un diario de vida —le explico sin ganas—, es una colección.

—¿De qué? —insiste—. ¿Qué coleccionas?

Emilio me observa, expectante.

—Afiches de películas —explico—. Recorto los afiches de películas que salen en el diario y los pego en este cuaderno.

Tenía ocho años cuando vi *Encuentros cercanos del tercer tipo*; fuimos con mi mamá y mi hermana al cine Ducal, en el centro, justo frente al Teatro Municipal. Mi mamá se quedó dormida a la media hora de película. A Susana no le gustó porque no entendió nada y además porque no salían hombres sin camisa. A mí me encantó.

Cuando volvimos a la casa, tarde en la noche, mi madre sacó unas salchichas del refrigerador: estaban envueltas en papel de diario, compradas en el almacén de doña Yulisa. El envoltorio quedó sobre la mesa de la cocina. Observé el pedazo de diario y entonces vi el afiche de *Encuentros cercanos...* Esa noche no comí salchichas y decidí que iniciaría mi colección, el tesoro máximo de mi adolescencia, la primera demostración de que Baltazar Durán podía ser un enclenque y un lampiño, un adolescente tardío y quizás hasta subdesarrollado, un merengue sin gracia ni talento conocido, pero estaba diseñado para grandes logros en la vida, para desafíos, ambiciones y proyectos gigantescos. A los ocho años supe que algún día no muy lejano mi vida cambiaría para siempre; algún día la gente hablaría de mí con admiración y envidia. Tenía todo el tiempo del mundo para lograrlo.

Desde esa ocasión, todos los días pasaba por el almacén de doña Yulisa a buscar diarios antiguos para recortar. En mi casa casi nunca se compraba el diario.

Al comienzo solo recortaba y pegaba los afiches de las películas que había visto, pero después me dejé llevar y coleccionaba todo lo que encontraba en el diario, desde las películas de Hollywood hasta el cine italiano, brasilero o francés para mayores de veintiuno que daban en los cines Roxy, Nilo o Cinelandia.

Emilio toma mi cuaderno y lo abre. No disimula en lo más mínimo su interés.

—Ese es el último que tengo —informo—. En total son veintidós.

Le muestro la caja de cartón donde guardo los otros cuadernos: advierto que hay una brecha de dos meses en dos años distintos, producto de fatídicos viajes a El Tabo, donde no pude conseguir diarios. Me fijo en que revisa con especial atención los afiches de *Los cuerpos presentan violencia carnal* (italiana) y *Toda desnudez será castigada* (brasilera), ninguna de las cuales he visto porque la censura maldita de este país de mierda las ha calificado como Estrictamente para Mayores de Veintiún Años.

—A este pendejo le encanta el cine. Igual que a ti, Emilio.

Susana se sienta en su rodilla y arruga un poco el papel metálico que sirve de forro para mi cuaderno veintidós.

—Ten cuidado —le advierto.

Emilio revisa otras páginas del cuaderno.

—Esta parece que todavía la están dando en el Astor —indica de nuevo el afiche de *Los cuerpos presentan violencia carnal*.

—No la conozco —asumo.

—Yo tampoco.

—Está más aburrida la tele —reclama Susana, mirando con asco un programa de entrevistas donde hay un mago, una *vedette*, un humorista y una actriz de telenovelas mal peinada.

—Cámbiala al 13, dan *Cine de última función*.

Obedezco al invitado. Muevo la perilla de plástico del selector de canales. En el Canal 7 dan una película de acción con George Peppard, el de *Los magníficos*. No me gustan las películas de acción. Cambio de nuevo. En el Canal 13 un cura con aspecto de que morirá en los próximos dos minutos está dando las palabras al cierre, que siempre me dan pena y un poco de terror.

—Ya pasó *Cine de última función* —me quejo.

Vuelvo al selector de canales, pero algo se rompe y me quedo con la perilla en la mano. Susana frunce el ceño.

—Manos de hacha, ¿qué hiciste? —grita.

—Si estaba rota de antes —me defiendo.

—¡El Viejo de Mierda te va a matar!

—Esto se arregla —se ofrece Emilio.

Se acerca, toma la perilla plástica y trata de acomodarla en su sitio. Manipula el selector de canales, pero en la pantalla el sacerdote continúa su sermón al borde del éxtasis:

—San Lucas ocho, versículo dieciséis al dieciocho: Nadie que enciende una luz la cubre con una vasija, ni la pone debajo de la cama, sino que la pone en un candelero para que los que entran vean la luz. Porque no hay nada oculto que no haya de ser manifestado, ni escondido que no haya de ser conocido y de salir a la luz.

Emilio mueve la perilla del selector de canales; lo hace con extrema precisión. El sacerdote levanta la mirada de la lectura y observa a la cámara. Luego de una breve nieve televisiva, el canal se cambia a otra estación. Es el Canal 5; el programa se llama *Veamos cine*. Emilio observa impávido, de pie ante el televisor.

En la pantalla de catorce pulgadas del televisor en blanco y negro, una rubia platinada desciende por unas amplias escaleras; a su alrededor todo es majestuoso. Muchos años después, luego de ver de nuevo la misma película en una mala copia en VHS editada por Videomovies, descubriría que además de majestuoso todo es rojo. Pese a la pobre transmisión de Canal 5 todos los colores se ven asombrosamente brillantes, incluso en blanco y negro.

—Es Kim Novak —dice Emilio Ovalle.

Susana me mira, orgullosa del nivel intelectual de su nueva conquista.

—No he visto esa película —fue lo único que atiné a decir.

—¿Viste que sabe harto de películas? —insiste Susana.

—¿Esta la hizo antes o después de *Psicosis*? —pregunto, casi desafiándolo.

—Después —aclara Emilio sin mirarme—, pero Kim Novak no actuó en *Psicosis*.

No me mira. El único objeto de su atención es la pantalla del televisor.

—Actuó en *Vértigo*, también de Hitchcock. La estás confundiendo con Janet Leigh.

Me odio a mí mismo por ser tan ignorante; no es posible que no haya visto ni *Psicosis* ni *Vértigo* y que la únicas películas que conozca de Hitchcock sean *La ventana indiscreta* y *Los pájaros*. Odio mi vida. Y también odio este país.

—Súper vieja, la película —reclama Susana—. ¿Quién es esa rubia?

Ni Emilio ni yo respondemos. Susana insiste:

—¿De qué trata la película? —pregunta—. Se ve vieja y aburrida.

—Nunca la he visto… —responde Emilio, no sin cierta frustración—, pero he leído mucho sobre ella. Es una película maldita.

Susana me mira, enojada. Hace gestos con la boca sin que Emilio la vea.

—¿Maldita de mala? —pregunta.

Emilio no le responde.

—¿Quién la dirige? —pregunto con ansiedad descontrolada.

—Aldrich. Robert Aldrich, el de *Los doce del patíbulo*. También hizo *¿Qué pasó con Baby Jane?* —me explica—, con Bette Davis y Joan Crawford. ¿La viste?

—No —respondo.

—Pero, ¿cómo no la viste?

—¿Y dónde la voy a ver? Aquí apenas sí tenemos tele.

—La dieron en el 13. En dos partes.

—¿Qué? ¿Cuándo? ¿Hace cuánto tiempo?

—Mmm. No sé. Antes del terremoto. Aldrich también hizo *Hush... Hush, Sweet Charlotte*.

Los ojos de Emilio bailan en sus propias órbitas. Intento seguir su entusiasmo, trato de no perderme ni un solo detalle: sus manos, los brazos, los dientes enormes. Nunca había conocido a un cinéfilo.

—¿Cómo se llama esta película que estamos viendo? —pregunta Susana, aburrida de no llamar la atención.

Emilio Ovalle se queda inmóvil, con los ojos muy abiertos. Aunque acabo de conocerlo hace diez minutos, puedo adivinar que algo está sucediendo en su cabeza: mi pregunta ha activado un sistema complejo de indagación, un mecanismo meticulosamente diseñado desde niño donde están guardados títulos, nombres y géneros cinematográficos.

—No me acuerdo —reconoce, derrotado.

La película se llamaba *La leyenda de Lylah Clare*.

Paso tres semanas en un estado de obsesión que no me deja tranquilo. Comienzo la búsqueda al día siguiente. Solo manejo dos datos: Kim Novak y Robert Aldrich.

El Gordo Oñate me cuenta que su mamá tiene unas revistas *Écran* guardadas en la casa. Paso varias tardes en su casa, pero además de tomar litros de leche chocolatada y anotar un par de datos ni remotamente cercanos a la película, no consigo nada más. Sacrifico varias horas de tiempo libre que debería haber dedicado a estudiar Historia de Chile, por ejemplo, asignatura en la que no me destaco particularmente, encerrado en un helado salón de la Biblioteca Nacional donde tengo que taparme las piernas con el bolsón para no morir de frío. Lleno medio cuaderno de Biología con datos, conexiones y detalles intrascendentes, como por ejemplo, cuántos años tenía Kim Novak al momento de filmar *Vértigo* o qué películas dirigió Robert Aldrich antes de trabajar con Kim Novak. Mi ignorancia me da vergüenza: ni siquiera sé cómo se escribe Aldrich. ¿Aldrich, Aldresh o Haldrich?

Considerada como un rotundo fracaso comercial y de crítica al momento de su estreno en 1968, *La leyenda de Lylah Clare* es un vehículo para el lucimiento de una alicaída Kim Novak en un rol doble: el de una actriz tipo Greta Garbo fallecida veinte años atrás y la actriz novata que debe interpretarla en una megabiografía producida por un hombre enloquecido. La cinta de Aldrich no solo recibió críticas devastadoras en cada lugar donde fue estrenada, además sepultó más o menos definitivamente la carrera de Kim Novak, condenándola después a solo un puñado de pobres apariciones televisivas. Conocida como la respuesta aún más *trash* al fenómeno de Marilyn Monroe, la Novak jamás fue una actriz de carácter, aunque sus interpretaciones en *Picnic*, *Vértigo* y *Servidumbre humana*, basada en la novela de Somerset Maugham, hayan sido profusamente elogiadas. Todo esto lo saqué de la Enciclopedia del Cine Planeta que encontré en la Biblioteca Nacional.

No puedo dejar de pensar en ella.

Lylah Claire. El personaje que mató a Kim Novak.

La leyenda de una diva
The Legend of Lylah Claire
(Estados Unidos/Francia, 2014)

Dirigida por Todd Haynes. Con Emma Stone, Kim Basinger, Mark Ruffalo, Jennifer Jason Leigh, Anthony Hopkins y Leonor Varela. Muy esperada por una legión de fanáticos de la película homónima de 1968, dirigida por el extraordinario Robert Aldrich, este inexplicable *remake* no hace sino confirmar dos cosas: lo primero es que el original, visto hoy con la distancia de los años, era un fresco testimonio sobre el Hollywood más cruel, ese universo retratado por Kenneth Anger en *Hollywood Babilonia* y del que Aldrich ha exprimido sus películas más originales (*¿Qué pasó con Baby Jane?*, de alguna manera la inefable *The Killing of Sister George*, y en especial *Intimidad de una estrella* o *The Big Knife*). Lo segundo es que la sensibilidad del director Todd Haynes, otrora niño rebelde del cine *queer*, ha mutado extraordinariamente desde los tiempos de las monumentales *Safe* y *Velvet Goldmine*, dos obras maestras del cine independiente americano producidas por la infatigable Christine Vachon. Emma Stone, una de las mejores actrices de su generación, interpreta a la Lylah Claire del título, una famosa actriz muerta en misteriosas circunstancias; también es otra actriz joven que debe encarnarla en una *biopic* millonaria. Ambas mujeres, Lylah y su álter ego, desarrollan una relación literaria alimentada por un director enamoradizo (el siempre efectivo Mark Ruffalo) y un productor megalómano con inspiración en Dino de Laurentiis (Anthony Hopkins). Visualmente la película es irreprochable gracias a la fotografía excepcional de Edward Lachman, incluso cuando la imaginería de Haynes llega a límites empalagosos, como en los interminables *flashbacks* que filma como si fueran una añeja publicidad de jabón Lux, o en las curiosas intervenciones de Jennifer Jason Leigh como un hada madrina *punk*. Conocida es la fascinación del cineasta por épocas pretéritas, en especial los cincuenta, década que le sirvió para homenajear a Douglas Sirk y filmar una de sus películas más maduras, *Lejos del cielo* (*Far from Heaven*) y la efectiva miniserie para HBO *Mildred Pierce*. Sin embargo, en esta oportunidad las obsesiones que ya conocemos de Haynes (la época, lo clásico, el diálogo ambiguo y/o sobrepuesto, la ausencia de clímax y la narración fragmentada) traicionan un relato promisorio y original limitando la figura de Lylah Claire, el sueño americano por excelencia, a la reliquia viviente de un melodrama *camp*, suerte de *Sunset Boulevard* en clave *glam*, recargado como pocos e ingenuo como ningún otro título en la filmografía de Todd Haynes. MEDIOCRE.

—¿Aló? Buenas tardes…
    —¿Hablo con Canal 5? ¿UCV Televisión?
    —Sí. ¿Qué necesita?
    —Mire, estoy llamando para pedirles un favor.
    —¿Un favor?
    —¿Por qué no repiten la película que dieron el martes en *Veamos cine*?
    —¿El martes?
    —Lo que pasa es que la dieron muy tarde y no la pude ver.
    —¿Qué película es?
    —Se llama *La leyenda de Lylah Claire*. Es un clásico. Trabaja la Kim Novak. La dieron en *Veamos cine*, debe haber empezado como a las once quince de la noche más o menos.
    —¿Cómo me dijo que se llama la película?
    —*La leyenda de Lylah Claire*. Trabaja Kim Novak, la rubia.

—¿Cuál es su nombre?

—Baltazar Andrés Durán Carmona.

Sueño con Kim Novak.

Alucino con Lylah Claire.

En clase de Matemáticas imagino que veo la película. Salgo corriendo del liceo, llego a la casa, me hago un pan con aguacate, prendo la tele y ahí está: *La leyenda de Lylah Claire* está recién comenzando. Aparecen los créditos.

Kim Novak in
A film by Robert Aldrich
THE LEGEND OF LYLAH CLAIRE

Pero no. La gente de UCV Televisión no toma en cuenta mi solicitud y en *Veamos cine* repiten todas las películas, incluso *Las abejas asesinas* y *Ranas*, menos *Lylah Claire*.

Odio no poder verla. Odio saber que quizás nunca la veré. Odio mi vida. Y por sobre todas las cosas, odio este país de mierda donde cuesta tanto ser cinéfilo.

Mientras mi resentimiento crece como una mutación genética, la relación entre Emilio Ovalle y mi hermana pasa de una linda amistad a romance tórrido, con declaración de amor y sexo explícito.

Día por medio Susana se encierra en el baño por dos horas. Nadie puede molestarla; el baño queda clausurado. Aparece peinada y maquillada. No sé qué hace, pero en esas dos horas su pelo se agranda hasta dar la impresión de que usa una peluca con relleno. Mi madre le dice que se ve ridícula con el peinado y que está más pintarrajeada que puerta etrusca. A Susana no le importa, o hace que no le importa porque no está dispuesta a que nadie le eche a perder el genio y además porque no entiende lo que significa ni sabe quiénes fueron los etruscos. Lleva unos aros colgantes con forma de luna que le compró Emilio en la feria artesanal del Barrio Bellavista; mi madre dice que esas ferias son nidos de delincuentes y comunachos.

A veces Susana se escapa para encontrarse con su amor en la Plaza Santa Úrsula, que de plaza tiene poco; es una cancha de fútbol con dos árboles y unos juegos infantiles oxidados y sin pintura. Hace unas semanas una niñita de la villa de al lado se voló un ojo en un columpio. Mi papá dice que la Municipalidad no responde por accidentes porque los juegos están desde los tiempos de la Unidad Popular, así que no le extraña que estén todos oxidados.

Otras veces mi madre se acuesta temprano. Mi padre siempre llega pasadas las doce de sus reuniones de apoderados, y Susana aprovecha para invitar a Emilio a la casa. Emilio nunca llega con las manos vacías: cervezas, vino, pasteles, cigarros, chocolates. Siempre anda de buen ánimo, con ganas de ver cualquier cosa por televisión. Le gusta ver películas, no series como *Dinastía* ni *Dallas*, ni *Falcon Crest*. Dice que no las entiende. Tampoco le interesan los documentales como *Mundo 85* o *La tierra en que vivimos*.

Han pasado dos meses. A Susana no le cuesta mucho enamorarse de él. Es la primera vez que siente algo parecido.

Ahora es de verdad.

Ahora es profundo.

Ahora tiene un hombre a su lado y un futuro junto a él.

En dos meses Emilio y yo vemos dieciocho películas. Esta es la lista. Se indica en qué canal la vimos. A veces también está mi hermana, pero como es disléxica se distrae con facilidad y hay que explicarle la trama.

Misterio en la isla de las gaviotas (Canal 7, *Super Premiere Universal*)

Trágico fin de semana (Canal 7, *Super Premiere Universal*)

Convoy (Canal 7, *Tardes de cine*)

Atrapadas: las mujeres perfectas (Canal 11, *Cine*)

Condominio (Canal 13, *Grandes eventos*, en dos partes)

Nosferatu (Canal 5, *Veamos cine*)

Rocky (Canal 13, *Cine de estreno*)

Aeropuerto 77 (Canal 7, *Super Premiere Universal*)

Muerte en el Expreso de Oriente (Canal 13, *Grandes eventos*)

Espera en la oscuridad (Canal 7, *Cine de trasnoche*)

La hora del vampiro (Canal 13, *Cine de estreno*)

Las abejas asesinas (Canal 13, *Cine en su casa*)

Mi bella dama (Canal 13, *Grandes eventos*)

El molino negro (Canal 13, *Cine de estreno*)

La flecha rota (Canal 13, *Cine clásico*).

Encaje de medianoche (Canal 13, *Cine de última función*)

Las diabólicas (Canal 5, *Veamos cine*)

Marabunta (Canal 7, *Tardes de cine*)

Nos gustan las de miedo que dan en Canal 7 los sábados en la noche. En *Super Premiere Universal* nos encontramos con *Misterio en la isla de las gaviotas* y *Trágico fin de semana* (*Death Weekend*), con Brenda Vaccaro, sobre un grupo de delincuentes que asalta una casa junto a un lago. La película está muy cortada, por los militares seguramente, pero los tres la disfrutamos. Después de verla, Susana termina encerrada en el baño con ataque de nervios. En Canal 13, algunos días después, vemos *Aeropuerto 77*, también con Brenda Vaccaro. Emilio y yo llegamos a la conclusión de que los dos estamos enamorados de Brenda Vaccaro. Susana la encuentra cachetona.

Una mala noche Canal 13 decide exhibir *Rocky*, la película de 1976 protagonizada por Sylvester Stallone y dirigida por un tal John G. Avildsen. Aunque Emilio ya la ha visto en el cine, Susana insiste en que nos juntemos y la veamos de nuevo. Para sacar a mis padres de la casa y organizar la función, arma una de sus típicas estrategias; mi hermana tiene muchos defectos, pero cuando se propone algo no la para nadie. En el almacén de doña Yulisa compra una botella de pisco, una coca-cola y dos cajetillas de cigarros. Habla con la Meche Chica, la amiga suya del 22C, para convidarla al festejo y se preocupa de convencer a su mamá, la Meche Grande, de que invite a mi madre a comer papas rellenas.

A las ocho en punto, justo cuando están comenzando las noticias en Canal 13, la Meche Chica llega, radiante, con una fuente de papas rellenas de regalo. Mi madre se despide con una sonrisa en los labios porque la pobre casi nunca sale de la casa y luego baja a la de la vecina.

—¿Cómo es el chiquillo? —le pregunta la Meche Chica a mi hermana.

—Mijito rico. ¿Sí o no que es estupendo, Baltazar?

No respondo. La Meche Chica enciende el horno para calentar las papas rellenas. Falta media hora para que empiece *Rocky* cuando suena el timbre. Emilio aparece con otra botella de pisco y, según sus propias palabras, un regalo para amenizar la jornada; imagino un pastel o una caja de bombones para Susana, pero no.

—Te quedas bien callado, pendejo, ni una palabra a nadie —me ordena Susana mientras abre un paquete, nerviosa. Emilio la observa, divertido, mientras saca un pequeño pedazo de papel de su bolsillo.

Es la primera vez que fumo. Antes había probado los cigarrillos, jamás la marihuana. Cuando comienza la película estoy sumergido en un sueño que me fascina. No sé por qué, pero me siento bien.

La cámara desciende sobre nosotros. Estoy sentado en el suelo. En el único sillón frente al televisor están la Meche Chica, Susana y Emilio. Sylvester Stallone ocupa las catorce pulgadas del televisor; Emilio observa la pantalla con aire ausente, sonriendo en los momentos más dramáticos de la vida del tontorrón de *Rocky* y acariciando suavemente el muslo de mi hermana, cubierto solo por la mezclilla nevada de su falda. La Meche Chica se queda dormida a la hora de película y apoya sus piernas gordas sobre mi espalda. A la Meche Chica le gusta toquetearme cuando puede, me imagino que por expresa petición de mi hermana. No me gusta porque tiene olor a paté; tampoco me gusta ninguna otra mujer que no sea Cybill Shepherd o Brenda Vaccaro. Connie Sellecca también me gusta mucho. La de *Hotel*.

Antes del final de *Rocky*, Susana se levanta del sillón y corre hacia el baño; Emilio la sigue, pero ella toma de un brazo a la Meche Chica y la empuja hacia el interior. La puerta se cierra. Susana grita que no nos preocupemos. Un minuto después escuchamos sus arcadas.

Emilio Ovalle y yo nos quedamos mirando el desenlace de *Rocky*. A ninguno de los dos nos gusta demasiado, los dos pensamos que la historia pudo haberse contado mejor y que Stallone tiene el cuerpo de un gladiador y el carisma de un conejo. Cuando por fin se acaba todavía estamos volados. Las mujeres siguen en el baño. Emilio abre otra cerveza y enciende un cigarro. Discutimos. Él se queja, se pregunta cómo es posible que se hagan esta clase de películas en Hollywood. Según él se ha perdido el cine de los setenta, los grandes artistas dementes, los géneros, los riesgos; por la codicia de los grandes estudios ya no existen nuevas generaciones en el cine americano. El cine de autor ha muerto con la década de los ochenta: por cada *Fitzcarraldo* hay que soportar cien *Rocky* o *Gandhi*. ¿A quién le importa la historia de un boxeador italoamericano? ¿Chabrol, Truffaut, Godard, alguno de la *nouvelle vague* hubiera dirigido algo así? ¿Quién es John G. Avildsen?

—John G. Avildsen se ganó un Oscar como Mejor Director por *Rocky* —le informo—. Y Martin Scorsese hizo *Toro salvaje*, que también es sobre un boxeador italiano.

Emilio Ovalle sonríe, se bebe de un trago los restos de su cuarta piscola y me dice que dejemos a las mujeres solas. Luego de acostar a Susana en su cama y de acompañar a la Meche Chica a la puerta de su casa, nos subimos a su auto, un Volkswagen escarabajo verde oscuro. Huele a marihuana y en el suelo hay libros, cigarrillos y cuadernos.

Vamos a un bar en la calle Salvador; a esa hora solo quedan el maestro de cocina y dos meseras de unos cuarenta años, redondas y coquetas. Emilio se pide un lomito completo, yo un chemilico, que es carne con huevo frito. Tomamos schops. Me cuenta su vida.

Estudia primer año de publicidad, pero ha decidido congelar la carrera. Quiere irse de viaje. Apenas cumpla los dieciocho planea tener una larga conversación con su madre hasta convencerla de que divida en doce meses su porcentaje de la herencia de su papá para pagar sus estudios de cine en el extranjero. Su papá murió en un accidente. Le gustaría irse a Nueva York, por De Niro en *Taxi Driver*; a París, por Belmondo en *Sin aliento*; o a Roma, por Mastroianni en *La dolce vita*.

—Scorsese, Godard y Fellini —asegura—. No hay nada más que ver.

El problema es que Emilio Ovalle no habla inglés ni francés, ni italiano, aunque sabe decir correctamente el nombre de algunas películas, como *Alice Doesn't Live Here Anymore* o *À bout de souffle*. Hasta ese momento, yo no he visto ninguna de las dos. Ese pensamiento me arruina el resto de la noche.

Me siento huevón. Nada me resulta. Soy un perdedor. No tengo nada. A pesar de haber dedicado prácticamente toda mi vida a las películas, Emilio me hace sentir un ignorante. A su lado es como si no existiera: como si dejara de ser yo, el Baltazar de siempre, a ratos mañoso y a veces callado. Emilio me transforma en otra persona, un pendejo aún más pendejo que yo, temeroso de los demás y del mundo entero, ese mundo que tarde o temprano, si todo sale según lo planeado, se rendirá a mis pies.

—El viernes estrenan *Martes 13: Capítulo final* —me informa mientras tomamos cervezas en un bar de Vicuña Mackenna.

—Pensé que no te gustaban las películas comerciales.

—Igual dan ganas de verla —dice mirando el afiche en un pedazo de *La Tercera* que alguien olvidó sobre la mesa del bar.

Me quedo callado. Termino mi sándwich. Maldigo mi vida.

—¿Viste la primera? —me pregunta.

—No he visto ninguna.

—¿Estás bromeando? ¿No has visto ninguna *Martes 13*?

—No. No he podido.

—¿Por qué no has podido?

—Porque son para mayores de veintiuno.

—¿Y qué importa?

—No me dejan entrar.

—Tienes cara de niño.

No sé qué decir.

—¿Y por qué no la ves en betamax?

—No tenemos betamax.

Emilio sonríe, toma su jarra de cerveza y la choca con la mía.

—Déjate barba hasta el viernes.

No sé cómo explicarle que ocho días no son suficientes: faltan por lo menos un par de años para disfrutar el lujo de una barba y así poder engañar al sistema. Imagino la cara del boletero del cine, la misma cara que he visto tantas veces en tantos cines distintos. *Muéstrame tu carnet de identidad. La película es estrictamente para mayores de veintiuno.* Los afiches brillan en las marquesinas. *No te puedo dejar entrar, mira, aquí dice clarito: «Solo mayores de 21».* Se escucha la obertura musical de *El mundo al instante* y luego la voz de un locutor alemán que habla en español. La RDA celebrará por todo lo alto las fiestas de la cerveza. *Imposible, ¿no ves que los inspectores del Consejo se pueden aparecer en cualquier momento? Ya me pasaron una multa la otra vez por la misma tontera.*

En mi desgracia de cinéfilo precoz ya tengo dos grandes enemigos; uno es mi metabolismo tardío, que me ha privado de vellos y rasgos de adolescente. El otro es el maldito Consejo de Calificación Cinematográfica, o a partir de ahora CCC, y que me ha privado de ver un centenar de películas. El CCC es un organismo de la dictadura militar compuesto por un grupo de ancianos y ancianas entre los que se cuentan miembros de distintos círculos públicos y privados, lo que en términos prácticos se resume en un montón de viejos conservadores y con olor a naftalina dedicados a calificar películas que a menudo ni siquiera ven. Entre sus reuniones siempre hay un cura y un militar. Toda esta información la obtengo gracias a mi hermano Fernando, el único comprometido políticamente de la familia.

Muchos años más tarde, durante una investigación para la universidad, descubriré que en tiempos del régimen se prohibieron, entre otras, *Bilbao, Emmanuelle, La última tentación de Cristo, Lolita, Saló o los 120 días de Sodoma, Pepi, Luci, Bom y otras chicas del montón, Holocausto caníbal, Salvador, Missing, Portero de noche.*

—¿Tu hermano es comunacho? —me interroga Emilio.

—No sé —respondo—. Un poco.

—No me gustan los comunachos.

El viernes siguiente, Susana y yo estamos a las tres en punto en la esquina de Alameda con Santa Rosa; nos juntamos después del liceo para tomar cafés helados en el Colonia y después encontrarnos con Emilio, que tenía como misión sacar tres entradas para el rotativo en el cine Rex 2 de *Martes 13: Capítulo final (Friday the 13th: The Final Chapter)*. Susana fuma sin parar. Está completamente enamorada: el romance con Emilio lleva solo un mes, pero ella dice que se siente distinta, más madura, totalmente preparada para asumir un compromiso.

—O sea —se corrige—, el compromiso está. Tú sabes que Emilio y yo nos amamos con locura, pero…

—¿Qué estás esperando —la interrogo—, que te pida matrimonio? Si ni siquiera se conocen bien.

—¡Lo conozco! ¡Claro que lo conozco! —se defiende—. Pendejo, para que sepas, «Sumar tiempo no es sumar amor». Hay una canción súper linda de Los Enanitos Verdes que se llama así.

Razones le sobran para estar contenta. Emilio Ovalle es simpático, me dice sorbeteando la bombilla de su café helado, inteligente, culto, pero por sobre todas las cosas, lo que más le llama la atención a Susana es su educación. Se nota que estudió en colegio pagado, indica, no como nosotros. Es un caballero por donde lo miren, tan distinto a los otros atorrantes con los que salía antes de conocerlo. Tan caballero es que a veces a Susana le gustaría hablar con él y pedirle que no la cuide tanto, que no la trate tan bien, que no se despida solo con un besito en la boca sino con algo más, un toqueteo, una caricia, una manita en la cintura aunque sea. Está tan acostumbrada a las patadas, los puñetazos y los manoseos de los ordinarios mugrientos que ha conocido que, claro, sin aviso aparece en su vida un hombre de verdad, un rubio príncipe de cuento que la protege como nadie nunca la ha protegido, que la atiende como si fuera Cleopatra, que la convida a salir y le compra cigarros y le paga la cuenta de las fuentes de soda, entonces ella se caga de susto porque cree que la están haciendo tonta, que le están metiendo el dedo en la boca. De bruta, nomás.

—El Emilio te quiere —le digo.

—¿Y tú cómo sabes? —se altera—. ¿Te dijo algo?

—No me dijo nada, pero se le nota. Con esas medias tetas, ¿cómo no te va a querer?

—Y eso que apenas me las ha tocado —sonríe ella mientras se acomoda el sostén.

Nos reímos. Observo a Susana por un momento. No hace falta preguntarle, con una mirada obtengo una respuesta a lo que quiero saber. Susana confiesa que hasta para eso, el sexo, Emilio Ovalle es un perfecto caballero. Durante el último mes no han tenido muchas oportunidades de estar solos porque Emilio vive con su mamá y ella, bueno, ella tiene que armar sus planes cada vez que quiere invitar a alguien a la casa. Han estado juntos en el sillón, en el Volkswagen y en la plaza cercana a la villa, pero todavía no se ha concretado ninguna de las fantasías que mi hermana tiene en mente. La última vez, la del Volkswagen, ella le bajó los pantalones hasta las rodillas y lo tocó por encima del calzoncillo.

—No me cuentes —le ordeno—. No quiero saber.

—¿Por qué no? Eres mi hermano, eres hombre y ya estás grande para entender algunas cosas.

Susana continúa. La cámara que registra su monólogo se aleja en lento *zoom back* entre las mesas del Colonia. Su voz inunda el salón bajo el sol de las cinco de la tarde. Pronto volveremos a estas imágenes.

Llegamos al cine cinco minutos antes del final de la función anterior. Susana quiere entrar, pero Emilio Ovalle se lo prohíbe: no podemos ver el final primero y después el comienzo. En una película de terror eso está prohibido. Susana lo besa ansiosamente junto a un afiche de *Rock de sangre*, de Lucio Fulci. Tiemblo. Estoy seguro de que, pese a haberme puesto mi ropa más adulta en el baño del liceo, todavía sigo viéndome como lo que soy, un torpe pendejo con problemas de inseguridad aún incapacitado para hacer lo que se le dé la gana porque su cara es la de un preadolescente.

—Sus entradas, por favor —nos detiene el boletero.

Emilio Ovalle me mira de reojo y, en un solo gesto, me pide que tenga calma, que no me mueva, que no diga ni haga absolutamente nada.

—¿A qué hora es la última función? —le pregunta al boletero.

—Como a las siete y media empieza.

—¿Y esa es la última?

—No, todavía nos queda la última, que empieza como al cuarto para las diez y termina a las once y media justas.

El boletero corta nuestros *tickets*. Susana avanza hacia la sala, veo sus botas negras taconeando frente a mí, Emilio Ovalle me empuja suavemente con la mano, doy un paso, doy otro y en ese instante veo el brazo del boletero que me interrumpe el paso.

—Su carnet, joven. La película es para mayores de veintiuno.

Me gustaría matar al boletero con un hacha y pasearme con su cabeza en el paseo Ahumada. En lugar de seguir mis instintos, saco mi billetera y muestro mi carnet. Estoy condenado a pasarme una hora y media comiendo papas fritas en Los Pollitos Dicen... hasta que se termine una película que seguramente jamás veré. Espero del boletero una risotada, un sonido, cualquier cosa que agrave aún más mi sufrimiento y su placer de ejecutor de la censura.

—Adelante.

Me cuesta creerlo. Me quedo paralizado en el *foyer* del cine con el carnet de identidad en la mano. Emilio Ovalle me empuja hacia la sala rápidamente. Antes de desaparecer en la oscuridad escucho la voz del boletero:

—Siéntense adelante.

Obedecemos. Cuarta fila, yo en la punta, luego Susana y después Emilio Ovalle. Creo que el corazón me va a estallar de felicidad.

Susana se quita el abrigo. Se ve más voluptuosa que nunca, como si todas sus ganas de tirarse a Emilio Ovalle estuvieran guardadas en sus tetas. Él estira el brazo derecho para acercarla, su bíceps se marca, sus ojos cambian de posición y ya no se fijan en Susana; su mano asciende lentamente por el cuello de mi hermana, me está mirando, se ve sonriente, natural, feliz, disfrutando de la sala en penumbra.

—¿Estás contento, huevón?

Yo asiento con la cabeza.

No existen las palabras.

Faltan segundos para que comience la función cuando algo nuevo comienza a suceder, algo provocado por las barbaridades confesadas por Susana, por los nervios antes de la película, por el rostro limpio de Emilio Ovalle pasándole unos billetes al tipo de la entrada; todo por mí, por no dejarme solo, por no abandonarme en la calle durante una hora y media y, tal vez, tocarle las tetas a mi hermana en la oscuridad del cine Rex.

Las luces se apagan. Vemos *El mundo al instante*. Entonces, sin buscarlo, comienzo a imaginar la historia que me contó Susana en el café Colonia. Las imágenes de unos niños participando en un concurso de dibujo en Bonn se funden con el rostro de Emilio Ovalle.

⌘

Es un lunes por la noche en Los Hombres Pájaro, un mirador de la zona alta de Santiago conocido por la práctica del parapente. Emilio Ovalle invita a mi hermana a bajarse y disfrutar la vista panorámica de la ciudad. A lo lejos se oyen sirenas policiales; Susana le pregunta si el lugar es peligroso, si asaltan mucho. Emilio Ovalle dice que no se preocupe, que no hay que tenerle miedo a nada, que nadie los va a cogotear. Se apoya en el Volkswagen, enciende un cigarrillo. Susana se acerca, lo mira, le roba el cigarrillo, lo abraza. Se besan por un rato. Ella le dice que está empezando a enamorarse de él: es la frase clave que mi hermana utiliza cuando las cosas se están poniendo serias. Emilio Ovalle le dice que la quiere mucho. Ella le confiesa que se siente rara, que nunca le había pasado algo tan lindo. Emilio Ovalle la abraza y le besa el cuello. Susana considera este gesto extraordinariamente tierno y se deja llevar, no disimula para nada su entusiasmo y se lanza sobre él; lo besa con la boca, con los labios, con la lengua, con las manos; Emilio Ovalle acepta el reto y la empuja con suavidad hasta que sus entrepiernas se rozan; Susana se aprieta contra él; Emilio Ovalle la aprisiona con sus piernas, la empuja con movimientos firmes, enérgicos, la sujeta por las caderas; Susana le dice: «Mi amor» en el oído mientras percibe que algo crece asombrosamente bajo la tela de sus *jeans*, decide atreverse y deslizar una mano por el pecho duro de su novio, llegar hasta su vientre, acariciar los vellos de su ombligo y después quitarle el cinturón. Emilio Ovalle no se mueve, tampoco se mueve cuando ella le baja los pantalones y acaricia su pene a través de la ropa interior. Tampoco se mueve cuando Susana decide atreverse de nuevo y liberar su erección. Lo masturba lentamente; Emilio Ovalle cierra los ojos y aprieta las manos. En una tercera audacia, mi hermana se agacha suavemente para mirar de cerca lo que está tocando. Como lo ha aprendido con sus jóvenes compañeros del liceo, Susana sujeta con firmeza el miembro de Emilio Ovalle y lo recorre con la lengua. Emilio Ovalle la empuja y sube sus pantalones.

⌘

A pesar de no haber visto ninguna de las películas de *Martes 13*, yo lo sé todo sobre la historia y en especial sobre el protagonista, Jason Vorhees, maniaco carnicero ahogado en el lago Crystal y luego resucitado en cada capítulo para asesinar jóvenes americanos de maneras creativas. Esta cuarta parte, mentirosamente final, está dirigida por Joseph Zito, un tipo que ya hizo de las suyas en el género del terror con la sorprendente *El asesino de Rosemary* (*The Prowler*) y que no evita la sangre ni la violencia para cerrar la saga del asesino. La película incluye varios *flashbacks* de las primeras tres, de manera que no tengo problemas para comprender la historia. Los problemas los tengo con mis niveles de ansiedad: apenas puedo concentrarme en el comienzo de la película, cuando la historia de Susana empieza a perturbarme de verdad. La culpo a ella, por puta y por deslenguada y por haberme revelado sus intimidades con Emilio Ovalle. Cuando la película termina, los tres estamos eufóricos de tanto gritar. Emilio propone quedarse y verla de nuevo. Me parece una excelente idea. Nos repetimos otra vez *El mundo al instante* y las sinopsis de *Rock de sangre* (¡una sinfonía de sexo y sangre!) y una película de acción llamada *Los nuevos bárbaros*. *Martes 13: Capítulo final* comienza otra vez, pero entre la tercera y la cuarta adolescente masacrada por Jason Vorhees ya no aguanto más: me levanto de la butaca y me pierdo en la oscuridad. Ni Susana ni Emilio se preocupan por mí; seguro van a aprovechar para manosearse. Susana grita mientras en la pantalla a una chica la parten en dos con un sable.

Esa es la primera vez que me masturbo pensando en el novio de mi hermana.

En el baño de varones del cine Rex.

Mientras Jason mata sin parar.

5

Hace seis años David cursaba el último semestre en la mejor escuela pública de Nueva Jersey. Al menos eso pensaba su madre, que Granville High era lo que cualquier adolescente necesitaba para convertirse en adulto. Por sus aulas habían pasado primero su abuelo, un empleado de correos, luego su tío y su padre, todos hombres nobles, correctos y alcohólicos. David pensaba que los genes latinos de su abuelo eran los culpables de todo.

En Granville High no era el chico más popular que practicaba deportes ni el mejor alumno que se sentaba en la primera fila. Tampoco el poeta maldito al que todos seguían ni el genio de la computación que en un futuro cercano sería famoso y millonario. Por cierto tampoco era el homosexual en el clóset que un día cualquiera se atrevería a asomar la nariz al mundo. David era inexistente. No tenía amigos ni enemigos. Los profesores apenas sabían su nombre. Era un fantasma.

En ese tiempo, a los diecisiete años, nadie parecía conocerlo de verdad. Ni sus padres, siempre al borde del divorcio por las reiteradas infidelidades recíprocas, ni Alexis, una vecina de su barrio que alguna vez se autodefinió como su mejor amiga y con la que le gustaba emborracharse de cuando en cuando.

Alexis y David se pasaban los días escuchando música y mirando películas que muchas veces no entendían. A ella le gustaba el terror italiano de los setenta, particularmente los *gialli* de Dario Argento, Lucio Fulci y Sergio Martino, cineastas de culto que había descubierto gracias a un primo mayor, fanático del cine de horror y vocalista de Domus, una banda de metal. El primo tenía una colección enorme de devedés y a veces se los prestaba a Alexis.

Un día la madre de Alexis se pegó un tiro en la frente. Su padre decidió abandonar Nueva Jersey y cambiar de vida. Alexis terminó sus estudios en una escuela pública de Washington Heights, en Manhattan, donde superó a medias la muerte de su madre gracias a una extenuante terapia que la volvió adicta al psicoanálisis. David había terminado el colegio y, además de ver películas baratas y levantar pesas en el gimnasio local, no tenía absolutamente nada más que hacer con su vida, hasta que un día el padre de Alexis lo llamó por teléfono para pedirle un favor. El viejo estaba llorando.

Se instaló definitivamente en Manhattan a fines de la primavera. Alexis había intentado suicidarse saltando desde la ventana del departamento de la calle 181, ubicado en un tercer piso; tenía una pierna, dos costillas y la nariz rotas. Según ella, lo había hecho porque quería reunirse con su madre, la única persona en el mundo que aún le inspiraba confianza. Alexis se definía a sí misma como una mujer marcada por el daño, igual que Juliette Binoche en la película *Obsesión* (*Damage*), de Louis Malle. Para David, Alexis solo quería llamar la atención.

Mientras Alexis se recuperaba de sus fracturas múltiples en un hospital público de Murray Hill, David se dedicó a acompañarla. Su padre trabajaba mucho para mantenerla y no quería dejar a la hija suicida sin vigilancia estricta. En el día, David se encargaba de alimentarla con comida chatarra y le leía revistas del corazón con los últimos escándalos de las Kardashian mientras le pintaba las uñas de colores flúor. Alexis tenía la mandíbula rota: no podía hablar, solo escuchaba y a veces, cuando algo le interesaba demasiado, gemía un poco, y así David sabía que tenía que detenerse un momento en la lectura de *Entertainment Weekly* o *The National Enquirer* para repetir la noticia. Esto sucedía en especial cuando la noticia involucraba a Lindsay Lohan. Alexis se sentía identificada con su historia. David también.

A las siete y media de la tarde aparecía el padre de Alexis. David se quedaba a veces un rato junto a ellos, compartían unos sándwiches de atún y luego él se iba.

Durante los dos meses que estuvo cuidando a Alexis en Manhattan, David nunca volvió al departamento de la calle 181 antes de las seis de la mañana. Siempre había sido un experto en el arte de mentir con convicción. Cuando era un estudiante, en Nueva Jersey, le mentía a su madre cuando le decía que iba al colegio, y se quedaba fumando porros con Alexis y los amigos del barrio. Le mentía a los amigos del barrio cuando hablaba de sus novias (aunque tenía que emborracharse y pensar en los abdominales de Brad Pitt en *Thelma & Louise* cada vez que debía hacer algo con alguna de esas novias). Y también le mintió a Alexis una mañana en el hospital; inventó que la noche anterior se había ido de copas con un compañero de Granville High (en realidad lo había hecho, pero después del encuentro se emborrachó hasta caer inconsciente en el suelo mojado de un bar llamado The Cock).

Todas las mentiras de David se acabaron la noche en que conoció a Baltazar Durán.

En solo dos meses viviendo en Manhattan se había convertido en alcohólico, noctámbulo, tabacómano y consumidor habitual de drogas blandas, sin contar con que además dependía del sexo anónimo para llenar sus interminables horas de ocio. Era un asunto de supervivencia: le dedicaba su día completo a Alexis y al gimnasio, y luego paseaba por The Cock o The Eagle a tomar una cerveza. Sin estas visitas no podía dormir. La angustia no lo dejaba en paz: tenía la urgencia de sentirse deseado, no importaba quién lo deseara. No importaba quién lo estuviera mirando, solo quería llamar la atención, sentir manos ansiosas en su piel y provocar calenturas fulminantes. Nunca antes se había sentido en mejor estado físico, tenía los músculos de su espalda, pecho y abdomen marcados por el gimnasio diario. Solo comía pollo y ensalada; había borrado los carbohidratos de su dieta y toda clase de azúcares; además, tomaba creatina y tribulus para bombear su testosterona a límites insospechados. Lamentablemente, el cóctel de suplementos alimenticios le daba insomnio: rara vez se dormía antes de las tres de la mañana. Para evitar la angustia y los ronquidos del padre de Alexis, se lanzaba a la calle. No se cuestionaba el cómo, mucho menos el por qué. Tampoco la posibilidad de un futuro, o la ilusión de una pareja estable. Nada de eso estaba en sus planes. No tenía trabajo ni profesión, solo contaba con doscientos dólares que quedaban en su cuenta corriente, además del módico salario que el padre de Alexis le pagaba por cuidarla.

Al término de su cuarto mes en la ciudad, justo en pleno verano, David descubrió tres cosas: que Alexis lo estaba manipulando emocionalmente para que jamás la abandonara; que había comenzado a deprimirse por la falta de actividad, y que ya se había follado a todo lo que se movía más abajo de la calle 14. Sin embargo, pese a la intensa vida sexual en baños y cuartos oscuros, todavía se sentía técnicamente virgen. Tampoco se había dado el tiempo para cuestionar su orientación sexual.

Esa noche, Baltazar estaba exhausto y con *jet lag*; había volado desde París a Nueva York luego de sobrevivir con dignidad y sin cicatrices a la pantagruélica *avant-première* de la versión cinematográfica de *Todos juntos a la cama*. Las celebraciones habían sido en un palacio vitivinícola cerca de Lille, ciudad al norte de Francia donde Marcel Croix, el hiperventilado director, había trasladado la acción. En el original todo ocurría en un perímetro de cuatro cuadras en el muy santiaguino barrio de Santa María de Manquehue.

Durante su viaje, Baltazar había dormido poco. Aunque no toleraba al pedante de Marcel Croix, David lo sabía porque él se lo comentó algunos años más tarde, se vio obligado a celebrar sus chistes sexistas y sus Bombay Sapphires con hielo exclusivamente porque compartían la misma agencia de representación en Europa. Bautizado por la revista *Première* como el hijo bastardo de Claude Chabrol y John Waters, su primera película había representado a Francia en los Oscar. Este último detalle no era el que había convencido a Baltazar de asistir a la fiesta; sí la comparación con Chabrol y Waters, dos de sus diez cineastas favoritos. Si alguien tenía contactos para entrar en el medio *arthouse* de Hollywood y Europa, ese era Croix. Baltazar se estaba permitiendo por una vez no ser el canibalizado y probar el rol de caníbal.

Cuando regresó a Nueva York, agotado y con ganas de distanciarse del mundo por algunos días, cerró las cortinas, desconectó el teléfono y se metió en la cama. Quería dormir para siempre. Hizo todo lo anterior de manera robótica, esperando caer rápido y sin la ayuda de ninguna pastilla en el estado exquisito de inconsciencia que a veces le era tan esquivo. Pensó en *Todos juntos a la cama*, la película, y en lo decepcionante que le había parecido, en especial la pretenciosa secuencia inicial de créditos con violines *qualité* y tonos celestes donde el protagonista no-actor habla a cámara a modo de prólogo. Todo lo que odiaba Baltazar del cine europeo estaba presente en esa secuencia, y por ese motivo le pareció que la adaptación era una verdadera mierda. David no ha visto la película, pero sabe que la odiará.

A Baltazar la historia original de *Todos juntos a la cama* le parecía muy cinematográfica: el ascenso de un cantante y *videojockey* calculador pero de buen corazón en el mundo de la música popular, y los hechos y relaciones que lo llevan a matar a su representante, que además es su mejor amiga. Lo que funcionaba en la novela era el origen de los grandes momentos de la película, si es que los había.

Cubierto hasta el cuello por las sábanas, se quedó pensando, rendido, en lo que dirían los críticos cuando se estrenara de manera oficial. ¿Qué escribirían Hoberman y el difunto Ebert y Kael y Knowles y sus profesores de redacción de la universidad? Pensó que quizás estaba exagerando. No era una buena película, eso era un hecho objetivo ante cualquier jurado cinéfilo, pero tampoco era peor que otras con las que a menudo se topaba en festivales; Baltazar prefería pensar que tenía sus momentos. En eso estaba, justificando su nombre en esa coproducción francoespañola, tan cansado que no podía dormir. Por algunos segundos olvidó dónde estaba o lo que estaba haciendo, solo veía los créditos. Rojos en fondo negro, vibrando a toda pantalla en *cinemascope*:

TOUT DANS LE MÊME LIT
RÉALISÉ PAR MARCEL CROIX
D'APRÈS LE ROMAN DE BALTAZAR DURÁN

Decidió salir.

Mientras tanto en The Cock, y después de ser manoseado por Una Pareja de Osos Maduros y de rechazarlos de manera cortés, David aceptó que Un Turista Belga, algo mayor, aunque de buen cuerpo, le practicara sexo oral. Un Putillo Muy Joven y de aspecto inocentón los observó a una distancia prudente, sin atreverse a intervenir todavía. El Turista Belga levantó su cabeza rubia de la entrepierna de David y le preguntó si quería penetrarlo; él aceptó, o al menos eso quiso decirle, cuando sin guardarse el pene que colgaba entre sus *jeans* en medio de una semierección, lo tomó de la mano y se lo llevó hacia el baño. El Putillo Muy Joven decidió unirse.

David entró primero a la caseta, estaba oscura; lo siguió el Turista Belga. Cuando estaban cerrando la puerta, la mano del Putillo Muy Joven se interpuso. David lo miró. Era un latino calentón. Le pareció que estaba bien. Entonces todo se complicó porque aparecieron otros Dos Viejos Decrépitos, ciegos de vodka y *popper*. A David la situación le pareció un poco decadente, prefería bailar o hacer cualquier cosa antes que lanzarse al sexo grupal con cuatro extraños para nada atractivos, ni siquiera considerando la hora y el lugar donde estaba. Salió del baño para total decepción de los presentes: alguien lo llamó *fucking teaser*. Volvió a la pequeña pista de baile, pidió otro vodka tonic y habló cosas intrascendentes con Tres Musculosos Latinos que le preguntaron cuánto cobraba por participar en una orgía. David les dijo que no cobraba, que participaba gratis. No recordaba exactamente la orgía, tampoco si habían llegado a hacer algo, pero sí recordaba con asombrosa exactitud las curvas de sus culos.

Baltazar cruzó Manhattan caminando. Ya estaba completamente despierto cuando llegó al East Village; se detuvo un momento en la esquina de la Segunda Avenida para vigilar la puerta de The Boiler Room. Era sábado en la noche y a veces el bar era divertido. No en esa ocasión. Siguió caminando hacia el sur, con su destino muy claro: el Anthology Film Archives, un cine alternativo sin fines de lucro en la calle 2 y la Segunda Avenida donde esa noche concluía el Giallorama Festival. La retrospectiva había presentado doce películas filmadas entre 1965 y 1980, inscritas en el subgénero del «*thriller* italiano», o *giallo*. Baltazar pensó que la proyección de *Torso* (o *Los cuerpos presentan violencia carnal*), de Sergio Martino, lo ayudaría a relajarse, bajar las revoluciones y dormir un poco.

En el bar, David decidió que estaba demasiado borracho. Sin abandonar su vodka tonic, cruzó el bar seguido por los Tres Musculosos Latinos, ciegos de éxtasis o MDMA. Aletargado por el sueño y apenas sujetándose al vodka como única tabla de salvación, respiró profundamente sin dejar de moverse, vigilado de cerca por el Turista Belga, el Putillo Muy Joven y todos los que se habían excitado al verlo bailar sin camiseta. El lugar olía a semen y *popper*, a veces a David ese aroma le gustaba, pero esa noche no. Al pasar frente a uno de los rincones, vio que el Turista Belga y Otros Amigos Nuevos estaban jugando entre ellos, tratando de llamar la atención de Dos Musculosos Cuarentones de Tetillas Protuberantes y con aspecto de pocos amigos, probablemente alemanes. David se alejó pensando que tal vez en el bar podría encontrar algo más interesante. Les hizo una seña a los Tres Musculosos Latinos y todos juntos se fueron al cuarto oscuro. Antes de cruzar el pasillo el más guapo de los tres le pasó su botella de agua.

Baltazar compró su entrada en el Anthology. Aún faltaban diez minutos para el comienzo de la función de trasnoche. Observó el afiche de la película que veía. Recordó la primera vez que la vio en el cine Astor, veinticinco años atrás, y seguramente sintió que su pulso se aceleraba.

En el cuarto oscuro, David se masturbó frente al más guapo de los Tres Musculosos Latinos, un tipo moreno y de hombros amplios que comenzó a morderle las tetillas mientras sus amigos lo animaban. Alguien le pasó una botella de agua; David bebió tres largos sorbos. Se fijó en que en la pantalla de video estaban pasando *Flashpoint*, un clásico porno con Scott Baldwin, que no tiene nada que ver con los hermanos Baldwin. El Latino le mordió las tetillas hasta casi hacerlo sangrar y separó sus piernas para meterle un dedo en el culo. Lo hizo: David se mareó un poco. Pensó que iba a perder la erección, algo que le ocurría con cierta frecuencia cuando le metían cosas por el culo, pero cuando en la pantalla vio a Scott Baldwin siendo ultrajado por un grupo de camioneros peludos, malolientes y ochenteros, se sintió muy, muy Scott Baldwin y no tardó en eyacular de manera abundante sobre el cuello de uno de los Latinos Musculosos, el pectoral izquierdo de otro, la muñeca del tercero y también sobre su propio pecho. El Turista Belga volvió con su grupo de nuevos amigos y le preguntó si podían intentar algo de *bareback*. David se negó. Le dijo que hacía de todo menos eso y que la noche había terminado. El Turista Belga lo besó en la boca, casi con amor; a David le dio asco. Eran casi las dos de la madrugada. A pesar de todo, se sintió aliviado.

En la puerta del Anthology Film Archives, Baltazar esperó pacientemente que el reloj marcara las dos de la madrugada.

David salió del bar y caminó por la Segunda Avenida. Tenía una sed anormal.

Sumido en un cansancio inspirador, Baltazar cruzó la Segunda Avenida. Quería comprar un chocolate.

David entró al *deli* y la luz le hizo daño. El dependiente se quedó mirándolo. Siguió caminando, mareado, se apoyó en el congelador de los helados y el frío le dio en la cara; se sintió un poco mejor. Alguien entró al *deli*, pero él no estaba en condiciones de preocuparse demasiado de los demás.

Baltazar escogió un Snickers del mostrador. Pagó con monedas. Miró la hora y se apuró a salir. No quería perderse ni un segundo de *Torso*. Empujó la puerta del *deli* y entonces escuchó un estruendo: un grito, un golpe y luego la quebrazón de vidrios o de algo frágil y delicado.

El dependiente saltó de su escondite en el mostrador y cruzó el local, furioso: se acercó por el pasillo donde estaba el congelador de los helados y gritó en inglés y tagalog. Baltazar giró la cabeza, David lo recuerda perfectamente. Estaba en el suelo, temblando, ensangrentado, sobre una colección de vidrios rotos.

Así se conocieron.

Al día siguiente le explicaron lo sucedido. Cuando abrió los ojos, su madre estaba llorando junto a él. Le contó que había golpeado el congelador de los helados. Que tenía cortes en manos y brazos. La enfermera dijo que estaba drogado con una cosa llamada GHB. Necesitaba *rehab*. David cerró los ojos y recordó el cuarto oscuro de The Cock. Entonces su madre le entregó una pequeña tarjeta blanca que decía:

◆ BALTAZAR DURAN ◆
Writer / Screenwriter

444 Church St., New York, NY 10013
contact@baltazarduran.com @baltazarduran

⌘

Es un martes. Son las cinco de la tarde. La oficina de arquitectura del Upper West Side donde trabaja con horario flexible cuatro días a la semana celebra el aniversario de la empresa. En un bistró David bebe vino tinto con sus compañeros, habla de las posibilidades de construir una serie de viviendas sociales en Greenpoint, Brooklyn, escucha con atención y luego de una hora, sin saber exactamente por qué, comienza a extrañar a Baltazar. Vuelve al departamento de Tribeca con mucho ánimo. Se propone cocinar algo inolvidable, abrir una botella de vino, ver una película extraña *on demand*.

Mientras sube las escaleras del edificio saltando cada dos peldaños, David piensa que la vida ha sido muy generosa con él y que a su edad tiene todo lo que un ser humano podría desear. Entra al departamento sintiéndose liviano y atlético, deja las llaves en la mesita de la entrada y camina directamente a la cocina. Abre el refrigerador. Busca con la mirada hasta encontrar una botella de agua. Saca un trozo de salmón del congelador y lo deja bajo la llave de agua tibia en el lavaplatos. Revisa unas cuentas de ConEdison y DirectTV que no ha pagado. Se pregunta dónde estará Baltazar, a qué hora llegará, cuánto tiempo tendrá que cocinar al horno el salmón. Vuelve al comedor y entonces lo huele. El perfume. Ese perfume imborrable.

Sobre la mesa, advierte, la Mac está encendida. El olor a *popper* se siente desde el comedor.

Se acerca a la Mac. La página de Manhunt está abierta en el perfil de un usuario, petelnegro, veintiocho años, esclavo para todo servicio, con la excepción de las prácticas de *scat* y PNP. David sabe lo que eso significa y le gustaría no saberlo. Junto a la computadora hay dos vasos de agua. David toma uno de los vasos, huele. No hay olor alguno.

Luego de un periodo de sequía creativa, Baltazar había retomado la escritura de una nueva novela, un proyecto abandonado hace una década y que hasta el momento no se atrevía a continuar. Originalmente, *Plastikman y las mujeres de neón* era una historia de adolescentes perdidos en la Barcelona de 1996, en los laberintos de la movida electrónica. Cuando Baltazar le contó del proyecto, David le preguntó por qué había escogido 1996; tenía una tendencia a hablar del pasado reciente en sus dos últimas novelas (los tempranos ochenta en *Las memorias del caracol* y los noventa en *Chaquetas amarillas*). Baltazar reaccionó como un erizo y le dijo que un escritor está obligado a hablar de lo que conoce. David no estuvo de acuerdo. Algunos días más tarde Baltazar cambió el éxtasis por las drogas de última generación y la historia de Plastikman se trasladó al año 2016. Nunca le dio las gracias por el comentario, estaba demasiado ocupado buscando inspiración en bares, clubes y *afters*. Quería reflejar el espíritu de los tiempos. Era su novela a la Tom Wolfe, su trabajo más completo hasta la fecha y donde no solo pretendía desarrollar la prosa más perfecta de su carrera, sino además documentar esa misma prosa con hechos, detalles, personajes reales y emociones verdaderas. Su ojo de periodista, carrera que había estudiado y que odiaba casi tanto como su colegio o su país, jugaba un elemento esencial en el nuevo desafío. Así conoció las drogas, especialmente el GHB o gammahidroxibutirato, una droga sicotrópica de alto poder afrodisiaco de la que enseguida se hizo adicto.

David identifica el GHB en el vaso; ve el frasco de *popper* sobre la mesa. Piensa lanzar la Mac por la ventana, usarla como arma para partirle la cabeza a Baltazar, o prenderle fuego a las cortinas de terciopelo. Tantas cosas, tantas decisiones. Por ahora decide solo caminar por el pasillo. Se detiene frente a la puerta del dormitorio: le cuesta respirar. Escucha un gruñido, luego un jadeo. Alguien habla casi en susurros, otra persona da órdenes en inglés. David escucha con atención las palabras a media voz y no identifica ninguna. La puerta se abre, Baltazar aparece al otro lado. Está completamente desnudo, el cuerpo húmedo de sudor frío, los ojos dibujados en sus cuencas.

Esa es la última vez que lo ve.

Sonríe.

No lo saluda ni da explicaciones, solo se detiene en sus ojos por un momento. David cree que es un momento muy breve, un instante congelado en el tiempo que estará para siempre ahí, muerto en su memoria. No mueve los ojos ni las cejas ni ningún otro músculo del rostro. Sin quitarle la vista de encima, se seca la transpiración de la espalda con una camiseta que tiene en la mano. David lo observa. Solo entonces se da cuenta de que Baltazar tiene un condón arrugado en la punta del pene, protegiendo una semierección en franca retirada.

Quiere decirle algo.

David piensa que debería haberle dicho algo. Cualquier cosa, lo que fuera.

Baltazar se quita el condón, se acerca a David para besarlo en la frente y luego se encierra en el baño. Desaparece para siempre.

David escucha el sonido de la ducha.

Ahora piensa que tendría que haberlo seguido al baño. Haber golpeado la puerta. Haberlo obligado a abrir.

No lo hizo porque lo estaba odiando como nunca antes en los últimos cinco años. No lo hizo porque la rabia lo dejó ciego y por un instante quiso borrarlo de su cabeza, de su vida y de su historia.

Se asoma a la habitación, donde un tipo calvo, tatuado y de cuerpo atlético, posiblemente petelnegro, está de espaldas sobre la cama; otro más joven, rubio y muy delgado, se mueve sobre él. El rubio le sonríe mientras le acerca la botella de *popper*.

Baja corriendo las escaleras, escapa a la calle Canal y camina rápidamente por la Sexta Avenida, ciudad arriba, hasta perderse entre la gente. Una hora más tarde toma el tren a Nueva Jersey. Recuerda pedazos de lo que ha vivido. Llora. También recuerda otras veces, específicamente cuatro, en las que vivió algo parecido, o casi lo mismo. Cuando llega a la casa de su madre ya tiene una teoría de lo que pasará.

Hasta aquí la parte de la historia que David puede comprobar; el resto es pura teoría.

Baltazar expulsa a sus invitados, quizás se folla a alguno por última vez, pero finalmente se queda solo. Como siempre. Seguro toma una pastilla y duerme por un rato. Cuando despierta se da cuenta de lo que ha hecho, o de lo que ha destruido. David está seguro de que esa siesta es la que lo devuelve bruscamente al mundo real. Lejos de los efectos del *popper* y el maldito GHB, Baltazar vuelve a la Mac y a Manhunt; piensa ver una película, pero se aburre durante los primeros minutos de una de Michael Haneke. David había encontrado una copia de *The White Ribbon* en el lector de DVD. Cerca de las siete de la tarde, cuando el fin de semana parece que ya no cambiará, alguien lo llama.

Emilio Ovalle está de nuevo en Nueva York y quiere verlo.

⌘

—... Emilio Ovalle... Su número *tiene que estar* en el directorio. El de la editorial, ¿qué otro directorio?

Mónica ya no llora.

—O en alguna parte... Para eso estás tú.

Hace casi dos horas que no ha separado el celular de su oreja.

—¡No sé, Fabiola, búscalo! —ordena—. Todavía estoy en el hotel con David.

David no sabe quién es Fabiola, pero no le gustaría estar en sus zapatos.

—Es una emergencia —le recuerda, sin despegarse del teléfono. Cuelga. Enciende otro cigarrillo. David se levanta e intenta abrir una ventana. Una nube de humo sobrevuela la habitación del hotel.

—No se abren —lo detiene ella justo cuando el celular suena nuevamente.

Es Fabiola otra vez. David ve su foto en la pantalla del iPhone: una chica joven con un vestido verde y una copa de champaña en la mano.

—No me llames para darme excusas —le advierte Mónica—. Tu única misión es encontrar a ese hombre, nada más, y si no lo encuentras de aquí a dos horas va a ser mejor que te busques otro trabajo.

David reacciona y la observa.

—Por supuesto que estoy hablando en serio, Fabiola —le da la espalda a David y baja la voz—. No vuelvas a llamarme para darme excusas. No quiero más excusas.

Mónica cuelga. Respira profundamente.

—¿No pueden localizarlo? —le pregunta David.

—Están en eso, no te preocupes. Vamos a coordinar una comida lo antes posible, ojalá esta misma noche. A él no le cuesta nada. Es lo mínimo que puede hacer.

—¿Quién?

—Emilio, claro —sentencia—. Aunque él no quiera, según entiendo también es parte de todo esto. Una parte muy importante, ¿o me equivoco?

Mónica le sonríe ligeramente con sus dientes blanqueados con láser. David decide cambiar de tema.

—Gracias, Mónica —dice, tratando de parecer amable—. No pensé que iba a ser tan difícil... encontrarlo.

—No hay nada que agradecer. Es una cuestión de tiempo —las pupilas de Mónica brillan tras sus anteojos—. ¿Te parece si avanzamos y me muestras las memorias?

Mónica insiste. David se queda quieto, sentado en un sillón frente a la ventana. Nada puede perturbarlo, ni ahora ni nunca más. Mónica cambia de posición, se mueve suavemente para sentarse junto a él. Lo único que David espera es que ella no se atreva a tocarlo.

—¿David?

No se mueve. Que no lo toque. Por favor, que no lo toque. Mónica acerca una mano hacia su hombro: el contacto físico apenas sucede por una centésima de segundo. David se levanta. La evita.

—Quiero terminar de leer —dice.

—Está bien —Mónica se detiene, busca otro cigarrillo en su cajetilla, pero está vacía—. ¿Te importa si no te acompaño a la comida con Emilio?

—No te preocupes —responde—. Sé que no te llevas bien con él.

Mónica reacciona. Juega con el lóbulo de su oreja.

—¿Puedo preguntar por qué? —insiste David—. ¿Qué te hizo Emilio Ovalle?

Mónica manosea su celular. Observa la pantalla, sumida en una confusión mental.

—Emilio Ovalle es un parásito —sentencia sin moverse.

David abre los ojos. Nada podría interesarle más que los enemigos de Emilio Ovalle y sus historias, sus traumas, sus noches en vela imaginando cómo odiarlo con más ganas, cómo aborrecerlo mejor, cómo eliminarlo de una vez de manera limpia, sin dejar huella. De un minuto a otro Mónica Monarde ha empezado a caerle bien.

—Todo artista que se precie de tal ha tenido uno —aclara.

A David no le cabe duda. Mónica tiene razón; durante los años que compartió con Baltazar siempre estuvo muy alerta de ese peligro. «El canibalismo», así lo llamaba. O esa bandada de pájaros carroñeros que siempre circulaba en torno a él, la jauría de alumnos y fanáticos sexualmente ambiguos, curiosos, inexpertos y dispuestos a entregarse a cualquier tentación o desafío, en perpetua búsqueda de la epifanía artística. Baltazar les temía, pero no podía vivir sin ellos porque alguna vez él también había sido uno: un caníbal atento, obediente y siempre dispuesto al aprendizaje.

David piensa obsesivamente en las palabras de Mónica mientras el auto oscuro en el que viaja atraviesa rotondas y autopistas, puentes y muchos centros comerciales. En su rostro iluminado por una pantalla de video se dibuja una sonrisa que no tiene explicación. No hay ninguna razón aparente para sonreír, mucho menos para estar contento. A pesar de los nervios, tiene una sola certeza y eso es lo que lo alegra: sabe que sus angustias desaparecerán en algunos minutos, todas las dudas que le devoran la cabeza día y noche desde hace tantos años están condenadas a morir en el momento preciso en que mire a los ojos a Emilio Ovalle, el Parásito. Solo entonces volverá a recordar a Baltazar con el cariño de siempre. Podrá releer sus libros y ver de nuevo sus películas favoritas sin sufrir dolores de estómago ni ganas de morir y nacer de nuevo en otro lugar, rodeado de otras gentes menos creativas aunque sí más nobles. Podrá quizás, si es afortunado y hace y dice y siente lo correcto, volver a enamorarse. Empezar de nuevo, conocer a alguien; darse una oportunidad. Otra vez creer. Partir de cero.

El automóvil se detiene en la fachada de un restaurante llamado China Village. En la entrada hay un aviso luminoso que lo perturba: David se baja y avanza hacia el local. Mira su reflejo en la puerta de vidrio del restaurante. Se peina un poco, pensando en no inventarse dificultades ni exagerar la situación. Por ahora, todos los problemas están en su cabeza. La cena es solo el encuentro entre dos personas que no se conocen y que probablemente jamás deberían haberse conocido si no fuera porque, a pesar de sus personalidades, hábitos, edades e historias de vida distintas, comparten algo común. Algo gigantesco, intenso y a menudo profundamente cruel.

En el China Village una joven asiática le informa que hay una mesa reservada a su nombre por la señorita Mónica Monarde, de Editorial More Books Chile. David sigue a la anfitriona y cruza el salón. El lugar está prácticamente vacío y no muy iluminado, lo que le parece adecuado para la ocasión. La mesa reservada es la última frente a la ventana, junto a una pared falsa de bambú. El lugar parece el *set* de un telefilme de los ochenta. David se detiene un instante. De espaldas a él solo hay una persona sentada a la mesa: una mujer rubia. David se pregunta si tal vez estará viviendo en una realidad torcida o si efectivamente la mujer rubia no será Emilio Ovalle.

La mujer rubia se levanta para recibirlo. No es Emilio Ovalle.

David la observa, mudo. Por algunos segundos le cuesta respirar.

—Mis condolencias —dice la mujer rubia, y entonces David piensa que es lo más parecido a un ángel que ha visto en su vida.

—Supongo que no me esperabas a mí —dice.

—La verdad es que no.

—Soy Cecilia, la mujer de Emilio.

Cecilia lo observa, seria; le hace un gesto para que se siente. David obedece sin dejar de admirar su rostro pálido, sin una gota de maquillaje. Se quedan en silencio. David no quiere proponer un tema de conversación. Cecilia revisa algo en su celular; él piensa que es una maleducada. Cuando aparece el mesero ella guarda el celular y le ofrece disculpas.

Al principio de la velada Cecilia trata de llenar los silencios con comentarios cordiales sobre el restaurante escogido para la cita («es un local familiar, pero queda cerca y se come muy rico, si te gusta la comida china, claro»), las diez horas de vuelo desde Nueva York a Santiago («no entiendo cómo puedes volar con LAN») o las altísimas temperaturas del verano capitalino («es un calor seco, agobiante, nada parecido al de Brasil o el Caribe»). Él está tan desconcertado que no sabe si emborracharse con litros de pisco sour, hacer preguntas tontas o seguir admirando su sorprendente belleza.

Cecilia ordena wantanes y rollos primavera para compartir. No se molesta en preguntarle si come frituras o si hay algo a lo que sea alérgico, solo ordena. David se pregunta dónde estará el baño del palacio China Village.

—Emilio debe estar por llegar —explica ella—. Su vuelo se atrasó un poco.

—¿De dónde viene?

—Andaba en una feria en Miami.

David se pierde en los ojos de Cecilia. Piensa que entre Miami y Nueva York hay tres horas en avión. Cecilia unta un trozo de rollo primavera en salsa de tamarindo y luego lo deja sobre su plato, sin probarlo.

David imagina.

Él sale del departamento, corre por la calle Church hasta llegar a Canal con el pulso acelerado, los ojos latiendo de rabia. Baltazar se queda con sus compañeros de orgía. David escapa en tren a Nueva Jersey. Baltazar expulsa a sus invitados y se queda dormido. David llora en los brazos de su madre, pero no se atreve a contarle detalles de lo ocurrido. Baltazar se siente solo en el departamento de Tribeca. David intenta dormir. Baltazar cambia las sábanas de la cama y se jura a sí mismo que a partir de ese día todo será distinto. David piensa en llamarlo y luego descarta rápidamente la idea. Baltazar trata de ver *The White Ribbon*, pero no lo logra. David come algo y vomita por culpa del GHB. Baltazar recibe la llamada de Emilio Ovalle. David piensa que nunca volverá a ser feliz. Baltazar piensa que escuchar la voz de Emilio Ovalle le ha devuelto la ilusión de la felicidad. David duerme durante dos horas. Baltazar y Emilio Ovalle están en un restaurante español donde comen morcilla y croquetas de jamón con trufas. David despierta con el rostro húmedo y el dolor en el escroto por culpa del *piercing*, maldita la hora en que se lo hizo. Baltazar y Emilio beben, recuerdan, compran droga y por alguna razón se encierran en la *suite royale* del Hyatt. El resto, cree David, ya es historia.

—¿Por qué quieres conocer a Emilio?

La voz delicada de Cecilia lo hace reaccionar. La observa, avergonzado.

—Disculpa.

—No te preocupes. No debe ser fácil —lo observa—. ¿Por qué quieres conocer a Emilio?

—Curiosidad.

—¿Solo por curiosidad viniste de Nueva York?

—Vine acompañando a Baltazar.

—Yo tengo una versión distinta.

David no comprende.

Con naturalidad, Cecilia se acomoda el fleco sobre la frente.

—Trabajo en este medio. Y esta ciudad es de este porte —indica con los dedos—. Aquí todo se sabe, en especial si tiene relación con Baltazar Durán, el orgullo nacional. Nuestro queridísimo Niño Atómico.

El Niño Atómico. *The Atomic Boy*. Baltazar odiaba que cierta prensa denominada «cultural» lo llamara así. El apodo lo había acuñado un cronista anciano en Buenos Aires luego de que Baltazar lo denunciara como pederasta reconocido en medio de la presentación de un libro. El Niño Atómico había terminado en los tribunales de justicia por cargos de difamación. El cronista anciano murió de un ataque al corazón, casi un año después del escándalo de Buenos Aires.

—Me contaron que hay un manuscrito con las memorias de Baltazar. Y que están dedicadas a su amistad con Emilio.

David se lleva una mano al estómago. El rollo primavera intacto de Cecilia le provoca una arcada que trata de ocultar. Ella aparta su plato y se acerca a él en silencio, sin presionarlo; David la mira a los ojos, desafiante.

—¿Cómo lo supiste? —le pregunta David.

—Tengo un par de contactos en Nueva York —confiesa Cecilia—. Solo te pido que seas inteligente y que no te dejes manipular por la editorial. Esas memorias no pueden publicarse.

David toma un poco de agua. Se siente mejor. Cecilia ha logrado ponerlo nervioso. Jamás imaginó que el sobre color marrón despertara tanto interés.

Hace setenta y dos horas, David Mendoza tenía una relación de pareja, un escroto sin incrustaciones de metal y ni la mínima sospecha de que Baltazar estaba escribiendo su autobiografía.

Ahora lo único que tiene es el sobre marrón.

Por un segundo piensa en levantarse de la mesa, despedirse de Cecilia, agradecer su sinceridad y volver al hotel, a encerrarse y terminar de leer; tal vez pasar la noche en vela hasta acabar el maldito manuscrito y luego darse un baño de tina, y posiblemente llorar al recordar alguna de las frases escritas por Baltazar. Pero no se atreve: abandonar a Cecilia significaría perder, al menos por el momento, la oportunidad de conocer a Emilio Ovalle y de paso eliminar cualquier solución a sus incertidumbres.

Ahora es su turno de hacer preguntas.

—¿Por qué no deberían publicarse?

—Porque todo es falso. Es mentira.

—¿Cómo lo sabes? Nadie ha leído nada.

—Conozco a Baltazar y sé cómo era la relación que tenía con Emilio. Desde el principio, con todos los detalles.

David también conoce los detalles. Durante cinco años muchas veces trató de suprimirlos de su cabeza, de minimizarlos. No resultó: Baltazar se encargaba de recordárselos, de darles fuerza y un significado casi espiritual. Cada vez que Baltazar hablaba de Emilio Ovalle, David sentía que la atmósfera se enrarecía, que el tiempo se congelaba y que sus sentimientos no importaban nada comparados con años de aventuras, películas, conciertos, más películas, fiestas, drogas, sexo y más películas. Había llegado tarde a la vida de Baltazar. Eran inútiles sus esfuerzos, sus pequeños sacrificios domésticos, sus penas y sus preocupaciones porque ya había una huella en su corazón; ya había una herida importante que sanar y no la había provocado él.

—Baltazar siempre estuvo obsesionado con Emilio.

Cecilia intenta sonreír, como quien se resigna a una enfermedad terminal con un optimismo desesperado. David advierte que solo lo hace para evitar llorar frente a él: secretamente, espera que no lo haga. No le gusta consolar a la gente. Le cuesta, no sabe cómo contener los sentimientos ajenos. Ni siquiera maneja los suyos, pero de igual manera extiende una mano sobre la mesa. Evita los pequeños platos con salsa de soya y los restos de wantanes a medio comer para tomarle la mano. Cecilia no se lo permite.

—Tú conocías a Baltazar tanto como yo conozco a Emilio, mi marido.

—Nadie conocía bien a Baltazar.

—Por favor, eso era lo que él quería. En el fondo era un ser humano bastante predecible.

David la congela con la mirada. Piensa que tiene derecho a defender a su marido difunto; nadie debería hablar mal de un ser humano recientemente fallecido. Lamentablemente, las acusaciones de Cecilia son ciertas. David no puede negarlo: a Baltazar le fascinaba el aura de misterio, pero en su vida el misterio no existía. Nunca existió.

—Estoy segura de que mucha gente va a perseguir ese manuscrito —insiste Cecilia—, y si algún día llega a las librerías todos vamos a pasarlo muy mal, empezando por mis tres niñas.

—Me parece que estás exagerando.

—¡Tú no vives en este país! —lo detiene, tajante—, ¡tú no eres de aquí!

—Tranquila.

David le ofrece un vaso de agua. Ella bebe. Logra tranquilizarse un poco pero recuerda las memorias, a sus hijas, esas preguntas aterradoras que le harán los demás y vuelve a la carga.

—No necesito leer las memorias de Baltazar Durán para saber que todo lo que escribió es falso.

—¿Cómo sabes que es falso si no has leído nada, por favor?

—En este punto podemos detenernos durante horas porque, entre nos, y espero que no te ofendas, nunca he considerado que las novelas de Baltazar sean tan magníficas —Cecilia hace una pausa, bebe más agua.

David había escuchado a los detractores de la literatura de Baltazar. Por lo general eran personas como Cecilia: mujeres, mayores de treinta y tres años, chilenas, madres de familia de clase media.

—Reconozco que tiene un manejo narrativo envidiable, muy novedoso, pero sus personajes tienen un doble discurso, siempre hay un vacío mental en todos los que manejan los hilos de sus relatos; eso me distancia, no sé cómo explicártelo.

El Niño Atómico no solo provocaba aplausos, premios y millonarias giras literarias, también generaba envidia. A veces David pensaba que los enemigos de Baltazar eran tan poderosos e influyentes como sus aliados.

—Me imagino que, viviendo con Baltazar durante años, estarás familiarizado con su obra, apuesto a que te ha obligado a leerla.

—He leído sus siete novelas y los dos libros de cuentos —sentencia él—. Y *Todos juntos a la cama* me parece excepcional.

—A mí no. La encuentro frívola y gratuitamente explícita. ¿Quieres pedir otra cosa? No has comido nada.

—No tengo hambre, gracias.

Cecilia levanta una mano para llamar al mesero. David la detiene.

—Me gustaría saber por qué viniste tú y no Emilio.

Ella le sonríe. Está nerviosa. David lo nota y se propone descubrir el porqué.

—Tranquilo, ya te dije, debe estar por llegar. No te pongas nervioso.

—Siento que esta conversación debo tenerla con Emilio, no contigo.

—Soy su mujer. No puedo dejarlo solo en esto.

—Lo siento mucho, pero…

—Para ti esas malditas memorias son otro macabro juego literario de Baltazar, pero para nosotros no. Tú no entiendes, tú no sabes, tú no tienes una familia, tú no tienes tres niñas a las que les van a hacer preguntas que yo no sé cómo voy a responder.

—Con la verdad, ¿no te parece?

—Emilio no es gay —aclara—, si eso es lo que estás insinuando.

—Yo no estoy insinuando nada.

—Claro que lo estás haciendo. Como todo el mundo, pero yo no lo voy a permitir. No, señor. No lo *puedo* permitir.

Cecilia está a punto de llorar cuando su celular suena. El *ringtone* corresponde a la voz de una niña diciendo: «Mamá, contesta el teléfono». Cecilia enjuga sus incipientes lágrimas y responde. Cree que es su hija menor, una tal Trinidad, pero no es Trinidad. Cecilia pregunta qué pasó, cómo llegó, por qué no avisó, cómo estuvo el vuelo, habían quedado de reunirse en el restaurante chino, el China Village, lo están esperando. David la observa. Cecilia le hace un gesto y escucha atentamente lo que David supone que son instrucciones. Luego de un minuto, Cecilia asiente y le ofrece el teléfono.

—Es él. Quiere hablar contigo.

⌘

—Por CNN.

Dos horas más tarde, sumergido en la tina de baño de su *suite* en el W, David recuerda la voz de Emilio Ovalle.

—Así me enteré.

Su voz es profunda y cálida. David no esperaba que fuera así.

—Estaba saliendo del hotel camino a la feria cuando vi la noticia. Lo siento mucho.

Su voz es clara, casi transparente. Inspira respeto y confianza. Confianza: lo mismo escribió acerca de él Baltazar en sus memorias.

—¿Te sientes bien? ¿Hay algo que pueda hacer por ti?

David piensa que hay muchas cosas que Emilio Ovalle podría hacer por él. Podría explicarle, por ejemplo, cómo se las arregló para lograr que Baltazar se obsesionara con él al extremo de no ser capaz de volver a amar jamás a otra persona.

También podría adelantarse un poco a la historia que está leyendo y contarle, por ejemplo, qué fue exactamente lo que pasó entre los amigos cinéfilos. ¿Hubo sexo? ¿De qué tipo? ¿Cuántas veces?

Podría darle consejos para enamorar de nuevo a Baltazar. Si él sabe tanto, quizás es la ayuda que necesita para volver atrás y reconstruir lo que se cayó a pedazos. Pero, claro, para que sus consejos fueran útiles Baltazar tendría que estar vivo.

—Por favor, David, cuenta conmigo para cualquier cosa, no importa la hora.

—Me gustaría reunirme contigo, Emilio.

A diferencia de la voz de Emilio, la suya suena tibia y sin convicción.

—Mañana nos vemos. Sin falta.

—¿Puedo verte antes del funeral?

—Por supuesto. Recibí un mensaje de Monarde comentando que querías verme, pero volví enfermo de Miami. ¿En qué hotel estás?

—W.

—Mañana te paso a buscar. Podemos tomar un café antes de la iglesia.

—Gracias.

—¿A las nueve?

—A las nueve.

—Encantado de hablar contigo. Nos vemos mañana.

—Adiós.

Cuando cuelga el teléfono Cecilia lo está mirando.

—Gracias.

Se despiden fríamente en la puerta del restaurante; David se pregunta si volverá a verla. Cecilia se queda de pie junto al aviso de neón. David se sube a la *van* de Editorial More Books. Cecilia no se mueve de su sitio.

Se sienta en el último rincón de la *van*. No quiere conversar con el chofer; no puede hacerlo. Mira por la ventana. Las mismas luces, las mismas plazas, avenidas y rotondas. Por primera vez extraña Nueva York o cualquier otro lugar, hasta Nueva Jersey. Cierra los ojos. La *van* se mueve un poco. David abre los ojos y una luz lo encandila.

—Bájame las luces, huevón.

El chofer de la *van* mira por el espejo retrovisor; otro vehículo está detrás con las luces en máxima potencia. David se acerca a la ventana trasera y observa. El auto hace un cambio de luces. Una, dos, tres veces.

—¿Qué te pasa, huevón? —se pregunta el chofer.

David mira hacia atrás.

—Espere —ordena—, detenga el auto.

El chofer lo observa, sorprendido.

—Mejor que no —recomienda el chofer—, puede ser peligroso.

—Haga lo que le estoy pidiendo —insiste David—, estaciónese aquí.

El chofer obedece, no muy convencido. El auto trasero mantiene las luces altas, iluminando un pequeño estacionamiento junto a una plaza municipal. La *van* se detiene. David abre la puerta.

—¿Dónde va? —le pregunta el chofer.

—Espéreme aquí.

David se baja de la *van*. Mira hacia atrás. Es un Audi TT de color gris, no tan nuevo.

—¿Quién es? —pregunta.

Nadie le responde. David se acerca al Audi, alerta.

—¿Qué quieres?

Las luces del Audi se bajan. El motor emite un gruñido. El auto retrocede un poco para ganar espacio; David observa fijamente hacia el interior. El Audi arranca y desaparece junto a la plaza hasta perderse en la oscuridad.

Durante el resto del trayecto hacia el hotel David no se refiere al tema. El chofer comenta lo que vio; cree que fue un borracho o alguien drogado. Le pregunta si conoce a alguien que tenga ese auto. David no le responde. Se baja rápidamente en el hotel y sube directo a su habitación. Se sirve un whisky y piensa en cuáles son sus alternativas.

Podría llamar en ese instante, a las dos de la madrugada, a Mónica Monarde y contarle lo que acaba de vivir. Alguien lo estaba siguiendo. Alguien que conducía un Audi TT color gris y que cuando él se bajó se perdió en la noche. El chofer está de testigo.

También podría darse un baño en la tina y seguir leyendo.

6

Un Mazda 323 gris cruza la comuna de Las Condes, en la nunca bien ponderada ciudad de Santiago de Chile. Es una noche del caluroso verano de 1986. El Mazda se detiene en un semáforo en rojo. La cámara desciende lentamente sobre el automóvil para revelar a una mujer, la conductora: cuarentona, platinada, con bronceado extremo. Su nombre es Malú Jáuregui y muchos años más tarde será la fuente de inspiración para la heroína de mi cuarta novela, una tragicomedia costumbrista titulada *Ansiedad*.

Húmeda por la transpiración, Malú ha vuelto conduciendo desde Reñaca, balneario donde pasa sus vacaciones desde los quince años. Solo quiere llegar a su casa, en la exclusiva zona de Los Dominicos, y darse un chapuzón en la piscina antes de prepararse para la fiesta de esa noche. Su marido, José Pablo Alemparte, cuatro años menor que ella y muy bien conectado, pasará a buscarla a las diez en punto para asistir al cumpleaños de una conocida cantante y animadora de televisión que aparece todos los martes por la noche conduciendo un programa de *variétés* con elevados índices de audiencia y también de laca para el pelo.

Malú llega a su casa a las nueve en punto. Con horror descubre que las empleadas domésticas no están por ninguna parte. Hay un cenicero repleto de colillas en el living; alguien fuma Belmont. En la cocina encuentra restos casi podridos de pollo con papas fritas, gentileza de PolloStop, de una lasaña a la boloñesa que ya huele a pescado, y de comida china, preparada por el restaurante Long Cheung de avenida Bilbao. Malú reprime una arcada.

En el jardín, los regadores de pasto automáticos se han activado mojando prendas de vestir, toallas, dos revistas *Super Rock* y un minicomponente que aún parece sintonizado en una radio que ya dejó de transmitir. Algo parecido a un *shock* comienza a afectar a la señora Jáuregui.

Malú se dirige sin rodeos hacia el dormitorio de quien supone es el culpable del desastre doméstico: su hijo Emilio Ovalle. Emilio es fruto único de una relación anterior que ella prefiere sepultar en el rincón más remoto de su pasado. En su casa no se habla del señor Ovalle y tampoco se hacen preguntas relacionadas con esa etapa de su vida. Su hijo conoce la regla, la entiende y la respeta. Eso no significa que no le duela.

Del interior de la habitación se escucha rock en español: los grandes éxitos de Valija Diplomática. Malú abre la puerta y la imagen que ve a continuación le produce la peor vergüenza de su vida. Varios años de terapia más tarde, en medio de una crisis nerviosa de mediana gravedad, entre llantos y gemidos de arrepentimiento recordaría la terrible canción de Valija Diplomática y en particular esa trágica noche de verano. Su único hijo, Emilio, quien en ese entonces para ella todavía era un niño, algo que siempre será, pase lo que pase, yacía de espaldas sobre la cama, desnudo de la cintura hacia abajo, con la camiseta sobre los hombros y una mujer muy crespa y muy morena moviéndose rítmicamente sobre su entrepierna.

Al principio se quedó muda. Quiso salir de inmediato de la habitación y aparentar que no había visto nada. Pudo haber evitado preguntas y miradas o ignorar a Emilio por un par de semanas, algo que por lo general no le costaba demasiado. Entonces la mujer crespa que acompañaba a su hijo interrumpió su actividad oral y la miró sin moverse de su sitio.

La mujer era mi hermana, Susana Andreína del Carmen Durán Carmona.

Ese día la madre de Emilio descargó sus nervios con mi hermana. La trató de fácil, suelta y vagabunda; le preguntó de qué casa de putas la habían sacado. Le tiró su ropa en la cara; lo que más le dolió a Susana es que se burlara de la marca de su ropa interior. Pero a pesar de la rabia, y de que esos eran sus calzones más finos, mi hermana no se quedó callada. No, señor. Le respondió tratándola de vieja cínica y amargada. Le recomendó que visitara a un doctor que le examinara la cabeza. Estaba a punto de agarrarla del pelo y lo iba a hacer solo porque ella la atacó primero, empujándola a la cama con las dos manos. Susana estaba prácticamente desnuda, pero no le importó: saltó para agarrar del cuello a su futura suegra cuando Emilio se le adelantó; sujetando a su madre con fuerza por los hombros, la sacó de la habitación. La señora Malú gritó, se volteó para enfrentarlo y le dio una bofetada que Emilio respondió velozmente con un escupo en la cara. Emilio le dijo a su madre que la odiaba y que quería que se muriera. Su madre lo echó de la casa. Emilio nunca más volvió.

Mi madre y mi padre se habían encariñado con Emilio.

—Ese chico va a llegar lejos —decía él.

Ambos coincidían en que era un muchacho sano, educado, inteligente y, sobre todo, emprendedor, una palabra que mi padre utilizaba muy seguido.

—Además tiene don de gente —recordaba.

Mi padre y mi madre confiaban en que Emilio Ovalle, el hijo único y semibastardo de una familia pudiente venida a menos, quería a Susana de verdad, *para bien*, con respeto y dedicación. Mi madre decía que eso se notaba desde lejos en el trato, en sus ojos, en cómo la miraba; en cómo le acariciaba la mano cuando ella hablaba sin parar de algo que no tenía ninguna importancia. En cómo le servía cerveza sin que ella alcanzaɪ a pedirle que le rellenara el vaso.

—Si yo también fui joven —decía mi madre—. Yo me doy cuenta de que esto va para largo.

Si el noviazgo seguía sin sobresaltos hasta mediados de año, mi madre decía que el casorio era seguro. Tendríamos un matrimonio en la familia.

—Está feliz, la Susana.

—¿Y cómo no va a estar feliz? Se pasaría de bruta si no estuviera feliz. Emilio es un partidazo.

—Es bueno y eso es lo único que importa.

—Pero además tiene situación. Eso también importa. ¿O me vas a decir que no importa?

Mi madre era la más interesada en fomentar la relación. Ella adoraba a mi hermana. No podía odiarla, porque era su hija: con defectos y virtudes, ella la había parido. Pero le tenía miedo. Mucho. Sabía que Susana era capaz de cualquier cosa con tal de defender su libertad y, sobre todo, su egoísmo. Al menos eso era lo que pensaba mi madre, que Susana era tan egoísta que nunca iba a encontrar un hombre que la soportara. Que además de egoísta era bastante tonta. Que además de tonta, no respetaba su cuerpo. Que a los cuatro años un psicopedagogo le había advertido que la niña venía con un leve problema de retardo mental. Que estaba preocupada por su gordura. Que seguramente además del retardo mental también tenía problemas de la tiroides. Que para tener una personalidad como la de mi hermana hacía falta ser sumamente bonita, más curvilínea, con la cara más finita, no como mi hermana, que fea no es, pero linda tampoco. Que salió más tosquita de cara. Que lo mejor era rezar por la Susana y pedirle a Dios que no fuera a meter la pata, que no la fuera a cagar, que no perdiera la cabeza y cometiera un error y extraviara para siempre el amor y la fortuna de Emilio Ovalle.

Es cierto que la llegada de Emilio la había tranquilizado. Susana ya no era la misma. Casi no salía, no iba a fiestas ni peleaba con mi madre. Todo lo contrario, el romance había servido para convencerla de que mi mamá era su mejor amiga y que todo lo que hacía era por su felicidad.

—Lo único que espero es que no se haya entregado a la primera —se preguntaba mi madre, preocupada—, ¿tú sabes algo?

—¿Qué sé yo? —le respondía—, ¿por qué no le preguntan a ella?

—Me preocupa. Está muy ancha de caderas y eso es lo que les pasa a las niñitas cuando empiezan a revolcarse, se les ensanchan las caderas, igual que a las vacas en tiempo de cruza.

Mi madre no podía creer lo que estaba sucediendo. Era un milagro; más que un milagro, era una bendición. Después de años de quejas, reclamos, castigos, escándalos, ataques de llanto, bofetadas y humillaciones varias, por primera y única vez la niña, la oveja negra, la vergüenza de la familia, los estaba sorprendiendo con una buena noticia. Mis padres estaban tan felices que no les pareció extraño cuando a Emilio lo echaron de la casa y pidió alojarse con nosotros.

—Puedes quedarte por un tiempo —le dijo mi padre.

Estábamos sentados a la mesa cuando Susana y Emilio aparecieron con los ánimos por el suelo. Explicaron brevemente la situación, ahorrándose por cierto la parte en que la madre de Emilio entra a la habitación y Susana está chupándole la verga; pero sin ese detalle la historia parecía incomprensible.

Mi madre no entendía cómo ni por qué la mamá de Emilio echaba de la casa a su propio hijo como si fuera un extraño. Luego de encerrarse en el dormitorio a conversar, como lo hacían cada vez que algo importante estaba por ocurrir, mis padres habían tomado una decisión. Si hay algo que hasta hoy en mi casa llama mucho la atención es la tragedia familiar ajena.

Emilio le dio un abrazo a mi padre y a mi madre y agradeció infinitamente el gesto. Susana gritó de gusto y se paró a llamar por teléfono a la Meche Chica, para celebrar; todos seríamos como una sola gran familia. Mi padre le advirtió a Emilio una sola condición: que respetara su casa y a su hija. Emilio accedió sin comprender demasiado a qué se refería y entonces mi madre señaló que podía instalarse cuando quisiera.

—En la pieza de Baltazar.

De un segundo a otro, los ojos de todos los presentes se concentraron en mí.

—Tendríamos que preguntarle primero, ¿no?

Emilio me observó desafiante, disfrutando mi impaciencia.

—¿Qué dices, Balta?

Yo no dije nada.

Tres sin ley
Trois sans loi
(Francia, 2009)

Dirigida por Marcel Croix. Con Louis Gassell, Andrea Céline, Yves Ménard, Vanessa Paradis, Melvin Popaud y Marion Cotillard. El cine francés está acostumbrado al concepto de *enfant terrible*; en su momento Jean-Luc Godard y Gaspar Noé fueron etiquetados de esa manera. Ahora le tocó el turno a Marcel Croix, cineasta de la última generación o *Gen-U*, nacidos después de 1985. En esta subvaloradísima ópera prima, Marcel Croix se aparta de los excesos que más tarde consagraron su cine para entregarse a contar una sencilla historia de amor. Lejos de las relaciones incestuosas de *Todos juntos a la cama*, la fallida adaptación de la novela de Baltazar Durán *Tres sin ley* arranca con el incendio que les cuesta la vida a los padres de Étienne (Louis Gassell), un joven sensible que hereda una gran fortuna. En la sala de espera de un hospital conoce a Virginie (Andrea Céline), que se enamora perdidamente de él. A la pareja pronto se suma Baltasar (Yves Ménard), el pérfido hermano menor de Virginie, un joven psicológicamente perturbado y con una sorprendente sensibilidad artística que se obsesiona hasta lo patológico con la figura de Etienne. Luego de una crisis familiar, Étienne es desterrado de la casa de sus padres, lo que resulta en la convivencia forzada entre los jóvenes. Sin grandes explicaciones, el argumento que se teje entre los tres jóvenes estalla durante una caótica noche de Año Nuevo en que Étienne y Baltasar toman la decisión de asesinar a Virginie. Filmada en blanco y negro en las calles de Lille, ciudad natal de Croix, la cinta posee un puñado de momentos de antología, en especial gracias al inmejorable trabajo de cámara y a las intensas actuaciones del trío protagónico. Destaca la participación de la ganadora del Oscar, Marion Cotillard (*La vida en rosa*), como la insoportable madre de Étienne. Una especie de *Jules y Jim* revisitada. EXCELENTE.

Emilio entró a la habitación y cerró la puerta. Tenía puesta una camiseta roja y unos pantalones negros de pana demasiado gruesos para el verano.

Mi madre había cambiado las sábanas de la cama de mi hermano Fernando; ahora la ocuparía Emilio.

Desde la última vez Fernando no había vuelto a la casa, ni de visita ni a pedir plata. Tampoco llamaba ni lo podíamos llamar nosotros. Mi madre sufría. A veces lloraba por él. Lo extrañaba. Era su orgullo, nunca supe por qué.

Susana pensaba que mi madre había logrado exiliar a Fernando de su propia casa; nuestra familia era como Chile: mi padre era Pinochet y nosotros éramos los sobrevivientes de la dictadura. Y teníamos que luchar contra el Viejo de Mierda hasta lograr la libertad.

Esa noche, la primera, yo estaba ordenando mis cuadernos de afiches en su respectiva caja. Emilio se sentó sobre la cama y se quitó los zapatos deportivos.

—Gracias por todo lo que están haciendo por mí.

—Yo no he hecho nada.

—¿Cómo que no? Vamos a compartir pieza.

Sonrió. Lo hizo de verdad.

—Ya sé.

Miró a su alrededor. No había nada especial que llamara su atención, solo revistas, papeles, un montón de casetes y muchos cuadernos. Se acercó a un libro que estaba en la mesita de noche: *El cine según Hitchcock*, por François Truffaut. Yo lo había leído cuatro veces. Emilio lo conocía de nombre, pero nunca se había topado con un ejemplar.

—¿Me lo prestas?

—Seguro.

Emilio sonrió, dejó el libro en su lado de la mesita y se levantó de la cama.

—Hace muchísimo calor.

Escondí mi mirada en los cuadernos. Sentí que la habitación, el departamento y la villa entera comenzaban a incendiarse. Miré de reojo: con ambas manos, Emilio tironeó la camiseta roja y la levantó sobre su cabeza hasta quitársela. En su pecho había pequeñas gotas de sudor. Sentí una profunda quemazón en el alma, la señal inconfundible, la respuesta a todas las preguntas, la confirmación final, la solución al enigma que tantas veces, tantas noches, tantos días había intentado resolver. Las gotas de sudor se deslizaron por el pecho de Emilio hasta llegar a su ombligo. Algo me sacudió por dentro, no supe si era una arcada o las ganas de escapar. Volví a los cuadernos, recorrí sus páginas, miré otra vez los afiches de *Pecados en familia* y *La enfermera erótica*. Emilio se limpió el sudor del abdomen con la mano mientras bajaba el cierre de los pantalones de pana.

—¿Te pasa algo?

—Nada. Tengo mucho sueño.

Emilio dobló con cuidado sus pantalones y los dejó en un rincón, junto a su bolso; luego se estiró sobre la cama en calzoncillos y abrió *El cine según Hitchcock*. Pasó una eternidad. Afuera los perros ladraron, los borrachos se rieron a carcajadas y yo no me moví de mi escondite. Traté de concentrarme en los recortes, pero no eran los recortes los que ocupaban mi imaginación, eran los hombros anchos de Emilio, el estómago firme cubierto por vellos rubios, las piernas gruesas, modeladas por el fútbol y el rugby y las excursiones cordilleranas y el nado diario en la piscina, los brazos amplios y suaves, los pelos de su pubis escapando del calzoncillo, su mano izquierda acariciándose involuntariamente el pecho mientras se perdía en el cine de Alfred Hitchcock y sus vericuetos y acertijos, en su relación con Alma y su obsesión por Janet Leigh y Tippi Hedren y Grace Kelly y todas las grandes rubias de sus películas.

Respiré profundamente. El aire seco entró en mis pulmones sin refrescarme. Estaba mareado.

—¿Hasta qué hora te vas a quedar mirando esos cuadernos? —preguntó.

Lo miré desde el escritorio. Estaba de espaldas en la cama y había encendido un cigarrillo.

—Ven a acostarte.

Obedecí. Cuando apagué la luz estaba seguro de que no dormiría en toda la noche. Así fue hasta las siete y media de la mañana, cuando mi madre abrió la puerta de la habitación informando que era jueves, día de lavado y aseo profundo, por lo que entre todos teníamos que ayudar.

Había mucho que hacer. Cambiar las sábanas de todas las camas porque el verano en Santiago es muy seco, pero uno transpira igual y el olor a humedad cuesta mucho sacarlo. Ordenar meticulosamente la ropa de cada individuo para el lavado y agruparla según colores, no vaya a ser que las camisas finas de mi papá se tiñan con los calzones rosados de Susana. Comprar la mercadería para la semana y verificar que esta vez el casero de las verduras no nos estafe. Calentar el agua para el lavado. Preparar la batea. Estrujar. Refregar hasta no dar más.

Susana y yo estábamos de vacaciones, pero no podíamos quedarnos en la cama hasta tarde. Mi mamá no lo soportaba: decía que en una casa había que ayudar. Susana le preguntaba por qué nosotros teníamos que ayudar y mi papá nunca hacía nada, y entonces mi mamá se ponía muy seria y le decía que mi papá era el hombre de la casa y que llevaba muchos años sacrificándose para darnos la vida que teníamos. Ayudar al prójimo era una de las reglas de oro de mi familia.

Esa mañana de jueves mi madre amaneció extrañamente animada.

—Emilio, ¿por qué no me haces un favor, mijo?

—Sí, tía, lo que quiera…

—¿Por qué no van en tu auto a La Vega, a comprar la verdura? Así nos sale más económico, ¿no ven que allá venden barato?

—Claro, tía, encantado…

—Vayan enseguida y yo los espero.

—Vístete, Balta, nos vamos de paseo.

A las diez de la mañana estábamos listos, vestidos con pantalones cortos y zapatos deportivos de caña alta, los dos muy a la moda. Nos veíamos bien. Cruzamos la ciudad por avenida Vicuña Mackenna hacia el centro; teníamos una lista de cosas que comprar. Emilio me había prestado una camisa Ocean Pacific de color rojo. A él le quedaba un poco apretada; a mí no. En la radio sonaba *Don't get me wrong*, de The Pretenders. Emilio bailaba al volante, y eso que todavía no empezábamos a fumar. Nos estacionamos en una calle angosta frente al río Mapocho. Emilio sacó la mitad de un porro, lo encendió y subió el volumen de la radio. Fumó en silencio y me lo pasó.

Antes de las compras, me pidió que lo acompañara a dar un paseo por la calle Pío Nono, en el corazón del barrio Bellavista; una compañera del instituto que también era cinéfila le había recomendado una librería especializada en textos cinematográficos y, obsesivo como era, se había propuesto encontrarla. Caminamos varias cuadras bajo el sol. El calor, la marihuana y mi insomnio de la noche anterior empezaron a marearme. Nos sentamos en una plaza. Emilio me compró una coca-cola. Encendió un cigarro.

Después de la coca-cola me sentí mejor. Seguimos caminando por una calle sin salida, nos perdimos en otra; miramos una feria artesanal donde él se compró una chapita de Andy Warhol y otra de *Pink Floyd The Wall*, planeamos arrendarla en VHS y verla en la casa. Doblamos en una esquina donde había un teatro. Emilio habló sin parar sobre el cine *underground*: se quejó por no haber visto ninguna de las grandes películas de esa corriente. Le pregunté cómo sabía que existían esas películas. Yo nunca había oído hablar de *The Chelsea Girls*, una película de Warhol que se proyectaba simultáneamente en tres pantallas y que duraba como tres horas.

—¿La viste?

—No, claro que no la he visto. ¿Cómo la voy a ver? Pero sé de lo que te hablo.

—¿Cómo sabes?

—Porque leo. Leo todo lo que llega a mis manos.

—¿Dónde leíste sobre *The Chelsea Girls*?

—En la *Enfoque*. Escribieron sobre el cine de Warhol.

—¿Y qué más decían?

—Te presto la revista mejor.

—Te la voy a aceptar.

—El cine de Warhol no existe. Todas las películas que se conocen fueron dirigidas por Paul Morrissey, otro compadre.

—No lo entiendo.

—Nadie entiende mucho. Warhol producía y *presentaba* las películas como si fueran suyas, pero era Morrissey el que dirigía.

—¿Eso escribieron en la *Enfoque*?

—Entre otras cosas. ¿Ves? Es como si hubiera visto *The Chelsea Girls*. Todo gracias a la revista *Enfoque*.

—Pero no la has visto.

—Y seguramente nunca la voy a ver, gracias a los huevones inútiles de las distribuidoras de cine y a la censura.

—La censura la inventó Pinochet.

—Eso no es verdad. Siempre ha existido censura en este país, desde antes de Pinochet.

—Pero Pinochet prohíbe películas. Dicen que...

—Pinochet tiene cosas más importantes de qué preocuparse, huevón.

—Dicen que él fue el primero en ver *El último tango en París*. La vieja Lucía lo pilló masturbándose, por eso la prohibieron.

—Eso es mentira. Pinochet no tiene la culpa: la culpa la tiene el país. Estamos cagados, Balta. Nos tocó nacer en el culo del mundo. No le importamos a nadie. No existimos para el resto del planeta. Somos un pueblo cagón donde no llega nadie. A la mierda con Chile, huevón. Tenemos que escapar. Tenemos que arrancarnos de aquí apenas podamos. Hay que emigrar. Hay que salir de aquí antes de que este monstruo cagón nos devore.

Yo no abrí la boca, pero le encontré la razón. Pensé que me hubiera gustado a mí expresar la frustración que él sentía. Pensé que coincidía en todo lo que criticaba y no me gustó. Envidié su rabia. Admiré sus ojos cuando hablaba de la censura. Pensé que su voz era la mía y en lugar de aliviarme me sentí peor.

Preguntamos varias veces por la famosa librería de cine. Nadie en el barrio Bellavista sabía nada.

Recorrimos la calle Pío Nono de principio a fin; el barrio olía a incienso y fritanga. Nos detuvimos a mirar unas postales donde se veían imágenes del Che Guevara y Salvador Allende. Tomé una con intenciones de comprarla: costaba doscientos pesos. Emilio me agarró del brazo y me sacó del lugar. Me retó por andar mirando. Yo no entendí por qué.

—¿Querías comprar las postales de Allende?

—Sí. ¿Por qué?

—Porque nada que ver. O sea, nada que ver que vendan esas postales.

—¿Por qué?

—Porque es un cobarde.

—¿Quién dice?

—La historia lo dice.

—En este país la historia la han escrito los conservadores.

—¿Y eso de dónde lo sacaste?

—Me lo dijo mi profe de historia, la señora Mireyita, que sabe mucho.

—Mi mamá dice que este país se ha llenado de rojos. Hasta los profes son comunachos.

—Mi papá dice lo mismo. Y mi mamá también.

—Pero tu hermano es comunista. Y tu hermana también.

—La Su no entiende nada. No sabe dónde está parada.

—Mala onda los comunistas.

—¿Y qué sabes tú? Tenías la misma edad que yo cuando llegaron los militares y no se fueron más.

—Mala onda que tu hermano te meta tonteras en la cabeza. ¿Sabías que puedes terminar preso por andar hablando de eso?

—Que me metan preso. Libertad de expresión, ¿sabes lo que es eso?

Había pasado una hora y media desde nuestro desembarco en Bellavista. Nos olvidamos de la lista de compras. Seguimos hablando de política y peleando sin escucharnos. Él decía que Pinochet había salvado al país del caos; yo le dije que eso era lo que le habían enseñado sus profesores derechosos en su colegio conservador de la comuna de Las Condes y que uno no podía ser tan huevón de creer en todo lo que le decían. Él se enojó, me acusó de ignorante. Yo le dije que el ignorante era él y después seguí caminando por la calle Dardignac.

Esa mañana confirmé que Emilio me gustaba. Era de verdad. Podía pasarme horas escuchándolo; admiraba su espíritu, su energía y sus ganas de compartir. Me llenaba su sonrisa, incluso cuando se reía de mí. Pero había un defecto en él que me parecía extraño e injustificable, algo que no calzaba con el resto de su personalidad: sus intereses políticos. Cuando hablaba de su posición todo lo demás se derrumbaba, como si fuera un disfraz y recién comenzara a asomar lo verdadero. Sentía que repetía sin cesar un discurso aprendido, probablemente de su madre, y que no había forma de abrir sus ojos. Mucho después supe que Malú, su madre, se enorgullecía al contar que había tenido la oportunidad única de compartir con Su Excelencia y sus dos hijas en un restaurante del barrio alto donde habían coincidido y, para su sorpresa, la señora Lucía era mucho más alta de lo que ella pensaba.

Íbamos discutiendo sobre lo que él llamaba *pronunciamiento militar* cuando de pronto vi que una mujer cruzó la calle Pío Nono; me quedé mirándola, frito bajo el sol del mediodía. Emilio siguió hablando de los motivos que tuvo el ejército para intervenir el gobierno de Allende. Era una señora crespa, de pelo rojizo, de edad difícil de determinar. Emilio dijo que el país estaba al borde de la guerra civil. La mujer avanzó por la calle contonéandose, con un cigarrillo encendido entre los labios. Emilio dijo que los muertos son víctimas de guerra, no detenidos desaparecidos ni esas cosas que han inventado los comunistas. La señora llevaba anteojos oscuros. Emilio dijo que los terroristas que ponen bombas tienen contactos con Cuba y los rusos y los países que están detrás de la Cortina de Hierro. La señora parecía recién salida de una comedia romántica de los años cincuenta: podía ser Katharine Hepburn, o hasta Doris Day un poco más vieja. Mientras fumaba, avanzando distraídamente por el cruce, me fijé que además arrastraba un carro con frutas y verduras. Me acordé del encargo de mi madre. No pude reaccionar.

Todo ocurrió muy rápido. Fue una señal.

Un grupo de hombres y mujeres corrieron por la calle, no sabemos de dónde aparecieron; gritaban. Cortaron el tráfico y descolgaron un lienzo en medio de la calle.

Emilio estiró el brazo para detenerme; me sentí protegido. La señora del carrito también se detuvo. Ya había cruzado la calle. Iba caminando algunos metros más adelante.

Alguien lanzó una botella de vidrio al aire. Emilio se agachó, casi por instinto; la botella cayó al suelo. La señora del carrito giró a observar qué era el estruendo, de dónde venían los gritos y entonces perdió el equilibrio. Solo vio una mezcolanza de vidrios y fuego. No supo cómo cayó al suelo.

Una lluvia de papeles atravesó el aire: uno de ellos cayó en mis pies. Me agaché a recogerlo, pero no alcancé a leer lo que decía porque el empujón de Emilio y un grito ensordecedor me lo impidieron. Miré hacia la esquina y vi cómo hombres y mujeres corrían hacia el cruce. Durante algunos segundos se oyeron más gritos y comentarios: pensé en un accidente. La botella quebrada con fuego aún ardía en la calle. Algunos aplaudían, otros gritaban. La mujer del carrito estaba tendida en la calle, sin moverse, con un rasguño en la comisura de los labios. Emilio y yo nos acercamos a ella. La mujer trató de levantarse. Le ofrecí mi mano para ayudarla. La aceptó.

—Estoy bien. Se acabó el *show*—dijo mientras se levantaba.

Miró a su alrededor, se limpió el labio y enseguida comenzó a alejarse. Alguien dijo que no se podía ir sola, estaba herida. Unos estudiantes intentaron detenerla, le explicaron que no podía irse hasta que llegara Carabineros; que tenía que dejar constancia de lo que había pasado. Un curioso señaló que la ambulancia venía en camino. La señora del carrito nos miró de arriba abajo. No dijo nada, buscó su carrito entre los testigos y curiosos. Entonces escuchamos una sirena policial y todo fue un desorden.

Llegaron cuatro vehículos policiales, incluido un camión *guanaco*; hombres, mujeres, curiosos, protestantes y vecinos corrieron calle arriba. El guanaco activó su sistema lanzaaguas y un chorro color chocolate salió disparado de su cañón. La señora del carrito buscó refugio detrás de un kiosco: su carrito estaba en el suelo, volteado. La señora refunfuñó al comprobar que unos plátanos se habían molido por el golpe. Un hombre la ayudó a recoger un par de naranjas. Ella no le dio las gracias y se alejó del cruce de Pío Nono empujando su vehículo cargado, con la mirada fija en la vereda, sin desviarse ni un centímetro de su ruta.

Emilio y yo nos escondimos al otro lado de la calle. El agua alcanzó a unos escolares, uno de ellos se tropezó y el chorro de agua lo arrastró cien metros por el suelo. Un grupo de carabineros entró por Pío Nono y agarró a palos a una pareja. Emilio me dio un golpe en el estómago.

—Sígueme, huevón —ordenó.

Los carabineros cortaron el tráfico. Los autos que iban por la calle se detuvieron. Emilio corrió por Pío Nono y lo seguí. Un carabinero nos vio corriendo desde el otro lado de la acera; Emilio corrió con todas sus fuerzas. Me concentré en seguirlo calle arriba. El carabinero gritó que nos detuviéramos. No miramos hacia atrás. No pensamos en detenernos. Corrimos por la calle hacia el cerro San Cristóbal. El carabinero estiró una mano y me agarró del cuello; Emilio miró hacia atrás, me vio y lanzó un grito. Por instinto moví la cabeza, traté de soltarme. El carabinero usó sus piernas, trató de patearme en el pecho para hacerme perder el equilibrio y mandarme al suelo, pero el muy hijo de puta no lo logró. Lo empujé con las dos manos y después corrí, corrí a perderme siguiendo con desesperación la espalda de Emilio Ovalle.

Nos escondimos en un callejón. Había un café, estaba cerrado. Emilio hizo un gesto. Agachamos las cabezas, arrodillados tras dos autos que estaban estacionados; a lo lejos se escuchaban sirenas y gritos. Un grupo de manifestantes corrió al otro lado de la calle. El *guanaco* cruzó a gran velocidad. Bajé la cabeza; casi no respiré. Emilio apoyó su mano en mi espalda. No nos movimos. Dejamos de existir. Desaparecimos por algunos segundos. Lo miré sin que me mirara; sentí el calor de la palma de su mano en la parte superior de mi espalda. En medio de la tensión, él levantó la cabeza: el *guanaco*, la policía y los manifestantes habían desaparecido. En sentido contrario, por la misma calle, la señora del carrito lo seguía arrastrando sin prestar atención alguna a lo que sucedía a su alrededor. Estaba cansada; se apoyó en la pared con la respiración entrecortada. Extendió un brazo. Se aferró con fuerza al alféizar de la ventana. Respiró profundamente.

—¿Necesita ayuda? —le ofrecí, acercándome a ella.

La señora giró la cabeza y me miró de arriba abajo.

—Demasiado tarde.

La señora sacó un juego de llaves, indicó una puerta pequeña y dos ventanas que daban a la calle. Frente al garaje contiguo, un hombre diminuto y de pelo blanco ordenaba un montón de cajas de cartón.

—¿Y tú? ¿Por qué te demoraste tanto? —le preguntó a la señora del carrito.

—Pasé a juntarme con un amante que tengo —respondió la mujer.

El hombre refunfuñó algo incomprensible.

—Nos fuimos a un motel —continuó la mujer—, por eso me demoré un poco.

—No te hagas la graciosa.

—No es broma.

—Qué vergüenza, mujer. Pareces una niña chica.

—Te pusiste celoso, viejo. ¿Dónde quedó tu sentido del humor?

—Tienes un sentido del humor muy vulgar y retorcido.

Emilio me hizo un gesto con la mano, divertido.

La mujer empujó el carrito hacia el interior de su casa. El hombre se quedó mirándola, enrabiado.

—Hombre, podrías ayudarme, por lo menos… —rogó la mujer. Las naranjas salvadas del accidente volvieron a caer al suelo.

El hombre levantó la cabeza de sus cajas y miró a la señora:

—¿Para qué quieres mi ayuda si traes a esos muchachotes?

Emilio y yo cargamos el carrito hacia la casa, arrastrándolo por los tres escalones de la entrada. El hombre nos miró con desconfianza.

—No tenemos plata para darles propina, así que no se esmeren tanto —nos advirtió.

—No importa, no se preocupe —le respondió Emilio.

El hombre lo miró; no le gustó para nada su respuesta. La mujer se asomó detrás de la puerta. El hombre se alejó. Emilio dejó el carro en la entrada de la casa. La mujer se llevó una mano a la frente, agobiada.

—¿Se siente bien? —le preguntó Emilio.

—Estoy muy bien. Gracias.

—Pero, señora, la tiraron al suelo, nosotros la vimos, debería ir al hospital —le aconsejé, preocupado.

La señora del carrito nos alejó de su marido:

—A mí nadie me ha tirado al suelo —sentenció, tajante—. Gracias por la ayuda. Se pueden ir nomás, tengo mucho que hacer.

—Nosotros también —le recordé a Emilio.

Nos miramos en la entrada de la casa, la mujer nos entregó una naranja a cada uno y cerró la puerta. Emilio no se movió. El hombre diminuto terminó de ordenar unas cajas de cartón sobre una mesa pequeña. Eran libros. Su rostro había comenzado a sudar. Emilio se acercó a los libros, tenían olor a humedad.

—¿Les interesa la literatura? —preguntó el hombre.

Sus ojos oscuros bailaron un instante; el hombre sonrió, esperando una respuesta. Emilio y yo estábamos aturdidos por la marihuana y el calor.

—No, claro que no —continuó—, ¿qué les va a interesar la literatura a ustedes? Con suerte sabrán leer y escribir. Gaznápiros.

Emilio salió a defender la honra y el prestigio intelectual de nuestra generación:

—Sí, nos interesa —recalcó—. En realidad estamos aquí en el barrio buscando una librería.

El hombre diminuto interrumpió su disgusto y nos miró con los ojos muy abiertos. Fijó las pupilas en Emilio sin ocultar su interés.

—¿Qué librería? —preguntó.

—Es una librería especializada.

—¿En qué? ¿Cómo se llama?

—No tiene nombre. Solo me dijeron que es por aquí y que venden libros de cine.

El hombre diminuto parpadeó varias veces, como despertando de una larga siesta; luego comenzó a reír. Sus carcajadas parecían alaridos. En el clímax de la risa algo pareció atorarse en su garganta. Comenzó a toser hasta que los ojos se le llenaron de lágrimas. Emilio le golpeó la espalda con fuerza: el anciano se reanimó. En el interior de la casa, la señora corrió la cortina y se asomó a mirar sin disimular su preocupación.

—¿Qué pasa? —le preguntó al hombre—. ¿Algún problema?

—No seas asomada, mujer —la reprendió el hombre—. Todo el día asomada a la puerta, como las vecinas chismosas que se pasan matiné, vermú y noche preocupadas por lo que hacen los demás. ¿Por qué no te buscas una vida? Éntrate a la casa.

—Eres un malagradecido. Me asomé porque te escuché rabiando y pensé que te podía haber pasado algo.

—¡Y no estoy rabiando! Estoy tratando de tener una conversación con estos muchachotes. ¿Qué me puede pasar, por favor?

—No sé, cualquier cosa. Te podrían asaltar, por ejemplo.

—Claro que sí, me van a asaltar y se van a llevar esta fortuna que tengo en libros de segunda mano. ¿En qué mundo vives?

La mujer lo miró por un segundo y luego salió, molesta. El hombre suspiró, resignándose a las interrupciones, y luego nos miró con tristeza.

—La librería ya no existe —confesó—, tuve que cerrarla hace dos semanas.

Puso una mano sobre el antebrazo de Emilio y lo arrastró hacia el garaje.

—Ahora vendo lo que me queda, que no es mucho. Miren por aquí.

En el garaje nos enseñó las cajas con la mercadería. Eran libros de todos los colores y tamaños, una amplia gama de ediciones antiguas donde se podía encontrar desde Agatha Christie, Dashiell Hammett y James M. Cain, hasta novelas de amor de Corín Tellado y de A. J. Cronin, pasando por vidas de santos, manuales de pesca, caza y buenas costumbres, himnarios y muchos *best sellers*, la mayoría de espionaje o eróticos, subgénero que más tarde yo mismo rebautizaría como «basura de amor y lujo» y bajo el que algunos críticos insistían en etiquetar a *Todos juntos a la cama*. No estoy de acuerdo.

Me fijé en un ejemplar de *Memorias de una pulga*, una novela erótica anónima que el año pasado le habían prestado a mi hermana y que nunca me dejó leer. El hombre diminuto se acercó y me la arrebató de las manos.

—No leas eso. Es basura.

Lanzó *Memorias de una pulga* al interior de un canasto, el de la literatura bastarda. Alcancé a distinguir las portadas de *Myra Breckinridge*, de Gore Vidal, y *El valle de las muñecas*, de Jacqueline Susann, además de las obras completas de Harold Robbins y dos ejemplares desteñidos de *Pregúntale a Alicia*.

Emilio le preguntó al librero si tenía biografías; él le preguntó qué clase de biografías estaba buscando. Emilio le respondió que necesitaba biografías de grandes cineastas, como Bergman, Rossellini o Buñuel. El anciano librero entrelazó las manos, como si fuera a rezar.

—Bergman… Rossellini… Buñuel… —repitió.

Todo cambió. Olvidó el cinismo y las desconfianzas y por primera vez sonrió con ganas, de verdad, sin sarcasmos. Recargado por una sobredosis de adrenalina cinéfila de la mejor calaña, comenzó a disculparse. No quería que pensáramos que era un viejo fascista del cine ni mucho menos: valoraba mucho a la nueva generación, pensaba que teníamos en nuestras manos la responsabilidad y la obligación de un mejor futuro. Pero para llegar a ese futuro la lucha comenzaba en el presente, en el aquí y el ahora, y en eso estábamos destinados a fallar.

El veterano continuó, imparable. Ni Emilio ni yo lo interrumpimos. Confesó que le costaba creer que fuéramos ratones de biblioteca: éramos demasiado jóvenes, y Emilio demasiado rubio. Desconfiaba de los rubios.

—¿Tienes parientes en Gringolandia, gringo? —le preguntó.

—Bueno, sí… Una hermana de mi mamá vive en Colorado.

El anciano puso cara de asco y siguió moviendo libros de una caja a otra.

—Ustedes los jóvenes se impresionan con cualquier cosa —continuó—, no tienen capacidad de discernimiento fino. Por eso están condenados a la mediocridad y a la falta de talento.

—¿Por qué lo dice? —le preguntó Emilio.

—Porque sé lo que es ser joven. Por aquí pasa mucha gente joven, y estoy cansado de que me pidan *El principito*.

—¿Cuál es su libro favorito? ¿El mejor que ha leído?

—Es una pregunta muy idiota, la verdad —recalcó—. Me gustan muchos libros de distintos autores. ¿Quién sabe qué es lo mejor que he leído? Eso es algo muy subjetivo y por eso la pregunta es hueca. No tiene ninguna importancia.

—¿Por qué no? Podemos conversar sobre cuáles son las razones que lo llevaron a elegir ese libro en particular.

—¿Para qué?

El anciano se encogió de hombros. Sus manos huesudas se deslizaron por las cubiertas de los libros.

—¿*Madame Bovary*? ¿*Los hermanos Karamazov*? ¿Faulkner? —nos increpó—. En las escuelas y en los colegios a ustedes les enseñan mierda para echarlos a pelear y competir entre ustedes. ¿Qué importa quién es el mejor? Los entrenan para leer la misma basura que leyeron sus padres y sus abuelos: literatura chilena burguesa de la peor calaña, o clásicos españoles, convencionales y mal escritos. Pero no les enseñan a distinguir lo bueno de lo malo, la basura de lo trascendente, lo que realmente es un legado de la literatura y no solo un libro. Libros hay por montones y la mayoría son basura, ¿pero de qué sirve todo esto? Aquí nadie escribe, ¿y saben por qué? Porque en este país nadie hace nada con una actitud crítica. Nadie lee con un pensamiento crítico ni va al cine con un pensamiento crítico. Estamos viviendo tiempos sin luz, compañeros, eso está claro. Seguramente después de la tormenta vendrán los días de sol.

El anciano no nos preguntó nuestros nombres. Tampoco dijo el suyo.

—Y ahora tú me preguntas por Bergman y por Rossellini —apunta con un dedo largo y flaco el pecho de Emilio—, ¿y qué quieres que te diga? Bergman no le interesa a nadie, ni a mí me interesa como me interesaba antes. El cine murió hace muchos años. No sigan fascinándose con las mejores películas de la historia porque eso ya no existe.

—¿Por qué lo dice? —le pregunto.

—Porque ya no existe el cine, solo quedan películas. Películas malas, manipuladas por los yanquis en los grandes estudios, y los mismos estudios, que siempre fueron dirigidos por unos imbéciles, ya no son lo que eran.

El hombre miró a su alrededor, atento a la presencia de intrusos.

—Ya nadie cree en el cine como veneno para el alma.

El librero nos abrió la puerta del garaje de la casa. Emilio y yo nos miramos, encantados con nuestro anfitrión. Éramos sus nuevos apóstoles.

Entramos a una bodega sin ventanas donde apenas se podía respirar: olía a animal mojado, vino y cigarrillos. Emilio se llevó una mano a la nariz y a mí me dieron ganas de reír. El señor librero se dio cuenta y me agarró la mano con fuerza.

—¿Dije algo para la risa?

Negué con la cabeza. El anciano me empujó hacia un sector de la bodega donde había un escritorio y dos sillas; me senté junto a Emilio, callado y sin moverme. La bodega parecía enorme y estaba repleta de cajas de cartón de diferentes tamaños. Me fijé que algunas de ellas tenían escritas algunas letras (M-N); en otras aparecían fechas (1958-1966) o nombres de países (Alemania). En una esquina de la bodega había una mesa con una cocinilla de gas, una taza de café vacía y usada y una canasta para el pan repleta de colillas de cigarro. Una radio de pilas colgaba del techo, atada a un cable. En la pared había solo un detalle decorativo: una fotografía en blanco y negro de Susan Hayward. Se me ocurrió preguntar a qué película pertenecía, pero me dio vergüenza. Era de *Mañana lloraré*.

El veterano apagó la radio y se llevó a la boca un Hilton Extra Long. Se demoró un rato en encenderlo. Como si fuera un hombre de negocios muy ocupado, ojeó unos papeles, ordenó unos documentos y finalmente encendió el cigarrillo. Tosió; fumó compulsivamente. Pasaron dos, tres, cinco, diez minutos. Nadie abrió la boca. Emilio estaba a punto de reventar de la risa. Si lo hacía, yo estaba perdido: no podía seguir controlándome. Lo miré. Me miró. Me dieron ganas de mandar todo a la mierda y, por un segundo, pensar solo en mí. En nadie más.

Estábamos solos, con el pulso acelerado por lo desconocido y lo extraordinario, listos para escuchar al señor librero y su Gran Teoría sobre la Muerte del Cine.

Comenzó a hablar del cine mudo, de Louise Brooks y Charlie Chaplin y las influencias político-históricas que tendrían sus películas. Mencionó a Pabst. Pasó al expresionismo alemán. Habló de Murnau durante veinte minutos: citó la última escena de *M, el vampiro de Dusseldorf* como si él la hubiera filmado. Repasó el monólogo inicial de *La malvada*. Cuando Emilio y yo estábamos absolutamente embrujados por su relato, sin preocuparnos de si el cine había muerto o no, o si el viejo nos odiaba por ser jóvenes o si teníamos veinte minutos para pasar por La Vega y comprar las malditas verduras de mi madre, entonces el señor librero sacó otro Hilton de su cajetilla y antes de encenderlo nos preguntó:

—¿Quién los mandó?

Nos miramos.

—Una amiga —le dijo Emilio—, una amiga me comentó que le había comprado un libro de cine ruso.

El anciano se puso nervioso. Comenzó a sudar nuevamente.

—La recuerdo perfectamente —aclaró—. Muy linda tu amiga, con un aire a esta niña, Adjani.

—Isabelle Adjani —me apuré en responder.

—La misma —me miró el librero—. ¿Buscan algo de los rusos?

—No.

—Porque si buscan algo ruso, no puedo ayudarlos. No tengo nada.

El hombre se levantó, dando por terminada la visita.

—Es mejor que se vayan. No queremos problemas.

Emilio se acercó a calmarlo.

—No se preocupe, somos estudiantes. Tampoco queremos problemas.

El hombre nos miró, recobrando la confianza. Eran los tiempos: era imposible confiar a ciegas, creer sin sospechar malas intenciones. Se hablaba tanta cosa, tantas mentiras. Por segunda vez nos ofreció disculpas, ahora por desconfiar. Emilio le dijo que no se preocupara, que lo entendía perfectamente y que le interesaba mucho Tarkosvki. Muchos años más tarde trataría de emular el estilo del cineasta moscovita en *Me gustas cuando callas* con resultados dispares, por decirlo de manera elegante.

Mientras hablaban, el anciano buscó una cajita de fósforos para encender su último Hilton; movió cajas y carpetas, pero no los encontró. Unos papeles cayeron al suelo. Siempre listo, me agaché a recogerlos. Uno de ellos era una pequeña invitación escrita a máquina donde se leía:

MICROCINE DE LOS ÚLTIMOS DÍAS PRESENTA
EL MIEDO CORROE EL ALMA (1974)
De Rainer Werner Fassbinder
Viernes 14, 21 horas
Calle Dardignac 799. Adhesión: 200 pesos.

El señor librero tomó los papeles, escogió dos del montón y me entregó uno a mí y otra a Emilio.

—La película no es gran cosa —advirtió—, pero vengan si quieren. Y traigan un cojín.

⌘

Mi madre nos estaba esperando en la entrada del edificio, furiosa por nuestro atraso y preocupadísima porque estaba en la cocina preparando un sofrito para hacer arroz con chícharos, que es lo único que tiene en la despensa, por algo nos mandó a comprar y nos demoramos tanto, cuando en la Radio Cooperativa anunciaron jornada de protestas en el centro de Santiago y a ella le vino algo así como un cargo de conciencia espontáneo, algo así como una sensación muy triste porque mal que mal nos había mandado a La Vega y más encima en auto y ya eran casi las dos y no llegábamos, y las barbaridades que contaban en la Cooperativa la pusieron histérica y se sintió culpable y por eso se atrasó con el almuerzo, por andar entra y sale del edificio esperando que el escarabajo de Emilio apareciera cruzando la cancha de *baby* fútbol pero nada, pasaron dos, tres horas y no aparecíamos por ninguna parte.

Emilio la tranquilizó, le explicó que había tenido que hacer un trámite en Las Condes y se había demorado más de lo previsto. Mi madre lo miró, más calmada, y nos mandó a lavarnos las manos.

Durante el almuerzo, que consistió en el prometido arroz con chícharos y una ensalada de lechuga con tomate, mi madre dio por terminada la tregua con mi hermana y la enfrentó: se le habían perdido mil quinientos pesos y estaba segura de que Susana los había tomado. La acusó. Susana se hizo la desentendida, pero las pruebas de mi madre se hicieron concretas; la había visto abriendo el cajón y se había hecho la tonta. Susana le preguntó por qué la odiaba y mi madre le dijo que no la odiaba, pero que tampoco le gustaba tener una hija ladrona.

—Yo no tomé su mugre de plata, señora —le gritó Susana.

—Nadie está diciendo que tú tienes esa plata —la calmó Emilio.

—Claro que sí —insistió mi madre—. ¡Yo sé que la tiene en su pieza!

—¡Córtela, vieja de mierda!

—¿Hasta cuándo me tratas así, mocosa? ¡Soy tu mamá! Yo te visto, te educo, te doy comida …

—¡Y sigue! ¡Qué molestia!

—¡Susana! ¡Insolente! ¡Te escuchara tu papi!

Susana lanzó los cubiertos sobre la mesa. Uno de ellos cayó al suelo, el otro en la fuente de ensalada. Miró fijamente el plato de arroz humeante, lo tomó con ambas manos y se levantó de su sitio; recogió una cuchara del suelo y se acercó a mi mamá.

—Aquí tiene su comida, la vieja *reconchesumadre*.

Con la cuchara, Susana dio vuelta al plato en los pies de mi madre.

(Nota de dirección: en cámara subjetiva de Emilio, avanzamos lentamente hacia las porciones de arroz arvejado que caen al suelo. Corte directo a mi rostro, observando el incidente no sin cierta vergüenza marcada en la cara.)

Mi madre gritó, anunció que se quemaba viva, aunque todos sabíamos que el plato caliente no había tocado su piel. Susana salió a la calle envuelta en lágrimas no de arrepentimiento, sino de tranquilidad, dio un portazo y desde el segundo piso se escucharon las preguntas indiscretas de los vecinos:

—Ya te peleaste de nuevo con tu mami, Susi, por Dios, que no puedan estar juntas sin agarrarse de las mechas.

Mi madre lloró toda la tarde. Decía que nadie en la vida la había tratado nunca como Susana. Se quejaba de que mi hermana guardaba mucho resentimiento hacia el mundo, pero en especial hacia ella y no sabía por qué razón, no entendía cómo era posible tanto rencor inexplicable cuando ella lo había dado todo por Susana desde que era una niña y tuvo que hacerse mujer para criarla sin que mi padre la ayudara porque eran jóvenes y pobres y en esos tiempos sí que nadie sabía nada sobre ser adultos, eran unos niños, unos chicos jugando a tener familia propia. Cuando esa noche mi padre volvió del colegio, ella quiso hablar, pero él no la escuchó. Mi madre se quedó callada. No quería preocuparlo, con los problemas que él tenía en el colegio era suficiente. Lo importante era proteger a mi papá de las preocupaciones domésticas. Él no estaba para esas cosas: solo tenía que concentrarse en resolver los problemas mayores. Los problemas de hombres grandes.

Susana apareció tarde. Lloró en mi pieza sin despegarse de los brazos de Emilio. Confesó que odiaba a mi madre. Ya no la soportaba ni un día más. Pensaba irse de la casa. Iba a buscar un trabajo y una pieza para arrancarse de ahí y no mirarle nunca más la cara a nadie. Emilio le pidió calma y le recordó que primero tenía que terminar el colegio, eso era lo más importante. Debía pasar en el futuro. Susana lo miró con cara de pánico y le preguntó si estaba dispuesto a escapar con ella. Emilio sonrió: le dijo que estaba completamente loca. Susana se ofendió y lo trató de cobarde. Lo chantajeó. Le dijo que si pretendía estar con ella tenía que apoyarla en sus decisiones sin importar cuáles eran, sin importar si eran locuras o no. Emilio le preguntó cómo podía apoyarla y dónde y de quién quería escapar. Susana le respondió que quería escapar de su padre y que no le importaba el destino, cualquiera servía con tal de que fuera muy lejos. Emilio la besó en el cuello. Ella se estiró sobre él en la cama, lo aprisionó con sus tetas.

Le dijo:

—Tengo mucha penita.

Mis nervios estallaron.

Emilio deslizó una mano por la hebilla de sus *jeans*.

Ella le dijo:

—Eres tan tierno.

Más besos.

Él le dijo:

—¿Qué voy a hacer contigo?

La camiseta de Emilio se dobló sobre su abdomen. Mi hermana lo acarició. Le dijo:

—Tienes que quererme y hacerme feliz.

Más besos.

Miré de reojo, invisible en mi cama, una revista *Écran* del año 68 abierta sobre mis rodillas.

Ella le dijo:

—Quiero besito.

Guardé la revista y me arropé en la cama. Cerré los ojos. La luz de la mesita de noche estaba encendida. Emilio y Susana seguían hablando en susurros.

Ella le dijo:

—Está durmiendo.

Él le dijo:

—Pero puede despertar.

Ella le dijo:

—Ven, vamos a mi pieza.

Él le dijo:

—Estás loca.

Ella le dijo:

—¿Por qué no? ¿No quieres que hagamos cositas?

Él le dijo:

—Sí, pero está al lado de la pieza de tu vieja. Se escucha todo.

Ella le dijo:

—Pero lo hacemos calladito.

Él le dijo:

—Mejor que no. Otro día.

Ella le dijo:

—Yo quiero darte besitos allá abajo.

Deslizó la mano por la abertura de sus *jeans*.

Emilio la besó en la boca, en los ojos, en las orejas y en el pecho.

Ella gimió ante cada uno de sus besos mientras movía la mano bajo los *jeans*.

Él jadeó, la tomó de los hombros y la puso de costado frente a él, empujándola contra la pared. Se quedaron callados durante un buen rato.

Ella dijo: «Mi amor», abrió las piernas y sus muslos blancos y redondos abrazaron la cintura de Emilio.

Cuando Susana salió de mi pieza, él ya estaba durmiendo.

7

Es un día de sol, piensa David antes de despertar en un estado de placidez absoluta. La alarma no ha sonado. Todavía no son las siete y media.

Es un día de sol y puedo dormir hasta la hora que quiera, sigue pensando, envuelto como momia en las sábanas de setecientos hilos que son la última gran adicción de Baltazar.

Es un día de sol, puedo dormir hasta la hora que quiera y tengo a mi lado a la persona que amo, completa su pensamiento apenas entreabriendo los ojos, perdido entre sus brazos gruesos, entrelazado con su pelvis, cruzado en la cama tibia y kilométrica sin más preocupaciones ni dudas que las preocupaciones y dudas de sus sueños.

Así estarán juntos al menos media hora más. Dormirán profundamente hasta que alguna anticuada canción pop de la que ya nadie se acuerda suene como alarma (*It's Raining Men*, de Geri Halliwell, o *I Begin to Wonder*, de Dannii Minogue), hasta que por fin abran los ojos, se miren las caras somnolientas y se besen sin importarles el mal aliento. De los besos pasarán a las manos, las lenguas y los rincones más inexpugnables de sus cuerpos. Baltazar lo penetrará sin preservativo ni lubricante porque así se acostumbraron a hacerlo y ya es demasiado tarde e inútil cambiar los hábitos a estas alturas; eyaculará abundantemente sobre su pecho, su rostro y sus hombros y después esperará algunos minutos hasta que él haga lo mismo. Después de lavarse un poco, Baltazar preparará el desayuno; David encenderá la televisión en el programa matutino que ambos detestan y que no pueden dejar de ver. Baltazar tomará jugo de toronja y tostadas. David comerá los restos de la pizza de la noche anterior pensando en los cincuenta minutos de cardio que le servirán para deshacerse de ella. Compartirán juntos la ducha y, si el tiempo les sobra, terminarán revolcándose de nuevo, esta vez en el suelo helado del baño. Varias horas más tarde, en las duchas del gimnasio, Baltazar descubrirá los moretones púrpura en sus rodillas, recuerdos de esa mañana de pasión.

Es un día frío, piensa ahora David ya con los ojos bien abiertos, sentado sobre la cama de la habitación del hotel. La calefacción está encendida; afuera llueve. La cama no es kilométrica ni suya y las sábanas son de poliéster o de algo parecido al poliéster, pero con nombre pomposo como microfibra o viscosa. Baltazar no está.

En la televisión dicen que hace cuarenta y cuatro años que no llovía en pleno verano.

Durante una hora y media se encierra en el baño. Sentado en el borde de la tina, recuerda con exactitud lo que sucedió la noche anterior: el Audi TT en medio de la noche, su voz asustada y luego el Audi cruzando el costado de la plaza a toda velocidad. Si *alguien* lo estaba siguiendo, piensa, es porque *alguien* necesita comunicarse con él. *Alguien* que no quiere que nadie lo vea. Respira con la boca cerrada y luego cambia de ubicación. Se sienta en el escusado, mirando su rostro en el espejo: está feo, trasnochado, marcado sin piedad por los últimos acontecimientos, con la piel opaca por la pena y el invierno neoyorquino y el verano seco de Santiago y los ojos aún hinchados de tanto llorar. Nunca imaginó que tenía tantas lágrimas. Tanto llanto.

Vuelve a respirar. Abandona el escusado y se instala boca arriba en el suelo. De nuevo desecha la idea de comunicarse con la editorial More Books y contarle a Mónica todo lo sucedido. ¿Para qué? El suelo de cerámica está frío. Quizás utilizaría todo el accidente para promocionar el *backlist* de Baltazar Durán y vender más libros; a la larga eso era lo único que le importaba a More Books. Descubre que el suelo helado lo refresca más que el aire acondicionado. Se levanta y camina hacia la habitación. Busca el control de la temperatura. Solo encuentra una caja; presiona botones con flechas que indican los cuatro puntos cardinales y finalmente decide apagar el sistema por completo. Piensa una vez más en el Audi TT y recuerda momento a momento la persecución, el instante en que el auto se detiene y luego el escape. En la televisión una periodista sonriente e hiperventilada baila bajo la lluvia tropical reiterando que «en Chile las lluvias de verano no ocurrían desde 1970, es decir, hace cuarenta y cinco años».

Cuarenta y cinco años. La edad que tenía Baltazar cuando se mató.

De regreso al baño, escoge el suelo. Se queda estirado, sin moverse, no sabe por cuánto tiempo; cree que tal vez cuarenta y cinco minutos o una hora. El suelo ha enfriado su nuca. Le gusta. Cierra los ojos. Aprieta los párpados hasta que ve todo blanco. Ve a Emilio Ovalle, el Emilio Ovalle que él imagina, sentado frente a una cámara, respondiendo a una entrevista de contenido humano. Tal vez se duerme.

Bajo la ducha, ordena mentalmente sus pensamientos. Tiene tantas dudas que no sabe por dónde comenzar. Decide confeccionar un cuestionario para Emilio Ovalle: es la única manera de obtener la información que necesita y no olvidar ningún tema.

Emilio responde con encanto y naturalidad, sentado en el *set* televisivo que David imagina.

Pregunta uno: ¿Estás enamorado o te enamoraste alguna vez de Baltazar?

David piensa que la respuesta es «No».

En cinco años con Baltazar la idea siempre ha sido al revés: fue Baltazar quien se obsesionó con Emilio. Al comienzo exclusivamente como un amigo, íntimo, por cierto, pero amigo a fin de cuentas, y luego como amante. Durante su encuentro con Cecilia, la mujer de Emilio, ella le confirmó este deseo enfermizo que sufría Baltazar por su marido.

David observa la pantalla. Emilio Ovalle se abre la chaqueta y estira la palma de la mano derecha sobre su pecho:

—Con una mano en el corazón, no. No me enamoré de Baltazar. Éramos amigos, muy amigos. Posiblemente sea mi mejor amigo, no lo sé. Pero la relación que teníamos iba más por el lado del cine, de los personajes y las historias. No hace falta que hable de la imaginación de Baltazar, a estas alturas todo el mundo sabe que se trata de una mente extraordinariamente creativa. Baltazar no podía dejar de crear historias, de inventar personajes o de ficcionalizar anécdotas reales y convertirlas en historias ficticias. Esa era su debilidad. Es lo que le hizo volar en lo literario.

Pregunta dos: ¿Tuviste una relación amorosa con él? Define de qué tipo.

David piensa que esta es una de sus preguntas favoritas. El enigma de la relación entre Emilio y Baltazar debería resolverse con esta respuesta.

Emilio Ovalle mira a su entrevistadora.

—Ya respondí esa pregunta. No, nunca tuve una relación amorosa con él. Éramos amigos. Fui novio de su hermana mayor cuando niños. Él se confundió. Hubo un par de discusiones, nunca escándalos, y luego conversamos. Fuimos amigos un tiempo más y, bueno, después Baltazar se hizo famoso con sus libros y no lo vi más. Fin de la historia.

Pregunta tres: ¿Cómo te defines: hetero, homo o bisexual?

David piensa que odia las definiciones, pero a menudo son necesarias para comprender los hechos. David cree que Emilio Ovalle se inscribe bajo la categoría de «Heterocurioso».

Emilio Ovalle escucha las alternativas y una sonrisa se dibuja en sus labios. Nada parece sorprenderlo.

—Soy heterosexual, me gustan las mujeres y escogí a una sola mujer: mi esposa, Cecilia. No me importa que piensen que soy gay, estoy acostumbrado. Tengo amigos gays. No tengo rollo con el tema.

Pregunta cuatro: Durante los últimos cinco años —y más específicamente, hace cuatro días—, ¿te acostaste con Baltazar Durán?

El viaje a Miami, las tres horas de vuelo desde Nueva York y ese último acto de desaparición de Baltazar, el definitivo: David piensa que Emilio Ovalle no tiene más alternativa que mentir.

De pronto la voz de Emilio Ovalle adquiere un tono serio, casi solemne. Se lleva una mano a la frente, peinando el pelo rebelde que cae hacia un costado de su rostro.

—No me acosté con él. Pasaba por Nueva York, por trabajo, y lo llamé para saludarlo. Me habían contado que no lo estaba pasando muy bien con las críticas y esa entrevista maldita que publicaron. Nos juntamos a comer, compartimos un par de tragos y después nos despedimos. Baltazar tenía que levantarse muy temprano al día siguiente. Eso fue todo.

⌘

El funeral es al mediodía.

A las diez en punto, luego de ducharse dos veces y corregir su peinado con una cera de color verde, decide que está casi listo. Solo le falta vestirse. El traje escogido para la ocasión es un D'Squared gris petróleo, *slim fit*; camisa blanca de Givenchy con cuello demasiado angosto y una corbata negra Marc Jacobs. Sobrio, pero con intención. David calcula que Emilio tendría que llegar a eso de las diez y cuarto, diez y media. No quiere arrugar el traje ni la camisa. Se queda con un *pants* oscuro Adidas y una camiseta sin mangas Nasty Pig. Bebe un frapuccino envasado por Starbucks, muy dulce para su gusto; con horror comprueba que tiene doscientas cincuenta calorías sin contar el azúcar y que acaba de tragarse el frasco entero. Se siente fuera de forma, casi gordo. Levantado por la cafeína, decide luchar contra la ventana del dormitorio. Abrirla es urgente: necesita aire nuevo que no haya pasado por el repugnante sistema de ventilación del hotel. La ventana no cede. Luego de media hora logra empujarla hasta el tope. Piensa que ahora no podrá cerrarla. No le importa. Asoma la cabeza a la ciudad. Ya no llueve. El ambiente está húmedo. Cierra los ojos y llena los pulmones con el aire fétido de Santiago. Se siente mejor. Enciende la televisión. En un canal la periodista sigue su reporte en directo desde el lugar de los hechos. Hace cuarenta y cinco años que no llovía en verano en la capital de Chile. En otro canal dos cuarentonas hablan de celebridades locales que él no conoce y de cómo esas celebridades cambian sus planes de vacaciones debido a las insólitas lluvias de verano. Tendido en la cama, se siente aburrido y sospecha que al borde de una depresión. Busca algo que lo estimule, cualquier cosa. Su mirada se detiene en el frigobar. Lo inspecciona. Latas de cerveza, minibotellas de destilados; cacahuates y galletas de *cheddar cheese* de setenta calorías. Le cuesta escoger. Saca seis minibotellas de Absolut, Tanqueray y Jack

Daniels, además de un Redbull Sugarfree y un frasco de aceitunas griegas. Abre el Redbull Sugarfree y lo bebe en cuatro largos sorbos mientras piensa en el sitio más apropiado para recibir a Emilio Ovalle. En el *lobby* no podrán hablar tranquilamente. Abre la primera minibotella de Jack Daniels. David teme la presencia de periodistas o incluso de gente de la misma editorial espiando sus actividades. Bebe de un trago. Si lo recibe en la habitación, le preocupa el exceso de intimidad. Abre la otra minibotella de Jack Daniels. Por mucha información que tenga sobre Emilio, aunque sepa de memoria su nombre completo, su fecha de nacimiento y su signo zodiacal, aunque conozca mucho de su personalidad y prácticamente todos los hitos importantes en su biografía, siempre será un desconocido. Cuando termina la segunda minibotella de Jack Daniels siente el calor que baja hacia su estómago.

Vuelve a la ventana; respira nuevamente. Algo no está bien. Decide hacer ejercicios para matar el tiempo y la angustia que se avecina. Algo le está haciendo daño y no sabe a quién pedirle ayuda. Hace tres semanas que no pone un pie en el gimnasio. El calor en el vientre se convierte en un dolor punzante a la altura del pecho. Hace tres semanas su estómago comenzó a abultarse. Le cuesta respirar: David sabe que sus cambios físicos se deben al pollo frito, los carbohidratos, las lasañas y, por cierto, el alcohol que ha consumido sin pensar en sus propios límites desde el momento en que escuchó las palabras mágicas: «Lo encontraron en un hotel. Falleció, lamentablemente». Pero también se debe a la pena. El ruido callejero de los buses y automóviles lo aturde por un rato. La presión se aloja en su pecho. Se oye la sirena de una ambulancia que cruza por la calle Isidora Goyenechea. Abre la boca, buscando el aire. Jura que no volverá a comer lasaña. Piensa que se quedará sin aliento. También va a eliminar los *pad thai* de su dieta. Solo le quedan algunos segundos de oxígeno antes de desaparecer. Ni lasaña ni *pad thai*, nunca más. Todo va a pasar, todo tiene que pasar. Busca las minibotellas. Abre una de Tanqueray; siente el *gin* escurriendo por su garganta y luego deslizándose como en un tobogán hasta el estómago. De un brinco cae al suelo, se apoya en las palmas de las manos y comienza con flexiones de brazos, primero en posición cerrada; piensa que eso le quitará la angustia. Suda. Ahora flexiona con las manos abiertas junto al pecho. El ejercicio y el *gin* serán sus aliados. Le encanta sudar. Ya casi no siente la angustia: las endorfinas se apoderan rápidamente de su organismo. Su ánimo cambia. Lentamente, el miedo desaparece. Sus músculos dorsales acusan recibo del movimiento. Ya no existe el miedo, solo el dolor, y a eso ya está acostumbrado. Se siente casi bien. Casi normal. Mejor, mucho mejor. Energizado. Alguien golpea la puerta de su habitación. Emilio Ovalle está aquí. Son golpes muy discretos. Se acabó la incertidumbre. Lo mejor será hacerlo esperar algunos segundos. *Ahora todo será perfecto*, piensa David. Que se ponga nervioso. Se cubre con una cangurera gris. Que se desespere un poco. Tal vez debería elegir algo sin mangas. Que se sienta ignorado. Debería enseñar sus hombros contorneados. Que pague por todas aquellas veces en que él se sintió ignorado por su culpa. Debería mostrar el estómago firme a través de la camiseta. Que le devuelva los llantos, los golpes, los accidentes, los escándalos, los tríos, los cuartetos, las mentiras y las traiciones. Debería explotar su estado físico, que bastante le ha costado. Todas las traiciones. Solo para distraer a Emilio Ovalle. O quizás tentarlo.

Tentarlo.

David se detiene ante la idea y de inmediato se arrepiente. Él no es así; jamás haría algo ni remotamente parecido. No sería capaz de concretarlo ni como un macabro plan de revancha ni tampoco como algo que solo ocurrió. Antes de abrir la puerta de la habitación ya sabe que la persona que está en el umbral no es la que esperaba.

—Buenos días. ¿David?

Una joven morena y con el pelo negro hasta un poco más arriba de la cintura le sonríe como si lo conociera de toda la vida. No lleva maquillaje.

—Fabiola Contreras, trabajo con Mónica en More Books.

—Hola —dice él, aún algo confundido.

—Quería saber si necesitas algo, si puedo ayudarte o...

—No necesito nada —se apura en informarle.

—La *van* de la editorial nos va a pasar a recoger a las once y media para partir a la misa, así que tienes poco más de una hora para descansar —se detiene a mirar las gotas de sudor que escurren por su cuerpo—, o entrenar, o... lo que quieras.

David la observa por un instante. Debe tener su edad, quizás un año menos.

—Por favor, adelante. Pasa.

Fabiola sonríe y obedece; mira a su alrededor, nerviosa. David se fija en que mira las minibotellas vacías de Jack Daniels sobre la mesa.

—Quiero que cuentes conmigo para lo que necesites —dice ella—, si quieres hablar o algo.

Lo observa con compasión.

—¿Hablar? —pregunta él—. ¿De qué quieres hablar?

—A veces sirve hablar con alguien.

David le sonríe y seca su rostro con el borde de la camiseta. Ella lo mira de la cabeza a los pies.

—¿Puedo preguntar algo? —sus ojos brillan, coquetos—. Sin que te enojes.

—Depende. ¿Qué quieres saber?

—Pero no puedes enojarte.

—No lo sé. Si quieres saber algún detalle escabroso de la vida de Baltazar, prefiero que ni lo intentes porque…

Los ojos de Fabiola se abren hasta casi explotar en sus cuencas. Algo la desencaja.

—¿Qué? —pregunta, desesperada—. Pero ¿cómo se te ocurre que voy a ser tan poco profesional? Este es mi trabajo y me lo tomo muy en serio. Jamás pensaría en tratar de obtener información de ese tipo para…

—Está bien. Era solo una advertencia.

—¡Yo no necesito advertencias! Me siento muy incómoda, de verdad. ¿Quién crees que soy?

—No lo sé. No te conozco. Disculpa si te ofendí.

—Claro que me ofendiste. ¿Es porque soy joven? ¿Por eso piensas que soy estúpida?

—No he dicho que seas estúpida. Yo también soy joven y…

—Pero lo pensaste. ¡Pensaste que era una pobre estudiante en práctica sin nada en la cabeza!

—No. Tampoco lo pensé, te lo prometo. ¿Qué querías saber?

—¿Cómo?

—Dijiste que querías hacerme una pregunta, pensé que querías saber algo de Baltazar y tú hiciste este escándalo. ¿Qué querías saber?

—Solo quería saber si piensas ir… vestido así.

—¿Ir? ¿Adónde?

—Al funeral.

—Claro que no. Ahora el ofendido soy yo. ¿Quién crees que soy? ¿Cómo voy a ir vestido así? Estoy esperando a alguien.

—Discúlpame...

Fabiola salta de su sitio, aún avergonzada. David mira la hora y solo entonces descubre que Emilio Ovalle no aparecerá jamás.

—¿Te sientes bien? —le pregunta ella, preocupada.

—No. Anoche dormí muy mal —confiesa, vacilante—. Estoy un poco tenso y no quiero tomar calmantes.

Fabiola se acerca a él, servicial.

—¿Qué necesitas?

—Marihuana. Me encantaría fumarme un porro antes del funeral.

Pasa una hora. Ya se ha tomado la mitad de las provisiones de alcohol del frigobar; está ebrio y hambriento. Emilio Ovalle no ha aparecido. Tampoco le ha llamado. Una oscura sensación de soledad empieza a embargar todos sus pensamientos. Piensa en Emilio Ovalle y sus motivos: si los tuviera, claro. No lo entiende. ¿Por qué se había comprometido a pasar por el hotel si no tenía intención alguna de hacerlo? ¿Por qué molestarse en llamarlo por teléfono? ¿Por qué no rechazarlo directamente, sin rodeos ni utilizando a su mujer como intermediaria? David pensó que tal vez Cecilia tenía la razón: Baltazar era el mejor mitómano en la historia de la literatura y todo lo que había escrito en su vida provenía directamente de los rincones más crueles de su imaginación, pero después de todo, ¿quién dijo que sus memorias eran reales? Conociendo a su autor no era para nada extraño que detrás de la historia, de «lo que ocurre», exista un minijuego, un relato extra y no obligatoriamente real, diseñado para enriquecer la seducción de la novela; tanto en *Todos juntos a la cama* y hasta en *Cuando eyaculo* Baltazar proponía una narración alternativa al relato original. David recordaba perfectamente cómo se llamaba este recurso: «El mecanismo». A menudo hablaba de «El mecanismo» como un rasgo típico de sus novelas. Quienes lo escuchaban quedaban hechizados por lo que decía, pero también por cómo lo decía. Baltazar no tenía problema alguno en hablar de sí mismo, en considerarse superior a los demás solo por el hecho de ser un escritor, un cronista, un tipo que tenía una sola responsabilidad en la vida y esa era describir el pulso de los tiempos de la manera más original y novedosa. Se creía un mago, un cientista de la palabra a quien no podía exigírsele nada más que escribir. No había que pedirle simpatía o humildad, tampoco educación ni respeto: el escritor solo debía saber escribir. David pensaba que después de *Todos juntos a la cama* Baltazar se había aferrado demasiado a esta teoría.

A las once y cuarto, Fabiola regresa al hotel.

—Me costó mucho conseguirlo. Es lo único que encontré.

Saca un paquete de marihuana de considerable tamaño y dos cajitas de papel para fumar. Ha enrollado previamente cuatro porros gruesos. Enciende uno.

—Te lo agradezco. Me va a hacer bien.

Fabiola exhala el humo y le entrega el porro. Se sienta sobre la cama. David la mira; el humo empieza a inundar el aire de la habitación. David fuma sin dejar de mirarla. Le sonríe.

—Está buenísima.

—Me alegro de que te haya gustado.

David fuma un poco más y le devuelve el porro. Ella lo detiene.

—No, gracias.

Mira el reloj de su celular con clara preocupación.

—Ya son las once treinta. ¿Por qué no te vistes?

David la mira y se encoge de hombros. Suena el teléfono: llaman de la recepción para avisar que el auto de More Books ya ha llegado. David corre a cambiarse; Fabiola lo sigue hacia el interior del dormitorio. En diez minutos está listo.

En el ascensor, David se concentra en no perder la calma. El Jack Daniels y la marihuana lo ayudarán a controlarse.

—Gracias por todo, Fabiola.

Fabiola le alisa la solapa de la chaqueta.

—De nada. Te ves muy guapo.

Le sonríe. A través de un espejo puede divisar el *lobby*; desde el cuarto piso del hotel ya puede ver lo que ocurre.

—Estamos rodeados —dice Fabiola.

—¿Cómo vamos a salir?

—Tú sígueme.

Mientras el ascensor continúa el descenso, se dedica a analizar el campo de batalla del *lobby*. Junto a la recepción está la prensa oficial y debidamente acreditada, seguida por una delegación de hombres y mujeres: David piensa que deben ser representantes del gobierno. Junto a ellos hay un grupo de estudiantes de literatura con aspecto trasnochado. Mónica está junto a ellos, de pie en la entrada, con el celular en la oreja y un cigarrillo apagado en la mano.

Las puertas del ascensor se abren. Fabiola le guiña el ojo.

—Todo va a salir bien.

Respira profundamente. Fabiola da un paso adelante, él la sigue. Un foco lo encandila; alguien lo empuja con una cámara en la mano. Fabiola le grita que no se quede atrás, pero en ese momento pierde la visión. Se abre paso como puede entre reporteros, curiosos y *fans*. Algunos periodistas lo reconocen, uno de ellos grita su nombre. David mira hacia atrás, se distrae. El periodista se lanza sobre él. Las cámaras de televisión se mueven mientras él cruza el *lobby* a ciegas, buscando la salida; entre los gritos y los golpes de la multitud logra distinguir a Fabiola, esperándolo en la puerta del hotel. David se apura para alcanzarla. Fabiola empuja a algunos periodistas hasta llegar a una 4x4 negra. Los periodistas rugen en su nuca: uno de ellos lo toma por el cuello, empujándolo hacia atrás.

—¿Qué se siente ser el heredero de Baltazar Durán?

David se paraliza. No puede moverse. Levanta la cabeza y observa al periodista. Los demás lo rodean, expectantes. Fabiola gira para mirarlo y al verlo junto a la prensa está segura de que ese será su último día de trabajo en la editorial More Books.

Él no sabe lo que está pasando, siente exactamente lo mismo que sintió la primera vez que probó la ketamina. Ve cómo su conciencia se desdobla. Cómo se abre un agujero en su cabeza. Cómo de ese agujero emerge un brazo con una cámara. Cómo esa cámara graba la situación y lo que él ve es un montaje aceleradísimo de esa cámara más su propia visión real.

El periodista es un tipo delgado, muy pálido, de piel cetrina, lleva una barba de tres días; David lo observa y por un segundo solo existen ellos, él y el periodista. No están Fabiola ni Mónica ni los otros reporteros.

—La fortuna está valuada en varios millones de dólares.

Aquí tiene lo que algunas personas llaman «laguna mental»; David prefiere decirle «amnesia». No recuerda bien lo que pasó. La última imagen que tiene es de la nariz huesuda del periodista y sus ojos redondos, sarcásticos, burlándose de su propia pregunta y jactándose de su atrevimiento frente a sus colegas. Dicen que le rompió la cara, que tuvieron que operarlo de la nariz. Que desde ese día la prensa empezó a odiarlo a él y a todo lo que tuviera relación con Baltazar Durán y su muerte. El canal donde trabajaba el periodista lo demandó por lesiones en primer grado. David sabe que quiso matarlo y no se arrepiente.

8

La señora Cassandra se acomoda los anteojos sobre las orejas y enciende el primer Hilton Light Super Long de la jornada.

—Buenas noches. Sean todos bienvenidos a esta décimo tercera sesión del Microcine de los Últimos Días; aplausos, por favor. Vamos a comenzar esta velada saludando a los primerizos, los dos jóvenes de la segunda fila: buenas tardes. Sí, a ustedes les hablo. Buenas tardes.

—Buenas tardes.

—Sus nombres.

—Yo soy Baltazar Durán. Él es Emilio Ovalle.

—Emilio y Baltazar, bienvenidos. Un aplauso para ellos. ¿Alguien más es nuevo? Tú, hermosa, la colorina buenamozona de la última fila, ¿cómo te llamas?

—Mónica.

—Mónica, ¿cuánto?

—Solo Mónica.

—Solamente Mónica.

La señora Cassandra enciende otro cigarrillo y avanza directamente hacia nosotros; Emilio lleva puestos unos pantalones negros y una camiseta sin mangas que me deja ver los pelos de sus axilas.

—Esta noche es especial, muchachos, porque desde esta noche ustedes son parte de este club de cine. Como una guarida, un escondite, un rincón clandestino y privado donde podemos ocultar o compartir pasiones y obsesiones siempre relacionadas con lo único que seguramente tenemos en común los que estamos esta noche en este Microcine.

Silencio. Emilio me da un suave codazo en las costillas. Sonríe. Es un rito de complicidad, pero también un llamado de advertencia. Hace calor. La señora Cassandra fuma con verdadero placer, hace anillos de humo casi perfectos. Al verla dan ganas de fumar.

—El cine; nuestro bienamado cine. El cine es el motivo de estas sesiones, no la política ni la salud ni la vida social. Aquí podemos hablar de lo que quieran, pero solo si está relacionado con el cine. Dado que el cine a lo largo de su historia ha abarcado todos los temas existentes, podemos hablar de cualquier cosa.

La introducción a la película dura exactamente una hora. La rutina es siempre la misma: la señora Cassandra se encarga de la información y la administración, recibe a los nuevos cineclubistas, les cuenta cuáles son los objetivos del grupo y cómo funciona la membresía.

—Algunas películas cambian vidas, marcando un antes y un después en la persona que las ve. Otras pueden definir modas y tendencias; si un ser de otro planeta quisiera analizar la historia del mundo le bastaría con ver un puñado de películas.

El Microcine de los Últimos Días funciona hace cuatro años. Comenzó con cuatro socios: la señora Cassandra y don Desiderio, socios fundadores, más una pareja de amigos profesores. Hoy cuentan con cuarenta y cinco socios activos, es decir, con sus mensualidades al día.

—Podría ver, por ejemplo, *Intolerancia*, de Griffith. Y *El ciudadano Kane*, de Orson Welles. *Una mujer es una mujer*, de Godard. Y de todas maneras sería obligatorio que el ser de otro planeta viera *L'Atalante*, de Jean Vigo. Nos faltaría algo de Buñuel, como *El ángel exterminador*, o tal vez más moderno, como *El discreto encanto de la burguesía*. Agregaría, por cierto, algo de Fassbinder, probablemente algo de su última etapa, como *Lili Marleen* o *El matrimonio de Maria Braun*, dos películas extraordinarias. Una de Rohmer, *Pauline en la playa*. De Hitchcock escogería *Vértigo*, que es una obra maestra; monumental como relato cinematográfico. Y de los americanos también tendría que ver *La noche del cazador*, dirigida por Charles Laughton. Sería terrible no considerar el cine de Kurosawa. Yo me inclino por seleccionar *Ran*, que es una verdadera lección de cine. Y a Fellini también lo estamos dejando abajo. *Amarcord*, definitivamente.

Por mil pesos mensuales uno puede entrar a todas las funciones del Microcine, que son tres a la semana: los jueves, viernes y sábado. Los horarios van cambiando. A veces depende de la película programada; otras, de si llueve o no. Otras, de la salud de la señora Cassandra y/o don Desiderio.

—El cine mueve dinero: se construyen imperios haciendo películas. Pero el cine nació originalmente por una necesidad de comunicar, de perpetuar un recuerdo, de reflejar una emoción para volver a verla alguna vez en un futuro cercano. Muchas películas, la mayoría, diría yo, son ignoradas. Y ahí está la misión de este club. ¡Esa es nuestra misión! Tenemos que rescatar ese cine ignorado por la industria. Vamos a mostrarle al mundo esas películas.

A veces las funciones son a las diez de la noche. Si la película es muy larga, como *Fanny y Alexander*, del director sueco Ingmar Bergman, la reunión comienza a las siete de la tarde. Don Desiderio recordó el otro día lo que Hitchcock decía, que ninguna película debería durar más de noventa minutos. *La soga*, una de sus películas más aclamadas, solo dura ochenta.

—Los grandes directores de cine siempre se sintieron así: marginados. Rechazados por los poderosos. Ignorados en su condición de Autores con mayúscula. Le pasó a Orson Welles. Le pasó a Bergman. Le pasa a Woody Allen todos los años. Le pasa a Godard. Pasa en Chile, pasa en Estados Unidos y en España. El dinero es así. Eso es lo que consigue.

El Microcine no tiene fines de lucro. Los mil pesos de la mensualidad se dedican solamente a pagar la manutención técnica del proyector de dieciséis milímetros, que es antiguo y necesita un cambio de foco al menos cada seis meses. El resto de la plata de la membresía se va en conseguir las películas. Las copias en dieciséis milímetros se arriendan por un precio simbólico a distintos institutos internacionales como el Goethe, el Chileno-Francés, el Chileno-Británico o el Centro Cultural de España.

—El dinero mata el arte verdadero, el que sale del espíritu; el que fluye, imparable, sin que nadie pueda detenerlo. Ese es el arte que vale la pena y el que debemos apreciar. El arte bello, el que emana desde artistas genuinos, con una visión, una mirada y con algo que decir sobre el mundo en el que vivimos.

Como a todos los viejos, a la señora Cassandra le gusta hablar. No puede evitarlo. Don Desiderio es un poco más parco, pero cuando se emociona con algo no hay cómo pararlo. Según ellos, el Microcine es el trabajo perfecto: pueden ganar una plata, modesta, eso sí, haciendo lo único que pueden hacer a estas alturas de sus vidas, hablar incansablemente de las películas que les gustan y de las que no les gustan también.

—También le pasa a Rainer. Díganme ustedes si Rainer no corrió ese mismo destino, el destino del rebelde, el destino que tienen todos los que alzan la voz contra lo establecido. Rainer era así. Si no me creen, vamos a hacer una apuesta para cuando proyectemos nuestra retrospectiva maravillosa de su filmografía casi, casi completa. Si ya vieron sus películas vale la pena verlas de nuevo, aquí entre todos. Si no las han visto, prepárense para uno de los cineastas más sensibles e inteligentes nacidos en este triste planeta.

Emilio dice que cuando sea viejo va a dedicarse a lo mismo que hacen don Desiderio y la señora Cassandra: a mostrar películas a lo largo y ancho del mundo. El lema será llevar el cine a los rincones del planeta donde no hay absolutamente nada. Según él basta con una *motorhome* («el huevón que se *culea* a mi vieja tiene uno»), un telón («que puede ser una sábana blanca grande») y una película («cualquier película, pero ojalá de Tarkovski»).

—No lo digo a modo de exageración, es lo que realmente pienso. La mezcla de sensibilidad e inteligencia no es frecuente en la historia del arte. Siempre uno de los dos rasgos se da de manera más clara, desencadenando obras más o menos sensibles, más o menos inteligentes. Rainer es un caso donde esa mezcla se da. Su narrativa es imbatible, aritmética, contenida, sin efectismos, pero los personajes derrochan emoción. Lo cerebral y lo emotivo funcionan a un mismo nivel, sin ensuciar el relato, sin dejarse ver. Eso solo lo logra la genialidad. No hay más que eso.

—¿Ya terminaste? —la interrumpe don Desiderio con un cigarrillo en la boca.

—No, no he terminado.

—¿Hasta qué hora vas a hablar de ese actorcillo de teatro?

—Estoy en medio de la introducción, Desiderio.

—Me estás aburriendo con tus comentarios adolescentes. Como si Fassbinder fuera Paul Anka, o Julio Iglesias. ¿Dónde se ha visto?

La señora Cassandra fuma más que don Desiderio: yo fumo entre cinco y diez cigarros diarios y me da asco cuando la señora Cassandra enciende uno con la colilla del que se fumó recién.

—Una cosa más para los nuevos, los mocosos de la segunda fila y la colorina: este cine club es privado y secreto; todos sus socios, incluyéndolos a ustedes, han descubierto este espacio por casualidad o por coincidencia.

Miro a Emilio: sube las cejas, excitado y nervioso. La señora Cassandra busca algo en su cartera. No habla. Don Desiderio suspira, frenético.

—¿Te das cuenta de lo innecesaria que es esta pausa, mujer? ¿Se puede saber qué estás buscando, Cassandra?

Ella no responde. Sigue revolviendo su cartera hasta que saca un pequeño cenicero portátil. Solo entonces prosigue el discurso de bienvenida.

—Sigo. Nadie ha sido obligado a formar parte de esta colectividad o ha ingresado al club a través de contactos; cada uno de los asistentes a esta función está aquí bajo las mismas reglas. Todos tenemos los mismos derechos y responsabilidades.

Dos gatos negros saltan al mismo tiempo sobre la mesa donde se ubica el proyector. Juegan sobre las latas de celuloide; don Desiderio les hace un gesto con la mano y se sientan junto a él, uno a cada lado. Nadie sabe exactamente cuántos gatos viven en el Microcine. La colorina de la última fila, Mónica, comienza a estornudar. Algunos dicen que son solo dos los gatos residentes y cinco los allegados. La colorina saca un pañuelo de su mochila y resopla varias veces. La señora Cassandra sigue hablando de los derechos de los cineclubistas. Unas horas más tarde, después de la función y el debate, Emilio y yo tendremos un primer acercamiento con la colorina que estornuda. La conoceremos como Mónica Monarde, un personaje secundario en este relato y que será descrito en su justa medida, sin exageraciones de ninguna especie.

Escucho con atención a la señora Cassandra. Siento que su voz me abraza, que es invierno y hay pan tostado con mantequilla. Siento que estoy en mi casa.

Mi abuelo es un zombi
Whatever Happened to the Monroes?
(Estados Unidos, 2008)

Dirigida por Richard Stanley. Con Helen Mirren, Martin Sheen, Zac Efron y Paul Dano. Es la tercera vez que el redactor de este comentario se encuentra con títulos absurdos como este: junto a *Mi profe, mi pesadilla* y *Patito malo 2: Ooops, lo hizo de nuevo*, *Mi abuelo es un zombi* se cuenta entre las peores infamias cometidas por la distribuidora Ultravideo. En este caso la traducción en español no tiene nada que ver con el original; además, el creativo que rebautizó la película ni siquiera se molestó en verla: aquí no hay zombis y nadie es el abuelo de nadie. Bajo el indignante título de Ultravideo para Latinoamérica se oculta una interesante comedia negra, por momentos extrema y desbocada, dirigida con estilo por un autor de primera (Stanley es el responsable de las interesantes *Hardware* y *Dust Devil*) y con interpretaciones de lujo a cargo de todo el elenco, en especial de la insólita dupla que conforman los monstruos encarnados por Mirren y Sheen. Zac Efron y Paul Dano son dos adolescentes rechazados por sus compañeros de colegio; están dispuestos a cometer un doble suicidio solo para llamar la atención de los demás cuando son rescatados por Angela (Helen Mirren), la mujer de Joe (Martin Sheen), un bibliotecario retirado y hoy a la cabeza de un cineclub de barrio. A través de la relación con la pareja de jóvenes, Joe y Angela descubren aspectos de sí mismos que creían olvidados, ayudando a los nuevos miembros del cineclub a atravesar los áridos caminos de la adolescencia; todo lo anterior durante los años más ásperos de la dictadura de Pinochet, en Santiago de Chile. A ratos, *Mi abuelo es un zombi* parece un drama de compromiso político, serio y profundo. Cuando se pone interesante, la película retoma su sendero original, el de una comedia sofisticada sobre el ridículo de la juventud y la vejez. A pesar de un final convencional, con excelentes efectos especiales y una matanza de proporciones bíblicas, se trata de uno de los mejores estrenos del último tiempo, oculto, por cierto, bajo un título mentiroso y abusivo como la distribuidora local de esta película. MUY BUENA.

—¡Ese es nuestro derecho!

Reacciono con un grito de la señora Cassandra.

—El derecho más importante de todo cineclubista es ver obras maestras de grandes directores de distintos rincones del mundo proyectadas en exquisitos dieciséis milímetros, como la magnífica película que veremos esta noche y a la cual Desiderio se referirá en extenso dentro de unos minutos.

—Si algún día te callas, claro.

La intervención de don Desiderio genera una risotada general. Ni don Desiderio ni la señora Cassandra se ríen: ellos casi nunca ríen y cuando lo hacen es de cosas que ni Emilio ni yo entendemos.

—El derecho aquí es ver cine y la responsabilidad de cada uno es ser inteligente. Gente tonta no podemos permitir. La herramienta fundamental de estas sesiones siempre es el debate y mientras mejor expresemos nuestras ideas más posible será convencer al otro de que, por ejemplo, *The Chelsea Girls*, del egocéntrico Andy Warhol, es una porquería pop inflada por el *marketing* del cual el mismo Warhol tanto ordeñó, o una verdadera lección de cine que todos deberíamos analizar en su justa dimensión. Atención, cineclubistas: comentarios malintencionados, fascistas o descalificatorios están prohibidos. Quien sea sorprendido atacando, discriminando o criticando a un compañero, será de inmediato despedido de la sala y no podrá volver nunca más. Así de simple.

La señora Cassandra pasea la mirada por la sala repleta. Sonríe.

—Otra cosa que se me olvida: se puede fumar —agrega, apagando su cigarrillo en la suela de su zapato y luego deshaciéndose de la colilla—. Yo no tengo nada más que decir.

—¿Y qué más quieres decir? —le pregunta su marido—. No te paró la lengua.

La señora Cassandra le sopla la última bocanada de humo a la cara; don Desiderio se lleva las manos a la barriga sin quitarle los ojos de encima. Se queda mudo por un momento interminable. Hay uno que otro murmullo en el Microcine, miradas entre los cineclubistas. Emilio me mira con los ojos redondos y mueve un dedo junto a su cabeza. Don Desiderio está loco. El silencio se hace cada vez más incómodo.

—¿Por qué me miras así? —le pregunta la señora Cassandra.

Don Desiderio no responde; avanza hacia los miembros del Microcine sin dejar de observar a su mujer. Emilio y yo nos miramos de reojo. Nos preguntamos mentalmente cómo podemos ser tan tontos: son las nueve y media de la noche de un viernes y en lugar de salir con *minas* o de buscar una buena fiesta, estamos encerrados con diez desconocidos hablando de películas que no hemos visto.

Don Desiderio le quita el cigarrillo a su esposa. Se miran intensamente. Luego avanza hacia los congregados a la sesión, fumando.

La señora Cassandra enciende el proyector. Lo primero que don Desiderio dice es:

—El miedo corroe el alma.

⌘

Conocer a don Desiderio y a la señora Cassandra fue lo único bueno que me pasó en esos días. Estaba en los últimos meses del peor infierno de mi vida, el liceo. Odiaba mi vida, mi cuerpo y mi casa, en ese orden.

También odiaba estar al borde de los dieciocho y ser todavía completamente virgen.

Odiaba al entrenador Viamonte, cuya estúpida clase de Educación Física me obligaba a bajar mi rendimiento académico de un digno 6.3 a un mediocre 5.8, lo que seguramente repercutiría de manera dramática en mis puntajes de ingreso a la universidad.

Odiaba a mis compañeros y sus preocupaciones estúpidas: la fiesta de graduación, el nuevo capítulo de *Manimal*, el último disco de Los Enanitos Verdes.

Odiaba haber desperdiciado cinco días a la semana durante doce años en un liceo donde no había aprendido nada. Odiaba a los profesores, trasnochados y sin vida. Odiaba estudiar y odiaba aún más la idea de estar obligado a seguir estudiando. Pero por sobre todas las cosas que odiaba, lo que más odiaba era sentir lo que sentía.

Odiaba ser yo mismo. Odiaba mi suerte, la de haber nacido en un país maldito y en un tiempo aún peor.

Mi mamá estaba segura de que entraría a Derecho: con un par de ajustes de cinturón, pensaba que mi papá podría pagar la carrera en la Universidad de Chile, considerando la posibilidad de becas y crédito fiscal. Los dos confiaban en que el crédito fiscal era la manera más conveniente de darme una educación.

Mi papá creía que lo más inteligente que podía hacer era estudiar una carrera técnica; cualquier cosa, eso no importaba. Algo útil en lo inmediato. Algo que me abriera puertas y que, con el tiempo, me asegurara algunas perspectivas de futuro, como un negocio propio, por ejemplo. Cuando le pregunté qué tipo de negocio propio le gustaría que tuviera, él respondió que tenía que descubrirlo yo mismo. Decidí que quería poner un videoclub. Mi papá dijo que eso no daba plata, que el video era solo un negocio de moda y que pronto iba a pasar. Tenía razón. Era un hombre simple y muy práctico; casi siempre tenía la razón. Creía firmemente en no complicarse la vida. Prefería no buscarse los problemas, por eso despreciaba cualquier oficio creativo o artístico. No le encontraba ningún sentido al arte. No era que no le interesara: no lo entendía. Nadie le había explicado lo que significaban un buen libro o una buena película. El cine, el teatro y la literatura eran para mi padre un territorio desconocido y peligrosamente ajeno.

Cuando propuse que quería estudiar Teatro en la Universidad Católica, mi papá me preguntó si era maricón o comunista y si acaso mi hermano Fernando me estaba metiendo pajaritos en la cabeza. Yo le respondí que no, que Fernando no tenía nada que ver y que era difícil que me metiera pajaritos en la cabeza si nunca lo veíamos. Le expliqué, como pude, que de verdad me interesaba la actuación y que en Chile había profesionales que lo tomaban como una carrera, como los actores de la televisión, por ejemplo. Mi papá no dijo nada, pero dos días después con mi mamá me hicieron una encerrona a la hora de las noticias y me prohibieron estudiar Actuación Teatral en la Universidad Católica o en ninguna otra universidad, simplemente porque los tiempos no estaban para eso. Mi papá dijo que el teatro era para otro tipo de gente. Para ser actor se debía ser millonario o muy estúpido, no había otra posibilidad. Si quería ser actor tenía que estudiar primero otra carrera que me diera de comer; después, con un cartón en la mano, podía dedicarme a perder el tiempo, nunca al revés. Los actores se mueren de hambre. A veces pienso que el peor terror de nuestros padres era morir de hambre. Mi peor terror a fines de 1986 era ser distinto a los demás.

Tampoco tenía tantas ganas de estudiar Actuación Teatral. En realidad no tenía ganas de estudiar nada, solo quería que me dejaran en paz. Pensé que lo mejor que podía hacer era no estudiar nada, tal vez tomarme un año sabático. Para pensar. Para escribir. Para dedicarme a mis propios proyectos, como hacer una película, por ejemplo. O escribir un libro. Quizás iniciar mis memorias.

Una mañana, al desayuno, tuve la pésima idea de comentarlo con mi mamá: no di demasiados detalles, solo le comenté al pasar acerca de la posibilidad real de no postular a nada, no escoger carrera ni universidad a la rápida e invertir al menos un año en perfeccionar mi arte. Mi mamá me preguntó cuál era ese arte que quería perfeccionar con tanta dedicación. Yo no supe qué responderle.

Esa tarde me esperaron con la mesa puesta para la onces-comida: pan con aguacate, el té servido y una mermelada de murta que alguien mandó del sur. Cuando entré mi papá me hizo un gesto; me senté. Como no le gustaba hablar, untó un pan con mantequilla. Dejó el pan tostado en su plato. Me miró. Esperó que la mantequilla se derritiera. Entonces me prohibió tomarme un año sabático. Tenía que estudiar.

Mientras yo peleaba con mi propia naturaleza por el abismo que se me venía encima, Emilio se había reconciliado con su madre.

Un día pasó a buscarme al liceo; me llevó un bolso con ropa y nos fuimos a comer unos completos al paseo Ahumada. Emilio pidió dos italianos y dos cervezas y me siguió al baño. Meó en un urinario mientras yo me cambiaba de ropa, salí del baño con el uniforme del liceo guardado en la mochila. Comimos rápidamente y nos fuimos al cerro Santa Lucía. Subimos un poco, lo suficiente como para que nadie nos viera. Nos sentamos bajo un árbol. Hacía mucho calor. Emilio se quitó la camiseta y encendió un porro: la ciudad de Santiago vibraba bajo nuestros pies. Fumamos y conversamos. No nos dimos cuenta de cómo pasó la hora. Le pregunté adónde íbamos a ir, qué tenía ganas de hacer. Emilio me dijo que lo siguiera, que me iba a caer de espaldas, que me preparara para el mejor viernes de mi vida.

Bajamos el cerro Santa Lucía y caminamos por la calle Huérfanos; corrimos entre la gente que a esa hora salía del trabajo. El rostro de Emilio emergía de cuando en cuando entre la multitud de cabezas; de pronto giró en medio de la calle y no pude verlo más. Lo busqué. Crucé el pasaje Huérfanos. No estaba. Volví al punto de partida y entonces vi el aviso del cine Astor, con el afiche gigante pintado a mano y a todo color de *Los cuerpos presentan violencia carnal*. «Un violento viaje a la mente enferma de un psicópata», decía bajo el título.

En la puerta del cine nadie me preguntó nada, ni siquiera me pidieron carnet. En la confitería una mujer nos miró con cara de aburrida, masticando chicle. Nos sentamos en la quinta fila.

—Huevón, te pasaste.

—Felicitaciones. El acomodador ni te miró.

—Y eso que es para mayores de veintiuno.

—Apuesto a que son puras *minas* en pelota.

—Es la primera vez que entro a una para mayores de veintiuno.

—Con mayor razón: tenemos que celebrar.

—¿Quién dirige?

—No me acuerdo.

—¿No sabes? Si no sabes tú, ¿quién?

—Sabía, pero se me olvidó. Es italiano.

—Apuesto a que no van a dar sinopsis.

—¿Cómo que no? Tienen que dar.

—En estos cines nunca dan.

—¿Y cómo sabes?

—Porque una vez vine a este cine y no dieron.

—No te creo. En este cine solamente dan películas para mayores de dieciocho.

—Eso no es verdad. Vine a ver *Condorman* con mi hermano.

—¿*Condorman*?

—Igual tiene partes buenas. Hay un auto que dispara por el tubo de escape.

—¿Quién actúa?

—No me acuerdo. Vine cuando chico, pero me acuerdo que era este cine. El cine Astor.

La película *Los cuerpos presentan violencia carnal* es uno de los mejores exponentes de los *gialli*, una serie de novelas policiales de fácil consumo que comenzó a publicar en Italia en 1929 la editorial Mondadori, alcanzando su mayor popularidad entre la década de los cuarenta y cincuenta. La cubierta de los libros de esta colección de misterio era de color amarillo (o *giallo*, en italiano), color que se repitió en las publicaciones similares de otras editoriales para identificar el género de la novela policial. Finalmente el nombre sirvió para bautizar a la vertiente cinematográfica que surgió a fines de los sesenta; Sergio Martino es uno de los grandes directores del *giallo*.

Un *giallo* que se precie de tal siempre tiene elementos característicos. Primero, uno o más asesinatos, que son revelados en gran detalle y que funcionan como verdaderas piezas de cámara, macabras coreografías orquestadas para el deleite de la masa hambrienta de sangre. En estos verdaderos ejercicios de horror, muchos directores comenzaron a utilizar efectos especiales extremos para describir los procedimientos del asesino, por lo general un ser marcado por algún trauma de carácter sexual; es evidente la importancia del sexo y sus consecuencias como motor de la narración. Otro rasgo fundamental es la galería de personajes, todos representantes de algún estandarte de la sociedad y sospechosos a lo largo de la investigación: a veces parecen envilecidos por sus adicciones, que pueden ser al alcohol, a las drogas, al sexo o a un particular estilo de vida. La moral del *giallo* es clarísima: todos deben morir. A menudo estas películas tienen un policía, por lo general de otro estrato social. En las diferencias entre ricos y pobres radica el denominado sentido sociopolítico del *giallo*: devela las inmundicias de la clase dirigente, hurgar en las pequeñas tragedias cotidianas y demostrar que el dinero no hace la felicidad. Es decir, que los ricos también lloran.

En Chile, los *gialli* se estrenaban en programas dobles y triples, en paquetes de películas eróticas. Se proyectaban en cines como el Roxy, el Nilo, el Cinelandia o el Prat. Antes de *Los cuerpos presentan violencia carnal* nunca había visto uno, pero por mis cuadernos de afiches sé que también se estrenaron *Extrañas gotas de sangre*, *Todos los colores de la oscuridad*, *Vicios prohibidos*, *El gato de las nueve colas* y *Seis mujeres para el asesino*.

La muerte hace una orgía
Death Orgy / Orgie de la mort
(Chile/Estados Unidos/Francia, 2012)

Dirigida por Vicente Amanece. Con Fernanda Urrejola, Valentina Vargas, Andrea Velasco, David Solar, Sergi López. En un inexplicable intento por rescatar el *giallo* de los años setenta, ese género italiano tan fecundo en títulos falsos, versiones triple X y glamorosas estrellas intercontinentales, esta coproducción franco-chilena-norteamericana corre bastantes riesgos, tanto en lo narrativo como en lo estético, para contar la historia de una detective (Urrejola) en el pequeño pueblo costero de Puerto Montiel, recién ascendida y a cargo de su primer caso policial: un asesino sanguinario e invisible que comienza a eliminar ritualmente a los miembros de un selecto grupo de amigos, todos con características muy especiales. La detective se enfrenta a un círculo cerrado y con una particular habilidad para mentir; la galería de esperpentos incluye al *playboy* modernoso, la mujerzuela de buen corazón, la diva de teatro toxicómana e intratable, el prestamista enfermo, el estudiante de intercambio calentón y un misterioso cocinero que cambia de manera radical las reglas del juego. La detective no tarda en descubrir que en la motivación del asesino se oculta algo que sucedió algunos años atrás, en una fiesta que a todos se les escapó de las manos y donde alguien, no se sabe quién, resultó muerto. Basada en una novela de Paolo Donaggio, *La muerte hace una orgía* cuenta con un guion efectista, pero innegablemente sorprendente, firmado por su propio director, quien ya dirigió otra adaptación de Donaggio, la bastante superior *¿Qué le hiciste a las muchachas?*, también reseñada en estas páginas. La banda sonora es de lujo. Tiene grandes éxitos de todos los tiempos en versiones originales, incluyendo «Sintonízame», de Denise; «Mataz», de Lucybell; «Bofetada», de Pimpinela, y la extraordinaria «No te tengo ni te olvido», de Julio Iglesias. INTERESANTE.

Salí feliz con Emilio del cine. La película nos había gustado a los dos. Uno podía considerar que era una porquería, una basura comercial italiana de la peor especie que solo imitaba los rasgos más repugnantes del cine americano clase B, pero no nos pasó por la cabeza pensar así; más bien todo lo contrario. Discutimos acerca del resto de la filmografía de Sergio Martino y nos prometimos mutuamente iniciar la investigación. Tal vez en la embajada italiana alguien podía saber algo, o en los propios cines. Quizás tenían otras películas programadas en el Roxy o el Prat. Emilio se quejó porque esta solo duró setenta y ocho minutos. Estaba seguro de que las escenas de sexo y algunas muertes estaban salvajemente cortadas.

Caminando hacia el estacionamiento conversamos sobre las sinopsis que dieron antes de *Los cuerpos presentan violencia carnal*. Emilio las recuerda con exactitud: *Rock de sangre*, de Lucio Fulci, que ya quedamos de ver y que según Emilio debe ser una mierda; *Malicia*, con la guapa Laura Antonelli, que igual me gustaría ver porque Emilio dice que muestran todo; y *La adolescente impura*, que por la sinopsis parece una película de posesiones diabólicas, pero con muchas escenas de sexo. Emilio dice que no nos vamos a perder ninguna, especialmente ahora que ya sabemos que en el Astor nos dejan pasar sin problemas a las que son Estrictamente para Mayores de Veintiuno. Una nueva dimensión se abre frente a mis ojos: después de tanta miseria, al parecer está saliendo el sol.

Cuando llegamos a la villa Emilio levanta la cabeza y se queda callado. Le pregunto qué le pasa. Hace unos minutos estaba tan contento, parecía tan animado después de ver la película. Emilio entornó los ojos y levantó un brazo, indicándome un auto que estaba estacionado junto al edificio. Era un Mazda 323.

Subimos a la casa saltando de a tres peldaños. Cuando entramos nos quedamos los dos de pie en el living, mirando a mi mamá; Malú Jáuregui, la mamá de Emilio, estaba sentada, fumando junto a ella.

—Hola, Emilio —saludó Malú, dejando su taza de café sobre la mesa.

Malú era muy hermosa; tenía solo un año menos que mi mamá y parecía su hija o su hermana menor. Muy delicada y femenina, había llegado hasta la villa Santa Úrsula conducida por la culpa y las ganas de transformarse por fin en una buena madre.

Emilio se quedó mirándola sin saber qué decir. En el fondo de su corazón quería aceptarla, pero se quedó helado. Mi mamá intervino, no pudo evitarlo.

—Saluda a tu mami —le pidió a Emilio.

—¿Qué haces aquí, mamá? —le preguntó él, sin intención de acercarse.

—¿Qué crees tú, mi amor? —su madre abrió los brazos—. Vine a buscarte. Quiero que empecemos de nuevo. Si me dejas, claro.

Los ojos de Emilio se tiñeron de vergüenza.

—No puedo —respondió y luego salió sin despedirse de nadie.

Malú alzó la mirada y se encontró con la de mi madre.

—Vaya a buscarlo, rápido —le ordenó.

Malú la miró conmovida, sujetó su cartera y salió. Mi mamá suspiró, angustiada, muy segura de que había hecho lo que cualquier cristiana.

Emilio me contó que al ver que su madre lo seguía trató de escapar. No tenía tiempo para correr hasta el escarabajo porque estaba estacionado frente a la plaza para que no se lo robaran; decidió correr hasta la cancha de fútbol. Su madre lo alcanzó en el auto y le pidió que subiera. Emilio le dijo que no. Malú se quebró: lloró al volante del auto, sin moverse. A Emilio le dio mucha pena, lo inundó una sensación de tristeza descomunal e irreversible. Entonces supo que no podía dejarla sola porque su madre estaba loca. Ninguno de los dos sería feliz. Nunca. Estaban condenados a aguantarse por el resto de sus días. Cuando vio que Emilio dudaba un poco, de pie junto al auto, en la cancha de fútbol de la villa Santa Úrsula, Malú siguió llorando. Emilio sabía que estaba manipulando la situación porque si hay algo que su madre jamás escondió fue su facilidad para el llanto y para meterse en toda clase de problemas. Finalmente, y para evitarle más sufrimiento, falso o verdadero, Emilio se subió al auto y se prometió a sí mismo que no iba a explotar de rabia.

Malú le pidió perdón por su comportamiento. También le explicó que cuando había ocurrido el episodio con Susana, el verano pasado, ella estaba en un tratamiento psiquiátrico con unas pastillas estupendas para mantenerla animada, pero nefastas a la hora de resolver problemas. El tiempo le había servido. Analizando los hechos llegó a una conclusión definitiva: había reaccionado muy mal, posiblemente a causa de las pastillas. Puede que haya mezclado con un poco de vino o un pisco sour y, claro, su cabeza estalló.

No sé exactamente cómo lo hizo Malú, pero le bastaron una conversación y una cena para convencerlo de volver a la casa familiar donde lo esperaban dos empleadas domésticas, una de las cuales a veces se acostaba con él, y una piscina que desde que se fue ya no usaba nadie. Malú extrañaba el nado diario de Emilio, escucharlo bracear en la mañana y luego antes de la comida. Le daba una sensación de tranquilidad; según ella, era como si el tiempo no hubiera pasado.

Fue así como Emilio se fue de nuestra casa y volvió al denominado «barrio alto». Igual se quedaba al menos tres noches a la semana con nosotros. En realidad, con Susana.

Susana y Emilio ya casi no usaban la cama de mi dormitorio, se encerraban en la pieza de ella. Aprovechando que mi mamá no estaba, o que mi papá tenía reunión con sus jefes, se quedaban acostados. Al comienzo tenían cuidado. Eran más pudorosos, lo hacían callados y con discreción, pero con el paso de las semanas y los meses se olvidaron completamente de mí: no existía para ellos. Nada me dolía tanto como pensar que Emilio se había olvidado de mí, aunque fuera por un segundo.

Cuando Emilio se quedaba con Susana yo me dedicaba a mirar y a escuchar; un gemido, una carcajada, cualquier detalle que en un segundo de atención me dejaba marcado. A veces lograba ver cosas: una sonrisa de Emilio, una pierna de Emilio, una imagen indeleble que durante varios días sería la materia prima para pensar y masturbarme en la lamentable tranquilidad de mi cama adolescente. Otras veces no podía ver nada y entonces solo tenía que usar mi imaginación, confiar totalmente en mi creatividad adolescente para inventar una situación, para forzar un encuentro con él. Estamos en su casa. Ha cumplido su promesa de invitarme a la piscina. Me recibe con un traje de baño muy corto, ajustado al cuerpo. Nadamos un rato. Escuchamos música, fumamos marihuana y nos quedamos dormidos bajo el sol. Él dice que nos duchemos juntos y yo no sé cómo decirle que no, y cuando está a punto de revelarse el sentido de la situación, justo en el momento en que me mira con esos ojos amenazantes y crueles, entonces todo se desvanece porque alguien me interrumpe; algo me saca de mi lugar de inspiración y me obliga a pensar en lo que veo. En mi casa fea. En mi dormitorio vacío. En mis cuadernos de cine que ya me aburren.

Ya no dormía. Comía solo lo necesario para no desmayarme. Me faltaban energías para caminar o concentrarme en los estudios. Levantarme por las mañanas era como nacer de nuevo. Me dolía el cuerpo entero. No podía hablar. Me costaba pensar. Tenía que hacer esfuerzos sobrehumanos para tomar la micro, llegar arrastrándome al liceo y soportar el tedio de ocho horas de clase. Todo lo que veía a mi alrededor era miseria, miseria en su estado más puro. Nunca fui tan infeliz como en el liceo.

Así debería haber comenzado este capítulo: *Nunca fui tan infeliz como en el liceo.*

—Este niño está anémico —dijo un día mi madre a la hora de la comida.

Susana y Emilio se miraron de reojo. Él sonrió, ella aguantó una carcajada. Yo no entendí el chiste.

—Por masturbarse le pasa —dijo Susana.

Todos nos quedamos en silencio. Diez segundos más tarde, estalló la bomba atómica.

Mi padre expulsó a mi hermana de la mesa, pero Susana no quiso levantarse, de manera que a mi padre no le quedó más alternativa que demostrar la autoridad que hacía varios años había perdido, o que quizás nunca tuvo, y obligarla a obedecer sus órdenes. La trató de ordinaria, de mal hablada y la condenó a que jamás un hombre la tomaría en serio. Emilio se encogió de brazos porque sabía que era inútil defenderla. A veces mi padre era muy tolerante, pero si había algo que no aguantaba era que Susana hablara como camionero, presidiario o futbolista de tercera división, en especial ahora que era una muchacha comprometida con un joven emprendedor y de buena familia. Mi madre lloró de rabia porque se dio cuenta de que sus terrores eran genuinos, que no importaba la fortuna o el desplante de Susana; tarde o temprano terminaría equivocándose y espantando a Emilio como antes lo había hecho con otros galanes. Ninguno como Emilio, por cierto; los otros eran unos reconocidos muertos de hambre, pero algo es algo. Peor sería que la niña no tuviera a nadie.

Todo lo que pasó después fue un caos.

Mi madre discutió con Susana. A Emilio le dio vergüenza. Mi padre tomó a Susana de un brazo y la levantó en el aire, sin dejar de retarla por lo que había dicho. Emilio me miró, quiso intervenir. Le hice un gesto: mejor no meterse. Susana gritó que el Viejo de Mierda le iba a zafar el brazo y tras ella gritó también mi madre. Dijo que no insultara a su padre, que la quería mucho y que había hecho muchos sacrificios por esta familia. Susana gritó, no sé si de rabia, de asco o de dolor. Emilio pidió que todos calmáramos los ánimos. Mi padre lo ignoró. Susana seguía gritando; mi padre no la soltó. Mi madre le sugirió a mi padre que encerrara a Susana en el baño. «Que se reviente chillando porque chillar es lo único que la calma.» Mi padre levantó la cabeza para compadecer a Emilio. Le aconsejó que mejor se fuera acostumbrando, que ese era su destino si se casaba con una mujer histérica. Mi madre lo calló, le preguntó cómo era posible que hablara tan mal de su propia hija; mi padre dijo que era la pura y santa verdad, y mi madre respondió que en realidad tenía razón: Susana era una muchacha enferma de los nervios y era mejor que lo supiera. Susana le dijo a mi madre que era una vieja zorra *reculiá* y acusó a mi padre de engañarla con una profesora de Ciencias Naturales del colegio donde trabajaba. Mi madre se puso colorada; mi padre le dio una bofetada a Susana, pero no logró callarla. Susana siguió gritando, le dijo a mi madre que le hacía falta verga y entonces hasta Emilio la tomó por los codos y trató de calmarla. Mi madre lloró, rezó y le dio las gracias por defenderla, le dijo que no se molestara, que estaba habituada a las insolencias de una hija suelta, perturbada e inmoral y después le recordó de nuevo el infierno que se le venía encima si seguía con ella.

Susana chilló, gritó y golpeó la mesa con los puños cerrados. Se derramó un vaso de vino tinto. Pensé que una de tres cosas iba a ocurrir: o Susana iba a desmayarse o iba a golpear a mi madre, o yo mismo iba a levantarme de mi último rincón del comedor para gritar a los cuatro vientos no solo que me gustaban los hombres sino que me había enamorado de Emilio Ovalle.

Entonces las luces de la casa se apagaron y todo se fue a negro.

Mi padre encendió la radio de pilas que guardaba celosamente para ocasiones de emergencia. Escuchamos disparos, gritos y perros ladrando; siempre escuchábamos perros ladrando. Susana se acercó a mi padre para escuchar la voz alarmada de la locutora radial, la luz divina que seguíamos cada bendita noche de protesta.

—En este momento nos encontramos en un vehículo de prensa de la radio recorriendo las calles del Gran Santiago y constatamos en el terreno que el corte eléctrico ha sido general.

Emilio miró su reloj.

—Yo me voy —dijo.

—No, no te vayas, mi amor.

—¿Cómo te vas a ir?

—Emilio, mejor que te quedes.

—Tienes que atravesar cuatro comunas completas.

—Va a estar todo cortado, con barricadas y los carabineros armados.

—Los carabineros están en la calle para defendernos, Susana.

—Sí, carabineros *culiaos*, padrotes del Estado.

—Pero, ¿qué estás diciendo, Susana?

—Lo que todo el mundo dice, papá. Que los carabineros están comprados.

—¡Susana, cállate la boca antes de que te la vuele de un golpe!

—Sí, claro, qué susto. Mire cómo tirito.

—Ya, Susi, córtala. Está bueno ya.

—No, si para ella nunca es suficiente. ¡Estás enferma, Susana! ¡Estás enferma de los nervios y de paso nos estás enfermando a todos en esta casa! ¡Empezando por tu madre!

—De última hora nos informan que el corte de luz es nacional y abarca siete regiones del país —dijo la locutora asustada.

Susana tomó la mano de Emilio.

—Tengo susto.

—No tengas susto. No va a pasar nada.

Se aprovechó del apagón y lo besó en los labios.

—Susi, nos pueden ver.

—Nadie nos ve. Está todo a oscuras.

Me quedé sentado en el comedor, observándolos bajo la llama de la vela. Se besaron durante mucho rato. A mí me dio envidia y pena.

—La luz ya no vuelve.

—Mejor nos vamos a acostar.

—Buenas noches, mami.

—Buenas noches, tía.

—Buenas noches, Emilio.

—Buenas noches, Baltazar.

—Buenas noches.

—No se acuesten muy tarde.

—No se preocupe, tío. Cualquier cosa yo voy a dormir con un ojo abierto para estar alerta.

—Gracias, mijo. Si con estos terroristas no hay na que hacer. Están poniendo este país patas pa' arriba y nadie hace nada.

—No me diga nada, tío, que yo pienso igual que usted.

—Porque eres un hombre inteligente y que ha tenido la fortuna de recibir una buena educación no solo en el colegio, sino también en la casa. ¿Verdad, Emilio?

—Lo único que yo sé es que no me gustan los comunistas. A mí me enseñaron que los comunistas eran cobardes y que no creen en Dios.

—Eso es cierto. Son una manga de ateos sin patria.

—Yo creo en Dios.

—Da gusto escucharte, Emilio. Buenas noches.

—Ya, papi, vaya a acostarse de una vez que mañana le va a costar un mundo levantarse.

Nos quedamos los tres en el living, escuchando la radio. Ellos seguían besándose. Le subí el volumen a la radio.

—… los artefactos explosivos habrían estallado simultáneamente a las veintiuna quince horas, afectando el sistema interconectado Colbún de Endesa, teniendo como resultado el apagón total en veintitrés comunas del Gran Santiago, además de otras seis regiones del país.

Pensé en muchas cosas a la vez. Cosas agradables, como ir al cine con Emilio o compartir unos lomitos completos en la Fuente Alemana, pero también cosas desagradables como las peleas con mi padre o mis días interminables en el liceo. También pensé en soluciones definitivas, cosas como escapar, correr y aprovechar la oscuridad para simplemente desaparecer.

No podía seguir viviendo en la casa. No tenía la fuerza para seguir aguantando. No era feliz. Tenía dudas sobre todo lo que me rodeaba. Tampoco podía hacer preguntas o pedir ayuda. Casi no tenía amigos, mucho menos modelos de conducta. Mi único amigo era Emilio.

Emilio y Susana se fueron a acostar.

—¿Tú te quedas?

—Sí.

—Buenas noches, Balta.

—Buenas noches.

Me quedé sentado en el living, con la radio de pilas entre las manos y la mirada fija en un vértice del techo. Pasó un rato. Cada cinco minutos en la radio ofrecían un nuevo reporte con información de último minuto: testimonios de algún testigo, las primeras declaraciones del gobierno, un recorrido por la ciudad a oscuras. Me imaginé a los periodistas cruzando Santiago en taxi, observando el caos en las calles sin luz.

Mi madre se asomó desde su pieza. No podía dormir. Se acercó a mirar por la única ventana que daba a la calle. No se veía nada. Le dije que tuviera cuidado. A veces escuchábamos disparos. A una vecina le había llegado una bala loca en un brazo. Mi madre se quedó inmóvil junto a una palmatoria, muda en la penumbra, como lo hacía siempre en estas noches difíciles, dedicada a adivinar si mi hermano Fernando estaría vivo o muerto, imaginando su cuerpo baleado en alguna calle periférica o, lo que era peor, a ella misma temblando de frío entre los pasillos helados del Instituto Médico Legal, preguntándose una y otra vez si estaría herido, si tendría plata, si alguien lo ayudaría a arrancar en caso de urgencia.

Me dieron ganas de hablar con mi hermano y contarle la verdad; él había pasado tanto tiempo desaparecido que seguramente podía ayudarme a desaparecer a mí también. La radio informó que el Frente Patriótico Manuel Rodríguez se había adjudicado el apagón.

—Mami, ya sé lo que quiero estudiar.

Mi voz sonó extraordinariamente adulta.

Una semana más tarde, mi hermano Fernando llamó por teléfono. Habló conmigo, con Susana y con mi madre, en ese orden.

A mí me dijo que tenía que irse a Concepción por asuntos de trabajo. Susana le preguntó en qué estaba trabajando y él le dijo que era guardaespaldas de una persona muy importante. Mi madre le pidió que volviera a la casa y retomara sus estudios en la Escuela Técnica. Fernando no le prometió nada, solo le recomendó que se cuidara, que no hablara con nadie y que se acordara de no salir a la calle el próximo miércoles.

El miércoles en la tarde estábamos viendo el último episodio de una telenovela. La protagonista era una mujer muy buena y muy joven y, por primera vez luego de cien capítulos y treinta y cinco años de rencores, se atrevía a enfrentar a su archienemiga. Comimos huevos revueltos con tomate y a Susana le dolió el estómago, por chancha. Por un segundo se me pasó por la cabeza que podía estar embarazada de Emilio, pero rápidamente deseché la idea porque esas cosas solo pasan en las telenovelas. En la vida real pasan menos cosas, pero cuando pasan son más intensas y profundas y a uno lo dejan con una sensación de angustia tan grande que no queda más remedio que usar esa sensación para algo importante, como escribir o componer canciones o hacer platos de greda. La idea macabra del embarazo de Susana estaba comenzando a hacerme daño: me la imaginé más gorda que nunca y luego criando a mi sobrino. Se llamaría Baltazar. Pensé que quizás era el mejor futuro para mi hermana. Adiviné que ese era su destino, ser madre de Baltazar; con eso se solucionaban todos sus problemas. Mis padres reaccionarían felices con la noticia. Me dio terror imaginar que tal vez tenía poderes de adivinación, un poco como *Carrie*, pero mis poderes eran de visualización del futuro en lugar de telequinesis.

En la televisión un doctor confesaba a la policía que le había practicado *electroshocks* a la protagonista, dejándola en un estado «semejante a la catatonia». De pronto, la lámpara colgante del living comenzó a parpadear.

—¡Nooooooo!

—Se va a cortar de nuevo.

—Vaya no, justo ahora.

—¿Hasta cuándo siguen jodiendo estos comunistas de mierda, maldita sea?

—Ay, mamá, no sea derechosa.

—Es que ya parece chiste, todos los días se corta.

—¿No vamos a desenchufar la tele?

—Baltazar, desenchufa ese aparato antes que se queme.

—Carajo, ¿y por qué yo?

—Porque eres el único que sabe cómo.

Mi padre, mi madre, mi hermana y yo nos quedamos mucho rato mirando la lámpara. El foco se apagó de a poco hasta que, inexorablemente, todo quedó a oscuras.

—Susana, las velas.

—Usted las guardó.

—La semana pasada, cuando volvió la luz, te las pasé. ¿Dónde las guardaste?

—Mami, yo se las pasé a usted.

—Las dejaste en el baño, apuesto.

—¿Quién tiene pilas?

—¿De cuáles quiere, papá?

—De estas.

—No veo nada. ¿Son las medianas?

—No. Las grandes.

—De estas no tengo, tengo medianas, nada más. Mamá, yo necesito una palmatoria para mí solo.

—¿Por qué? No seas sinvergüenza, pendejo. Mamá, ¿por qué él y yo no?

—Tengo que terminar de leer *La Celestina*.

—Yo tengo que terminar de leer la *Super Rock*.

—Baltita tiene prueba, así que le vamos a pasar una vela para que termine de leer *La Celestina*.

—Gracias, mamá.

—Si la luz no vuelve, ¿mañana puedo faltar al liceo?

—No seas floja, Susana.

—Apuesto a que la luz no va a volver y que mañana habrá disturbios en todos lados y nadie va a ir al liceo.

—Si la luz no vuelve de aquí a una hora, mañana te puedes quedar en la casa.

—¡Eeeeeeeeh! ¡Que no vuelva, que no vuelva!

—¡Te quedas estudiando, Baltazar! Te queda poco para la Prueba de Aptitud y yo no te he visto agarrar ni un cuaderno siquiera. ¡Y vas a terminar de leer *La Celestina*!

De pronto se escucharon golpes en la puerta.

—¿Quién será?

—No se acerquen a la puerta, voy yo.

—Ten cuidado, hombre, por favor. Pregunta quién es primero.

—Tranquila, mujer.

—Cuidado, papá.

—¿Quién es?

—Don Fernando, soy yo: Emilio.

Emilio apareció con comida china y coca-cola; todos nos sentamos a la mesa con dos velas encendidas y la radio sintonizada en las noticias de último minuto de Radio Cooperativa.

—Qué rica esta cosa, ¿qué es?

—Salsa de tamarindo.

—Es dulcecita.

—A mí los que me gustan son los wantanes.

—¿Alguien quiere vinito?

—Sírvete más, Balta.

—No quiero. Estoy lleno.

—Se dice «satisfecho».

—Estoy «satisfecho».

—Tienes que alimentarte, Balta, estás esquelético.

Cuando se acabaron todos los restos de comida china, mi padre bostezó un rato, agradeció a Emilio por alimentarlo y se excusó; con o sin jornada de protesta, al día siguiente tenía que trabajar, igual que el resto de los chilenos. Mi madre levantó la mesa y luego lavó los platos sin dejar de tararear una melodía irreconocible. Le pidió a Susana que la ayudara a secar y por un breve lapso de tiempo las dos parecieron totalmente reconciliadas. Después de cuatro platos y dos vasos secos, mi hermana dijo que iba al baño y no apareció nunca más.

Emilio y yo nos quedamos en el living. Hablamos de Joe Dante, queríamos ir al Ducal a ver *Gremlins*, que llevaba varias semanas en cartelera. Yo le hablé de Phoebe Cates, que actuaba en *Gremlins* y también en *Tres destinos* (*Lace*), una miniserie en dos capítulos que habían dado en Canal 13 y donde también actuaba Arielle Dombasle, que sale en *Pauline en la playa*, de Eric Rohmer. A mí me gusta mucho el cine de Rohmer, sobre todo *La rodilla de Clara*, que vi en el Instituto Chileno-Francés junto con una película excelente con Sandrine Bonnaire que se llama *Vagabond*.

Nos fuimos a mi pieza; a nuestra pieza. De Joe Dante a Emilio le gustaba *Piraña*. La había visto en una copia muy mala, en VHS, que le había prestado el hijo de José Pablo Alemparte, alias el tipo que se *culeaba* a su madre. Le parecía divertida como sátira social más que como película de género. De todas maneras, y a pesar del tono liviano y de tener todas las carencias de una primera película, *Piraña* da cuenta de un autor a seguir o, por último, de un tipo divertido al que daban ganas de conocer. Lo anterior quedaba demostrado, según Emilio, en *Aullidos* (*The Howling*).

—La vi. Me dejó loco —le dije, ya acostado en mi cama.

—El otro día vi una que dirigió el guionista de *Aullidos*, John Sayles.

—¿Qué película?

—*Locura de amor* se llama en video, o algo así. Actúa Rosanna Arquette.

—¿*Locura de amor*? Esa es una película de John Cassavetes.

—No, esta es del guionista de *Aullidos*.

—Qué raro. Estoy seguro de que vi el VHS el otro día en el videoclub. *Locura de amor*, dirigida por John Cassavetes.

—¿La viste?

—No, pero la voy a ver cuando mi papi traiga el VHS. Un colega le va a conseguir uno más barato.

—¿Usado?

—Usado.

—¿Y cuándo lo traen?

—No sé. Para la Pascua, quizás. Pero cuando lo traigan podemos arrendar *Locura de amor* en el videoclub de acá de la rotonda; Video Emociones, se llama. Cuando traigan el VHS va a ser buenísimo, viendo películas todos los días sin moverse de la casa. La papa.

—¿Te gusta Rosanna Arquette?

—Me gusta mucho. ¿Cómo se llama en inglés la película?

—*Desperately Seeking Susan*.

—Esa no, la otra, la del guionista de *Aullidos*.

—Puta. Espera. No me acuerdo.

—Emilio, huevón, ¿cómo no te vas a acordar? Me extraña.

—Espera.

—Acuérdate. Tú siempre te acuerdas de todas las películas, ¿cómo no te vas a acordar de esta?

—Se llama…

—La que viste.

—¡Ya sé! *Baby It's You!* ¡Así se llama en inglés!

—Te pasaste. Eres Mi Maestro de la Robotecnia Cinéfila.

—*Baby It's You*, así se llama, pero en castellano tiene otro nombre muy huevón: algo como *Historia de amor* o *Comedia de amor*. Tú sabes que las distribuidoras ponen el título que quieren y a veces ni se molestan en ver las películas.

—¿En serio? ¿Por qué? ¿Cómo sabes?

—Porque un compañero del instituto hacía ese trabajo. De la distribuidora le mandaban las carátulas gringas en un sobre y él traducía y escribía para el mercado chileno.

—Qué buen trabajo. Es mi sueño.

—Pero ni siquiera le mandaban las películas, solamente las carátulas gringas y con suerte una sinopsis.

—¿Por qué mejor no le mandaban la película?

—No sé.

—Podría haber escrito mucho mejor una sinopsis después de verla.

—Claro. Lo mismo pienso yo.

—Emilio, yo quiero ese trabajo. Habla con tu amigo.

—No sé cómo ubicarlo. Se fue del instituto.

—¿Y no le puedes preguntar? Yo necesito ese trabajo. Es perfecto.

—No sé, Balta.

Emilio se quitó la ropa y se sentó en calzoncillos sobre mi cama. Pensé que iba a tomar *El cine según Hitchcock*; le gustaba leerlo antes de quedarse dormido. Mis poderes de adivinación no dieron resultado: ni siquiera miró el libro, se quedó mirándome en silencio, como lo hacía cada vez que tenía una discusión con Susana. Esa noche no pensaba leer. La misma mirada que cuando quería hablarme de alguna película, alguna idea, algún cineasta solo conocido por él. La mirada que usaba para hablar de Satyajit Ray o Yasujirô Ozu, dos directores que él me había presentado y de los que yo, para variar, no había visto nada.

Jugueteó con las uñas de sus pies; no dejó de mirarme con los ojos muy abiertos y una sonrisa a medias, solo esbozada. Alejé la revista que estaba leyendo.

—¿Qué te pasa? —le pregunté.

—Te quiero dar un consejo.

—¿Qué consejo?

—Prométeme que no te vas a enojar —me advirtió.

Me acomodé en la cama, observándolo.

—Te vas a enojar.

—No me voy a enojar.

—Júralo.

—Lo juro.

—¿Cuántas veces te estás masturbando al día, Baltazar?

Me quedé mudo. Jamás me había sentido tan avergonzado.

—¿Más de cinco?

No respondí. Me pareció una falta de respeto.

—Por eso estás tan cansado.

Emilio se acomodó sobre mi cama. Se apoyó suavemente sobre mis pies, cubiertos por las sábanas.

—Soy mayor que tú, créeme…

—Ni siquiera eres un año mayor.

—No es malo masturbarse.

—¿Tú te masturbas mucho?

—No mucho.

—¿Cuánto?

—No sé, no llevo la cuenta. Pero trato de darlo todo cuando estoy con tu hermana.

Me imaginé a Emilio con mi hermana en una intensa maratón sexual. Ambos sudorosos, ansiosos, gimiendo, con los músculos tensos y Emilio igualito a Rob Lowe en *Nacido para ganar*.

—Tienes que tirarte a una *mina*, Balta.

No me gustó su comentario. Me dieron ganas de contestarle, de decirle que no quería tirarme a una *mina*. Que quería tirármelo a él, que no lo sentía solamente como un amigo; que era mucho más que un amigo. Que lo miraba todo el día no como amigo, sino al revés. Como un hombre.

Emilio apagó la luz. Me dejó pensando. A los cinco minutos ya estaba durmiendo. Pensé que me esperaba otra noche de insomnio, pero no.

Escuché una voz en el living, casi un susurro. Sentí pasos en la entrada; el pasillo quedaba junto a mi dormitorio. Me senté en la cama. Desperté a Emilio. Lo hice callar. Me miró, sin entender. Más susurros se escucharon, ahora en la cocina. Ya casi podía escuchar lo que decían.

—Se pueden asustar… Es peligroso. Tranquilo… Esperemos, no hay luz todavía. Quedémonos aquí…

Miré a Emilio y salí de la pieza.

—Balta, ¿adónde vas?

Crucé el living lentamente, en medio de la oscuridad. Emilio me siguió. Iba a decir algo, pero lo callé con la mano. No quería que nos escucharan, quería sorprenderlos. Avancé hacia la cocina. Los susurros estaban ahora muy cerca. Empujé la puerta. Mi hermano Fernando estaba comiendo un pan con mantequilla. Una chica morena y pequeña bebía de una botella de cerveza.

—Fernando…

—Hermanito. Gusto verte.

—¿Qué estás haciendo?

—Vine a… saludar. Te presento a la Ester, mi pareja y compañera.

Ester se acercó y me besó en la mejilla. Fernando sonrió y luego se dio cuenta de que había alguien más en la cocina.

—¿Y este quién es? —me preguntó, sin quitarle la mirada de encima a Emilio.

Emilio se acercó y le dio la mano:

—Emilio Ovalle —se presentó—, soy el novio de Susana.

Fernando respiró profundamente y le dio la mano con fuerza, pero sin ganas.

—No sabía que la Susi estaba de novia.

—Hace varios meses que estamos juntos.

—¿Y mis viejos te dejan quedarte con ella?

—No —respondí—, se queda en mi pieza. Mi mami puso una cama.

—Ya me parecía raro.

—¿A qué hora va a volver la luz?

Fernando y Ester se miraron de reojo. Ella no pudo aguantar una carcajada.

—¿Y qué me preguntas a mí? —dijo Fernando mientras me pegaba un zape en la nuca.

Nos quedamos conversando hasta el amanecer. Al principio de la velada teníamos que hablar en susurros para no despertar a mis viejos, pero después de una hora, como a las dos de la mañana, mi mamá despertó igual: como si hubiera olfateado la presencia de su cachorro predilecto apareció en la cocina en camisa de dormir y el pelo revuelto, preguntándose por qué estábamos haciendo tanto alboroto a esa hora de la madrugada. Al ver a Fernando su rostro cambió, los ojos volvieron a brillarle y su piel pareció rejuvenecer. Mi hermano la abrazó con fuerza y mi madre se refugió en su cuello, como buscando abrigo.

Pasaron tres horas y fueron las horas más felices en la vida de mi madre. A las seis de la mañana mi papá despertó y la felicidad se acabó. Dijo que su casa no era un bar ni un escondite de terroristas. Fernando se defendió; dijo que ni él ni Ester eran terroristas y que si mi papá pensaba eso estaba muy equivocado. Mi padre no dio su brazo a torcer. Fernando lo invitó a sentarse y conversar, a exponer puntos de vista; a hablar de una vez por todas de sus diferencias políticas, y también de las otras. Mi padre le dijo que no se burlara de él, que su tonito irónico le parecía irrespetuoso. No estaba dispuesto a sus bromas comunachas que había aprendido con esa gente. Fernando le preguntó a qué gente se refería. Mi madre trató de calmar a mi padre, le dijo que mejor se metiera a la ducha o iba a llegar tarde al trabajo. Fernando le dijo que no podía dejarlo así, que no era de caballeros, que estaba esperando una respuesta. Padre e hijo se miraron con odio. Descubrí en esa mirada que no eran solo diferencias las que tenían. No eran solo ideas o maneras distintas de ver la vida. No era el mismo resentimiento que a veces mi padre despertaba en mí o en Susana: lo que Fernando sentía era odio verdadero, real y tangible. Mi padre sentía lo mismo. A ambos parecía horrorizarles la idea de provenir de algo común. Mi padre le pidió a Fernando y Ester que se fueran de la casa. Mi madre le dijo que no, que no se iban a ninguna parte. Mi padre dijo que seguramente los estaban buscando los carabineros o los detectives, que eran fugitivos y que por eso habían aparecido a las dos de la mañana. Fernando le dijo que él usó su llave, pensó que estaban durmiendo y no quiso despertar a nadie. Mi padre le advirtió que tuviera cuidado, que no pensara que era un idiota, que cuando él iba, ya venía de vuelta. Mi madre ofreció café. Mi padre insistió en que Fernando y Ester tenían que irse. Pensé en salir a la defensa de mi hermano, pero mi mamá me ganó la palabra: dijo que Fernando era su hijo y esa también era su casa. Mi padre cerró los ojos, furioso, y le dijo a mi madre que después no se arrepintiera cuando, el día menos pensado, apareciera la policía preguntando por el señor Durán Carmona, por el perla, el favorito de su mamita, el que anda molestando a los carabineros, poniendo bombas y matando inocentes. Que no se golpeara tanto el pecho en la iglesia si el día de mañana Dios no la iba a escuchar cuando la interrogaran por los numeritos que se había mandado el niñito, por las gracias que había hecho. Fernando le dijo que él no había hecho nada. Mi padre no le creyó. Fernando confesó que conocía a mucha gente, pero que él tenía las manos limpias y no manchadas con sangre. Mi padre le gritó que todavía estaba a tiempo, que se saliera de ese mundo de mierda. Fernando le respondió que el mundo estaba cambiando y que Pinochet tenía los días contados.

Pinochet: Y va a caer
Pinochet: He Shall Fall
(Estados Unidos/Chile, 2014)

Dirigida por Lee Tamahori. Con Christian Bale, Salma Hayek, Gael García Bernal, Santiago Cabrera, Amy Adams, Amaya Forch, Malcolm McDowell. Tras cinco años de postergaciones, la renuncia de dos directores (Darren Aronofsky y Steve McQueen) y de varias estrellas (Michelle Pfeiffer y Jessica Lange pasaron por el rol de Lucía Pinochet; Scarlett Johansson canceló su participación como Jacqueline Pinochet dos días antes del inicio del rodaje), un presupuesto de ochenta millones de dólares que solo en elenco se gastó ciento veinte, y el rumor de una pésima relación entre el director, Lee Tamahori, y su productor, finalmente ve la luz esta sobrepublicitada *biopic* sobre la vida de Augusto Pinochet. Lo primero que llama la atención de *Pinochet: Y va a caer* es su factura. Se trata de una película ciento por ciento hollywoodense, con la narrativa propia del *blockbuster* y un afán evangelizador que atraviesa todo el relato. ¿Qué se puede decir de una película totalmente filmada en Chile que comienza la mañana del 11 de septiembre de 1973 con cinco aviones bombardeando las calles del centro de Santiago hasta alcanzar la Moneda, el Palacio de Gobierno? No sé ustedes, pero yo no puedo resistirme. El guion, firmado nada menos que por Larry Cohen (*It's Alive*), funciona a mil vueltas de tuerca por segundo aunque desarrolla con calma y dedicación la figura del dictador Pinochet, su aparente relación con la CIA y el infierno de sus inseguridades, marcado principalmente por una infancia de privaciones y una adolescencia donde emerge la siniestra figura de Lucía (Salma Hayek). Como Augusto Pinochet, Christian Bale se luce en un rol difícil; en un elenco compuesto principalmente por latinos resulta inevitable que su actuación parezca algo deslavada, en especial al compararla con la de Salma Hayek, quien logra una Lucía Pinochet emotiva, espectral y por momentos aterradoramente convincente. Lo mismo ocurre con el resto del elenco. La cinta tiene una duración de 198 minutos y la verdad es que no se sienten. Entre la tensión política, las pequeñas traiciones de su equipo y las mejores secuencias de acción filmadas al sur del mundo, la película forma parte de lo que la revista argentina de cine *El Amante* denominó «El nuevo cine político chileno» o «*Coup-x-ploitaition*», recargado de acción y siempre relatando un episodio oscuro de nuestra historia política reciente. Larry Cohen, escritor y también productor de *DINA: Terror en la calle,* con Ethan Hawke y Denzel Washington, y *La dama austral, biopic* franco-mexicana-estadounidense sobre Michelle Bachelet con Kathy Bates como la presidenta, logra en esta tercera parte de su trilogía sobre Chile una historia cautivante, a menudo difícil de tragar, pero impresionante en lo visual. INTERESANTE.

Mi papá se fue a trabajar. Ni Fernando ni Ester se movieron de la cocina. Mi madre preparó desayuno. Comimos en silencio. Emilio pensó que Fernando era un tipo realmente desagradable; me lo confesó varios días más tarde. Esa mañana se tomó un café vigilando a Fernando, dio las gracias por el desayuno y salió. Yo me fui a acostar. Dormí hasta las doce, cuando escuché los gritos de Susana.

—¿Y a ti qué te importa, huevón? ¿Me quieres decir?

—Claro que me importa. Tengo todo el derecho a saber quién es.

—Ya, chiquillos, no arengüeen.

—Es que no me deja tranquila, mami.

—No se te vaya a ocurrir quedar preñada, no seas huevona.

—¡Fernando, qué insolente! ¡Te voy a acusar con mi papá!

—Seguro que mi papi te va a encontrar la razón a ti. Apuesto a que te estás *culeando* al fresa ese.

—¡Fernando!

—Pero si eso es lo que hace esta cochina, mami, a mí no me viene con cuentos, siempre ha sido así.

—¡Cállate, Fernando! Emilio es un buen muchacho.

—No me voy a callar. Acuérdese, mami. ¿Se acuerda de cuando era chica y me agarró a besos en la boca?

—¡Dejen de pelear!

—Cállate, desubicado.

—Pero si es verdad. ¿Pasó o no pasó?

—Sí, pero yo era muy niñita.

—Sí, claro, niñita. Eres una degenerada, siempre has sido así, desde chica. A mí no me engañas, hermanita: acuérdate cuando me pillabas durmiendo siesta y te daba con agarrarme la verga.

—¡Fernando Arturo, cállate, niñito! ¿Cómo le hablas así a tu hermana?

—Feo decirlo, mamita, pero es la verdad. Usted sabe que es la verdad. Usted conoce a su hija tanto como yo.

Cuando entré a la cocina, Susana estaba agarrando a bofetadas a Fernando mientras Ester y mi mamá trataban de pararla; la tomé del brazo y la empujé hasta el pasillo. Fernando tenía sangre en el labio y se reía sin parar. Decía que en esa familia no se podía hablar con la verdad, que todos los que la decían se metían en problemas. Ester trataba de calmarlo contándole que todas las familias eran parecidas, que en la suya pasaba lo mismo. Dejé a mi madre con Fernando y Ester.

Golpeé la puerta del dormitorio de Susana. No me abrió. Le pregunté si necesitaba algo. Me dijo que quería dormir. Me quedé parado en la puerta. Toqué de nuevo. A los cinco minutos me abrió. Estaba fumando y llorando al mismo tiempo.

Nos sentamos en el suelo. Ella enjugó sus lágrimas con un pañuelo y suspiró profundamente mientras apagaba el cigarro en una taza vacía. Le pregunté por qué lloraba y me preguntó si me parecía poco, si acaso era ciego o no era capaz de ver lo que estaba pasando.

—Mi vida es muy triste —se quejó—. Por eso lloro.

Yo no la entendí. A veces me parecía que las mujeres hablaban en otro idioma.

—¿Por qué triste? Tienes suerte.

—Sí, claro, la suertecita que tengo. Cállate, ¿de qué estás hablando, niño chico? ¿Por qué no me dejas sola mejor?

—Eres estupenda. Tienes lindo cuerpo. Tienes novio.

—Claro, un novio. Un novio que no está. ¿Dónde está mi novio?

—Tenía que almorzar con su mamá donde una tía vieja.

—¿Viste? No está ni ahí.

—¿Cómo que no está ni ahí? No te pongas insegura, Susana, que eso es aburrido. El Emilio te quiere, yo sé que te quiere, pero tampoco lo puedes ahogar con tus tonteras. Mira que yo sé cómo te pones cuando te vuelves loquita.

—No, Balta, no es así. No es como tú dices.

—¿Cómo sabes que no es así?

—Yo me doy cuenta de cómo son las cosas.

—¿Por qué?

—Porque estoy con él. Porque lo noto. Y no sabes cómo me duele, Balta. No te imaginas cómo me duele que sea así.

—Susana, yo pensé que estabas contenta.

—No estoy contenta.

—Es tu personalidad. Tú eres así: siempre quieres más. Siempre estas pidiendo lo que no tienes.

—¡No, Balta! ¡No es así! Emilio y yo nos queremos. Nos llevamos bien. Nos reímos juntos. Él es un hombre maravilloso, súper tierno y todo eso, pero…

—Yo creo que te estás volviendo loca. ¡El Emilio está contigo! ¡Es tu novio!

—Entonces, ¿por qué me hace el quite? Contéstame: ¿por qué me hace el quite?

—¿Cómo?

—Se arranca de mí. Cuando estamos juntos me da besos y me abraza y me agarra, pero…

—Pero ¿qué?

—Es que no sé cómo explicártelo; como que todo lo que me hace es para que los demás lo vean. Me da besos para que tu mamá, o tú, o alguien, vea que es cariñoso conmigo y que me trata bien.

—Como un *show*.

—Como un *show*. Igualito a un *show*. Pero cuando todos se van y llega la hora de los quiubos, tú me entendís, ¿verdad?

—Creo.

—Cuando llegamos, como quien dice, a la intimidad, algo le pasa. Se va. Inventa que tiene cosas que hacer. Se arma panoramas en la cabeza con sus amigos, o dice que está cansado o que alguien nos puede oír. O que tiene que conversar contigo.

—A lo mejor es verdad que está cansado.

—¿Cansado de qué? Si no hace nada.

—Te estás pasando películas.

—No le gusta hacerme el amor, eso es lo que pasa. Seguro que tiene otra *mina* arriba en el barrio alto, alguien que lo calienta en serio. Alguien que lo calienta de verdad.

—No tiene otra *mina*.

—¿Por qué? ¿Cómo sabes? ¿A ti te ha contado algo?

—No, pero si tuviera otra, ¿para qué está contigo? Es ridículo.

—¿Cómo sabes que es ridículo? ¿Qué te ha dicho?

—¡Nada! Pero si tuviera otra mina en el barrio alto se quedaría con ella. No saldría contigo ni se quedaría a dormir aquí.

—Bueno, a lo mejor lo pasa bien con nosotros. A lo mejor le gusta estar contigo y hablar de películas.

—Pero la novia eres tú.

Susana se quebró y empezó a llorar de nuevo. Yo sabía cómo consolarla: la abracé con fuerza y no le pedí nada. No le dije que dejara de llorar ni que se tranquilizara, como lo hacían los demás. Eso le gustaba. La dejé fluir, sin apuros ni presiones, hasta que se apartó de mí y con los ojos un poco más secos volvió a preguntarme si yo sabía algo. Le dije que no, que solo me había contado lo mucho que la extrañaba cuando no estaba con ella. Susana volvió a llorar. Sacó un chicle que tenía en la mano y con mucha calma le quitó el envoltorio, masticó un momento y después juró que iba a averiguar por qué Emilio Ovalle no quería acostarse con ella.

⌘

La cámara se aproxima lentamente hacia mi rostro, mi impecable e inocente rostro de diecisiete años, casi dieciocho, mientras una música por definir da paso a un clásico e inevitable *montage*.

Pasan los días.

Corro por una calle, es un día de lluvia primaveral.

Intento buscar una explicación. Pienso que es una fase, una etapa, algo que me está molestando y que tarde o temprano va a cambiar. Tiene que cambiar.

Emilio y yo estamos sentados en el Microcine. En la pantalla se proyecta *La chinoise*, de Jean-Luc Godard.

No pensar.

No mirar.

No confundirme.

No quedarme mudo cuando me hable de Andrei Tarkovski.

No despertar a las cuatro de la mañana para verlo durmiendo.

No confesarle que me encantó *La chinoise* cuando, en el fondo, la odié.

No quedarme callado para escucharlo cuando vaya al baño a mear.

No masturbarme pensando en él.

No creerle.

No ser débil.

No rendirme.

No permitir que lo que estoy sintiendo se haga crónico ni permanente.

No pensar que soy *así*.

No equivocarme.

Susana y Emilio se besan bajo el sol del mediodía. Estamos en una plaza del barrio Bellavista, es un sábado de diciembre. Está empezando el verano. Hace calor. Los tres llevamos anteojos oscuros.

A veces pienso que mi película tiene un final feliz. Creo que se quieren. Que se conocen. Que se tienen una confianza mutua muy difícil de lograr en el mundo de hoy. Algún día se casarán. Yo estaré en el matrimonio. Ella será madre. Me veré muy elegante en las fotos, en todas las fotos, y los años pasarán rápido y habrá más fotos de más matrimonios, bautizos, posturas de argollas, cumpleaños, navidades y años nuevos. Nacerán hijos, nietos, primos y sobrinos. La familia estará orgullosa de sí misma. Vendrán las nuevas generaciones. Todos se llevarán bien con todos. El país y el mundo entero cambiarán y yo, con rabia y en secreto, nunca dejaré de amar a Emilio Ovalle.

—¿Cuándo das la prueba? —me pregunta Emilio abriendo una botella de cerveza.

—El siete —respondo mirando el cielo azul sobre Santiago, de espaldas en la plaza.

—¿Estás nervioso, péndex? —interviene Susana, chupeteando el yogur que ha derramado entre sus dedos.

—No. No me importa.

Emilio y Susana se miran de reojo, en una especie de código interno que me causa un profundo malestar. No me gusta que tengan códigos internos, prefiero ser testigo de sus besos y agarrones antes de saber que tienen códigos internos que no conozco porque nadie me los ha enseñado.

—Te va a ir genial —dice Emilio—. Estoy seguro.

—Esperemos. Si no, no es el fin del mundo.

—Así se habla. ¿Qué quieren hacer?

—¿Cómo que qué vamos a hacer? Vamos al Microcine, ¿no?

Habíamos planeado la sesión del Microcine.

—No sé, Balta.

Hacía dos semanas que solo hablábamos de ese sábado en la noche.

—¿Cómo van a ir a encerrarse a un cine?

A través de un contacto en el Centro Cultural de México y con algunas llamadas a la embajada, don Desiderio y la señora Cassandra habían conseguido una copia en dieciséis milímetros de *El ángel exterminador*, de la etapa mexicana de Luis Buñuel.

—Tengo muchas ganas de ver la película.

—Es que no pueden ser tan tontos. Es viernes, es verano y hace mucho calor para ir al cine, Balta.

La idea original que habíamos discutido durante dos semanas era pasar la tarde en el barrio Bellavista, tomar unas cervezas, fumarnos un porro. Quizás subir el cerro y visitar el zoológico.

—No pongas esa cara, Balta.

—Otro día vemos la película.

Íbamos a bajar por calle Pío Nono para sentarnos en el bar Venecia a comer unos completos y no llegar al Microcine con la panza vacía. Volveríamos a fumar marihuana después de comer. Llegaríamos un poco antes al Microcine para conversar con don Desiderio y la señora Cassandra, que siempre tienen novedades sobre películas, directores y estrenos.

—No te enojes, Balta.

No digo nada. Tomo mi mochila, me la cuelgo al hombro y salgo corriendo por la calle Dardignac. Emilio y Susana me llaman a gritos, pero no los miro. No puedo. Estoy ciego.

Subo a una micro repleta, quedo atrapado entre los pasajeros. Un vendedor de cortaúñas pasa a llevar mi mochila, que se abre: mi cuaderno de Biología termina en el suelo, pisoteado por pasajeros, artistas y vendedores ambulantes. Pienso en el futuro y en cuánto odio mi presente; y entonces, envuelto por un halo de melodrama que me acompañará en ciertas ocasiones por el resto de mis días, juro que mi existencia está a punto de cambiar.

No más.

Nunca más. Lo juro.

Me dedico a sufrir y a hacer sufrir al resto. Los demás son inventados. Imagino historias donde los personajes son gente común y corriente, gente como mi madre o la señora Yulisa. Gente como Susana o incluso como mi hermano Fernando o su novia Ester. Armo cuentos como rompecabezas. Siempre hay piezas que me faltan.

Estoy en mi sala de clases. Es la Prueba Global de Biología. Contesto varias preguntas hasta que me encuentro con un gráfico: son los dibujos de un pene y una vagina. Hay que señalar las partes de cada órgano.

Me excito con cualquier cosa. Todo me provoca algo, hasta las piernas adiposas de la Hermana Noemí, la profesora de Religión. Pienso que me estoy convirtiendo en Susana, que quizás hay algo genético en nuestra sangre, digno de una película de Roger Corman.

Amor de hermanos
Brother and Sister
(Canadá/Estados Unidos, 2014)

Dirigida por Oliver Geek. Con Andrea Decinti, Laura Shane, Antoinette Mackenzie, Michael Kampsey. El canadiense Oliver Geek tenía diecisiete años cuando filmó su ópera prima: con cuatro mil dólares heredados de un padre al que nunca conoció, rodó esta exquisita comedia de ciencia ficción con ribetes incestuosos, filmada en Seattle con una impecable fotografía en blanco y negro. Con un elenco compuesto principalmente por sus primos y algunos compañeros de colegio, la cinta describe de manera contemplativa y cuasi documental la vida de un pueblo costero en algún momento de la década de los sesenta. Charles y Celine son dos hermanos fulminantemente huérfanos luego de un accidente marino donde mueren sus padres. Sobrevivir a la pérdida parece una tarea titánica, en especial para Celine, precoz devoradora de hombres que se entrega al sexo y el alcohol para lidiar con el dolor. Sus frecuentes salidas de madre complican a Charles, introvertido coleccionista de insectos en plan Terence Stamp de *El coleccionista* que lentamente va perdiendo la cordura con relación a su hermana del alma. Parte melodrama rural, parte comedia de ciencia ficción y horror, se trata de una liberadora brisa de aire fresco en el panorama del cine de género mundial. Lo impredecible del relato sumado a la atmósfera enrarecida logran un apasionante debut. Basada en una novela breve escrita por Paolo Donaggio (*¿Qué le hiciste a las muchachas?*, *¿Cómo puede odiarse tanto?*). La secuencia de títulos es notable. La banda sonora es de Tindersticks. BUENA.

Alguna enzima misteriosa me está obligando a calentarme con todo lo que me rodea. Esto no es normal. No puede ser normal.

En la clase de Educación Física, contemplo con admiración los brazos del Toro: está haciendo las treinta extensiones de brazos requeridas para obtener la nota máxima. El Toro ha tenido promedio 7 en Educación Física desde primer año básico.

Todos rodeamos al Toro, incluido el entrenador Viamonte: supera la extensión número treinta y continúa. Algunos lo aplauden. El entrenador Viamonte se agacha y le da ánimo.

—Vamos, campeón. ¡Dale, campeón!

El Toro no se detiene. Sus brazos se marcan. Su espalda se mueve como una cama elástica.

—¡Tú puedes, maestro! ¡Vamos, campeón!

Cuando el Toro va en la extensión sesenta y ocho, la camiseta blanca con el horrible logo del liceo (un libro abierto, una cruz y una brújula) se le levanta un poco: miro discretamente su vientre plano y duro como una piedra, cubierto con delgado vello rubio. El entrenador Viamonte levanta la cabeza y me sorprende. Su mirada se cruza con la mía. Me congelo. Me aterro. Me descontrolo. Siento que al final de mi espalda comienza a escurrir un sudor frío.

—¿Qué estás mirando ahí parado, Merengue?

Retrocedo dos pasos. No sé qué decirle. Mis compañeros reaccionan; comienzan a reír. Saben que si Viamonte me agarra no va a soltarme más. Eso significa carcajadas seguras para todos, menos para mí.

—¿Para dónde vas, Merengue?

No respondo. Todos se burlan de mí. Viamonte se acomoda los testículos con una sonrisa en los labios mientras el Toro sigue en el suelo haciendo sus flexiones.

—Al suelo, Merengue.

Gritos. Chistes. Aplausos.

Caigo al suelo. El Toro me mira de reojo y sonríe. Flexiono una vez y mi cuerpo tiembla; el Toro abre los ojos, dándome ánimo. Cuando él va en la flexión ciento cuarenta y cuatro yo estoy en la número tres.

El Toro es el mayor de mi curso, tiene veinte años y un leve retraso mental que le impide ejecutar operaciones matemáticas y aprender idiomas. Tampoco se le puede hablar muy bajo porque es un poco sordo. Su mundo es un pequeño triángulo formado por tres cosas: Iron Maiden, el Atari 2600 y el *baby* fútbol.

La mamá del Toro vende productos Tupperware y está separada del papá. Mi mamá dice que la mamá del Toro es extraña: no saluda y en las reuniones de apoderados siempre está buscando pelear con los demás. El Toro dice que su mamá está enferma. Tiene cáncer, por eso no puede trabajar vendiendo productos Tupperware. Tiene dolores, se queja todo el día y el Toro ya no sabe cómo ayudarla. No tienen plata, por eso una vez al mes el inspector interrumpe la clase y llama al Toro a su oficina. No es para retarlo por mala conducta: es para mandarlo de vuelta a la casa por no haber pagado la mensualidad del liceo.

Un día del año pasado, cuando íbamos en tercero medio, el Toro descubrió que yo tenía promedio 7 en Inglés. No de muy buenas maneras me pidió que le hiciera la traducción de los temas del disco *Killers*, de Iron Maiden. Lo hice. No me costó mucho. Mi favorita fue *Prodigal son:*

> *I'm on my knees, oh help me please*
> *I'm on my knees, help me please*

Oh Lamia please try to help me
The devil's got a hold of my soul and he won't let me be

Desde el día en que le entregué unas hojas del cuaderno de Matemáticas con las letras en español de las once canciones que componen el disco, el Toro me respeta como a un dios; se pasa todo el día haciendo preguntas y obedeciendo cada orden que le doy. En términos prácticos esta alianza significa que tengo su protección absoluta en el caso hipotético de que la necesite para llegar al último día del liceo. Sobrevivir ha sido mi objetivo durante los últimos doce años. Ahora todo está por terminar, solo quedan unos días para Mi Gran Final. O para el que yo esperaba que sería Mi Gran Final, aunque solo sea Mi Pequeño Comienzo.

Por ahora solo tengo que concentrarme en llegar hasta el último día de clases. No dar mi brazo a torcer. Levantarme temprano. Estudiar hasta reventar sin pensar demasiado. Memorizar hasta que duela. Terminar el colegio. Dar la maldita Prueba de Aptitud Académica. Postular a alguna universidad muy lejos de aquí y desaparecer. Eso: desaparecer.

9

Los recuerdos de David vuelven algunos segundos después, justo cuando ve a Fabiola subiendo a la 4x4 en la puerta del hotel. A lo lejos escucha los insultos de la prensa enardecida, gritos y acusaciones. Corre hacia la 4x4 sin mirar hacia atrás. Hace lo mismo que Fabiola: subir apurando el paso.

Alguien cierra la puerta.

Una vez en el auto David mira su ropa: tiene la chaqueta rota, la camisa arrugada y una mancha de sangre ajena en el codo. No entiende qué pasó ni cómo. Ya se lo explicarán más tarde.

Fabiola le pregunta si está bien, si está herido; él le explica que la sangre no es suya y que no entiende nada. Solo entonces levanta la cabeza y descubre que no es el único pasajero de la 4x4. Intenta calmarse.

—Buenos días —dice.

Alguien le responde, pero la vergüenza lo obliga a ocupar el primer asiento que encuentra. Mira ligeramente hacia atrás: por el costado del ojo puede ver a una mujer morena, crespa, vestida de negro. La mujer huele a champú de manzanilla.

Mónica se asoma desde el lugar del copiloto.

—Susana, señora Nenita, él es David Mendoza —dice—, el gran *amigo* de Baltazar.

No puede creerlo. Durante interminables cinco años ha esperado esta presentación.

—¿Cómo que amigos? —la mujer morena increpa a Mónica—. Son matrimonio, no son amigos.

—Cállate la boca, Susana, no seas impertinente —grita la señora Nena.

—Pero si no es de impertinente.

David observa a la señora Nena, su suegra; la mujer lo mira en silencio, sin reaccionar.

Siempre pensó que cuando todo esto sucediera, Baltazar estaría sentado junto a él en una mesa larga repleta de primos, tías y abundante comida chilena; entonces le tomaría la mano a su madre, que en sus pensamientos siempre era una mujer redonda y simpática, y le diría: «Mamita, le presento a David, mi novio». Por fin todo lo que David pensaba se estaba haciendo realidad, con una que otra diferencia, claro.

—Pero si es la verdad, pues, mami —insiste la mujer morena—. El Balta estaba casado con él, con David, por todas las leyes gringas. ¿No ve que allá en Estados Unidos es distinta la cosa?

—Eso no es así, Susana. No opines sobre lo que no sabes, eso es imposible.

David se queda mirándola, paciente.

—Sí, señora, es posible. El matrimonio de parejas del mismo sexo es muy común.

—Eso será allá en esos países, pero aquí en Chile no.

—*Todavía* no —precisa la mujer morena—, y, claro, por eso estamos como estamos.

La mujer morena se acerca a David y espontáneamente lo besa en la mejilla.

—Como nadie me va a presentar, me presento yo sola —le dice—: yo soy la Su. Gusto conocerte, David.

David le sonríe a su cuñada y una por una recuerda las historias que Baltazar le contaba.

—Susana… Por fin te conozco.

—Claro. Por fin.

Susana lo abraza. David se siente cómodo junto a ella, atrapado por las redondeces que a Baltazar le causaban tanta gracia. Baltazar siempre la describía como una diva venida a menos, voluptuosa y colosal, la cruza imposible entre la argentina Isabel Sarli y la americana Tura Satana, dos actrices que hicieron carrera en el cine de explotación de sus respectivos países y a las que Baltazar amaba por igual; hasta había escrito un cuento llamado «Isabel Sarli contra las colegialas vírgenes», inspirado vagamente en sus películas. David recuerda el día que vio con Baltazar *Faster, Pussycat! Kill! Kill!* proyectada en treinta y cinco milímetros en el Anthology Film Archives. El recuerdo lo entristece.

—Hola, cuñado.

Susana le da un beso en la mejilla. David sonríe, o más bien finge una sonrisa que a Susana le parece convincente. Extiende una mano a la señora Nena; lo hace con frialdad. Está nervioso.

—David Mendoza —la saluda—. Mucho gusto en conocerla, señora Nena.

La mujer lo mira por un segundo y luego agacha la cabeza. Susana se acerca a ella, roja como un tomate.

—Mami, salude.

—No, no te preocupes por mí.

—Mami, salude, no sea ordinaria, ¿quiere?

—Déjame tranquila, Susana. No soy 'na chiquilla chica pa' que me trates así.

—Pero, mami, si no le cuesta nada hacer un esfuerzo.

—Yo también estoy sufriendo, Susana. Yo quería mucho a tu hermano…

—Piense en su hijo. Él estaría feliz si usted saludara al David, mamá. Es solamente un saludo. ¿Qué le cuesta?

—Por favor, no se molesten, yo entiendo perfectamente, es un momento difícil para todos y…

—Buenos días, joven —interrumpe la señora Nena.

Susana observa a David con una sonrisa incómoda y luego se vuelve hacia la anciana. Mónica le hace un gesto al chofer y después gira hacia el grupo desde la cabina de la camioneta.

—Pobrecita, debe estar muy cansada.

La camioneta arranca ante los gritos de la prensa en el exterior: algunas cámaras siguen el recorrido por el acceso principal del hotel hasta que el chofer logra salir a la calle evitando el mar humano. Un taxi los sigue por varias cuadras; el chofer acelera y logra perderlo en una autopista subterránea que, le informan, se llama Costanera Norte. David observa anonadado y aún aturdido por el efecto de la marihuana, perdido entre las luces del túnel por el que se desplazan a toda velocidad, mientras escucha a Susana hablando con su madre.

—… usted tiene que entender quién era su hijo, mamá, y ¿sabe por qué? Porque el Balta nunca le mintió ni escondió las cosas que le pasaban. Él fue bien hombrecito desde chico, por eso hay que sacarse el sombrero por él, sobre todo en un día como hoy, que es tan triste pero a la vez tan feliz. Yo estoy muy contenta, no quiero llorar por mi hermano porque sé que él está contento de vernos a todos reunidos. ¿No cree usted, mami? Usted que es tan católica para algunas cosas, y tan descreída para otras. ¿Acaso no cree en el amor?

—Claro que sí. Entre un hombre y una mujer.

—¿Por qué? ¿Por qué no puede ser entre dos hombres o dos mujeres?

—¿Cómo que por qué? Porque así está escrito en la Biblia. ¡Porque así hemos vivido siempre, Susana, por Dios!

—¡Mentira! Todos tenemos derecho a amar como se nos dé la gana.

—El día de mañana se van a querer casar con animales, con niños, con un auto o con un televisor. ¡Quién sabe qué van a inventar!

—Es muy anticuada, señora. ¿No se da cuenta de que las cosas cambian?

—No todo cambia, Susana, no te equivoques. Hay cosas que existen desde que el mundo es mundo, cosas que nos hacen sentirnos vivos como seres humanos. Una de esas cosas es la familia, y eso se construye con un hombre y una mujer y sanseacabó.

Susana suspira angustiada. Deja a su madre bajo los cuidados de Fabiola para sentarse junto a David.

—Mal, qué plancha, perdona a mi vieja —le dice—, está muy vieja. Súper cagada. A esta edad ya no entienden nada, pobre anciana.

A David le cuesta entenderla, Susana habla extremadamente rápido y no modula algunas sílabas; piensa que es una chilena común y corriente y que tarde o temprano tendrá que acostumbrarse al acento. Susana se da cuenta de que está perdido, no tiene idea de qué acaba de decirle. Le mira los labios.

—Que *sorry* por mi mami —le repite Susana—, *please excuse me.*

—Hablo español.

—¿Y por qué no me entiendes cuando te hablo en español?

—No importa lo de tu mamá. En serio, no te preocupes.

—Es que mi familia nunca ha sido muy liberal que digamos.

—Entiendo.

—Yo soy distinta. Seguro el Balta te habrá contado.

—Sí, claro.

—Soy súper liberal. Pa' la verga liberal; o sea, demasiado liberal. ¿Tú?

—Sí. Liberal también.

—La zorra. Yo creo que no hay que discriminar a nadie.

—Claro.

—Mi hermano nunca me dijo que eras tan *mino*. La cagaste, de verdad. No puedo dejar de mirarte, te juro.

—¿Tan qué?

—Tan *mino*. Tan rico. *So beautiful. Picho caluga*, se dice acá.

—¿Cómo?

—*Picho caluga*. Exquisito. *Delicious*.

—Gracias.

—¿Viste que igual le pego al inglés?

—Así veo.

—En el cementerio te voy a presentar a unas colegas del trabajo. No dejes que te saquen fotos porque las suben enseguida a Instagram.

Susana le acaricia suavemente la mejilla; lo hace con cariño y admiración.

—Siempre tuvo buen gusto mi hermanito.

David piensa en Emilio Ovalle e instantáneamente lo odia; se siente estafado. Susana lo mira muy seria, como si supiera lo que está pensando. No parece importarle.

—¿Ya conociste al Emilio?

David piensa que la conversación se está volviendo muy interesante.

—No. Íbamos a tomar desayuno juntos esta mañana, pero…

—¿Desayuno? ¿Ustedes dos? ¿Por qué?

—Quiero conocerlo. Fue muy importante en la vida de Baltazar, y…

—No me mientas, pendejo. Eres muy lindo y *beautiful* y todo eso, pero no te creo. Supongo que Baltazar te habrá contado que Emilio y yo…

—Sí. Me lo contó.

La camioneta sube por una avenida junto al río; David mira por la ventana. Susana se calla. El agua del río es oscura. David piensa que le gustaría preguntarle a Susana cómo se llama ese río, pero prefiere evitar más conversaciones. No puede concentrarse.

—¿Qué más te contó de mí? —insiste su cuñada—, ¿qué decía?

—Que eras muy bonita. Y que te parecías a Tura Satana e Isabel Sarli.

—¿Y esas cuáles son?

—Unas actrices que le gustaban.

—Yo nunca las he oído nombrar. Ni en pelea de perros.

—Son famosas en el circuito de cine independiente.

—¿Cómo? ¿Hacen películas pornográficas?

—No exactamente, pero salen desnudas y tienen escenas de sexo.

—Siempre pensé que el Balta tenía caca en la cabeza. ¿Por qué pensaba eso de mí? ¿Son buenas, por lo menos? ¿Esas dos que nombraste?

David reacciona sorprendido; Susana lanza una carcajada. David piensa que es la carcajada más triste que ha escuchado en su vida.

—Apuesto a que te habló de mis pechugas, estaba obsesionado con mis pechugas. Yo creo que tenía envidia.

—¡Susana! —la interrumpe la señora Nena—. ¿Qué barbaridades estás diciendo? Ubícate, eres una mujer vieja ya.

—Aquí la única vieja arrugada y *amargá* es usté. Yo estoy empezando a vivir, tengo cuarenta y siete recién cumplidos y estoy como quiero. ¿No encuentras, cuñado?

David cree que la noticia de la muerte de Baltazar los ha afectado a todos a su manera.

La señora Nena parece congelada. No puede creer lo que está viviendo. Nadie la preparó para un dolor tan grande, por eso no se atreve a mirarlo a los ojos ni a tomarle la mano ni a preguntarle cómo está. No puede romper su coraza. No puede expresar absolutamente nada. David piensa que en una semana más, cuando todo haya pasado o al menos «haya decaído el interés mediático», según las palabras de Mónica, solo entonces la señora Nena va a ser capaz de quebrarse. De gritar y maldecir a Dios por haberse llevado a Baltazar. De lamentarse por lo injusta que es la vida porque Dios debería haberse acordado de ella primero y hubiera sido lo más natural; a ella no la lloraría el mundo entero ni pondrían autos a la puerta para trasladar a los invitados al funeral ni tampoco saldrían imágenes de su entierro en los noticiarios y las revistas de moda.

Susana, por su parte, no puede dejar de hablar. No soporta la idea de estar triste, sabe que Baltazar odiaría un funeral triste y eso no podría perdonárselo jamás: contradecir a su hermano querido, su máximo orgullo.

A él la muerte de Baltazar lo ha afectado de otra manera; eso piensa mientras disfruta de un momento de silencio en la *van*. El sol brilla, insoportable. Desde que llegó a Chile se le ha cruzado varias veces la idea de que su vida también está llegando a un final. Con la muerte de Baltazar no solo se ha cerrado una etapa, también ha muerto algo suyo. Además de la tristeza, han aparecido esos pensamientos suicidas que no lo dejan en paz. Son emociones muy de su generación, lo sabe, pero es la primera vez que ha pensado en el suicidio como una alternativa real. Como algo que podría cumplir con éxito.

Durante el resto del viaje en la *van*, David responde las preguntas de su cuñada; lo hace con sinceridad. Las preguntas son, en su mayoría, sobre sí misma o acerca de su importancia en la vida y obra de Baltazar Durán como el primer referente femenino, ese que determinó el estilo de su escritura y cada uno de sus libros. Una vez, le cuenta, había leído que los estudiosos comentaban que ella ocupaba un rol muy importante en la carrera de Baltazar: era la primera hembra, la Eva del paraíso, la madre de todas las decenas de madres, primas, hermanas y suegras que su hermanito querido había inventado en sus escritos.

David entiende por qué Baltazar quería tanto a su hermana.

Susana le habla de la última vez que estuvo con él. Fue en Miami, durante ese viaje improvisado que luego de muchos análisis David ha logrado identificar como el origen de la crisis en su relación. Ese hecho, ínfimo en apariencia y sin mayor significado, es, según David, lo que más tarde empujaría a Baltazar a encerrarse en un hotel, a tomar como si no hubiera un mañana y a matarse no sin antes follarse a alguien que pudo ser Emilio Ovalle, pero que, en el fondo, podría ser cualquiera. David piensa que con Baltazar nunca se sabe: siempre puede estar mintiendo. Incluso en sus propias memorias.

—La familia y los más íntimos en la primera fila, por favor... —ordena Mónica en la puerta de la iglesia.

Susana, David y la señora Nena se sientan adelante. David examina el entorno con cuidado: es una iglesia amplia, moderna y excesivamente iluminada. No quiere apresurarse. Avanza a paso firme por la nave central de la iglesia. Se siente extraño; no puede evitar girar discretamente la cabeza. Siente las miradas de todo el mundo sobre él.

Hay estudiantes, periodistas y escritores, una que otra cámara de televisión, hombres de traje y corbata y mujeres humildes, toda una variedad de llorosos deudos listos para la ceremonia. Cuando por fin encuentra su lugar frente al altar, ve el ataúd cerrado y rodeado de flores. La ceremonia comienza con un canto. Familiares y amigos, observa David, llegan al éxtasis.

Durante la misa se bloquea, apenas tiene valor para levantarse cuando el cura lo indica. Tampoco piensa en nada, solo respira lentamente, tratando de controlar los múltiples dolores que a esas alturas ya se han apoderado de todo su cuerpo. Vigila dos vírgenes que están a cada lado de la iglesia y el Cristo que ocupa la pared completa; no es una imagen real, sino una especie de abstracción moderna de la cruz. Todo esto lo contempla mientras el sacerdote comienza la homilía.

David no entiende tanto rito católico. Sabe que Chile es un país bastante especial, sobre todo cuando se trata de religión y tolerancia, pero le parece que todo es absurdo. En su prédica, el sacerdote habla de cómo Baltazar llevó la bandera chilena a todo el mundo con su literatura. Además de parecerle una metáfora burda y poco elaborada, David cree que eso es mentira. Baltazar nunca se sintió representante de nada, mucho menos de Chile.

Cuando llega el momento de trasladar el féretro, David cree que no tiene fuerzas para nada. Finalmente los escogidos son dos hombres jóvenes vestidos de oscuro, un escritor argentino bastante atractivo que más tarde le presentan como Paolo Donaggio y, claro, él, enfundado en su D'Squared y al borde del colapso nervioso por el olor a flores, el humo de las velas y las canciones religiosas.

En el cementerio su estado no mejora. Susana le pregunta si necesita algo, si se siente bien; él no responde. Susana le toma la mano y la golpea suavemente, como haciendo dormir a un niño. David intenta algo parecido a una sonrisa.

Mónica Monarde es la única que habla en el entierro; dice un par de cosas sobre la noche mítica en que conoció a Baltazar. Esta información, descubre David, no es una sorpresa para ninguno de los presentes porque fue publicada en un libro de entrevistas, primero, y luego en un extenso reportaje de Televisión Nacional sobre la vida de Baltazar en Chile, antes del exilio voluntario que lo llevaría tan lejos. Mónica habla de su sinceridad como artista. David la escucha con paciencia; no sabe cuántos lugares comunes puede aguantar un ser humano. Mientras está de pie junto a los amigos y familiares, su mirada se cruza por un segundo con la de Mónica. Ella cierra su discurso confesando que nunca conocerá a un hombre más noble que Baltazar Durán. Aplausos. Los presentes se despiden. La señora Nena se acerca al ataúd y dice algo que nadie alcanza a oír.

La Editorial More Books ha organizado un almuerzo para después del funeral. Solo están invitados la familia y los amigos más cercanos. El lugar escogido, le informa Mónica, es un enorme comedor de carnes a la parrilla.

—Es un local muy sencillo y familiar —le reitera.

David piensa que en Chile todo es «sencillo y familiar».

—Tienes que ir, David —le ruega Mónica—, es bueno para todos.

—¿Para todos?

—No es sano que estés solo en este momento.

—Voy a tener que aprender, ¿no crees?

Mónica lo mira a los ojos y luego lo abraza. David se deja abrazar, hace tiempo que no lo abrazaban tanto.

—Ven, David —le ordena Mónica—, vámonos juntos al restaurante.

David y Mónica salen de la iglesia, unas vallas impiden el paso de la prensa y los curiosos. David divisa a los mismos *fans* con avisos y pancartas, las mismas travestis vestidas de Joanna Jacopetti. Antes de subirse al auto de Mónica alcanza a divisar a Susana. Está llorando en los brazos de una mujer. Ella no lo ve a él.

⌘

En el trayecto de la iglesia al restaurante de parrilladas, Mónica le confiesa a David que está desesperada.

—Estoy a punto de perder mi trabajo —dice.

Todo comenzó esa mañana, le cuenta. Aparentemente todo iba de acuerdo a lo planeado: la agenda, las confirmaciones, las listas de invitados para todas las actividades. A las siete y diez ya estaba en la oficina, terminando de corregir el texto que leyó en el cementerio. A Mónica, advierte David, no le gusta mencionar la palabra cementerio. David se suplica a sí mismo que por favor Mónica no le pida su opinión sobre lo que leyó.

«Como editora general de Editorial More Books, además de representante y amiga personal de Baltazar Durán, quisiera decir algunas palabras dedicadas principalmente a la familia y amigos de este autor fundamental...»

Buscó inspiración en el afiche de *I eat your soul* que decoraba la pared de su oficina. Mónica pensaba que Joanna Jacopetti era el capricho más grande de Baltazar; David pensaba lo mismo. Joanna Jacopetti era la protagonista de lo más extraño e inclasificable que había escrito: una novela gráfica. A Baltazar ni siquiera le gustaba la novela gráfica como género. Había leído algunas cosas y disfrutado con otras, pero no era su área favorita. No compraba novelas gráficas, tampoco las bajaba de internet. David está de acuerdo, *I eat your soul* es posiblemente la pieza más extraña de su carrera como escritor.

«... este autor tan importante para nuestra literatura. Hombres como el responsable de esa apología a los sentimientos envilecidos llamada *Todos juntos a la cama* se conocen una sola vez en la vida.»

I eat your soul, publicada en castellano con el título, bastante mejor, según Mónica, de *Devoradora de almas*, era una fantasía postapocalíptica situada en una Latinoamérica azotada por el hambre, las ratas de diferentes tamaños y los mercenarios sexuales. Joanna Jacopetti es la violenta cazarrecompensas bisexual que debe vencer a hordas de neobárbaros caníbales entre los restos de las ciudades de Medellín, Caracas, Lima, Valparaíso, Buenos Aires y Porto Alegre.

—Es una buena descripción de *I eat your soul* —reconoce David—, se nota que conoces al autor.

—También conozco mi trabajo —dice Mónica, sin una pizca de falsa modestia—, no olvides que llevo años en esto.

—Bueno, entonces no te interrumpo de nuevo —se disculpa él—; por favor, continúa. ¿Qué pasó?

—Fueron los capuccinos —asegura ella—, esa es una señal.

David no comprende.

Esa mañana, le cuenta Mónica, buscó a tientas el tazón de café con el eslogan LEER SANA y se lo llevó a la boca: el capuccino tibio le provocó una arcada, nada grave. Hiperactivada gracias a los efectos de la cafeína, maldijo a Fabiola, la secretaria.

—La conociste en el hotel —le recuerda.

Él asiente.

—Al final la que te consiguió la marihuana fui yo —le informa—, no Fabiola.

—Gracias por eso. Por favor, continúa.

Extrañamente, la historia de Mónica ha logrado cautivarlo.

Mónica piensa que se equivocó; tendría que haber interpretado el sabor del capuccino como una señal. El desastre se acercaba, inevitable. Fabiola aparecería bien entradas las ocho y media, con la cara apenas lavada y un chongo cruzado en el pelo, y a pesar de todo se veía espléndida. Pensando en la juventud, los veintitantos y la sencillez de su secretaria, abandonó la oficina con el tazón vacío en una mano y una extraña sensación de fracaso alojada en el pecho. Cruzó los cubículos de empleados cuyos nombres no sabía; se mentalizó para llegar hasta la máquina de café. Estaba absolutamente sola en el onceavo piso de una torre donde trabajaban cerca de mil personas. Los primeros rayos de sol de ese jueves siniestro atravesaron el ventanal del edificio, proyectando una sombra geométrica de los cubículos idénticos. Mónica Monarde cruzó el pasillo sorbiendo las últimas gotas de café del tazón. Quiso llorar y no pudo.

David la interrumpe. Le pregunta si está tomando algún medicamento. Mónica le dice que sí, que toma Ravotril cuando se consigue, pero no siempre. David le pregunta desde hace cuánto tiempo se automedica: Mónica le responde que ha pasado toda la vida automedicándose y que ese no es el problema. Se detienen en un semáforo. David le pregunta si falta mucho para llegar al restaurante. Mónica no responde.

Mónica recuerda que había pasado las últimas horas en seco, sin lágrimas, ahogada en una tristeza incómoda que no la dejaba pensar en nada más, intentando resignarse a la pérdida; buscando razones para entender, para solucionar el misterio y atar los cabos sueltos. Ya no aguantaba más. Ya no le quedaban fuerzas para seguir pensando. Tampoco le quedaba Ravotril. Solo encontró un frasco de Vicodin en el último rincón de su cartera. Se tomó uno con un trago de agua, encerrada en el baño ejecutivo de la editorial. Guardó el frasco en la cartera. Se miró al espejo. Pensó que ella era la verdadera viuda de Baltazar, la amiga más íntima y confesora particular, la tesorera de tantos secretos que podrían indignar a sus *fans* y enriquecer el mito. No importaba si hacía dos años Baltazar no le dirigía la palabra. No importaba si él no respondía sus *mails* ni la había llamado cuando murió su madre ni tampoco cuando cumplió cuarenta: eran tonterías, frivolidades. Lo que importaba era la emoción que había detrás, el amor imperecedero que nunca se extinguió, la compañía inevitable y tan fecunda. El extrañarse, echarse de menos, sentir la ausencia del otro. Mónica no olvida esas cosas porque nunca más volvió a sentirlas, solo con Baltazar. Siempre con Baltazar. Para ella la muerte de su mejor amigo era la aniquilación de su último motivo para seguir viviendo y, bueno, también la muerte definitiva de una carrera literaria impredecible, cáustica y marcada por la controversia.

Mónica le recuerda a David que un crítico del diario *El País* escribió que Baltazar Durán había muerto como autor luego de *I eat your soul* o *Devoradora de almas* y que, como ocurre en dos de sus novelas, lo habían mantenido escribiendo, conectado a un aparato respiratorio, durante los últimos años. No estaba dispuesta a darse por vencida. La única herramienta que le quedaba para combatir el dolor físico y espiritual era, lógico, el frasco de Vicodin, importado exclusivamente para ella gracias a un exnovio excirujano que le debía varios favores. Sabía que las pastillas le hacían mal, no solo para la cabeza y los nervios, también para unas úlceras gástricas que le habían aparecido por culpa de un tropiezo laboral que tuvo, un problema que su círculo denominó como «El escándalo Donaggio».

—¿Donaggio? ¿Como el escritor? —preguntó David.

—Sí. Como el escritor —asumió Mónica.

—Estaba en la iglesia, ¿no?

—Sí, estaba en la iglesia. ¿Puedo seguir o ya te aburriste?

—No, para nada. Sigue. ¿Qué tiene que ver Donaggio con todo esto?

La codeína le estaba despedazando el esófago y el estómago. Su gastroenterólogo de cabecera le dijo que se trataba de úlceras pépticas, muy dolorosas y traicioneras porque se aprovechan de los nervios de la víctima para aparecer y multiplicarse a lo largo y ancho del sistema digestivo humano. Le recomendaron té de melisa para reemplazar el Vicodin y bajar las revoluciones de su ansiedad, pero Mónica no cree en nada que venga en una bolsita de papel casi transparente. Apenas colgó el teléfono se tragó la primera pastilla; ni siquiera pensó en el té de melisa. El editor americano amigo suyo le había avisado acerca de «un extraño incidente en un hotel de Manhattan». Mónica reaccionó de inmediato, preguntó de qué se trataba. Su contacto le dijo que necesitaba tiempo para investigar, que no sabía cómo ni por qué, pero la policía había señalado que Baltazar Durán, escritor chileno, estaba involucrado. Al colgar la llamada se puso en acción de inmediato. Llamó por teléfono y Skype a todos sus contactos en editoriales. En diez minutos la noticia estaba confirmada por tres fuentes: Baltazar había aparecido muerto en el Hyatt de la calle 42. Las dosis siguientes de pastillas las consumió a medida que aparecieron los detalles escabrosos, que no eran pocos. Primero la teoría del suicidio, idea que Mónica Monarde rechazó de plano desde un primer momento para reemplazarla por otra más plausible, pero igualmente macabra: el asesinato. Como todo personaje exitoso y autorreferente, a lo largo de su carrera Baltazar no solo se había dedicado a escribir un puñado de novelas ejemplares que le habían reportado millones al autor y a la editorial; además, se ganó una abundante cantidad de enemigos, en su mayoría críticos, amantes y otros escritores. Hombres, en su mayoría. Cuando el mismo editor americano le contó esa noche por Skype que aparentemente Baltazar estaba escribiendo sus memorias, Mónica fingió no saber absolutamente nada, recordando una y otra vez la conversación telefónica que había sostenido con el autor de esas memorias unas cuantas horas antes. Estiró la mano para agarrar el frasco de Vicodin y se tomó dos pastillas más. Ese día estuvo a punto de volverse loca, durmió solo un par de horas. Tuvo que utilizar una buena cantidad de tapaojeras La Prairie para sentirse segura de su mirada, lo único que, le confiesa a David, realmente le gusta de sí misma.

—Ya estamos llegando al restaurante —informa, conduciendo su auto hacia una calle de estacionamientos—. Total, cuento corto: llego a la oficina con dos horas de sueño y esta sensación de angustia horrenda. En la puerta de la oficina me está esperando mi jefa.

—¿Quién es tu jefa?

—Esperanza Onetto, gerente general de More Books Chile.

La estaba esperando con un jarro de capuccino y un surtido de *croissants* para preparar una videoconferencia de larga duración con

Josh Kincaid, el editor general de More Books Estados Unidos. Fue en ese momento cuando la jefa le informó que todo el mundo ya estaba enterado de su relación con Donaggio, incluida, por cierto, la casa matriz de More Books en Nueva York. Mónica se mordió la lengua, sintió terror y luego se calmó. No sintió vergüenza. Era una mujer soltera, sin compromisos. No había hecho nada malo. Es cierto: a menudo le hubiera gustado tener otro carácter, ser más guerrillera y radical en la tarea de defenderse y sobrevivir, pero estaba segura de que eso tampoco valía la pena. Al menos no en su posición. Esperanza Onetto, sesenta años, una señora del negocio editorial, implacable en sus decisiones, probablemente la más rápida lectora de la industria, con ella no hacía falta defenderse. La sobrevivencia era imposible. Esperanza le ofreció más *croissants*; Mónica observó el plato y pensó que lo más razonable sería aceptarlos y comenzar a trabajar en todo lo que tenían que revisar antes de hablar con la prensa. La jefa la detuvo. Le advirtió que esa era su única oportunidad con Nueva York: no había otra.

Paolo Donaggio tenía veintisiete años cuando autopublicó su primera novela, *¿Qué le hiciste a las muchachas?*, suerte de *murder-mystery* ambientado en la pequeña localidad argentina de Puerto Montiel a fines de la década de los sesenta. Antes de eso había experimentado todo lo conocido, incluyendo el periodismo, el rock y la heroína. En plena década de los noventa, Donaggio se convirtió en una especie de líder de masas para toda una generación, consiguiendo éxitos de ventas con cada novela o colección de relatos que tenían en común dos cosas: se publicaban religiosamente una vez al año, el 1 de noviembre, el Día de los Muertos, y sus títulos siempre eran preguntas. Era justamente uno de estos relatos breves, «¿Cómo puede odiarse tanto?», el que servía de base para la película del mismo nombre, dirigida por el italiano Luciano Liberona en 1995. Mónica nunca vio la película porque jamás se estrenó en Chile y tampoco se fascinó particularmente con la obra de su autor, pero cuando hace un año le presentaron de manera oficial a Paolo Donaggio en la Feria del Libro de Buenos Aires, en su mente se alojó de inmediato un solo pensamiento: acostarse con él.

Donaggio tenía cinco años menos que ella, era alto, macizo, con un cuerpo de gimnasio que lo hacía más parecido a un modelo de ropa interior que a un escritor. Además de hablar solo de sus logros con un extraño acento que a menudo costaba descifrar, tenía un gusto literario totalmente opuesto al suyo: Mónica tenía a Evelyn Waugh en su mesita mientras Donaggio se autodenominaba a sí mismo como el Bret Easton Ellis del Cono Sur, con más músculos, igual cantidad de drogas y con Punta del Este en lugar de Malibu Beach.

A pesar de su colección de defectos, Mónica se obsesionó con la idea del sexo con Donaggio: la meta era llevárselo a la cama y descubrir si efectivamente todos los mitos relacionados con su desempeño erótico eran ciertos. Analizó los recursos con los que contaba y se dedicó entonces a provocarlo de manera reiterada con chistes rápidos, varias copas de champaña, un par de comentarios aduladores acerca de sus primeras novelas, el contorno de sus pechos ceñidos por el Roberto Cavalli recién llegado por DHL Express y uno que otro comentario derechamente mal intencionado acerca de algún escritor, editor o gerente de More Books. Antes de sentirse borracha, Mónica escuchó gratamente satisfecha la voz de Paolo Donaggio invitándola a pasar la noche con él.

Nadie se enteró de su *affaire* con Donaggio. Mónica decidió callarse la aventura en Buenos Aires como un secreto, pero varios meses más tarde, durante uno de sus últimos meteóricos viajes a Nueva York, cometió el gran error de su vida. Baltazar la había invitado a comer; la paseó por los mejores antros de Manhattan cuando, en un club del Lower East Side llamado The Box, donde corrían los cortos de tequila y el humo de marihuana, ella perdió la noción del tiempo y de la discreción y, tras consumir una o dos rayas de coca en un rincón del mismo bar, a vista y presencia de todo el mundo, abrazó a Baltazar y le confesó su idilio. En lugar de felicitarla, Baltazar sufrió un abrupto y violento ataque de pánico en el que, con insultos y amenazas varias, le juró que se iba a arrepentir por haberlo traicionado. Mónica no entendió nada. Solo al día siguiente, cuando Baltazar le pidió que adelantara su regreso a Santiago, se dio cuenta de lo que había hecho.

David recuerda el incidente. También recuerda que Baltazar odiaba a Paolo Donaggio por la misma razón que a todos los escritores menores que él: su juventud. Varias veces se había dejado llevar por la ira en diversas entrevistas donde los periodistas se aprovechaban de su mal carácter para lograr corrosivas declaraciones, como:

«Donaggio es un idiota» o «Para dormir sus libros son mejores que un Ambien». Lo cierto es que Mónica había cometido un gran error, pero no se imaginaba todavía cuáles serían las consecuencias.

Paolo y Baltazar se toparon en Frankfurt, en la Feria del Libro: ambos habían sido convocados para una mesa redonda sobre el tema «Literatura y asesinos en serie». Mónica se había quedado en Santiago, recién operada de apendicitis. Luego de la primera media hora de conversación, y tras un comentario de Donaggio sobre el complejo de omnipotencia de Patrick Bateman en *American Psycho*, Baltazar se rio de un personaje creado por Donaggio, el detective homosexual y cleptómano Facundo Dosamantes, lo que generó risotadas en la sala y amenazas del aludido con abandonar el salón. Esa misma noche, luego de varias copas de más en el *lobby* de un hotel, Baltazar se acercó a Donaggio y le ofreció disculpas. En este punto el relato que Mónica escuchó se vuelve confuso. Nadie está seguro de si Baltazar atacó voluntariamente al escritor argentino o si fue al revés, pero varios testigos señalan que los dos se retiraron a sus habitaciones pasadas las tres de la mañana. Lo que Mónica cree (en realidad está segura de ello) es que Baltazar trató de acostarse con Donaggio a modo de reconciliación, seguramente como una manera de cerrar el desagradable episodio de Frankfurt con una maratón lisérgico-sexual. En esos días, imbuido como un adolescente por el espíritu de Timothy Leary, Baltazar aseguraba que el LSD lo hacía escribir mejor. A pesar de sus desesperados intentos por llevarse a la cama a Paolo Donaggio —lo que una vez más comprobaba que, en cuanto a hombres se refiere, ella y Baltazar tenían el mismo gusto—, el escritor argentino más importante de su generación había rechazado tanto el sexo como las drogas, pero no pudo evitar que Baltazar le hablara durante varias horas sobre Mónica, el sexo heterosexual, la literatura y las películas de Leonardo Favio. Los resultados de esa noche habían desencadenado varias llamadas telefónicas de Donaggio a Mónica, exigiéndole explicaciones por la conducta de su amigo escritor. Luego de varios días en que Mónica no supo nada de Baltazar, Esperanza le informó que Paolo Donaggio había decidido abandonar Editorial More Books y emigrar a Random House por razones estrictamente personales. En un incómodo almuerzo, mareada por el sake caliente y los sashimis de pulpo, Esperanza le contó que en la gerencia editorial la culpaban a ella por el trágico éxodo de Donaggio. Mónica lloró y, en lugar de consolarla, Esperanza le exigió que tuviera sumo cuidado en su trato con Baltazar Durán. Al principio Mónica no creyó, o no quiso creer, pero cuando Esperanza le habló de la carta, ya no pudo mantener la fe.

Poco después de haberla expulsado de Manhattan, Baltazar escribió una carta a un editor de More Books contándole de la aventura de una «importante e influyente editora chilena» con el autor Paolo Donaggio. En la carta además se quejaba amargamente de la pésima gestión de Mónica en su rol, acusándola de revelar «aspectos fundamentales del proceso creativo» a otros autores de su círculo que representaban una competencia inevitable para su trabajo, en este caso el mismo Donaggio. Mónica se sintió traicionada. Lo único que le había revelado a Donaggio era que a Baltazar le gustaba escribir en la madrugada, que no escuchaba música y que era incapaz de encender la computadora sin antes fumar algo de marihuana. Baltazar había superado sus propios límites. No volvió a hablar con él hasta que recibió el *email* donde le hablaba de las memorias sin siquiera mencionar lo ocurrido. Baltazar había borrado sus fechorías como quien limpia la memoria de una computadora y se deshace de los archivos inservibles. No era la primera vez que lo hacía.

—La indiscreción de Baltazar me costó muy cara —se queja Mónica, ya estacionada frente al restaurante de parrilladas.

David quiere bajar del auto, pero Mónica no ha terminado su historia.

—Bueno, ¿en qué estaba?

—¿No tenemos que bajar?

—Todavía no han llegado. Que esperen —sentencia—. Como te decía, esa mañana estaba muerta, pero de alguna parte saqué la fuerza para enfrentar la conferencia telefónica con Nueva York.

Ese día, Fabiola cerró las persianas de la sala de reuniones; en la pantalla apareció la imagen de una oficina vacía y muy iluminada. Luego de varios minutos, Josh Kincaid, el gerente general de Editorial More Books Estados Unidos, un cincuentón de buen aspecto y con aire de deportista, apareció con un café en la mano: Esperanza, Mónica y los demás editores sonrieron. Kincaid no perdió el tiempo y comenzó a hablar de lo sucedido, analizando en detalle lo que había publicado la prensa internacional. Se detuvo particularmente en las reseñas de *The New York Times* y *The Guardian* y luego preguntó cuál era el plan de medios para tratar el tema del suicidio en Chile. Mónica suspiró profundamente. Kincaid le preguntó si era verdadera su amistad con Baltazar. Mónica señaló que se conocían desde muy jóvenes y que era su mejor amigo. Josh Kincaid dijo que todos sentían mucho su muerte, pero que había llegado el momento de trabajar. Abrió una carpeta y pidió un informe completo de la situación contractual de Baltazar Durán con More Books; quería cifras, porcentajes, nombres y sobre todo fechas. Necesitaba saber si debía alguna obra, si había firmado con cesión de derechos y si estaba alguna publicación comprometida, de palabra o por contrato, para su *backlist*, los libros que había escrito en el pasado, no necesariamente editados por More Books. Además de todo lo anterior, dada su relación con el fallecido escritor, decidió encomendarle personalmente todas las actividades relativas a los funerales. Mónica rellenó un cuaderno con anotaciones, compromisos y detalles que no podía olvidar mientras Esperanza la vigilaba, severa, y Kincaid completaba la orden con más dificultades y exigencias. Cuando por fin levantó la mirada de su cuaderno, las úlceras le recordaron que tenía el estómago vacío: eran las dos de la tarde y lo único que se había echado a la boca era un litro de café colombiano y dos galletas con forma de corazón. Mónica se llevó una mano al bajo vientre y en ese instante pensó que iba a reventar, justo cuando Kincaid le preguntó por lo más importante: la autobiografía. Mónica señaló que nadie estaba seguro de la existencia de esa obra. Kincaid no le creyó y dio su ultimátum: querían leer la autobiografía en un plazo máximo de dos semanas.

Ya había pasado una.

—Al final cerré mi cuaderno y me quedé mirando la pantalla de la computadora, esperando más instrucciones —Mónica habla despacio, muy afectada—. ¿Sabes lo que me dijeron?

—No.

—Después de siete años en esa editorial de mierda, ¿sabes lo que me dijo el hijo de puta de Kincaid?

—No.

—«La vida es muy sabia», me dijo. «Usted que dice conocer tanto a su amigo, bueno, de esa extraña obra póstuma de su amigo Baltazar Durán ahora depende su futuro en Editorial More Books.»

David la escucha con atención. El auto de Mónica hierve bajo el sol.

—Eres mi salvación, David.

La voz de Mónica se quiebra al final de la frase.

10

Se acaba *Prénom Carmen*. Dirige Jean-Luc Godard. El motor del proyector lanza un quejido mecánico y se calla. El Microcine de los Últimos Días queda en silencio. Mónica intenta un aplauso espontáneo, con lágrimas en los ojos y un cigarro apagado entre los labios; nadie la sigue. Miro la pantalla como esperando una señal. Emilio me pide un cigarrillo. No tengo. Le roba el suyo a Mónica, le pregunta si le gustó la película, si entendió algo, si alucinó o si quizás lo mejor sea conversar después: Godard toma su tiempo. Mónica abre los ojos. Suspira. Está a punto de llorar. Cree que Emilio es superficial; su pregunta frivoliza la obra de Godard, la descontextualiza y eso es grave, según Mónica. Gravísimo. No entiende cómo es capaz de preguntar si le gustó. ¿Qué importa si le gustó? Es algo tan relativo. Godard ha sido clasificado por varios teóricos como el epítome de la subjetividad. André Bazin dijo algo así, ¿o ella lo está confundiendo con otro libro? Gustar o no gustar no cuenta con Jean-Luc. Mónica se queja: la película la dejó pésimo. Realmente mal. Destrozada, según ella. Hecha mierda por las imágenes. Tan políticas, y a la vez tan poéticas. Emilio fuma con avidez. Me toca a mí: le digo que no me gustó. Mónica cierra los ojos. Se muerde el labio inferior. Hace un gesto raro con la mano. Emilio se sorprende con mi respuesta. Me pide que elabore. Yo le pregunto para qué, si él ya lo sabe. Él dice que quiere debate, busca que defienda mi posición *antigodardiana*. Le explico que no estoy en contra del cine de Godard, entiendo que *Sin aliento* puede cambiarle la vida a alguien, pero no a mí. Y *Prénom Carmen* no solo no me gustó: la odié. Y sé perfectamente cómo defender mi odio. Puede sonar una herejía, pero me aburre Godard. También Tarkovski. En realidad Tarkovski me aburre menos que Godard. Es gracioso que tanto Godard como Tarkovski hayan filmado películas enmarcadas en el género de la ciencia ficción: *Alphaville*, Godard, y *Stalker*, Tarkovski. Pienso esto mientras Emilio reclama durante quince minutos o más: para él es una infamia no conmoverse con *Stalker* o *Les carabiniers*. Es como encontrar mala una película de Woody Allen. Puede ser. Es posible que me esté dejando consumir por el cine hollywoodense, pero si pongo en la balanza *Gremlins*, de Joe Dante, con *La chinoise*, de Jean-Luc Godard, mi preferencia está clarísima: me voy al infierno con Joe Dante. Quizás Emilio tiene razón, tal vez en lugar de evolucionar me esté transformando en un ignorante devorador de mierda procesada para el consumo masivo, como dice él, pero no puedo engañarme a mí mismo: no aguanto a Godard. Lo encuentro petulante y cerebral. Me molesta el desprecio que tiene por sus personajes. No los venera con un espíritu crítico como Eric Rohmer, que es uno de mis cineastas favoritos desde que vi *La rodilla de Clara* en una mala copia en el Instituto Chileno-Francés, ahí en el barrio Lastarria que tiene unos rincones tan bonitos. Pienso que algún día me gustaría vivir en el barrio Lastarria. Si Truffaut fuera chileno filmaría todas sus películas en él; Emilio dice que no, que filmaría en el barrio alto. Pienso que sin importar la locación, Truffaut o Rohmer pensarían en sus personajes. Godard no, eso no le preocupa porque él es superior a toda lógica narrativa, no se molesta en nimiedades como los personajes (¿qué es un personaje?) ni el destino de esos personajes o lo que les pasa en la vida. Creo que a Godard ni siquiera le interesa la vida. Como todo cinéfilo de buen corazón, siempre prefiero a Truffaut. Godard es un hombre intrínsecamente cruel; después de ver *Prénom Carmen* no necesito más pruebas, aunque la cabeza de Emilio reviente tratando de convencerme. Emilio cree que un personaje no deja de ser una construcción, una etiqueta, una falacia.

Pasan los viernes. Se agotan las páginas de mi cuaderno. Recorto afiches de todo lo que encuentro: vuelvo loca a la señora Yulisa encargándole diarios antiguos. Ella no sabe para qué quiero tantos diarios. Me gusta el afiche de *Delito en la playa del vicio*, estrictamente para mayores de veintiuno, en programa triple en el Ritz con *Sangre de vírgenes* y *La adolescente impura*. Quiero tener veintiuno y dejar atrás para siempre la adolescencia, y ver un documental cochino que se llama *Las variaciones del amor* en el cine Río.

Con Emilio paso casi todos los días del verano de 1987. Es el primer ser humano al que veo en la mañana, roncando en la cama de al lado o lavándose los dientes con cara de sueño en el pasillo. También es el último al que le digo buenas noches, después de pasarnos media hora acostados hablando de películas. A veces también hablamos de *minas* y de las tetas de algunas *minas*, o llevamos el VHS a mi pieza, previa autorización de mi mamá, y vemos alguna película un poco erótica como *La seducción*, con Morgan Fairchild, que editó la distribuidora Video Master Collection (VMC).

Ese verano no tenemos sueño. Nunca nos cansamos. Dormimos poco y pasamos los días en la calle, casi siempre en el centro o en el barrio Bellavista. Emilio tiene menos vergüenza y más personalidad que yo. Nada le da miedo. En el Microcine conocemos gente. Hablamos mucho de cine. Todos y todas aman a Emilio Ovalle. Nos invitan a fiestas poéticas y tocadas de rock latino. Lo encuentran buenmozo, con su pelo rubio. Vamos a *performances*, acciones de arte y exhibiciones de fotografía. Vemos mucho videoarte. No sabemos mucho de música y casi nada de literatura, pero no nos perdemos nada porque somos exquisitamente jóvenes e inquietos y allá afuera, en las calles de la ciudad devastada por el miedo y la incultura, las cosas están ocurriendo a una velocidad perturbadora. Por un rato la vida social me da seguridad. Me sitúa en el mundo; me da esa sensación de pertenencia que pasados los treinta y cinco pierde sentido. Siento que lo sé todo, y lo que no sé puedo inventarlo. Nadie se daría cuenta, a nadie le importaría. Me siento bien por primera vez. A pesar de todo, me siento extraordinariamente bien.

Entre nosotros no existe el pudor. Emilio se desnuda frente a mí todas las noches; yo también y ya no me da vergüenza. Es como mi hermano. Con mi hermano tengo más pudores que con Emilio. A veces tenemos contacto físico. Podemos abrazarnos. Nos empujamos. Él me presta su ropa, que es bastante más bonita que la mía. Me presta camisas, pantalones y una chaqueta de cuero que le compró su mamá en Mendoza. Tomamos trago de la misma botella y a veces nos ayudamos a vomitar después de la borrachera. A veces, sin darnos cuenta, caemos juntos a la misma cama y nos quedamos dormidos, inconscientes, babeando alcoholizados.

Me siento distinto. Me interesan otras cosas. Miro la vida de otra manera. Hablo como Emilio, con las mismas palabras. Todo lo que me gusta es «extraordinario» o «alucinante», y lo que me repele es sencillamente «asqueroso» o «inmundo». A ratos me desconozco. Me tengo miedo. No sé cómo voy a reaccionar. No sé en qué me voy a convertir. Tal vez algún día sea un asesino en serie. O un animador de televisión. O un violador. O un travesti. O un terrorista. O un militar. ¿Quién sabe? Cualquier estímulo me altera. No siempre es para mejor. Peleo con mi madre, con mi padre y con Susana. Peleo con todo el mundo. Si tuviera que escoger, sería un terrorista. Busco un refugio conocido en mis películas, en los cuadernos y en la marihuana. Ser terrorista es mejor que ser travesti. La hierba es lo único que me ayuda a reprimir los deseos que todas las noches ahogo en la almohada, como si fueran una pesadilla.

Estoy enfermo. Tengo una enfermedad vergonzosa que no me deja en paz.

Si quiero masturbarme pienso en mujeres, por lo general las modelos de ropa interior que aparecen en el suplemento femenino del diario, pero tarde o temprano la cabeza me traiciona. Pienso en él. No puedo bloquearlo. Hijo de puta, el huevón. Ya ni siquiera pienso en sus piernas o en sus hombros, tampoco en su sonrisa, sino en los momentos, los malditos momentos de mierda que nunca volverán porque nos estamos haciendo viejos: lo que me dijo la noche anterior, la broma de la que nos reímos hace algunas horas, un brindis con vino en caja el último viernes, en el Microcine. Pienso en nosotros. En nuestra intimidad.

Quiero estar con él.

Quiero pasar la vida con él.

Quiero que me parta un rayo.

Soy de una raza maldita. Una generación perdida que nunca podrá vivir en paz. Estoy condenado a ser un paria en mi mundo. Incapaz de salir adelante por mis propios medios. Inútil frente a la adversidad. Derrotado antes de la batalla, porque soy distinto. No siento lo mismo que los demás. Juego para el otro equipo. Soy especial, fino, para el otro lado. Mi futuro no existe porque nadie igual que yo ha tenido nada parecido a un futuro. La idea melodramática de ser un paria me divierte un rato, pero pasa. Como todo.

Comienzo a imaginar cómo sería mi vida posible junto a Emilio

Ovalle. Cómo exprimiríamos nuestros años jóvenes, cómo envejeceríamos juntos y nadie sería capaz de apuntarnos con el dedo porque seríamos eternamente bellos, sensibles y talentosos. Los más talentosos del universo.

Cuando imagino ese futuro me siento culpable. Soy malo. De la peor calaña que existe. No tengo perdón de Dios. Me merezco el infierno. O el castigo, aquí en la tierra. Rezo en la misa, en la sala de clases y acostado en mi cama, después de tocarme. La culpa dura días, semanas, meses, hasta que una tarde vuelvo del liceo y veo a Susana fumando con la Meche Chica y confesándole lo enamorada que está. Pienso que voy a enloquecer. Me pondré triste y voy a tener que encerrarme en mi pieza a escuchar The Smiths hasta que me salgan las lágrimas. La culpa volverá a alojarse en mi pecho, igual que anoche, igual que las otras veces. Pero sucede justamente todo lo contrario: en lugar de la culpa, pensamientos crueles ocupan mi cabeza.

—Lo amo mucho a mi bebé. Te mueres lo notier que es.

—¿Qué?

—Lo notier. Lo tierno.

—Qué lindo. Y tan buen mozo. Te sacaste la lotería, huevona.

—¿Cierto que es buen mozo? Mi mami dice que se parece a un actor que le gusta a ella. No me acuerdo cómo se llama, pero sale en una película de árabes.

—¿*Lawrence de Arabia*?

—Esa misma. Mi mami dice que el Emilio es calcado al actor que hace de Lawrence de Arabia.

—No le sé el nombre.

—Yo tampoco.

—Tú sabes, huevona, una nace sola. Todos somos solos. Por eso cuando llega el amor, como me pasa a mí con el Emilio, una tiene que avivarse y no dejarlo pasar. Hay mucha gente que lo deja pasar, sobre todo las mujeres.

—Y después las deja el tren.

—Claro, las deja el tren.

—Yo tengo una tía.

—Todos tenemos una tía, huevona.

—Y también tengo un tío.

—Pero si es tío es distinto; si es tío es maricón. Ya sabes el dicho: «Soltero y maduro, maricón seguro».

No soporto a mi hermana. Me divido entre lo que siento y lo que quiero sentir. La odio. Quiero bajarla de esa nube. Quiero mostrarle la realidad pura y desnuda y que sufra al ver lo fea que es la caída. Quiero reventar esas burbujas de amor con las que juega todo el día. Quiero contarle todo lo que está pasando y hacerla llorar. Que se deshidrate de tanto llorar.

Quiero atreverme. Tengo que pensar en mí. Quiero dar el paso. Debo considerar mi felicidad. Quiero crecer. Lo que yo siento también es importante. Cuando estoy a punto de tomar una decisión, justo en el momento en que los ojos de la Susana están brillando muy cerquita de los míos, cuando la tengo lista y tranquila para escuchar la verdad, mi verdad, nuestra verdad, entonces el miedo se hace presente una vez más: a mi crueldad, a las represalias de Susana y de toda mi familia y, en especial, a destruir sin querer absolutamente todo lo que me rodea. No voy a hablar. Soy mudo por opción.

La confusión se hace crítica cuando aparece él. Cuando me toca, sin querer. Pasa a llevar su mano por mi pierna y me convenzo de que eso es suficiente, es solo una demostración de cariño. Apoya un brazo sobre mi hombro, se equilibra en mí para quitarse una sandalia o para recoger la cola del porro que se ha caído al suelo. Son momentos insignificantes para él, apenas actos reflejos que no tienen importancia alguna. Él dice que lo que siente por mí es muy profundo y que nunca antes lo había sentido por un amigo. Cuando habla de esas cosas yo me quedo callado, miro mis zapatos deportivos, escondo las manos en los bolsillos de mis pantalones porque no sé qué hacer con ellas. Él me pregunta qué me parece. Yo le digo que no sé y no le miento. De verdad no lo sé.

⌘

—Algún día vamos a poder ver todas las películas del mundo.

El viento helado le daba en la cara.

—¿Dónde?

Subió la ventana del escarabajo y se acomodó los anteojos de sol.

—Nueva York. París. Los Ángeles. Hasta Buenos Aires, allá hay un circuito de cine *underground*. Salas alternativas. Funciones de medianoche. Películas de culto. Cine clase B.

—Debe ser alucinante.

Aceleró el escarabajo. Me quedé mirándolo con los restos de un porro entre los dedos, imaginándome las funciones de medianoche en salas alternativas repletas de gente interesante. Me quemé.

—*Conchetumadre.*

—¿Qué?

—Me quemé, huevón.

—*Conchetumadre.*

—¿Qué?

—Guarda esa cosa.

—¿Qué?

—¡Guarda esa cosa, huevón!

Emilio sujetó el volante, giré la cabeza para mirar hacia la carretera y entonces los vi: cinco policías y un carro. Uno de los carabineros tenía las manos levantadas y estaba indicando un espacio para detenernos. En un segundo agarré la bolsa donde estaba guardada la marihuana y la metí en la guantera del auto, eran como cinco mil pesos en hierba. Emilio obedeció las instrucciones de los carabineros y se detuvo a un costado de la carretera. Los carabineros rodearon el escarabajo. Pidieron los documentos del auto, nos hicieron bajar. Emilio les dijo que no habíamos hecho nada y que no tenían derecho a revisar el auto sin una autorización. Los carabineros se rieron. Algo se retorció en mi cabeza.

A Emilio le habían prestado una cabaña en Maitencillo. El carabinero nos preguntó adónde íbamos. Maitencillo es una playa que queda al norte de Santiago, un balneario clásico chileno con alguna que otra inexplicable influencia *hippie*. El carabinero nos preguntó si teníamos casa en Maitencillo. La casa era de unos amigos de José Pablo Alemparte, el novio de su madre. El carabinero revisó la maleta del auto. José Pablo Alemparte pretendía casarse con la madre de Emilio y estaba haciendo lo posible por congraciarse con él. En la maleta del auto solo había mochilas y bolsas de comida. José Pablo Alemparte sabía que Emilio era la clave para conquistar a Malú, por eso le había prestado la casa de Maitencillo completamente equipada. El carabinero abrió la puerta del copiloto. Emilio primero me invitó a mí, luego a Susana. El carabinero comenzó a revisar los asientos. Susana estaba feliz con el fin de semana en la playa, pero tenía rabia porque a mí me habían invitado primero.

—Necesito un traje de baño.

—La casa tiene piscina.

—¿En serio? Qué fresa.

—José Pablo tiene mucha plata.

—¿Ya qué se dedica tu padrastro?

—No es mi padrastro. Él quiere ser mi padrastro, pero no es. Y no va a ser nunca.

—¿Por qué no?

—Porque mi vieja sigue casada.

—¿Con tu papá?

—No, con otro huevón.

—¿Y por qué este José Pablo tiene tanto billete?

—Qué sé yo. Tiene empresas.

—Estoy tan contenta, chiquillos. ¡Nos vamos a la playita!

—De repente quieren ir solos. Por mí no hay drama. En serio.

—No, Balta, vamos los tres. Va a ser alucinante.

La noche antes de partir Susana peleó con Emilio. Él tenía el cumpleaños de un compañero de colegio: era en una discoteque de la comuna de Las Condes. No la invitó. Susana me interceptó cuando salía del baño, me encerró en su pieza y me contó la historia. Como todas sus historias, esta era muy larga, como una película de Tarkovski.

—Hablé recién con él y me sale con el cumpleaños.

—¿De quién es el cumpleaños?

—De un amigo. No sé cómo se llama, pero ¿sábes lo que te digo? —los ojos de mi hermana se achicaron—. No me toma en cuenta. Me tiene para el puro acueste, para nada más. No me lleva a los planes de sus amigos y eso me duele.

—¿Por qué te duele?

—¿Cómo que por qué me duele? —puso las manos en jarras, molesta—. No soy de fierro, Balta. Aunque lo parezca, no soy de fierro. Tengo sentimientos y me da mucha pena que Emilio me esconda.

Me acerqué a ella y le tomé la mano. Ella apretó los labios, tratando de no llorar.

—La Meche Chica dice que… —se interrumpió, respiró profundamente y luego empezó de nuevo—. La Meche Chica dice que alguien tiene que darle una lección al Emilio porque no puede manipular a la gente que lo ama. Es súper dominante, ¿te has fijado?

—No.

—Terrible de dominante. La Meche Chica dice que no puedo dejar que me dominen porque mi naturaleza es distinta.

—¿Qué sabe esa narigona ordinaria? —recordé con desprecio.

—Oye, ahí donde tú la ves, un poco porfiadita de cara y medio ordinaria, es verdad, ahí donde tú la ves tan sin gusto a na', tan ni chicha ni limonada, igual ha tenido novios la Meche Chica. A nadie le falta Dios. Amiga mía será, pero a veces enseña el cobre, sobre todo cuando le da por tomar y se pone tan grosera que hasta a mí, que no tengo nada de reprimida, me da vergüenza.

—Puta que es fea.

—No es fea. Igual le va bien con los hombres. Te digo que igual ha tenido novios.

—Porque debe ser caliente. Como es tan re fea.

—Mira quién habló, el lindo.

Nos reímos un buen rato de la Meche Chica. Susana se estiró en su cama. De repente se puso triste; le dio pena. Abrió el cajón de su mesita de noche y escogió un casete de su colección. Me lo pasó.

—Pónlo. Por fa. Y súbele el volumen.

Miré el casete. Lo saqué de su caja: era un TDK de ciento veinte minutos pintado con Liquid Paper. Lo puse en el minicomponente y rebobiné la cinta hasta el comienzo del lado A.

—Es otra noche más/de caminar —cantó—, es otro fin de mes/ sin novedad.

En la etiqueta del casete había una lista escrita a mano con letras rosadas y verdes, además de pájaros, corazones y ojos con pestañas grandes.

Para Emilio con todo mi [corazón]. Enero, 1987

1. *El baile de los que sobran* (Los Prisioneros)
2. *Bizarro triángulo de amor* (New Order)
3. *Los chicos no lloran* (The Cure)
4. *No existes* (Soda Stereo)
5. *Manejé toda la noche* (Cyndi Lauper)
6. *Eve-Evelyn* (Los Prisioneros)
7. *La calle es su lugar* (Ana) (GIT)
8. *Tom Sawyer* (Rush)
9. *Tomo lo que encuentro* (Virus)

10. *La rubia tarada* (Sumo)
11. *Negra celebración* (Depeche Mode)
12. *La chica tartamuda* (Instrucción Cívica)
13. *Sexo* (Los Prisioneros)
14. *Reptile* (The Church)
15. *Por favor déjenme obtener lo que yo quiero* (The Smiths)
16. *Ojo en el cielo* (Alan Parsons Project)
17. *Si te vas* (Orchestral Manoeuvres in the Dark)
18. *El sol siempre brilla en la TV* (a-ha)
19. *Historia* (Engrupo)
20. *Labios como azúcar* (Echo and The Bunnymen)
21. *Loca por ti* (Belinda Carlisle)
22. *Llévate mi aliento* (Berlin)
23. *Nunca quedas mal con nadie* (Los Prisioneros)
24. *Papá, no sermonees* (Madonna)
25. *Le das al amor un mal nombre* (Bon Jovi)

Susana se había pasado la noche en vela grabando el casete y anotando con letra muy chica el nombre de cada tema y quién lo cantaba. El jueves en la noche había visto a Emilio por última vez, le entregó el casete y le deseó un feliz aniversario. Hacía cinco meses y dos semanas que estaban juntos.

Emilio leyó los nombres de los temas, le dio las gracias y la besó cariñosamente, pero después se fue a mi pieza a mirar los últimos afiches que había pegado en mi cuaderno: *El terror llama a su puerta*, una de ciencia ficción y zombis que ni él ni yo sabíamos de dónde había salido; *Acorralada*, la última de Farrah Fawcett, que tenía muy mala crítica en el diario; *Érase una vez el terror*, en el Rex 2, también desconocida; *Pecados en familia*, erótica italiana para calentones, y *Ocho días de terror*, con Emilio Estevez. Emilio quería ver *Ocho días de terror* porque era el debut como director de Stephen King, el escritor de *Carrie* y *El resplandor*. Emilio decía que *El resplandor* era una de sus películas favoritas. Yo quería ver *Érase una vez el terror* porque en el afiche prometían un elenco estelar: Donald Pleasence, Nancy Allen, Brooke Adams, Linda Blair, Joan Crawford, Angie Dickinson, Jack Nicholson, Gregory Peck, Anthony Perkins, Sylvester Stallone, Dustin Hoffman, Jane Fonda, Mia Farrow y Morgan Fairchild, entre otros. Emilio fue el primero en descubrir que *Érase una vez el terror* era *Terror in the Aisles,* una compilación de los grandes momentos del cine de género conducida por Nancy Allen y el maestro Donald Pleasence, con extractos de *Noche de brujas, La invasión de los usurpadores de cuerpos, ¿Qué pasó con Baby Jane?, El exorcista, Vestida para matar, El resplandor, La profecía, Psicosis, Halcones de la noche, Maratón de la muerte, Klute, El bebé de Rosemary* y *La seducción.* A Emilio le pareció muy extraño y a mí también: ni *Klute* ni *Maratón de la muerte* eran de terror, ni tampoco esa mierda de *La seducción.*

Emilio olvidó el casete en la pieza de Susana. Mi hermana se ofendió; por eso se había enojado con él, por eso y porque no la había convidado al cumpleaños de su amigo en esa discoteque de la comuna de Las Condes. Además, hacía tres semanas que no hacían nada, ni se tocaban. El amor se estaba acabando, pero ella no lo iba a permitir: iba a hacer algo, cualquier cosa. Lo que fuera con tal de defender su relación, la más linda que había tenido; la que más le había costado.

Con Susana nos sabíamos de memoria la letra de «La chica tartamuda» de Instrucción Cívica, una banda argentina. Estábamos cantando, felices; mi hermana se rio, pero al segundo recordó que estaba en plena depresión y se llevó las manos a la cara.

—¡¿Por qué demonios es tan difícil que a una la amen cuando ama?!

Pensé que no era la persona indicada para intentar una respuesta. Susana suspiró y encendió un cigarrillo. Por los parlantes del minicomponente se escuchó «Reptile», de The Church. Susana cayó sobre la cama. Miró el techo. Los primeros acordes de la canción la hundieron de inmediato.

—¿Qué hago, Balta? ¿Le hago caso a la Meche Chica? ¿Qué opinas?

El tema de The Church continuó. Era una canción excelente. Me apoyé sobre la almohada; Susana se movió en la cama y quedó de costado mirándome, muy interesada.

—La Meche Chica tiene razón —le sugerí—, Emilio es muy dominante.

Susana cerró los ojos, anticipándose a lo que le iba a recomendar.

—Tienes que domesticarlo —continué—. Tiene que aprender.

Nunca quise hacerle daño a mi hermana. Supongo que a estas alturas no importa demasiado cuál fue mi intención. Lo cierto es que Susana siguió el consejo de la Meche Chica, que también era el mío, y decidió actuar en contra de sus propios sentimientos, pero a favor de su relación. Yo solo le dije lo que pensaba. Jamás busqué que pasara lo que finalmente pasó.

Esa noche de viernes Emilio se emborrachó en el cumpleaños de su amigo. Susana encontró el casete olvidado sobre su mesita de noche. Le dio rabia.

Al día siguiente Emilio despertó en una cama ajena, con una mujer varios años mayor que él, desnuda. Esa fue la primera vez que engañó a mi hermana y no sería la última. Decía que no lo había hecho de manera consciente, tampoco había sido por la calentura. Algunos días más tarde, me confesó que lo había hecho solo por probar lo que se sentía.

Susana lo llamó al día siguiente de esa primera infidelidad, muy temprano en la mañana. Le dijo que tenía que hablar con él, que era sumamente importante. Emilio fingió normalidad, como si nada hubiera pasado: ni el cumpleaños en la discoteque de Las Condes ni el coqueteo con la mujer varios años mayor que él, ni el condón que había usado. Le preguntó si estaba lista para partir a Maitencillo y recordó más detalles de la noche anterior. Pensando en la cara morena y desproporcionada de la Meche Chica, Susana le dijo a Emilio que no pensaba ir a Maitencillo. Escuchó su respiración por el teléfono. Lo mejor era que se dieran un tiempo. Esperó. Necesitaba unos días, no demasiados, para pensar en el futuro, si es que existía un futuro. Tampoco estaba tan segura, le dijo.

Susana estuvo atenta a la reacción de Emilio. Pensó que iba a llorar. Lo vio suplicándole, rogándole que no lo abandonara y prometiendo ser el novio más cariñoso del mundo. Pero contrariamente a sus planes, Emilio no se alteró. Le dijo que entendía totalmente su confusión y que la llamaría el domingo en la noche, de regreso de la playa. Susana sintió que el aire se le acababa. Odió a la Meche Chica, y a mí también. Había cometido el error más grande de su vida.

Así terminamos en el escarabajo los dos solos, Emilio y yo, sin Susana, rumbo a la playa. En algún momento pensé que Dios me había escuchado y que Él quería verme con Emilio, daba lo mismo cómo, pero juntos. Dios me estaba regalando la posibilidad de ser feliz con él, de compartir mi vida con él y sin ese miedo inconmensurable a los aterradores qué dirán, qué pensarán, qué cara pondrán. El cielo brillaba en la carretera a la costa, con el escarabajo cruzando. Entraban los créditos finales y ahí se acababa la historia. Ese era mi plan. Mi diseño.

Ese debió ser el final. Pero no.

Cuando el carabinero abrió la guantera del escarabajo y encontró la bolsa de marihuana, lo primero que pensé fue que la vida era muy impredecible. Tantos planes, tanto sufrimiento, tanta confusión sin motivo. ¿Para qué?

Mi vida apacible había llegado a su fin.

⌘

El carabinero miró la bolsa. Emilio cerró los ojos, molesto. Agaché la cabeza. Quise hacer un hoyo en la tierra y desaparecer.

—Eso no es de nosotros —dijo Emilio.

—¿No? —preguntó el carabinero—. ¿De quién es entonces?

—De un amigo —respondió Emilio.

—De un amigo —repitió el carabinero—. Bien mal amigo, tu amigo.

Emilio me vigiló con la mirada; pensé que iba a vomitar en cualquier momento. El carabinero se alejó un instante para hablar con sus colegas. Les mostró la bolsa de marihuana, dos de ellos se rieron. Todos nos miraron. No escuchamos lo que dijeron. El carabinero se acercó, lo siguieron dos de sus colegas.

—Hablé con mi superior —informó—, ¿y saben lo que me dijo?

Emilio negó con la cabeza.

—Que se van a tener que ir para adentro —sentenció con cierto placer—; me van a tener que acompañar, chiquillos.

—¿Adónde?

—Están los dos detenidos por infringir la ley de drogas.

Un látigo helado me azotó la espalda. Mi cuerpo se estremeció. Hasta aquí llegaba todo. Este era el final.

Nos esposaron. Emilio se resistió, pero otro carabinero le dobló los brazos y lo hizo callar.

Por culpa de la droga
Santa Bonita Park
(Estados Unidos, 1987)

Dirigida por Joseph Ruben. Con Corey Haim, Corey Feldman, Jami Gertz, James Woods, Glenne Headly, David Solar. Dos amigos inseparables, Billy (Corey Haim) y Nick (Corey Feldman) pasan los últimos días del verano antes de partir cada uno a sus respectivas universidades. Los dos han prometido visitarse seguido, pero ambos saben que será difícil mantener la amistad. Para celebrar el éxito y brindar por el futuro, y como si se tratara de una despedida, los amigos deciden irse a acampar a Santa Bonita Park, un parque nacional en la montaña. De pronto, en un camino en medio de la nada, el auto en el que viajan es detenido por la policía. En un principio los dos oficiales son muy amables, pero tras encontrar bajo el asiento del auto una bolsa de marihuana, nada volverá a ser igual para Billy y Nick. Arrestados por tráfico de drogas, torturados por la policía y luego dados por muertos en un sector inexpugnable del parque, los dos amigos deben enfrentar toda clase de problemas para recuperar su libertad y su inocencia, incluida la locura desatada de un *sheriff* casi nazi y la corrupción de un pueblo entero. El artesano Joseph Ruben, responsable de la excepcional *El padrastro*, consigue un intenso drama humano extrañamente ultraviolento e interpretado sin pudor alguno por los Coreys. Híbrido entre *El expreso de medianoche* y *Amarga pesadilla*, la película a ratos cae en exageraciones, como la secuencia del falso tiroteo de los protagonistas y la promesa que hacen los amigos de nunca separarse. A pesar de un ritmo televisivo y de algunas actuaciones irrisorias (James Woods como el *sheriff* está en tono de comedia; Jami Gertz es violada y pareciera que está riendo), *Por culpa de la droga* sirve para pasar el rato sin exigir demasiado. El título que le puso la distribuidora Univideo es impresentable. ENTRETENIDA.

En la comisaría de Catapilco un carabinero nos preguntó los datos. No nos quitaron las esposas para pedirnos declaración. Emilio se quedó callado. El carabinero preguntó de nuevo.

—Emilio Martín Ovalle Jáuregui.

—Fecha de nacimiento.

Emilio se quedó mirando al carabinero.

—No voy a responder ninguna pregunta sin antes llamar a mi abogado.

Al carabinero no le gustó su respuesta. Emilio no se dejó amedrentar por el policía.

—¿Y tú? —me miró a mí.

Encogí las manos; agaché la cabeza como un gusano. Emilio levantó un poco la suya, sin perderme de vista.

—Te estoy hablando, huevón —dijo el carabinero, moviendo la cabeza.

Emilio reaccionó.

—¿Eres sordo o te haces? ¿No me escuchaste? ¡No vamos a decir nada!

El carabinero se quedó mirándonos con una sonrisa en la boca. Se acercó, se notaba que disfrutaba mucho su trabajo. Sin disimulo se sacó algo de los dientes y luego se apoyó en el borde del escritorio.

—Los voy a derivar a Santiago —informó—; con esa cantidad mejor que se armen de paciencia.

Me salieron lágrimas. No sé de dónde, pero me brotaron de los ojos sin pena ni rabia. Solo lágrimas.

—Alguien nos tiene que ayudar.

—Nadie los va a ayudar —condenó—. Aquí no ayudamos a delincuentes.

No aguanté más. Lloré como un niño chico con las manos esposadas y empuñadas de ira, porque no entendía lo que estaba ocurriendo. Esto no estaba en nuestros planes. Se suponía que ese fin de semana era solo para nosotros, Emilio y yo, solos en la casa de Maitencillo, viendo películas y emborrachándonos, fumando marihuana y hablando de la vida.

Agaché la cabeza; me faltaba el aire. Entonces, mientras miraba mis zapatos deportivos, escuché la voz de Emilio:

—¡Carabinero *culiao*, te vas a arrepentir!

Pensé que se había vuelto loco.

—¡No tienes idea de con quién estás hablando, huevón!

El carabinero abrió los ojos, sorprendido con la intervención.

—Mejor no me hagas problemas —continuó—, no te conviene.

—Emilio —traté de detenerlo, pero él no me escuchó.

—Tengo derecho a hacer una llamada, ¿no?

—Eso es en las películas, chico. Y más respeto conmigo, mira que soy autoridad.

—Sí, claro. ¿De qué vas a ser autoridad tú, carabinero ordinario? Déjame hablar por teléfono con alguien que te va a informar lo que está pasando aquí, huevón.

—No necesito a nadie para saber lo que está pasando. Está clarito: tenemos a dos narcotraficantes con una gran cantidad de droga. Por ley la Constitución establece que deben ser detenidos y procesados.

El carabinero nos hizo sufrir veinte minutos. Dijo que no teníamos salida, que nos iban a llevar a otra comisaría y después seguramente a la cárcel de Valparaíso, que era la que nos correspondía. Emilio no se quebró. El carabinero nos explicó que si queríamos podíamos solicitar traslado a la penitenciaría de Santiago, pero ese trámite demoraba un poco porque primero había que pedir un exhorto ya que el delito lo habíamos cometido en la Quinta Región y no en la capital. Lloré en silencio, sin intervenir. Emilio trató de calmarme: me tocó la rodilla, sin hablar. El carabinero se detuvo en su mano en mi rodilla y se rio. Emilio se levantó y le exigió un teléfono desde donde hacer la llamada que le debían; yo me pregunté a quién iba a llamar. Inmediatamente pensé en Susana. Era la única persona que podía entender lo que había pasado y luego guardarlo como un secreto.

Emilio llamó a José Pablo Alemparte y lo conmovió. Le dijo que jamás lo habría molestado si no fuera estrictamente necesario y le pidió estricta reserva: lo que le describiría a continuación era un asunto privado entre los dos. Su madre no podía enterarse. Si quería ser parte de su núcleo familiar tenía que ganarse un espacio y la única forma de hacerlo era apoyándolo en ese momento tan delicado. José Pablo escuchó la situación atentamente, y Emilio describió los hechos sin entrar en detalles: le contó que estábamos detenidos en la comisaría de Catapilco y luego le explicó que su adicción por la marihuana se debía a la gran carencia de su vida, que era la falta de una figura paterna. La historia funcionó a la perfección.

Media hora más tarde los carabineros nos fueron a buscar al calabozo. Dijeron que lamentablemente había sido todo un malentendido; no hubo mala intención, solo el deseo de aplicar la ley de manera justa. Nadie volvió a mencionar la bolsa de marihuana. Nos quitaron las esposas. Apareció un hombre viejo, ayudante personal de José Pablo Alemparte, con el dinero de la fianza, que eran trescientos cincuenta mil pesos. Pagó en silencio con efectivo, en billetes de diez amarrados con un elástico, y luego muy seriamente nos preguntó si necesitábamos algo más. Emilio le dijo que no. Nos despedimos de los carabineros con un apretón de manos y la promesa de que nunca más nos verían por la comisaría. Emilio pensó en pedirles la marihuana, pero después se arrepintió. Nos subimos al auto y durante el resto del viaje no nos hablamos; tan solo Emilio dijo que seguro los carabineros iban a hacer una tremenda fiesta con nuestra hierba.

Llegamos a Maitencillo cerca de las siete de la tarde. Pasamos al supermercado a comprar provisiones. Emilio compró pollo, pisco y una pizza congelada. Entramos a la casa y dejamos las mochilas en el living. Ya tendríamos tiempo para instalarnos.

Tomamos cervezas en la terraza, mirando cómo las olas chocaban en las rocas. Estaba atardeciendo. Empezó a hacer frío. Emilio me preguntó si tenía hambre. Yo le dije que no.

Era la primera vez que Emilio visitaba la casa de José Pablo Alemparte. Era una casa blanca, impecable, con grandes ventanales que daban al mar y un pasillo largo donde se encontraban las habitaciones. Emilio dijo que el lugar era grande y había habitaciones de sobra, pero era mejor que compartiéramos una para sentirnos más acompañados. Yo le dije que bueno.

Calentamos la pizza en el horno. Emilio encendió el televisor, pero no había mucho que ver.

—¿Y este huevón tendrá VHS? —se preguntó.

—Seguro.

Emilio revisó las instalaciones del televisor. Efectivamente, había un VHS.

—¿Viste? Con toda la plata que tiene y no va a tener VHS —le recordé—. ¿Tiene alguna película?

Había dos cintas. Emilio las miró.

—*Marcelino, pan y vino* y una que dice NO BORRAR —leyó en el costado de la cinta.

—Nunca he visto *Marcelino, pan y vino* —le dije.

—Y no la vamos a ver ahora, no te preocupes. Voy a probar con la otra.

Insertó el VHS en el reproductor. En la pantalla aparecieron unos tipos bailando *breakdance*.

—¿Qué es esto?

—No sé. Alguna mierda.

—Ya sé lo que es. Es *Breakdance, la película*.

—¿Estás bromeando?

—Por suerte no está mi hermana. Se la sabe de memoria, la vio cuatro veces. Fue hasta al cine Alfil cuando la sacaron de los otros cines.

—¿Y qué tiene de malo ese cine?

—No sé. Dicen que dan películas porno y que los viejos se masturban.

—Qué asqueroso.

—Igual vería *Marcelino, pan y vino*.

—Estás bromeando. ¿Prefieres ver *Marcelino, pan y vino* a *Breakdance, la película*?

—Prefiero cualquier cosa menos *Breakdance, la película*.

—Huevón, es *Marcelino, pan y vino*. Es una película de Semana Santa. Una lata.

—Pero no la he visto. Y tú no sabes lo que es *Breakdance, la película*. No aguantarías ni cinco minutos.

—Probemos.

—Ni cagando, Emilio. Es puro baile.

—¿Y qué tiene de malo el baile? A mí me gustan los musicales. *Amor sin barreras* es increíble.

—Créeme que esto no es *Amor sin barreras*; en esta los huevones bailan para salvar su academia. La vas a odiar, huevón. Veamos *Marcelino, pan y vino*, ¿qué te cuesta? Debe ser bonita.

—Ni cagando.

—¿Por qué no?

—¡Porque no! Cero posibilidad. No la vamos a ver.

—Es un clásico.

—¡No es un clásico! No todas las películas viejas son clásicos, huevón. Ya oíste a don Desiderio. *El ciudadano Kane* es un clásico. *Rashomon* es un clásico. Pero no *Marcelino, pan y vino*, que por lo demás no es ni tan vieja tampoco. Una mierda.

Finalmente no vimos ni *Marcelino, pan y vino* ni *Breakdance, la película*.

Comimos en silencio. Abrimos más cervezas. Emilio le echó ketchup a su pizza.

—¿Vamos a ver si este huevón tiene algún juego? —propuso.

—¿Qué juego?

—No sé, el Ataque. Un Metrópolis. Por último, unos naipes para matar el tiempo.

—¿Prefieres jugar carioca que ver *Marcelino, pan y vino*?

—Prefiero jugar Pong antes que ver *Marcelino, pan y vino*.

Revisamos todas las habitaciones, pero no encontramos nada. Emilio se detuvo en un clóset que había en la pieza principal, la más grande; posiblemente la pieza de José Pablo Alemparte. Emilio abrió la puerta y se preguntó si acaso en esa habitación José Pablo Alemparte *se culeaba* a su madre. La puerta estaba sin llave. Le dije que mejor no pensara en eso. Encendió la luz. En el interior del clóset había ropa de invierno, varios paquetes de velas, artículos de aseo y una caja de cartón cerrada. Me detuve en la caja. Emilio me miró. Traté de abrirla, pero para hacerlo había que sacarla del clóset. Le pedí ayuda.

Movimos la caja. En el exterior no había ninguna indicación, nada escrito que revelara su contenido. Emilio la abrió y no pudo controlar una carcajada. Adentro estaba la verdadera colección de José Pablo Alemparte, al menos treinta VHS rotulados a mano, la mayoría grabados en EP, la máxima velocidad de grabación, para aprovechar la cinta.

Abrimos otra botella de cerveza. Trasladamos la caja al living, donde estaban el televisor y el reproductor de VHS. Sacamos las cintas y las ordenamos; eran treinta y dos. Del total había nueve rotuladas como videos caseros: *Primera Comunión Panchito, Matrimonio Alemparte-Benavente, Cumpleaños Trini, Obra de teatro infantil Ignacio Alemparte, Campeonato Handball Primeros Medios*. De las veintitrés cintas que quedaban, había diez que no nos interesaron: *Dumbo, El patito feo, Cenicienta, Grandes éxitos de Cepillín* y otras cosas infantiles, algunas grabadas de la televisión. Nos quedaban trece cintas y la mayoría no tenía ninguna rotulación.

Nos sentamos en el suelo frente al televisor y probamos los VHS. En una cinta que decía *Brasil* encontramos una película brasilera de bajo presupuesto llamada *El imperio del sexo explícito*, que de explícito tenía bastante poco. Emilio se rio con las escenas eróticas porque los actores y actrices eran gente común y corriente, no *minas* con las tetas grandes ni compadres musculosos. Yo me puse incómodo.

Al rato la cambiamos por otra: *Encuentros muy cercanos con señoras de cualquier tipo*, con Porcel y Olmedo, alias el Gordo y el Flaco, los cómicos argentinos más famosos de la historia y los actores favoritos de mi papá. Cuando yo era chico mi papá invitaba a mi hermano a ver las películas de Porcel y Olmedo y siempre volvían a la casa muertos de la risa; yo me preguntaba cómo llevaban a Fernando a ver películas para mayores de veintiuno y a mí con suerte me llevaban al cine. Nos reímos un poco con los chistes, pero Emilio se aburrió. Estaba esperando una película, no un *sketch*. A veces se ponía muy exigente.

Cambiamos de cinta. Otra de Porcel y Olmedo, esta vez más alocada que la anterior, titulada *Así no hay cama que aguante*. A los cinco minutos Emilio pierde la paciencia y prueba otra cinta.

Encontramos *Calígula* en versión porno, con primeros planos de genitales y todo eso. Nos quedamos callados frente a la pantalla, cada uno con su vaso de cerveza. Calígula protagonizaba una orgía en su palacio: Emilio deslizó la mano sobre su pecho, inconscientemente. Malcolm McDowell chilló a todo volumen en medio de un orgasmo; la mano de Emilio descendió hasta su estómago. Me dolió la cabeza. Levantó un poco su camiseta. Me latió el corazón. Jugó con su ombligo. Lo miré de reojo.

Tiró suavemente de los vellos de su estómago. Su mano se quedó en su entrepierna. Sentí la sangre vibrándome en las sienes. No se movió. Mi rodilla rozaba su muslo. No me miró. Pensé que explotaba. Su mano se movió con suavidad sobre la tela de sus pantalones cortos; pensé que iba a incendiarme. Noté el movimiento de su mano. Me costaba respirar. Seguí el ritmo de su mano. Él no me miró. Calígula en un trío con dos cortesanas. Me dolió la cabeza. El bulto bajo su mano empezó a crecer. Quise acercarme. Él no levantó la mirada del televisor. Quise mirar sin disimulo, él tenía los ojos perdidos en la pantalla. Respiré profundamente. Su mano se movió con determinación y sin pudor. Gotas de sudor aparecieron de repente en su bigote. Pestañeó. Estaba a punto de perder el miedo cuando, de pronto y sin ninguna explicación posible, Dios se olvidó de mí. Su cabeza estaba considerando seriamente la posibilidad de bajarse los pantalones cortos y mostrarme lo que estaba ocultando; adivinó que yo tenía ganas. Adiviné que él también. Suavemente deslizó sus pantalones hacia abajo, revelando sus calzoncillos grises ajustados. Tenía los pantalones a la altura de las rodillas cuando el VHS lanzó un quejido y en la pantalla *Calígula* se apagó para siempre. Pasó un segundo. No dijimos nada. Me sonrojé; él subió sus pantalones y se levantó. Se acercó al VHS. Lo miré desde el sillón: tenía la erección marcada hacia un costado. Se acomodó los testículos mientras revisaba el VHS. No pude dejar de mirarlo y por primera vez no me avergoncé. La cinta con *Calígula* emergió desde el aparato, arrugada e inservible. Emilio puso otra cinta, sin hablar. El VHS dio otro gemido y comenzó la reproducción.

Él no volvió a tocarse.

Para las nenas, leche calientita era una comedia con toques porno dirigida por una tal Candy Coster y protagonizada por actrices gordinflonas y actores sin ninguna gracia. Nos reímos por un rato y luego me tocó a mí cambiar de cinta.

Puse la primera que encontré. La pantalla se puso azul por un segundo. Empezó la película *Fanny Hill, memorias de una mujer de placer.* Shelley Winters hacía de la dueña de un burdel. A los veinte minutos nos aburrimos. En realidad Emilio se aburrió.

Le tocó a él. Escogió una cinta sin estuche ni rotulación. Era una película argentina sobre mujeres en prisión titulada *Atrapadas*; la vimos casi entera, un poco borrachos, hasta que nos quedamos dormidos con el televisor encendido mientras una de las internas de la prisión orinaba sobre la protagonista.

Al día siguiente, Emilio despertó temprano. Cuando abrí los ojos ya estaba duchado y vestido. Teníamos que salir a comprar algo para comer. Le expliqué que habíamos pasado a hacer las compras el día anterior, que teníamos de todo, que mejor nos quedáramos en la casa aprovechando el VHS. Él me miró y se quedó callado; no supo qué decir, supongo. Salió un momento. Busqué mi ropa. Me pregunté lo que estaba pasando. Pensé en *Calígula*. Me tranquilicé. No había pasado nada.

Emilio volvió a la sala unos minutos más tarde; dijo que quería comprar pisco y cervezas porque había invitado a unos amigos. Me pareció raro, él nunca hablaba de sus amigos. Le pregunté quiénes eran y me dijo que ya los iba a conocer.

Llegaron dos parejas. Eran todos compañeros de publicidad, del instituto; habían entrado a segundo año y extrañaban a Emilio, que congeló sus estudios por motivos vocacionales. Las mujeres habían sido compañeras de curso en un colegio de monjas que yo no conocía. Los cuatro estaban pasando los últimos días del verano en Zapallar, el balneario que sigue a Maitencillo y donde según Susana solamente veranean los ricos. Los amigos de Emilio pensaban que el verano del 87 se había pasado volando, mucho más rápido que los anteriores.

Otra vez comimos pizza. Tomamos piscola. Los hombres hablaban con Emilio de fútbol; él sabía del tema. Yo no sabía que sabía. Las mujeres hablaban sin parar de otras mujeres y se entusiasmaban cuando comentaban alguna tragedia, como muertes de familiares, problemas en la universidad o rupturas sentimentales. Me quedé un momento con ellas, pero ninguna de las dos me dirigió la palabra. Con los hombres tampoco pude conversar porque de fútbol no sé nada. Pasaron muchas horas, al menos a mí me dio esa impresión. Me aburrí. Una de las amigas estaba borracha. Me senté junto a ella. Le ofrecí fumar marihuana; se negó. Me preguntó si fumaba mucho. Le dije que no. Me preguntó si Emilio fumaba mucho. Le dije que no. Me preguntó si la marihuana era mía o de Emilio. Le dije que la habíamos comprado los dos, lo que no era cierto porque la había comprado él. La amiga se quedó mirándome con lástima. Me preguntó por qué mi hermana no estaba con nosotros. Le dije que había tenido un problema, y ella comentó que al parecer tenía muchos problemas. El comentario me dejó pensando. Cuando se fueron se lo comenté a Emilio y me dijo lo que yo sospechaba: sus amigos estaban celosos de Susana.

Los amigos de Emilio lo invitaron a Zapallar. Él dijo que iría un rato, solo a saludar a los tíos, los padres de uno de sus amigos y que también eran amigos de su mamá. Querían verlo. Se fue como a las seis de la tarde. A mí no me invitó.

Esa noche me quedé solo en la casa de Maitencillo, mirando los VHS olvidados de la noche anterior. Terminé de ver *Fanny Hill, memorias de una mujer de placer*, que era bastante mala y aburrida. Después encontré *Sucedió en el internado*, un *thriller* argentino un poco erótico que habían estrenado hacía algunos meses en el cine Mayo. Me acuerdo que estaba en la cocina, recortando el afiche que había publicado el diario *La Tercera*, cuando mi mamá entró y me preguntó qué estaba haciendo. Yo le dije que estaba trabajando en mis proyectos, como le decía siempre que quería un poco de paz. Mi mamá andaba atravesada por algo, seguro por la profesora de Ciencias Naturales que se acostaba con mi papá o porque mi hermano Fernando no la había llamado. Se puso a revisar el afiche que estaba recortando y le pareció inmoral porque aparecía una chica desnuda;

me dijo que no fuera cochino, que no tenía edad para esas cosas. Yo le dije que era solo una foto y que ni siquiera se le veían las tetas porque la chica tenía unas estrellitas en los pezones. Mi mamá me miró con cara de espanto, como recién descubriendo que había crecido, que ya no era un chiquillo y que seguramente algún día tendría relaciones sexuales. Nunca se imaginó qué clase de relaciones sexuales.

Esa noche, en la casa ajena de Maitencillo, en mi soledad descubrí dos cosas: que *Sucedió en el internado* es una joya del cine clase Z, y que Emilio no era exactamente quien yo me imaginaba.

Sucedió en el internado estaba dirigida por Emilio Vieyra, el mismo de *Correccional de mujeres* y *Sangre de vírgenes*. Me pregunté de dónde sacaba José Pablo Alemparte sus películas. ¿Quién podía de verdad comprar una copia en VHS de *Sucedió en el internado*? En eso estaba, cuestionándome los hábitos cinematográficos del dueño de casa, cuando escuché el motor de un auto y luego risas en la entrada. Apagué el televisor con el control remoto y me cubrí con una frazada. Cerré los ojos. Se abrió la puerta: Emilio entró. Me hice el dormido. Venía con dos de sus amigos, las mujeres no estaban. Antes me dijeron sus nombres, pero se me olvidaron. Me tapé la cara. Uno se llamaba Ignacio, creo. Escuché que hablaban de una *mina*, una tal Rocío.

—Le chupó la verga a Sinclair.

—No le chupó la verga a Sinclar. Se lo tocó nomás.

—¡Huevón! ¡La Rocío le chupó la verga a Sinclair!

—¿Cómo sabes?

—¡Sinclair me contó!

—A mí me contó que solo se lo había agarrado con la mano.

—Claro, con la mano. ¿Cómo se lo iba a agarrar si no? Pero después se lo chupó.

—No se lo puede haber chupado.

—¿Por qué no? Esa huevona es puta.

—Es súper puta.

—Demasiado puta, la Rocío. Con las huevonas tan putas yo no me caliento.

—Estás loco. La Rocío es exquisita. Tiene un culo tremendo.

—Está panzona porque *se ha culiado* a todos los huevones.

—Menos a nosotros tres.

—A mí casi… No alcanzamos.

—¡Huevón, verdad! Se me había borrado de la memoria ese episodio tuyo con esa suelta.

—Es que mi socio es el maestro del sexo: Emilio Ovalle, el maestro del sexo.

—No pasó nada. Al final nos besamos solamente.

—Y te agarró el paquete. Tú me contaste.

—Y me agarró el paquete. Un poco, por arriba del pantalón. ¿Cómo te acuerdas? Ni yo me acordaba.

—Tengo una memoria extraordinaria para las aventuras sexuales ajenas.

—Eso es de maricón.

—¿Por qué maricón?

—Te calientas con las aventuras sexuales de Emilio y después te masturbas acordándote de lo que te cuenta. ¿Crees que no te he captado?

—¿De qué estás hablando, huevón? Habla por ti que no tienes *mina*. Yo soy súper feliz con la Chachi.

—Pero la Chachi no te suelta nada. ¿Pa' qué sirve la Chachi?

—No voy a hablar de eso contigo, huevón. La Chachi es mi novia.

—¿Tu novia? Apuesto a que ni siquiera te deja chuparle las tetas.

—¡Córtala, huevón! No te pongas sin respeto.

—A ti nomás te gusta molestar, huevón.

—No peleen, los huevones.

—Te tomas dos tragos y te pones picante, se te sale lo ordinario por los poros. ¿Cómo se te ocurre hablar así de la Chachi? ¡Para que tú sepas, la Chachi es una dama!

—Lo único que he dicho de tu Chachi es que no te deja chuparle las tetas.

—¡Cállate, Ignacio! ¡Te estás pasando de la raya!

—¿Por qué? ¿Acaso la Chachi no tiene tetas?

—Las pechugas de mi novia no son material para tus bromas.

—¿Pechugas? No puedo creer que estés hablando de pechugas.

—¿Qué tiene de malo?

—Solo puedes decirles pechugas si tú tienes. Si no, se les dice tetas.

—¿Quién inventó esa regla?

—Es una ley. A mí lo que me gustaría saber es por qué la Chachi tiene pechugas y la Rocío tiene tetas.

—Te estás ganando un puñetazo en el hocico.

—Huevón, no seai mamá. Estamos conversando como adultos.

—Esta conversación a mí no me parece adulta. Si la Chachi te escuchara.

—¡Estaría dichosa! Si solo estamos hablando maravillas de ella. Y con lo egocéntrica que es…

—Te advierto que le voy a contar.

—¿Alguien quiere un último trago?

—Yo no, gracias, Emilio. Estoy muerto. Jugamos tenis en la mañana con el papá.

—Y tu viejo ganó. Cuéntalo.

—Sí. me ganó y me dejó exhausto. Yo me fumo un cigarro y me voy para la casa. ¿Dónde está tu amigo, Emilio?

—Durmiendo en la salita.

—¿En la salita? ¿Por qué duerme en la salita?

—Porque se queda viendo tele. En la salita están la tele y el VHS.

—Bien especial, él. ¿Cómo se llama?

—Baltazar.

—Qué raro el nombre, como de peluquero. ¿Cómo alguien puede llamarse Baltazar? ¿Baltazar cuánto es?

—Se llama Baltazar Durán y es el hermano menor de Susana, ya les conté.

—A mí me cayó bien. No hablé mucho con él.

—Yo tampoco, pero la Chachi, como siempre, fue más expresiva.

—Me imagino.

—¿No me vas a preguntar lo que me dijo?

—No.

—No empecemos.

—Te voy a contar igual lo que me dijo. Me parece importante.

—Luis Felipe, por favor.

—Déjame, Ignacio. Ya está bueno, ya.

—¿Qué pasa?

—A la Chachita se le subió la piscola a la cabeza y empezó a decir tonterías. Este amigo nuevo le ofreció marihuana, ¿puedes creerlo? Ya la Chachi además, que es lo más santurrón que hay, la pobre. Detesta las drogas. Con motivo, eso sí, porque tuvo un tío que se murió de cirrosis.

—¿Qué te dijo la Chachi de Baltazar?

—Lo encontró poquita cosa. Eso dijo.

—¿Poca cosa?

—«Poquita cosa» fueron sus palabras exactas. O sea, apocado.

—Apocado y poca cosa no es lo mismo.

—Apocado, entonces. La Chachi le preguntó por Susana y él se puso nervioso, no supo qué decirle. Pobrecito, ¿qué culpa tiene él? A la Chachita le dio la impresión de que sentía vergüenza por su hermana.

—¿Baltazar? ¿Vergüenza? ¿Por qué va a sentir vergüenza?

—No tengo idea, Emilio. Fue lo que me comentó la Chachi.

—La verdad es que no me importa lo que opine tu *mina*, huevón.

—Al parecer la Chachi le hizo una broma o algo así, y él no se la tomó muy bien. Es bastante humilde, ¿o es idea mía?

—¿Qué broma le hizo?

—No lo sé exactamente. Tú sabes como es la Chachi, se toma un trago y le viene esta cosa alemanota que tiene, entre sincera e impertinente. Típico que a la *mina* gordita le dice que está enferma de obesa y la deja llorando, o al huevón con el que lleva un mes saliendo le dice que no le ve futuro al romance. Ella es así, por eso no me extraña que haya hablado de Susana. Ya te dije antes, Emilio: la Chachi está súper preocupada por ti.

—Dile a tu novia que no se preocupe tanto. Estoy muy bien.

—No lo puede creer la Chachi.

—¿Por qué?

—Huevón, tú sabes; ya lo hemos conversado. Dile algo tú también, Ignacio. Yo me lo he hablado todo. Me está empezando a dar rabia.

—Todos estamos preocupados por ti, Emilio, simplemente porque te echamos de menos. Ya no nos vemos nunca.

—Y que conste que no tiene absolutamente nada que ver con que hayas congelado la carrera. Tú sabes dónde encontrarnos y nunca, nunca, nunca tenemos noticias tuyas.

—Luis Felipe tiene razón. No te cuesta nada llamar o pasar a vernos.

—Sí, ya sé.

—Puedes pensar lo que quieras: enójate, mándanos a la mierda o deja de hablarnos para siempre. No sé lo que dice Ignacio, pero creo que en esto hablo por los dos. Hemos conversado el tema en otras oportunidades; ojo, siempre con cariño, huevón. Lo principal es que tú seas feliz. Sabemos que has tenido problemas con tu vieja…

—¿Y por qué se preocupan tanto, los huevones?

—¿Cómo que por qué, Emilio Ovalle, por Dios? ¿En qué planeta vives tú, hombre? Cambiaste a la María Jesús Goycolea por esta negrita que por lo demás es más vieja que tú.

—No sigas, huevón.

—¿De dónde sacaste estos contactos? ¿Cómo? ¿Por qué? Te juro que el otro día, cuando me presentaste a Susana, me quedé helado. No te dije nada porque no se dio el momento, pero, viejo, ¿qué pasó? ¿Qué nos perdimos? Dos años con la Jechu Goycolea, fina, elegante, de muy buena familia, y de un día para otro, pum, con esta chiquilla.

»Yo la encontré súper simpática, es un amor; por favor no me malinterpretes, no creas que no. Cuenta historias divertidas y tiene una cosa callejera que, ojo, entiendo que te guste en tu volada artista, de paz y amor, y…

—Eres enfermo de clasista, huevón.

—¿Yo, clasista?

—Me das pena, Luis Felipe, te juro.

—¡Yo no soy clasista! Soy lo más abierto de mente que hay. Si a mí me consideras clasista, siéntate a conversar cinco minutos con la Chachi. ¡Ella sí que es clasista! La criaron así y a estas alturas no va a cambiar. Si en el fondo nadie cambia tanto; la Susana tampoco va a cambiar. Por eso te digo, Emilio, piensa bien lo que estás haciendo. Tienes mucho que perder. Es lo único que te digo.

—No entiendo tus adivinanzas.

—Te voy a decir lo que yo pienso. Pienso que esto es una calentura y eso me deja tranquilo, te juro.

—Está claro lo que es, Luis Felipe. Mejor no ponerle nombre, ¿verdad, Emilio?

—La Su no es una calentura.

—¿La Su? Pero qué chulería más grande, Emilio Ovalle, por favor.

—¡Hace más de seis meses que estamos juntos!

—Eso mismo dijo la Chachi, que no podía ser la pura calentura solamente porque a los hombres se nos pasa rápido y esto ya llevaba un tiempo, cinco meses, dijo la Chachi; mira que estuvo cerca, yo le dije que llevaban menos pero en realidad lo inventé, no se me pasó por la cabeza que fueran seis meses. Cómo pasa el tiempo.

—¿Terminaste? ¿Dijiste todo lo que tenías que decir?

—Por supuesto que no. Recién estoy empezando a hablar, Emilio. La Chachi no está preocupada solo por tu, cómo llamarla, *relación*. Suena atroz de chulo…

—Al grano, Luis Felipe.

—… no está preocupada solo por tu *relación* con Susana. La Chachi dice que te pusiste huevón y que andas metido en tonteras con los comunistas. Ya, te lo dije y me siento aliviado. Y además dice que tu vieja te volvió loco.

—Dile a la Chachi que deje de hablar de mí.

—Te digo lo que piensa la Chachi porque te quiero y porque ella también te quiere.

—Váyanse a la mierda los dos con la Chachi.

—Huevón, no te lo tomes así. Yo no creo que te hayas puesto comunacho, te conozco desde que éramos unos niños y sé que eres conservador como todos en tu casa, si eres gente como uno. Yo lo sé porque mi mamá me dijo que tu familia era como la nuestra. He pensado mucho en tu vieja, huevón. Pobre tía. Me imagino la cara que habrá puesto cuando la vio.

—No entiendo adónde vas con todo esto, Luis Felipe.

—Y por suerte no vino a Maitencillo, porque una cosa es tu novia, la negra, y otra este niño chico medio maricón y con cara de ordinario.

—¡Luis Felipe!

—¿Qué?

—Ándate. Desaparece de aquí, huevón.

—Luis Felipe está exagerando, para variar.

—¡No estoy exagerando! Tú no puedes opinar porque no conoces a Susana, compadre. ¡Yo sí la conozco!

—No, no la conozco.

—¡Qué impresión!

—Les voy a pedir a los dos que se vayan.

—No nos vamos a ir. Esto es importante.

—No te enojes, huevón. Teníamos que hablar contigo, por eso fuimos a dejar a las *minas* a Zapallar, para estar los tres solos. Como en los viejos tiempos.

—Emilio, ¿es cierto que estás viviendo con la familia de Susana?

—No, no es cierto. Me quedo con ella algunas noches, pero no siempre.

—Pobre tía Malú. Te juro que me da pena.

—Córtala, Luis Felipe, pareces vieja.

—Sí, huevón, pareces vieja.

—Digan lo que quieran, le tengo mucho cariño a tu mamá; es íntima de mis tías y la siento como si fuera parte de la familia. Necesito más hielo.

—Pensé que ya te ibas.

—¿Me estás echando?

—¿No se nota?

—Pensé que esto iba a ser más fácil, Emilio.

—Por favor, Luis Felipe, estás borracho. Otro día conversamos con calma.

—Vamos, Luis Felipe.

—Yo no me quiero ir.

—Por favor, llévate al borrachito.

—¿Te ofendiste por lo que te dijimos, Emilio? ¿Es eso?

—Claro que se ofendió. Te desubicaste, Luis Felipe…

—Pero si tú también le dijiste lo que pensabas.

—Yo no dije nada.

—Dijiste lo mismo que yo: que la Susana tiene carita de ordinaria.

—No alcanzaste a decir eso, Luis Felipe.

—Vaya, compadre, perdona… Emilio, perdóname. Son las piscolas.

—Nada que perdonar. Solo váyanse.

—Buenas noches.

—Chao.

—Pásame las llaves.

—Yo no me quiero ir a acostar.

—Vamos a tomar algo.

—Chao, Emilio. ¿Nos vemos en Santiago?

—No sé. No creo.

—Emilio, no seas huevón. Somos tus amigos, te queremos.

—Apágate. No quiero escucharte, nunca más. No me llames. No me mandes recados. Desaparece, huevón.

—Ten mucho cuidado con lo que estás diciendo, porque…

—Te lo voy a decir con todas sus letras, Luis Felipe, y no me hagas repetírtelo porque para mí tampoco es fácil. A ti ya te tocó hablar, ahora me toca a mí.

—Mejor vámonos.

—No, huevón, ahora tú me vas a escuchar. No sé quién eres. No tengo nada en común contigo. No me interesa tu vida. No sé si te gusta de verdad la Chachi, si tienes otras *minas*. Ni siquiera sé si de verdad te gustan las *minas*.

—Vámonos de aquí, Ignacio. Este huevón se volvió loco.

—Excelente. Cierren la puerta por fuera. Luis Felipe, si vas a hablar de mí, por favor, solo te pido que seas fiel a la verdad. Hasta nunca.

No hubo más voces, solo un portazo, el motor del auto y luego los pasos de Emilio cruzando la casa. Caminó por el pasillo. Pensé que se había ido directamente al dormitorio: levanté la cabeza y vi la puerta de la salita entreabierta. Emilio estaba de pie mirándome, su silueta recortada en la oscuridad. Tenía los ojos rojos y un vaso de cerveza en la mano. Lo miré. No le dije nada. Pasó un segundo, hubo un silencio. Él agachó la mirada y luego desapareció.

Carita de nana
(Chile, 2014)

Dirigida por Santiago Morton. Con Araceli Moreno, David Santana, Norma Martinica, Juvenal Poblete, Cristián Waldemar, Francisca Soto. En el Chile del *boom* económico y las diferencias sociales, un grupo de cinco estudiantes de Derecho de estrato social alto se reúne a estudiar para un examen. Mientras se entregan al chisme, las drogas y un poco menos al estudio, uno de ellos revela que se ha enamorado de una niña más pobre y que esa misma tarde pasará a visitarlo. La llegada de la misteriosa novia en cuestión desata toda clase de reacciones, revelando de manera explícita y sin eufemismos el clasismo, declarado o velado, de la sociedad latinoamericana, las formas en que operan sus macabros mecanismos y cómo cruza de manera transversal varias generaciones. Basada en una pieza teatral jamás montada y escrita anónimamente, la adaptación no oculta su origen sino por el contrario, se establece como una radiografía casi documental de un país y un tiempo totalmente perturbadores. Los actores son todos estudiantes de primer año de la carrera de Actuación Teatral y este es su debut profesional. Filmada en blanco y negro con una cámara de fotos y con una insólita banda sonora que apela al *folklore*, el *dance* y hasta el reguetón. Una película visceral, a ratos discursiva, pero que entretiene e invita a reflexionar. BUENA.

Al día siguiente desperté temprano. Él tenía la casa ordenada y las mochilas en el auto. Llegamos a Santiago al mediodía. Emilio me preguntó si podía dejarme en una micro; yo le dije que sí. Me dejó en Plaza Italia y él siguió por avenida Providencia hacia arriba, hacia el barrio alto. No se despidió.

Cuando llegué a la casa Susana se sorprendió: preguntó por qué había llegado tan temprano y dónde estaba Emilio. Le dije que no sabía. Ella me miró, preocupada. Me preguntó dónde estaba. Le contesté que suponía que se había ido a su casa. Susana me pidió que la acompañara donde la Meche Chica a usar el teléfono. Lo llamó; le contestó Malú. Susana la saludó muy amable pero con distancia y luego le preguntó por Emilio. Malú le explicó que Emilio estaba en la playa y que seguramente iba a volver tarde.

Susana llamó varias veces durante la tarde, pero no pudo hablar con Emilio. Tampoco lo ubicó al día siguiente ni la semana después.

Emilio desapareció. De un día para otro, sin explicación alguna.

⌘

Diez días después de nuestra despedida en Plaza Italia, Emilio le contestó el teléfono a Susana. Su voz, me dijo ella, sonaba gastada y triste, como si de verdad hubiera estado sufriendo mucho. Susana le preguntó qué había pasado, por qué había desaparecido. Emilio le dijo que era el trato antes de irnos a Maitencillo; pensó que tenían que dejar de verse por unos días. Ella le recordó que habían pasado diez días, él confesó que no los había contado porque tenía muchas cosas que hacer. Ella le dijo que diez días eran mucho tiempo. Él le contó que estaba trabajando en una agencia de publicidad con un socio de José Pablo Alemparte y que apenas tenía tiempo para comer. Susana le preguntó cuándo podían verse. Él le dijo que todavía no, que necesitaba tiempo, que todavía estaba pensando.

Susana se encerró en su pieza y no salió en una semana. Mi mamá llamó a un doctor que le recomendó vitaminas porque estaba con principio de anemia, aunque después me enteré de que lo de la anemia se lo agregó la propia Susana para darle dramatismo a la situación. Según ella, estaba lentamente muriendo de amor.

Un día Susana salió de compras con la Meche Chica. Mi mamá le pidió a la Meche Grande que le dijera a la Meche Chica que la invitara al centro para sacarla de la casa unas horas, al menos para tomar un poco de aire; Susana y la Meche Chica se pintaron y salieron. Cinco minutos más tarde apareció Emilio: mi mamá le abrió la puerta y lo abrazó. Casi se pone a llorar. Se sintió culpable. Le dijo que lamentablemente la Susanita había salido recién pero tal vez podía alcanzarla antes de tomar la micro, seguro estaba con la Meche Chica todavía en el paradero esperando la Carrascal Santa Julia, si no hacía ni cinco minutos que habían salido; si se apuraba seguro la pillaba antes de que pasara la micro, esa sí que se demoraba, a veces pasaba una cada dos horas, decía la gente. No estaba segura porque no andaba en micro, si con suerte salía de la villa.

Emilio le dijo a mi madre que quería hablar conmigo; mi mamá se ofreció para ir ella misma al paradero a alcanzar a Susana. Emilio le dijo que no era necesario y la miró con ojos de compasión. Mi mamá entendió la mirada y en ese momento se olvidó para siempre del futuro que quería para Susana.

Entró a mi pieza cargando una caja de cartón. Cerró la puerta con llave. Le pregunté qué pasaba. Él dijo que tenía un regalo para mí. En realidad era un regalo para la familia, pero mucho más para mí. Abrió la caja de cartón. Era un VHS.

—¿Qué?

—Es para ti.

—Socio, se pasó. No sé qué decirle.

—Dime gracias.

—Gracias. ¿De dónde lo sacaste?

—De la casa de José Pablo. Lo tenía tirado en la bodega, pero lo probé y funciona perfecto.

—Y es de cuatro cabezales.

—Pa' que veas.

—Esta es la última tecnología.

—Tiene *autotracking*. ¿Sabes lo que es eso?

—No.

—Que cuando las cintas están muy usadas no tenís que andar ajustando el *tracking* moviendo la perillita *culiá.*

—Qué alucinante, Emilio. De verdad te pasaste.

—Te lo mereces, huevón. Eres el único amigo cinéfilo que tengo.

Puso su brazo en mi hombro y me miró con entusiasmo; sentí agua en el estómago y algo dulce en la punta de la lengua.

Susana y la Meche Chica estaban vitrineando en las Galerías Imperio cuando a la Meche Chica se le ocurrió llamar por teléfono a su casa; la Meche Grande estaba muy resfriada y la Meche Chica tenía que pasar a la farmacia a comprarle un remedio. Cuando llamó, la Meche Grande ni se acordó del remedio, lo primero que le dijo fue que la señora Nena andaba buscando desesperadamente a la Susanita porque el novio que tenía, el Emilio, la pasó a buscar y con tan mala suerte que ella no estaba.

Al escuchar la noticia mi hermana tomó la primera micro que encontró y, con el corazón en la boca y la mano de la Meche Chica agarrada a la suya, desechó todos los pensamientos terribles que había tenido.

Emilio y yo estábamos probando el VHS. A mí se me ocurrió instalarlo en mi pieza, pero el televisor estaba en el living. El aparato funcionaba, pero no teníamos nada para probarlo; a Emilio se le había pasado ese detalle. Mi mamá recordó que en los locales de la esquina se había instalado un club de video y siempre estaba lleno de gente.

El local se llamaba Videoclub Juanjo's. Antes había otro en la rotonda que se llamaba Video Emociones, pero lo cerraron y pusieron un restorán de comida china. El Juanjo's estaba atendido por su propio dueño, un profesor de historia que admiraba a John Lennon al extremo de vestirse como él. A veces también lo ayudaban sus hermanas, una más vieja que él y otra un poco mayor que yo.

Pasamos una hora y media eligiendo lo que íbamos a arrendar. Emilio se hizo socio por mí, la inscripción era gratis y además te regalaban dos arriendos, sin contar estrenos. Nos llevamos cinco películas y solo pagamos tres: *La naranja mecánica, Ojos de terror, El resplandor, Scanners* y *La ciudad de los muertos vivientes.*

—Voy a terminar con tu hermana.

Creo que *El resplandor* me cambió la vida.

—No puedo explicar cuánto la quiero; la quiero muchísimo, pero nunca como ella me quiere a mí.

—No entiendo.

—Es difícil de explicar, ni yo mismo me entiendo. Pero me tengo que separar de ella. Ya lo decidí.

—¿Cuándo lo decidiste?

—No sé. Hace unos días.

—¿Antes o después de la playa?

—Después. ¿Por qué?

—¿Por qué no arrendamos algo de Carpenter? ¿Tienen *Príncipe de las tinieblas*?

—Puta, no la he visto. Dicen que es increíble.

—Está arrendada.

—Puta, todas las que queremos ver están arrendadas. Qué mala suerte.

No volvimos a hablar de otro tema que no fueran películas. Emilio se obsesionó con que yo tenía que ver *El resplandor* y no descansó hasta que Juanjo encontró una copia olvidada.

En el camino del videoclub a la casa pasamos a comprar helados; Emilio pagó y me dijo que mejor nos apuráramos porque a las nueve teníamos que estar en el Microcine. Cruzando la cancha de fútbol pensé que nunca más olvidaría ese día. Había sido perfecto.

Susana vio el escarabajo estacionado frente al edificio y subió corriendo las escaleras para llegar al departamento. Andaba sin llaves; golpeó la puerta hasta casi echarla abajo. Mi mamá le abrió y entró sin preguntar nada. No encontró a Emilio. Mi mamá le contó que habíamos ido al videoclub.

Íbamos llegando a la casa cuando Emilio se detuvo: Susana venía corriendo desde el edificio, seguida por la Meche Chica. El plan de estrenar el nuevo VHS con una maratón de cinco películas murió definitivamente. Susana se acercó a Emilio y lo abrazó. Le dijo algo al oído, algo que no escuché.

11

Yo besé a Gena Rowlands no era el único trabajo que Baltazar había dejado inconcluso. Había algo más breve, una *nouvelle* también marcadamente autobiográfica, sobre sus dos primeros años junto a David.

David había leído las once primeras páginas durante un fin de semana en Provincetown; lejos del bullicio de Nueva York y de las fiestas de las que ya se había cansado de tanto ir, Baltazar intentaba algo parecido a un regreso a la escritura luego de casi dos años de bloqueo creativo rigurosamente auspiciado por Editorial More Books. Su problema, reconocía, era que disfrutaba de estos periodos secos: paradójicamente, cada vez que ocurrían los encontraba inspiradores. Su manera de enfrentarlos era como si se trataran de *restarts* mentales. David sabía a qué se refería porque él también había tenido algunos, tal vez demasiados para su corta edad.

A nadie le falta Dios era la primera historia completamente romántica escrita por Baltazar Durán, y era la única sin final. Tenía mucho de la literatura inglesa contemporánea pero también un sello propio, algo *punk*, con un uso del chilenismo como parodia y repetición que volvía locos a ciertos críticos y, por cierto, a los *fans*. Alguien había dicho, recuerda David, que la literatura de Baltazar despertaba pasiones que solo se despiertan con el rock.

David resumía la historia como el inicio y apogeo de una nueva relación entre dos hombres, Miguel y Joe, en un tiempo indeterminado y en una ciudad sin nombre, pero que tiene mucho de otras tres: Madrid, Nueva York y Santiago. En la novela breve, de solo cincuenta y cuatro páginas, Baltazar se regocijaba en presentar a sus personajes como nunca antes lo había hecho, con ternura y cariño, priorizando sus virtudes sobre sus defectos, deteniendo su prosa en los momentos sublimes de esta pareja en lugar de «someter al lector a una inabarcable descripción de coitos y escarceos». David recordaba esta última frase como uno de los corolarios de Étienne Delanglois, un conocido crítico de cine, teatro, ópera, música, televisión, radio, gastronomía, ballet y literatura: lo había escrito en la columna que semanalmente publicaba en una revista y, además, lo había reiterado en su espacio televisivo del noticiario de medianoche, los jueves a las cero quince. Para nadie era un secreto que Delanglois odiaba a Baltazar desde los inicios de su carrera. Más exactamente desde la publicación de *Cuando eyaculo*, cuando Baltazar solo era un estudiante mediocre de la carrera de Periodismo buscando dar un gran golpe al sistema.

En su última obra publicada, Baltazar Durán era testigo de cómo estos personajes encontraban el gran amor de sus vidas. A diferencia del tratamiento en *Todos juntos a la cama*, *Ansiedad* o la misma *Cuando eyaculo*, aquí las emociones estaban envueltas en un manto de fantasía: algo mágico no explícito rondaba a Miguel y Joe en este goce frenético del amor. Baltazar creía que de todo lo que había escrito *A nadie le falta Dios* era lo más emotivo. Más allá de la historia, la prosa o los personajes se notaba la presencia de un escritor, pero también un ser humano. Al menos eso pensó David la primera vez, en Provincetown, bebiendo vino blanco mientras Baltazar escribía como un energúmeno y él leía en el iPad las páginas que le iba enviando por *mail*.

Cuando volvieron de Provincetown, la *nouvelle* estaba lista; sin un final, pero ese era el mecanismo de la novela. Era un compendio de varios momentos en una relación de pareja. Existía una tercera etapa final, la decadencia, que no estaba descrita en la obra porque, según Baltazar, no tenía sentido revelarla.

El título original era *Mis años contigo*. A pesar de que era una referencia directa a los dos años que habían cumplido el mes anterior, David pensaba que no era lo mejor que a Baltazar se le había pasado por la cabeza. El extraordinario título *A nadie le falta Dios* se le apareció algunos días más tarde durante una caminata en solitario por el East Side, el sector más feo de Manhattan y que por alguna extraña razón siempre lo inspiró tanto.

Presentó el proyecto a la editorial el lunes de la semana siguiente. Después de la caminata que lo inspiró definitivamente, pasó el domingo revisando el formato y editando algunas frases. Confirmó el título luego de discutirlo con David. A David le encantó.

Esa noche leyó en voz alta por última vez las cincuenta y cuatro páginas de la novela breve, deteniéndose solo en dos ocasiones para tomar agua. El lunes por la mañana salió a desayunar con su editor de More Books. Le había pedido una reunión fuera de la editorial; se reunieron en la pastelería Dominique Ansel de SoHo.

David recuerda que Baltazar volvió al departamento de Tribeca poco después del mediodía. No había sido una reunión demasiado larga. Apenas vio su cara supo que algo imprevisto había ocurrido. Baltazar se encerró en su despacho; David no se atrevió a preguntar nada. Si había una sola regla en esa casa era jamás interrumpir si la puerta del despacho estaba cerrada.

More Books había rechazado la publicación de *A nadie le falta Dios*. Dos días después del desayuno en la pastelería, Baltazar le contó a David cómo el editor, ese americano ignorante llamado Josh Kincaid, había leído la *nouvelle* mientras se tragaba un *éclair* blanco; le pareció una falta de respeto.

Kincaid terminó primero la lectura y después su *éclair*. En su inglés de Carolina del Norte le informó que no era lo que estaban esperando después de dos años de trabajo. Baltazar le respondió que no sabía exactamente lo que estaban esperando porque nunca lo habían discutido; Josh Kincaid colocó su minitenedor junto al plato y le dijo oficialmente que no podían publicarlo. Al menos no así como estaba.

Para Baltazar fue como si le cortaran la cabeza. Pensó que era una broma. Que Josh Kincaid tenía ese sentido del humor tan insoportable que a veces se da en algunos círculos intelectuales y que en cualquier segundo sacaría una copia del contrato con una botella de champaña. Kincaid se limpió la boca con una servilleta y le explicó que había motivos por los cuales el bello género de la *nouvelle* se había extinguido editorialmente hablando: se trataba de un formato muy complicado en términos comerciales, ni cuento ni novela, y a esta característica cabía agregar otro detalle en el caso de *A nadie le falta Dios*: no había final. More Books no publicaba novelas breves, menos novelas breves sin final. Baltazar le preguntó por qué no.

Kincaid no le respondió, solo le pidió que le avisara cuando llegara a las ciento cincuenta páginas. Con cincuenta y cuatro no podía hacer nada. Kincaid sabía que Baltazar escribía rápido; le aseguró que, con su talento y velocidad, en unas tres semanas podía tener una nueva versión. Extendida y con final.

Finalmente More Books no publicó la novela breve sin final. Baltazar se negó a agregar páginas a su creación y la editorial manifestó su desinterés con una carta-tipo firmada por Kincaid, liberando los derechos de la obra. Luego de amenazar a Kincaid con las penas del infierno, Baltazar echó a correr el rumor de que rompería su contrato para irse a Random House; además decidió que iba a autopublicarse.

Existen solo quinientos ejemplares de *A nadie le falta Dios*. David tiene uno, firmado por Baltazar con una larga dedicatoria que incluye dibujos, letras de canciones y diálogos de películas.

Ahora Mónica tiene su propio ejemplar, también dedicado. Está sentada al volante de su auto, con el motor encendido y la radio puesta en una balada romántica en español, protegida por sus pesados anteojos oscuros. David se fija en que la dedicatoria que le hizo Baltazar no es tan extensa como la suya ni tiene dibujos de colores.

—Necesitaba tener algo suyo en el cementerio —dice aún conmovida, hojeando el primer capítulo.

—Es una gran novela —recuerda David, secando el sudor de su cara con la manga de la camisa.

—Lo voy a extrañar —suspira Mónica—. Más de lo que pensaba.

—Todos lo vamos a extrañar.

Se quedan un momento más en el auto de Mónica. Para David es un infierno, pero no dice nada; aguanta. Siente lástima por ella, no sabe por qué. Apenas la conoce. No es una sensación agradable. Mónica le pregunta si le molestaría que leyera unos pasajes del libro. David le recuerda que deben entrar al restaurante, los están esperando. Mónica abre el libro y lee. David escucha con atención y así comienza a recordar *A nadie le falta Dios*, Provincetown, las copas de vino blanco brillando en la terraza, al atardecer. Se pregunta a sí mismo si tal vez sea el mejor libro de Baltazar, mejor incluso que *Todos juntos a a la cama*.

A través del espejo retrovisor, David alcanza a distinguir la *van* de la editorial que se estaciona frente al restaurante. El chofer se baja y abre la puerta corrediza: Susana salta hacia la calle y luego gira para ayudar a la señora Nena. Algo le dice, no escucha qué. Madre e hija caminan hacia la entrada. Mónica sigue leyendo sus pasajes favoritos.

⌘

Nadie tiene hambre; David tampoco. Susana le pide un pisco sour. Mónica habla por teléfono y a ratos se quiebra durante alguna conversación, llora un poco y busca su trago en la mesa, es un vodka con agua mineral y limón. La señora Nena está encorvada en su silla, sin hablar; David la observa e intenta sonreírle. Legalmente es su suegra. La señora Nena estira la mano y lo saluda.

El mesero explica que la especialidad de la casa son las parrilladas. Vienen con lomo de vacuno, pollo, costillas de cerdo y tres clases de interiores, a elección: prietas, chunchules, ubres, mollejas o criadillas. David no entiende esta última parte. Susana le explica brevemente que se trata del sistema digestivo del animal y luego le informa al mesero que su madre no puede comer ningún tipo de carne roja debido a un cáncer en el estómago, gracias a Dios controlado igual que el suyo. David se pregunta por qué Baltazar nunca le contó que su madre estaba enferma. Como si lo oyera, Susana le cuenta que Baltazar no lo sabía. David mira la mesa de al lado y ve una parrilla humeante; decide que no comerá.

El mesero ofrece la parrillada Deluxe para cuatro personas. Mónica dice que no quiere comer nada, solo pide una botella de vino blanco. El mesero dice que no puede servir vino sin una orden de comida. Mónica contesta que es una norma muy estúpida, que están compartiendo un momento muy difícil y que quiere hablar con el dueño. El mesero le explica que el dueño no vive en Chile, que son unos españoles, pero que puede hablar con el administrador. Mónica acepta y se levanta de su sitio. El mesero la guía caballerosamente hacia la barra del restaurante. Susana comenta que a Mónica le encanta pelear.

Finalmente el mesero trae dos parrilladas para cuatro y tres botellas de vino. David prueba un pequeño pedazo de carne y un plato de ensalada; Susana come longanizas con puré y se toma tres pisco sours que pide a escondidas de la señora Nena. David se acerca a ella, le pregunta si fuma marihuana. Su cuñada ríe a carcajadas.

—Pregúntame quién le enseñó a fumar.

—Tú. Ya lo sabía, lo cuenta en las memorias.

—¿Cuándo me las vas a pasar?

—Cuando quieras.

—Quiero leerlas.

—Todo el mundo quiere leerlas.

—No, todo el mundo quiere ganar plata con esas memorias, y seguro que lo van a hacer. Yo solamente quiero leerlas. ¿Tienes el encendedor?

David busca el encendedor en su bolsillo. Mónica le sonríe. Están en el estacionamiento del restaurante.

—Buena onda conocerte, David; lo digo de verdad. Tenía mucha curiosidad. Te imaginaba súper distinto, más pendejo, y yo te hallo súper maduro para la edad que tienes. A tu edad yo no entendía nada.

—Baltazar decía que era el pendejo más inmaduro del mundo.

—Mira tú, habló el Señor Madurez. Ese sí que era pendejo. Nunca creció. Se quedó para siempre en la adolescencia: síndrome de Peter Pan. Igual que Emilio, otro niño en cuerpo de grande. Ahora que lo pienso y que mi hermano está muerto me queda clarito: por algo eran tan amigos.

—Pero tú lo conociste primero.

—Sí, yo lo vi primero.

—En el hospital.

—No, no fue en un hospital.

—¿Dónde?

—En una tocada.

—¿Cómo?

—Ufff. Es una larga historia.

—Cuéntame.

—Una prima de la Meche Chica nos convidó a un festival en el Carmela Carvajal de Prat, un liceo. Tocaban varias bandas, hacían las mejores fiestas de ese tiempo. Iban chicos del San Marcos, del San Gaspar, del Calasanz, hasta de los Padres Franceses conocí yo una vez. En una de esas fiestas tocaban unos que se llamaban Menthrash, unos melenudos sin ni una gracia. El bajista era amigo de Emilio.

—En las memorias dice que se conocieron en la sala de espera de un hospital porque Emilio había tenido un accidente.

—Eso nunca pasó. Qué raro.

—A mi edad tú eras la novia de Emilio, ¿verdad?

—No, era más chica cuando anduve con el Emilio. ¿Qué edad tienes?

—Veintitrés.

—Veintitrés. No, a los veintitrés yo ya era mamá. Lo de Emilio fue antes.

—¿Dónde está tu hijo?

—Hija. En la casa de una amiga. Se llama Yajaira.

—¿Cómo?

—Yajaira. Yo tenía veinte cuando conocí al Emilio, y representaba doce. Era súper niña en realidad, por eso caí; bien huevona, en todo caso. Tenía pajaritos en la cabeza. Vivía en otro planeta, yo sé. Y llegó el Emilio, todo estupendo, con sus ojos bonitos y su escarabajo y me salió mal. Eso fue lo que pasó.

—Te enamoraste.

—Yo creo que sí. De bruta, nomás. Desde chica mi mami dijo que yo era tonta, que tenía bonita figura y era encantadora, pero inteligente no. Me criaron como tonta. Entonces me acostumbré a ser un poco huevona.

—Por lo que me contó Baltazar, no tenías un pelo de tonta.

—Es que el Balta me quería. Se sentía un poco culpable, pero yo no tengo nada guardado con él. Con mi mamá sí: te juro que yo quiero mucho a mi mami, pero todos los bloqueos que tengo hoy en la cabeza, a los cuarenta y tantos, se los debo a ella, a nadie más. Ni siquiera al Emilio, que harto que me hizo sufrir ese *conchesumadre*, o a los otros huevones que vinieron después. No, los traumas uno siempre los tiene por culpa de los viejos.

—Alguien viene.

—Si nos pillan fumando decimos que es para pasar la pena. ¿Qué más escribe Baltazar en la novela? Dame un ejemplo.

—¿Sabías que los detuvieron una vez a él y a Emilio por marihuana?

—No. ¿Cuándo?

—¿1986-87?

—No tenía idea. Capacito que sea mentira, Baltazar era tan bueno para inventar.

—Puede ser, todo puede ser mentira. Su relación con su familia puede ser ficticia, su amistad con Emilio…

—No, la amistad con Emilio es de verdad. Yo estaba ahí: yo vi cómo empezó el asunto y también vi cómo el Emilio al final se aprovechó. A mí no me viene nadie con cuentos.

—¿Qué cuentos?

—Yo no digo que mi hermano haya sido un santo, pero el Emilio Ovalle no es hetero. Eso te lo firmo. Yo estuve con él, nos acostamos y también me he acostado con otros hombres. Con la distancia que dan los años y con lo volada que estoy gracias a este porrito que me convidaste, yo te lo digo hoy, el día del funeral de mi hermano, que el Señor lo tenga a estas alturas en su santo reino: al Emilio no le gustan las mujeres. No te estoy diciendo que le gusten solamente los hombres; yo he pensado siempre que es bisexual, o sea, le hace a todo. Qué difícil, pobrecito.

—No he terminado las memorias, pero hasta ahora no hay ninguna descripción sexual. Solo un momento, en Maitencillo.

—Baltazar me contó lo que pasó en Maitencillo, pero no fue nada. Mi hermano es... Era muy exagerado. Igual el desgraciado de Emilio podría haber sido menos canalla y al menos tomarse la molestia de venir al funeral, ¿no crees?

—Quizás tiene miedo.

—O quizás sabe que ya le ha sacado bastante provecho a su amistad con mi hermano.

—¿Por qué lo dices?

—¿Por qué crees tú? Hizo dos películas aprovechándose de sus contactos.

—Tal vez él también tiene sus propios méritos.

—Ni tiene ningún mérito. Es un esnob que está mal de la cabeza. Pero el genio entre esos dos siempre fue mi hermano. Emilio nunca.

—No entiendo por qué Baltazar cambió el encuentro a la sala de espera de un hospital, en plena dictadura militar. Quizás era más interesante ese festival.

—Él no fue conmigo a ese festival, yo conocí a Emilio y se lo presenté a él porque lo único que hacía era hablar de películas; en lugar de tratar de meterme mano me hablaba de *El padrino*. ¿Y qué hago yo en el hospital?

—Van con tu mamá y Baltazar a buscar a Fernando, que está herido.

—¿Fernando? ¿Qué Fernando?

—Tu hermano Fernando.

—Estás bromeando.

—Fernando es un personaje en las memorias de Baltazar. El hermano mayor.

—Yo soy la mayor. Fernando no existe. No tenemos más hermanos.

⌘

David y Susana están de pie en el estacionamiento privado del restaurante de parrilladas. Aturdidos por el sol estival caminan de regreso al comedor: es la hora de los postres, recuerda Susana. David guarda el resto de la marihuana en una caja de acrílico roja. Susana le dice que es una caja muy bonita, y David le dice que se la regala. Susana le sonríe mientras le peina un mechón. Hablan de los postres, Susana quiere pastel tres leches y le sugiere a David que pida el suspiro limeño, que es un postre peruano súper engordador pero muy rico, al menos ochocientas calorías porque tiene azúcar y crema; era el favorito de Baltazar. David no puede pensar en nada más que en Fernando Durán Carmona, el hermano literario de Baltazar, algo así como su cuñado ficticio. Susana le dice que lo olvide. Un hecho se instala en su cabeza: antes de escribir sus memorias Baltazar nunca le habló de Fernando. Solo cuando le contó que pensaba escribir una autobiografía no autorizada apareció este personaje que él siempre consideró real: un hombre cinco años mayor que Baltazar y dos más que Susana, estudiante de Pedagogía rebelde, atractivo, mujeriego, políticamente comprometido con la oposición a Pinochet, misterioso, excelente alumno, con un pasado deportista y una particular relación con don Fernando, el padre. David piensa que no es casualidad la invención del autor. Fernando Durán Carmona no existe en la novela solo por un capricho de Baltazar, sino que cumple un rol; su meta ahora es descubrir cuál es. De pronto, mientras piensa que Fernando es otro artefacto literario concebido por su autor para desconcertar, el rostro de Susana palidece ante sus ojos. David gira hacia el estacionamiento y descubre que está viendo lo mismo que él: un tipo alto, más alto que David, con el pelo muy corto y las manos en los bolsillos, camina hacia la entrada del restaurante. Se detiene en la puerta. Busca su celular. Susana lo reconoce, no lo pierde de vista. Él va a dar un paso para entrar, pero Susana lo detiene con un grito.

—¿Cómo estás?

El tipo gira; Susana camina directamente hacia él, muy seria. David piensa que no le sorprendería en lo más mínimo que su cuñada reaccionara violentamente, que golpeara a Emilio Ovalle o le dijera algo desagradable sobre su relación con Baltazar. Que recordara algún episodio absurdo del pasado y lo dejara en vergüenza, solo para humillarlo. Emilio no la reconoce por un momento; Susana sí, instantáneamente. Emilio la abraza con fuerza, sin hablar. David piensa que Emilio se ve contento. Susana se queda quieta, resignada al abrazo, esperando el momento preciso para alejarse. David se mueve un poco, esforzándose en agudizar al máximo sus sentidos. Alcanza a escuchar.

—Llegué tarde al cementerio. Me dijeron que estaban aquí.

—No me des explicaciones a mí, Emilio.

—No te estoy dando explicaciones. ¿Por qué escogieron este restaurante?

—Ni idea.

—¿Es un almuerzo privado?

—Sí. Es solamente para la familia y los amigos más cercanos, pero a estas alturas no importa mucho, mira la hora que es. Ya están pidiendo los postres.

—Solo quiero darle un abrazo a tu mamá.

—Como quieras.

—¿No te molesta?

—¿Por qué me va a molestar?

—No sé por qué te pones así.

—Esperaba más de ti, y como siempre la cagué. Me equivoqué.

—No quiero pelear.

—Deberías pelear, a veces es mejor. Adelante, pasa. Puedes tomarte un café con mi mami o cucharear un postre con mi mami o lo que quieras, pero nada va a servir de mucho, Emilio. Da lo mismo, pide lo que quieras: la editorial paga. Y mi mami no entiende nada de nada y además ni puede comer postres porque es una persona enferma.

—¿Enferma?

—Cáncer. Yo también tuve.

Emilio sube las cejas, se queda mudo; desde su sitio David lo ve incómodo. Emilio mueve ligeramente la cabeza y en ese segundo advierte su presencia. David cree que lo había visto mucho antes, pero los nervios y el impredecible carácter de Susana lo paralizaron por un instante. Emilio se acerca a él, lo mira. David aún piensa que su emoción parece sincera. Tiene los ojos muy brillantes, casi transparentes, se fija. Abre los brazos y lo contiene sin que él se lo pida. Pasan unos segundos; un abrazo interminable. Por alguna razón esos brazos le parecen conocidos. Los tres entran al restaurante. Sin hablarse cruzan el comedor principal. Siguen a Susana. David está muy drogado: no recuerda exactamente en qué comedor estaban. Emilio lo hace pasar, sonriéndole. David no sabe por qué le sonríe. Susana se adelanta. Emilio aprovecha el momento.

—Tuve un problema en la mañana, por eso no pude pasar a verte al hotel.

—No importa.

—La verdad es que han sido días bien difíciles para mí.

—¿Sí? ¿Por qué tanto?

—Nunca pensé que podía pasar algo así.

—¿Por qué no? ¿Pensabas que Baltazar era inmortal?

Emilio reacciona fríamente, algo molesto con el comentario. David entiende que está comportándose como un idiota. No sabe qué decir. No sabe si disculparse o alejarse de él.

—Lo siento —dice entre dientes.

—Estaba en el punto más alto de su carrera. Creativo, intenso, casado contigo...

—¿Eso te lo dijo él o es una idea tuya?

—Siempre me decía que te quería mucho.

David le ofrece un trago, Emilio le dice que no. Desde la mesa, Susana los llama. Antes de moverse, Emilio se acerca una vez más.

—¿Crees que se suicidó? —le pregunta Emilio, sin quitarle la mirada.

Él no le responde, la pregunta lo congela. No es que no se lo hubiera preguntado, al contrario: había imaginado tantas alternativas y posibilidades con una sola meta: no asumir la realidad, evitar enfrentarla a la cara, desnudo, sin armas ni corazas de ningún tipo.

—No lo sé —respondió.

Emilio vigiló el comedor. Susana estaba de pie junto a la larga mesa familiar, sirviendo más vino porque los meseros no daban abasto para tantos comensales y eso que estaban solo la familia y los amigos más cercanos.

—¿De verdad crees que alguien como Baltazar podría matarse? —insistió Emilio—. Yo creo que no.

—Yo tampoco —se apura en responder—, pero no tengo pruebas.

—¿Y si yo te dijera que sí las tengo?

Los ojos de Emilio le dan miedo.

—La policía se está equivocando. En Manhattan y aquí en Chile.

David se estremece.

—Sé que Baltazar no se suicidó —sentencia—. ¿Y sabes por qué? Por una pequeña y simple razón.

David sabe que debería preguntar qué razón, pero se niega.

—Porque a Baltazar lo mataron.

Es una falta de respeto, piensa.

—¿Hasta qué hora tengo que esperarlos a ustedes dos?

No es el momento para hablar de ciertos temas.

—Los dejo solos un segundo y ya están peleando.

No han pasado ni veinticuatro horas del funeral y ya los deudos están haciendo conjeturas acerca de lo que hay detrás de la muerte del difunto.

—¿Vienen o no? Mónica pidió un montón de postres.

Emilio se acerca a la señora Nena. Al verlo, la mujer parece despertar de un largo trance: toma sus manos y lo besa en la frente. Le pregunta cómo están sus niñas y por qué demoró tanto en llegar, ella lo estaba esperando. Emilio le explica que tuvo un problema en la casa y que sus niñas están preciosas. La señora Nena lo acaricia, encantada con su presencia; Emilio la invita a su parcela para que conozca a su señora y para que se saque unas fotos con las niñas, gordas preciosas. La señora Nena le dice que nada la haría más feliz que pasar el día con su familia, sus niñitas especialmente y, claro, su señora, que seguro es una buena mujer. Hasta ese momento nada había conmovido tanto en el funeral a la señora Nena: ni los cantos religiosos al arpa especialmente coordinados por Mónica, ni el responso del cura, que por lo demás ni siquiera sabía quién era Baltazar, ni las lecturas bíblicas escogidas por dos amigos de Baltazar que David no conocía o las flores que decoraban el cementerio o las últimas palabras del cura, que insistía con el tema de la culpa y el miedo, y tampoco la invitación a comer parrilladas. Ni siquiera la muerte de su propio hijo la había emocionado tanto como el reencuentro, después de tantos años, *si parece que fue ayer*, con Emilio Ovalle. David observa desde su rincón en la mesa, con el cuarto pisco sour a la mitad y una desagradable sensación de asfixia en el pecho. Piensa en la teoría de Emilio, el asesinato de Baltazar, y se imagina quiénes podrían haber pensado en matarlo. La voz de Mónica lo interrumpe.

—Quiero dar las gracias a todos por acompañarnos este día —dice.

Emilio agacha la cabeza sin mirarla. David se fija en que no se han dirigido la palabra, ni siquiera se han saludado.

—Por favor, pidan lo que quieran —informa—. A Baltazar les gustaría verlos comer y brindar. Yo tengo que volver a la oficina.

—Gracias —le responde Susana.

Mónica le toma la mano a Susana, se pone los anteojos oscuros y cruza hacia la salida del comedor. David se levanta y la sigue.

—Mónica, espera —le ordena—, necesito hablar contigo.

—David, estoy apurada —le responde—, tengo un montón de trámites que hacer y a las cinco tengo una reunión de *marketing* a la que no puedo faltar. Eso es en quince minutos más.

—Esto es más importante que el *marketing*.

—Te invito a comer en la noche.

—No quiero comer. ¿Cuál es la obsesión de la gente por comer en este país? ¿Acaso no pueden hablar, como el resto de los seres humanos?

—Sí, claro, pero…

—¿Quieres las memorias? —la desafía—. ¿Quieres mantener tu trabajo?

—Por supuesto —Mónica se descoloca con el atrevimiento de David.

—Entonces tienes que escucharme —insiste él—. Vamos al bar.

Mónica asiente, no muy contenta. Consulta la hora en su celular. David camina hacia el final del comedor, donde ve un bar iluminado con neón azul. Mónica lo sigue.

—¿Qué quieres tomar?

—Yo agua, gracias.

—Mónica: estás a punto de conseguir lo que quieres. No vas a brindar con agua.

—Okey. Lo mismo que tú.

David pide dos whiskys con hielo. Mónica lo mira resignada, mientras por Whatsapp le escribe a Fabiola para que justifique su ausencia a la reunión de *marketing* ante los ejecutivos.

—Salud.

—Salud.

David bebe la mitad de su whisky y aclara la garganta para comenzar a hablar. Mónica se moja los labios, sin separarse de su celular.

—Lo que voy a contarte sucedió hace dos días —confiesa David—. La noche de la cena con Emilio en la que finalmente solo conocí a Cecilia, su mujer.

—De verdad lo siento mucho, David —se excusa Mónica—. Bueno, ya no necesitas mi ayuda: ahí tienes al único e incomparable Emilio Ovalle.

Mónica y David lo observan desde el bar. A lo lejos, Emilio está sentado junto a la señora Nena, con las manos entre las suyas, en medio de una intensa conversación. La señora Nena llora: Emilio saca un pañuelo y le seca las lágrimas. La señora Nena lo besa en las orejas y en el cuello sin dejar de llorar. Baltazar decía que en el fondo soñaba con tener un hijo como Emilio, o como Fernando. Hijos héroes.

—No quiero hablar de él.

—¿No? Pensé que era tu tema.

David piensa que es una arpía. Podría interrumpir la conversación en ese minuto, pero se arma de paciencia y continúa. Ni los gestos más desagradables de Mónica Monarde lo harán perder de vista su objetivo.

—Esto es otra cosa. Y si eres inteligente me vas a escuchar, Mónica.

—Qué intensidad, por favor —comentó ella—. Te estoy escuchando.

—Esa noche... venía del restaurante donde comí finalmente con Cecilia —continúa David—. Estaba un poco frustrado, la verdad, ya sabes por qué; de verdad tenía interés en conocer a Emilio. Encontrarme con su mujer fue una decepción.

—No la conozco. Dicen que es una lata mortal. Se me olvidó advertirte pero, claro, ¿qué iba a saber yo que Emilio la iba a mandar a ella a hablar contigo? Me da mucha lástima esa relación. Es patética. ¿Qué te dijo?

—No quiere que se publiquen las memorias. Dice que todo es una fantasía de Baltazar.

—¿Quién dice que es una fantasía? —se pregunta Mónica, furiosa—. ¿Ella? Perdóname, pero ha demostrado ser la más ciega de esta historia. Y si todo fuera una fantasía, ¿qué tiene de malo? ¿Por qué no puede publicarse?

—¿Y si Cecilia tuviera razón?

—¿Y qué importa si tiene la razón? Esto hay que venderlo como la autobiografía no autorizada de Baltazar. No sabemos cuánto hay de realidad y cuánto de ficción y ese es el juego literario —se aferra a su cartera, decidida—. ¿A qué hora paso a buscar el manuscrito?

—Cálmate, Mónica. No he terminado —sigue David.

Mónica suspira, nerviosa. Está perdiendo la paciencia.

—Como te decía, iba del restaurante chino al hotel cuando, de pronto, me di cuenta de que detrás del auto de la editorial había otro auto. Nos estaba siguiendo. Miré por la ventana y, efectivamente, el auto no se separó de nosotros. Pasaron quince o veinte minutos. Le pedí al chofer que se detuviera un momento y lo hizo; el auto que nos seguía también se detuvo. Me bajé y traté de acercarme, pero el otro arrancó el motor y escapó.

—Son paparazzis. Pobres. Les pagan para eso.

—No era un paparazzi. Iba en un Audi.

—Hay algunos que ganan mucho dinero.

—En Hollywood. En Chile no lo creo.

—Bueno, puede que los hayan mandado de algún medio extranjero; con esta gente nunca se sabe. Estamos hablando de *big news*, David. Baltazar era muy conocido.

David se queda pensando, frustrado. Mónica le pellizca la mejilla.

—Descansa —le sugiere—; cualquier cosa que necesites, me avisas.

Él asiente.

—¿Cuándo puedo pasar por tu hotel? —le pregunta—. ¿Te parece mañana en la tarde?

—No. Mañana no. Mejor el lunes.

—El lunes sin falta.

Mónica gira, en franca retirada. David la detiene.

—Emilio cree que no fue un suicidio.

Ella se da vuelta bruscamente. Le toca la frente. Vigila a Emilio desde su lugar junto al bar; Emilio abraza a la señora Nena y se levanta de la mesa.

—Cree que lo mataron.

—¿Desde cuándo Emilio Ovalle es policía? ¡Lo que nos faltaba! ¿Qué se cree? ¿*Miss* Marple?

Mónica sale. David se queda con el whisky en la mano, apoyado junto al bar. Mira hacia la mesa. Ahora Emilio y Susana están sentados en una esquina, conversando civilizadamente.

David piensa que desde algún rincón del restaurante Baltazar está vigilándolos, muerto de la risa.

12

Emilio y Susana se encerraron en mi pieza.

La Meche Chica y yo nos quedamos en el living. Empezamos a ver *La ciudad de los muertos vivientes*, del director italiano Lucio Fulci; la pusimos a todo volumen para no escuchar los alaridos de Susana.

Fulci es el director de *Manhattan Baby* y *La casa cercana al cementerio.*

La Meche Chica decía que se sentía culpable por la reacción de Emilio: a ella se le había ocurrido que mi hermana jugara a hacerse la difícil.

Aunque son producciones italianas, las películas de Fulci siempre juegan a ser gringas.

Ahora la pobre Su había perdido como en la guerra, todo por sus malos consejos.

Antes de la película, la distribuidora local Video Master Collection había incluido dos *trailers* de su catálogo de enero: *El trono de fuego*, una de aventuras con culos y tetas, protagonizada por Sabrina Siani, y *Masacre, venga y vea*, un drama de guerra dirigido por el ruso Elem Klimov.

Tranquilicé a la Meche Chica. Se quedó mirando *La ciudad de los muertos vivientes*, pero aguantó cinco minutos. Estaba temblando. Le expliqué que era inocente, que ella solo había dado un consejo cuando se lo pidieron. Me dijo que no lloraba por la Susana, sino por la película asquerosa que estábamos viendo. Le dije que Emilio era libre de tomar la decisión que quisiera. Me preguntó por qué me gustaban las películas sangrientas. Le dije que lo mejor era no meterse en problemas de parejas y que me gustaba el género de terror como cualquier otro porque quería convertirme en un cinéfilo desprejuiciado y abierto de mente. La Meche Chica me advirtió que si Emilio terminaba con Susana yo no podía seguir siendo su amigo, sería algo parecido a una traición. Las lealtades entre hermanos son muy importantes, un hermano es lo único que uno tiene en la vida. Yo le pregunté cómo sabía si no tenía hermanos ni hermanas. Ella me dijo que eso lo sabía todo el mundo y que incluso estaba escrito en la Biblia. Miré la cara redonda de la Meche Chica y recordé que algunos compañeros del liceo le habían puesto la Cara de Lenteja. Ahora me quedaba muy claro por qué.

Mi mamá volvió de las compras. La Cara de Lenteja le contó que por fin Susana nos había encontrado, camino al videoclub; yo le expliqué que estaba con Emilio en mi pieza, encerrada, conversando. Mi mamá dijo que lo más conveniente era dejarlos solos; tenían mucho que decirse y seguramente les iba a tomar toda la tarde. Yo le dije que no pensaba salir porque por algo habíamos arrendado cinco películas en el videoclub y ahora quería probar el VHS. Mi mamá me preguntó cómo podía ser tan egoísta; la Cara de Lenteja me dijo que por una sola vez en la vida pensara en la felicidad de mi hermana y no en la mía. Con su comentario venenoso me dolieron la cabeza y el corazón. Le expliqué que lo único que hacía era pensar en la maldita felicidad de mi hermana y que no iba a moverme de la casa hasta ver las cinco películas que había arrendado. La Cara de Lenteja me dijo que no fuera sin respeto con mi mamá y yo le dije que se fuera a la mierda. Mi mamá se acercó y me dio un tapaboca. Me dolió más el amor propio que el golpe; me dieron ganas de llorar, gritar, de imitar los *shows* de mi hermana y salir corriendo a la calle, pero me controlé porque la Cara de Lenteja era muy chismosa y le iba a contar a todo el barrio. Me resigné. Mi mamá guardó las compras en la despensa y después de otra discusión un poco más breve subimos los tres a almorzar donde las Meches. El guiso de la Meche Grande estaba incomible.

Todo lo que pasó en mi pieza entre Emilio y Susana lo supe poco después. Me lo contaron ellos, cada uno por separado.

Emilio dice que Susana no lo escuchaba. No quería hablar, solo besarlo y abrazarlo y decirle que estaba lista para dar el próximo paso: vivir juntos. Emilio tuvo que pedirle que se callara un momento. Estaba perdida. Estaba sorda.

Susana dice que Emilio cerró la puerta con llave. Ella trató de ser honesta consigo misma, porque eso le había dicho la Cara de Lenteja que tenía que hacer para arreglar la tremenda cagadita que se había mandado. Trató de explicarle cuánto había sufrido en los últimos días y cómo incluso había bajado de peso, si hasta tenía la cara distinta; le sugirió que quizás podían arrendar un departamento e independizarse. Emilio puso cara de pánico y la hizo callar, no muy amablemente.

Emilio dice que Susana se puso a llorar porque, en el fondo, sabía perfectamente lo que estaba pasando. Llorar era el último recurso y ante su llanto nadie se podía resistir.

Susana dice que se puso a llorar porque Emilio le gritó. Nunca antes le había gritado, y cuando los hombres empiezan a gritar significa que ya no tienen ningún respeto por la mujer.

Emilio dice que comenzó su discurso con lo más importante. Dijo que tenían que separarse. No quiso pedirle un tiempo porque no lo encontró justo. Lo que él necesitaba era algo más que un tiempo, era toda la vida. No quería estar con ella.

Susana dice que Emilio empezó a gritar. Dijo que necesitaban dejar de verse y así echarse de menos. Susana explicó que eso era justamente lo que habían hecho los últimos diez días: darse un tiempo, echarse de menos y sufrir, sobre todo sufrir. Emilio dijo que, por el contrario, él no había sufrido, que en realidad se había sentido muy cómodo solo y que esa sensación de calma era lo que necesitaba desde ahora para seguir adelante con su vida.

Emilio dice que Susana se acercó y trató de besarlo. Él le dijo que no, pero finalmente el hombre es hombre y se dio por vencido. Hicieron el amor sobre mi cama. Cuando terminaron, Susana le preguntó qué películas había arrendado y cuál verían primero. Emilio se asustó. Pensó que se había vuelto loca.

Susana dice que estaban conversando tranquilamente cuando Emilio se le tiró encima y comenzó a tocarle el busto sin su permiso. Ella trató de resistirse, pero él tenía más fuerza; hicieron el amor sobre mi cama. Cuando terminaron Emilio se vistió, la besó en la mejilla y le dijo que por el bien de ambos prefería no verla más.

El verano del 87 se terminó. Entré a la Universidad de Chile a fines de marzo. El primer día de clases me propuse concentrar todas mis energías en dos cosas: aprender a escribir bien y no volver a pensar en Emilio Ovalle.

En abril vino el Papa. En mi casa y en la universidad no se hablaba de otra cosa. Mi mamá lloró cuando beatificaron a Teresa de los Andes porque según ella mi abuela era muy devota de la santita; Susana le dijo que no se apurara, que le había dado para beata nomás. Mi mamá ni siquiera la oyó. Estaba en trance con la atmósfera de la visita de Juan Pablo II. Si hasta le parecía que el país entero estaba distinto, más amable, menos agresivo. En una de sus visitas Fernando nos había dicho que la visita del Papa era una excusa de Pinochet, puros fuegos artificiales para desviar la atención del pueblo porque el viejo fascista (Pinochet, no mi padre) estaba con la mierda hasta el cuello.

El Papa Juan Pablo II no alcanzó a estar una semana en Chile y partió a Argentina. Mi mamá quedó fascinada. Fue a todas las misas de despedida, recordó los discursos y los encuentros con los católicos y se repitió uno por uno los programas especiales de la tele. A veces Susana los veía con ella.

—Mami, este ya lo dieron anoche.

—Es que se ve tan lindo en el papamóvil.

—Es verdad. Parece un angelito.

—Es un angelito, Su. Míralo, por favor, si es para comérselo.

—Oiga, mami, ¿y por qué el Papa tiene nombre de mujer?

—¿Cómo es eso?

—En la tele dijeron que no se llama Juan Pablo II. Se llama Carol. Como Carola, pero sin la *a*. ¿No lo encuentra raro?

—Por Dios que eres ignorante, Susana. Karol, con K, no es nombre de mujer.

—Qué feo. Imagínate salir con un huevón que se llama Carol. «Hola, te presento a Carol».

—Susana, no es cosa de risa. Su Santidad es polaco, allá los nombres son distintos. La gente no se llama Pedro o Juan, se llaman Karol o…

—¿O qué?

Mi mamá pensó un segundo, sin dejar de vigilar en la pantalla cómo el papamóvil se abría paso a través una avenida repleta de flores y feligreses.

—O Roman —la ayudé—. Como Roman Polanski.

En la U conseguí una copia en VHS de *El inquilino*, una verdadera obra maestra de un director que solo había conocido gracias a Emilio y el cine arte Normandie con dos películas: *Cuchillo al agua*, una de mis joyas personales, y *La danza de los vampiros*, que la habían dado por televisión. Quería ver *El inquilino* solo en mi casa, sin los comentarios moralistas de mi mamá ni las preguntas idiotas de Susana. Esperé a que todos se fueran a la cama y después de la medianoche logré un poco de intimidad. Metí el VHS en el reproductor, enchufé unos audífonos al televisor y me senté a un metro y medio de la pantalla. Apenas comenzaron los créditos me invadió una sensación de angustia. No me pasaba hacía tiempo: mi garganta se secó, la cabeza me daba vueltas. Pensé que algo me había caído mal, tal vez ese pollo arvejado de mi madre estaba muy condimentado. No me dolía el estómago, solo el pecho. De a poco, la historia de *El inquilino* y el talento de Polanski detrás y y frente a la cámara (es, además, el protagonista) me hicieron olvidar la ansiedad. Como nunca antes extrañé a Emilio Ovalle.

Quería estar con él y reírnos. Necesitaba mostrarle *El inquilino* porque sabía que se iba a convertir rápidamente en una de sus películas favoritas, junto con *El sacrificio* y *Sin aliento*. Imaginaba cómo aplaudiría con la extraordinaria aparición de la enorme y magnífica actriz favorita de todo el mundo, la brillante y sin igual protagonista de *Un lugar en el sol* y *La aventura del Poseidón* (¡qué maravilla!), kilos y kilos de talento y emoción en la figura de Shelley Winters, como la dueña de la pensión donde vive Polanski.

Pero Emilio no estaba.

Tenía que acostumbrarme a ver películas sin él.

Tenía que acostumbrarme a construir mi propio mundo. Un mundo sin él.

Lo primero que hice para construir ese mundo fue estudiar. Obligarme a aprender. Leer todo lo que encontraba. Al mismo tiempo me dediqué a observar; vigilaba el comportamiento de los demás: mi familia, mis compañeros de universidad, mis profesores.

El señor Segovia, un incansable reportero radial y mi profesor de Redacción General, decía que la percepción era lo más importante a la hora de escribir; la técnica o el vocabulario eximio se podían aprender después. También nos prohibía el uso de lugares comunes como «entre estas cuatro paredes» o «incendio dantesco». Una habitación no siempre tiene cuatro paredes y Dante no inventó el fuego ni era pirómano.

El señor Segovia era un periodista de calle, no de oficina. Según él, tenía un temperamento demasiado impredecible para estar sentado todo el día. Una mañana de abril nos mandó a todos a reportear el triunfo de Cecilia Bolocco como la nueva *Miss* Universo: dijo que fuéramos a la calle, que habláramos con la gente y describiéramos el ambiente de celebración que se vivía en todo el país. A la semana siguiente llegó vestido de negro riguroso y nos advirtió que la asignación de ese día era solo para los más valientes, que tal vez las señoritas deberían abstenerse de participar en la tarea y que solo lleváramos nuestro carnet de la universidad y una libreta para tener dónde anotar.

En junio de ese año, doce personas del Frente Patriótico Manuel Rodríguez fueron asesinadas por agentes de la CNI, la Central Nacional de Informaciones de Pinochet. Tres semanas más tarde, el señor Segovia nos mandó una tarea de tres días de investigación periodística: nuestras fuentes serían los organismos de derechos humanos, las familias de las víctimas y los mismos agentes de la CNI, si podíamos conseguir algún contacto con ellos. Decidí que tenía que hablar con mi hermano.

Me encontré con Fernando en el local de Los Pollitos Dicen… de Ahumada. Comimos pollo frito con papas y nos tomamos unas cervezas. Le dije que estaba haciendo un trabajo para la universidad y que necesitaba información sobre un atentado que había ocurrido hacía unas semanas; los medios convencionales como Canal 7, *El Mercurio*, Canal 13 o *La Tercera* habían hablado de un enfrentamiento entre la CNI y un grupo de terroristas. Fernando me contó lo que sabía de la Operación Albania: que las doce personas habían sido asesinadas a sangre fría cuando iban llegando a sus casas y durante el transcurso de dos días, no en medio de un enfrentamiento. Tanto la prensa como el gobierno estaban decididos a decorar la información porque el operativo se les había escapado de las manos.

Escribí una crónica de ocho páginas llamada «Volver a casa: La verdad sobre la Operación Albania». No quedé muy conforme con el resultado. La información era prácticamente nula, aunque tenía momentos de emoción y descripciones muy acabadas de la atmósfera. Segovia me puso la nota más alta, un 6.2, y me obligó a leer la crónica frente a mis compañeros. Todos me odiaban.

Mi meteórica popularidad en la clase del señor Segovia no duró demasiado. A los pocos meses descubrí que lo único que me gustaba era escribir. El resto no solo me costaba: me deprimía. Ni la noticia ni el reporteo ni la prensa televisiva me llamaban la atención. No tenía más talentos ni capacidades, solo juntar una palabra con otra e inventar historias, muchas historias. Eso era lo único que podía hacer. Odiaba investigar temas que no me apasionaban; no toleraba la política ni los temas científicos y menos los deportes. Mis compañeros querían ser comentaristas de espectáculos o heroicos periodistas de denuncia, reporteros de fútbol o animadores de matinal. Yo no. Yo solo quería que me dejaran en paz.

En ese tiempo escribí mi primer relato, «Los perfectos absolutos», sobre una cita entre un hombre y una mujer que termina con un horrible accidente carretero. Lo mandé a un concurso de cuentos con la esperanza de que a alguien le gustara. Tres semanas más tarde me llegó una carta muy formal firmada por dos escritores ancianos y una crítica literaria, el jurado del concurso: «La editorial Puto El Que Lo Lea agradece su interés. Su relato no coincide con la línea que Puto El Que Lo Lea y la revista femenina *El Hoyo Peludo* quieren potenciar en este certamen literario. Lo instamos a seguir participando».

Emilio empezó a trabajar en Avance 2000, una productora de publicidad donde era parte del equipo creativo; según él, se pasaba todo el día dando ideas para que otros las presentaran como suyas en almuerzos y cenas. Le pagaban poco, tenía que levantarse temprano y además estaba obligado a soportar a José Pablo Alemparte en la casa y en la oficina. Su madre estaba feliz, no solo porque había vuelto al hogar y de nuevo daban la impresión de algo similar a una familia, sino porque finalmente y después de tantas directas e indirectas había terminado su absurda relación con mi hermana. Malú jamás la había comprendido.

Después de ese verano Susana no volvió a ser la misma. Se puso desconfiada y menos espontánea, no trabajaba ni estudiaba. Decía que no tenía ánimo para salir de la casa. Si alguien le preguntaba cómo se sentía, ella decía que estaba convaleciente. Tampoco tenía más amigas además de la Cara de Lenteja; ella era la única que podía soportarla. Mi mamá decía que el día menos pensado la Mechita Chica, tan simpática esa chiquilla, se iba a cansar de las mañas de la Su y hasta ahí nomás iba a llegar la amistad. Sin quererlo, mi mamá maldijo la amistad entre Susana y la Cara de Lenteja.

Ocurrió el verano siguiente. En una playa del litoral central la Cara de Lenteja conoció a un infante de marina y se puso a salir con él; Susana dice que le regaló su flor más preciada. La Cara de Lenteja quedó embarazada a los dos meses de romance. Nunca más se separó del infante de marina. De un día para otro mi hermana perdió a la última amiga que le quedaba: trató de comunicarse con sus antiguos círculos, los compañeros de la escuela, los amantes, las amigas que primero la admiraban y después la descueraban cuando se daban cuenta de que ella tenía más éxito con los chiquillos. Ninguna respondió a los llamados de mi hermana. Se quedó sola, sin más compañía que mi madre, el televisor y un VHS que ni siquiera sabía usar. Yo pasaba casi todo el día en la universidad y cuando estaba en la casa solo comía, dormía y estudiaba. No tenía tiempo para conversar, mucho menos para ver una película o salir a tomar una cerveza.

Como Susana no tenía ninguna actividad, se quedaba todo el día en la casa. Ella decía que ayudaba a mi mamá con los quehaceres, pero en el fondo se levantaba a las once de la mañana y veía programas de videoclips hasta tarde en la noche. Algunos días se quedaba dormida con el televisor encendido y solo entonces se daba cuenta de que había pasado todo el día sentada, viendo la programación completa desde el matinal hasta el cine de trasnoche, pasando por las teleseries de la tarde, los programas de concursos, la teleserie nacional, las noticias y el *show* misceláneo. Todas las mañanas, cuando abría los ojos en la cama de una plaza en la que apenas cabía, pensaba en Emilio y en las razones que había tenido para dejar de amarla.

Emilio y Susana se vieron solo dos veces durante ese año: cuando cumplí los dieciocho y unos meses más tarde, antes de la Navidad, cuando nos encontramos con ella en la entrada del edificio.

Para mi cumpleaños dieciocho invité a algunos excompañeros del liceo y otros amigos de la universidad. Emilio me regaló un paquete de hierba, un disco de The Velvet Underground y una colección de diez películas, entre originales y otras grabadas por él. Escuchamos música y cuando mi vieja se fue donde la Meche Grande abrimos las ventanas y fumamos marihuana con una pipa que me regaló la Susana. Cuando vio el regalo que me había hecho Emilio, cerró los ojos y se quedó callada. Me había pedido que no lo invitara.

La noche de mi cumpleaños Susana y Emilio casi no hablaron. Susana le preguntó cómo le había ido en el trabajo y con un dolor en el corazón escuchó cómo él le contaba a qué hora se levantaba y qué camino hacía en el escarabajo para llegar de la casa de su mamá a las oficinas de la agencia, que quedaban en avenida Los Conquistadores, en la comuna de Providencia. Susana se imaginó a Emilio compartiendo esa misma rutina junto a ella, despertando y desayunando juntos para luego irse al trabajo.

Al día siguiente, mientras se maquillaba, me preguntó si yo pensaba que quizás con un poco de ayuda podía volver con Emilio. Solo habían pasado seis meses y ninguno de los dos había encontrado el amor; eso era una señal. Quizás había llegado el momento de cortar el sufrimiento y darse una segunda oportunidad para amar.

—¿Qué opinas, Balta? —me preguntó.

Me acerqué a ella, le tomé las manos y la besé en la frente.

—Habla —insistió—, ¿qué opinas?

—Olvídate de Emilio, hermanita.

—No me trates como si estuviera loca, ¿quieres?

—Sácate al Emilio de la cabeza —le sugerí—. Es totalmente imposible que vuelvas con él.

Susana disimuló su rabia. No era exactamente lo que quería escuchar. Levantó la cabeza frente al espejo y repasó sus pestañas con el rímel.

—Me pediste mi opinión y te la estoy dando.

—Bien huevona yo también —sentenció—. Qué sabes tú lo que siente el Emilio.

—Claro que sé.

—El Emilio te ve como un niño chico —acusó—. No te contaría sus secretos.

Mi hermana puso el dedo en la llaga. Dolió.

—El Emilio y yo fuimos novios tanto tiempo —continuó.

—Menos de seis meses, Susana.

—¡Fuimos novios y eso te da rabia! Compartimos muchos momentos súper hermosos que no volverán y lo que pasa es que tú tienes envidia porque nunca te invitamos a los planes.

—Conozco al Emilio tanto o más que tú, Susana.

—Más que yo, imposible —aseguró—. Yo sé por qué te lo digo.

Susana me miró a los ojos, desafiante. Cerró su estuche de maquillaje y se puso de pie para mirarse en el espejo de cuerpo completo.

La segunda vez que Emilio y mi hermana se vieron ese 1987 fue poco antes de la Navidad. Habíamos quedado de ir al cine; era un martes en la tarde y esa mañana había dado mi último examen, Fundamentos del Periodismo. Estaba agotado.

Emilio pasó a buscarme a la universidad y nos fuimos al centro. Pasamos a mirar libros a la calle San Diego. Me compré *El lugar sin límites*, de José Donoso, y *Cujo*, de Stephen King. Después nos fuimos a tomar unas cervezas al paseo Ahumada.

Eran las tres de la tarde y el centro estaba repleto de compradores furiosos. Emilio compró un diario para mirar la cartelera de cines. No teníamos marihuana. La cartelera era una mierda. Compramos una botella de pisco. Había solo películas navideñas o basura hollywoodense previa al Oscar. Nos tomamos unos sorbos de pisco para tomar una decisión. *Hechizo de luna*, con Nicolas Cage y Cher en mi cine favorito, el Ducal, justo frente al Teatro Municipal. Gracias a los sabios consejos de don Desiderio, con Emilio había empezado a odiar el cine comercial. *Tres hombres y un bebé*, o La Peor Comedia de la Historia del Cine, en el Gran Palace. Hollywood era una máquina de hacer salchichas y para comer salchichas teníamos la mala televisión. *Superman IV: En busca de la paz*, del artesano Sidney J. Furie, responsable de la espectacular *El ente*, en el cine Huérfanos. El Oscar y sus millones no eran sino otro recurso maléfico de la industria para exterminar a los autores y hacer un cine de productores cocainómanos y obsesionados con el poder. También estaban *Un detective suelto en Hollywood II*, *Detrás de las noticias*, *De tal padre, tal hijo*, *Nunca te vi, siempre te amé*, *Pelle, el conquistador* y un programa doble en el Rex 3 compuesto por las nefastas *Locademia de Policía III: Los polilocos se dislocan* y *Locademia de Policía IV: Los ciudadanos se defienden*. Estábamos a punto de resignarnos a *Pelle, el conquistador* cuando Emilio vio en la cartelera del Cinelandia, en la calle Puente, un programa triple navideño de sexo y terror: *Sangre de vírgenes, Excitante agujerito* y *La isla del devorador de mujeres*. Compramos más pisco, lo guardamos en la mochila y luego nos fuimos caminando por el paseo Ahumada hasta el cine, que quedaba cruzando la Plaza de Armas. Como era rotativo, no importaba entrar a la mitad de una película y después ver el comienzo. Tampoco pedían carnet.

No era la primera vez que íbamos a un programa triple: antes habíamos aprovechado un ofertón del cine Real. Tuvimos la suerte de asistir al mejor programa triple de terror ofrecido en los tiempos de los rotativos: *La mosca*, una de mis películas favoritas de David Cronenberg, protagonizada por uno de mis primeros símbolos homoeróticos, Jeff Goldblum; *Inseminoid*, una mala copia de *Alien* pero con más sexo y *gore*, dirigida por Norman J. Warren, y la impresionante *La granja macabra*, una comedia de violencia y terror con Rory Calhoun dirigida por Kevin Connor. Todo por doscientos pesos.

Pero los programas triples del cine Real no eran como los del Capri. En el Real llegaban las películas uno o dos meses después del estreno oficial; era una segunda oportunidad para ver estrenos a un precio más módico y acompañados de otras películas menos taquilleras, más antiguas y menos comerciales. Aunque no solamente había estrenos, también cine B cuyas copias deambulaban de sala en sala. El cine Capri, en cambio, tenía una cartelera más orientada hacia lo erótico.

Llegamos al cine y nos instalamos atrás. Estaba empezando *Sangre de vírgenes*, la mejor película del argentino Emilio Vieyra y protagonizada por un joven Walter Kliche. Emilio sacó de su mochila la botella de pisco. La película empezaba con un prólogo donde el vampiro encarnado por Walter Kliche era condenado a vivir por el resto de sus días como un chupasangre. La secuencia de créditos presentaba a una gaviota en un plano congelado, como si se tratara del vampiro convertido en murciélago.

Nos reímos mucho con *Sangre de vírgenes*: era una oda al cine de terror de la productora británica Hammer mezclado con el cine erótico de explotación que se hizo mucho en esa década, los setenta.

Cuando empezó *Excitante agujerito* ya estábamos bastante borrachos. Al cine empezó a entrar más gente. Eran las seis de la tarde, todavía nos quedaban dos películas incluida la que más queríamos ver, *La isla del devorador de mujeres*. Con ese nombre no podía ser mala.

Excitante agujerito se llamaba *O olho mágico do amor*. Era una película brasilera de principios de los ochenta, de bajísimo presupuesto. Filmada casi exclusivamente en una oficina y un departamento de Sao Paulo, en el barrio denominado Boca do Lixo, la película contaba la historia de una chica que vigila obsesivamente a su vecina, una prostituta, a través de un agujero que encuentra en la pared. Mientras la veía pensé que no se trataba exactamente de una película, era solo un pretexto para mostrar un montón de viñetas sexuales sin coherencia entre sí. Como *El show de Benny Hill*, pero un poco más explícito. La mayoría de las escenas eróticas estaban cortadas.

Dos espectadores sentados adelante se cambiaron de puesto; eran dos hombres de unos cuarenta años, de traje y corbata. Uno de ellos se sentó una fila más atrás. El otro se sentó a mi lado, a un lugar de distancia. Inmediatamente me acordé del prólogo de la película *Él sabe que estás sola*, donde una chica es atravesada por un cuchillo que el asesino clava a través de la butaca de un cine.

El hombre sentado detrás de Emilio se movió; la butaca crujió mientras cambiaba de posición. Lo miré de reojo, pero no alcancé a ver nada. Al fondo del cine se escuchaban los golpes de la puerta del baño y el sonido de botellas que rodaban por el suelo.

Emilio me miró de reojo. Por suerte el bodrio de *Excitante agujerito* estaba terminando, ahora venía lo que realmente queríamos ver.

El hombre sentado a mi lado acomodó unas bolsas en el suelo. Eran de los Almacenes París: me fijé en que contenían paquetes de Navidad envueltos en papeles de regalo colorinches. En la pantalla, tres chicas fingían un orgasmo. El hombre de los regalos abrió su chaqueta y se apoyó en la butaca hasta quedar estirado; el que estaba en la fila de atrás se acercó a Emilio y le dijo algo que no entendí. Emilio reaccionó, me miró de reojo y lo ignoró. El hombre que estaba a mi lado se rio como si se hubiera tratado de un chiste, y el de atrás se acercó de nuevo.

—Ya, rubio. Aquí te espero —dijo en voz baja. Ahora escuché claramente sus palabras.

Emilio no se movió.

—No te hagas de rogar —insistió.

Emilio me miró de reojo. El hombre a mi lado disimuló una carcajada. Bajé la cabeza y entonces vi que tenía el pantalón abierto. Se estaba masturbando.

—¿A qué vienen entonces, los huevones?

Traté de levantarme, me dio miedo. Emilio estiró una mano y me detuvo.

—¿Adónde vas? —preguntó.

—Vamos.

Emilio negó con la cabeza. La película brasilera se terminó; se encendieron las luces del cine. Hubo un rápido movimiento en la platea: los espectadores se levantaron rápidamente y aprovecharon el intermedio para ir al baño. Emilio y yo nos quedamos sentados. No sabíamos qué decir: con las luces encendidas Cinelandia se veía pobre y sórdido.

—¿Por qué te quieres ir?

—No sé —respondí—, na' que ver. Nos puede pasar algo.

—¿Qué nos va a pasar? ¿Nos van a violar?

—Por ejemplo.

—Estás loco. Son unos pobres viejos maricones.

Unos pobres viejos maricones haciendo fila para entrar al baño del Cinelandia, echar una meadita y masturbarse a la rápida, como quien no quiere la cosa. Emilio me tranquilizó, dijo que no nos podían hacer nada porque habíamos pagado la entrada; queríamos ver qué mierda era *La isla del devorador de mujeres* y por qué ninguno de los dos sabía absolutamente nada de ella. Nunca había visto un afiche de la película impreso en el diario *La Tercera*. Tampoco conocía su título original, el director o el elenco.

El intermedio duró cinco minutos. Los espectadores volvieron a sus puestos. Nos fijamos en que no había ni una sola mujer en el cine: solo hombres, la mayoría de entre treinta y cuarenta años. También había un par de tipos menores que nosotros, posiblemente putos. Emilio dijo que en esta clase de cines no era raro encontrar putos. Le pregunté cómo sabía él ese detalle. Me dijo que solo lo sabía, que alguien le había dicho.

Me mintió.

⌘

—No sé de dónde podemos sacar información. No se me ocurre.

Encendió un cigarro y se aferró al volante del escarabajo.

—¿Vamos mañana a la Biblioteca Nacional?

Íbamos por avenida Departamental.

—¿Qué vamos a hacer en la Biblioteca Nacional, Balta? Ni siquiera sabemos el título original de la película.

—Ese es el título original: *La isla del devorador de mujeres*.

Él negó con la cabeza.

—No puede llamarse así. Es una coproducción entre España, Francia y Alemania.

—¡Pero en la película aparecía ese nombre!

Perdió la paciencia. Estaba frustrado, confundido y adormecido por el litro de pisco que nos habíamos tomado entre los dos.

—No era el título original, era solo un cartón con el nombre en castellano. ¿No te diste cuenta?

—Obvio que sí.

Respiró profundamente. Se pasó la mano por los ojos y aceleró.

—Acuérdate del nombre del director.

Miré mi mano escrita con lápiz pasta rojo: «Clifford Brown».

—Nunca lo había escuchado —dijo él—. Muy mala la película, en todo caso.

—No era tan mala —lo corregí—. Tenía buenas muertes.

—Balta, atina, era una mugre. La actriz miró a la cámara toda la película. Además estaba entera cortada.

No paramos de hablar. Conversamos exclusivamente sobre lo que pasó en la pantalla del Cinelandia y no entre sus butacas.

—Igual estaba cortada —reconocí—. Pero eso no es culpa de la película. Ni de Clifford Brown.

—¿Quién será Clifford Brown? —se preguntó él—. ¿Será español o francés?

—Lo vamos a averiguar —le prometí—. Quédate tranquilo. Igual voy a ir a trabajar un rato mañana a la Biblioteca Nacional.

—Balta, mañana es sábado. Y no falta nada para la Navidad.

—Me importa una mierda la Navidad.

Bajé la ventana del auto. El viento me refrescó.

—Vamos a tener que empezar a ir más seguido a estas funciones —le sugerí.

Lo miré. Él se rio.

—Dan películas que necesitamos ver.

—Además, a ti te gusta el *hueveo*.

Lo miré seriamente; él sujetó el volante y se concentró en manejar. Quise pedirle que parara, que nos estacionáramos, que borrara su sonrisa *technicolor* y me dijera claramente lo que estaba insinuando; que me hablara de hombre a hombre porque esa era la única forma de solucionar estos malentendidos. Que fuera sincero y me contara lo que pensaba. Pero antes de abrir la boca pensé de nuevo en sus palabras. No entendí qué, pero estaba tratando de decirme algo.

—Nos podrían asaltar en ese cine.

—En cualquier parte te pueden asaltar. Menos en Las Condes, claro.

—No creas, a una amiga de la mamá la asaltaron el otro día. En Vespucio con Las Hualtatas, barrio súper decente y todo.

Me quedé callado. Él se volvió para mirarme, esperando algún comentario. Yo no dije nada, ya habíamos llegado a mi barrio.

—Bueno, te dejo aquí.

—Gracias por traerme.

—De nada.

Me miró con una sonrisa fingida. Conozco esa sonrisa fingida.

—Nos vemos.

Agachó la cabeza para mirarme mejor a través de la ventana.

—Es mejor que no le cuentes a nadie lo que pasó en el cine, Baltazar.

—¿Qué voy a contar? ¿Que casi nos violan, o que vimos una película de caníbales que ni siquiera sabemos cómo se llama?

Él no respondió.

—A lo mejor escribo una crónica para mi clase de Redacción General. Se va a llamar «Sexo entre las butacas: Una investigación sobre el submundo gay del Cinelandia».

—No seas huevón.

—¿Por qué no? A lo mejor me ponen buena calificación.

—Si escribes algo así solo te pido que no me nombres.

—¿Por qué no? Esto es periodismo, compadre. No puedo inventar.

—Ni se te ocurra, huevón. Lo que faltaría para terminar de matar a mi vieja: hacerme rarito.

Lo miré. Apagó el cigarro en el cenicero y me hizo un gesto de despedida con la mano.

—¿Qué películas vemos la próxima semana? —preguntó.

—Nos vemos mañana —le recordé—, hay sesión del Microcine.

Moví la cabeza y estiré una mano, despidiéndome; Emilio sonrió de nuevo y subió las cejas. Un viento imaginario me refrescó el cuerpo entero. El episodio del Cinelandia me había devuelto la ilusión y las posibilidades. También las ganas de seguir pensando, de pelear con más fuerza y, sobre todo, de ganar.

El motor del escarabajo sonó dos veces. Entonces apareció Susana con un montón de bolsas del supermercado; nos pidió ayuda. Emilio se bajó del escarabajo y nos fuimos los tres juntos y cargados hacia la casa, como si nada hubiera pasado.

⌘

Se acaba otra sesión. Don Desiderio habla sin parar sobre Murnau, a pesar de que no vimos ninguna película suya. El otro día vimos una de Murnau, *Amanecer*, que según don Desiderio se parece mucho a *Un lugar en el sol* con Montgomery Clift, Shelley Winters y Elizabeth Taylor. Dirige George Stevens. Las dos películas comparten el mismo patrón narrativo, como él le llama a la columna vertebral de los relatos cinematográficos.

Esta noche vimos *En un año de trece lunas*, de Fassbinder.

Me gustaría que don Desiderio proyectara en el Microcine *Un lugar en el sol*, que según la revista *Écran* en Chile se estrenó en 1952 con el nombre de *Ambiciones que matan*.

En un año de trece lunas nos deja devastados. A todos nos gustó, en especial a mí y a Emilio, pero nos faltan ganas para participar en el debate. Quedamos desanimados, sin fuerza para luchar ni confianza en la naturaleza humana. La vida es una mierda. Estamos mudos, pesimistas, muertos de hambre, sueño y una tristeza inconmensurable.

La señora Cassandra trata de animarnos hablando con pasión del cine de Rainer, como ella llama a Fassbinder; cuando lo hace es como si estuviera recordando que se acostó con él. Don Desiderio critica constantemente a Fassbinder por «la desmesurada teatralidad de sus relatos». Esta noche lo hace de nuevo, con las mismas palabras. La señora Cassandra mueve las manos en el aire y le recuerda que el teatro y el cine son artes hermanos y que esa teatralidad es la materia prima de muchas obras maestras de LA HISTORIA DEL CINE.

Don Desiderio se estremece.

En el Microcine de los Últimos Días apelar a LA HISTORIA DEL CINE es un suicidio. Si uno osa establecer que algo es sobresaliente dentro de LA HISTORIA DEL CINE (es decir, entre diciembre de 1895, cuando los hermanos Lumière proyectaron imágenes de la salida de los obreros en la estación, hasta la última película de Sandra Bullock), don Desiderio se quita sus anteojos, apaga el proyector para ahorrar luz y le dirige a uno su mirada más monstruosa.

—¿Cuáles son esas obras maestras de LA HISTORIA DEL CINE?

—Orson Welles, por ejemplo; *Los magníficos Amberson* y *El ciudadano Kane.*

—Orson Welles es distinto. Orson Welles es un genio.

—Chaplin.

—Chaplin también es un genio. Hablemos de gente común y corriente.

—Cállate la boca y dame un cigarrillo.

—Entonces deja de hablar del depravado de Fassbinder. ¡Sus películas no se tratan de nada! No hay historia ni personajes, solo el ego mastodóntico del director.

—Entre los cineastas Fassbinder es el último genio que existe, Desiderio. Y no lo digo yo. Lo dicen las revistas. Lo dicen los críticos.

—A la mierda los críticos. ¡Eunucos!

—Eso lo decía Fassbinder.

—Porque eso es lo que son: ¡eunucos!

Emilio se ríe.

—¿Y sabes por qué lo decía? —insiste don Desiderio, infatigable—. ¡Porque los actores y los críticos son, en esencia, lo mismo! ¡Eunucos! ¡Eunucos!

—¡Desiderio, eso es ridículo!

—¿Sabías tú que los actores nunca han sido buenos cineastas? Está comprobado.

—¿Pero qué estás diciendo, hombre, por Dios?

Nadie se mueve en el Microcine. Emilio levanta la mano.

—Don Desiderio —pregunta a gritos—, ¿y qué pasa con Eastwood y Allen?

—No existen —responde el anciano—, ¿quiénes son?

—No te hagas el gracioso, Desiderio. Clint Eastwood y Woody Allen son directores muy importantes del cine contemporáneo.

—¿Qué mierda es el cine contemporáneo?

—No me parece que sea la hora para esta clase de cuestionamientos. Los chicos están cansados.

—Clint Eastwood es un niño bonito y lo más probable es que termine contaminado con la mugre de Hollywood, haciendo películas de Doris Day.

—Doris Day podría ser la mamá de Clint Eastwood.

—Como sea. Y sobre Woody Allen creo que es un excelente guionista, pero aún no tiene la visión de un director. Le falta calle. Le falta riesgo. Le falta vida y le sobran libros, que es algo que les pasa a los judíos con mucha frecuencia.

—¡Desiderio! Qué comentario más gratuito.

—Es la verdad. No he visto *Hannah y sus hermanas* todavía y, a pesar de que la han comparado con *Interiores* y *Annie Hall*, a mí me gusta *Zelig*.

Los viernes son el día más esperado de la semana. Emilio pasa a buscarme a las cinco a la universidad, comemos algo rápido para espantar el hambre y luego nos vamos a Bellavista. Compramos marihuana con algunos de los artesanos que ya conocemos y después de fumar discretamente en una calle sin salida, justo frente a la casa donde vivía Neruda, nos vamos a la casa de Dardignac. En invierno la señora Cassandra nos espera con vino caliente y sopaipillas para pasar el frío.

A pesar de la regla que prohíbe hablar de otra cosa que no sea cine, a veces, cuando llegamos temprano, discutimos sobre política mientras comienzan a aparecer los demás. La señora Cassandra y don Desiderio son de izquierda; ella un poco más que él. Los dos militaban antes en el Partido Socialista, pero se alejaron poco antes del golpe por problemas personales que no cuentan.

Los primeros en llegar al Microcine son Los Profes. Gastón y Martín son una pareja de cuarentones, los dos profesores; Gastón da clases de Historia de Chile en el Colegio Verbo Divino y Martín, que no se cansa de repetir que es seis años más joven, de Educación Técnico Manual, asignatura también llamada Técnicas Especiales, en un liceo de la comuna de San Miguel. Gastón es más culto que Martín pero a los dos les fascina hablar de cine, en especial cuando se trata de defender sus películas favoritas de los comentarios burlescos de Emilio. Todo comienza con alguno de sus juicios demasiado absolutos. Basta una frase a la pasada («Hollywood ha muerto»), una opinión polémica («No me gusta todo el cine de Hitchcock») o un descubrimiento inusual («El mejor cine es el japonés») para desatar sus lenguas.

Gastón y Martín son adictos a la época de oro de Hollywood; dicen que las películas de ahora ya no se filman con esa pasión y lujo. Adoran *Qué bello es vivir* y los melodramas clásicos de Douglas Sirk. A veces también pelean con don Desiderio, en especial cuando él menosprecia las carreras de algunas divas de la gran pantalla como Mae West, Marilyn Monroe, Elizabeth Taylor o Joan Crawford, o hace poco, cuando calificó *Que el cielo la juzgue* como «un folletín hueco sobre una mujer neurótica». Gastón y Martín se levantaron de sus puestos y discretamente se fueron del Microcine. *Que el cielo la juzgue* era una de sus películas favoritas y no se podía conseguir en VHS, solo en Estados Unidos la vendían; Gastón se la había encargado a unos amigos, pero cuando viajaron a Nueva York de vacaciones no la encontraron en las tiendas y a él le dio un poco de vergüenza seguir insistiendo por teléfono para que la buscaran. Al final los amigos le trajeron de regalo una bufanda con renos navideños.

Amar fue mi perdición
Leave Her to Heaven
(Estados Unidos, 2015)

Dirigida por Sofia Coppola. Con Juno Temple, Dave Franco, Kevin Zegers, Diane Lane, Dianne West. Como en su momento lo hiciera Gus Van Sant con catastróficas consecuencias en *Psicosis*, de 1998, y de mejor manera Rob Zombie con *Halloween*, en 2007, el concepto de *remake* parece haber cambiado en la industria de Hollywood. A diferencia de lo que sucedía antes, cuando era sinónimo de fiasco, hoy los cineastas más renombrados aceptan este tipo de producciones como una manera de consolidar sus nexos con los grandes estudios y así aumentar sus ya abultadas billeteras, o como divertimentos donde el ego, la fama y el poder van de la mano del talento. En este caso es Sofia Coppola la encargada de llevar a la pantalla el melodrama de 1945 dirigido por John Stahl y protagonizado por la bella Gene Tierney como una mujer psicológicamente perturbada y dispuesta a todo con tal de conseguir al hombre que ama. Imitación plano a plano de su referente, esta versión solo modifica la escena clave, reseñada por Scorsese en su legendario documental *A Personal Journey with Martin Scorsese Through American Movies*: Ellen, en el lago, jugando a la muerte con un niño. Juno Temple logra un personaje extraordinario, físicamente impresionante, pero hacia el último acto de la película la moral del guion comienza a mostrar signos de envejecimiento; tal vez hacía falta una revisión del material para hacer de una película correcta un manual sobre cómo hacer el *remake* perfecto. Por alguna razón fue estrenada con el título consignado en lugar de *Que el cielo la juzque*, como fue conocida en el resto de Latinoamérica. INTERESANTE.

Don Desiderio dice que las grandes divas no fueron actrices de verdad, solo putas de los grandes productores. Puede que tenga razón, pero cada vez que expresa esa idea o algo parecido, los reclamos de Gastón y Martín no se hacen esperar. Citan *Casablanca* y *El ángel azul*. Con Emilio no he visto ninguna de las dos; creo que voy a tener que convencerlo de que las arrendemos uno de estos días.

Luego aparecen Las Amigas, dos estudiantes de periodismo que no entienden mucho lo que ven. Tienen carnet del club de amigos del cine arte Normandie y nos regalan cigarrillos cuando andamos cortos de plata. Sus películas favoritas son *El enigma de las rocas colgantes*, de Peter Weir, *Brazil*, de Terry Gilliam, y *Encuentros con hombres notables*, de Peter Brook.

Cerca de las diez aparecen nuestros favoritos, Los PseudoPunkis, tres amigos, Vicho, Tito y Hugo, todos estudiantes de arte de la Chile, adictos al cine de terror y ciencia ficción. Creen que George A. Romero es lo más grande del mundo, aunque nunca han visto una película suya porque su obra más conocida, *La noche de los muertos vivientes*, de 1968, se demorará veinticinco años en lograr una distribución local.

Los PseudoPunkis son muy cinéfilos, pero seleccionan cuidadosamente lo que ven. No pierden el tiempo. Odian Hollywood y la industria. Pero no los odian con ese síndrome de niño rebelde antisistema como Emilio o como a veces los odio yo también, sobre todo al enfrentarme cada viernes a la cartelera y no encontrar nada que ver. Los Punkis odian Hollywood como si fuera un monstruo. Solo ven cine independiente, clase B para abajo: películas baratas, de pocos recursos y ojalá protagonizadas por actores no profesionales. Desprecian el *star system* como al Papa y a Pinochet. Ven porno. Hablan de porno. Dicen que lo ven por trabajo, porque hacen videoarte e instalaciones, y además porque les gusta el sexo. Hace poco hicieron un escenario donde proyectaron imágenes de Vanessa del Rio en plena acción.

El líder de los PseudoPunkis, Vicho, un día cuenta que vio la mejor película de terror de la historia, *La masacre de Texas*. A Emilio le brillan los ojos. Conocemos *The Texas Chainsaw Massacre* por algunos libros, pero no existe ni una sola copia en circulación en los videoclubes de Chile. La película favorita del Vicho es una porno llamada *New wave hookers*, de los hermanos Dark.

Pasan varias sesiones del Microcine y el Vicho no para de hablar de *La masacre de Texas*. Hasta el momento solo hemos leído las reseñas que aparecen en la Enciclopedia del Cine Planeta, en cuyas páginas se indica que *The Texas Chainsaw Massacre* es un título definitivo para el género del horror y que Tobe Hooper logra conjugar la pornografía de lo explícito con la obsesión de Estados Unidos por los asesinos en serie, logrando una película dura, perturbadora y por momentos repugnante.

Emilio cree que el Vicho está mintiendo. Nadie puede haber visto *The Texas Chainsaw Massacre*. Hemos recorrido todos los videoclubes de Santiago buscando una copia. Alguien nos dijo que Videotime, una pequeña distribuidora independiente, la había sacado con el título de *Una masacre sin igual*. Nunca pudimos encontrarla. Lo único que habíamos visto de la película era gracias a la comedia *Diversión en el colegio de verano*, con Mark Harmon, donde dos jóvenes fanáticos del cine de horror veían la cinta e imitaban sus efectos especiales.

Emilio interroga al Vicho: le pregunta de dónde sacó la película. El Vicho le dice que la novia de su hermano es azafata y que la compró en Estados Unidos.

Pasamos dos semanas acosando al Vicho. Necesitamos conseguir ese VHS.

El trato es ir a buscar la cinta, volver a mi casa o a la universidad a copiarla y después devolverla intacta, ese mismo día. Finalmente el Vicho se la juega y nos consigue la película. Todo sale perfecto. Vamos a recogerla a la casa de la novia del hermano del Vicho, en La Florida; nos vamos por Departamental hasta mi universidad, donde nos conseguimos un VHS para copiar. No vemos ni un solo plano de la película, queremos guardarla para después. Dos horas más tarde estamos en el escarabajo, de regreso a La Florida, a devolver la cinta. Nos vamos a mi casa, aprovechando que Susana está en Cartagena visitando a unas primas de la Cara de Lenteja. Emilio está nervioso. Pone la cinta en el VHS y sirve dos vasos de cerveza. Brindamos: por Tobe Hooper, por el Vicho y también por la novia de su hermano.

En la pantalla se ve una carta de ajuste, alguno que otro problema que el *autotracking* del equipo se encarga de solucionar rápidamente. Que comience la función. Cuando la vemos nos damos cuenta de que no es *La masacre de Texas*, sino *La masacre de Texas 2*.

La señora Cassandra adora a Los PseudoPunkis aunque no entiende qué clase de películas son las que tanto disfrutan. Ella no conoce *La masacre de Texas* ni *Hazlos morir lentamente* ni la cinematografía de Joe D'Amato, Russ Meyer o John Waters. Es posible que nunca sepa quiénes son.

En las sesiones del Microcine la última en asomarse siempre es Mónica, envuelta en sus pieles falsas y su olor a incienso, y enfundada en botas de cuero hasta la rodilla.

No quiero hablar de ella, a menos que sea estrictamente necesario para la historia.

Ese año no me pierdo ni una sola sesión del cineclub. Decido tomarlo como una cruzada personal. Emilio falta dos veces. Se trata de una noche a la semana que debería quizás invertir en una novia, un grupo de amigos o una vida social. Prefiero dedicar esa noche a lo que realmente me apasiona, lo único en la vida real que me interesa de verdad.

Veo *Rio das mortes*, *Les carabiniers*, *Prénom Carmen*, *La rodilla de Clara*, *El miedo del arquero ante el penal*, *Alphaville*, *El ángel exterminador*, *El bello Sergio*, *El miedo corroe el alma* y *Querelle*, entre muchas otras. Además de ver las mejores películas de la historia del cine y caer en las redes de un primer amor imposible, me convierto lamentablemente en el mejor amigo de Mónica Monarde.

Al igual que Emilio, Mónica estudia Publicidad. Va en segundo año en un instituto privado que su padre paga no sin dificultades. Emilio dice que el instituto donde estudia Mónica es más caro que el suyo. Su familia debe tener plata. Aprendo que la gente de plata siempre se fija en si los demás la tienen.

Mónica es la hija de una familia de clase media de Puerto Varas. Vive con su gato, *Demian*, en un departamento de Providencia y se ha propuesto cambiar radicalmente de amistades: está cansada del mundo frívolo y sin sentido de sus amigos del instituto, todos derechosos, poseros y estúpidos, y en especial de sus compañeras de colegio, la mayoría pensando en la manera de casarse lo más rápidamente posible con hombres de dinero. Ella no es así. Ella solo quiere pasarlo bien, compartir unos margaritas y quizás, si la fiesta está buena, drogarse un poco, coquetear otro tanto y disfrutar de la vida. Nada más.

La conocemos en una función de Eric Rohmer, *El rayo verde*, en pleno invierno. La noche está fría, llueve sin parar. El Microcine no tiene calefacción. La señora Cassandra y don Desiderio están sentados en primera fila, iluminados por las imágenes de Rohmer, sus piernas cubiertas por chales que los gatos mastican cuando nadie los está mirando. Mónica se levanta de su sitio, se sujeta primero en mi hombro, luego en la cabeza de Emilio y después cruza el Microcine para alcanzar la puerta del baño. En el camino se tropieza con una mochila y cae de cabeza al suelo; don Desiderio y la señora Cassandra se giran para hacerla callar. El Vicho se ríe. Emilio ayuda a Mónica a levantarse.

Después de la función, nos vamos los tres caminando por Pío Nono. Todavía no son las doce de la noche y el humor rohmeriano me ha dejado inexplicablemente contento. Mónica habla de su intensa vida social y nos invita a una fiesta, esa misma noche, en un restaurante del barrio Brasil. Es una fiesta súper privada, no se puede entrar sin invitación; a veces tocan bandas y es lo más moderno de Santiago, promete Mónica. Emilio dice que tiene que trabajar temprano al día siguiente. Yo no tengo clases hasta el próximo lunes. Emilio no soporta a Mónica.

Mónica conoce a los dueños del restaurante. Es en la calle San Ignacio y a una cuadra ya se escucha la música. Mónica se consigue vodka gratis. Fumamos buena hierba y quedamos encumbrados en la pista de baile. Escuchamos a New Order y O.M.D.; Mónica se sabe todas las canciones. Habla inglés perfectamente porque a los ocho años se fue de intercambio a un pueblo de Colorado donde sus *foster parents* eran adictos al *crack* y a la música *new romantic* de los ochenta. Así conoció a O.M.D., New Order, Depeche Mode, Duran Duran y otros grupos menos famosos como Aztec Camera, Breathe o When in Rome.

Estamos un poco borrachos. Mónica me pide que la acompañe al baño. Entramos juntos; se baja los calzones sin cerrar la puerta de la caseta y orina con gusto mientras me habla de un tipo que conoció en otra fiesta, en el mismo lugar, la semana anterior. Octavio venía recién llegando de Francia y no conocía a nadie: sus padres fueron exiliados después del golpe y ahora los habían autorizado a volver después de casi diecisiete años. Mónica y Octavio se besaron en el pasillo que da al baño y hasta habían incursionado en otros pormenores que prefería no detallar.

Una semana más tarde, Mónica y yo nos sentamos juntos en el Microcine. Emilio tiene la celebración de los diez años de la agencia. Esta noche vamos a ver una película de Luis Buñuel, lo que siempre es un placer. Mónica no para de hablar, le gusta mucho *El ángel exterminador*, dice que es una de sus películas favoritas y que deberían hacerla en teatro, con actores de teleseries. Sería un éxito. Le prometo que algún día vamos a hacerla. La señora Cassandra nos hace callar.

Esa noche la presentación de don Desiderio es más extensa que de costumbre. Habla de *Ese oscuro objeto del deseo*, en una copia única en dieciséis milímetros que se consiguió en el Instituto Chileno-Francés.

—Para mí es un honor presentar esta película tan extraña y al mismo tiempo tan coherente con la filmografía de Buñuel. *Ese oscuro objeto del deseo* es la última obra de uno de los maestros del cine, un director que ha sabido captar tal vez como ningún otro el delirio, lo absurdo, lo incomprensible de la naturaleza humana. Queridos cineclubistas, amigas y amigos del cine, esta noche estamos todos invitados a un viaje al interior de la mente de un loco, un genio, un adelantado para su tiempo. El Microcine de los Últimos Días presenta aquí, en esta humilde casa, la obra maestra de 1977 dirigida por Luis Buñuel y protagonizada por dos actrices de quienes ya podremos conversar: Ángela Molina y Carole Bouquet, ambas interpretando al mismo personaje, Conchita.

—Desiderio, estás contando la gracia de la película antes de empezar.

—¡No es la única gracia de la película, Cassandra, por favor!

Don Desiderio y la señora Cassandra Valdés se definen a sí mismos como cinéfilos enfermizos.

—Por favor, ¿cuál es el afán de arruinar todo lo que digo, todo lo que hago? ¡Me quieres volver loco!

Me quieren volver loca es el título en castellano de *Nuts,* con Barbra Streisand.

—No te pongas melodramático.

Se conocieron por culpa del cine hace cincuenta y siete años.

—Quieres hundirme, eso es lo que pasa. Te gusta ridiculizarme frente a los cineclubistas para caerles en gracia.

—¿Quién te está ridiculizando, viejo, por Dios?

La señora Cassandra era una joven menuda y solitaria, la única hija de una modista y un empleado ferroviario. Vivía con su madre en el barrio de Estación Central.

Tenía diecinueve años, trabajaba como dependienta en la Cooperativa de Carabineros y su único refugio eran las sesiones de melodramas en salas repletas de humo. Su madre era muy católica y eso siempre las distanció un poco.

Don Desiderio había llegado a la capital a los diez años desde Montevideo, Uruguay, junto a su padre, su madre y cinco hermanos. Al comienzo le había costado adaptarse, los chilenos hablaban raro y no decían las cosas por su nombre.

Después, a la fuerza, se acostumbró. Con los ahorros de toda una vida su padre compró una bodega al final de la avenida Matta con la idea de poner una fábrica textil; el negocio no había resultado. Finalmente se instaló una panadería. Hasta los veintidós años trabajó quince horas diarias, sin descanso, para sacar adelante el negocio familiar. No sabía lo que eran las fiestas ni el trago, tampoco las mujeres.

Según la memoria de la señora Cassandra, que últimamente le falla bastante, un día maldito ella entró a la panadería del padre de don Desiderio y él de inmediato empezó a cortejarla. Le regaló unas galletas, le dio a probar unas facturas argentinas que estaban empezando a vender en el local y hasta la invitó a conocer los hornos para que supiera cómo se hacía el pan. La señora Cassandra no pudo ignorar sus atenciones y aceptó muy fríamente una invitación a tomar café. Al inicio de la cita creyó que estaba perdiendo el tiempo: consideró que don Desiderio era un hombre apuesto, simpático y educado, pero que no tenía inquietudes intelectuales ni un mundo personal. Este detalle inmediatamente la alejó de cualquier posibilidad romántica. Como era su estilo, don Desiderio la encantó con sus historias y las de sus cinco hermanos, le regaló un ramo de flores y le contó chistes que a la señora Cassandra le parecieron un poco subidos de tono para un primer encuentro. A pesar del interés que mostró por la dama, don Desiderio pensaba que era una mojigata y que seguramente ese café sería lo primero y lo último que compartirían en sus vidas. Ambos estaban listos para pagar la cuenta, despedirse y seguir adelante con sus rutinas personales, pero una pregunta de la señora Cassandra cambiaría para siempre el futuro.

Le preguntó si iba al cine.

Según ella, fue una mala idea; pronto entendió que don Desiderio era cinéfilo, pues coleccionaba viejos cortos en ocho y dieciséis milímetros y tenía una biblioteca completa sobre las grandes películas de la historia. Su favorita era *Más corazón que odio*, de John Ford. La señora Cassandra era fanática del cine francés, particularmente de *La regla del juego*, de Jean Renoir, aunque también disfrutaba mucho los melodramas hollywoodenses como *Angustia de un querer*, que había visto dieciocho veces y se sabía de memoria. Cuando descubrió que don Desiderio jamás se perdía el rotativo del cine Windsor y que lo trastornaba Rita Hayworth igual como trastornaba a su padre, decidió que era el hombre de su vida y que haría cualquier cosa que estuviera a su alcance con tal de conquistarlo.

Don Desiderio y la señora Cassandra no tenían ahorros. Ambos trabajaban todo el día y solo se veían una o dos horas en la noche, casi siempre en un café o en los asientos finales de algún cine céntrico. En uno de estos encuentros, más específicamente en el cine Metro, viendo una película francesa llamada *Las diabólicas*, ocurrió algo que, como el amor que había surgido entre ambos, tampoco estaba en sus planes. Habían pasado solo tres meses desde el primer encuentro cuando la señora Cassandra descubrió que estaba embarazada: fue al doctor, se sometió a los exámenes correspondientes y luego habló con sus padres. Desiderio habló con los suyos y les pidió ayuda económica para casarse porque estaba esperando un hijo; su madre le advirtió que la señora Cassandra era una mujer de mal vivir y que seguramente andaba detrás del negocio de la panadería.

La madre de la señora Cassandra la trató de prostituta. El padre lloró un poco pero luego le ofreció su apoyo incondicional porque un nieto suyo no podía pasar hambre. La señora Cassandra sonrió y le contó a don Desiderio que podían empezar a planear el matrimonio. Dos semanas más tarde se casaron en una discreta ceremonia a la que solo asistieron las familias y los amigos más íntimos; lamentablemente, el embarazo de la señora Cassandra duró apenas tres semanas, lo mismo que sus ilusiones de ser madre en los próximos veinte años.

Emilio llega a ver *Ese oscuro objeto del deseo* cuando la película ya lleva media hora. Se sienta junto a Mónica. Vemos la película completa y me gusta tanto que por un momento pienso que Luis Buñuel es uno de mis cineastas favoritos. Más que Truffaut. Más que Hitchcock. La película me hace sentir vivo.

Después de la sesión, el debate y las usuales peleas entre don Desiderio y su mujer, primero, y luego entre Gastón y Martín con Emilio, nos quedamos conversando. Mónica enciende un cigarrillo y nos pregunta a Emilio y a mí si tenemos alguna fiesta. Está aburrida, en Santiago no pasa nada. Emilio se burla de ella y le dice que no, que no va a fiestas. Ella nos encuentra aburridos. Ha visto recientemente *Diamantes para el desayuno* y dice que se siente muy inspirada por las peripecias de la protagonista, Holly Golightly. La señora Cassandra espera que Mónica termine de fumar y luego avisa que tiene que cerrar el Microcine; le digo que no se preocupe, que ya nos vamos. Pregunto si necesita ayuda. La señora Cassandra me guiña el ojo. Al principio no entiendo, pero luego Emilio me hace un gesto y le sigo el juego. Después de muchas vueltas y otro cigarrillo, Mónica informa que se va a un cumpleaños: se despide con una mochila en una mano y su cigarro aún encendido en la otra. La señora Cassandra me toma la mano y me confiesa que no hallaba la hora de que la Moniquita se fuera.

—Simpática, pero tan cargantita que se pone. Y ese timbre de voz tan desagradable que tiene, pobrecita, no es culpa suya.

—No seas chismosa, Cassandra, qué costumbre tan fea andar hablando mal de la gente.

—Claro, como tú eres tan respetuoso con los demás.

—Pero yo digo las cosas a la cara, no ando descuerando a la gente por detrás.

—Yo no estoy descuerando a nadie.

—¡Te escuchamos, Cassandra! Dijiste que la chiquilla era cargante y que estabas cansada de su voz. ¿Eso no es descuerar?

—Claro que no. Eso es un comentario.

—Bastante cruel tu comentario.

—Desiderio, ¿me quieres volver loca? ¿Ese es tu plan?

—Por favor, chiquillos, pasemos a la casa. Y perdonen el papelón de mi mujer.

—¡Déjame tranquila, viejo huevón!

Don Desiderio avanza frente a nosotros, ignorándola. Emilio me mira, sonriente. Avanzamos. Por la puerta de la cocina llegamos a un gran cuarto principal, es un living enorme y oscuro; en el centro del techo hay una gran mancha de humedad. Las cuatro paredes están cubiertas de estantes con libros. No hay pinturas, apenas una sola ventana que tiene las persianas cerradas. Nos sentamos en un sillón.

—Van a disculpar el desorden —se excusa la señora Cassandra.

—Mira cómo tienes la casa, mujer —le recuerda don Desiderio.

—Lo siento en el alma, chicos —ruega ella—. No nací para ser ama de casa.

—¿Para qué naciste entonces? —le pregunta él—, ¿podemos saber?

—Yo había nacido para artista, Desiderio, tú lo sabes —recuerda, fumando con verdadero placer—. Esa era mi sensibilidad. Cuando era niña dibujaba muy bonito. Tomé clases de piano y pintura, hasta pensé algún día estudiar Arte en la universidad, imagínate tú. Claro, eran otros tiempos. En mi juventud, ser artista era una condición peyorativa. Era ser prostituta.

—Los tiempos no han cambiado tanto, te diré —se burla don Desiderio.

—Desiderio despotrica contra los actores —nos cuenta ella—, pero es envidia. Siempre quiso estudiar actuación. ¿Verdad, viejo?

Don Desiderio no responde. Camina hacia un rincón de la sala.

—Eso, quédate calladito nomás —lo provoca ella—. Te callas porque sabes que es la pura y santa verdad.

Abre una despensa y saca una botella con un líquido de color rojo.

—¿Desiderio? —le pregunta—. ¿Necesitas que te ayude?

—Necesito que te calles la boca por un segundo y me dejes atender a las visitas.

Sirve cuatro copas en una pequeña bandeja metálica. La toma entre las manos y camina de regreso a a la sala.

—Por favor, chiquillos, sírvanse enguindado.

—Gracias.

—Salud.

—Por la tarea tan bonita que hacen los dos. Es un honor haberlos conocido.

—Salud.

Brindamos.

Don Desiderio se queja de la falta de dinero para pagar el servicio doméstico; es decir, una empleada a quien mandar. Por eso la sala principal está repleta de objetos, cajas y aparatos electrónicos en desuso. Explica que esa ala de la casa funciona como una oficina administrativa del Microcine: hay un escritorio donde semana a semana revisa minuciosamente la programación y un mostrador un poco más bajo donde se guardan las copias en celuloide. Hay que tener cuidado con no tropezar con un baúl o con pasar a llevar una caja de herramientas. No tienen comedor pero tampoco lo necesitan, don Desiderio dice que casi no comen porque la señora Cassandra no cocina. Cuando se casaron pasaba el día inventando recetas, pero corrieron los años y nunca más pudo freír ni un huevo.

—Me enamoré de la mujer más floja del planeta —reclama.

—¡Desiderio! —grita la señora Cassandra—, ¿qué van a pensar los niños?

—Que me estás matando de hambre, lo cual es verdad.

—Por Dios que eres exagerado.

—¿Qué tiene que ver Dios con tu problema?

—Yo no tengo ningún problema. No hagas un escándalo, te lo ruego.

—Tu problema, Cassandra, es que nada te importa —la acusa para luego dirigirnos su atención—. Por su culpa ya no nos visitan los amigos.

—¿Qué amigos? Nosotros no tenemos amigos.

—Yo tenía muchos amigos —recuerda él—. El Chico Vásquez, el Loco Fuentes, la María Fabiola...

—Esa es una vieja de mierda.

—Somos todos unos viejos de mierda.

—No me compares a mí con la María Fabiola. Eso sí que no te lo voy a permitir.

—¿Por qué no? La María Fabiola Pichara es una gran dama.

—Desiderio, me vas a matar. ¡¿Qué estás diciendo?!

—Se nota que no conoces a la María Fabiola Pichara.

—Como tú la conoces, claro que no. No puedo creer que hayas sacado a colación a esa vieja de mierda.

—No siempre fue una vieja de mierda.

—Pero apuesto a que siempre tuvo esa cara de turca amargada. ¿Por qué tenías que arruinarme la noche hablando de la turca Pichara?

—Yo no estoy hablando de la turca Pichara. Y no la llames así, se llama María Fabiola.

—¡Deja de decir su nombre!

—Dije su nombre porque te estaba explicando algo y ahora con este escándalo que armaste se me olvidó qué era.

—Estabas hablando de tus amistades y misteriosamente te acordaste de esa turca infame.

—¡Córtala de llamarla turca, Cassandra!

—¡Pero si es turca! ¿Cómo quieres que le diga? ¿Francesa? No es francesa, es turca.

—¡No seas ignorante, Cassandra! La María Fabiola es más chilena que los porotos.

—¿Cómo va a ser chilena? Esa es turca, por algo le decían la turca Pichara. ¡Y el sobrenombre no se lo puse yo, se lo puso la Rita!

—Le dicen turca porque la gente en este país es ignorante. Su abuelo nació en Palestina, y...

—¿Ves? Es turca.

—¡Es palestina, Cassandra! Me deprime tu incultura. Eres casi retrasada mental.

—¿Y qué culpa tengo yo de que sea turca?

—Los amigos dejaron de venir de visita porque aquí nadie los atiende. Cuando nos invitan tienen de todo: vino, comida, hasta postres.

Me levanto con la copa en la mano, cruzo la sala. No quiero perderme detalles de la discusión.

—¿Y con qué plata quieres que te tenga postres?

—No es una cuestión de plata, Cassandra. Se trata de saber administrar los recursos, eso es todo.

Desde la ventana se alcanza a ver la calle Dardignac. Nadie bajo la lluvia.

—No es bueno que estemos tan solos —se queja don Desiderio.

—No estás solo —le recuerda ella—, hay otros que están peor.

—¿Quiénes?

—Los cuatro millones de pobres que viven en este país.

—No empecemos con los cuatro millones de pobres. Yo también soy pobre y te apuesto lo que quieras a que no estoy incluido en esos cuatro millones.

Observo la chimenea que nadie usa. La superficie está cubierta de polvo.

—Tú no eres pobre, eres un pequeñoburgués.

—Yo no caigo en ninguna categoría.

—Eres burguesía pura. Te gusta el enguindado, disfrutas una buena comida, si tienes plata te compras ropa y...

—¿Ya ti no te gusta acaso comer bien o comprarte ropa?

—No, ya no.

—¡Cassandra, por favor! ¡¿A quién quieres engañar?!

Hay fotos sobre el marco de la chimenea.

Don Desiderio decide ignorar a la señora Cassandra y se pierde en el cine de Buñuel, luego salta a Fassbinder.

Es una hilera interminable de fotos familiares, estratégicamente ubicadas frente a la mesa del comedor.

Emilio le cuenta a don Desiderio que no ha visto *Bolwieser, amor que mata*, la última película de Fassbinder estrenada en el país.

Una de las fotos llama de inmediato mi atención.

Don Desiderio le ofrece sus apuntes sobre *Bolwieser, amor que mata*, que según él son bastante más interesantes que la propia película.

Es un retrato en blanco y negro.

La señora Cassandra sirve más enguindado y pregunta dónde estoy. Escucho su voz.

Primero hay una fotografía veraniega donde los dueños de casa salen abrazados, no demasiado felices para mi gusto.

Escucho la voz de Emilio: parece que estoy en el baño.

Veo otras fotos de viajes a Europa, paseos al norte y al sur.

Don Desiderio se pregunta qué película pueden exhibir en la próxima sesión del Microcine.

La galería de fotos se cierra con la más impresionante.

La señora Cassandra abre un cuaderno rojo donde anota todo lo relativo a la administración del Microcine.

La foto mide no más de cincuenta centímetros y está enmarcada en madera, con una cubierta de vidrio.

Como alternativas de programación están *Bella de día*, de Luis Buñuel, y *En el transcurso del tiempo*, de Wim Wenders.

En el retrato, un plano general desde una distancia considerable, solo aparece una mujer.

También le ofrecieron de una distribuidora una copia en préstamo de *El gran amor de Swann*, de Volker Schlöndorff, pero a don Desiderio le pareció muy mala cuando la vieron en el cine Huérfanos.

La mujer aparece en la foto con una cámara de cine, de pie, en una calle desenfocada que podría ser Bellavista o el centro de Santiago.

La señora Cassandra y don Desiderio solo van al cine cuando algo verdaderamente les interesa y, claro, anunciaron con bombos y platillos el estreno de *El gran amor de Swann*, con Jeremy Irons y Ornella Muti, y los dos se entusiasmaron, principalmente porque conocen al dedillo la carrera de Schlöndorff.

La mujer de la cámara tiene la piel muy blanca, casi transparente, y el pelo largo, oscuro, recogido en una cola de caballo.

La señora Cassandra y don Desiderio comparten las obsesiones como director de Volker Schlöndorff porque lo han seguido película a película desde finales de los setenta.

La cámara que lleva la mujer de la foto es de dieciséis milímetros.

Don Desiderio cree que *Bella de día* es una buena posibilidad.

La foto es muy simple.

La señora Cassandra dice que le encanta *Bella de día*, es una de sus películas favoritas, pero ya la han exhibido cuatro veces en el Microcine y la copia está un poco ajada.

El encuadre es sencillo, casi documental.

Don Desiderio le ordena a la señora Cassandra que programe la película de Buñuel sin buscarle la quinta pata al gato.

La mujer prácticamente no tiene expresión y al parecer nada está sucediendo.

Después de todo él es el proyeccionista y sabe cómo tratar las copias en dieciséis milímetros.

No es precisamente la imagen lo que más sorprende, sino la historia detrás de la fotografía.

—¿Quién es? —pregunto, ya con la foto en la mano.

Nadie responde. La señora Cassandra sonríe, toma la foto y la devuelve a su lugar. Emilio me mira. Se produce un silencio. Don Desiderio se bebe de un trago su vaso de enguindado.

—La velada ha terminado —ordena con voz de ultratumba.

La señora Cassandra nos mira con compasión, luego se acerca a don Desiderio.

—Él no tiene por qué saber nada.

—Se tienen que ir.

Don Desiderio llena su vaso nuevamente; esta vez lo hace sin quitarme la vista de encima. Los surcos de su rostro se hacen tan profundos que siento que puedo perderme en ellos. Se acerca con su vaso lleno. Me amenaza con la mirada, provocándome, esperando el momento preciso para hablar, torturándome en silencio.

—¿Quieres saber quién es? —pregunta, desafiándome.

Se traga el nuevo vaso de enguindado.

—Desiderio, déjalo —lo calma la señora Cassandra.

Emilio se levanta, acercándose a don Desiderio.

—Vámonos, Balta —dice—, don Desiderio tiene razón, ya es tarde.

—No, no se vayan —nos pide la señora Cassandra—. Por favor, no se vayan.

Emilio me mira, a la defensiva. Don Desiderio agacha la cabeza y toma el retrato. Lo mira por un momento. Parece que va a quebrarse.

—Viejo —lo anima la señora Cassandra.

Como un antídoto, su voz lo tranquiliza instantáneamente. Don Desiderio levanta la cabeza y me observa.

—Discúlpame, Baltazar —dice.

—No se preocupe, don Desiderio —le respondo.

Él me toma las manos y me enseña el retrato, entusiasmado. Sus ojos brillan.

—Ella es Vera.

La señora Cassandra le acaricia suavemente el hombro, emocionada. Emilio se acerca para ver el retrato.

—Es nuestra hija.

⌘

Vera Sofía Valdés tenía veintitrés años cuando le tomaron la última fotografía que se conoce de ella. La tomó su pareja de entonces, el estudiante de Educación Física Mauricio Ramírez Contreras, en las esquinas de las calles Santa Elena y avenida Matta, en la comuna de Santiago, durante una tarde helada de invierno.

Ella tiene la piel tiesa por el frío y los ojos muy abiertos, las manos desnudas afirmando la cámara de dieciséis milímetros y mirando a su alrededor con aire de pesadumbre y desesperación, como si alguien estuviera vigilándola.

Aunque se trata de un retrato, no hay nada posado en la foto: la expresión de Vera es espontánea, el encuadre artesanal y la composición tiene una sencillez que asombra. Por separado, sin embargo, estos detalles dan la impresión de que existe una mirada, una postura y un mensaje detrás de la foto, quizás de Mauricio o tal vez de la propia Vera. Imposible adivinar a quién se le ocurrió una foto tan simple y al mismo tiempo tan expresiva.

Han pasado más de diez años desde esa fotografía. Ahora descansa junto a las demás sobre la chimenea de la casa de los Valdés. Corresponde a un momento especial: es el último día de rodaje de *Fragmentos sobre la importancia del delirio*, la única película que Vera filmó como directora, coescrita junto a Mauricio, su compañero de facultad, primero amigo y coguionista, después, y al final, amante.

No todos los cineclubistas sabían de Vera. Era un tema reservado solo para quienes traspasábamos la barrera del Microcine, exclusivo para los invitados especiales que podíamos cruzar la puerta de la cocina y gozar del enguindado, las fotos, los cuadernos y los demás tesoros mejor guardados de la casa de la calle Dardignac. Mónica Monarde no se encontraba dentro de este selecto grupo; ella tenía otros planes más urgentes que beber licor barato y escuchar las discusiones de un par de ancianos decrépitos.

La señora Cassandra y muy especialmente don Desiderio eran muy cuidadosos con sus invitados. Desconfiaban de los extraños, en especial si hacían muchas preguntas. Ese era el verdadero motivo por el que habían cerrado la librería: los tiempos no estaban para correr riesgos. Ya no querían darle explicaciones a nadie.

Tenían miedo.

Desde 1980, fecha de nacimiento oficial del Microcine de los Últimos Días, los carabineros habían llegado cuatro veces. Sus visitas se habían hecho más frecuentes y menos amables; la última, el año pasado, poco antes del atentado a Pinochet.

Primero aparecieron los carabineros. Dijeron que tenían un dato: les habían comentado que en el barrio Bellavista unos viejitos escondían antisociales. Pero ni la señora Cassandra ni don Desiderio habían recibido en su casa a nadie, menos a terroristas, antisociales o como quisieran llamarles. La señora Cassandra, que siempre había sido más izquierdista que don Desiderio, decía que el terrorismo no existía; era un invento burdo del régimen para sembrar el pánico entre los pobres chilenos que solo querían trabajar en paz para llegar a fin de mes.

Después de los carabineros llegaron unos hombres de traje celeste; dos iguales, recuerda la señora Cassandra. Morenos, con el pelo largo a los lados y bigote. Se estacionaron en un auto a unos doscientos metros de la entrada de la casa. Don Desiderio los vio mientras ordenaba los libros en uno de los estantes del exterior. Fumaban como chimeneas. Después de un par de horas observando, se bajaron: preguntaron si ese era el domicilio de la señorita Vera Parker. Como sucedía cada vez que escuchaba ese nombre, don Desiderio se encrespó como un gato. Con voz cortante le respondió a los desconocidos que no, que no conocía a ninguna Vera Parker. Los hombres se miraron. La señora Cassandra se asomó desde la casa y preguntó lo que pasaba. Los hombres insistieron, uno de ellos amenazó con llevarse a don Desiderio a otro lugar para un interrogatorio oficial y como Dios mandaba. La señora Cassandra escuchó la palabra interrogatorio y sus peores pesadillas, esas que repasaba como si fueran un rezo todas las noches desde el primer día de la dictadura, adquirieron un tono de emergencia y realidad.

La señora Cassandra tuvo que rogarle a los hombres de traje celeste. Don Desiderio prefiere no recordar esa noche. La señora Cassandra les suplicó que no se lo llevaran. Él dice que ella se humilló frente a la autoridad ignorante del régimen. La señora Cassandra dice que tuvo que jurar por su madre que no estaban metidos en cuestiones políticas; don Desiderio recuerda cómo perdió toda la dignidad frente a las bestias hambrientas del aparato represor. La señora Cassandra reclama, grita, gesticula, porque una cosa es estar comprometido políticamente con una oposición lúcida e inteligente y otra muy distinta es ser huevón. Don Desiderio le pregunta si se avergüenza de haber lamido las botas de Pinochet; la señora Cassandra le dice que no siente vergüenza de nada y que si hay alguien que le ha lamido las botas a Pinochet en esta casa es él. Don Desiderio ofrece disculpas por los gritos de su mujer y cuenta que jamás ha sido pro régimen. La señora Cassandra opina que si no fuera por su providencial intervención con los hombres de traje celeste, quizás los dos estarían muertos. Don Desiderio se enrabia cuando vuelven a lo mismo. La señora Cassandra le refresca la memoria y lo acusa: los hombres de traje celeste se pusieron agresivos por su culpa, cuando a él se le ocurrió la brillante idea de negar a Vera. Sabían que vivía en Dardignac 799, ese siempre fue su domicilio. No había motivo para negarla pero don Desiderio, orgulloso y llevado a sus ideas como era, estaba obsesionado con que Parker no era el apellido de su hija. Parker se había puesto ella misma, poco antes del estreno de la película.

Después del incidente, don Desiderio se había cansado. No quería más noches en vela por culpa de la policía, tampoco atender a los estudiantes que aparecían de vez en vez preguntando cuánto costaba el VHS de la película perdida de Vera Parker, la del título largo.

Como si todo fuera plata.

Como si todo tuviera un precio.

El país había cambiado. La última vez que le preguntaron por Vera Parker, a don Desiderio le dio tanta rabia que terminó en el consultorio con alza de presión, dieta blanda y una semana en cama. Una estudiante de Comunicación Audiovisual, ¿qué basura era eso?, había llegado preguntando por la película, azuzada por un profesor de Historia del Cine a quien don Desiderio y la señora Cassandra conocían bien y tachaban de conservador oportunista. Al tercer día de su recuperación fue el propio don Desiderio quien le propuso liquidar los libros que quedaban y cerrar para siempre el negocio, que de negocio a esas alturas ya tenía bastante poco. Amaba a su hija pero cuando escuchaba ese apellido, Parker, le hervía la sangre porque recordaba a esa mujer, su madre biológica.

La historia de Vera, tan trágica como adictiva, comienza cinco años después de su nacimiento, hecho del que extrañamente nadie tiene registro alguno. En ese tiempo, comienzos de la década de los cincuenta, la señora Cassandra y don Desiderio no pasaban un solo día en la casona; jóvenes, recién casados e intentando superar un reciente primer aborto, tenían un grupo de amigos bohemios y de intensa vida social. Una noche, uno de estos amigos bohemios los invitó a un cumpleaños en el hermoso barrio Lastarria. La señora Cassandra recuerda que la fiesta fue apoteósica, con meseros sirviendo ostras, cientos de botellas de champaña, pianista y maestro de ceremonias. Don Desiderio piensa que es muy arribista de su parte detener la narración justamente en esos detalles frívolos.

Entre los invitados a la fiesta de Lastarria se contaba la más selecta intelectualidad santiaguina de entonces, incluidos periodistas de la radio, artistas y modelos, uno que otro político y una joven de la edad de la señora Cassandra, que en ese entonces recién tenía veintiuno o veintidós años, no lo recuerda bien, con quien tuvo una larga conversación acerca de los hombres, el sexo y la maternidad. Esa mujer se llamaba Trinidad Parker y era la madre biológica de Vera.

En una burbuja de humo de cigarrillo y al ritmo frenético del piano, la señora Cassandra le contó a Trinidad su historia, de cómo sin buscarlo se había encontrado con el gran amor de su vida y cuánto había luchado a partir de entonces por salir de la casa de sus padres para conquistarlo, seducirlo y casarse con él. Lo logró, pero solo a medias. La felicidad que alguna vez, hacía no mucho tiempo, le había prometido a Desiderio aún no era completa. Aunque entre los dos no se referían al tema, ella sabía que él guardaba el asunto como una frustración secreta, sin compartirla con nadie. La señora Cassandra pensaba que la felicidad era una cosa muy esquiva y que Dios no siempre cumplía sus promesas. Esa noche, en la fiesta, le contó a Trinidad del aborto que sufrió y de las ilusiones que se habían hecho como pareja. La niña tenía nombre: iba a llamarse Vera, igual que la abuela de la señora Cassandra, que era una mujer brillante.

Trinidad escuchó atentamente la historia de Cassandra; se emocionó cuando le contó que existían altas posibilidades de infertilidad permanente después del aborto que había tenido. No interrumpió para hacer preguntas. Tampoco dio su opinión. Pero cuando el relato llegó al tiempo presente aprovechó una pausa en la narración para advertirle a la señora Cassandra que era su turno. Había llegado la hora de contar su propia historia.

Hacía dos años que Trinidad estaba involucrada en una relación con un hombre casado, también presente en esa fiesta del barrio Lastarria. Desafortunadamente, dos días atrás había descubierto que estaba embarazada. El amante, un escritor de buen apellido y decano en una universidad, no tenía ninguna intención de reconocer a la criatura, mucho menos de dejar a su esposa; la única opción posible que ella veía se encontraba no muy lejos de ahí, a unas diez cuadras del barrio Lastarria, en una casa muy decente de la calle María Luisa Santander, casi esquina con calle Condell. El dato se lo había dado una compañera de trabajo. Solo tenía que llamar porque una doctora la estaba esperando al día siguiente para hacerle la intervención. Decían que el raspaje era algo muy simple, pero la doctora cobraba bastante caro y la recuperación era delicada. Trinidad le confesó a la señora Cassandra que estaba muerta de miedo.

Las mujeres se cayeron bien y brindaron por sus respectivas infelicidades. Trinidad tomó dos copas de champaña, la señora Cassandra las contó.

La siguiente vez que se vieron, una semana más tarde, en un café del centro, la señora Cassandra le llevó un regalo a Trinidad: un babero comprado en una casa de bebés del centro, y sin indirectas, metáforas ni eufemismos le propuso hacerse cargo de su hija. Estaba segura de que sería una niña.

Cuando la historia de Trinidad llegó a oídos de don Desiderio, él la retó por tomar decisiones sin preguntarle y luego le preguntó cómo se llamaba la niña. La señora Cassandra le dijo que no tenía nombre porque su madre biológica no podía tenerla, pero que a ella aún le gustaba Vera, como su abuela. Don Desiderio se quedó callado. La señora Cassandra le preguntó qué le parecía. Emocionado, don Desiderio le dijo que le gustaba porque admiraba mucho a la actriz Vera-Ellen, que aparecía en *Un día en Nueva York*, de Stanley Donen y Gene Kelly. Era un nombre muy bonito.

Pasaron nueve meses y Cassandra vivió el embarazo de Trinidad como propio. La visitaba en su departamento, en Estación Central, una vez cada dos semanas y a veces le escribía cartas; quería que la madre biológica se sintiera acompañada. Tal como lo había previsto, del padre nunca más tuvo noticias. Bastó contarle que estaba con un misterioso atraso en su regla para hacerlo desaparecer; nunca más le respondió el teléfono ni llegó a verla con ramos de flores y bombones finos. La señora Cassandra pensaba que los hombres hacían lo que se les daba la gana mientras paseaba sola por el centro, buscando regalos para la niña: ropa, juguetes de madera y unos ángeles que se colgaban del techo y que flotaban en el aire. Don Desiderio construyó una cuna.

El día en que Vera nació, la señora Cassandra y don Desiderio fueron al hospital para encontrarse con Trinidad; la madre estaba en la cama con los ojos abiertos y Vera en los brazos. Don Desiderio vio a la criatura y enseguida se enamoró de ella: nunca había visto una niña tan hermosa. Según él, ni siquiera se había imaginado que un recién nacido podía ser tan lindo. La señora Cassandra le entregó a Trinidad las flores, los chocolates y las revistas del corazón que había comprado como regalo; ella se puso a llorar y le dijo a una enfermera que necesitaba descanso. Ni la señora Cassandra ni don Desiderio entendieron lo que estaba pasando. La enfermera les exigió que salieran de la habitación. Trinidad miró a la señora Cassandra mientras se secaba los ojos con las sábanas.

Trinidad se arrepintió. En un mar de lágrimas, le pidió perdón a la señora Cassandra y le confesó que no podía entregarle a la criatura. No había un motivo. No tenía explicación. Era algo superior a ella, algo que jamás pensó que podía sentir. Habló mucho rato mientras Vera dormía entre sus brazos. La señora Cassandra escuchó, odiando y sintiendo cada palabra en lo más profundo. La perdonó, pero solo de dientes para afuera, como le comentaría a don Desiderio esa misma noche, la noche en que Emilio y yo supimos de Vera.

La señora Cassandra reconoce que en los dos años que siguieron nunca fue capaz de perdonar a esa mujer.

Un Jueves Santo, Trinidad tomó un autobús de la línea TurBus rumbo a Temuco; la pequeña Vera se quedó en la capital, con una tía. El chofer del TurBus se durmió al volante a la altura de Linares, la máquina giró sobre su propio eje por un defecto del camino y cayó por un barranco, partiéndose en tres pedazos. Trinidad murió junto a otros catorce pasajeros.

Cuando la señora Cassandra se enteró de la noticia, salió corriendo a la terminal de buses. No escuchó a nadie. Don Desiderio la detuvo y le advirtió que estaba perdiendo el tiempo, que legalmente la niña era hija de Trinidad y que ya no podían hacer nada; la señora Cassandra no lo escuchó. Se fue a Temuco en un bus, pero conscientemente evitó la línea TurBus. Cuando llegó a su destino los padres de Trinidad no habían logrado reconocer los restos porque eran muy ancianos y estaban en *shock*, y además porque en el cadáver casi no quedaban rasgos humanos, solo colgajos de carne y pedazos de hueso carbonizados en una expresión de sorpresa y horror. Eso fue lo que dijo la señora Cassandra.

Al buscar a Vera a su regreso, la señora Cassandra se dio cuenta de que la situación económica de la difunta Trinidad era incierta. Hacía poco la habían echado del departamento de Estación Central donde la visitaba durante el embarazo, no tenía un trabajo estable ni un seguro de vida que pudiera ayudar a mantener a la pequeña. Pero lo más grave lo descubrió cuando se ofreció a mudarla: Vera presentaba unas extrañas marcas en la espalda, además de claras señales de desnutrición. Al verla por segunda vez, la señora Cassandra se obsesionó con ella y se culpó a sí misma por haber permitido que durante dos largos años sufriera esos maltratos. Esa misma noche le dijo a Desiderio que iba a luchar todos los días de su vida hasta conseguir la adopción de Vera: tardaron tres años en lograrlo y gastaron una pequeña fortuna en abogados.

Vera creció en la casa de Dardignac rodeada de atenciones y estímulos artísticos de todo tipo. A los cinco años ya tocaba el piano; a los siete leía a Proust. La señora Cassandra y don Desiderio, en una de esas decisiones egoístas que los padres toman apresuradamente en la vida, juraron que nunca le contarían la verdad acerca de su origen. Don Desiderio interpreta esta decisión como una revancha inconsciente hacia la memoria de Trinidad. Sin quererlo deseaban castigarla de la peor forma: borrándola de los recuerdos de su hija.

A los diez años, en un paseo a la playa de Cau-Cau, la inquieta Vera tropezó mientras corría por un sendero costero: cayó al vacío desde una distancia de cuatro metros hasta un roquerío. Se rompió una pierna, un brazo, una mano y la columna. Su cabeza se golpeó contra el fondo del mar; el agua fría limpió sus heridas y la mantuvo despierta. Pasó dos horas agonizando, apenas soportando el dolor, cuando la encontró don Desiderio.

Una semana después del accidente, la señora Cassandra intentó suicidarse, se cortó las venas en la tina de la casa. Se sentía incapaz. Pensaba que era la mujer más inútil del mundo. Todavía lo piensa.

Vera pasó cuatro meses en el hospital. Los ahorros de toda una vida se fueron de un día para otro. La señora Cassandra y don Desiderio tuvieron que pedir un préstamo al Banco del Estado para cubrir los gastos; a veces pasaron hambre porque no había para comprar comida, o frío, porque la plata no alcanzaba para parafina. Lo importante era la salud de la niña, la que tanto habían luchado por tener. Don Desiderio empezó a trabajar turnos dobles en la panadería. Además, consiguió un puesto como acomodador en un teatro, el Teatro del Ángel.

El día en que Vera salió del hospital, don Desiderio y la señora Cassandra la estaban esperando con una cámara fotográfica: don Desiderio la había encontrado en un bazar de San Pablo a un precio razonable. Vera observó la cámara y, según la señora Cassandra, se rio.

Vera vivió encerrada en la sala más grande de la casa, la misma habitación que, varios años más tarde, se convertiría en el reputado Microcine de los Últimos Días.

Hasta los quince años, Vera fue una niña enferma. Las consecuencias de su caída la acompañarían para toda la vida. No hablaba, jamás sonreía y tenía problemas para dormir. No era que le costara comunicarse, no necesitaba comunicarse. Su única actividad era leer los libros que encontraba en el estudio de don Desiderio. Así vivió, postrada en la cama de fierro que dominaba el salón de la casa, rodeada de los cariños y afectos de sus padres putativos y de todos los libros, buenos y malos, pasando, por cierto, por Gore Vidal y Jacqueline Susann, hasta que un día la señora Cassandra volvió de la feria y la encontró leyendo en voz alta unos pasajes de *Madame Bovary*. Había pasado casi cuatro años y diez meses sin decir ni una sola palabra. Ese día, además, le llegó su primera regla.

La señora Cassandra no podía creerlo. A pesar de no creer en Dios, ni en nada que se pareciera a Dios, don Desiderio pensó que era un milagro. Luego de varias juntas médicas donde discutieron extensamente las posibilidades naturales y sobrenaturales de la recuperación de la niña, los doctores fueron cautos y apoyaron la hipótesis de la pubertad: el estado de Vera había sido interrumpido de manera hormonal con la llegada de su menstruación.

Desde ese día la recuperación de la niña fue fulminante. Al mes siguiente ya estaba caminando. Con cierta dificultad, pero moviéndose por sí sola; sin ayuda utilizaba el baño o salía a la ventana a mirar las estrellas. La señora Cassandra y don Desiderio buscaban las estrellas en el cielo, pero no veían ninguna; sin embargo, Vera les decía que estaban ahí y que brillaban por ella. Ya hasta les tenía un nombre a cada una. Mirando las estrellas se pasó los días hasta que la dieron de alta y volvió definitivamente a la casa. A fines de los sesenta el caso de Vera Parker Valdés se convirtió en un ejemplo de lo que en ese entonces comenzaba a llamarse «rehabilitación» y un caso conocido a nivel nacional.

Vera terminó el colegio graduándose con premios y honores, adjudicándose dos diplomas de excelencia: Mejor Compañera y Mejor Alumna de la promoción de 1970. La señora Cassandra y don Desiderio lloraron en silencio mientras simbólicamente Vera dejaba el uniforme escolar y recibía los diplomas escritos a mano. Entró a estudiar Asistencia Social a la Universidad de Chile en 1971. Es en esta etapa de su vida cuando, entre exámenes, fiestas y tertulias literarias, imbuida hasta la médula de la energía política del momento, asiste a una fiesta de una alumna de Pedagogía en la comuna de La Reina donde conoce a quien será su principal nexo con el mundo real, además de fiel perro guardián. Mauricio Ramírez, estudiante de Educación Física y luego alumno de Literatura, es el primer impulsor de la idea que, tres años más tarde, se convertiría en *Fragmentos sobre la importancia del delirio.*

Mauricio era un estudiante mediocre, pero le gustaba hacer deporte y jugar a la pelota, por eso había estudiado Educación Física. No tenía motivaciones artísticas y ni siquiera era muy aficionado al cine. Todo eso, claro, antes de conocer a Vera.

La señora Cassandra recuerda que ese año Vera llegó a la casa una noche con varios amigos; don Desiderio indica que eso fue mucho antes de que su mujer se convirtiera en una ama de casa descuidada e inmunda. La señora Cassandra lo para en seco, le advierte que inmunda jamás ha sido. Descuidada quizás, pero lo otro nunca. En ese tiempo Vera empezó a consolidar su círculo social, el mismo que más tarde le serviría como equipo de producción para *Fragmentos...* Don Desiderio recuerda que en la casa de Dardignac aún había vida y en el refrigerador quedaba comida.

La señora Cassandra les ofreció cazuela y jugo a los amigos de Vera. Mientras comían, y como una humorada infantil para celebrar la cazuela, uno de los jóvenes, el menos apuesto del grupo según ella, le dio un beso en la mejilla y se presentó como el futuro esposo de su hija. La señora Cassandra miró a Vera, confundida; nunca la había visto tan avergonzada. En ese momento entendió que Mauricio Ramírez no era un amigo como los demás, era alguien especial.

A veces la señora Cassandra pensaba que el accidente se había llevado un pedazo importante de la pequeña que conocía. Por los dolores que había sufrido siendo tan niña, Vera era una chica especial: rara vez se expresaba de alguna forma que no fuera indirecta. Tanto la señora Cassandra como don Desiderio aprendieron a interpretar su comportamiento como señales inequívocas de algo más. Si Vera despertaba una mañana más fría que de costumbre, por ejemplo, representaba un síntoma: o algo le hacía falta, o algo no estaba funcionando. Necesitaba un objeto en particular, por lo general lápices o cuadernos, o tenía ganas de hacer algo en los próximos días, como ir a la biblioteca o comer espagueti. Vera jamás expresaba estas necesidades; esa era su manera de hacérselo saber a quienes tenía a su alrededor, en este caso a sus padres.

Tanto la señora Cassandra como don Desiderio le tomaron cariño a Mauricio Ramírez. Era un joven de esfuerzo, muy trabajador, de carácter simple e ideas claras. Nunca se le pasó por la cabeza sentarse a escribir una historia, así por lo menos se lo confesó a don Desiderio. No le interesaban las letras. Sentía que le faltaba la paciencia para sentarse a escribir. Era hiperkinético, le gustaba la acción. Cuando escribió, una sola vez en su vida, lo hizo con el corazón y no con la cabeza. Lo hizo porque se había enamorado de Vera.

Fue a fines de 1971. Don Desiderio recuerda que eran tiempos veloces, en constante cambio. Había agitación en el ambiente, no solo política, también espiritual. Existía una sensación opresiva de que *algo* iba a pasar.

Un día Mauricio llegó a la casa de los Valdés y les contó que pensaba abandonar la carrera de Educación Física; quería cambiarse a Literatura. Ya lo había conversado con Vera y ella estaba de acuerdo. No entendía demasiado las razones de este quiebre tan abrupto en su vocación, pero lo aceptaba. Cuando le contó, además de apoyarlo y de besarlo por primera vez, lo incitó a escribir una historia, cualquier cosa: lo primero que se le ocurriera. La señora Cassandra dice que Vera conocía la imaginación de su amigo, no estaba pidiéndole que escribiera simplemente por escribir. Vera confiaba en que algo interesante tenía que salir de esa cabeza.

Lectora erudita y crítica implacable, Vera solo le pidió que no intentara nada importante ni pretencioso. Tenía que escribir de las cosas simples. Entonces Mauricio decidió que escribiría para ella.

La señora Cassandra recuerda que la primera vez que leyó el cuento Vera volvió a la casa en las nubes, completamente enamorada. Decía que Mauricio era poeta y que nadie, ni siquiera el ojo avizor de don Desiderio, se había dado cuenta.

Mauricio escribió a mano. Se demoró dos semanas en terminar. Vera revisó atentamente el manuscrito: eran veintidós páginas de un cuaderno de dibujo por ambos lados. Leyó sin parar ni detenerse, en un estado de compulsión mental, casi en trance. Al principio le pareció hermoso, un texto delirante con momentos muy emotivos tomados de la vida real. Le faltaba quizás describir mejor los hechos, las situaciones, la atmósfera, y además había algo no resuelto hacia el final, pero se había emocionado. Pensó que Mauricio tenía mucho talento.

Luego de un fin de semana largo en que, recuerdan sus padres, apenas asomó la nariz al living de la casa, Vera cambió de opinión sobre el trabajo de Mauricio. Ya no le parecía un texto tan logrado. Pensaba que, a diferencia de los personajes masculinos, las mujeres de la historia eran figuras políticamente ambiguas, que había una exageración en los elementos sexuales de la historia y que, lo peor de todo, el relato no tenía desenlace. Según los textos de cine que Vera había leído durante su recuperación, un cineasta podía hacer cualquier cosa y salirse con la suya, podía engañar al público hasta el hartazgo. Podía matar al protagonista en el primer acto de una película. Podía premiar al villano y castigar al héroe. Podía separar a la pareja romántica al final.

Lo que nunca se podía hacer era no tener un final.

Vera se concentró en la reescritura del texto. En ese tiempo solo se llamaba así, «Texto». Mauricio le dijo que era suyo, que podía hacer lo que quisiera con él o, si lo prefería, no hacer nada. Cuando le entregó el manuscrito, una noche en la entrada de la casa, se atrevió a besarla en la boca; Vera aceptó el beso. Mauricio le tomó las manos y le dijo que la quería. La señora Cassandra piensa que fue esa noche en que Vera decidió que se enamoraría de él.

En un mes de trabajo Vera transformó el cuento de Mauricio en un guion de ciento veinte páginas escrito a máquina, con un formato apropiado y el título definitivo de la obra. Dos meses después, luego de unos cuantos accidentados y escasos días de preproducción, se iniciaba el rodaje de *Fragmentos sobre la importancia del delirio* en un basural de la comuna de Independencia.

Cuando don Desiderio escuchó el proyecto de su hija, pensó que se avecinaba la peor desilusión de su vida: Vera iba a dirigir una película. La producción estaría a cargo de Mauricio y los actores serían algunos compañeros de teatro y otros amigos de la universidad. Recuerda que se sentó en el escritorio y le pidió que le contara qué quería decir con la película. Vera se quedó callada y le enseñó las ciento veinte páginas mecanografiadas.

—La verdad es que cuando lo leí, el guion se me hizo interminable —confiesa don Desiderio.

—Era un trabajo muy descriptivo, con mucho detalle —recuerda la señora Cassandra—. Costaba mucho leerlo.

—El guion es un oficio muy peligroso —advierte don Desiderio—. El guionista siempre va a pensar que la clave está en sus palabras, pero el guion no es una obra de arte: la obra de arte es la película. El guion es solo una herramienta de trabajo. En el guion escrito por Mauricio primero, y después por Vera, no había absolutamente nada improvisado o al azar. Todo estaba ahí, en el papel: desde cómo tenía que moverse la cámara para revelar un detalle de la historia hasta la forma en que tenía que caer el pelo de una actriz sobre sus hombros.

Don Desiderio ordena sus papeles sobre el escritorio; mientras lo hace me va mostrando lo que tiene en la mano. Me fijo en un papel blanco, fotocopiado.

Fragmentos sobre la importancia del delirio
Día 1
Citación: 07:00 de la mañana (Facultad)

Día 1. 13-1-1972: Casa de María

# Escena	Personajes	Descripción	Notas
1	María	María en su casa	Cigarros. Revista
2	María José	Se conocen	Vino
3	José	José en el baño	Cepillo de dientes
5	María	María al teléfono	
11	María Esperanza América Asunción	Almuerzan	Platos de comida
14	América Asunción	Hablan de María	

—No entiendo cómo lo hicieron —me detengo sin poder controlar la curiosidad y la envidia.

—Con muchos sacrificios —dice don Desiderio.

—Pero estamos hablando de 1972 —señala Emilio—, ¿dónde consigues plata para hacer una película en 1972? En ese tiempo en este país no había ni qué comer.

La señora Cassandra levanta la cabeza. Don Desiderio mira fijamente a Emilio; por un momento creo que nos van a expulsar de la casa. Entre los dos continúan el relato.

Luego de leer el guion corregido por Vera, Mauricio se enamoró aún más de la mujer que tenía al lado. Además, decidió que la iba a ayudar a cumplir el sueño de filmar su película. Sería como tener un hijo.

La producción se concentró en buscar las locaciones para el rodaje. Vera incentivó a su equipo, compuesto por cinco voluntarios, para que buscaran lugares simples, exteriores sencillos y amplios, no demasiado reconocibles, donde los actores pudieran concentrarse. La película se filmó principalmente en los patios de la Facultad de Ciencias de la Universidad de Chile, en un instituto ubicado en la calle República, en diversas calles del centro y en varias decenas de departamentos de la ciudad.

Luego de dos meses de trabajo y a una semana de empezar el rodaje, Vera aún no tenía la cámara para filmar. A través de unos amigos alemanes, Mauricio consiguió que le prestaran una de dieciséis milímetros por cinco días: se trataba de un equipo periodístico de Berlín que venía a filmar un documental sobre el segundo año del gobierno de Salvador Allende. Mauricio era amigo de uno de los productores y había conseguido la cámara y un operador gratis, solo por el interés de colaborar. Esa fue la primera de las ocho cámaras distintas utilizadas para filmar la película, en un total de cuarenta y cinco jornadas repartidas entre enero de 1972 y julio de 1973.

Fragmentos sobre la importancia del delirio
Elenco

María . . . . María Victoria Flores
José. . . . . José Muñoz
Magdalena . . . . Jacobina Subercaseaux
Tony, el enano . . . . Juan Anselmo Mújica Marín
Luis, el homosexual . . . . Lamberto Barra

Jesús, el judío . . . . Gino González
Tom, el negro. . . . . Arturo González
Tadeo, el comunista. . . . . Mauricio Ramírez

Fragmentos sobre la importancia del delirio cuenta la historia de María, interpretada por la actriz María Victoria Flores, que en ese momento cursaba segundo año en la Universidad de Chile. María es una mujer solitaria, emocionalmente alienada por la presencia de alguien que la vigila desde un rincón de su dormitorio. Esta presencia al comienzo de la película es algo invisible, pero pronto se encarna en la corporalidad de una anciana. A propósito de una fiesta de cumpleaños, María tiene un conflicto con la anciana, lo que la obliga a abandonar su «refugio», como lo llama ella, para salir a la calle. Ha sido exiliada de su propia casa por esta anciana, a quien los teóricos le atribuyen el rol de la madre, la mayoría, y de la dictadura como ente castigador el resto. Rodeada de personajes aterrados ante un cataclismo que tiene alcances políticos, sociales y hasta climáticos, María encuentra ayuda en José, interpretado por José Muñoz, alumno de Educación Física y uno de los mejores amigos de Mauricio. María y José escapan por una ciudad en ruinas. El caos los lleva hasta un pueblo donde existe una profetisa, la hermana Magdalena, encarnada por la actriz Jacobina Subercaseaux. Magdalena, la profetisa, se jacta de haber anunciado el principio del fin: de su revelación ha sido testigo un grupo de soldados, a quienes ha convertido en sus fieles discípulos. Magdalena tiene relaciones sexuales con cada uno de sus veintiún hombres, incluyendo a un enano, un comunista, un judío, un homosexual y un negro. El actor que interpreta a Tom, el discípulo negro, actúa con el rostro pintado. Don Desiderio recuerda que Vera siempre pensó que conseguiría un actor de color para hacer el personaje, pero al final ni siquiera alcanzó a buscarlo; uno de los asistentes de producción finalmente se tiñó la cara con corcho quemado y actuó para salvar la escena.

En este momento, cuenta don Desiderio, con la aparición del personaje de Magdalena y su *troupe* de mancebos, la película adquiere un tono metafísico que ni a él ni a Vera los convenció nunca. La señora Cassandra recuerda el primer plano de Magdalena enfrentándose con María y José en la entrada del pueblo llamado Hierba Buena; Vera había decidido filmar la escena en un camino ubicado en un sector de la comuna de Lo Espejo. Después del encuentro entre los desterrados María y José y la profetisa, Vera optó por insertar un plano de quince minutos en pantalla negra con el audio de una llave de agua que corre incesantemente. Cada dos minutos, en el centro de la pantalla negra aparecía un aviso con letras blancas que decía: «INTERMEDIO».

En ese momento don Desiderio revela la característica más importante y significativa de *Fragmentos sobre la importancia del delirio*. El primer acto cierra con el encuentro de los personajes en el camino a Hierba Buena y tiene una duración de ochenta minutos; el segundo acto dura ciento sesenta minutos, el doble que el anterior, lo que sumado a los quince minutos del intermedio da un resultado de doscientos cincuenta y cinco minutos.

—¿Qué? —pregunto sobresaltado, sin creer lo que escucho.

—Sabemos que es una locura —advierte la señora Cassandra.

—Era una locura en ese momento y es una locura hasta hoy —reconoce don Desiderio.

—¡Cuatro horas y quince minutos! No lo puedo creer —Emilio se lleva las manos a la cabeza.

—Es la película más larga de la historia del cine chileno —aseguro.

Don Desiderio asiente mientras abre un cajón con llave. Saca una carpeta y la abre; busca algo, ansioso.

—Aquí está. Para que vean.

Me enseña un documento que escoge entre varios papeles, boletas y facturas. Corresponde al Consejo de Calificación Cinematográfica; es un recibo de inscripción.

—Alcanzaron a calificarla.

Dice, escrito a mano:

TÍTULO: *FRAGMENTOS SOBRE
LA IMPORTANCIA DEL DELIRIO*
GÉNERO: NO CONSIGNA
DURACIÓN: 255 MINUTOS
CALIFICACIÓN: 18 AÑOS

Emilio revisa el papel y luego se bebe de un trago los restos de su vaso de enguindado.

—Gracias por la confianza... —levanta su vaso—. Don Desiderio, señora Cassandra, es una historia realmente apasionante.

—No hemos terminado, Emilio.

—Solo quiero saber cuándo podemos ver *Fragmentos sobre la importancia del delirio* —continúa—. No podemos seguir esta conversación si no la proyectamos antes. Podemos invitar a los demás cineclubistas y luego hacer una fiesta. ¿Qué les parece?

Don Desiderio cierra la botella de enguindado vacía y gira, observándolo. Se ríe, burlesco.

—Para ustedes todo es tan fácil —dice, molesto—. Quieren algo y lo consiguen. Quieren ver una película, caminan una cuadra hasta el videoclub y ahí está, la meten en ese aparatito diabólico y listo. Creen que la vida es así de simple, como el video; llegar y apretar. Pero la vida no es así. No, señor. La vida es dura e injusta.

—La película no existe —informa la señora Cassandra.

Emilio y yo nos quedamos mudos. Don Desiderio empuña las manos, indignado. Camina hacia la despensa con la botella vacía.

—¿Adónde vas, viejo?

Él no responde. Sale un momento. Se escucha el sonido de una puerta que se abre y luego se cierra en la cocina. Don Desiderio regresa a la sala con una botella nueva de enguindado recién salida de la despensa.

—Está perdida —confiesa apenas vuelve a asomar su pequeña cabeza.

—¿Cómo? —pregunto.

—Es una larga historia y son casi las cinco de la mañana —indica él, sin abrir la nueva botella—, ¿están seguros de que quieren escucharla?

—No nos puede dejar así —insisto—. Yo necesito ver esa película.

La señora Cassandra mira de reojo a don Desiderio.

—¿Qué te dije, viejo? —le pregunta—. Yo sabía que les iba a interesar.

Miro a Emilio, sin comprender. La señora Cassandra se acerca con la botella y la abre con dificultad, Emilio la ayuda. Ella nos sirve más enguindado. Su piel de porcelana brilla en la oscuridad del salón.

—¿Qué estarían dispuestos a hacer por ver la película de Vera? —pregunta.

—Cualquier cosa —responde Emilio—. Usted nos dice.

—¿Estarían dispuestos a buscarla, por ejemplo? —insiste ella.

—¿Dónde está? —pregunto.

Don Desiderio guarda cuidadosamente el recibo del Consejo de Calificación Cinematográfica.

—¿Viejo? ¿Sigues tú? Quiero fumarme un cigarro tranquila —le pide la señora Cassandra.

La señora Cassandra enciende un cigarrillo. Don Desiderio la mira, pensativo.

—Vera terminó el montaje de la película el invierno del 73 —continúa—. Un día llegó de la universidad muy entusiasmada y nos dijo que tenía una sorpresa. Nos juntamos en la sala. Mauricio había instalado el proyector y tenía una botella de champaña. Éramos los cuatro: Vera, la Cassandra, Mauricio y yo. Había llegado el momento. Fuimos sus primeros espectadores. Y estamos hablando de la primera versión que existe de *Fragmentos*, llamémosla la «versión original», la de doscientos cincuenta y cinco minutos.

—Cuando Vera nos dijo que duraba doscientos cincuenta y cinco minutos le preguntamos si pensaba cortarla. Dijo que no, que en realidad había pensado agregar tres secuencias más que en total completarían seguramente los... —la señora Cassandra se detiene un instante.

—Cerca de los trescientos minutos —completa don Desiderio.

—A mí me gustaba la versión de doscientos cincuenta y cinco —recuerda ella—, nunca entendí por qué quería agregarle más cosas.

—Simplemente porque no estaba terminada: esa no era la película que ella había concebido. Vera sabía lo que quería. Lo principal era no caer en convencionalismos ni etiquetas, ella era enemiga del canon —don Desiderio se acomoda en el sillón—. Estaba muy preocupada de ser encasillada en lo que hacía. Yo le pregunté muchas veces si estaba convencida. Nunca me respondió, pero se notaba que sufría; antes, durante y después del rodaje.

—No le gustaba montar —recuerda la señora Cassandra.

—Le gustaba, pero perdía la cabeza —la corrige don Desiderio—. Se ponía nerviosa con la variedad de posibilidades. Le aterraba la libertad que da el montaje. A Vera había dos cosas que la hacían enfermarse: los cambios, por insignificantes que fueran, y escoger. Le gustaba estar segura de algo, no pasar días y días imaginando soluciones posibles para una historia que ella conocía al revés y al derecho. Más que los actores, más que Mauricio o que cualquiera de su equipo, Vera era la dueña de la película. Ella quería que *Fragmentos* tuviera una duración de trescientos minutos. Al final logró una versión de doscientos cincuenta y cinco con un intermedio forzado de quince, pero ese no fue el problema.

—Claro que no.

—Deja de repetir lo que digo. Qué mala costumbre, Cassandra.

—Estoy apoyando tus palabras. Antipático.

—No me apoyes tanto. Estoy tratando de contar una historia y tú me distraes con tus frasecitas hechas.

—Lo siento. Por algo tengo boca, para opinar. Sobre todo si estamos hablando de *Fragmentos*.

La señora Cassandra abre una cajetilla nueva de cigarros; enciende uno sin quitarle la vista de encima a su marido. Don Desiderio hace una pausa. Emilio y yo escuchamos atentos, embriagados por la historia, el enguindado y la ansiedad por saber más.

—El problema no fue la duración de la película, que desde ya era una salvajada —continúa don Desiderio—; Vera lo sabía y nosotros en su momento le advertimos que tal vez lo mejor era comenzar con un proyecto más chico, pero ella se empeñó en seguir adelante. No quiso cortar el guion ni cambiar la historia para hacerla más simple. Uno de los problemas del guion era la cantidad de personajes. En su recorrido por este mundo que está colapsando (que mucha gente vio como un Chile que se venía abajo), María se topa con al menos treinta hombres, mujeres y niños que le ofrecen alguna visión parcial de los hechos. Ahí está el contenido político de la película.

—Eran otros tiempos —lo detiene la señora Cassandra—. En ese momento se hablaba mucho de política, era parte importante de la vida diaria de todos los chilenos. No existía ese terror que existe ahora a expresar tu opinión.

—Te estás yendo por las ramas. No estamos hablando de política, Cassandra.

—Todo es política. Sobre todo en dictadura.

Apaga su cigarrillo con firmeza en el cenicero.

—Vamos a empezar con el tango —la provoca don Desiderio.

Se miran a los ojos. La señora Cassandra no soporta que don Desiderio haya abandonado los ideales que alguna vez defendió con tanta pasión. Don Desiderio opina que la señora Cassandra es una vieja loca.

Él se levanta de su sitio y enciende el último cigarrillo de su paquete. Ella le pasa unos fósforos y continúa la historia:

—Vera terminó de montar y creo que ese mismo día o al siguiente vio la película con Mauricio, en el auditorio de la facultad; solo invitaron a los amigos que habían colaborado con el rodaje. Tenían una sola copia y, como era tan larga, costaba mucho programar una sala para verla. Esa misma noche hicieron artesanalmente los créditos, y entonces a Vera se le ocurrió cambiarse el nombre y ponerse Vera Parker Valdés bajo el título *Dirigida por* —se detiene un momento en el relato para vigilar con atención a don Desiderio—. Prefiero que no hablemos de ese detalle en particular porque, ya ven, no todos hemos superado el asunto como deberíamos. Ha pasado el tiempo y todavía nos quedan algunas heridas por sanar, ustedes comprenderán. A mí me ha costado menos, pero...

—Sigue con la historia, Cassandra —la apura don Desiderio—. La estás contando con mucha gracia.

Ella lo contempla un instante. Él asiente con la cabeza, como autorizándola para continuar.

—Se hicieron solamente dos funciones con público de la versión completa —prosigue la señora Cassandra—, una en la misma universidad y otra en el cine arte Normandie, en el trasnoche. Con Desiderio fui a las dos. ¿Cierto, viejo?

—Cierto.

—La película fue un éxito. Vera estaba muy contenta. La función de trasnoche salió a las cuatro de la mañana. Cuando encendieron las luces vimos que había gente sentada en los pasillos, otros compartían los asientos de a dos y hasta tres —la señora Cassandra respira profundamente, emocionada—. Un cortometraje puedes verlo de pie o mal sentado, pero no cuatro horas y cuarto. Aunque a ellos no les importaba: el público disfrutaba esas cuatro horas y cuarto. Estaban ahí para eso, para empaparse de un cine complejo, abstracto si tú quieres, pero vivo. La efervescencia traspasaba la pantalla. La gente salió del Normandie aplaudiendo, bailando; querían fiesta, querían trago, querían verla de nuevo. Después de ese trasnoche mítico en el Normandie, Vera se convirtió en una musa: todos la buscaban, todos querían ver la película. Aquí en la casa aparecieron algunos directores consagrados porque habían escuchado el nombre de Vera Parker Valdés y encontraban que el título de la película era tan expresivo que se preguntaban si existía alguna posibilidad de conseguir una copia para proyectarla en festivales y la payasá. La fantasía, esta idea romántica de hacer una película empezó a crecer. Llamaron de España, de Italia, de Bélgica. Todos querían ver *Fragmentos*.

Mi nombre es Vera P.
My Name Is Vera P.
(Estados Unidos, 2016)

Dirigida por Asia Argento. Con Astrid Donner, Zack Galligan, Miles Teller, Shiloh Fernandez, Charlotte Rampling, Anna Paquin. A medio camino entre el documental, la crónica de viaje y el melodrama político, el relato de esta nueva cinta dirigida por Asia Argento (*Scarlet Diva*) narra el despertar artístico de una joven tímida y enfermiza en un país azotado por la represión. Vera P. (Astrid Donner) se empeña en filmar su primera película, un experimento de larga duración al que empuja también a su padre (Zack Galligan) y a su grupo de amigos. Libremente inspirado en la brevísima vida y obra de Vera Parker Valdés, la trágica cineasta chilena asesinada en la dictadura y responsable de *Fragmentos sobre la importancia del delirio*, la película se toma varias licencias creativas. *Mi nombre es Vera P.* a ratos desconcierta, principalmente por la obsesión de su directora por tomar distancia con su protagonista; el miedo a caer en la lágrima simplona o la sensiblería telenovelesca paraliza el primer acto de la película, fundamental para comprender las contradicciones de un personaje interesante, pero complejo. En el elenco destaca Zack Galligan (*Gremlins*) como un cinéfilo loco, la siempre indispensable Charlotte Rampling repitiendo el rol que hizo hace cuarenta años en *La carne de la orquídea* y Miles Teller (*Whiplash*) como el enamorado novio de Vera. Atención con la secuencia del golpe de Estado y el bombardeo al Palacio de Gobierno, filmado como una soberbia animación de plastilina. RECOMENDABLE.

La señora Cassandra enciende otro cigarrillo con la colilla aún humeante del que acaba de fumar; al pasar don Desiderio la mira a los ojos y le toma la mano. Me fijo en que la aprieta con fuerza, casi con desesperación: es la única muestra de cariño que recuerdo entre los dos.

La señora Cassandra le acaricia la cabeza y, cigarrillo en mano, vuelve a nosotros.

—Vera tenía planificado el resto del año 1973 para viajar a varios festivales de cine y luego estrenar en Chile en enero del 74 —comenta—. Con Mauricio, estaba segura de que esa sería la primera de varias películas. Ya habían logrado una metodología de trabajo. Vera sufrió muchísimo con el rodaje y la responsabilidad de la dirección, pero finalmente todo había salido perfecto. Con muchos sacrificios lograron hacer dos copias de la película: la primera iba a viajar a Bruselas la noche del 10 de septiembre, pero el vuelo se canceló y las latas de celuloide nunca se embarcaron. Al día siguiente los militares salieron a la calle y se tomaron el país por casi dos décadas.

—Cassandra, cuenta qué pasó con la película.

—La película nunca salió del país. Del aeropuerto la devolvieron a la distribuidora; los militares encontraron la copia y se la llevaron. Vera pensaba que venían recomendados por alguien porque en las dos semanas previas al 11 de septiembre había aparecido mucho en los diarios: era la película allendista por excelencia, la que le iba a devolver al gobierno la libertad, la alegría de vivir y la experimentación. Todos los valores del comunismo estaban exaltados de manera totalmente inconsciente en la película.

—Yo no estoy seguro de si era tan inconsciente —la detiene don Desiderio—. Vera siempre tuvo un espíritu libertario muy del estilo comunista. ¿Y cómo no? Mira quién la crio.

—Yo no le inculqué valores a mi hija —se defiende ella—, Vera los encontró sola. Y me alegro por eso.

—No entiendo —pregunto, cada vez más intrigado—. ¿Qué pasó entonces con la película?

—Desapareció. Vera aún tenía la otra copia. En los primeros meses de dictadura Vera trató de recuperar las latas perdidas —dice la señora Cassandra—. A través de algunos contactos, Mauricio averiguó que los militares no las habían destruido. En enero del 74 Vera había quedado de reunirse con Mauricio, iban a reunirse con el equipo de trabajo de los *Fragmentos* para buscar una solución. Querían pedirle oficialmente al régimen que les devolviera la película. Mauricio nunca llegó al encuentro.

—¿Qué pasó?

—Lo vieron salir de su casa con unos tipos, en un auto —comenta don Desiderio—. Un mes después apareció muerto en un vertedero, cerca de Cerro Navia.

—Le habían cortado el cuello y tenía la cara destrozada a golpes —la señora Cassandra se emociona, fuma con pasión su cigarrillo y luego continúa—. Vera nunca se recuperó. A ella le tocó reconocer el cuerpo en el Instituto Médico Legal, Desiderio y yo la acompañamos. No lloró. No gritó. No se quebró en ningún momento. Lo único que dijo cuando salimos de las oficinas fue que quería saber la verdad, no importaba cómo. Pero ni eso pudo lograr, mi pobre niña. Desde tan chica condenada por la mala suerte. Qué tristeza más grande: fíjense ustedes que hasta eso le negaron estos desgraciados. El derecho a conocer los hechos, a saber las razones de por qué se llevaron a Mauricio. El régimen no solamente le quitó su película, que es lo mismo que perder un hijo, además le mataron al amor de su vida y para más remate después la obligaron a esconderse.

La señora Cassandra se deja llevar por las tragedias que recuerda. Don Desiderio la observa desde su sillón, sin apurarla. Emilio me mira, incómodo, esperando que intervenga. Yo sé más que él de la realidad política y puedo aportar al discurso. Cuando estoy a punto de preguntar algo, la señora Cassandra me detiene y luego sigue.

—Vera partió a Mendoza poco después del funeral de Mauricio. Le habían soplado que la DINA la estaba siguiendo.

—La DINA era la Dirección de Inteligencia Nacional.

—Eso lo saben. ¿Cómo no lo van a saber?

—¿Qué van a saber?

—Claro que sabemos —digo, siempre a la defensiva—, era la agencia de inteligencia de Pinochet. Lo que ahora es la CNI.

—La DINA era mucho peor que la CNI.

—¡No hables tan fuerte, mujer, que te pueden escuchar!

—No estoy diciendo nada prohibido ni ilegal, Desiderio.

—¿Cómo supo Vera que la DINA la estaba siguiendo? —pregunto.

—Siempre lo sospechó —contesta la señora Cassandra—. Sabía que estaba en la mira de los militares porque la película había dado mucho de que hablar. Estaba en la memoria de mucha gente. Una amiga que tenía un contacto en la DINA le dijo que su nombre estaba anotado en una lista, la lista de los líderes artísticos del proyecto de Allende. Poco después de enterarse de esta noticia la llamaron por teléfono; el aparato sonó tarde en la noche, eran pasadas las once. Yo contesté primero. Era una mujer. Muy educadamente dijo buenas noches, ofreció disculpas por la hora y sin dejarme hablar preguntó por Vera Parker Valdés. En ese segundo yo supe que algo estaba mal. Vera se asomó desde la pieza y me quitó el teléfono. Me acuerdo que se quedó callada, con los ojos bien abiertos, escuchando. La mujer le dijo que la iban a matar, que se preparara porque iba a terminar en el fondo del mar con su película. Ahora que lo pienso puede que todo esto haya sido verdad, pero también es posible que se trate solamente de inventos de gente ociosa. Hay que reconocer que, cuál más, cual menos, estábamos todos paralizados por el miedo a lo que podía pasar. Nadie estaba libre, eran tiempos muy inciertos. Con Desiderio fui a dejar a Vera a la terminal de buses, llevaba una maleta chica y otra grande con las latas de celuloide; nos dio un abrazo y dijo que llamaría apenas llegara a Temuco. Cuando llamó, a la mañana del día siguiente, recuerdo que sentí un alivio muy grande aquí en el pecho: fue como nacer de nuevo, y no estoy exagerando. A las pocas semanas en Temuco, Vera encontró trabajo en una tienda de fotografía del centro de la ciudad. Sabía mucho de cámaras y le gustaba lo que hacía. Estaba tranquila. Por la universidad había conocido a algunos estudiantes y la alojaban gratis. Así economizaba un poco porque no le quedaban ahorros; a nosotros tampoco.

—Eso no tiene importancia, Cassandra.

—Claro que sí. La plata que se invirtió en las copias salió de nosotros, y de Vera, por supuesto. Ella estaba muy agradecida y se sentía culpable de estar lejos, pero en el sur estaba contenta. Se sentía segura, creo yo; al menos eso es lo que me hizo creer cuando llamaba por teléfono, que estaba mejor que en la ciudad, empezando de nuevo. Otra vida, con otros amigos, otros amores. Todavía no se resignaba a lo que había pasado con la copia perdida de *Fragmentos*. Tanto tiempo y tanta plata invertida habían quedado en manos de los militares. Siempre me decía: «Mamá, acuérdese, si llega a saber algo, si alguien le comenta algo, no se olvide de mí», y yo le prometía que la película iba a aparecer, tarde o temprano teníamos que encontrarla. Vera cumplió veinticuatro años el 16 de noviembre de

1974. El 1 de diciembre salió como todos los días a la tienda de fotografía, en el centro de Temuco: cumplía un horario de nueve a siete, mi hija. Le gustaba mucho el trabajo, se entretenía con las cámaras. Era su mundo. Lo pasaba bien.

—Eso ya lo dijiste, Cassandra. Te estás repitiendo.

—Bueno, el 1 de diciembre salió, como todos los días, al trabajo. Tomó la micro y se bajó donde siempre. Caminó por la calle y, cosa extraña, pasó a comprar un café porque el día estaba helado: algo que nunca hacía porque mi hija no tomaba café. En una esquina la agarraron dos tipos, una mujer los vio desde el café. La empujaron al suelo y la insultaron. La mujer dice que Vera trató de resistirse, se puso la mochila en la frente, seguramente para que no la golpearan en la cabeza; Mauricio y otros compañeros le habían dicho que así tenía que defenderse en caso de una detención. Los hombres la subieron al auto. Nadie vio nada más. Al día siguiente apareció el cuerpo, sin ropa, a orillas de una acequia. Ni siquiera ropa interior tenía. En el campo apareció, en las afueras de Temuco, a la salida de un pueblo llamado Perquenco. Dicen que se la llevaron a un bosque por ahí cerca: mientras algunos desgraciados la violaban y la golpeaban, otro grupo de estos infames asaltaba la casa de Alfredo, el amigo con el que Vera se estaba quedando por unos días, en el centro. Los animales rompieron todo lo que pillaron, hirieron a los dueños de casa y manosearon a la hija. No se movieron hasta que encontraron las latas de celuloide guardadas en una bodega. Se llevaron la segunda copia de *Fragmentos sobre la importancia del delirio*. La película desapareció, igual que mi niña.

—No puede ser.

La voz de Emilio interrumpe a la señora Cassandra y retumba en la sala. Don Desiderio entreabre los ojos.

—Este es el país donde nacieron. Y es seguramente donde van a morir.

⌘

Íbamos a ser cómplices. Así era nuestro destino.

Primero íbamos a encontrar la película de Vera Parker Valdés para devolvérsela a sus dueños legítimos; seríamos héroes y nos entrevistarían en la tele. Después, aprovechando los contactos, íbamos a empezar a hacer películas. Cosas de bajo presupuesto, improvisadas, sin actores profesionales. Neorrealismo chileno puro con inspiración en John Cassavetes.

Íbamos a ver mil películas, incluida la filmografía completa de Brenda Vaccaro, y a hacer otras mil. Queríamos ser Scorsese, Coppola y De Palma al mismo tiempo. Nadie nos iba a parar.

El plan era salir temprano al sur, ojalá de madrugada.

Emilio pasó a buscarme a las cinco y media. Estaba oscuro. Me asomé por la ventana y le dije que me esperara. Me vestí apurado. Susana venía llegando de amanecida, seguro que de alguna kermés, escuchó ruidos en mi pieza y le extrañó: le dio susto. Se acordó de *Él sabe que estás sola* y *Cuando llama un extraño* y *Demasiado asustada para gritar* y esas películas de terror «real», como las llamaba ella, que había arrendado en el videoclub. Abrió la puerta de mi pieza. Me vio sin ropa; no le importó. Preguntó adónde iba y con quién. Suponía que en mi plan estaba incluido Emilio. Estaba muy borracha. No le respondí. Le pregunté qué había tomado, me dijo que de todo. Terminé de vestirme y me robé dos manzanas de la cocina. Susana desapareció. Me sentí un poco culpable por no despedirme de ella.

Tenía mucho sueño, había dormido dos horas. Me había quedado hasta tarde grabando un casete con el *soundtrack* perfecto para el viaje: The Smiths, New Order, Nadie y Los Prisioneros. A Emilio no le gustaban tanto Los Prisioneros, pero a mí sí.

Bajé las escaleras del edificio sintiéndome mejor que nunca; con sueño, pero feliz. Sería un fin de semana memorable, mejor que los otros fines de semana. Mejor que el paseo a Maitencillo. Este paseo tenía una meta y un significado. Pensé en Vera Parker Valdés y en *Fragmentos sobre la importancia del delirio* y en cómo esta aventura sureña nos iba a convertir en los héroes del Microcine de los Últimos Días: don Desiderio y la señora Cassandra nos amarían para siempre. Mi fantasía no tenía límites. Estaba tocando el cielo.

Por primera vez sentí que las cosas me estaban pasando a mí y no a los demás. Me sentí protagonista, y me gustó.

Salí de los departamentos de la villa. Cuando llegué a la cancha de fútbol vi cómo mis delirios de grandeza se hacían pedazos; también vi el escarabajo de Emilio estacionado, con las luces encendidas. Todavía no salía el sol. Susana estaba apoyada sobre el capó, mirando hacia el interior. Ebria.

—¿Por qué no me miras? ¡Háblame, huevón! —le gritaba.

Emilio se bajó para calmarla.

—¿Qué quieres que te diga, Su? —le preguntó.

—¡No me toques! —gritó ella.

—Pero si no te estoy tocando —se defendió él.

Susana se puso a llorar. Agaché la cabeza de pura vergüenza. Desde el traumático final de su relación no se hablaban. Él estaba dedicado a su trabajo, ella a comer pan y ver películas en VHS, además de salir a tomar vino con un grupo de amigos que nadie en la familia conocía. Todo había sido casual. En una de sus peores noches de tristeza, mi querida hermana había salido a fumar un cigarrillo a una plaza que quedaba a unas cinco cuadras de la villa, la Plaza Alemania. Fumando en la Plaza Alemania, a eso de las ocho de la noche, había conocido a tres amigos recién egresados de cuarto medio, todos muy buenmozos, según ella. Eran de un colegio de Macul y ese mismo día habían dado el último examen de la Prueba de Aptitud Académica (la aterradora P. A. A.) para entrar a la universidad. Los tres estaban borrachos y emocionados, era un día importante. Le ofrecieron pisco con jugo y más cigarros, estaban celebrando. Mi hermana brindó y les deseó suerte a los tres en el futuro académico. Abrieron otra botella de pisco. Se echaron en el pasto. Susana le regaló unos «besos locos», término que le gusta mucho usar, a uno de los egresados. Estaban discutiendo si jugar a la botella o ir a comprar más pisco cuando aparecieron los carabineros y se los llevaron a todos detenidos por el delito de ingesta de alcohol en la vía pública. En la comisaría Susana se había hecho muy amiga de los otros; solo amigos, según ella. Poco después me confesó que se había acostado con los tres. Por separado, claro.

Para evitar más escándalos, Emilio evitaba entrar a la casa, prefería esperarme en la cancha de *baby* fútbol o simplemente juntarnos en otro lugar, casi siempre en el centro. Teníamos dos puntos de reunión: la puerta del cine Ducal, frente al Teatro Municipal, porque era nuestro cine favorito y además porque Emilio se estacionaba en la calle Moneda y por el pasaje Tenderini llegaba justo al cine; y el café Colonia, que era un poco caro para comer, pero donde unas señoras redondas y bien golosas nos atendían como príncipes.

Susana creía que Emilio estaba tratando de escaparse: en realidad tenía razón. Así habían pasado los últimos meses, prácticamente sin verse hasta esa madrugada. Antes del sur.

—Me cagaste la vida, Emilio.

—No me digas eso.

—¡Te lo digo, huevón! ¡Métetelo en la cabeza! ¡Me cagaste la vida!

—Su, anda a acostarte.

—¡No me quiero acostar! ¡No tengo sueño!

—Susana, por favor, tranquilita. Vas a despertar a los vecinos.

—Tú no vas a venir a mandarme a mí, pendejo. Y no me tratís como si fuera huevona. ¡Soy tu hermana mayor!

—Su... No peleemos. Yo te quise mucho... Yo te quiero mucho.

—¡No me digas eso! ¡No me digas eso! ¡No me digas eso! No me digas tonteras, Emilio. ¿Viste que eres malo? No puedes ser así.

—Pero ¿qué hice?

—¡Me hablai huevás! ¡Me decís huevás! ¡Me decís puras huevás! ¡Y yo, la huevona, te creo!

—Ya, hermanita. Si no eres huevona.

—Soy enferma de huevona. ¡No puedo ser más huevona! Por eso Dios me castiga, por huevona.

—No es cierto, Su.

—¡No me digas Su, huevón! ¡Nadie me dice Su!

—Pensé que te gustaba.

—Me gustaba cuando estabas conmigo, pero en realidad me carga. ¡Nadie me dice Su! ¡Me llamo Susana!

—Ándate a descansar, antes de que despierte mi papá.

—¿Y qué me importa ese viejo *culiao*? ¿Se puede saber adónde van?

—Al sur. Por unos días.

—¿Al sur? ¿A dónde?

—Tenemos pensado llegar hasta Temuco.

—¿Tan lejos? ¿Y a qué van, los huevones?

—A nada. De vacaciones.

—¿De vacaciones a Temuco?

—Sí, ¿por qué? ¿Qué tiene?

—¿Quién más va?

—Nadie. Vamos los dos nomás.

—¿Los dos? ¿Solos?

Abrió los ojos. Primero miró a Emilio. No se movió; no dijo nada. Luego giró la cabeza y se detuvo en mí. Algo quiso decirme con los ojos, conozco a mi hermana. Su mirada hizo que el cielo se nublara sobre los edificios idénticos de la villa Santa Úrsula: las nubes cubrieron por completo la población venida a menos por los azares de la dictadura y el crecimiento de la delincuencia. Sentí que la cámara invisible que nos estaba filmando se elevaba sobre los techos hasta perderse detrás de la cordillera de los Andes.

Nunca olvidé esa mirada.

Por un momento pensé que me faltaba el aire. Creí que la tierra iba a abrirse y me pareció una buena idea.

Susana no hizo más preguntas. No quiso saber por qué nos íbamos solos de vacaciones ni por qué habíamos escogido el sur. Limpió unas pocas lágrimas que se le habían caído y luego dijo que iba a comprar unas marraquetas para el desayuno porque seguro que el Viejo de Mierda iba a amanecer de malas pulgas y cuando amanecía así lo único que podía mejorarle el genio era una marraqueta con mantequilla y mortadela. Nos miró por última vez, muy seria, y luego cruzó la cancha con las manos empuñadas y sin mirar hacia atrás.

⌘

Nos demoramos casi diez horas en llegar a Temuco.

La señora Cassandra y don Desiderio nos habían regalado un cuaderno Auca de matemáticas donde anotaron todas las instrucciones relacionadas con Vera y *Fragmentos sobre la importancia del delirio*. Con su caligrafía impecable, don Desiderio había escrito una lista de contactos, otra de recomendaciones y un mapa de la ciudad de Temuco, nuestro destino. Había un nombre que encabezaba la lista de contactos, el de Edmundo Sotomayor.

Sotomayor, abogado de profesión y comunista de alma, había sido el principal contacto de Vera para instalarse en Temuco: él vio *Fragmentos sobre la importancia del delirio* en la mítica función de trasnoche del cine Normandie y después de la película, durante una fiesta de amanecida en los altos del Portal Fernández Concha, en plena Plaza de Armas de Santiago, le propuso a Vera la posibilidad de mostrar su obra en otras regiones de Chile. Solo unos meses más tarde, después del golpe militar y tras descubrir que su película y su vida corrían peligro, Vera lo llamó.

Era una casa de madera ubicada en una población periférica de la ciudad. Nos abrió la puerta un anciano robusto con la cabeza blanca y los ojos rojos; dijo que estaba ocupado y que teníamos que esperarlo. Nos hizo pasar a un pequeño living donde había revistas de fútbol y una radio de pilas con un tango a máximo volumen. El viejo Edmundo salió por un pasillo. Emilio se asomó a espiar, y yo lo paré con la mano, le hice un gesto. Desde el fondo del pasillo escuchamos cómo Edmundo vomitaba. A los diez minutos, una mujer entró desde la calle: venía con un canasto con frutas y verduras. Al vernos soltó el canasto y se puso a gritar.

—¡Papá! ¡Papá!

Emilio trató de calmar a la mujer, le dijo su nombre y le explicó que veníamos de Santiago para hablar con don Edmundo. La mujer, llamada Mariela, se llevó una mano al corazón y cuando escuchó el apellido Ovalle pareció que se tranquilizaba.

Mariela ofreció disculpas por su reacción. Dijo que su padre últimamente no estaba bien de la cabeza y que, considerando sus contactos y la situación política del país, le preocupaba que en un momento de locura dejara entrar a cualquier persona a la casa. Con lo peligroso que estaba el país, con los terroristas y los bombazos y el atentado al general Pinochet. Edmundo se asomó y preguntó quién nos había mandado y si acaso trabajábamos para el coronel Corcuera; Emilio le dijo que no conocíamos a ningún coronel y menos de apellido Corcuera.

Le explicamos que éramos miembros del Microcine de los Últimos Días. Edmundo se rio a carcajadas. Mariela nos pidió que no lo alteráramos porque venía saliendo de una cirugía muy delicada a corazón abierto.

—¿Cómo está el viejo Desio?

Lo miré, sin entender.

—Desiderio Valdés —explicó—. Su nombre de poeta era Desio. ¿No lo sabían?

Emilio y yo nos miramos de reojo. No sabíamos si creerle o no a Edmundo Sotomayor.

—¿No les mostró sus poemas? —preguntó.

—No.

—Tienen mucha suerte.

Edmundo tosió un poco, Mariela le acercó un pañuelo. El viejo escupió algo y luego dobló el pañuelo.

—¿No mandó nada ese viejo cascarrabias?

Miré a Emilio, abrí mi mochila y saqué una carta. Se la entregué a don Edmundo.

—Ofréceles un poco de vino —le ordenó don Edmundo a su hija.

—Papá... Es mejor que...

—Ofréceles vino, Mariela.

Ella lo miró. Don Edmundo abrió el sobre. Mariela recogió las cosas que se le habían caído; el viejo desdobló la carta y trató de leer. Mariela le pasó sus anteojos. Él no le dio las gracias.

Emilio y yo nos quedamos de pie, atentos. Don Edmundo leyó con atención, en silencio, una primera vez: en la casa de madera de Temuco solo se oyó el sonido de la leña crepitando en la estufa. El viejo terminó la lectura y luego empezó de nuevo, desde el comienzo y en voz alta.

—«Edmundo —leyó—. No antecedo tu nombre con un Querido ni un Estimado porque no te mereces esos adjetivos y bien sabes por qué. Te envío esta carta para desear que tengas buena salud y felicidad, todos esos lugares comunes que los viejos como tú o como yo sabemos que son solo palabras de buena crianza y no sentimientos verdaderos. El verdadero motivo de estas líneas son los dos muchachos que tienes frente a ti. Son Baltazar y Emilio, nuestros protegidos del cineclub. Necesito que los ayudes a encontrar lo que buscan. Que seas feliz, hijo de puta. Desiderio Valdés».

Don Edmundo bajó la carta y luego nos observó. Mariela regresó de la cocina con una botella de vino; sirvió tres vasos. Su padre dobló la carta, se quitó los anteojos y apoyó las manos sobre la mesa. Mariela se acercó y leyó la carta.

—No queremos darle ningún problema —dijo Emilio.

Mariela terminó de leer.

—¿Qué están buscando? —me preguntó—. En esta carta dice que están aquí buscando algo. ¿Qué?

Nos quedamos en silencio. Don Edmundo tomó su vaso y se lo bebió de un trago.

—La película —dijo el viejo con una voz gutural.

Mariela se encogió de hombros, molesta.

—O me explican qué está pasando aquí o se van ahora de la casa —amenazó—, no me gustan los secretos.

—Tranquila, podemos explicarte todo —le dijo Emilio.

—Encantado de conocerlos —dijo don Edmundo—. Me alegro de que estén aquí.

—Papá, por favor, cuénteme, ¿quiénes son estos pendejos?

La mujer se acercó a su padre.

—Son amigos. Son amigos de un compañero de hace muchos años, de Santiago —aseguró—. Desio y yo nos conocimos en un taller de poesía, yo duré menos que él. Desio es el padre de Vera.

—No sé quién es Vera —recordó ella.

—Vera es la muchacha que vivió por un tiempo en esta casa después del golpe. Vera Parker Valdés.

Mariela se detuvo un momento, recordando una historia que quizás había escuchado al pasar. Don Edmundo se sirvió un poco más de vino y luego levantó su copa.

—Por esa película —dijo, con solemnidad.

Emilio y yo hicimos lo mismo. Mariela nos miró con desconfianza.

—Por *Fragmentos sobre la importancia del delirio* —dije.

—Salud.

Brindamos. Mariela cerró los ojos y se sentó en una silla, muy nerviosa.

—Bueno, don Edmundo, estamos felices de compartir este vino con usted —intervino Emilio—, pero tenemos un compromiso con don Desiderio, o Desio, como usted lo llama.

El viejo Edmundo carraspeó y luego se detuvo frente a nosotros. Nos miró con una expresión de lástima, pero también de una envidia que no podía disimular.

—Quieren saber dónde diablos está la película —exclamó.

—Justamente —le seguí la corriente.

—Vinieron al lugar correcto.

Se rascó la panza y luego sonrió, entusiasta.

—Yo la tengo.

Mariela y su padre se miraron nuevamente. Emilio sonrió.

—Síganme.

Don Edmundo dejó su copa y avanzó por un pasillo; Emilio y yo caminamos tras él. Mariela se apoyó en el umbral de la puerta que daba a la cocina y se quedó mirándonos.

Al final del pasillo había un patio. Don Edmundo dijo que teníamos que bajar a la bodega porque el celuloide era un material fácilmente combustible, muy peligroso, y tenía que mantenerse en un lugar húmedo para evitar los incendios. Advirtió, no sé si en broma o en serio, que tuviéramos cuidado porque recientemente habían tenido una plaga de ratones: los malditos habían hecho nidos en el subterráneo.

—Yo no puedo bajar —dijo Emilio, aterrado—, me dan asco los ratones.

—Estos no son ratones, son pericotes —informó nuestro anfitrión—, pero si no los molestas no te hacen nada.

—No puedo —repitió Emilio.

—Huevón, ya estamos acá —le dije, tratando de convencerlo—, no va a pasar nada. Los ratones tienen más miedo que tú. Piensa en *Tom y Jerry*. Piensa en *Fantasía*, cuando el ratón Mickey se disfraza de mago y...

—Cállate, Balta —me detuvo, sin perder de vista la puerta de madera añeja que daba al subterráneo.

Don Edmundo nos miró como disfrutando la situación; sacó unas llaves y abrió una puerta. El cielo estaba oscuro. No se veía ni una sola estrella en el cielo de Temuco.

—Por favor, adelante.

Entré primero. Sentí olor a humedad, nada tan terrible. Emilio avanzó detrás de mí. Podía escuchar su respiración en mi oreja.

—Van a tener que sacar las latas ustedes —informó el viejo Edmundo—, yo estoy enfermo de la espalda.

—Sí, no hay problema. ¿Dónde están las latas?

—En esas cajas que se ven al fondo.

Emilio miró hacia el final de la bodega, donde se veían unas cajas de cartón apiladas junto a botellas y colchones.

—Vamos.

Seguí caminando por la bodega. Lo hice rápidamente: mientras más rápido, mejor. Llegué a las cajas de cartón.

—No se ve nada.

—Yo tengo encendedor.

Encendí la llama. Examinamos las cajas de cartón. Abrí una, con pánico: en el interior había dos culebras medianas y unos huevos chicos, como de codorniz. Emilio gritó. Una de las culebras se salió de la caja y cayó a mis pies.

—¡Huevón!

—Vámonos.

—No, espera.

Las culebras se asustaron y desaparecieron. Miré de nuevo las cajas.

—¿Dónde están? —le pregunté.

—Allá abajo, estoy seguro —gritó el viejo Edmundo—. Mira bien.

—No veo nada.

Encendí la llama otra vez. Emilio estaba muy asustado, me pidió que nos fuéramos. Me tomó el brazo y no lo soltó.

—Terminemos con esto, huevón —me rogó—. Vámonos de aquí.

Iluminé las cajas que estaban debajo de la de las culebras. En una de ellas leí algo que me llamó la atención: «1973».

—Esa es —le dije—, esa tiene que ser.

—¡La encontramos!

De una patada tiré la caja de las culebras.

—¿Y si hay más culebras? ¿O ratones?

—Ayúdame.

Nos agachamos frente a la caja y logramos moverla un poco; era muy pesada. Decidimos que lo mejor era arrastrarla, pero el suelo de la bodega era de piedrecilla y la maldita caja no se deslizaba. Logramos levantarla de nuevo, la cargamos unos segundos y después tuvimos que parar otra vez. Emilio dijo que nunca pensó que las películas pesaran tanto.

Respiré profundamente; ya estábamos cerca. Contamos hasta tres y levantamos la caja. Era el último esfuerzo. Nos acercamos a la puerta, Emilio iba de espaldas. En ese instante levanté la cabeza y solo entonces me di cuenta de que la puerta de la bodega subterránea de don Edmundo estaba cerrada.

Pasaron cuatro horas hasta que la puerta volvió a abrirse.

En esas cuatro horas no dejamos de hablar. No hubo ni un minuto de silencio entre Emilio y yo; nos hicimos preguntas, inventamos teorías e hipótesis ni remotamente basadas en hechos reales acerca de lo que había pasado. Pensamos que era un error, que éramos quizás un par de héroes hitchcockianos, los hombres equivocados en el sitio incorrecto, como el George Kaplan de *Intriga internacional* (*North by Northwest*). Emilio estaba más afectado que yo. No podía soportar la idea de estar encerrado, sin saber por qué ni cómo. Cuando ya habían pasado un par de horas y no se escuchaba ruido alguno en los alrededores de la bodega, Emilio se quebró: me tomó la mano y empezó a llorar. Dijo que me quería. Dijo que nunca me olvidaría. Dijo que no importaba lo que pasara, siempre sería su mejor amigo.

Nunca he sabido por qué se quebró justo en ese momento. ¿Lo había planeado? ¿Había pensado antes en una manera de confesar lo que sentía? ¿Tenía rabia? ¿Tenía ganas de romper con todo y dejarse llevar, o solo era miedo? Se suponía que el miedoso era yo. El lampiño, el virgen subdesarrollado y sin proyecto de dejar de serlo se llamaba Baltazar Durán y había vivido hasta ahora bajo la sombra de sus propios sentimientos, de esas emociones turbias que a medida que pasaban los meses se iban haciendo más difíciles de evitar.

Lo consolé. Le dije que teníamos que ser prácticos y no dejarnos llevar por la tragedia; había que pensar con la cabeza. Tarde o temprano la puerta de la bodega tenía que abrirse, no podían dejarnos encerrados para siempre. Aunque tal vez sí.

Pasaban las medias horas, que contábamos con el reloj pulsera de Emilio. Teníamos sed. Ya era muy tarde. Me dieron ganas de mear: lo hice en un rincón de la bodega, aterrado ante la posibilidad de ser castrado por los dientes de un ratón o una culebra chilena. Afuera no se oía ni un solo ruido, solo una gotera de cuando en cuando, o una tos muy lejana.

Poco antes de las cuatro de la madrugada escuchamos unas voces. Eran dos hombres conversando con don Edmundo.

—Mire la hora que es. Aquí ya no se puede ni descansar.

—Tu jefe me lo va a agradecer.

—¿De qué se trata?

—Mariela, ándate a la pieza. No tienes nada que hacer acá.

—Don Edmundo, yo a usted le tengo mucho cariño, pero nosotros con el cabo Soto estamos muy ocupados. No podemos perder el tiempo en...

—Mariela, a la pieza.

—No voy a irme a la pieza hasta que usted se calme, caballero. ¡Me tiene hasta la coronilla!

—¿Qué fue exactamente lo que pasó?

—Son los comunistas. Están allá abajo.

—Vinieron unos jóvenes preguntando por él. Le entregaron una carta. Cuando la leyó, mi papi se puso muy nervioso.

—Tienen que interrogarlos. Son colaboradores, estoy seguro. Conozco a esta gente.

—Papá, ¿usted conocía a esos jóvenes que están en la bodega?

—No, nunca los había visto. Pero si son amigos de Desio Valdés deben estar metidos en problemas, no me cabe duda.

Estábamos sentados en un rincón cercano a la puerta: podíamos escuchar todo lo que decían. Al fondo de la bodega a ratos siseaba alguna de las culebras. Emilio no se atrevía a mirar.

Cuando abrieron la puerta nos levantamos y tratamos de salir; dos hombres vestidos con pantalón oscuro y camisa blanca nos empujaron hacia la salida. No dijeron nada. No preguntaron nada.

Nos llevaron al comedor. Uno de ellos encendió un cigarrillo, Mariela le acercó un cenicero. Don Edmundo se quedó mirándonos con furia.

—Desio sabía lo que estaba haciendo cuando los mandó para acá —dijo.

—Él no nos mandó —lo corregí—, nosotros nos ofrecimos.

—Entonces son más huevones de lo que pensé.

Los hombres eran detectives. No dijeron exactamente dónde trabajaban, pero no hizo falta. Uno de ellos se presentó cómo el Jefe.

—Están en problemas, chicos —anunció—, problemas graves.

—¿Por qué? —preguntó Emilio—, nosotros no hicimos nada.

—¿Cómo sé yo que no han hecho nada? —lo interrogó el Jefe—. Convénzanme.

Emilio se quedó callado. Lo miró con impotencia.

—¿De dónde son? —preguntó el Jefe.

—Santiago. La Florida —respondí.

—Las Condes —contestó Emilio.

—La Florida y Las Condes. Eso es lejos —dijo él—. ¿Qué están haciendo en Temuco?

—Vinimos de vacaciones —le anunció Emilio mientras se reclinaba en su silla—. ¿Por qué? ¿No se puede? ¿Así también tratan a los turistas extranjeros?

El Jefe intercambió una mirada con el otro policía. Emilio no se cansó.

—¿Tú no tienes vacaciones? —siguió, con esa venenosa ironía de clase herededada seguramente de su madre—. ¿Me vas a decir que trabajas todo el año y nunca puedes descansar?

El otro policía se acercó a su compañero.

—Son muy jóvenes y ya se están cagando la vida —dijo el Jefe—, ¿para qué se meten en tonteras? Dime qué están haciendo en Temuco.

—Conocimos la historia de Vera Parker Valdés —le conté—. Por eso queremos ver su película. ¿Le suena ese nombre?

—Vera Parker Valdés —repitió el Jefe—. Claro que me suena. Muy conocida por esta zona. Una terrorista de la peor calaña. La mataron en la Argentina.

—¿Vio la película? ¿Vio *Fragmentos sobre la importancia del delirio*? —le pregunté.

—No, no la he visto. Y no me interesa —dijo el Jefe.

—Nosotros tampoco la hemos visto —le contó Emilio—. Por eso mejor no opinar.

El Jefe se acercó a Emilio y ubicó su cabeza justo frente a la suya. Emilio abrió los ojos, alerta.

—Rubio, rubio, rubio —lo amenazó—, mejor no te pases, mira que ando casi de buenas. Si me pongo de malas el único que va a salir perdiendo eres tú.

—¿De dónde saliste, detective ignorante? —exclamó Emilio—. ¿No te das cuenta de que estamos hablando de arte, huevón miserable?

—Emilio, cállate.

Pero nadie lo podía callar.

—¿Sabes lo que es un documental, *culiao*? —gritó—. ¿Sabes lo que es? No, huevón, no sabes porque apuradamente aprendiste a leer, provinciano mediocre.

—Huevón, cállate —le rogué.

—¿Qué te pasa? ¿O crees que te tengo miedo porque andas con tu pistolita *culiá*?

El Jefe no reaccionó a los insultos. Se quedó inmóvil, observando al detenido.

—¿Qué están haciendo en Temuco? —preguntó.

Mariela nos miró con compasión. Don Edmundo sonrió expectante, disfrutando.

—¿Qué están haciendo en Temuco?

El otro policía examinó la botella de vino y se sirvió en un vaso lo que quedaba.

—¿Qué están haciendo en Temuco?

Me concentré en no pensar en nada. En mantener la mente en blanco.

—¿Qué están haciendo en Temuco?

Don Edmundo se acercó a mí. Agaché la cabeza. Miré mis pies.

—Digan la verdad —nos recomendó—, digan a lo que vinieron.

No levanté la cabeza. Emilio, me fijé, estaba haciendo lo mismo.

—¿Qué están haciendo en Temuco?

El Jefe se acercó. Empuñó las manos, tomó a Emilio por el cuello y lo levantó en el aire. Miré de reojo.

—¿Qué están haciendo en Temuco?

Emilio lo observó, asustado; le costó respirar por el miedo y los nervios y por la idea de ser estrangulado por un detective fuera de control.

—¿Qué están haciendo en Temuco?

Lo miré. Su rostro se desencajó. El Jefe apretó su mano: los ojos de Emilio se iban a reventar.

—Habla, Emilio —le dije—, cuéntales.

Pero Emilio no abrió la boca. El Jefe siguió apretando la mano.

—¿Qué-están-haciendo-aquí-en-Temuco?

La sangre empezó a acumularse: en las venas de sus sienes, de su frente, su cuello, su nuca y sus orejas. La saliva escurrió de sus labios y alcanzó a mojar la mano del Jefe. Emilio movió los ojos exhausto, a punto de rendirse.

—¡No hicimos nada! Solo vinimos a buscar una película —grité.

El Jefe giró su cabeza hacia mí.

—Somos cinéfilos.

El Jefe nos miró con asco.

⌘

No conseguimos la película. El Jefe y su colega nos torturaron psicológicamente por una hora o dos. Dijeron que éramos maricones y comunistas. Igual que Vera Parker Valdés, dijo el Jefe, que al comienzo era muy puta con los hombres y cuando llegó a Temuco le dio con putear también con las mujeres.

Don Edmundo le pidió al Jefe más respeto por los muertos. La mujer era una terrorista, pero mal que mal había pasado a mejor vida y seguramente y a pesar de todas sus fechorías, Dios la tenía en su santo reino. El otro policía le recordó que los comunistas no creen en Dios, así que no pueden entrar al reino de los cielos porque no tienen ningún interés en estar ahí. Para los comunistas el cielo es como un parque de diversiones.

Emilio le dijo al Jefe que se iba a arrepentir de habernos tratado así porque su padrastro era una figura muy influyente del régimen. El Jefe le preguntó quién era su padrastro y cuando Emilio le dijo el nombre de José Pablo Alemparte, que en realidad era solamente el huevón que se culeaba a su vieja, el Jefe le dio una cachetada y lo botó al suelo gritando que José Pablo Alemparte podía ser un pez gordo en la capital pero en el sur todo era distinto. El sur era un mundo aparte y allí no había José Pablos Alempartes que pudieran salvarnos. Allí los que mandaban eran ellos.

Antes de partir, el Jefe dijo que nos olvidáramos de la película marxista-leninista y que nos fuéramos de Temuco durante la próxima hora o nos iba a ir muy mal. Una patrulla nos iba a escoltar a la carretera.

—No se les ocurra volver —exigió don Edmundo—, esa película no existe. Y si existe debe ser tan mala que nadie se acuerda de ella.

En la residencial mugrienta donde nos alojamos, decidimos llamar a don Desiderio y contarle lo que estaba pasando. No quisimos usar el teléfono de la recepción; cruzamos hasta la plaza de la ciudad. Nos fumamos un cigarro pensando en cómo le diríamos al pobre viejo que su gran amigo Edmundo era en realidad un soplón, un traidor y un psicópata.

Escogimos uno de los teléfonos públicos de la plaza. Una patrulla de carabineros avanzó por un costado; uno de ellos se quedó mirándonos. Cuando por fin se fueron, llamé a don Desiderio.

—¿Aló?

—Don Desiderio. Soy el Balta. Lo llamo del sur.

—¿Qué pasó? ¿Cómo están?

—Más o menos. ¿Puede hablar?

—Es peligroso. Dime algo.

—Su amigo nos entregó a los detectives.

—¿A quién? No te oigo.

—A los detectives.

Hubo un silencio.

—No puede ser.

Se escuchó un ruido. Algo cayó. Emilio me miró, preocupado.

—Imposible... Edmundo no.

La voz de don Desiderio se fue apagando.

—Desiderio, ¿qué pasa?

Por el teléfono se oyó la voz alarmada de la señora Cassandra.

—¡Desiderio! ¡Háblame! ¡Desiderio!

Don Desiderio sufrió una descompensación cardiaca; le dio un preinfarto no demasiado grave. La señora Cassandra llamó a un doctor que conocía y que vivía cerca, en calle Mallinkrodt. No alcanzaron a llevárselo al hospital. Fue más el susto.

Cuando supimos que don Desiderio ya estaba bien, volvimos a la residencial y nos metimos en la cama.

No hablamos.

Emilio sacó el cuaderno Auca que nos había dado don Desiderio y rayó con fuerza el nombre de Edmundo Sotomayor.

El nombre que seguía en la lista era Ilsa Norero, profesora básica y una de las pocas amistades que Vera Parker Valdés se hizo en el sur. No precisamente en la ciudad, sino en una pequeña población a cincuenta kilómetros de Temuco.

Según don Desiderio y la señora Cassandra, durante sus peripecias en el sur Vera se había movido mucho: tenía miedo, pero se había propuesto no dejarse vencer. Iba a salir del país como fuera porque quería salvar su película. Con ayuda de Edmundo y otros colaboradores, la mayoría universitarios que habían visto *Fragmentos* en Santiago o que conocían a alguien que la había visto, Vera pretendía cruzar hacia Argentina a través del paso fronterizo de Peulla. Esperó varias semanas a que el caos pasara. Pasó 1974 y después de su cumpleaños, el primero que recordaba lejos de sus padres, decidió que tenía que dar el gran paso. Durante sus últimos meses, entre marzo y noviembre de ese año, Vera vivió en una casa de madera de tres dormitorios y un baño ubicada en la calle Arturo Prat, en la ciudad de Victoria.

Vera había conocido a Ilsa en la universidad: era profesora básica y se habían topado a través de unos amigos en común, estudiantes de Filosofía. Al parecer Vera tuvo una relación con uno de estos estudiantes, algo no demasiado largo ni importante porque la señora Cassandra, que conocía al dedillo todos los romances de Vera y los recordaba como si fueran vívidas telenovelas venezolanas, no se enteró jamás del nombre del filósofo. Como consecuencia de esta fugaz relación, Vera perdió un amor, pero ganó una amiga de verdad.

Vera e Ilsa se fueron a Victoria el verano del 74. Las clases en los colegios ya se habían acabado. Ilsa tenía miedo de que la echaran del Colegio Alemán, donde trabajaba como profesora básica, porque sus padres habían apoyado a Allende. Juntas decidieron escapar de la ciudad y recluirse en la acogedora casa que le arrendaron a buen precio a una funcionaria de la Municipalidad. La dueña les hizo muchas preguntas antes de aceptar el trato: les preguntó quiénes eran sus padres, dónde habían nacido, qué hacían en Victoria y qué relación tenían entre ellas. Vera dijo que eran solo compañeras de viaje. A la dueña de la casa no le gustó la respuesta, pero les arrendó la casa igual.

⌘

Ilsa Norero iba entrando a su casa cuando Emilio la llamó por su nombre.

Tenía el pelo crespo amarrado con un pañuelo y una biblia en la mano. Se veía más vieja de lo que habíamos imaginado. Nos preguntó si éramos de la iglesia: Emilio dijo que sí. Se quedó mirándonos un segundo y luego, sin ocultar los surcos en su rostro, nos invitó a pasar.

Si mi vida fuera una película y la aventura en la región de la Araucanía el catalizador del relato, es decir, ese hecho determinante o *enticing event* que genera la narración, Ilsa Norero tendría que estar interpretada por la mejor actriz de la galaxia. No es tan conocida, pero los cinéfilos la adoran: Sandy Dennis, la maravillosa Honey de *¿Quién teme a Virginia Woolf?* Un director de *casting* convencional llamaría inmediatamente a Piper Laurie, la mamá de *Carrie*, impactante: otra tremenda actriz que se ha caracterizado por encarnar roles perturbados. Sería lo más obvio.

Antes de entrar, me quedé mirando la casa: era la misma que había compartido con Vera.

Ilsa sirvió tortillas de rescoldo, mantequilla y mermelada de mora, leche caliente y galletas. Emilio y yo nos comimos todo; no habíamos probado nada en casi dos días. No nos importaba. Ilsa se dio cuenta y al parecer disfrutó la idea de que pasáramos hambre. Nos preguntó de qué iglesia éramos y qué pastor nos supervisaba. Dejamos de comer. Emilio le dijo que éramos de Pudahuel, en Santiago, que habíamos escuchado el llamado de Dios y que Dios nos había dicho que teníamos que buscar nuestros horizontes lejos de la capital, donde nadie nos conociera, donde realmente existieran hermanos pobres y con problemas. O Emilio fue demasiado elocuente en su presentación o Ilsa Norero era una desconfiada por naturaleza, pero antes de que terminara su monólogo sobre la fe, la mujer descubrió que le estábamos mintiendo.

Preguntó si creíamos que era tonta o ignorante, o las dos cosas. No era la primera vez que alguien trataba de aprovecharse de su espíritu cristiano para conseguir desayuno gratis. Se levantó de la mesa del comedor y caminó hacia la puerta de la casa; con voz temblorosa nos pidió que saliéramos inmediatamente o iba a llamar a los carabineros. Tenía la comisaría justo enfrente y se demorarían treinta segundos en llegar, calculó. El capitán era buen amigo suyo, un hombre excelente, muy cristiano. Emilio se acercó y le ofreció disculpas. Dijo que habíamos cometido un error tratando de engañarla y que en realidad no pertenecíamos a ninguna iglesia ni nos supervisaba ningún pastor: solo éramos amigos de los padres ancianos de su excompañera de casa, Vera Parker Valdés.

Ilsa Norero agachó la cabeza. Se quedó mirando un punto inexacto de la fachada de su casa, como si hubiera estado pensando en pintar los muros la semana próxima, o en limpiar las hojas del damasco que ya habían empezado a caer. No dijo una sola palabra, solo esperó que nos fuéramos y luego cerró la puerta de golpe. Tratamos de llamarla, tocamos el timbre; nos quedamos en la entrada, esperando. Pensamos que tarde o temprano tenía que salir. Emilio propuso volver a Temuco. Yo le dije que no.

Llegó la noche, nos dio frío e Ilsa Norero no asomó la nariz. Nos encerramos en el escarabajo, a escuchar una vez más el casete que había grabado y a esperar. Le propuse ir a dar una vuelta por el pueblo. Me dieron ganas de manejar; Emilio me dijo que no porque no tenía licencia; podían pararnos los carabineros. Le quité las llaves de las manos y abrí la puerta del auto.

Manejé por calle General Gorostiaga, vimos la comisaría. Ilsa Norero no había mentido: los carabineros estaban a menos de doscientos metros de la casa. A Emilio le dieron ganas de ir al baño. Las calles estaban desiertas. Doblamos en una esquina, no me acuerdo del nombre de la calle; Emilio me dijo que parara. Necesitaba mear. Se bajó del auto, abrió la puerta. La noche estaba oscura.

—Estamos puro hueveando —dijo—. Esto no resultó. Fue una pérdida de tiempo. Lo mejor que podemos hacer es volver a Santiago y hablar con don Desiderio. Contarle que...

—... que no encontramos la película...

—Claro.

—... que somos unos huevones mediocres...

—Es la verdad.

—... que, en el fondo, somos pura boca...

—Él va a entender.

Volvió al auto, cerró la puerta. No eché a andar el motor. Busqué su mirada.

—¿Qué pasa? —preguntó, empezando a preocuparse.

—Nos quedamos en Victoria.

Mi voz no sonó como petición, sino como una orden.

—Esa mujer no nos va a decir nada —aseguró Emilio—. Está cagada de miedo porque seguramente también era comunacha. Igual que la famosa Vera.

—Era su mejor amiga —le expliqué, aunque ya no estaba tan seguro—. Para ella también debe ser difícil acordarse de Vera.

—No va a abrir la boca —sentenció Emilio, hastiado de tanto misterio—. Y obvio que la película no está aquí.

—¿Cómo sabes? —lo enfrenté—. ¿Dónde más va a estar?

—La tiene el viejo cerdo de Edmundo Sotomayor —dijo él, con firmeza—. Estaba en la bodega.

—Lo único que había en esa bodega eran ratones y culebras.

—Había una caja que decía «1973». ¡Y pesaba muchísimo!

—El viejo no tiene la película y le mintió a don Desiderio —aseguré—. Vuelve tú a Santiago, si quieres. Llévate el auto. Yo me devuelvo en bus.

Giró la cabeza y me miró casi con tristeza.

—Pero, Balta, huevón, no seas niño.

—Yo no me muevo de aquí.

Eché a andar el motor del auto, puse primera y seguí manejando por las calles de Victoria. Emilio apagó la radio y bajó la ventana. Estaba enojado.

—Tenemos un compromiso con don Desiderio —le expliqué.

—¿Y qué quieres hacer? ¡La película culiada no existe! ¡No está! —gritó, perdiendo definitivamente la calma—. ¡Los militares la quemaron o qué sé yo, pero aquí en Victoria no está!

Estaba oscuro, pero alcanzaba a verlo. Podía verlo como nunca antes lo había visto: ciego de rabia, con los huesos de las mandíbulas marcando su mentón. Una llovizna helada se desató sin aviso sobre la ciudad: Emilio asomó la cabeza por la ventana y unas gotas chicas y molestosas le cayeron en la frente. Paré el auto frente a la casa de Ilsa Norero.

—¿Qué vamos a hacer aquí?

—Esperar.

Apoyó los codos sobre las rodillas y golpeó suavemente la frente contra el tablero del auto.

—Ya te dije: llévate el auto y vuelves a Santiago. Yo me quedo.

—*Conchetumadre.*

—¿Y a quién le vienes a sacar la madre? Ándate en el auto, huevón, pero no tienes pa' qué sacarme la madre.

—¿Hasta qué hora quieres esperar, por favor, Balta?

—¡Hasta que salga! ¡Hasta que alguien nos diga algo!

Emilio me miró con odio. Abrió la puerta del auto. Se bajó; si se quedaba iba a terminar pegándome. Esto me lo confesaría dos décadas y media después, en la *suite royale* del hotel Hyatt de la calle 42. Según mi versión de los hechos, me pegó. Según la suya, nunca me tocó.

Mirando el suelo, Emilio caminó hasta la puerta de la casa de Ilsa Norero; la lluvia fría le mojó la nuca, la camisa y los pantalones. Pensé bajarme y pedirle que volviera al auto, pero no lo hice. Observé su espalda mojada: me dieron ganas de abrazarlo. En ese momento se escuchó un ruido. Miramos hacia la puerta; la mujer llamada Ilsa Norero estaba de pie, cubierta con un chal, con una taza de té en la mano.

—Se van a mojar.

La miramos.

—Son demasiado jóvenes para ser amigos de la flaca.

Emilio se acercó. Ilsa lo detuvo desde el umbral de la puerta.

—Los zapatos se quedan aquí.

Nos quitamos los zapatos y los dejamos en la puerta. Caminamos hasta la entrada de la casa; la chimenea estaba encendida, el televisor también. En el noticiario central decían: «En Viña del Mar no cabe ni un alfiler». Ilsa cerró la puerta de calle y nos hizo pasar.

—No tengo nada que ofrecerles —se disculpó—. Ni huevos hay.

—No se preocupe, con recibirnos basta y sobra —le agradecí.

—La flaca hablaba mucho de sus padres —contó—. Por ellos están aquí, ¿verdad?

Emilio me miró y luego se puso en pie para explicarle la verdadera razón del viaje.

—Estamos aquí por la película.

Ilsa no reaccionó.

—Queremos recuperar la copia de *Fragmentos sobre la importancia del delirio.*

Durante el largo título el rostro de Ilsa permaneció imperturbable. No se movió.

—¿Qué? —preguntó—. No sé de qué me están hablando.

—La película de Vera.

—No sé.

—*Fragmentos sobre la importancia del delirio.* Así se llama.

—¿Están seguros? No tenía idea de que...

—¿No sabía que Vera había hecho una película?

—No, para nada. Tutéame nomás, no soy tan vieja.

Ilsa agachó la cabeza. Emilio y yo nos quedamos quietos; era bastante claro que estaba tratando de mentir. También era evidente su absoluta falta de talento para hacerlo.

—Conocimos a los Valdés por el Microcine que tienen en Bellavista —continuó Emilio.

—No sé quiénes son —insistió Ilsa, a la defensiva—. No los conozco.

—Los Valdés son los padres de Vera —explicó Emilio—. Tienen un cineclub. Nosotros somos cinéfilos y cuando nos hablaron de esta película perdida nos entusiasmamos con buscarla.

—¿Y por qué ustedes?

—Nos gustaría devolvérsela a sus dueños —le informé—. Nadie más tiene derecho sobre ella, solo don Desiderio y la señora Cassandra.

—Yo no sé nada de esa película ni de la carrera cinematográfica de Vera —sentenció—. Vera vivió en esta casa hace muchos años, eso es todo.

Ilsa intentó mentir por algunos minutos más. Inventó que tenía algo urgente que hacer: una prima venía de Traiguén con su familia y había que preparar las camas donde iban a dormir.

—Disculpa si te molestamos —me excusé cuando nos íbamos sin lo que habíamos ido a buscar—. Pensamos que eras amiga de Vera, pero al parecer nos informaron mal.

Ilsa no se conmovió.

—Lo siento. Mi prima viene viajando de Traiguén con los enanos enfermos, y...

—No te preocupes. Ya nos vamos.

Emilio tomó su mochila, tan frustrado como yo. Apenas nos miramos. Ilsa se acercó a la puerta. La abrió; nos estaba echando de su casa por segunda vez. Caminamos hacia la salida. Me dieron ganas de mirarla a los ojos y decirle un par de garabatos. Ya no llovía. Emilio salió antes que yo; todavía teníamos la ropa húmeda. Mientras cruzaba el umbral de la puerta escuché nuevamente la voz de Ilsa.

—¿Quién les dijo que la película está aquí en Victoria?

Giré hacia ella. Me estaba vigilando con sus ojos celestes enrojecidos por la pena o el miedo, o simplemente por la incertidumbre de lo que podría ocurrir en un futuro cercano.

—Victoria fue el último lugar donde Vera vivió en Chile —le recordé—. Esta casa.

Se asomó al antejardín; la lluvia había dejado un charco en la entrada de la casa. Ilsa entró un momento y volvió de la cocina con una escoba en la mano; salió al antejardín y empezó a barrer el agua, nerviosa, sin mirarme. Emilio se asomó desde la entrada.

—¿Balta? —me gritó.

—Espera —lo calmé.

Le hice un gesto. Ilsa se alejó un poco. La seguí. La miré. La convencí.

—Vera estaba loca —dijo—. Más loca de lo que todos pensábamos. Yo no la conocí sana, cuando nos presentaron ya estaba tocada. Nunca pudo superar lo que le pasó con la película, primero, y con esta pareja que tenía, el que apareció muerto. Pero además del dolor de los muertos y de lo que la dictadura hizo con su película, también estaba el ego. La vida le había dado a probar el éxito con el estreno de su película y le había gustado el sabor, pero ahora quería más. Quería más que una cucharadita de fama, quería la olla completa,

¿me entienden lo que digo? Yo nunca entendí qué buscaba con eso. Aplaudo que haya querido defender su obra, porque ella hizo mucho por su película y me consta que no dormía en la noche pensando en cómo salvarla de los militares, pero en ese momento histórico eso era lo menos importante: había vidas humanas en juego, madres, hijos, primos, sobrinos, hermanos, todos con la vida arrendada por un rato solamente, nadie sabía cuánto ibas a durar vivo. Cada vez que llegaban noticias de Santiago, qué sé yo, detenciones ilegales, crímenes políticos o rumores de torturados que habían salido de los centros, yo le decía a la Verita: «Flaca, tienes a tus viejos tirados en Bellavista, no les vaya a pasar algo». Ella me decía entonces: «Mis viejos me van a enterrar a mí». Y eso fue justamente lo que terminó pasando. Eran tiempos de vida o muerte. Eso no se compara con este capricho tan burgués, por lo demás, de ser un artista, de vivir del arte. La Verita se puso así. Dicen que era distinta, que se puso así con el estreno y con el golpe militar, que le cagó la vida. No, en el fondo la vida se la cagó a ella: todo estaba dado para que fuera feliz, genial, talentosa, pero no se pudo. No fue, nada más.

—Entonces, ¿qué hizo?

—Quería cruzar la frontera con la película debajo del brazo. Por suerte, antes de partir, unos amigos míos la convencieron de que era una locura. Se los presenté en septiembre del 74, me acuerdo porque se cumplía un año del golpe y estábamos todos cagados de miedo. La Verita ya había perdido las esperanzas de recuperar su película; lo único que quería era irse, escapar, desaparecer. Hablaba de sus viejos, de su película y de organizar un suicidio masivo, como el huevón loco ese de Guyana.

—¿Alcanzaste a ver la película?

Ilsa no respondió.

—Por favor, para nosotros esto no es un juego —intervino Emilio, tratando de convencerla.

—Sí. La vi. Vera organizó una función clandestina.

—¿Dónde?

—Aquí. Solo cinco invitados: Vera, yo y tres amigos que eran estudiantes de Filosofía. No la pudimos ver entera porque se quemó el proyector; alcanzamos a ver alrededor de una hora y media, menos de la mitad. A mí me pareció una locura, no me gustó para nada. Mis amigos la encontraron interesante, pero creo que era más porque estaban calientes con la Vera que por la película en sí. Tampoco disfruté esto de conocer tantas zonas oscuras de la flaca. Para mí ella siempre había sido un angelito, un tesoro que por casualidad me encontré. Por eso cuando vi la película me quedé muda, no le dije nada porque no pude y porque además ella estaba furiosa por el tema del proyector quemado y las caras de estos amigos míos que estaban en la función: al final se excusó y nos fuimos cada uno para su casa. Todavía me acuerdo de su cara cuando me despedí. Estaba esperando que la abrazara y le dijera lo mucho que había disfrutado su película, pero la Verita no era nada tonta, era cualquier cosa menos tonta; yo no podía mentirle, nadie podía, tenía que decirle la verdad y ese no era el mejor momento, tan encima, delante de estos amigos míos, los de Filosofía, que recién estábamos conociendo y que ahora que me pongo a pensar que nunca más volvimos a ver. Fueron ellos los que le recomendaron esa misma noche, la noche de la función que no resultó, que no se fuera a Argentina con la película. Le dijeron que era un riesgo demasiado grande, que en Peulla le iban a pedir papeles; que nadie sabía cómo iban a reaccionar los militares, con lo asesinos que estaban. Al final hizo algunos contactos en Argentina y mandó la película por bus, una semana antes de cruzar el paso. Yo misma la ayudé a embalarla en una caja de cartón.

Ilsa se detuvo y nos miró con total convicción. Emilio abrió su mochila y buscó un papel doblado al interior de un cuaderno.

—Según la aduana argentina la película fue devuelta a Chile, a esta dirección: General Gorostiaga 133.

Ilsa observó el papel.

—¿Quién les dio esto? —preguntó.

Era la fotocopia de un comprobante de despacho de la aduana argentina. Estaba fechado el día 20 de enero de 1975, casi dos meses después de la muerte de Vera. Aparecía el nombre de Vera Parker Valdés y una nota firmada por el oficial de turno, Juan Moreira Soto, además de las especificaciones técnicas del paquete. Don Desiderio decía que ese trozo de papel era la única prueba que tenían de que la película ya no estaba en Argentina, sino en territorio chileno. Con Emilio ya había analizado las posibilidades: o la película fue efectivamente destruida después del golpe militar, o alguien en Argentina se estaba avivando con la copia.

—¿Sabes dónde está la película? —le pregunté directamente a Ilsa, sin rodeos—. Eso es lo único que nos importa y no podemos seguir perdiendo el tiempo.

Ilsa no respondió. Me acerqué a ella y la miré a los ojos.

—Yo no conocí a Vera —le dije—. Tú sí. Si fueron tan amigas, si vivieron juntas, si compartieron tantas cosas buenas y malas, entonces a ti también te tiene que gustar el cine, ¿no?

—Claro que me gusta. Desde chica.

—Entonces cuéntanos qué pasó y no lo hagas por Vera solamente. No lo hagas solo por su amistad o por los momentos bonitos que vivieron juntas.

—También tuvimos momentos feos.

—Bueno, tampoco lo hagas por esos momentos. Hazlo por el cine, por la pasión que las dos tenían por las películas.

Emilio me vigiló desde la puerta. Ilsa pestañeó un poco y respiró profundamente, como quitándose un peso de encima.

—Hagan exactamente lo que les digo —exigió sin mirarnos—. Van a ir a la plaza de Victoria, acá a cuatro cuadras; cruzando por el costado derecho está el cine de Victoria en toda una esquina. Llegan al cine y compran dos entradas para la primera función, que es a la una. No sé qué están dando, las películas las cambian todos los días. Tienen tiempo de sobra, al menos una hora para matar. Pueden fumarse un cigarro o, si tienen plata, tomarse algo en la Fuente Suiza. A la una en punto van a entrar al cine, son dos películas por setecientos pesos. Cuando termine la primera van a salir del cine, pero no por la misma entrada principal: van a cruzar hasta la pantalla. Traten de hacerlo cuando se esté proyectando alguna escena no demasiado iluminada, aunque a la hora en que van no creo que tengan problemas. Van a caminar hasta la pantalla; cuando estén en la primera fila de butacas se van a dar cuenta de que debajo de la pantalla hay una puerta. Van a abrirla, a cruzarla y después van a cerrar. Al otro lado seguramente va a estar muy oscuro, pero no se preocupen porque ya se acostumbrarán. Al otro lado de la puerta los va a recibir una persona, no sé quién todavía. Pregúntenle por la película de Vera, *Fragmentos del delirio*, o como se llame; nunca he podido aprenderme el nombre completo.

»Y la Verita se fue de este mundo y yo nunca fui capaz de decirle que su película no me gustó, que la encontré pretenciosa y cargante, que sus actores lo hicieron muy mal y que los diálogos que escribió a medias con ese novio suyo detenido y muerto a ratos me dieron risa.

Ilsa nos despidió en la puerta. Emilio le dio un beso. Yo solo la mano.

En el auto no hablamos de Ilsa ni de la película. Emilio estaba cansado de nadar contra la corriente, seguía con la idea de volver a Santiago; le dije que detuviera el auto y me dejara manejar.

Manejé por la calle General Gorostiaga. Estacioné en la plaza, justo frente a la Fuente Suiza. Caminamos por la plaza hasta el cine, Emilio seguía quejándose. El cine era una bodega muy sencilla, sin la arquitectura o el estilo de esos antiguos cines de provincia que a veces don Desiderio recordaba en sus presentaciones. Estaban dando *Y Dios creó a la mujer*, la de Rebecca de Mornay, que es un *remake* que el propio director Roger Vadim hizo de su película homónima de 1956 con Brigitte Bardot, y *Atracción fatal*, la de Adrian Lyne.

Seguimos las instrucciones de Ilsa Norero al pie de la letra. Compramos las entradas, nos fumamos un cigarro y hasta nos dio tiempo para comprar un berlín y comerlo a medias en la Fuente Suiza. Las chicas que atendían nos preguntaron de dónde éramos; Emilio les dijo que éramos de Santiago, de la comuna de Las Condes.

Cinco minutos antes de la una estábamos sentados en el amplio cine de Victoria. Éramos los únicos en la sala. Hacía un poco de frío. Cuando se apagaron las luces apareció una pareja muy joven, vestidos de uniforme escolar; se sentaron al final y no dejaron de besarse ni de meterse mano durante la primera película, *Y Dios creó a la mujer.*

Apenas volvieron a apagarse las luces miré a Emilio y me levanté de la butaca; estaban corriendo los créditos de la película de Adrian Lyne. Caminé hacia la pantalla. Vi la puerta de la que había hablado Ilsa, la abrí. Emilio me siguió. Entramos los dos por un pasillo estrecho de paredes blancas; la música del cine quedó atrás. Cerramos la puerta. Seguí caminando por el pasillo hasta llegar a una pequeña oficina: un hombre estaba sentado, revisando unos papeles. No nos miró. Otro hombre entró desde una puerta y se sentó frente al primero.

—¿Cuándo llegan las copias de Temuco?

—No me supieron decir a ciencia cierta. Entre hoy y el viernes.

—¿Tienes la lista de títulos?

El hombre del escritorio abrió un cajón y le entregó un papel; luego se quedó mirándonos.

—El baño está por la otra puerta, jóvenes. Hacia la salida.

—No buscamos el baño, gracias —le expliqué—. Venimos de parte de la señora Ilsa Norero.

El otro hombre movió la cabeza, reaccionando.

—¿La Ilsa? —preguntó—. ¿Los manda la Ilsa Norero? No me dijo nada.

—Nos dijo que aquí nos podían ayudar a encontrar una película que estamos buscando.

—¿Qué película?

—Se llama *Fragmentos sobre la importancia del delirio.*

El hombre pensó un momento. El título no pareció afectarlo demasiado.

—No me suena —le habló al hombre del escritorio—. ¿A ti?

—¿Cómo es que se llama? —preguntó.

—*Fragmentos sobre la importancia del delirio* —repitió Emilio.

—*Fragmentos sobre la importancia del delirio* —repitió el hombre del escritorio.

Negó con la cabeza y siguió ordenando sus papeles.

—¿Es europea?

—No, es chilena.

—¿Chilena? Aquí no damos películas chilenas.

—¿Por qué no?

—No sé. Nunca hemos dado una película chilena. ¿Quién les dijo que estaba aquí? ¿La Ilsa Norero?

—Sí.

—Está equivocada entonces, porque aquí no está. Si quieren pasamos a la bodega, pero lo veo difícil.

La bodega del cine de Victoria ocupaba todo el subterráneo de la propiedad; se llegaba por una escalera secundaria a la que solo se accedía desde el segundo piso. Emilio ya no me hablaba, solo quería dar por terminada la aventura y volver a su vida de niño rico. Él no lo reconocía pero yo estaba seguro de que echaba de menos las comodidades de la casa de su vieja; una cosa es hacerse el *hippie* y otra es serlo realmente.

En la bodega había una muralla entera de latas de celuloide, la mayoría estrenos que iban rotando de pueblo en pueblo por la zona de la Araucanía. El recorrido de las películas era siempre el mismo: se estrenaban en Concepción y luego viajaban a Temuco, donde pasaban una semana y luego llegaban a Collipulli, Traiguén, Angol y Victoria. Todo esto me lo explicó don Willy, el administrador del cine. Nos miró feo cuando le dije que veníamos de Santiago, pero le cambió la cara cuando le conté que éramos cinéfilos universitarios y que estábamos escribiendo una crónica sobre los cines de provincia y cómo han ido desapareciendo. Don Willy se emocionó y nos contó que su familia siempre había estado a cargo del cine pero que ya no era negocio, sobre todo en provincia donde el mercado era tan chico.

—En Victoria las películas duran una semana en cartelera. Tiene que ser un estreno muy esperado, como *Los cazafantasmas*, o como la misma *Atracción fatal*, que acá lleva una semana y la vamos a dejar una semana más porque ha sido un éxito. La ha visto todo Victoria prácticamente.

Desde el último rincón de la bodega se podían escuchar los gritos desgarrados de Glenn Close.

—Pregunten lo que quieran —dijo don Willy—. Están en su casa.

Empezamos la búsqueda. Dividimos la muralla en dos zonas: yo me quedé con la izquierda, Emilio se concentró en el lado derecho. *Un amor en Florencia*, rollo uno. En la sala corrieron los créditos finales de *Atracción fatal*. Trailer, *El vengador anónimo II*. Emilio dijo que nunca había visto *El vengador anónimo* y a mí me pareció mal porque es una estupenda película de violación y venganza. *Sol de medianoche*, rollo cuatro, qué horror, con lo que me cargan las películas de baile. *Trailer* de *Star 80*. Taylor Hackford era lo peor del mundo. *Un amor en Florencia*, rollo dos. A mí me gustó *El poder y la pasión*, le dije. *Un amor en Florencia*, rollo tres. Escuchamos los gemidos eróticos de Rebecca de Mornay en *Y Dios creó a la mujer*. *Star 80*, rollo cuatro. Arrendé *El poder y la pasión* con la Susana, un día que Emilio no estaba, le dije. *Un amor en Florencia*, rollo cinco. ¿Cuánto dura *Un amor en Florencia*?, me pregunté, ¿cuántos rollos tiene? Emilio se quejó de que en provincia la cartelera era súper comercial, no llegaba el cine independiente. *Un amor en Florencia*, rollo cuatro. En el cine terminó *Y Dios creó a la mujer*, pasó un momento y luego empezó de nuevo *Atracción fatal*. Trailer, *Fiebre de amor* (dañado). Emilio dijo que entre Rachel Ward y Rebecca de Mornay se quedaba mil veces con Rachel

Ward. *Trailer, El color púrpura.* Yo le dije que estaba loco, que Rebecca de Mornay era una estrella. *El amor de dos padres,* rollo tres, con una nota: «Devolver a Collipulli». Emilio defendió a Rachel Ward: era súper rica. Le dije que *Un amor en Florencia* y *Sol de medianoche* no eran precisamente cine comercial. *Sol de medianoche,* rollo uno (dañado). Y que Rachel Ward no era tan rica. *Trailer, Fiebre de amor.* Emilio dijo que *Un amor en Florencia* y *Sol de medianoche* eran películas menopáusicas para tías viejas, que Hollywood las hacía como una costumbre, que *Magnolias de acero,* con Julia Roberts, era otra del subgénero y que obvio que no me gustaba Rachel Ward porque a mí no me gustaban las mujeres.

Se escuchó un disparo en el cine. Era Anne Archer matando a Glenn Close. Emilio estaba sentado en el suelo de la bodega del cine, revisando las latas de celuloide; levantó la cabeza, arrepentido de lo que había dicho. Me dieron ganas de salir de la bodega, de volver al auto y no mirarlo nunca más a la cara. Me dieron ganas de decirle que tenía razón y que lo mejor sería dejar de vernos por un tiempo. También me dieron ganas de desnucarlo con una de las latas en las que se guardaban las películas. Solo me alcanzó la rabia para empujarlo con todas mis fuerzas: caímos al suelo. Él me preguntó qué me pasaba. Yo le dije que se fuera a la mierda, que estaba cansado, que ya no quería seguir siendo su amigo, que me había decepcionado. Él no entendió nada. Las latas de celuloide crujieron en la muralla. En el cine empezó de nuevo *Y Dios creó a la mujer.* Emilio dijo que nos fuéramos, ya no aguantaba ni un minuto más en Victoria. Lo miré con rabia. Me pidió perdón, no había tenido la intención de ofenderme. No me había ofendido. Le dije que no importaba, pero que se fuera igual a la mierda. Él se quedó callado. Recogió dos latas que estaban en el suelo y las puso de vuelta en la muralla de la bodega, hice lo mismo con el sector izquierdo. Ordené todo tal como lo habíamos encontrado. Emilio respiró profundamente y caminó hacia la puerta. En ese momento vi una lata de celuloide que ni él ni yo habíamos visto antes: *Fragmentos,* rollo tres.

⌘

Nos quedamos un día más en Victoria. Don Willy nos consiguió un buen precio en la residencial Magdalena, en pleno centro, a unos pasos del cine. La pieza tenía dos camas juntas, puestas junto a la ventana que daba a la calle Baquedano. Emilio me dijo que quería dormir en la cama del pasillo.

En la bodega del cine encontramos una copia del rollo tres de *Fragmentos sobre la importancia del delirio* en muy mal estado, pero además estaba el *trailer*, probablemente un *trailer* que nadie había visto. Por el golpe militar la película no había tenido posibilidad de distribución, ni nacional ni internacional, por lo tanto el *trailer* era una pieza inédita.

Las demás latas de la película no estaban por ninguna parte. Don Willy decía que él ni siquiera se había fijado en la existencia de esas latas en particular, las del *trailer* y el tercer rollo, porque en primer lugar estaban en dieciséis milímetros y él tenía un proyector de treinta y cinco, y además porque el material que entraba y salía del cine era mucho, y a eso había que sumarle las copias que se quedaron olvidadas en bodega y las que formaban parte de la filmoteca del establecimiento, una colección compuesta por solo tres títulos, pero de la que don Willy se jactaba con orgullo: una era la excelente cinta ganadora del Oscar *África mía*, en una copia que no está perfecta, pero que se ha proyectado sin problemas muchas veces, incluso en Angol, donde son más exigentes; una copia sin cortes, en muy buen estado, de la excelente película (y una favorita de don Willy, hay que decirlo), la incomparable *Contacto en Francia*, del director William Friedkin; y un filme que sin ser una obra maestra ha hecho reír de buena gana a la familia victoriense aquí en el cine: *Locademia de Policía 2: Su primera misión*.

Nos quedamos hasta tarde despiertos en la residencial Magdalena. Hablamos de mostrar nuestro hallazgo. Nos sentimos héroes. Emilio dice que primero don Desiderio tiene que revisar el estado del material. Igual habían pasado los años. Bajamos a la botillería, compramos cigarros y una botella de ron para celebrar. Yo no tenía plata, Emilio me invitó.

Hicimos ron con coca-cola, con hielo; abrimos la ventana de la pieza y entró un viento austral que nos resfrescó. Emilio sacó la cola de un porro de mala calidad que había conseguido y que después, con el problema con la policía y todo el drama, había olvidado en un bolsillo de su billetera. Me contó todo esto como si no hubiera pasado nada entre nosotros; fue incómodo, como si nuestra pelea estuviera olvidada en la bodega subterránea del cine de Victoria. Para él quizás, aunque no estoy tan seguro. Para mí definitivamente no. A mí todavía me sorprendían sus palabras. Mezclado con la sorpresa también había dolor.

Preguntó por el encendedor. Le dije que estaba en el baño.

Fumamos.

Me asomé a la calle. Todas las luces de la ciudad estaban apagadas. Dije que Victoria era una ciudad para descubrir. Emilio me preguntó qué otra cosa quería descubrir: le dije que no lo sabía. Que todo estaba recién empezando. Éramos súper pendejos. Emilio dijo que me estaba poniendo denso, que a veces eso me pasaba cuando fumaba hierba y que tenía que acostumbrarme a disfrutar el silencio. A volarme y quedarme callado.

Nos acostamos borrachos pasadas las dos; yo tenía algo atorado en el pecho. Emilio se quedó dormido con ropa sobre la cama. Algo no me dejaba disfrutar del hallazgo de la película o de ese *trailer* que finalmente íbamos a ver. Al tercer ron con coca-cola pensé en decirle que teníamos que hablar, pero él ya había cerrado los ojos y tenía el cenicero repleto de colillas sobre el pecho. Pasó un segundo y se movió: el cenicero se dio vuelta sobre la cama. Emilio siguió durmiendo. Me estiré en mi cama. Estaba tranquilo, sin angustias. No tenía sueño. Emilio roncaba a mi lado.

Me imaginé cómo sería el *trailer* de *Fragmentos sobre la importancia del delirio*.

Me imaginé cómo sería el *trailer* de mi película. La película sobre mi vida.

Baumann, el Magnífico
Magnificent Baumann
(Estados Unidos, 2016)

Dirigida por Joel Schumacher. Con Dave Franco, James Franco, Chloe Sevigny, Selma Blair, Connor Paolo, Asia Argento, Robert Duvall, Ed Harris, Peter Coyote. Supuestamente basado en la obra póstuma del escritor chileno Baltazar Durán y con un elenco raro y estelar, este *biopic* sobre la locura y sus consecuencias es sin lugar a duda una de las peores películas del año. Larga (191 minutos), pretenciosa y repleta de inexactitudes tanto históricas como narrativas, se salva del ridículo total solo por el desempeño de algunos de sus actores. Pensando más en los premios que en las emociones de algo parecido a una audiencia, Joel Schumacher (*Generación perdida, Todo por amor*) filma sin manifestar conexión alguna con su material, menos aún con la sensibilidad de su protagonista, Walt Baumann (interpretado, aparentemente al azar, por los hermanos Dave y James Franco), un cinéfilo obsesivo y egocéntrico que sueña con la fama y el reconocimiento que no tuvo cuando era niño. El amor hacia su mejor amigo (Connor Paolo, de la serie *Revenge*) es el eje de la historia, pero también su meteórico ascenso hacia la fama como escritor y productor de cine y su relación con un novio histérico y llorón (Ian Somerhalder, una de las primeras víctimas de *Lost*). Lo más rescatable de este despliegue de talentos desaprovechados es Chloe Sevigny (*Kids, Los chicos no lloran*) como la mejor amiga del protagonista y quien funciona como el único personaje de carne y hueso en una película torpe y con demasiadas aspiraciones metacinematográficas. Walt Baumann (o Baltazar Durán) no solo es un estereotipo, además es un estereotipo desagradable. MALA.

Emilio despertó con un grito. Eran las cinco de la mañana. Fue uno de esos gritos que no son gritos, un grito ahogado por la frazada en su boca y por su propia respiración.

Yo estaba despierto, de espaldas en mi cama. Al comienzo no me dijo nada, solo me miró. Se pasó las manos por la cara, preguntó qué hora era y cuánto faltaba para el desayuno.

⌘

—Son las cinco con cinco. El desayuno lo podemos tomar desde las siete treinta —le dije a Emilio.

—¿Y tú por qué no estás durmiendo, huevón?

—No tengo sueño.

—Cierra los ojos.

—Estaba pensando en el *trailer*.

—Debe ser alucinante.

—Ojalá podamos proyectarlo.

—¿Por qué «ojalá»?

—No sé. La copia puede estar hecha mierda. O a lo mejor está velada.

—¿Por qué eres tan pesimista? Siempre estás pensando lo peor.

—No había pensado en eso.

—Eres súper pesimista, Balta. Eres la persona más pesimista que conozco.

—¿De verdad? ¿Qué otros pesimistas conoces?

—Mi vieja.

—Tu vieja no es pesimista, es huevona.

—Más respeto, que es mi vieja. Huevona será, pero sigue siendo la que me parió.

—¿O sea que tú puedes tratar a tu vieja de *culiá* huevona y yo no?

—Exacto. Igual la quiero a la vieja huevona *culiá*.

—¿Qué vamos a hacer, Emilio?

—Lo que habíamos planeado.

—Ya sé.

—En un par de horas bajamos a tomar desayuno, pasamos al cine a despedirnos de don Willy, cargamos las latas al auto y nos vamos a Santiago; a las nueve estamos en el Microcine. Yo creo que es mejor no avisarle a don Desiderio y llegar de sorpresa; el viejo va a estar tan contento. Había pensado que le puedo pedir prestada la Handycam a José Pablo, la pasamos a buscar apenas lleguemos a Santiago y después nos vamos al Microcine, y podemos grabar en video el momento en el que llegamos con las latas, hacemos algo así como un documental. ¿No has pensado que esto podría ser cine documental? Hay algunos alucinantes. ¿Viste *Zelig*?

—*Zelig* no es un documental.

—Obvio que sí.

—Obvio que no. *Zelig* no existió en la vida real, es un invento de Woody Allen.

—Pero igual es un documental, o sea, *documenta* la vida de un personaje, ficticio y todo lo que quieras, pero al final es un personaje equis.

—No sé, Emilio; para mí no es un documental. Me gusta mucho como película, pero no es un documental. En todo caso, no te estaba preguntando por eso.

—¿Qué me preguntaste?

—Otra cosa.

—Me preguntaste qué vamos a hacer, y te conté el plan. ¿Qué pasa? Deja de preocuparte, mañana a esta hora vas a estar en tu casa, con tu mamita y tu papito y tu hermana psicópata.

—Cuando te pregunté qué vamos a hacer no estaba hablando del plan. Estaba hablando de lo que pasó en la bodega.

—¿En la bodega? Pasaron muchas cosas.

—Nos peleamos, Emilio.

—No es la primera vez que nos peleamos. ¿Para qué hablar de eso?

—Yo quiero hablar de eso.

—Todavía estás volado. Deja de pasarte rollos, eso hace mal.

—No son rollos. No me paso rollos.

—No es para tanto. Te enojaste por algo que yo dije.

—¿Te acuerdas de lo que dijiste?

—No. No me acuerdo.

—Lo de Rachel Ward.

—¿Qué me importa Rachel Ward, por favor? Una actriz del montón con cara de caliente y buenas tetas. Ni siquiera me gusta tanto. No es ni tan rica.

—Es lo mismo que yo dije.

—Ya lo sé.

—Y tú dijiste que no me gustaba Rachel Ward porque no me gustan las *minas*.

—¿Eso dije?

—Eso dijiste. Quiero saber por qué lo dijiste.

—No tengo idea, Balta, no pensé que te iba a molestar tanto.

—Claro que me molestó. Es una falta de respeto.

—¿Por qué es una falta de respeto?

—Porque eres mi amigo, ¿o no, huevón? No puedes tratarme así.

—¡Huevón, estás exagerando!

—No puedes decirme eso justo ahora. Justo ahora que es tan difícil para mí la situación. Pensé que me la podía; pensé que podía ser fácil si trataba de olvidarme. Pero no se puede.

—Duérmete, Baltazar. Mañana hablamos.

—No, huevón: mañana no vamos a hablar. Y pasado mañana tampoco. No vamos a hablar nunca más. Eso llega hasta aquí.

—Balta, perdona, no quise ofenderte ni faltarte al respeto. Fue una broma, un chiste malo, nada más.

—No acepto tus disculpas. Ándate a la mierda.

—¿Por qué estás tan enojado, huevón? ¿Qué te he hecho? Dime, Balta, ¿qué mierda te hice, huevón, para que te pongas a gritar como un demente? ¿Qué pasa conmigo, cuál es el problema? ¿Por qué estas llorando?

—Tú sabes. No te hagas el huevón.

—Yo no sé nada. Y si no me cuentas tú, no voy a tratar de adivinar.

—No podemos seguir.

—¿Cómo? ¿Seguir dónde?

—Seguir siendo amigos.

—¿No quieres que sigamos siendo amigos?

—No.

—¿Por qué no?

—Porque esto me duele. ¡¿Cómo demonios no te das cuenta?! ¿Cómo quieres que te lo diga, huevón? ¿Quieres que me humille? ¿Quieres que te dibuje lo que está pasando, huevón? No puedes ser tan huevón.

—No te pongas agresivo. Estamos conversando.

—La cagué, huevón. La cagué y ahora no sé qué hacer.

—¿Por qué la cagaste?

—Porque ahora no podemos ser amigos. Esta es la última vez. Estoy seguro.

—Balta, yo creo que necesitas dormir. Descansa un rato.

—Yo sé exactamente cuándo la cagué, huevón; fue cuando vimos *Martes 13: Capítulo final* en el Rex. O antes, cuando la Susana nos presentó. No te quiero tener cerca, Emilio, y por otro lado no sé qué voy a hacer sin ti, huevón. ¿Con quién voy a ver películas? ¿Quién me va a escuchar? ¿Qué vamos a hacer con el Microcine? Yo prefiero que vayas tú. Yo no quiero ir. No me importa. Prefiero no ir nunca más al cine si eso significa no verte más. ¿Por qué me miras así? ¿Encuentras que estoy diciendo tonteras? ¿Estoy volviéndome loco? No me mires así, Emilio, porque si me estoy yendo a la mierda es por tu culpa; de nadie más, tuya solamente. ¿Dónde está el ron?

—No vas a seguir tomando.

—¿Por qué no? Me quiero emborrachar.

—Ya estás bien borracho.

—Me tomé tres ron con coca-cola, y estoy bien. De todo lo que estoy diciendo me voy a acordar mañana. No soy como tú.

—No, Balta. No te vas a acordar mañana.

—Te voy a echar de menos, Emilio Ovalle.

⌘

Tú golpeaste primero. Me diste en la mejilla izquierda; no me dolió. Siempre pensé que tenías puños de mujer. Me gritaste. Dijiste que no volviera a repetir lo que había dicho. Te pregunté qué. ¿Qué había dicho tan terrible que te había causado tanta rabia? Dijiste que nunca nos íbamos a separar, que tú y yo, qué bien sonaba, «tú y yo», que tú y yo éramos más que amigos, tú y yo éramos hermanos de sangre cinéfila y que nunca ibas a tener un amigo igual a mí. Dijiste que nadie iba a reemplazarme jamás porque yo era un compadre bueno, de alma blanca y sentimientos puros, y que además me gustaban las películas que a nadie le gustaban. No me gustaba *Azul profundo*, con la que todo el mundo alucinaba; no era fan de *Brazil*. Yo te advertí que no tenía el alma blanca y que a veces pensaba en ti. Y que igual me gustaba un poco *Brazil*. Me levantaste del suelo. Me subiste a la cama, me abrazaste. Te dije que nos fuéramos a Santiago; en ese momento, sin esperar el desayuno. Me dijiste que nos quedáramos un rato más en la residencial Magdalena. Necesitábamos dormir un poco. Teníamos que manejar de regreso y el camino era largo; era peligroso hacer el viaje tan cansados. Me puse a llorar, no sé por qué. Ya había pasado la pena, pero me puse a llorar igual. Tú dijiste que no llorara, que los hombres no lloran porque tienen que pelear. Me abrazaste de nuevo. Me diste un beso en el cuello. Te dije que pararas. Me preguntaste por qué. Te agarré por los brazos, sujeté tus muñecas; afirmé mi pecho contra el tuyo. Te besé con los labios cerrados. No pensé en las consecuencias. Te quedaste quieto, casi sin respiración. Demasiado quieto. Me asustaste. No me tocaste, parecías muerto. Yo seguí. Me aproveché: te besé con más ganas. Seguiste sin moverte. Me acerqué. Me sentí necrófilo. Con el muslo empujé tu pierna. Un necrófilo caníbal. Moviste una mano en mi espalda. No estabas muerto: tus ojos se abrieron. Me miraste. Me besaste mirándome. Me apoyé en tu entrepierna. Miraste mis labios. Dijiste mi nombre. No te dejé hablar. Te besé de nuevo; esta vez te sujeté la cabeza con las manos. Te obligué y te gustó. Sentí tu lengua en mi boca, tu erección contra mis *jeans*. Era salada: tu lengua, no tu erección. Bajé una mano por tu pecho. No dejé de besarte. Desabroché el botón de tus pantalones. Dijiste mi nombre otra vez. Te dije que no tuvieras miedo. Nunca nadie iba a enterarse. Te quitaste la camiseta y después los pantalones; te pusiste de rodillas sobre la cama, con los calzoncillos puestos. No sabías qué hacer.

Yo tampoco.

13

David está cansado. Mónica pasa a dejarlo al hotel. Van en el auto con Susana, en otro auto va Emilio. Todos han bebido bastante, pero David se fija en que Susana es la más borracha. Quiere seguir tomando en el bar del hotel. Mónica le dice que tal vez no es una buena idea, que lo mejor sería que todos se fueran a descansar, ya que todavía quedan varias actividades planificadas para el día siguiente como parte de la despedida que More Books ha organizado para su escritor estrella. Cuando Mónica explica todo esto, David observa, Susana ya se ha bajado del auto y camina hacia la entrada del hotel haciendo sonar unos zapatos rojos de tacón alto que le quedan grandes.

Ni David ni Emilio ni Mónica quieren seguir bebiendo, pero ninguno se atreve a negarle un gin tonic a la hermana del difunto. En Chile, piensa David, eso no se hace.

Emilio advierte a todos los presentes que desafortunadamente no puede quedarse mucho rato; con el trago helado firme en la mano, Susana le pregunta si por casualidad tiene miedo. David observa que Mónica se siente incómoda. Mientras Emilio discute con Susana, Mónica saca un cigarrillo apagado y le habla en voz baja. Le pregunta si sabe que Emilio y Susana fueron novios; él le dice que sí. Mónica suspira sin ocultar su desesperación por consumir tabaco; juega con el cigarrillo sin encender, lo hace bailar entre los dedos. No conoce los detalles del romance y no le interesan. Hasta le repugnaría un poco oírlos, le confiesa. Si es cosa de mirar a Susana para entender la historia tal como fue. David le pregunta cómo cree ella que sucedió la historia. Mónica observa a Susana y Emilio discutiendo en privado, al otro lado del salón; David espera su respuesta. En voz baja y sin dejar de vigilar a la protagonista de la historia, Mónica recuerda una confesión de hace muchos años, una de las tantas que le hizo Baltazar a lo largo de su vida. Le dijo que Susana nunca había logrado recomponerse anímicamente después de Emilio Ovalle. David escucha con atención esta parte del relato y con tristeza recuerda que a Baltazar le encantaba esta imagen de su hermana loca de amor, *malade d'amour*, llorando todo el día en plan Isabelle Adjani o Nastassja Kinski o Béatrice Dalle. Lo que David no sabía, o nadie sabía pero muchos sospechaban, era que Baltazar había empujado a Susana al abismo.

Emilio no responde a las preguntas ni tampoco reacciona a los ataques de Susana. Nadie intenta callarla. Susana le dice a Emilio que se relaje, que es un día especial y que, aunque nos cueste la vida, uno tiene que olvidar los rencores. Por Baltazar. Emilio aclara que está de acuerdo y que él no guarda rencor: ninguno, contra nadie. Susana le dice que es un mentiroso y un falso, que ella lo conoce bien y que sabe perfectamente a quiénes odia, quiénes son sus enemigos y quiénes sus rivales. También le dice que borre esa cara de niñito fresa del Colegio San Ignacio recién salido de la confirmación porque no se la cree nadie. Ya es un hombre viejo y de inocente no tiene nada. Emilio la ignora porque sabe que va a perder, eso al menos cree David. Mónica patea a David bajo la mesa.

Una última ronda de tragos. Susana pide un cosmopolitan. David, un mojito. Emilio, una cerveza *light*. Mónica deja pagada la cuenta. Pide una factura a nombre de More Books. El barman le dice que tiene que darle una boleta normal y luego cambiarla por una factura. Mónica pierde la paciencia, acepta la boleta y luego le advierte a David que puede pedir lo que quieran: comida, más tragos o lo que necesiten. More Books paga todos los gastos. Solo debe cargarlos a la habitación.

Cuando se despiden, Susana abraza a Mónica y a pesar de que nunca han sido amigas de verdad, le pregunta si la verá pronto. A Mónica la pregunta la toma desprevenida y no puede contestar. David espera la respuesta mientras observa fijamente los ojos grandes de Mónica, pero ella no es capaz de articular una sola palabra. Tiene suerte, se fija David: su celular suena justo en ese momento y sale rauda, despidiéndose rápidamente con la mano. Antes de desaparecer, vuelve a asomarse al bar y le recuerda a David que el lunes pasará a recoger lo que le prometió. Tanto Emilio como Susana sospechan de qué se trata, pero no dicen nada. David supone que no quieren presionarlo.

Toman dos tragos más cada uno. Emilio deja la cerveza *light*. Pide vodka. Susana lo alienta a pedir una marca importada.

Brindan una vez más por Baltazar; a David le da un poco de asco su mojito. Emilio le recuerda a Susana que a pesar de las peleas, mentiras, traiciones y escándalos, él quiso mucho a su hermano. Quizás lo quiso demasiado, por eso aguantó tanto.

David le pide al *barman* que le cambie el mojito por un vodka.

Susana mordisquea la punta de la copa de su cosmopolitan y no le responde a Emilio.

David quiere un vodka igual al de Emilio, de la misma marca; el barman aleja el mojito de David y comienza a prepararle su vodka.

Susana termina su segundo cosmopolitan y va por el tercero.

El vodka le hace bien a Emilio. David observa su transformación: a los tres sorbos del vaso ya se siente más cómodo. Habla de Baltazar de una forma en la que nunca pensó que nadie se expresaría de él, con intimidad y confianza. No sabe si Baltazar le dio alguna vez intimidad o confianza; le gustaría pensar que sí.

Susana recuerda algunas anécdotas y pregunta si quieren pedir algo para comer. More Books invita, recuerda. Ella quiere pedir fajitas. Ama las fajitas.

Emilio cuenta algunos episodios vividos con Baltazar. David escucha atentamente.

Episodio uno. Una fiesta en el barrio Brasil, a fines de los ochenta, quizás el 89, o antes porque todavía estaban los militares. Una artista plástica recién llegada de Nueva York los invitó a su primera experiencia lisérgica; Susana pregunta qué significa lisérgico. Emilio le pide que no se haga la niña de las monjas, que bastante liseria tuvo en su juventud. Susana insiste en que no tiene idea de qué está hablando y le pide que no se haga el modernillo frente a David. David interviene y le informa a Susana que lisérgico se refiere a un tipo de ácido. Susana lo mira, se ríe, le pregunta por qué llamarlo lisérgico, qué cursilería, en sus tiempos le decían ácido y punto; a ella le dicen ácido y entiende sin problemas, pero claro, a Emilio Ovalle siempre le ha gustado complicar las cosas, hacerlas más difíciles, ponerse obstáculos, buscarle la quinta pata al gato, le cuenta Susana a David. Si no le cree, tiene que preguntarle si fue feliz o no durante los años que estuvo con ella de novios, felices, jóvenes, estupendos, todo el día haciendo el amor y planes para el futuro. Emilio le recuerda que no alcanzaron a estar juntos un año, solo cinco, seis, siete meses, no más. Susana recibe su tercer cosmopolitan sin ocultar su frustración. Se bebe la mitad de un trago para formular su contrataque, pero David le quita la inspiración para pedirle a Emilio que siga con los recuerdos.

Episodio dos. Eran muy chicos. Se habían conocido hacía muy poco, y Susana no sabía cómo contarle a Baltazar que estaba saliendo con Emilio. Susana lo corrige, le dice que no estaban saliendo, que ya se estaban acostando. Emilio le recuerda que no, que eso fue después, que al principio él se comportó como un caballero, después pasaron los días y empezó a quedarse en la casa. Susana le dice que si va a contar mentiras mejor no cuente nada. Emilio bebe su vodka. David no entiende cuál es la anécdota exactamente, pero escucha cansado, disfrutando su rol de testigo mudo. El *barman* le pregunta cómo está su vodka tonic; David le dice que ya se acabó. El *barman* tiene los ojos azules y las manos grandes. Susana y Emilio ahora hablan de una kermés legendaria a la que fueron juntos, donde tocaba una banda llamada Los Prisioneros. David no sabe lo que significa kermés. Un tatuaje tribal asoma por el antebrazo del *barman*. Los Prisioneros tocaron una canción que hablaba de sexo y otra donde decían «mierda» y todos se volvieron locos; se desató una euforia rock que muchos años más tarde Baltazar había intentado describir en la magnífica escena del concierto de Joanna Jacopetti en *Devoradora de almas*. A David le gustaría saber cómo es el otro extremo del tatuaje del *barman*.

Episodio tres. Fue muchos años después, se acuerda Emilio; David está comenzando a aburrirse. Emilio recuerda que él y Baltazar habían dejado de verse por varios motivos. Susana le pide que los cuente, que no sea cobarde, que están en confianza, que si va a contar historias a medias es mejor que no cuente nada. Emilio vacila. David observa los dientes perfectos, pero escucha la introducción de este nuevo episodio por recordar y rápidamente su atención en el *barman* se desvanece. Le interesan las crisis entre Baltazar y Emilio. Emilio dice que dejó de ver a Baltazar porque él pasó por una época de mucho resentimiento; Susana le explica que no era resentimiento, era rabia. Mucha rabia. Emilio le dice que está tratando de contar la historia, pero no puede hacerlo si ella lo interrumpe a cada frase. Se miran a los ojos. Susana lo odia, cree David; Emilio, en cambio, le tiene cierto respeto. A los recuerdos, más que nada. Susana le dice que Baltazar Durán, su hermanito del alma, podría haber querido a cualquiera porque lo tenía todo para ser feliz. Pudo haber escogido a un modelo, un actor, un político, un escritor, todos los hombres más guapos e inteligentes del mundo estaban al alcance de su mano y al único que siempre amó con todo su corazón fue a él. A Emilio Ovalle. Emilio la detiene. Susana abre los ojos y se da cuenta del error que ha cometido. David se fija en que se lleva una mano a la cabeza como si quisiera golpearse la nuca a modo de castigo. Susana le ofrece disculpas, le dice que no quiso decir lo que dijo, mucho menos ofenderlo. Pero él pertenece a otra generación, es otra etapa de la vida de Baltazar la que ocupa; no tiene ninguna comparación su matrimonio, un compromiso real y para siempre, con la extraña amistad que durante tantos años tuvo con Emilio y que a la larga le hizo tanto mal. David escucha las palabras de Susana mientras en el espejo del bar observa el contorno de los muslos del *barman* envueltos en la delgada tela de unos pantalones grises de corte *slim*. Emilio pregunta si puede terminar de contar la anécdota; David le pide que por favor lo haga. Susana pide otro trago. Emilio le dice que quizás no debería. Susana le replica que existen muchas cosas en su vida que quizás no debería haber hecho y las hizo igual, y él lo sabe.

Emilio recuerda que se reencontró con Baltazar a comienzos de los noventa, habrá sido el 92 o 93. Fue en un bar gay muy conocido en el ambiente, el Fausto. David ha oído hablar de ese lugar. Susana le pregunta qué mierda hacía Emilio en el Fausto, a comienzos de los noventa, si se supone que a él siempre le han gustado las mujeres; Emilio le responde que acompañaba a unos amigos, compañeros de la agencia. Todo el mundo sabe que las mejores fiestas, las de amanecida, las que se recuerdan para siempre, son las de homosexuales. Sobre todo en los noventa. Susana reconoce que eso tal vez puede ser verdad.

A David le duele la cabeza. Ya no quiere escuchar la historia de Emilio, pero se obliga a sí mismo a mantener los ojos y los oídos bien abiertos.

Emilio dice que se encontró con Baltazar en el baño. Baltazar lo miró a través del espejo y al principio no lo quiso saludar; Emilio estaba muy borracho. Le dijo su nombre completo mientras meaba en un urinario, luego se acercó y se dieron un abrazo. Hablaron del pasado, del presente y un poco del futuro. Bailaron. Emilio le dejó claro que no era gay, que su visita al Fausto no significaba nada, que tenía una novia desde hacía casi dos años. Baltazar no hizo preguntas. Se presentaron a los amigos con los que andaban, intercambiaron números telefónicos y se compraron un trago a medias en la barra antes de despedirse. Emilio le explicó que la Rosario estaba en el campo. La Rosario era su novia. Emilio recuerda que Baltazar estaba todavía en la escuela de Periodismo, pero aún no había publicado su primer libro: lo estaba escribiendo. Esa noche, se acuerda, le contó que era una novela gay de ciencia ficción y aventuras, un subgénero que iba a revolucionar el *under* porque mezclaba estilos y formatos y tenía un diseño de vanguardia que lo convertía en un objeto de arte, no solo un libro con palabras, personajes y una historia. Emilio recuerda que, durante ese encuentro en el Fausto, Baltazar repitió muchas veces las palabras *under* y vanguardia.

Cuando Emilio se da cuenta de que ya son las siete de la tarde y no ha mirado el celular ni dado noticias a Cecilia y las niñitas, se levanta del bar, besa a Susana en la mejilla y le dice que está muy linda para luego darle un apretón de manos a David y desaparecer, todo en menos de diez segundos. A David le parece que durante su despedida no es demasiado cariñoso: no lo mira a los ojos ni le comenta lo bien que lo pasaron ni el gusto que fue conocerlo. Nada. No hay palabras, solo un apretón de manos entre dos hombres después de un funeral. Tampoco le pregunta por el manuscrito ni qué posibilidades existen de leerlo antes de la eventual publicación. Por un momento David está a punto de comentar algo sobre el texto, solo con el afán de provocar, pero Emilio cambia rápidamente de tema como si no quisiera saber nada de la existencia de esa obra en particular. Sobre *Todos juntos a la cama*, *Cuando eyaculo*, *Ansiedad* y hasta *Devoradora de almas* se refiere sin problemas y como un admirador más. Conoce la pluma de Baltazar y a pesar de no haber compartido con él los procesos creativos de esas obras, sí sabe algo que ni David ni ningún otro lector conoce: su prehistoria como autor, los antecedentes y las experiencias que desataron la ficción. David escucha cómo Emilio desarrolla esta idea, la relación profunda e inconsciente que existe entre las cosas que vivió Baltazar durante su adolescencia y el corazón de su obra literaria. David le indica que todas las obras dependen de lo vivido por su autor, todas en algún momento dejan de ser ficticias y se hacen biográficas. Emilio le recuerda que en el caso de Baltazar esa dependencia no solo es inevitable, sino fundamental. David piensa; una extraña sensación de abandono lo inunda al masticar la teoría de Emilio Ovalle. Siente que tal vez llegó muy tarde a la vida de Baltazar, solo alcanzó a disfrutar cinco años que se hicieron cortos. Se deprime. Quiere llorar. Podría llorar con Susana. Nadie lo miraría feo, ni siquiera el *barman* de los tatuajes en el antebrazo, que sigue mirándolo, él no sabe si con ganas de que se vayan del bar o con deseo. Lo que ve a su alrededor tampoco logra sacarlo de su incipiente angustia: el bar desolado de un hotel de lujo en un país tercermundista, con una mujer cuarentona que podría ser su madre, borracha y despeinada, lamiendo sin pudor la cebolla perla que acaba de encontrar en su copa de *cosmopolitan white*.

David y Susana ya no tienen más de qué hablar. Susana le pregunta al barman de las manos grandes dónde está el baño y luego desaparece. David juega con los hielos que se derriten en su vaso. El *barman* le sirve otro trago sin preguntarle si lo quiere; David le da las gracias. Le pregunta su nombre. Se llama Rodrigo. Le pide la cuenta. Está pagada por la editorial More Books. David le pregunta por qué el bar está tan vacío, Rodrigo le dice que en quince minutos va a comenzar a llenarse de ejecutivos jóvenes y turistas viejos. Son las seis y media de la tarde, a David le parece que ha pasado mucho tiempo. Rodrigo le pregunta si va a quedarse al *happy hour*. David no le contesta. Susana vuelve, algo mareada; le pregunta a David si puede acompañarla a un taxi. David acepta. Susana dice que Baltazar estaría feliz de verla borracha, le gustaba: decía que se ponía pudorosa, al revés de la gente normal. David la escucha mientras camina hacia la puerta del bar. Rodrigo le sonríe desde la barra.

David deja a Susana en un taxi. Ella le dice que fue un placer conocerlo y lo invita a comer antes de su regreso a Nueva York. Le pregunta cuándo se va, él responde que el martes. Quedan dos días.

Se encierra en la habitación. Un solo pensamiento se instala en su cabeza: nunca más va a ser feliz. Apoya la espalda contra el muro. Respira sentado en el suelo. Así pasa media hora.

Intenta pensar en ideas neutras, sin carga, que lo estabilicen un poco. Piensa en *Fragmentos sobre la importancia del delirio*, la película perdida, y en la aventura que llevó a Baltazar a enamorarse perdidamente de Emilio, un tipo que no le correspondía. Una voz en su conciencia le sugiere dos cosas: que no siga recordando a Baltazar ni a Emilio, sobre todo si no quiere sufrir un ataque de angustia, y que no se apure en juzgar los hechos. Antes debe terminar de leer.

Pese a sus esfuerzos, sigue atormentándose. Le gusta. Goza luchando contra sí mismo. Sus fantasmas saben cómo torcerle la mano, lo hacen siempre.

David piensa que si Baltazar fue un obsesivo cuasi patológico por amar a Emilio sin esperar recompensa, entonces él también era un enfermo por seguir los detalles de esta historia de amor ajena solo con un objetivo masoquista: el de opinar sobre el relato, tomar partido, estar de acuerdo o en contra, defender a Baltazar y despreciar la figura de Emilio aunque no por verdadero compromiso, sino por los años que ha pasado conviviendo con su sombra.

La angustia se va tal como llega: de repente, sin avisar. Hace cien flexiones de brazos y algunos abdominales para exterminar definitivamente cualquier posibilidad de que vuelva. Sigue pensando en *Fragmentos sobre la importancia del delirio*. Pide un club sándwich, sin tocino; reemplaza las papas fritas por una ensalada verde. Espera que el *room service* lo haga Rodrigo, el *barman*, pero esas coincidencias de último minuto solo pasan en las películas y en la mala televisión. Un *barman* jamás hace *room service*. Los tatuajes tribales en el antebrazo de Rodrigo han despertado un pequeño monstruo que David había creído muerto con Baltazar: su libido.

En lugar del *barman* aparece una señora mayor, muy simpática, con un sándwich enorme. Le dice que la llame si quiere que retiren su bandeja.

David come en silencio frente a la computadora mientras ve un video en YouTube y busca en Google: «Fragmentos sobre la importancia del delirio». Hay cuarenta y cuatro resultados de búsqueda, encabezados por una tienda *online* que ofrece una versión en DVD. No existe posibilidad de verla en *streaming*, algo que lo decepciona profundamente. Ahora está muriendo de curiosidad por ver la famosa película perdida y la única forma de verla es buscándola en las calles de la ciudad, como en el pasado. Como si fuera 1992.

Se acuerda de Fabiola, la asistente de Mónica; la llama. Fabiola tiene su celular apagado. Termina de comer y llama al *room service*. La señora simpática vuelve a buscar su bandeja. David le pregunta si sabe dónde puede comprar un DVD. La señora le recomienda el *mall* que queda a un par de cuadras caminando.

David pasea por el Parque Arauco. El *mall* está repleto o al menos eso le parece, no tiene costumbre de visitar *malls*. A su madre le encantan. Pregunta en una joyería dónde puede comprar un DVD, le dicen que suba al tercer piso. Durante el trayecto en la escalera mecánica piensa en cuántas veces ha tratado de ver *Fragmentos sobre la importancia del delirio*.

Baltazar le había hablado varias veces de la película maldita de Vera Parker Valdés, aunque no como se refería a ella en sus memorias. David no sabía que *Fragmentos* había calado tan hondo en su sensibilidad, como tampoco entendía por qué la búsqueda de esa supuesta única copia existente había detonado en una noche de pasión entre él y Emilio. David pensaba que existían dos alternativas: durante los cinco años que pasaron juntos efectivamente Baltazar se había guardado algunos episodios de su vida por razones que él no sospechaba, o las memorias se estaban haciendo cada vez más ficticias, lo que quizás, nadie lo sabe, podría complicar su publicación. David pensó que no le importaba.

Llega a una tienda donde venden juegos de Playstation y Xbox, un tipo con *piercing* en la nariz le pregunta qué busca; él le dice que un DVD. El tipo le informa que todavía tienen algunos. Le pregunta qué está buscando. David le dice el título de la película.

El tipo le responde que mire atrás: David gira y ve un póster bastante ajado del tamaño de una pared. Se trata de un retrato en blanco y negro donde aparece una chica muy joven con el pelo oscuro tomado en una cola de caballo, y una cámara de cine en la mano. Junto a la foto dice:

¡La película que durante 41 años nadie quería que vieras!
FRAGMENTOS SOBRE LA IMPORTANCIA DEL DELIRIO
de Vera Parker Valdés

Edición de lujo para coleccionistas, tres Blu-ray/DVD
a solo $49,990

David la compra. El tipo del *piercing* le dice que tiene suerte porque queda solo una copia y no van a traer más. Ya no venden devedés; David le dice que es una lástima. El tipo lo mira mientras examina su tarjeta de crédito y le dice que es una tecnología obsoleta. David le recuerda que lo mismo dijeron del VHS y hoy la versión original en videocasete de *Sleepaway Camp* se vende a sesenta y nueve dólares, el tipo del *piercing* se ofusca y le recuerda que eso es fetichismo. Siempre existirán los enfermitos que quieren el DVD o el Blu-ray o la mierda que inventen, el original, con carátula y fotos y *booklet*, pero hoy no tiene ningún sentido, dice el vendedor. Hoy todo pesa setecientos megas. David lo escucha y podría discutir con él toda la noche, pero sus ganas de ver la película son más urgentes que defender su presunto fetichismo cinéfilo. Vuelve al hotel más ansioso que antes, solo quiere ver la película. Cruza el *lobby* del W con el DVD en la mano. Mientras espera el ascensor lee el *booklet*.

LatinVideo se complace en presentar la edición remasterizada en su formato original de una joya indiscutida del séptimo arte. Rescatada luego de infructuosos esfuerzos en busca de las copias perdidas durante la brutal dictadura chilena, la cinta estuvo cuarenta y un años desaparecida de los anales de la historia cinematográfica hasta su sorpresivo hallazgo, en el año 2013, en una carnicería de Uruguaiana, Brasil, en la frontera con Argentina.

Fragmentos sobre la importancia del delirio marca el debut de la línea *Lost Movies* de LatinVideo, con los mejores títulos latinos en Blu-ray y DVD al alcance de cualquier bolsillo. Joyas del cine contemporáneo, películas inconseguibles, directores malditos de nuestros países: Argentina, Uruguay, México, Venezuela, Colombia, Chile, Perú, Bolivia, entre otros.

Fragmentos sobre la importancia del delirio ha sido definida como una experiencia cinematográfica única en su tipo, no solo por su extenso metraje, sino además por el inusual estilo que la joven directora chilena Vera Parker Valdés escogió para esta, su única obra fílmica, cuando solo tenía veinticuatro años.

Fragmentos sobre la importancia del delirio iba a ser estrenada el 11 de septiembre de 1973, pero el golpe de Estado que derrocó al presidente Salvador Allende cambió el destino de esta joya del cine experimental y también el de su valiente autora.

Pieza inabarcable en un solo visionado, *Fragmentos sobre la importancia del delirio* ha participado en diversos festivales de cine independiente, cosechando premios y aplausos en los lugares más recónditos del planeta.

La crítica ha dicho:

«Una película que exalta el valor de la libertad como motor creativo.»
(*The New York Times*)

«Un canto a la vida.»
(*LA Weekly*)

«Notable y urgente.»
(*La Tercera*)

«Encantadoramente política. Salvajemente liberadora.»
(*Village Voice*)

«Ya tengo mi favorita de este año y el título completo tiene más de 40 caracteres.»
(@fanfilm)

«La película más pretenciosa de la historia del cine. Punto.»
(*El Amante*)

«Te dejará fragmentado y delirando.»
(*The Miami Herald*)

«*Truffaut and Gaspar Noé had a baby and she is DEAD boring.*»[1]
(Scott Weinberg, *Twitch Film*)

«Lo mejor que podía sucederle al cine chileno es que naciera otra Vera Parker Valdés. *Fragmentos* fue filmada hace 41 años y se ve más actual que cualquiera.»
(*El Siglo*)

---

[1] «Truffaut y Gaspar Noé tuvieron una hija y es MORTALMENTE aburrida.»

Esta edición de 3 DVD + 2 Blu-ray de lujo incluye:

Versión original de *Fragmentos sobre la importancia del delirio*: 255 minutos, en español con subtítulos opcionales en inglés, francés, alemán, portugués e italiano. Audio en inglés también disponible.

Director's Cut de *Fragmentos sobre la importancia del delirio*, aprobada por la familia Valdés: 301 minutos, en español con subtítulos en inglés, francés, alemán, portugués e italiano. Audio en inglés también disponible.

Documental *Las vidas de Vera*, dirigido por Emilio Ovalle y Baltazar Durán (Chile/Italia, 1989/1997).

Documental *La película que desapareció*, dirigido por Emilio Ovalle (Chile, 2000).

Documental *Fragmentos sin fragmentar*, dirigido por Mario Paluzzi y Juan González (Argentina, 2001).

Entrevista a Vera Parker Valdés, en español con subtítulos en alemán (Alemania, 1971).

Extracto de la pieza teatral *Fragmentada Vera*, dirigida por Amaranta Valdés. Creación Colectiva Teatro Subversis (Premio Altazor a la Mejor Actriz, Mejor Director, Mejor Dramaturgia, Chile, 2012).

A lo lejos escucha voces, todas en inglés; alguien lo está vigilando. Las voces vienen desde arriba. Siente el peso de un par de ojos sobre los hombros. *Where is that place? / I don't eat sea urchin / You need to try them at this restaurant I'm telling you about / It's downtown / It's not downtown, it's in Providencia / It's not Providencia, honey, you're lost / Ok, but sea urchins are terrific*, dicen las voces. Las puertas del ascensor se abren: son turistas de la tercera edad. David los observa, aferrado a su DVD. Los turistas le sonríen y pasan junto a él. Tras ellos aparece Baltazar: lleva puesta una chaqueta de cuero negro y anteojos oscuros.

—No encontré ninguna copia de *Fragmentos sobre la importancia del delirio*. No estaba en Fnac, tampoco la pillé en Amoeba cuando fui a Los Ángeles. Puede que Kim's tenga la versión corta, en un DVD-PAL que sacó una distribuidora belga sin el permiso de nadie, pero no vale la pena. Yo que tú trataría de bajarla, no es posible que nadie la haya subido.

—La he buscado toda la semana. No está en Cinemageddon. No está en Karagarga. No está en Cinematik.

—¿La buscaste en Kickass Torrents? ¿O en PublicHD?

—No. Hay un .mkv en alguna parte, pero no tiene *seeders*.

—Pide un *re-seed*.

—No sé cómo hacerlo.

—Fácil: busca en la página del *torrent* el usuario que subió la película y le mandas un *mail*.

—No sé si conviene bajar ese .mkv. Pesa cuarenta gigas.

—¿Y qué quieres? La película dura doscientos cincuenta y cinco minutos. Búscala. A veces las películas están donde uno menos se las espera.

—No la voy a encontrar. Es demasiado *hard-to-find*.

—Nada es *hard-to-find*. Todo se consigue.

Fragmentos no. *Fragmentos* no se conseguía en ninguna parte. Baltazar decía que uno podía conseguir *The Last Movie*, *Giallo en Venecia*, *Liquid Sky*, *La muerte pone un huevo*, *Pasajeros de una pesadilla*, *Delito en la playa del vicio*, *El extraño mundo del LSD*, *Prisioneras del terror* o incluso la versión brasilera de *Star Wars*, pero *Fragmentos* no.

Luego de su recuperación parcial, a mediados de los noventa, Criterion Collection y Facets Video sacaron dos versiones similares que no eran gran cosa. David recuerda que para Baltazar ambas ediciones fueron una decepción. En 2007 apareció la versión corta, mutilada por una compañía belga sin escrúpulos, Burning Video, con el título de *Delirium* y una portada que utiliza el fotograma principal de otra película para nada relacionada con *Fragmentos*, la cinta de ciencia ficción experimental dirigida por los hermanos Kuchar llamada *Sins of the Fleshapoids*, editada con el engañoso título de *Flesh 2*, como si fuera una secuela de la película de Paul Morrissey producida por Andy Warhol. David y Baltazar la habían visto juntos en una función exclusiva para miembros del Anthology Film Archives. Ambas películas (*Fragmentos* y *Sins of the Fleshapoids*) compartían solo la mala suerte de caer en el catálogo inmundo de los ladrones de Burning Video. Baltazar siempre se opuso a que David viera esa versión, la consideraba una infamia. No aseguraba que *Fragmentos* fuera la mejor película de la historia, a menudo era despiadado con sus críticas, pero pensaba que había que verla como corresponde, con un buen sonido monoaural, en su versión original de doscientos cincuenta y cinco minutos y la concentración necesaria para entenderla y soportarla. Decía que había envejecido muy mal, que sus pretensiones se comían los momentos de vuelo cinematográfico que había en el relato y que el interés que despertaba a cuarenta y un años de su concepción era más antropológico que cinematográfico; ni siquiera desde el punto de vista político Baltazar le veía algún grado de importancia. Cuando tenía diecisiete, sin embargo, toda su vida giró en torno a su descubrimiento, hallazgo y recuperación.

—Hola.

David escucha una voz a su espalda. Gira y ve a Rodrigo, el *barman*. Lleva una mochila al hombro.

—Hola —dice David.

Rodrigo ve el DVD en la mano de David.

—¿Noche de películas? —le pregunta.

—Sí —responde él.

Rodrigo toma el DVD y lo observa:

—*Fragmentos sobre la importancia del delirio* —lee—. No la he visto.

—¿La conoces?

—Obvio. Aquí fue muy comentada porque estuvo prohibida muchos años. La hicieron como en los años sesenta y recién se estrenó el año pasado.

—Bueno, no estuvo exactamente prohibida; estuvo perdida. Y tampoco la filmaron en los sesenta, sino en los setenta.

—Claro, eso. Dicen que es buena. Unos compañeros de la escuela la vieron.

—¿Qué estudias?

—Teatro.

David invita a Rodrigo a ver la película con él; Rodrigo dice que no debería aceptar porque su jefa es muy antipática. Si alguien llega a verlos juntos podría quedarse sin trabajo. David le pregunta si le gusta lo que hace. Rodrigo le dice que no, pero que le pagan bien y conoce mucha gente.

David y Rodrigo se sientan a ver *Fragmentos sobre la importancia del delirio*; David le advierte que la película dura doscientos cincuenta y cinco minutos. Rodrigo dice que no puede verla entera, que no sabía que era tan larga, que tal vez deberían dejarlo para otro día y ahora hacer otra cosa, no sabe qué. David le pregunta qué otra cosa le gustaría hacer. Rodrigo lo mira a los ojos y levanta las cejas. David le dice que al menos vean el comienzo. Rodrigo le pregunta si tiene algo para tomar. David saca el DVD de la caja y lo inserta en el reproductor; Rodrigo abre el frigobar y pregunta si puede abrir una cerveza. David le dice que sí mientras en la pantalla aparece el logo animado de LatinVideo: Latinoamérica de un color verde profundo explotando en miles de pedazos que luego se transforman en cámaras de cine. Rodrigo se acerca con dos cervezas, le entrega una a David; al hacerlo le roza la mano. Le sonríe. Se sientan frente al televisor a ver la película y tomar cerveza. Recién está oscureciendo; David piensa que el día ha sido extraordinariamente largo. Rodrigo le pregunta a David de qué se trata la película, y él contesta que narra el viaje de una mujer en tiempos difíciles. No sabe de dónde sacó esa descripción, pero piensa que suena bien.

Pantalla negra. Aparece un crédito a toda pantalla:

Primer fragmento
La vida de María

María es una chica morena y de piel muy blanca. Durante los primeros quince o veinte minutos, vive su rutina diaria: abre los ojos, se lava la cara, orina, defeca, se ducha, toma el desayuno, se masturba, habla por teléfono con su madre, defeca de nuevo, vuelve a ducharse y luego sale. David piensa que la actriz no tiene amigas o Vera Parker Valdés era muy cruel porque nadie le enseñó a depilarse. Rodrigo le pregunta si la encuentra guapa, David le dice que no. Rodrigo le pregunta por qué tanto interés en esa película en particular: David le responde que es una larga historia. Rodrigo lo mira a los ojos y le dice que se la cuente. En la pantalla María se limpia la entrepierna con un oso de peluche luego de orinar en la tina; Rodrigo le dice que prefiere oír la historia de la película que ver a esa mujer haciendo sus necesidades. Todas sus necesidades. David se ríe. Hace tiempo que no se reía, desde hace un mes, tal vez más. No recuerda exactamente cuándo, pero sí el día.

Fue un domingo, el primer día de primavera después de un invierno implacable. Hacía ese calor engañoso y reconfortante que conduce a resfríos de media estación. Baltazar lo despertó temprano y con un humor inusual; estaba feliz. David le propuso salir de paseo en bicicleta. Subieron por la ciclovía del río Hudson y pedalearon sin parar hasta el parque de la calle 79. David recuerda que comieron maíz con mantequilla y tomaron agua. Baltazar le dijo que lo amaba. Siguieron río arriba para cruzar el barrio de Washington Heights. Se salieron de la ciclovía para visitar el departamento donde vivía Alexis, la mejor amiga de David, en la calle 181, y desde cuya ventana se había lanzado con la intención de matarse. David cree que existe una foto de ese domingo: los dos en las bicicletas en el puente George Washington.

David recuerda que no está en el puente George Washington, sino en la habitación *premium* del hotel W, sentado con un *barman* actor al que no conoce y sometiéndolo a la tortura de ver una cosa llamada *Fragmentos sobre la importancia del delirio*. Rodrigo se acerca y lo besa en los labios. David acepta el beso, no lo rechaza; siente que cae de espaldas al vacío. Rodrigo lo empuja sobre el sofá. David sigue cayendo y no hace nada para evitarlo. Una mano de Rodrigo toca su pecho, David se deja. La otra mano de Rodrigo se cuela bajo su camiseta. David sigue besándolo. Rodrigo le sujeta las manos, con fuerza, presionándolo contra el sillón. David lo mira fijamente, sin respirar. Rodrigo le pregunta si quiere follar. David no responde. Rodrigo se quita la camiseta; David advierte que tiene cuerpo de jugador de rugby. Rodrigo le desabotona los pantalones. David intenta besarlo nuevamente, pero Rodrigo lo evita. Baja sus pantalones y lo empuja de regreso al sillón. David se queda mirando la pantalla.

Segundo fragmento
El mundo exterior

María, el personaje de *Fragmentos sobre la importancia del delirio*, discute con una anciana. Rodrigo le sujeta las manos tras la espalda. La anciana le dice a María que debe abandonar su casa porque está infectada. David mueve la cabeza para mirar hacia atrás y ve que Rodrigo está buscando algo en sus pantalones. María le jura a la anciana que volverá a recuperar lo que le pertenece. Rodrigo saca un condón de su billetera. David se sienta sobre el sillón, Rodrigo rompe el envoltorio. David busca sus pantalones y le dice a Rodrigo que lo disculpe, que no estaba preparado, que es mejor que vean la película. Rodrigo le dice que no quiere ver la película: lo que quiere es ponerse ese condón y tirárselo como lo pensó desde el momento en que apareció en el bar con esa gordita. David le dice que lo siente, que puede quedarse a tomar una cerveza si quiere; Rodrigo toma su camiseta y le dice que está cagado de la cabeza, que nunca lo habían rechazado con el condón en la mano y que está seguro de que tarde o temprano se va a arrepentir de decirle que no. David se queda mudo. Rodrigo le pregunta si cree que porque vive en Nueva York y estaba casado con ese escritor famoso piensa que es mejor que los demás. David le pide que se vaya.

Tercer fragmento
La guerra de María

Rodrigo se va. No se despide. David cierra la puerta. En su cabeza planifica tres cosas: darse una ducha, fumar un poco de marihuana y seguir leyendo las memorias. Sigue ese mismo orden. En la ducha piensa en los pectorales de Rodrigo y considera la posibilidad de masturbarse pensando en él, pero la rechaza rápidamente cuando piensa en las dos etapas que siguen en su plan. En la pantalla del televisor María se enfrenta a una especie de hada madrina llamada Magdalena, otro personaje que según David tiene problemas de hirsutismo y que, igual que la protagonista, insiste en mostrar los pelos que nadie quiere ver. David piensa que Baltazar defendería el supuesto error argumentando que se trata de una época totalmente distinta: en esos tiempos los pelos eran *sexy* porque no se habían inventado técnicas de depilación avanzada como existen hoy. David enrolla un porro y verifica que todavía le quede un poco de hierba. Justo para un día más, el resto de su estadía en Santiago de Chile. Gracias a Dios no hay plazo que no se cumpla. Enciende el porro y avanza hacia la habitación. La mucama le dejó unos chocolates rellenos de dulce de leche sobre la cama perfectamente doblada. Mira la primera mesita; no encuentra lo que busca. Busca en el segundo. Su iPad, el cargador del celular, un par de libros y una cera para el pelo. Abre los cajones. Nada. Intenta recordar, sin desesperarse. Vuelve a la entrada y abre su mochila. Más libros, su pasaporte y una billetera, nada más. David deja el porro en un cenicero y se jura a sí mismo que no volverá a fumar hasta que encuentre el sobre marrón con las memorias.

La última vez que las tuvo en sus manos fue hace veinticuatro horas. Lo recuerda bien: fue la noche antes del funeral. Leyó hasta que se quedó dormido. Terminó un capítulo y se frustró porque sospechó que quizás nada de lo que había leído era verídico. De nuevo pensó en el personaje de Fernando Durán, el hermano que no existía en la vida real, y otra vez le pareció que la idea de mezclar ficción y documental, una característica que a veces Baltazar lograba dominar a niveles asombrosos, en este caso se hacía redundante. Alcanzó a ordenar las páginas del manuscrito y a guardarlo en el sobre antes de cerrar los ojos y quedar aturdido boca abajo sobre la cama gracias a los efectos del clonazepam. Lo último que recuerda es el sobre en el suelo, junto a la mesita, sobre una alfombra de *animal print* y sus zapatos deportivos de entrenamiento.

Busca bajo la cama, tiene que encontrarlo. Está furioso consigo mismo: necesita terminar de leer. Se agacha para mirar y descubre que el sobre no está bajo la cama porque ese lugar no existe: la cama es una de esas plataformas sobre las que se instala el colchón. Se odia. Si pudiera matarse, lo haría; aprovecharía este momento de rabia y se lanzaría por la ventana igual que su amiga Alexis, ella desde un cuarto piso de Washington Heights, él desde un piso catorce en el W de una capital tercermundista que nunca antes pensó visitar.

Lo importante es mantener la calma. David cree que debe tranquilizarse y ordenar los hechos, es la única manera de resolver el enigma. El sobre no está. David no ha sacado esas memorias de la habitación. Alguien entró y se las llevó.

Podría llamar a recepción y avisar que alguien robó un documento importante de su cuarto, pero eso activaría de inmediato a los tiburones de la editorial y sus mecanismos de inteligencia. De un segundo a otro, la imagen de Rodrigo robando el sobre no le parece tan lejana; tampoco la de Mónica aprovechándose de la borrachera generalizada postfuneral. Ni siquiera la del mismo Emilio, colándose desde el bar hasta su habitación: podría haber conseguido una copia de la tarjeta-llave, o haberse robado una de las suyas. Tenía dos en el bolsillo de su chaqueta, dentro de un pequeño sobre con el logo del hotel. Se apura en caminar hacia la habitación. Busca la chaqueta negra. ¿Dónde está la chaqueta negra? Piensa que tal vez la dejó abajo, en el bar; la olvidó cuando fue a dejar a Susana al taxi. O tal vez se la puso para acompañarla y luego se la sacó cuando entró al cuarto. Recorre sus pasos uno por uno, desde las miradas con Rodrigo, la conversación con Emilio y Susana, Mónica ofreciendo tragos y comida por cuenta de la editorial, Emilio borracho con el vodka importado y él compartiendo su mirada entre los hombros de Rodrigo y la sonrisa todavía perfecta de Emilio Ovalle, el mito y la leyenda hechos realidad.

Decide vestirse y salir a la calle.

Lo primero que hace es informar en la recepción que un documento muy importante ha sido sustraído de su habitación. Ya son las nueve de la noche.

La administradora de turno le indica que no puede hacer nada y le recita de memoria: «El hotel no se responsabiliza por la pérdida o extravío de objetos de valor. Cada habitación cuenta con una caja fuerte privada donde los huéspedes pueden guardar sus pertenencias». David le pide hablar con su supervisor. La administradora nocturna le dice, de muy mal modo a juicio de David, que es muy tarde para recurrir al supervisor y que no es su culpa que no se haya fijado en las reglas de la compañía antes de reservar su habitación en ese hotel.

David siente que podría reventar a la administradora de noche con una sola bofetada; le gustaría hacerlo. Por lo general él es una persona tranquila, jamás recurre a la violencia. Por el contrario, en sus peleas con Baltazar, lo recuerda, si había golpes o brotes de agresividad siempre ejercía el rol de la víctima, jamás del victimario. La administradora le pregunta si necesita algo más. David le insiste en que quiere hablar con su supervisor y que no seguirá discutiendo con ella porque le parece que es una maleducada. La administradora se toma todo el tiempo del mundo en abandonar su puesto de trabajo para acercarse a otra recepcionista, una rubia de anteojos; le dice que atienda a David. La rubia lo hace de mala gana, sin disimular su molestia. David le recuerda, a viva voz y frente a otros huéspedes, que su trabajo es ese y que no le importa si le da rabia o no, tiene que atenderlo y solucionarle su problema porque la vida es así, a ratos muy injusta. La rubia le pide que por favor no siga y le explique lo que pasa. David le reitera su caso: le robaron algo de su habitación. Los huéspedes que esperan en el *lobby* escuchan el testimonio de David y reaccionan con horror. La administradora de noche habla por teléfono, muy nerviosa, mientras David sigue contándole la historia a la rubia de anteojos. La rubia le pregunta qué fue exactamente lo que le robaron.

Mónica Monarde vive en un departamento de dos dormitorios en la comuna de Providencia; es un barrio llamado El Vaticano Chico porque sus calles tienen nombres de curas y papas. David averigua su dirección gracias a Fabiola, que luego de un rato le devuelve la llamada. A David le parece que el barrio es muy bonito, una mezcla perfectamente armónica entre *hipster* y familiar tercermundista, totalmente distinto a los otros vecindarios que ha conocido de Santiago. Cuando Mónica le abre la puerta y lo ve en el umbral adivina de inmediato que pasó algo malo.

—Alguien se robó las memorias —le confiesa él con una voz neutra, tratando de no exagerar.

La frente de Mónica se arruga. David piensa que puede ser un truco, igual que todo lo demás; igual que sus sonrisas y sus lágrimas y las maravillas que no para de repetir acerca de la vida, obra y milagros de Baltazar.

—Alguien entró a mi habitación en el hotel y se llevó el sobre —continúa.

—No es posible —se apura ella.

Mónica cierra los ojos, tensa y enrabiada, sujetando su encendedor en una mano y un cigarrillo apagado en la otra. Ambas manos se mueven asimétricamente. David observa la reacción de Mónica y en ese segundo está casi seguro de que todo se trata de una actuación. Una sublime interpretación.

⌘

Emilio Ovalle está de pie en el portón de su casa. Cecilia vigila desde el balcón del segundo piso, con un libro en la mano y una niña pequeña en la otra.

—¿Estás pensando que yo entré a tu pieza en el hotel y te robé las memorias?

David lo mira fijamente, nervioso. Emilio levanta la cabeza para vigilar a Cecilia y luego se acerca a él para hablarle en voz baja.

—Óyeme, pendejo, yo a ti no te conozco, pero me parece de muy mal gusto que vengas a hacerme un escándalo un domingo en la noche, cuando estoy compartiendo con mi familia.

—No estoy haciendo ningún escándalo.

—Me estás acusando de algo que no hice. ¡De robarme ese libro inmundo que seguramente dice puras mentiras!

—Si hay alguien interesado en que esas memorias desaparezcan eres tú.

—No voy a ser tan huevón para pensar que es la única copia que existe.

—No, no es la única copia, supongo. En realidad no estoy seguro.

—No tenemos nada más que hablar. Yo he sido muy buena onda contigo, David, pero por muy difícil que sea este proceso que estás viviendo no voy a aceptar que me trates de esa manera. Entiendo que es doloroso, comprendo la tristeza que debes estar sintiendo, y...

—No cambies de tema o va a ser peor. ¿Dónde están las memorias?

Los ojos de Emilio Ovalle cambian bruscamente de color.

⌘

Esperó en el bar. Rodrigo no había llegado; una chica le dijo que entraba a las dos y media. Pidió una cerveza. Respondió algunos correos en su celular, le dijo a su madre que todo estaba bien y que le llevaría un regalo de Chile. Se preguntó qué podía comprarle. Una botella de vino le parecía fuera de lugar: su madre no debía beber. Le preguntó a la chica de la barra, una colombiana muy guapa y simpática, si había una tienda de *souvenirs* en el hotel, algo típico chileno. La colombiana le dijo que sí, que había unos ponchos chilotes, unos ceniceros de ónix y unas joyas de una piedra muy fina llamada lapislázuli. David pidió un sándwich de jamón con queso y otra cerveza.

Rodrigo llegó pasadas las tres; la colombiana le dijo que la jefa se había dado cuenta de su atraso. Rodrigo tembló. David esperó a que la colombiana terminara su turno y se retirara del bar para enfrentarlo. Cuando le dijo que algo había desaparecido de su cuarto, él agachó la cabeza y le dijo que ya lo sabía. David le preguntó cómo se había enterado. Rodrigo le respondió que un amigo que trabajaba en la recepción le contó cómo le había gritado a las perras fresas del turno de la noche.

⌘

Mónica enciende un cigarrillo, le ofrece. David dice que no.

—¿Diste aviso a la recepción? ¿Pusiste un reclamo?

—Sí, pero no pueden hacer nada.

—Voy a hablar con el dueño. Tengo el contacto.

—¿Para qué?

—Esto no puede ser. ¿Cómo es posible que en un hotel de esa categoría entren a robar? ¿Sabes lo que cuesta una habitación en el W?

—Lo importante es encontrar el sobre.

—Por supuesto que sí. Los vamos a reventar. Esto es de exclusiva responsabilidad del hotel.

—No responden por pérdida de objetos de valor.

—Eso lo dicen siempre. Pero las mucamas, ¿tú crees que no roban? No lo harán todos los días, pero todas roban. Hay reportajes sobre eso.

—No creo.

—Te digo que sí. Me parece terrible lo que está pasando: este país está cada vez peor. Se llenan la boca con su mierda de economía y míranos. ¿Cómo no va a estar bien la economía si todo el mundo roba?

—Mónica, ¿estás segura de que tú...?

—¿Que yo qué? ¿Que yo no te robé las memorias? ¿Para qué, David? ¿Con qué objeto? Lo único que quiero es leer esa obra. Ya ni siquiera me interesa participar como editora, me da igual. Solo quiero leer, nada más. ¿Para qué te las querría robar? Ya había quedado de pasar por el hotel a buscarlas. ¿No te parece absurdo?

—Sí, es absurdo, pero...

—No soy tu enemiga, David. No insistas con eso.

Mónica le toma la mano.

—Es agotador, de verdad —le dice, frotando sus dedos.

David piensa que como actriz se moriría de hambre.

⌘

David piensa que Cecilia recordará el incidente durante muchos días: con estupor lo comentará con sus vecinos, en la reunión de

363

apoderados del colegio de las niñitas y hasta en las redes sociales, con su grupo de excompañeras. Lo que está sucediendo es más que un mal rato. Es una infamia.

—Emilio, ¿llamo a Carabineros? —pregunta, de pie en el balcón. David levanta la cabeza y la mira.

—Soy yo, Cecilia —saluda, pensando que ella no lo ha reconocido—. David Mendoza.

—Hola —dice ella fríamente, sin moverse—. Ya vamos a cenar, Emilio.

—¿Eso tengo que tomarlo como una invitación? —le pregunta David, sonriendo.

Cecilia se queda mirándolo, aferrada con fuerza a la mano de una niña pequeña.

—¿Cómo se llama? —pregunta David.

Cecilia no le responde. Arrastra a la niña hacia el interior de la casa.

—Lo siento mucho, compadre —dice Emilio—. No te puedo ayudar.

—¿Es verdad que la primera vez que se acostaron fue en Victoria, cuando fueron a buscar la película perdida?

La pregunta de David resuena durante mucho rato en Emilio; por un segundo es como si el tiempo se detuviera. David disfruta la reacción de Emilio y la interpreta como su gran momento de revancha. Ese instante que estaba esperando hace tantos años.

⌘

Fue su amigo, el de la recepción; él le contó del escándalo. El turno completo de las ocho de la tarde se enteró de lo que pasaba. Todos se rieron de las perras fresas. Como el resto de los funcionarios del hotel W Santiago, Rodrigo las odiaba.

Rodrigo le dijo a David que no quería problemas, que estaba trabajando y que por favor disculpara la reacción que había tenido el día anterior. Muy desubicado de su parte, le dijo. Le contó que no era agresivo, pero estaba tomando unas pastillas para el gimnasio, unos detonadores de testosterona naturales que lo ayudaban a levantar más peso y a recuperar más rápido el músculo. Eran una maravilla para el entrenamiento con pesas en el gimnasio, pero le generaban unos cambios de ánimo muy repentinos. Por lo general nunca decía ni hacía ese tipo de cosas: David le preguntó qué cosas. Rodrigo lo miró, luego vigiló la puerta batiente que daba a la cocina y le recordó que habían estado a punto de tener sexo. David le dijo que no pasó nada, que no se preocupara y que lo único que le importaba era el sobre que misteriosamente desapareció de su habitación justamente después de su visita.

—Hagamos esto fácil, devuélveme el sobre y nadie se entera jamás.

—Yo no tengo tu sobre.

—¿Prefieres que hable con tus jefes?

—Haz lo que quieras.

—Puedo decirles que casi abusaste sexualmente de un huésped del hotel.

Rodrigo lo miró, tenso. David pensó que antes de irse tenía que invitarlo de nuevo a su habitación y descubrir qué tan efectivos eran esos detonadores naturales de testosterona.

⌘

Mónica se pregunta qué pueden hacer ahora, cómo es posible que algo desaparezca de la habitación de un hotel cinco estrellas, una cadena internacional con hoteles de lujo en todo el mundo, una institución por la que pasan los hombres y las mujeres que dominan este planeta. David la observa hablando por teléfono; piensa que todo está perdido. Si antes no sabía en quién confiar, ahora piensa que Baltazar tenía razón. Chile es un país enloquecido.

—Van a levantar un sumario interno para estudiar lo que pasó. ¿Alguien más estuvo en la habitación?

—No.

—¿Nadie entró además de las mucamas y tú?

David se detuvo un momento. Pensó en el funeral, en los tragos en el bar y en Rodrigo.

—Nadie.

Ella se acercó y lo miró a los ojos.

—¿Estás seguro, David?

A Emilio Ovalle no le queda más remedio que abrirle las puertas de su casa. Lo hace pasar a una pequeña sala de estar ubicada al final de un pasillo: hay un escritorio, una computadora antigua y dos afiches que llaman la atención de David, el de *La película que desapareció*, el no muy célebre documental para la televisión argentina que dirigió Emilio sobre *Fragmentos...*, y el de *Me gustas cuando callas*, una bazofia que David tuvo la mala suerte de ver con Baltazar y en la que Emilio estuvo involucrado como productor asociado. David intenta buscar una razón para colgar en la pared el afiche de una película tan mala.

Emilio se acerca a la puerta. Va a cerrarla cuando se asoma Cecilia.

—¿Podemos hablar un segundo? —le pregunta.

—¿Quieres un trago? —le ofrece Emilio—. ¿Algo para comer?

—No, gracias.

—Vuelvo enseguida.

David se queda solo en esta suerte de oficina. Piensa en lo que estarán discutiendo Emilio y su mujer. Piensa en que hablan de él, de su ropa, de su relación con Baltazar. Se acerca a la computadora; vigila la puerta atentamente. Mueve el *mouse*, sin quitarle la vista de encima a la puerta. Escucha risas infantiles en algún rincón de la casa. La pantalla de la computadora se ilumina. Una fotografía de Cecilia con las tres niñas en la playa de Las Cujas, en Cachagua. David se acerca al teclado y lo mira con cierto respeto.

Es una PC.

⌘

David piensa que es el mejor tartar de atún que ha probado en su vida; Rodrigo le cuenta que ha ganado varios premios en concursos de gastronomía. Ahora está de pie, tras la barra, secando una copa de vino. El atún se deshace milagrosamente en la boca de David mientras sus ojos se deslizan sin pudor por los antebrazos de Rodrigo.

Sin que se lo pregunte él le informa que sale en una hora. Tiene que ir al cumpleaños de un amigo, pero tal vez pueden verse más tarde. O puede acompañarlo, si quiere. David le da las gracias, pero debe concentrarse en recuperar el documento que perdió. Rodrigo le pregunta si todavía sospecha de él. David piensa que debería responder con la verdad, pero en lugar de hacerlo le dice que quizás debería aceptar su invitación, que tal vez le vendría bien salir un rato, que no podría seguir sospechando de alguien que ha sido tan amable.

⌘

Ella dice que lo entiende. Él piensa que la marihuana chilena no es como la que se fuma en Nueva York.

Ella dice que sabe por lo que está pasando porque en el fondo ambos sienten una emoción parecida. Él cree que la hierba chilena es sativa pura: te hunde.

Ella le cuenta que los dos comparten varias sensaciones. Él se pregunta cómo sabe ella las sensaciones que él ha experimentado en los últimos cuatro días.

Ella le enumera lo que tienen en común: la pérdida, por cierto, además de esa extraña amargura de lo no resuelto, seguro que le pasa, seguro que lo ha sentido en los últimos cuatro días, sin olvidar lo más importante, que son las ganas locas de imaginar cómo hubiera sido una última vez con Baltazar, una comida, un almuerzo o una fiesta de amanecida póstuma, final, pero sabiendo que se trata de la última. Él ya no la está escuchando.

—¿Te imaginas lo que hubiera sido la última fiesta con Baltazar? —le pregunta Mónica.

No se lo imagina. A esas alturas no puede imaginarse nada.

—Estás ansiosa —la acusa David—. Esa ansiedad podría haberte llevado a robar las memorias.

—¿En qué momento, David, por favor? —le pregunta, apoyando las manos en ambas caderas—. Estuve todo el día contigo.

—Eras la más interesada en leerlas.

—Todo el mundo quiere leerlas. Todo el mundo quiere publicarlas.

Mónica recibe una llamada telefónica, le hace un gesto y se encierra en el baño. David se acerca a la puerta, alcanza a escuchar parte de la conversación. Mónica habla en voz muy baja:

—Está aquí.

—...

—Ya me lo dijo...

—...

—No importa.

—...

—Si no lo haces, voy a contarle yo.

—...

—Claro que no.

—...

—Hasta mañana.

—...

—No, no lo conozco, pero...

—...

—Mi trabajo. Usted lo sabe.

—...

—Gracias. Así lo voy a hacer.

David se queda sentado en la cama. Solo quiere dormir. Cuando Mónica sale del baño, él la está esperando de pie, en la puerta.

—¿Con quién hablabas?

—De la editorial.

—¿Por qué hablabas de mí?

—Tuve que informar a la dirección ejecutiva lo que estaba pasando.

—¿Por qué?

—David, tú sabes cómo es este negocio: el presupuesto de los próximos cinco años de la editorial depende de la publicación de las memorias. Esto no es un juego. Estamos hablando de millones de dólares.

—¿Con quién hablabas?

—Con mi jefe en Nueva York. Kincaid, Josh Kincaid.

—¿Y qué sugiere More Books que deberíamos hacer?

—Esperar. Quien las haya robado va a tratar de conseguir plata, o algo.

Mónica se quita un mechón de pelo de la frente. David le cree menos que antes.

⌘

Las carpetas de la computadora de Emilio Ovalle no tienen nombres muy creativos, piensa David. A pesar de ese detalle, las memoriza.

«Cuentas.»

«Proyecto teatral Eliana Campos.»

¿Quién será Eliana Campos?

«Contratos casas.»

«Varios.»

«Proyectos varios.»

«DOCUMENTOS 2014 EMILIO.»

David vigila la puerta y, tal vez influenciado por las letras mayúsculas, abre esta última carpeta.

En el interior hay tres archivos: dos fotos de las niñas en una muestra folclórica de su colegio y un archivo en formato .fdr. David sabe que un archivo .fdr solo puede ser abierto con Final Draft, un clásico programa de escritura de guion que Baltazar aborrecía profundamente. En lugar de abrir el documento, cambia a la ventana del navegador.

David piensa que Emilio Ovalle es muy descuidado: tiene su cuenta de Google abierta. Activa la casilla que dice «Mostrar contraseña».

La contraseña es «CliffordBrown».

Algunos minutos después, fuera de la casa de Emilio Ovalle y sus niñitas sobrealimentadas, al buscar el nombre de Clifford Brown se enterará de que se trata de uno de los varios alias de Jesús Franco, un renombrado cineasta español muerto en 2013. También era el nombre que Baltazar y Emilio se habían propuesto investigar luego de ver la película *La isla del devorador de mujeres* y de estar a punto de ser violados por un grupo de homosexuales en el baño del Cinelandia.

⌘

Está de espaldas en la cama, sin hablar. No se arrepiente de lo que hizo: cree que está en su derecho. Es completamente inocente. Podría sentirse responsable de muchas cosas a lo largo de su vida, pero de eso no. Piensa que al robar ese sobre está protegiendo algo muy íntimo, algo propio y que a mucha gente le gustaría tener. Cierra las ventanas y las cortinas de su departamento, calienta agua en la tetera, prepara un litro de café; abre un paquete de galletas y un tarro de cajeta. Piensa en un lugar cómodo para leer. En la cama, imposible, tiene mucho sueño: ha sido un día inolvidable y agotador. El living tampoco le parece una buena idea, necesita estar de pie o frente a un escritorio para no caer al suelo, por el cansancio. Después de pensarlo un momento con una cucharada de cajeta en la boca, elige la mesa del comedor. Se sienta frente a las galletas, el tarro de cajeta, la cuchara, un paquete de cigarrillos mentolados, un encendedor y el sobre de papel marrón.

Ahora le toca a ella, piensa.

Susana lee.

14

Llegamos a Santiago después de la medianoche. Emilio estacionó el escarabajo a un costado de la Plaza Italia y me ofreció un cigarro para el camino; le dije que no. Saqué mi mochila del asiento trasero y una bolsa con aguacates que había comprado en el camino como regalo para mi mamá. Emilio dijo que nos juntáramos al día siguiente en el Microcine a darle la sorpresa a don Desiderio y la señora Cassandra.

Al día siguiente no me llamó. Se me fue la mañana pensando en qué podía decirle. Vigilé el teléfono durante horas. Lo más fácil hubiera sido no hablar, fingir que no había pasado nada y seguir viendo películas, yendo al Microcine y haciéndome el idiota: para eso ya era un experto. El teléfono sonó una sola vez y era para Susana; en ese tiempo ya teníamos teléfono. Era la Meche Chica. Vivía a una pared de distancia y les gustaba hablar por teléfono. La otra posibilidad me costaba más y era hacerle una escena parecida a la de la residencial Magdalena. Ponerme serio y, ojalá sin fumar marihuana para que no piense que me pongo melodramático cuando estoy volado, hablarle de sentimientos, emociones, culpa y traición.

Mi mamá andaba insoportable porque hacía solo unos minutos se había peleado con Susana: estaban las dos sentadas a la mesa tomando el desayuno y mirando el matinal cuando mi mamá le sugirió que dejara de comer pan porque ya tenía panza de mujer vieja. Susana venía despertando luego de una mala noche con los hombres; se pusieron a discutir. No traté de separarlas. Susana le dijo a mi mamá que la vieja era ella, una vieja amargada y fea. Pensé en mí y mi dilema. Mi mamá le recordó a Susana que la verdad duele. Decidí que tenía que tomarme las cosas con calma. Susana dio vuelta a su taza de té con leche. No a la ansiedad. Mi madre le gritó gorda. Iba a obligarme a disfrutar lo que estaba pasando en privado, sin compartirlo con nadie. Susana le gritó vieja *conchadetumadre*. Me gustaba un poco la idea de tener un secreto inconfesable. Mi madre terminó su desayuno y se quedó mirando la pantalla del televisor.

El teléfono sonó pasadas las doce. Mi mamá contestó; se quedó hablando más de diez minutos con Emilio. Susana se asomó a mirar desde la cocina.

—Echándote de menos, pues, ingrato.

—...

—Sí, yo sé, pero... nos tienes tan abandonados.

—...

—Todos preguntando por ti. En el barrio, acá en la villa... Tú sabes que te queremos mucho.

—...

—No necesitas invitación para venir a esta casa, Emilio, me extraña, tú siempre vas a ser como un hijo para mí.

Susana se quedó de pie en el pasillo, observando. Mi madre disfrutó cada palabra que le dijo a Emilio como una pequeña revancha hacia mi hermana, sin quitarle la vista de encima. Identifiqué el instinto criminal en Susana: sus ojos se pusieron más redondos que de costumbre. Si hubiera tenido un cuchillo a mano se lo clava en el pecho a mi madre sin misericordia. Pero no lo hizo.

Mi madre me pasó el teléfono. Susana no se movió de donde estaba, vigilándome.

—¿Aló?

—Voy saliendo de mi casa al Microcine.

—¿Pasas por acá?

—No. Juntémonos allá.

Llegué al Microcine sin almorzar, muerto de hambre, pasadas las dos y media. Don Desiderio y la señora Cassandra estaban muy nerviosos, fumaban sin parar. Emilio me saludó con un apretón de manos, dijo que me estaba esperando para darles la sorpresa; se veía cansado, como si no hubiera dormido en varios días. Antes de empezar, aclaró que no tenía mucho tiempo. Le pregunté por qué, era una ocasión especial. Solo respondió que estaba ocupado en la agencia y tenía que volar a una reunión apenas termináramos. Insistí: le pregunté qué era tan importante como para postergar un momento que estábamos esperando hacía tanto tiempo. No me respondió, solo se levantó y me pidió que lo acompañara al auto.

—Nos esperan un segundo, por favor —les pidió a don Desiderio y la señora Cassandra.

Los viejos encendieron sus respectivos cigarrillos y se quedaron en silencio.

Emilio y yo salimos a la calle, él caminó rapidamente hasta el auto; abrió la maleta. Me acerqué a buscar las latas de celuloide, pero él me detuvo.

—Espera —dijo—. Antes de llevar las latas...

—¿Qué?

—Quería decirte algo.

Sujetó la puerta de la maleta. Observó las latas un segundo y luego vigiló a su alrededor, no sé si por miedo a mirarme a los ojos o a encontrarse con alguien.

—¿Qué cosa? —le pregunté.

—Algo que va a pasar —dijo, casi susurrando.

Hubo una pausa. El tráfico del barrio Bellavista se hizo más intenso: pasó un camión que hizo un ruido metálico. Emilio juntó las manos y llenó los pulmones de aire.

—Tienes razón, Balta.

—No entiendo.

—Voy a desaparecer. Es lo mejor. Esto no está bien; somos amigos, no sé si para siempre. Además es solo por un tiempo, unos meses. Los dos estamos ocupados, tú con la universidad y yo con mi trabajo, esa mierda de trabajo.

—Está bien.

—Quería decirte que esta va a ser la última vez que vengo al Microcine.

—¿Cómo? ¿Por qué?

—Porque sí.

—Pero, Emilio, no es justo. ¡Te vas a perder *Fragmentos sobre la importancia del delirio*! Después de todo lo que hemos hecho por esta película maldita, ¿te vas a quedar sin verla?

—No me importa. Además ni siquiera tenemos la película completa, es solo un rollo.

—Los viejos no van a entender que no estés en la función.

—Los viejos están felices.

Emilio tenía razón.

Don Desiderio y la señora Cassandra escucharon atentos, aferrados a sus respectivos encendedores y paquetes de cigarrillos, sin hablar ni interrumpirnos ni discutir entre ellos. Emilio comenzó el relato hablando de nuestras actividades en el sur, primero en Temuco, luego en Victoria; yo me concentré en explicarles lo que había pasado en el cine de Victoria. Hacia el final de nuestro informe sobre la aventura en el sur Emilio se acercó a las latas; las habíamos disimulado con unos chales para no despertar sospechas; los levantó y entonces les enseñó las dos latas a los viejos.

—Esto es lo que encontramos —dije, solemne.

La señora Cassandra comenzó a llorar. Se acercó y nos besó a cada uno en la mejilla, casi sin voz.

—No sé lo que es —dijo—, pero gracias. Gracias por devolvernos las esperanzas.

Don Desiderio avanzó hasta la caja donde estaban las latas. Emilio se acercó.

—Es el rollo tres y el *trailer* de la película.

El viejo se quedó mirándolo y lanzó una carcajada nerviosa, abrió la primera lata y examinó el celuloide.

—Mañana mismo empiezo a limpiar y restaurar lo que esté dañado.

Después de un rato don Desiderio ya tenía clarísimo que la película estaba en muy mal estado, principalmente por las condiciones en las que había sido almacenada. Varios metros del rollo tres tenían quemaduras, seguramente por el calor, y también corrosión por humedad y orina. El inicio y el final del rollo presentaban mordiscos, seguramente de ratones. La señora Cassandra escogió una fecha para la proyección del material; don Desiderio le advirtió que primero tenían que encontrar los rollos que faltaban. La señora Cassandra le discutió que debían revisar lo recuperado y le recordó que nosotros habíamos hecho un gran esfuerzo yendo al sur.

La proyección privada de ese rollo recuperado de *Fragmentos sobre la importancia del delirio* nunca se hizo. Don Desiderio pasó sus últimos días moviendo contactos con diversas ONG para encontrar las latas que faltaban: una teoría decía que algunas estaban en Argentina y otras en Chile, en alguna bodega olvidada. La señora Cassandra murió un invierno, producto de un cáncer pulmonar que nunca se tomó en serio; ni siquiera don Desiderio supo que sus radiografías mostraban dos agujeros negros. El Microcine dejó de funcionar poco después. Un día pasé a despedirme de don Desiderio. Él se estaba yendo al sur, a Chillán, a la casa de un hermano, a vivir los últimos días que le quedaban. No se le veía triste ni tampoco contento. Decía que prefería terminar en Chillán, la tierra de Pinochet, antes que seguir encerrado en el Microcine, con las películas y las fotos y todos los recuerdos de la señora Cassandra. Mientras lo abrazaba con una fuerza descomunal, me dijo:

—Filma.

El viejo se subió a un auto que lo esperaba. Nunca más volví a verlo.

Con Emilio fue distinto. Esa mañana, cuando entregamos el rollo de *Fragmentos*, me fui caminando por Dardignac: quería pasar al centro, a recorrer los videoclubes de siempre. Me despedí de don Desiderio y la señora Cassandra. Prometí llegar a la función de la noche siguiente porque daban *Fahrenheit 451*, de Truffaut, en una copia nueva que habían conseguido con el Instituto Chileno-Francés de Cultura. Don Desiderio había empezado a quejarse de que todas las películas que proyectaban últimamente eran francesas y que él no era para nada francófilo; por el contrario, despreciaba esa intelectualidad impostada que caracterizaba a los grandes cineastas de la *nouvelle vague*, por ejemplo, con la única excepción de Jean-Luc Godard, a quien admiraba por su osadía y porque jamás se había vendido completamente a la industria. Emilio se quedó con don Desiderio hablando de Godard.

Me fui caminando al VideoUno de Galería Imperio; me demoré como cuarenta y cinco minutos. Estaba tomando una coca-cola, mirando tranquilamente las carátulas de las películas. La sección de terror de VideoUno era impresionante: ni siquiera sabía que algunas de esas películas existían. Miré la caja de *La aspiradora ninfomaníaca*. En eso estaba, pensando con desesperación en la cantidad de cine que tendría que consumir para cumplir mis objetivos de dominar el mundo, cuando de repente, sin aviso, Emilio apareció con una copia de *La invasión de los usurpadores de cuerpos*.

—Huevón.

—No la he visto.

—Estás bromeando. ¿No la viste en la tele cuando la dieron?

—No. Me acuerdo de Donald Sutherland.

—Llévala.

—No, ahora no. Otro día.

Me preguntó qué iba a hacer; le dije que tenía que volver a mi casa. Dejé el VHS y revisé otro. Me preguntó si me llevaba. Le pregunté qué estaba haciendo en VideoUno si ni siquiera era socio. Él era socio de los videoclubes del barrio alto, como el VC Internacional, el Videorent de Manquehue o esos de colores que estaban apareciendo ahora, los Errol's; Emilio dijo que tenía ganas de verme. Miró la película que tenía en la mano: *El pájaro canta hasta morir.* Su rostro se iluminó. Empezó a reír a carcajadas.

—Estás bromeando. ¿Qué es esto?

—Me la pidió mi vieja.

—Mentira. Apuesto a que es para ti.

—¿Estás loco? ¿Cómo voy a querer ver *El pájaro canta hasta morir*? Ni siquiera es una película. Es una miniserie de la tele.

—Y dura como seis horas, además. ¿Qué más vas a llevar?

—No sé.

—Te ayudo. ¿Hasta cuántas puedes llevar?

—Hasta seis.

Me ayudó a escoger algunas: *Toque de queda* y *Hallazgo macabro*, dos títulos de Look Video que estaban bastante bien según él y que seguro no figuraban en los catálogos ni del Errol's ni del Videorent porque eran de distribuidoras chicas; *Ishtar*, una película que yo tenía ganas de ver más por curiosidad y por Isabelle Adjani que por otra cosa; *Lies*, de VideoVoss, un *thriller* infame dirigido por los hermanos Wheat que insistí en llevar, y *Liquid Sky*, de ciencia ficción, que habíamos pasado muchos meses tratando de conseguir, pero fue tan mal distribuida que ningún videoclub la tenía en su catálogo.

Caminamos por el centro, Emilio con su mochila repleta de papeles del trabajo, yo con mi bolsa plástica de VideoUno y mi mochila de la U de la que no me separaba jamás aunque no fuera. El escarabajo estaba estacionado a un costado del cerro Santa Lucía; nos subimos. Hablamos de *El vengador tóxico*, una película de bajo presupuesto de Troma Films que Emilio tenía ganas de ver. Decían que era una mierda, pero había que echarle una mirada. Encendió un porro antes de partir. Hablamos de otras películas de la Troma, pero también de don Desiderio y la señora Cassandra y de lo loco que se había vuelto el viejo. Yo le expliqué que seguramente necesitaban tiempo para asimilar lo que les estaba pasando, no era extraño que reaccionaran así después de sufrir tantos años esa incertidumbre; Emilio me dijo que no empezara a hablar de política porque estaba cansado. Yo le dije que *Fragmentos sobre la importancia del delirio* era más que una película sobre política, era un cuento sobre cómo la libertad es indispensable para poder imaginar algo parecido a una creación artística. Él arrugó la nariz y me preguntó cómo mierda lo sabía si ni siquiera la había visto. Entonces, cayendo en una especie de trance cinéfilo extremo del que afortunadamente nunca antes había sido testigo, Emilio Ovalle me dijo que era un falso, un cínico, un *nerd* sabiondo sin mirada ni visión del mundo, ni tampoco experiencia. Me advirtió que el cinismo es el peor defecto que puede tener un escritor y además me acusó de utilizar mis opiniones políticas para sentirme superior a él, lo que era imposible porque él no tenía ninguna necesidad de brillar, no era competitivo ni exitista, no le interesaban la plata ni la fama, mucho menos llamar la atención con sus ideas o sus pensamientos; era un tipo simple, sin ambiciones desmedidas, y lo único que quería era que lo dejaran en paz con sus porros y sus películas. Yo, en cambio, era un demonio traumatizado por el rechazo que solo esperaba el reconocimiento, el aplauso, sentirme querido y necesitado y deseado.

No supe qué decirle. Lo miré sin hablar. Apagué el porro y me bajé del auto.

Caminé rápidamente por la calle Santa Lucía; cuando estaba lo suficientemente lejos, miré hacia atrás. El escarabajo seguía ahí.

Esa fue la última vez que vi a Emilio en la década de los ochenta.

⌘

En este momento de la narración, mi película se divide en dos líneas paralelas.

La primera es una historia de autoayuda y redención. Transcurre en los pasillos helados de la universidad estatal más importante de Chile.

La segunda es un relato *coming-of-age* en el intrincado submundo homosexual santiaguino de comienzos de los noventa.

En la primera soy Baltazar, un estudiante de Periodismo de meteórico éxito en algunas asignaturas y con extraordinaria facilidad para espiar a los demás.

En la segunda soy Max, otro estudiante de Periodismo, bohemio, maldito, hijo único de una familia aristócrata venida a menos y con ganas de dejar de ser lo que era.

Como Baltazar, estudio lo justo en la Universidad de Chile. Es fácil, basta dedicarle un día a la semana, por lo general el domingo; trato de hacerlo por convicción y por encontrarle un sentido a todo lo que hago. No me esfuerzo más de la cuenta porque no tengo tiempo, siempre estoy ocupado en mis proyectos personales. Mis notas son aceptables. No deslumbro, pero nadie se queja.

Como Max, en cambio, mi biografía es parte del misterio. A algunos tipos que se me acercan en la *discoteque* les digo que estudio Periodismo en una privada; eso nunca falla. Otros se quedan con la historia B, un poco más lejana de la realidad pero inspirada en hechos reales. Como Emilio Ovalle en su época, estudio Publicidad en un instituto, pero tuve que congelar la carrera por razones familiares, razones que no revelo.

Para hacer bien el amor, hay que venir al sur
Coming south/A far l'amore comincia tu
(Estados Unidos/Chile/Italia, 2015)

Dirigida por Giulio Messina. Con Giorgio Santos, Valentina Vargas, Gabriela Medina, Malcolm McDowell, Efraín Campos, Mare Winningham. Inspirada en un cuento que a su vez está inspirado en una canción de Rafaella Carrá, esta comedia *queer* tiene todos los elementos para agradar. La historia no es muy novedosa, pero su protagonista es muy carismático y las locaciones en Valparaíso están bien logradas. Baltazar (Giorgio Santos) es un joven italiano de diecisiete años, hijo de una familia muy católica de Roma. Cuando su padre fallece en un accidente automovilístico, su madre decide viajar a Chile, aparentemente para encontrarse con una prima (Valentina Vargas, de *Hellraiser: El final de la dinastía sangrienta*) a la que no ve hace muchos años. En el puerto de Valparaíso, Baltazar descubre que le gustan los hombres gracias a las provocaciones de su primo Agustín (Efraín Campos). Decidido a experimentarlo todo en tiempo récord y para evitar ser descubierto, se inventa una personalidad de noche, Massimo, con la que conquista los corazones en los antros gays porteños; en medio de la bohemia y la exploración Baltazar encuentra el amor verdadero. Una película simple, sin pretensiones y que no se olvida fácilmente. BUENA.

Baltazar Durán y Max (sin apellido) comparten varias cosas, como mi cuerpo, mi energía, mis ganas de no quedarme atrás, pero una sola meta, que es escribir La Gran Novela Chilena Que Nadie Ha Escrito Jamás.

Escribo todo el día, no paro: un domingo termino un cuento y el lunes estoy empezando otro. Me encierro en mi pieza con las cortinas cubriendo las ventanas cerradas. Fumo un cigarro tras otro hasta que todo es una masa de humo negro y espeso; si quiero fumar marihuana tengo que abrir la ventana y echar el humo hacia afuera. Como lo que encuentro en el refrigerador, casi siempre queso y aguacate. Mi mamá no sabe cómo es el olor a hierba, pero me ha preguntado varias veces de dónde viene ese perfume tan intenso que a veces se cuela por la ventana de su cocina y después de un rato se desvanece, pero que por alguna razón se va pegando en los muebles, en las cortinas, en los manteles y las lámparas.

Para inspirarme voy al cine y arriendo películas. No hablo con nadie. Me paso tardes enteras en el VideoUno. Tampoco muestro lo que escribo. Encuentro en VHS *Momento de decisión*, con Shirley MacLaine, y *La mujer marcada*, con Gloria Grahame. Solo escribo por compulsión para aliviar la angustia y también como una forma simple de soltar la mano; así me recomendó un profesor en la universidad. Me pareció un buen consejo.

El país está de fiesta, o al menos eso es lo que parece. A veces hay paro. Algunos compañeros de la universidad se devuelven para la casa cuando les dicen que no hay clases. Yo me quedo en la sala, fumando marihuana y tomando vino con los peleadores, hasta que avisan que llegaron los carabineros y entonces cada uno debe defenderse como pueda. Escribo un cuento sobre la hierba que me vende un amigo de la FECH (Federación de Estudiantes de la Universidad de Chile), pero un día me roban la mochila en la micro y hasta ahí llega mi pasión por el cuento político. Mis amigos dicen que estos pacos de la democracia se creen la raja, pero ni siquiera corren para perseguirnos. Mi hermano Fernando dice que la gente de la U es pura boca, se creen los revolucionarios pero no hicieron nada contra la dictadura; pero lo dice de rabia porque mis viejos no tuvieron plata para mandarlo a una universidad y solo les alcanzó para la Escuela Técnica.

Caigo preso dos veces, la primera por ingesta de alcohol en la vía pública con unos compañeros más grandes; la segunda, dos años después, por manejar totalmente borracho el auto de una compañera. En los días de paro o en las tomas nunca me agarran. Soy invencible.

Baltazar está políticamente comprometido en la lucha contra el legado de Pinochet, que es bastante más grande de lo que todos creen en ese momento. Max, en cambio, solo vive para la fiesta.

⌘

Son las nueve de la noche y Susana está en el baño, encerrada con la Meche Chica; tienen una fiesta en un colegio de la comuna de Ñuñoa y están secándose el pelo con un *mousse* especial para pelo crespo que la tía de la Meche Chica le trajo de Miami. El novio de la Meche Chica está interno en la marina y no sale hasta dentro de dos meses más. Susana dice que la Meche Chica está que se muere de ganas.

Estudio un poco para una prueba de Teoría Económica que tengo el lunes. No entiendo nada. Espero con paciencia que mi hermana termine en el baño. Imagino qué futuro me deparará esa noche: a las diez y media, Susana le pide plata a mi vieja. Mi vieja le dice que no sea sinvergüenza, que es muy feo andar pidiendo plata todo el tiempo y que con la edad que tiene y las malas decisiones que ha tomado en su vida ya debería estar pensando en buscarse un trabajo decente. Susana, que ya está pintada y peinada para la fiesta, sabe que no puede utilizar el llanto o el grito como una forma de obtener dinero porque el maquillaje se le corre y sería una pérdida de tiempo volver al baño para retocarse. Tonta no es: en lugar de llorar se hace la adulta civilizada y le dice a mi mamá que está muy consciente de su suerte, que sabe que no ha sido muy astuta que digamos, pero que todo eso está a punto de cambiar, tiene la sensación de que el año que se viene encima su vida será distinta, todo será mejor, empezando por su suerte con el sexo opuesto. Mi madre le recuerda que oportunidades ha tenido, hombres decentes nunca le han faltado, ha tenido de sobra, muchos más de los que alguien podría pensar porque claro, Susana es buenamoza y a ratos hasta puede llegar a parecerle simpática a algunos, pero una beldad nunca ha sido. Una beldad era ella, dice mi madre, a su edad casi no podía salir a la calle porque los hombres, muy atrevidos todos, se le tiraban encima; con respeto, por supuesto. Susana se enoja. Mi madre insiste en que ella es así, franca, le gusta decir a las cosas pan, pan, vino, vino, y no andar disimulando lo que piensa. Es mejor conocerse y saber los zapatos que uno calza en lugar de tratar de engañarse. Según mi madre, engañarse a uno mismo es lo peor que puede hacer una persona, hombre o mujer, da lo mismo. Engañarse hace mal.

Por no llorar ni hacer los escándalos de siempre, Susana se gana tres mil pesos. Mi madre le dice que esa plata es para que se tome una cerveza en la fiesta, una sola, y para que se devuelva en taxi si no hay ningún caballero que la traiga en auto. Cuando por fin Susana y la Meche Chica se van, mi mamá me confiesa que está preocupada por mi hermana porque pasan los años y la niña, que ya de niña no tiene nada, no madura. Escucho a mi madre un rato más mientras me echo gel en el pelo. Mi mamá me pregunta adónde voy. Le digo que tengo un cumpleaños; siempre tengo algún cumpleaños. Mi papá no está. Le pregunto a mi mamá a qué hora llega, ella responde que no lo sabe, que no la llamó, que estamos a fin de mes y está con mucha carga de trabajo.

A las diez de la noche ya estoy en la calle.

Desde la desaparición de Emilio voy solo al Microcine. Al principio lo echaba de menos, no lo voy a negar, sobre todo cuando me preguntaban por él.

Mónica fue la primera. Habíamos visto *La mujer de la próxima puerta*, de Truffaut. Don Desiderio estaba en cama, enfermo; la señora Cassandra nos ofreció disculpas y explicó que esa noche no había conversación posterior a la película. Nos fuimos temprano. Mónica me dijo que tenía drogas. No le pregunté qué clase de drogas, pero cuando me invitó una cerveza al Venecia no pude decirle que no. Íbamos en tres cervezas y dos vodka tonics cuando me preguntó si había pasado algo entre Emilio y yo.

Yo le dije que no sabía.

Mónica insistió. Me advirtió que podía confiar en ella, que me quería mucho y que, además, me admiraba. Desde la primera etapa de nuestra amistad Mónica Monarde supo cómo manipularme. Hija de perra.

Le dije lo que pensaba que era la verdad. Habíamos tenido un cuento, no especifiqué cuál. Ni él ni yo éramos capaces de asumirlo: de pendejos, de arrogantes. Nos creíamos lo mejor. Mónica preguntó si por eso Emilio ya no iba al Microcine. Yo le respondí que sí, que él había decidido no volver a las funciones.

Nos fuimos del Venecia. Mónica tenía entradas para una fiesta alternativa. Pidió una última ronda de tragos antes de partir.

Llegamos a la bodega donde era la fiesta; la música reventaba las paredes. Mónica me tomó de la mano, nos sentamos en el suelo. Me dijo que lo que me había pasado con Emilio no era extraño, que no me preocupara, que entre amigos que se quieren siempre existen diferencias porque no somos todos iguales. Esa es la gracia de la naturaleza humana.

—A Emilio yo no lo quiero como amigo —le confesé.

Mónica me miró un instante, cigarrillo en la mano: no parecía sorprendida. Siempre pensó que mi relación con Emilio era retorcida y extraña, la clásica amistad posesiva entre machos que un día cualquiera termina en pelea o en la cama, pero nunca se imaginó que yo se lo iba a contar sentados en el suelo de una bodega en el barrio de Concha y Toro.

—En esta época eso es muy común —me explicó—, vivimos muchos años en dictadura, ahora tenemos que relajarnos. Sobre todo con el sexo.

Esperé que me hiciera alguna pregunta. Ella buscó una pequeña cartera que llevaba colgada al hombro y la abrió; sacó un pequeño frasco transparente.

—Abre la boca —ordenó.

—¿Qué es eso? —le pregunté.

—Disfrútalo, nada más —fue lo último que dijo.

Abrí la boca. Dejó caer tres gotas en la mitad de mi lengua; un gusto extraño, metálico. Mónica se acercó y me besó en la boca: no nos levantamos del suelo. Me apoyé en la pared. Miré a la gente bailando. Mónica guardó su frasco en la bolsa. La gente brincaba del suelo al techo: una luz empezó a cubrir el cielo. Mónica se enfrió las mejillas con el vodka con hielo.

—Tú eres un tipo brillante, Balta, tienes que aprovecharlo. No puedes dejarte corromper. Estás capacitado para pelear y eso no lo tiene todo el mundo; Emilio, por ejemplo, no lo tiene. Yo creo que Emilio Ovalle tiene más inteligencia emocional que tú, definitivamente, pero es menos talentoso. Siente menos en todo sentido. Ahí está la clave: puedes pasarte toda la vida estudiando, haciendo cursos, aprendiendo, leyendo, teorizando, pero el talento se recibe una sola vez. De uno depende cultivarlo, verlo crecer, explotarlo. Contigo me pasa eso. Creo que tienes un talento del que todavía ni tú mismo te das cuenta. No me des las gracias, esto no es un piropo; no tengo por qué decirte piropos. Pero me acabas de contar que eres homosexual, no me interrumpas, no me digas que no, Balta, porque yo te escuché, yo estaba aquí, atenta, sin hablar, mientras tú tratabas de explicarme esta relación con Emilio al que yo le tengo todo el cariño del mundo, pero el que me importa y el que siempre me va a importar hasta el día en que nos toque morir eres tú, Balta. Tú y no Emilio. Concéntrate en lo que importa. Concéntrate en escribir, huevón, si eso es lo que te gusta.

—Terminé recién una novela. ¿Quieres leerla?

Mónica fue la primera persona en leer la versión original de *Cuando eyaculo*, mi primera obra, publicada exactamente dos años después de esa fiesta en Concha y Toro. Lo que Mónica me había dado era Micropunto, un tipo de LSD de larga duración que ella consumía como si fueran pastillas de menta. Sin quererlo me transformé en su amigo íntimo, su confidente, su asesor literario, pero sobre todas las cosas en su principal recurso para seguir sacándole dinero a su familia. Cada vez que su padre aparecía de visita yo tenía que interpretar un rol que me gustaba: el del novio ejemplar, vestido de camisa y pantalones de lino, fiel, dedicado, universitario encantador y concentrado exclusivamente en su carrera de Derecho. A cambio de esta actuación, de la que ni su padre ni su madre jamás sospecharon nada, Mónica me paseaba por la escena alternativa de la ciudad presentándome como el futuro escritor que iba a revolucionar las letras universales.

Compartimos varias primeras veces.

Un día, después de la fiesta de estreno de una obra de teatro, Mónica me invitó a dormir a su departamento. Fue la primera vez. Estábamos borrachos. Dijo que hacía seis meses que no se acostaba con nadie; en ese momento tuve la pésima idea de confesarle que todavía era virgen. Ella apagó su cigarrillo, se rio y me preguntó si me estaba guardando para el matrimonio. Yo le dije que no, le expliqué que simplemente no había tenido ninguna oportunidad para dejar de ser virgen. Mónica confesó que antes de ser amigos nunca había conocido a un *nerd*. Me preguntó si necesitaba ayuda. No le respondí, pero tampoco la rechacé cuando se quitó los calzones y me puso la mano en sus tetas.

Perdí la virginidad con Mónica Monarde: así supe que no me gustaban las mujeres y que seguramente nunca podría tener una relación heterosexual. Mónica decía que en los asuntos del sexo era riesgoso generalizar porque todos funcionábamos distinto. Cuando le expliqué que no podíamos acostarnos de nuevo ella lo entendió; dijo que lo esperaba, pero que no se arrepentía. Me preguntó si yo estaba arrepentido. Le dije que no. Le mentí. Me hubiera gustado perder la virginidad con un hombre.

⌘

Todo está planeado para que salga perfecto. Tengo un poco de plata ahorrada para la ocasión. Me compré unos *jeans* desteñidos que me quedan estupendo. Susana se los probó y me los dejó todos bolsudos; su culo está cada día más grande. Más encima se echó lo último que quedaba de mi gel en el pelo, como si el gel sirviera para esos crespos tiesos, parecen virutilla o pelo púbico.

—No me gusta cómo te quedan esos pantalones —dice la chica *culiá*.

Como si me importara tu opinión, gorda chancha. Esta noche es mía, mía y de nadie más. Me compré estos pantalones porque, como dice Mónica, me merezco hacerme cargo de mi vida y en estos tiempos no es posible, repito: no es posible que esté a punto de cumplir los veinte años y sea completamente virgen. Mónica dice que estoy perdiendo mis mejores años por una confusión de identidad.

—Pareces marica con esos pantalones, Balta —insiste la cerda infame.

La ignoro.

Te ignoro, gorda envidiosa. Siempre has querido lo que yo tengo: te hubiera gustado ser como yo, pero no te resultó. Saliste tetona y negra, hedionda y caliente.

Me doy ánimos para seguir adelante, no importa la mala onda

que me tira esta bestia traicionera ni los nervios que me están vibrando por todo el cuerpo. Esta noche será inolvidable.

—Si te viera mi papi con esos pantalones...

Me miro al espejo; los pantalones no tienen nada de malo. Me los dejo puestos. Son vanguardistas. *Neopunk*, un poco.

Debo escapar antes de que sea demasiado tarde. Perfume, desodorante, plata, billetera. Busco mis llaves. Algo me dice que esta noche pasarán cosas de las que no me voy a arrepentir. No encuentro mi llavero. Voy a la cocina, reviso la despensa; deberían estar donde siempre. Examino cuidadosamente la mesita de la entrada, el sillón del living y luego mis pantalones. No están. Desaparecieron. Susana sigue mi recorrido por la casa riéndose entre dientes, haciéndose la niña chica. De las múltiples personalidades de Susana, la niña chica es la que más odio.

—Mami, venga a ver al Balta cómo anda vestido.

—Córtala, Susana.

—Es que te ves súper maricón, Balta. Te juro.

Mi mamá se asoma desde el baño, con el suplemento del diario en la mano.

—¿Qué pasa con el Balta? —pregunta.

—Va a salir —le dice ella—. Y mírelo cómo va vestido.

—¿Qué tiene? —me enojo—. ¿Te molesto yo cuando sales disfrazada de puta?

—¡Baltazar! —grita mi mamá.

—Mami, ¿ve cómo me trata? —reclama Susana, frunciendo los labios en un puchero.

—Si hasta mi mami te dice que te vistes como puta —la acuso—. No me molestes, Susana, mira que no te conviene estar en mala conmigo.

—Mamá, dígale. ¡Me está amenazando! —se queja, gritando.

—Dejen de pelear —mi mamá se pone seria—. ¿Adónde vas, Baltazar?

—A un cumpleaños —respondo.

—Otro cumpleaños. ¿De quién? —mi mamá me interroga mientras Susana me vigila, haciendo gestos con la mano; gestos supuestamente homosexuales, como quebrar la muñeca o dejar el pie atrás.

—De una niña de la universidad —miento—. La Marce.

—¿De dónde sacaste esos pantalones? —insiste.

—Me los compré en Provi —le cuento.

—Son de mujer —acusa Susana—. Se nota.

—Nada que ver —me defiendo—. Son de hombre.

—No te los había visto nunca —advierte mi mamá.

—¿Ve, mamá? El Balta siempre tiene todo lo que quiere —insiste Susana, asumiendo que está en guerra conmigo—. Se viste al último alarido de la moda y a mí, que soy mujer, no me compran ni zapatos. Ya no tengo qué ponerme, si hasta me da vergüenza salir a la calle con los zapatos rotos. ¿Qué va a pensar la gente de mí? Que soy pobre, que soy ordinaria, que no tengo zapatos. Yo prefiero no volver a asomar la nariz fuera de la casa si no me compran un par de zapatos bonitos que pueda usar en primavera-verano; mire que ahora vienen los fríos y yo no puedo andar con esos North Star de hace años que...

—¡Susana!

—¡Pero si es cierto, poh, mami! ¡Esos North Star son los únicos zapatos deportivos que tengo!

—Deja de quejarte, Susana, qué mala costumbre: todo el día reclamando. Qué manía.

Últimamente, la cerda compite conmigo todo el tiempo; no puede verme feliz, bien vestido, realizado o tranquilo. Si me va bien en una prueba en la universidad es porque soy un *nerd*, un sabelotodo que lo único que hace es estudiar y todavía nadie me conoce *mina*. Si salgo a una fiesta y llego tarde le reclama a mi papá que cómo es posible que me den permiso para salir de amanecida cuando a ella a las cuatro la tienen en la puerta de la casa, y eso que es dos años mayor que yo y además tiene una infinidad de planes nocturnos a los que la invitan y ella siempre dice que no porque no le dan permiso y además porque le da vergüenza que vean el barrio donde vive. Se compara conmigo como si nos pareciéramos en algo, como si compartiéramos alguna cosa más aparte de la sangre o de los padres que nos tocaron.

—Para que sepas, estos pantalones me los compré con mis ahorros. Ahorro: ¿te suena esa palabra?

—¿Qué ahorros? ¿De dónde sacaste plata?

Decido no perder el tiempo.

—Mis llaves, por favor.

Susana me mira fijamente, con una sonrisa.

—¿Ya te vas, Miguel Bosé?

—Dame mis llaves.

—Zaspirulín.

—Dame mis llaves, chancha.

—¿O qué, mariposón?

—O te voy a sacar la *conchadetumadre*, Susana.

—Soaspizas. Con ukelele... Y con mucho...

Susana grita, imitando la rutina homofóbica de un comediante nacional en un desafortunado Festival de Viña de la década de los ochenta; sus labios se mueven en cámara lenta, sus tetas suben y bajan.

—¿Dónde están mis llaves?

La agarro de los brazos, la empujo contra la pared. La miro a los ojos. La quiero matar.

—¡Baltazar!

Una lámpara cae al suelo. Susana sigue gritando.

—¿Duele, cierto? —me dice sin miedo, mirándome a los ojos.

Mi madre la defiende. Grita mi nombre.

—¡Balta! ¡Suelta a tu hermana!

Sujeto sus brazos. Mi mamá llora. Susana se ríe.

—La verdad duele, maricón.

La tomo de nuevo por los brazos y la empujo al sillón; mi llavero cae al suelo. Tomo mis llaves y salgo.

—Balta, espera —me ruega mi mamá, pero no la escucho.

Salgo corriendo. Cuando cierro la puerta siento que soy el tipo más afortunado del mundo. Juro no volver nunca más a la casa.

Enciendo un cigarro y camino bordeando la rotonda, feliz con mis *jeans* desteñidos nuevos, pensando que Susana sabe algo. Llego al paradero de micros. Seguramente alguien hizo un comentario. Apago el cigarro y enciendo otro. La gente es tan intrigante. La micro se demora. En este país nadie puede hacer su vida, todos se asoman a mirar cómo la vive el de al lado. Una pareja se acerca. Aquí hay gente mala. La mina se queda mirando mis pantalones y sonríe. Gente mala de verdad. El novio le dice algo al oído a la *mina* y después los dos se ríen. Fumo sin mirarlos, sin tomarlos en cuenta. Cuando llega la micro me subo antes que ellos, pago y camino por el pasillo hasta el final. Cruzamos por avenida Departamental y después por Vespucio, la ciudad entera parece vibrar de ansiedad de sábado en la noche. Pasa media hora, cuarenta y cinco minutos, una hora y al final se ve la fea Escuela Militar a lo lejos, iluminada como si fuera bonita. Me bajo y camino hasta el metro. Miro el barrio: me parece feo, sin gracia. Prefiero mi villa y mi cancha de fútbol de tierra. Espero el metro, no se demora en pasar. Pienso en Mónica y en lo buena amiga que ha sido conmigo. Paso a comprarle unas flores para no llegar con las manos vacías, aunque no le gustan las flores; Mónica no es como las demás mujeres que conozco. Da las gracias y me pasa un trago; dice que tenemos que prepararnos. Brinda por nosotros. Nos miramos al espejo. Me dice que tengo que explotar mis pectorales, que tengo un cuerpo muy bonito, pero que con la ropa que uso no se nota. Nadie me había dicho nunca las cosas que me dice Moniquita, esa boca de cereza que no para de alabar, de criticar, de desmenuzar lo que ocurre a su alrededor. Seguimos tomando, ella se emborracha antes que yo; sospecho que se está metiendo coca sin decirme. Va al baño. Me grita que no me mueva de donde estoy, que no diga ni piense en nada, que vuelve en un segundo. Eso pasa dos veces durante la conversación. Le cuento que he soñado con Emilio Ovalle, que fui muy estúpido y que se me ocurrió la única forma de sacármelo de la cabeza.

—Para olvidar a Emilio Ovalle tengo que escribir sobre Emilio Ovalle.

⌘

Lo mejor es llegar temprano. La loca viciosa de mal gusto es la que llega pasadas las doce, con olor a trago y a cigarro y las ganas de meterse al baño con alguien; yo las reconozco al vuelo cuando aparecen por el pasillo de espejos creyéndose gran cosa porque andan con chaquetas de cuero mendocinas y zapatos deportivos blancos. Mónica dice que la gente en Chile es muy fea y a veces yo le encuentro razón. En el Fausto me presenta a su mejor amigo, el Boris, un chico alto de unos treinta años que viene llegando de París. Según Mónica, las locas siempre están llegando de alguna parte.

—¿Cómo estás?

—Bien. Llegando.

—¿De dónde?

—De París.

O de Nueva York. De Brasil o el Caribe. El lugar da lo mismo, lo importante es demostrar que uno no es nadie, uno es viajado, tiene posibilidad de salir y mirar el mundo tal como es, fuera del cascarón que es este Chile y lejos de esa moral tan convencional que nos caracteriza.

Boris me toma de la mano, bailamos una canción de New Order; Mónica se pierde en la multitud de locas *new wave*. En el centro de la pista bailan las lindas, con camisetas apretadas sin mangas o definitivamente sin camiseta. Muestran los músculos y los vientres marcados, las axilas bien peludas porque a los gringos les gusta; vienen a Chile a buscar justamente eso, dice Boris: los machos recios latinos, peludos, hediondos y buenos para el *peo*. Alrededor de la pista de baile, me fijo, están los maricones más viejos, todos con cara de necesidad y una piscola en la mano, mirando con ganas los movimientos de los más jóvenes. Boris se acerca, mueve las caderas, sube los brazos.

—¿Vienes siempre al Efe?

—¿Dónde?

—Al Efe. El Fausto, así le dicen aquí para que nadie se entere, o «Los cuentos».

—¿Cómo?

—Así: yo estoy contigo, por decir, en una reunión, compartiendo con gente que no capta la onda, y en lugar de decirte: «Fulanito de tal, vamos a mariconear al Fausto», te digo: «Fulanito de tal, vamos a Los cuentos».

—Ahora entiendo.

—No respondiste mi pregunta. ¿Vienes seguido a Los cuentos?

—No. Esta es mi primera vez.

Boris no puede creerlo. Me compra un trago; acepto. Me toma de la mano y me hace un *tour* por el local. Me muestra el rincón donde están los viejos más viejos, no todos con plata como muchos piensan, la mayoría buscan putos. Al otro lado, después del pasillo de espejos, están los baños, donde siempre hay fiesta de todo tipo pero hay que irse con cuidado porque se ha sabido que de repente aparecen policías de incógnito y uno está ahí, dele que suene, qué sé yo, dándose un pase o desatando las pasiones con algún chiquillo fácil, cuando te aparece un carabinero de civil y te caga la onda. Sin soltarme la mano Boris me lleva al final del pasillo, al piano bar, donde están las locas en parejas, los putos extranjeros que todavía no entienden nada y los turistas más viejos comiendo club sándwiches. Dice que hay que saber qué día venir; escucho atentamente el calendario. La cámara se aproxima a mi rostro de manera imperceptible.

—El lunes está cerrado, por ley. El martes son los telegramas: a la entrada te ponen un papelito con un número y después un travesti lee los mensajes que te dejan los demás; es ideal para irse a la cama con alguien. El miércoles es el bingo, donde se ganan premios como botellas de grapa y linternas de pilas. El jueves es el día del *show* erótico. Viernes es el mejor día para mi gusto: el sábado siempre está lleno y hay que hacer fila para entrar, y el domingo empieza más temprano.

Vuelvo a Fausto el sábado siguiente. Boris me ofrece coca; acepto. Me pregunta si quiero irme con él a su departamento, que tiene más coca y una botella de vodka. Le digo que no. Me dice que buena onda, que no importa. Bailamos un rato. Nos reímos de las locas viejas, todas producidas, tratando de parecer jóvenes. Boris es malvado: se acerca a algún abuelito y le mueve el culo, le dice que le encanta su camisa, le pregunta qué edad tiene y en unos minutos tiene la botella de champaña enfriándose, lista para que se la sirvan. El anciano se entusiasma, y cuando la botella se termina Boris ya está de nuevo en la pista de baile. Dice que eso no es maldad.

—Es la ley de la loca. A todo el mundo le pasa: uno es joven, guapo y pérfido. Pasan los años, te pones viejo, feo y bueno. Al final todo el mundo sale ganando. Nadie es joven para siempre.

Prefiero seguir bailando. Boris se queda conversando con unos argentinos, hay uno que se queda mirándome; le sonrío sin dejar de bailar. Se acerca, me pregunta cómo me llamo. Le digo que me llamo Max, aunque pienso que si es argentino no importa si le digo mi nombre verdadero.

—Max. Maximiliano. ¿Y tú?
—Soy Facundo.

Facundo me besa en la mejilla. Tiene olor a hombre; me gusta. Baila junto a mí. Me toca el pecho cuando se acerca: con una mano me sujeta la espalda, con la otra me agarra el cuello mientras presiona su entrepierna contra la mía. No deja de mirarme. Boris aparece desde el bar con un trago en cada mano; al verme se detiene, tira uno de los tragos, se pelea con una pareja de osos que se besan apasionadamente y luego corre. Me toma de la mano, le digo que no nos podemos ir. Facundo me sigue, me pregunta si quiero irme con él; le digo que sí. Boris me empuja hacia el baño, cierra la caseta. Le pregunto qué mierda le pasa. Mi vida es mi vida. Boris me mira a los ojos y me dice que no voy a irme a la casa con ese argentino. Con ese particularmente no.

—¿Por qué no?

—Porque tiene el bicho.

El bicho está en todas partes. Nos acompaña al cine, al bar y a la discoteca. Nos vigila en las caras de los desconocidos en la pista de baile. Se ríe de nosotros cuando estamos decidiendo si aceptar esa invitación al departamento de ese que toma whisky o quizás mejor el más joven, el que baila sin parar la canción de Bananarama. El bicho también baila cada noche entre nosotros.

Cuando Boris y yo salimos del baño del Fausto, Facundo ya se ha ido.

Mi virginidad gay sigue intacta; mi ansiedad también. Boris se transforma en mi aliado. Dice que no puedo empezar a acostarme con cualquiera porque para eso las locas son muy fijadas. Uno puede venir al Efe y pasarlo estupendo, pero no hay que hacerse un nombre en el Efe, eso es otra cosa y le corresponde a otra clase de gente. A pesar del terror al bicho y las advertencias de Boris, un día martes decido que no aguanto más: dejo a mi mamá con mi hermana viendo *Martes 13*, el programa estelar de Canal 13, y me largo a la calle, a estudiar a la casa de una compañera. Desde nuestra última pelea Susana y yo no nos hablamos. Es mejor así.

Llamo a Boris desde un teléfono público. Dice que no va a salir porque está resfriado. Me recomienda que me guarde para el miércoles, le digo que no, que no quiero estar en mi casa, que necesito tomarme un trago, que lo invito. Boris se niega. Tomo una micro al centro.

El Fausto está vacío. Es noche de telegramas: me ponen un adhesivo con el número veinticinco. Me compro un trago. Hay unas locas bailando *techno*. Siento que todos me miran. Se acerca un tipo, pienso que se parece un poco a Kevin Bacon en *Martes 13*, la película, no el programa estelar de Canal 13. Se llama Lucho, es productor de comerciales; me invita a un trago. Le digo que no. Me dice que bailemos. Vamos a la pista. Me da un beso; yo no me muevo. Siento que me miran. Pienso que va a aparecer alguien conocido: un compañero de la universidad, un amigo del colegio, hasta mi hermana podría asomarse un día al Efe y encontrarme ahí, atracando en medio de la pista con un tipo que hace dos vodkas se parecía a Kevin Bacon y ahora se está pareciendo peligrosamente a Kevin Spacey incluso en una época en que Kevin Spacey ni siquiera era conocido. Kevin me mira, jurándose el hombre más atractivo del mundo. Se sube la camiseta y muestra sus abdominales marcados; me pregunta si me gustan. Yo me quedo callado. Dice que vive cerca, que vayamos a su casa un rato. Podemos volver más tarde, todavía es temprano. El rostro de Boris se aparece junto al de Kevin: me grita que sea responsable, que no me equivoque, que no lo conozco, que primero averigüe quién es y después me acueste con él. Kevin se acerca y me agarra el culo. Pregunta si tengo miedo. Le digo que no. Buscamos las chaquetas en el guardarropía. Salimos a la avenida Santa María, el río Mapocho tiene mal olor. Caminamos por el parque hasta la calle Condell; en realidad era cerca. Apenas entramos a su departamento, Kevin se saca la ropa, me dice que haga lo mismo. Le pregunto si tiene algo para tomar. Dice que piscola. Tomamos piscolas. En realidad yo tomo y él me mira, sin camiseta, acariciándose los pectorales. Me pregunta cómo me llamo. Le digo que ya le dije. Me dice que tiene mala memoria, que trabaja mucho. Que lo explotan. Le digo mi nombre: Max. Maximiliano, me dicen Max. Él se acerca. Me quita la piscola que tengo en la mano, la deja sobre la mesa de centro. Me agarra del cuello y empieza a desabrocharme el pantalón. Nos vamos a su cama. Hacemos muchas cosas. Mientras él me enseña cómo practicar sexo oral, pienso en el bicho. Juro que no voy a acostarme con nadie más. Nunca más.

Paso semanas en estado de pánico. Kevin no me llama. Yo tampoco. Me meto con otro tipo que conozco en el Efe, pero de ese ni siquiera me acuerdo del nombre ni la cara, solo que vivía en un departamento en Santiago Centro y que tenía pelo en pecho. Con ese tampoco pasa nada fuera de los besos, los toqueteos y el sexo oral; todo lo demás, es decir, la esencia del sexo entre hombres me da pavor. Pienso una y otra vez en el tema. Veo pornos para orientarme un poco. Boris dice que es difícil, que cuesta mucho, que duele tanto que a veces es más fácil masturbarse, que a veces sale sangre y caca y que a algunas locas muy ganosas, él conoce una, les han roto los anillos del ano de tanto empeño que le han puesto.

Me desespero.

Sé que en algún momento llegará el día; me pregunto por qué todo es tan complicado. Mientras espero, virgen de homosexualidad y aterrado de todo lo anal, entreno en la pista del Efe.

Mónica me invita al cumpleaños de un amigo suyo; llegamos temprano a un departamento en Apoquindo. Tomamos margaritas con Alejandro, el dueño de casa, un publicista brillante, muy cinéfilo y famoso por sus fiestas. Mónica le pregunta a Alejandro si puede poner un disco de Orbital, él le dice que está en su casa. Salgo a la terraza, miro por la ventana; la música suena en todo el edificio. Se ve la avenida Kennedy cruzando la ciudad hacia la cordillera. Saco un porro, fumo un poco. Pienso en *Blade Runner*. Me mareo. Siento a alguien que se acerca. Giro lentamente y entonces lo veo.

—¿Puedo? —me pregunta.

Carlos. Así se llama.

Carlos tiene cinco años más que yo, la piel blanca y los ojos muy oscuros. Fumamos un poco, brindamos con champaña; conversamos con los invitados y nos reímos de Mónica. Salimos a comprar cigarrillos. Ya es de noche. Estamos borrachos. Nos sentamos en un parque: fumamos la cola de un porro que él se robó del departamento de Alejandro. Me pregunta si tengo novio. Le digo que no. Le pregunto si tiene novio. Me dice que sí. Antes de que pueda reaccionar, me da un beso en la boca. Seguimos borrachos, entre besos, hasta que ya son como las dos de la mañana y no sé cómo volver a mi casa. Él me dice que me quede con él.

Somos felices. Nos queremos, nos respetamos los espacios. A él no le gusta el cine. Tiene otra cabeza: es matemático, empresario, adicto a los números. Hace negocios y viaja mucho. Nunca le soy infiel. Al comienzo me siento como el amante: hace cinco años Carlos tiene una relación con otro tipo. No están bien. Según Carlos, nunca han estado bien: hacen tríos y se embarcan en otras relaciones paralelas que no comentan entre ellos. Una noche le pregunto si yo soy una de esas relaciones paralelas y me dice que no, que soy un descubrimiento. Que lo hago feliz. Durante los primeros diez meses Carlos sigue con el otro. Sufro. Me promete cosas que no cumple. Me gusta sufrir. Me invita a comer y me deja esperando. Lo odio. Miente para no hacerme daño. Escribo sufriendo. Mil veces le digo que no lo quiero volver a ver. Escribo más. Me invita a Buenos Aires por el fin de semana. Es la primera vez que salgo del país: lo pasamos bien, pero no es lo que esperaba. Sus amigos no son como los míos. Tenemos buen sexo, pero no puedo comprometerme. Tan tonto no soy. Sigo con mi vida. Sufro más. Escribo mejor. No me pierdo ni una sola noche en el Fausto, pero tengo la cabeza ocupada en mi novela, en mis cuentos y en la posibilidad cada vez más remota de enamorarme de verdad. Algún día. Lo intento varias veces, me caigo y me vuelvo a levantar. Odio ser como soy y después me obligo a reconciliarme conmigo mismo. Salgo con jóvenes, viejos y otros de mi edad; me acuesto con machos recios, loquitas finas, príncipes, mendigos y todo lo que está en la mitad. Cuando estoy a punto de perder las esperanzas, una noche de invierno, voy saliendo de la universidad; estoy en cuarto año. Llueve. Carlos me está esperando en la puerta para decirme que terminó definitivamente con su novio, que se fue de la casa, que me ama, que quiere estar conmigo y no separarnos jamás.

⌘

La tarde cae. Es verano en Quintero. Mis viejos arrendaron una casa por todo el mes de enero. Me quedo en Santiago dos semanas, supuestamente cuidando la casa porque el barrio se ha puesto muy peligroso. En realidad ni siquiera paso por la casa, me quedo donde Carlos.

Nadie en mi casa sabe de Carlos; he decidido que este verano ha llegado el momento. Carlos cree que cada uno tiene su tiempo, su propio proceso: yo creo que mi proceso llegó a su fin. No me importa lo que piensen mi padre, mi madre, mi hermano o la zorra de mi hermana, mi vida es mi vida y la voy a vivir como quiera.

Tomo el bus a Quintero en la Estación Central. En el viaje me toca un azafato bastante guapo que me ofrece un sándwich por quinientos pesos, lo que me parece carísimo. Cuando llego a mi destino, mi mamá me está esperando con una vecina y los hijos chicos de alguien.

—Oye, que te demoraste, Balta.

—¿Y qué quiere? Si no es avión. ¿Y la Susana?

—Está en los videos.

—Ya, yo voy para allá.

—Vénganse rápido que voy a servir unas onces-comida, y que no se gaste toda la plata.

Cargo mi mochila a los dos hombros y camino por el borde costero; el aire marino me da energías. Cruzo la feria artesanal. Llego a los videos: Susana está abrazada a un tipo bastante mayor, con una cerveza en la mano, apoyada en el Galaga. Le digo que nos vamos, que mi vieja nos espera. Ella está un poco borracha; no me gusta cuando se pone así. Trato de llevarla a la fuerza; ella grita. El tipo que la acompaña trata de pegarme, y Susana lo empuja contra una máquina de Ghosts'n Goblins. Salimos corriendo. La reprendo. Apenas puede caminar; le digo que no puede llegar así a la casa, que pasemos a tomarnos un café. Susana se ríe, a mí me da rabia. Nos sentamos en una fuente de sodas mugrienta, lejos del centro para que no nos encuentre ni mi mamá ni el tipo de los videos. Pedimos dos cafés, yo también necesito uno porque estoy muerto de sueño y sé que se me vienen encima unos días agotadores. Susana se pone a llorar.

—Ya se te va a pasar. No llores.

—Tengo tan mala suerte. Y todo es por tu culpa.

—¿Mi culpa? ¿Por qué?

—Se suponía que Emilio iba a estar conmigo para siempre...

—¿Y qué culpa tengo yo?

—Tú sabes.

—Yo no sé nada.

—El Emilio andaba detrás tuyo. Se le notaba.

—Eso no es verdad.

—Yo siempre lo supe. Una vez le pregunté.

—¿Le preguntaste? ¿Qué le preguntaste?

—Le pregunté si se metería con un hombre, y me dijo que no sabía. Entonces yo le dije que si tuviera que elegir un hombre para pasar una noche a quién elegiría, y él me dijo que te elegiría a ti.

—Eso es ridículo.

—Más ridículo es que yo siga enganchada de un huevón que se calienta con mi hermano. Eso sí que es ridículo.

—Su, estás borracha. Si mi mamá te ve...

—¿Qué me importa lo que diga esa vieja de mierda?

Nos miramos a los ojos. Ella sigue llorando. Le paso un pañuelo desechable.

—Gracias.

—De nada.

—Pensé que no ibas a venir.

—Aquí estoy. Tenía que estar aquí. Era una obligación.

—¿Por qué?

—Necesito hablar con todos. Contigo y con los viejos.

—No me digas que nos vas a contar que eres maricón.

⌘

Esa misma noche, a la hora de la comida, tomo dos copas de vino y me doy ánimo para hablar. Lo hago sin apuros, mirando de reojo a Susana que ya lo sabe todo y me mira con un poco de envidia. Le gusta tener un hermano gay. Cree que puede servir para espantarle a los posibles pretendientes con tendencias homosexuales que pudiera tener. En el caso de ella ya está jugando contra el tiempo; tiene que avivarse.

Cuento todo lo que me pasa. Que soy gay. Que me gustan los hombres. Que no es algo pasajero. Que tengo pareja hace seis meses y que estoy pensando en irme a vivir con él. Mi madre pregunta si Susana lo conoce. Susana dice que no, que cómo lo va a conocer ella si recién se viene enterando. Mi padre rellena su copa de vino y se queda mudo. Mi madre se levanta y se encierra en el baño. Pasa media hora, tal vez menos. Mi padre me dice que es un golpe muy duro, pero que lo podrá superar. Además me dice que siempre tendré su apoyo, sin importar lo difícil que sea la vida que me toque vivir.

—Porque va a ser difícil, Balta —me advierte—, eso te lo aseguro.

Mi madre sale del baño y me da un abrazo. Susana se pone a llorar, emocionada, creyendo que está en una mala película gringa para la televisión. Cuando nos quedamos solos me sienta en el living de la casa; a lo lejos se escuchan el llanto y las conversaciones a susurros de mis viejos. Susana me pregunta si me acosté con Emilio Ovalle.

Para tranquilizarla le digo que no.

Dos semanas después, entre más lágrimas y recuerdos, hago mis maletas. Me voy de la casa de mis padres; me cuesta partir. Susana me pregunta si en el departamento de Carlos tenemos pieza de invitados. Mi padre me dice que algún día le gustaría conocer a mi amigo, no dice su nombre. Mi mamá cambia rápidamente de tema, me pregunta si estoy llevando mis sábanas, le digo que no las necesito. Quiere saber cómo voy a dormir; le digo que mis sábanas no sirven porque son de una plaza y media y la cama donde voy a dormir con Carlos es de dos. Mi madre dice que tengo razón y después me acompaña hasta la puerta.

La vida con Carlos es tranquila. Estamos juntos tres años. Un día, irremediablemente, como la fruta o la verdura, las cosas empiezan a echarse a perder. Me siento joven. Creo que tengo una obligación como escritor y como ser humano, en ese orden de importancia: explorar. Lo quiero. No sé si lo amo. A veces creo que lo amo pero nunca tengo la certeza, siempre es una sensación de amor más que amor mismo. Él me pregunta si conocí a otra persona: yo le digo que no. No hace falta otra persona. Conmigo basta.

En ese tiempo consigo mi primer trabajo como periodista, en un suplemento juvenil donde escribo sobre películas. Por una crítica de *Alice*, de Woody Allen, me gano mi primer sueldo. Sigo escribiendo ficción, pero vivo de las críticas; no me alcanza para vivir, pero falta poco. Mónica me ofrece irme a su casa. No puedo volver donde mis viejos, sería un retroceso, dice ella. Me cambio a su departamento. Lo pasamos bien, nos reímos mucho; ya no vamos al Microcine, ni siquiera nos acordamos mucho de los viejos. Tampoco hablamos de Emilio. Cuando me pongo melancólico ella me recuerda las cosas malas de Emilio y entonces, con un par de whiskys y algunas carcajadas, se me olvida.

Mónica decide publicar la novela justo antes de la Navidad: una editorial ínfima, Librería Bellavista, se interesa por el texto. Trabajamos dos meses sin parar, encerrados; pulir el texto con una editora ansiosa y con pretensiones de escritora puede ser una tarea infame. Mónica siempre cree que tiene la razón. Alguna lógica tiene. No sabe expresarse. No sabía expresarse. No sabrá expresarse jamás.

Cuando eyaculo es el resultado de mi amistad con Mónica. No hay nada importante ni trascendental que haya ocurrido la noche de su presentación, solo amigos, alcohol, invitados comprando libros; a la semana siguiente aparecen las primeras críticas, algunas destrozándome, otras elevando la novela a una categoría superior. No sé cómo empiezo a creer en el juego. Me llaman de una editorial, a la semana siguiente me llaman de otra. Participo en un concurso de *nouvelles* y gano el primer premio con *Ciencia infección*, un relato *sci-fi* ambientado en la antigua Grecia. Escribo todo el día sin parar, donde sea, donde pueda. Carlos pasa seis meses entrando y saliendo de mi vida; quiere volver, necesita que le dé una oportunidad. La noche del lanzamiento de la novela llega temprano. Estoy nervioso. Brindamos con champaña por *Cuando eyaculo*; está seguro de que será un éxito. Le digo que me gusta verlo como un amigo cercano, casi como parte de mi familia. Él responde que me tiene un regalo. Me invita a viajar, tiene unos días de vacaciones y quiere llevarme a Nueva York. No sé qué decirle. Me siento culpable. Me muero de ganas, pero no de amor.

Le digo que no. De puro decente le digo que no.

15

A las cuatro de la tarde está en la primera fila de la sala de la Cineteca Nacional donde se realiza la retrospectiva «Las venas abiertas de Baltazar Durán», con la exhibición de tres películas basadas en obras suyas: *Ansiedad*, dirigida por Jackie Bravo, *Todos juntos a la cama*, de Marcel Croix, y *Chaquetas amarillas*, del Colectivo Sin Piedad. David cree que las tres películas presentadas son bodrios pretenciosos inflados por razones políticas, críticos obsesivos, obtusos programadores de festivales y, sobre todo, por la compleja parafernalia de *marketing* que ha caracterizado a More Books desde sus inicios.

Es la última actividad a la que debe asistir antes de su regreso a Nueva York. El presentador es el escritor argentino Paolo Donaggio; al verlo avanzando por el *foyer* del teatro Mónica se congela. Busca su celular, hace una llamada a todas luces falsa y luego vuelve a su lado cuando el público ya está entrando a la sala. Donaggio es muy guapo, al menos eso le parece a David; es un cuarentón extraordinariamente bien conservado, masculino, con la barba entrecana y ojos de zorro viejo. A pesar de sus intentos por disimular, Mónica tampoco puede dejar de contemplarlo. David y Mónica admiran los hombros rectos del autor de *¿Cómo puede odiarse tanto?* mientras él habla, tal vez metafóricamente, de su relación con Baltazar, de las aventuras que emprendieron juntos, de las batallas campales que enfrentaron siempre con cariño, respeto y admiración. *Qué mierda*, piensa David. Donaggio continúa. Habla de la naturaleza del escritor y compara a

Baltazar con los grandes autores dedicados a la disección del género femenino; Donaggio se considera a sí mismo uno de ellos. Mónica suspira, angustiada. Discretamente abre su cartera, saca una pequeña caja de acrílico que abre sin que nadie se dé cuenta aunque David la mira de reojo, con mucho cuidado saca media pastilla blanca y se la lleva a la boca; mastica sin asco, concentrada. En el clímax de una presentación mediocre y egocéntrica, Donaggio compara su obra con la de Baltazar. Dice que ambos eran seres de otro planeta que llegaron a este mundo con una sola misión en la vida: la fantasía. A David le parece que el argentino es tan guapo que jamás dudaría en acostarse con él, pero todo lo que dice es falso. Baltazar jamás habló de Donaggio con cariño, sino al revés. Era su némesis.

—Me voy a tomar la libertad de contar una anécdota, si el tiempo me lo permite; es muy breve. Ocurrió hace algunos años. Todos los que conocimos a Balta sabemos que tenía una personalidad inusual, por llamarla de alguna manera. Era un tipo maravilloso, pero había que saber tratarlo: era como un animal y como amigo había que domesticarlo.

David mira a Mónica de reojo, sorprendido con el discurso; ella se encoge de hombros y le hace un gesto. Mira su teléfono. Abre el Whatsapp y escribe un mensaje, ansiosa.

—Estábamos en la feria de Guadalajara —sigue Donaggio—. Éramos varios escritores de diferentes países y mi querido Balta, mi amigo Balta al que despedimos hoy con este maravilloso homenaje fílmico, se obsesionó con la idea de escapar de la feria, alquilar un coche y salir de la ciudad rumbo al norte, en busca de una droga alucinógena de la que ni él sabía el nombre. Yo le dije: «Balta, hermano, estamos trabajando. Pensá en tu libro, pensá en los *fans* que te están esperando, ¿cómo nos vamos a ir de la feria para tomarnos una droga?». Él nunca me lo perdonó.

Mónica envía su mensaje. David respira profundamente mientras Donaggio concluye su monólogo presentando a la directora de la película, una mujer con el pelo azul llamada Jackie Bravo. Donaggio advierte que la primera película que verán esa noche contiene escenas explícitas de sexo y violencia, por lo que recomienda a los espectadores más sensibles abstenerse de verla. Más discursos. La tal Jackie Bravo habla de cómo conoció a Baltazar, en el *set* de *Ansiedad*, y cómo al principio se llevaron muy mal porque él insistía en que quería manejar la cámara. David se aburre con las memorias del rodaje de *Ansiedad* porque sospecha que ninguno de los recuerdos es real. Ya no sabe cuál es la diferencia entre una cosa y otra ni quién miente y quién dice la verdad.

Mónica mira la hora, levanta la cabeza y en ese momento todos sus pensamientos son aplastados por lo que ve: Josh Kincaid avanza por el teatro, seguido por Esperanza Onetto y un séquito de asistentes y colaboradores. David ve que Mónica se pellizca los nudillos, muy nerviosa, como si estuviera a punto de participar en una pelea de boxeo. Josh Kincaid y su gente pasan junto a ellos y se sientan en una de las primeras filas. Jackie Bravo agradece la posibilidad de mostrar su película y le devuelve el micrófono a Paolo Donaggio.

—Quiero dejarlos con *Ansiedad*, la primera vez que Baltazar Durán llegó al cine —su sonrisa se exagera un poco, su mirada se cruza con la de David—. Pero antes quiero pedir un aplauso para dos personas.

Mónica gira lentamente la cabeza para observarlo.

—Vino desde Nueva York solo para despedir a nuestro amigo: David Mendoza, gracias por estar aquí.

La sonrisa de Donaggio se congela. Al oír su nombre David siente que algo explota en su cabeza; estalla la bomba atómica en su sistema nervioso. Solo ve ojos, ojos desconocidos, grandes y necesitados de atención: ojos que lo vigilan con curiosidad, imaginándose la más insólita de las respuestas, esperando el momento más triste y significativo de todas las misas, memoriales, homenajes y demás eventos recordatorios. La semana de Baltazar Durán está terminando y todo el mundo quiere más.

Mónica aplaude; algunos hombres y mujeres travestidos de Joanna Jacopetti se unen al aplauso. En el escenario, Donaggio sujeta con habilidad el micrófono entre sus rodillas y aplaude de buena gana; Jackie Bravo, junto a él, hace lo mismo. David no puede ocultar sus lágrimas. Aunque no sabe si son de emoción, alegría, rabia o desconcierto, deja que se asomen por sus ojos sin tratar de contenerlas. Mónica le toma la mano, cariñosa. Los aplausos se detienen.

—Y también quiero agradecer la presencia de otro hombre muy importante en la carrera de Baltazar y de muchos otros autores —indica Donaggio, luego mira hacia la segunda fila—: Josh Kincaid, amigo, jefazo y mecenas. Gracias por estar aquí.

Tibios aplausos; David no aplaude. Josh Kincaid hace un gesto con la mano. Paolo Donaggio y Jackie Bravo abandonan por fin el escenario. La sala se oscurece.

—¿Quieres quedarte a ver la película? —le pregunta Mónica.

—Por favor, no me hagas eso —le contesta David.

Se ríen un poco. Comienzan los créditos y antes de que aparezca un solo plano de *Ansiedad* en la pantalla de la Cineteca, David y Mónica están en la calle.

—Es pésima. Muy aburrida.

—Y la historia no se entiende bien.

—Qué bueno que no nos quedamos a verla.

Caminan buscando un taxi por la calle Moneda. David mira a su alrededor, admirando el palacio de gobierno.

—David, quiero darte las gracias —le dice Mónica—. No solo a nombre de la editorial, sino también de mi parte. Te has portado muy bien con nosotros. Por eso quería darte un regalo, como recuerdo.

Mónica le pasa una bolsa plástica grande con el logo de More Books. David la abre: en el interior hay un *box set* de lujo llamado «El lado oscuro de Baltazar Durán», la colección de su obra completa, incluido el DVD de *Fragmentos sobre la importancia del delirio* y todos los documentales aparecidos a la fecha. David observa el regalo. No puede disimular su falta de entusiasmo, es incapaz de fingir una pizca de felicidad. Mónica lo mira.

—Tienes razón —le dice—. No es un buen regalo.

—No —asume David—. No es un buen regalo.

David le devuelve la bolsa y la mira a los ojos, intenso:

—Me quedan pocas horas en Chile y las memorias no aparecen.

—Ya lo sé, lo tengo súper presente, pero ¿qué quieres que hagamos? —se pregunta ella, desesperada—. Hemos movido todos los contactos, la gerencia del W se desentiende del tema porque hubo un robo flagrante a tu habitación, y...

—No voy a irme de Chile si al menos no me dicen quién fue.

—David, no te obsesiones. Pudo haber sido cualquiera.

—Pero ¿quién?

—Hay que pensar en el futuro. De esto tenemos mucho que aprender. Nunca más quedarse en un W, lo primero.

—Eso es lo que menos me importa, yo necesito que me devuelvan las memorias. Es lo único que me queda de él.

Mónica lo toma por los hombros y se acerca: David no sabe hacia dónde va esta transgresión de sus límites espaciales. Lo mira, le acaricia el pelo. David cree que morirá de vergüenza y pudor.

—En tu lugar yo me quedaría tranquilo.

En ese instante la sombra de una certeza se instala en su cabeza y no lo abandona jamás: Mónica sabe más de lo que dice.

—¿Nos tomamos una última copa de Chardonnay? —le pregunta David, en la puerta del hotel—. Yo invito.

Mónica le sonríe.

—¿Cómo me voy a negar a esa carita? —le pregunta—. Eres demasiado *mino*, David. Sé que es homofóbico decirlo, pero es realmente un desperdicio.

—Muy homofóbico de tu parte.

—¿Homofóbica yo? Por favor, si el setenta por ciento de los hombres con que me he acostado son homosexuales.

En el bar del hotel Rodrigo les sirve cuatro rondas de Chardonnay y luego una botella más. Mónica empieza a perder la calma, se pasea de un lado a otro, borracha. Quiere fumar; enciende un cigarrillo pensando que Rodrigo no se dará cuenta, pero el humo la delata. Rodrigo le pide que lo apague, que le van a pasar una multa, que fumar va contra la ley del hotel; Mónica aspira dos veces más y apaga el cigarrillo en su copa de Chardonnay. Se pregunta cómo es posible que sigan regalándole plata al W después del error que cometieron. David le pide que se siente, que trate de calmarse, que ya pasó el estrés, que todo se terminó. Ella levanta la cabeza y lo penetra con la mirada.

—Te equivocas —le recuerda—. Esto está recién empezando.

David no sabe de qué habla. Presume que está borracha, pero también tiene otras sospechas.

—Me voy —dice Mónica—. Tengo muchas cosas que hacer.

Rodrigo les trae la boleta. David firma e intercambia una mirada con él. Mónica lo abraza en el *lobby* del hotel, despidiéndose mientras saca un cigarrillo suelto de su cartera; durante el abrazo David ve que Rodrigo lo vigila desde el bar, atento a cada uno de sus movimientos.

—Que tengas buen viaje —le desea Mónica—. A las ocho pasan a recogerte, yo voy a pasar por el aeropuerto.

—No es necesario, gracias.

—No me cuesta nada.

David asiente y sube a la habitación. Ya tiene la maleta lista y los regalos para su madre están comprados, solo le queda esperar. Está pensando en la espera cuando suenan golpes en la puerta. Es Rodrigo. Acaba de terminar su turno y escuchó parte de su conversación con Mónica. Solo quiere saber si es cierto que mañana se va a Nueva York; David le pregunta si siempre escucha las conversaciones ajenas cuando está tras la barra. Rodrigo le contesta que solo oye las que le interesan mientras estira una mano para acariciar su pecho.

⌘

A las ocho en punto suena el teléfono. David salta de la cama. Llaman de la recepción, lo están esperando. Rodrigo está a su lado, desnudo, un tatuaje de un escorpión devorando a un pez en el hombro izquierdo que cruza hacia su antebrazo.

David se viste rápidamente, Rodrigo lo besa y le desea buen viaje. Algún día irá a verlo a Nueva York, tiene un amigo auxiliar de vuelo que puede conseguirle un pasaje gratis o muy barato. Quizás podría quedarse en su casa y aprovechar para que le muestre la ciudad, le han contado que en Nueva York hay muchas cosas para hacer, que la vida nocturna es impresionante, muy diferente a la de Santiago. David le dice que está invitado, aunque solo lo hace por parecer amable.

Bajan juntos en el ascensor. No vuelven a hablarse, tampoco se despiden de nuevo en el *lobby*. Rodrigo le ha pedido que no lo haga, podría perder el trabajo.

David cruza la recepción. Su *check-out* ya está hecho. A través de la puerta de vidrio del hotel ve el taxi *deluxe* que lo llevará al aeropuerto y a Fabiola de pie, saludándolo con la mano, vestida como una *pin-up* de luto. David camina al exterior, seguro, arrastrando su equipaje de mano, recordando las advertencias de Mónica sobre la prensa y los curiosos, cuando una voz conocida lo detiene.

—Cuñado...

David ve que Susana está de pie frente a él. Lleva anteojos oscuros.

—Susana —reacciona—. Pensé que no te volvería a ver.

—Vine a despedirme —dice ella, muy seria.

Susana agacha la cabeza. David sigue sus brazos. Abre los ojos.

—Perdón.

David ve que Susana tiene el sobre marrón en la mano.

—Esto es tuyo —dice, entregándole el sobre.

A él no le salen las palabras. Se queda mudo, mirándola.

—Te vas a enojar conmigo, pero... —se interrumpe, acongojada—. Aquí está. Toma.

David observa el sobre en la mano de Susana.

—Tenía tantas ganas de leerlas... —intenta explicar ella, se enjuga las lágrimas con la palma de la mano—. De saber lo que estaba pasando en la vida de mi hermano. Toda la vida lo tuve cerca, crecí junto con el Balta... hasta que él se fue. Siguió su camino y yo me quedé en la casa, por huevona. Porque nunca escuché los consejos que me dio la gente. Yo podría haber sido tan feliz como el Balta. Más feliz que el Balta.

—¿Cómo estás tan segura de que Baltazar era feliz? —le pregunta David.

—Porque te tenía a ti —contesta ella, casi sin pensar—. Puede que hayan tenido momentos malos, puede que a mi hermano le haya dado por meterse porquerías y hasta que te haya engañado con otros huevones, pero... te quería, David. Se nota que te quería. Eso es lo único que tengo claro después de leer las famosas memorias.

—Me las robaste, Susana —la acusa.

—No fui yo —corrige ella—. Una mucama las sacó por mí. En los hoteles hay una mafia con ese tema, ¿sabías? Hace unos meses leí un artículo en una revista. Cuando supe que estabas en este W y que tenías las memorias, pensé que tenía que contactar a alguien que trabajara en el hotel y que hiciera el trabajito desde adentro. No fue difícil, no te voy a mentir.

—Lo que hiciste no está bien —le explica él, tratando de parecer enérgico—. Es un delito.

—Ya sé. Pero quería leer las memorias de mi hermano antes que los demás —justifica ella—. Era mi derecho. Tú me entiendes.

—No. No te entiendo.

David agacha la cabeza. Susana no insiste. Fabiola observa a David desde el auto con aire de preocupación.

—Pero ya pasó —dice Susana, entre suspiros—. Aquí está todo, tal como estaba en tu pieza del hotel.

David recibe el sobre, molesto.

—¿Y? ¿Qué te pareció? —le pregunta a Susana—. Si hiciste todo lo que hiciste por leer esto, al menos dime qué opinas.

—No me gustó lo que leí —sentencia ella.

—Baltazar no escribía para darle gusto a nadie —le recuerda él—. Ni siquiera a sus lectores.

—Se burla de mí —reclama Susana—. Se ríe de mi cuerpo, de mi vida, de la suerte que he tenido. No es justo. Yo nunca le hice nada a ese pendejo *culiao* para que me trate así. ¿Por qué? Él era mi orgullo, lo más lindo que tenía, y él... ¡Él me trata de puta cada dos páginas!

—Esa es la manera que encontró para demostrarte su cariño —le explica David—. A estas alturas ya no vale la pena ofendernos. Por ahora quiero tomar ese avión a Nueva York y dedicarme a leer lo que me falta.

Susana se detiene y abre los ojos.

—¿Cómo? —le pregunta con espanto—. ¿No has leído todo lo que hay en ese sobre?

—No —confiesa él—. Me falta el final.

El cuerpo de Susana se estremece. David la observa extrañado.

—¿Por qué? ¿Qué pasa?

—Tienes que leer el final —le aclara, enfática—. Pase lo que pase, *tienes* que leer el final.

Fabiola se acerca e interrumpe.

—Disculpen, nos tenemos que ir.

David se despide de Susana, Fabiola lo apura a subir al auto. Susana se queda de pie en la puerta del hotel, observando cómo el taxi se aleja; David se queda mirándola. Susana no se mueve.

—Mónica va a pasar a despedirse —le comenta Fabiola.

—Gracias.

Fabiola observa el sobre de papel marrón.

—¿Esas son las famosas memorias? —pregunta—. No me digas que aparecieron.

—Sí. Volvieron a su dueño —le informa él—. Por fin.

—¿Le avisaste a Mónica? —interroga ella, preocupada.

—Mónica lo sabe, no te pongas nerviosa —la tranquiliza David—. ¿Te importa? Tengo que terminarlas.

—No, para nada. Por mí no te preocupes —dice ella—. Si tienes que leer, lee.

En los ojos de Fabiola advierte un brillo que le provoca desconfianza.

Retoma la lectura exactamente donde la dejó antes de que el documento fuera robado: con la intimidad entre Baltazar y Emilio en una pieza de la residencial Magdalena, en Temuco. Como lector rápido, sabe que los veinte minutos que hay al aeropuerto le servirán para terminar la obra entera. Está empeñado en llegar al final antes de partir a Nueva York, como si quisiera dejar todos los recuerdos en el sur del planeta.

El teléfono de Fabiola suena dos veces. Es Mónica. Quiere hablar con él. Le dice que está llegando al aeropuerto, que entre directamente al embarque VIP, que Fabiola sabe exactamente lo que tiene que hacer y que por ningún motivo se le ocurra pasear por el aeropuerto porque es posible que hayan enviado reporteros de algunos medios; no es seguro, pero le comentaron que era una oportunidad para sacarle una última foto al viudo de Baltazar Durán antes de partir. Nadie sospecha que el viudo de Baltazar Durán fue magistralmente consolado durante toda la noche.

Llegan al aeropuerto antes de lo previsto. David no ha podido avanzar ni una sola página de las memorias: piensa que terminará en el avión, pero la reacción que tuvo Susana sobre el final de la obra lo inquieta. ¿Por qué estaba tan espantada cuando le contó que no había terminado de leer? Ansioso y con la curiosidad devorándole las entrañas, se baja del taxi junto con Fabiola con la sensación de que está siendo vigilado.

Siguen con exactitud las instrucciones de Mónica: directo al *check-in* VIP. David le entrega una bolsa con el resto de la marihuana.

—Para ti —le dice.

Fabiola recibe la bolsa, muy nerviosa, y la guarda en su cartera. No le da las gracias.

Mónica aparece antes de que cruce por Policía Internacional; lo abraza con fuerza, sin hablar ni quitarse los anteojos. David se da cuenta de que Mónica y Fabiola se miran de una manera extraña, con una complicidad tácita que, podría jurarlo, están tratando de ocultarle.

—Que tengas buen viaje —le dice Mónica, sin dejar de abrazarlo.

—Gracias.

—Te voy a llamar cuando viaje a Nueva York.

—¿Tienes mi número?

—Sí, lo tengo.

—Puedes quedarte en el departamento.

—No te preocupes, siempre me quedo en este hotelito bien lindo en la calle Crosby. ¿Lo conoces?

—No. ¿Cómo se llama?

—No estoy segura; me he quedado varias veces en el mismo hotel y es hermoso, qué tonta, ¿cómo no me voy a acordar? Está en esa zona tan ondera que queda entre SoHo y el Lower East Side, tiene salida por la Segunda o la Tercera Avenida, la verdad es que no estoy segura porque a esa altura las avenidas cambian de nombre, pero debe ser la Segunda. Y la otra salida da a una calle chica, muy bonita también.

David pasea mentalmente por las calles de SoHo; sobrevuela la zona con la memoria. Recuerda un café, un restaurante. Un local de yogures naturales. Una tienda donde Baltazar le compró unos zapatos. Una noche de lluvia en que no encontraron taxis para volver al departamento. Una caída en el hielo, solo de borrachos. Mientras lo hace, su mirada se detiene en la cartera que Mónica lleva colgada al hombro.

—¿Cómo se llama el maldito hotel? Supongo que no es el mejor día para tratar de acordarme de algo.

La cartera de Mónica está abierta.

—¿Seguro que no lo conoces? Queda en la calle Crosby.

La cartera de Mónica está abierta y del interior se asoma una tarjeta de embarque.

—¡Crosby Street Hotel! ¡Así se llama! Qué estúpida más grande.

David piensa que la tarjeta de embarque es un detalle extraño: Mónica no le comentó que viajaba. Cree que debería preguntarle adónde va, pero es su turno de cruzar Policía Internacional.

—Adiós, David.

—Un placer conocerte.

David sonríe y avanza hacia el oficial de policía. Mira de reojo a su alrededor; el policía lo reconoce. David ve que Mónica y Fabiola se quedan un instante observándolo.

—¿Adónde viaja?

—Nueva York.

El policía examina su pasaporte, observa la foto y la compara con su cara. David siente que en una semana ha envejecido siete años.

Mira por segunda vez a su alrededor: Mónica y Fabiola ya no están. David se pregunta por qué han desaparecido.

—Señor, disculpe —le dice al policía—: me olvidé de comprar un regalo, disculpe, voy a tener que embarcar en un momento más.

El policía lo mira, extrañado; le entrega el pasaporte sin ocultar sus sospechas. David se devuelve de la entrada de Policía Internacional, mezclándose entre los pasajeros y sus acompañantes. A lo lejos ve que Mónica y Fabiola caminan por los *counters* de las líneas aéreas. Un carro cargado de maletas cruza por una entrada y se detiene junto a ellas; el operador le dice algo a Fabiola, Mónica interviene, Fabiola busca un documento y se lo entrega. David observa junto a un café. Fabiola levanta la cabeza y está a punto de verlo, pero David retrocede justo en el momento preciso. Se esconde en una tienda de *souvenirs*: a través de un ventanal se dedica a espiar, inmóvil junto a un estante donde se ven chalecos de lana, objetos de cobre y joyas de lapislázuli. Mónica abraza a Fabiola con emoción, le dice algo al operador; Fabiola sale. Mónica sigue junto al operador del carro con sus maletas hacia el final del aeropuerto. David cruza de tienda en tienda, desesperado; no quiere que lo vean. A ratos Mónica mira hacia atrás, como vigilando sus pasos. Está nerviosa. David observa la carga de Mónica: las maletas son demasiadas para un viaje sola. Mónica cruza hacia el área de Embarques Nacionales. David entra a una farmacia. Mónica compra algo en una tienda y luego sigue con el tipo del carro hasta la zona de embarques. David se acerca al escritorio. La dependienta observa sus uñas; David le sonríe, provocándola. Le pregunta adónde va el vuelo que sale ahora. La niña le dice que a Isla de Pascua. David arrastra su maleta por el aeropuerto, cruza hacia la oficina de ventas y extiende su pasaje sobre el mostrador. Dice que hubo un error con su *ticket*, que el destino está equivocado.

—Mi destino no es Nueva York. Es Isla de Pascua.

La encargada de LAN le dice que puede cambiar el itinerario, pero debe pagar una multa de quinientos dólares. David acepta. Le entregan su pasaje en clase ejecutiva y al mismo tiempo su nueva tarjeta de embarque. La encargada da la orden de detener el despacho del equipaje de David y enviarlo a Isla de Pascua.

Apenas llega a la sala de embarque se concentra en Mónica: está leyendo algo en su iPad, sentada junto al mostrador de la puerta diecisiete. Se oye el primer llamado a embarque. Mónica se levanta. David intuye que tiene embarque preferencial, pero viaja en clase turista; no se equivoca. Espera pacientemente, oculto en una tienda de artículos electrónicos. Mónica aborda la manga que la lleva al avión. David aborda mucho más tarde, casi al final. Apenas entra a la clase ejecutiva, su mirada limpia los asientos ocupados. Mónica no está.

Se instala en su asiento. Le dice a la azafata que no va a cenar. Se pone los audífonos y abre el sobre de papel marrón, listo para lo que venga.

16

Fue antes de lanzar mi primera novela. No recuerdo si estaba oficialmente con Carlos, si habíamos terminado y seguíamos en el limbo
o si todo fue antes de él. Estaba pasando por una etapa de ansiedad
declarada y poquísimo amor propio; demasiada vida social, muchas
horas perdidas, poco foco.

Una noche terminé en el Fausto, no sé por qué; no es que esté
tratando de ocultar información, simplemente no lo recuerdo. El
legendario Efe de mi juventud dorada. Estaba un poco ebrio, bailando, quizás New Order o The Cure o algo ochentero de buen pedigrí, no el *one-hit-wonder* o la canción maricona de Bananarama o
Bangles, cuando Emilio apareció de la nada, se paró frente a mí y
sonrió. Me demoré menos de un minuto en reconocerlo, pero igual
me demoré. Le sonreí de vuelta, a la distancia, mientras la música,
las locas y el humo de cigarro nos envolvía. Me acerqué.

—¿Te acuerdas de mí?

—Huevón, ¿estás bromeando? ¿Cómo no me voy a acordar?

—No nos vemos hace... ¿Cuánto? ¿Cinco años?

—Algo así.

Nos abrazamos. Estaba más grande, una que otra pata de gallo
que lo hacía ver más masculino. Fue un abrazo fuerte, apretado, con
ganas de verdad. Sus brazos estaban más gruesos que la última vez;
su cintura también.

Al principio me dio pena, una tristeza súbita que viene cuando
uno se encuentra con alguien del pasado y es testigo obligado del

transcurso del tiempo. Aunque no quieras, aunque te niegues o te cueste, ahí está, la prueba más amarga de que nada es para siempre, de que ni la belleza ni el encanto ni el talento sobreviven a los días, los meses o los años. La vida es una verdadera mierda.

—¿Cómo estás, Balta?

—No sé si bien o mal, pero listo para lanzar mi primer libro.

—¿Un libro?

—Una novela.

—¿En serio? No sabía.

—¿No? Qué raro. Ha salido bastante en los diarios.

—No tenía idea. Te felicito. Siempre pensé que antes de escribir un libro ibas a filmar una película.

No me gustó su comentario.

—Te equivocaste.

—¿Cómo se llama la novela?

—*Cuando eyaculo.*

Se rio. Le conté un poco de la trama, quizás con mucho detalle porque había tomado varios tragos y se me soltó la lengua; mientras hablaba de mi libro pensaba en otra cosa.

Pensaba en lo que se perdió entre Emilio Ovalle y yo. Algo quedó en el camino, olvidado entre tantas películas, abandonado entre los personajes de todas las ficciones que devoramos juntos. Me dieron ganas de encontrar culpables; al menos un culpable, además, por cierto, de Susana, que siempre será la culpable de todo.

Luego de muchas vueltas concluí que esa noche, la del Efe, marca el inicio de una nueva etapa en la relación entre Emilio Ovalle y yo. Ahora somos amigos legendarios con vidas muy distintas, pero con una extraña sensibilidad común.

Nos fuimos al piano bar del segundo piso.

—¿Has visto películas?

—No mucho. ¿Y tú?

—Menos que antes.

—Ya no hay qué ver. Apuesto a que en el futuro los noventa van a ser recordados como la peor década en la historia del cine.

—¿A ti cómo te ha ido en publicidad?

—Genial. Estoy de director en la agencia: mucho trabajo, pero tiene sus ventajas.

—¿Qué ventajas?

—Me toca viajar. Filmo mucho. Conoces gente, *minas* ricas. Igual estoy con alguien.

—¿Con quién?

—Se llama Rosario. ¿Y tú? ¿Estás con alguien?

En esta parte del recuerdo la información ya no es tan clara. Intercambiamos teléfonos que anotamos en unas minilibretas que estaban en la barra. Emilio dijo que me llamaría, que fuéramos al cine o algo, para recordar viejos tiempos; yo le dije que me encantaría. Se despidió con un beso en la mejilla. Su barba rozó mi piel: me acordé de tantas otras cosas. Por mi cabeza desfilaron las mil caras de Emilio Ovalle.

No volví a verlo hasta el lanzamiento de mi novela. Le mandé una invitación formal, por correo; no apareció a la presentación, pero sí a la fiesta que hubo después. Ofreció disculpas porque tenía que trabajar y prometió que al día siguiente sin falta compraría el libro. Esa noche no hablamos mucho, Carlos andaba cerca y a pesar de que estábamos pasando por una crisis bastante larga, yo sentía la urgencia de luchar por la relación. No quería correr riesgos ni exponerme a las tentaciones que ya conocía de antes; de niño ya no me quedaba nada. Cada paso que daba era calculado, pensando en cómo evitar el sufrimiento, el rechazo o la pura infelicidad.

A pesar de mis esfuerzos terminé mi relación con Carlos. Esa vez fue para siempre. No volví a verlo. Dijo que era un niño malcriado. Yo le dije que me había aburrido de él. Era la verdad.

A las dos semanas empezó a salir con una loca veterinaria que yo conocía. Me dio rabia, lo confieso: la traición es algo que nunca voy a terminar de comprender. Lo acosé por teléfono. Lo esperé en la puerta de su casa para hablar con él. Nunca lo logré. Odié al veterinario y a todo lo nuevo que rodeaba a Carlos. Pensé en matar a los perritos que cuidaba el veterinario y le dejé mensajes amenazantes en su contestadora. Los maldije a los dos y fueron tantas veces y durante tanto tiempo que mis peores deseos se cumplieron y terminaron peleados por plata en medio del peor de los escándalos, con gritos y ceniceros de diseño lanzados contra la pared. En el universo gay aspiracional santiaguino lo peor que le puede ocurrir a tu reputación es meterte en líos de dinero. Eso no se hace, no se pide prestado ni se le debe nada a nadie, a menos que sea estrictamente necesario. Cualquier deuda de dinero servirá para hacerte pedazos en *brunchs,* cenas y fiestas de cumpleaños; eso fue exactamente lo que ocurrió con Carlos y el veterinario.

Cuando termino con Carlos me entrego a mi autoexilio. Reduzco mi vida social a cero. Decido que no puedo vivir de la literatura, al menos no como me gustaría. Empiezo a escribir sobre cine en varias publicaciones: primero en una revista bastante frívola, pero donde me pagan lo suficiente como para vivir solo, sin compartir con nadie, y después en dos diarios de distribución nacional, uno en Santiago y otro para regiones. En menos de seis meses me transformo en el crítico de cine de moda, al que todos quieren leer y el que, contrariamente a lo que podría pensarse, habla de cine con el gusto del cinéfilo, no con esa amargura que a veces caracteriza a la profesión.

Me encantan las funciones para la prensa. Los críticos son una raza extinta: muchos se duermen en las funciones, otros escriben copiando al pie de la letra lo que dice el *press book:*

Una sana comedia para toda la familia
protagonizada por Sandra Bullock.

Un thriller *psicológico del talentoso director de*
Durmiendo con el enemigo.

La secuela de la película que todos estaban esperando.

Mis críticas son menos empalagosas y siempre pretenden hablar de otra cosa más allá de la película.

El crítico del infierno
Two thumbs down
(Estados Unidos, 2007)

Dirigida por Andy Wallis. Con Paul Casanave, George Castle, Rose Garret, Evelyn Israel, Mary Redland, Christian Yager, Michael Texx, Jennifer Goldberg. En la década de los ochenta le llamaban «comedia agridulce», en los noventa, «humor negro»; actualmente se les dice «dramedias» y están por todas partes. En esta narración episódica sobre el universo de los críticos de cine destacan las actuaciones y el diálogo por sobre los elementos visuales, que son bastante limitados a los ejercicios del cine *garage.* Lo anterior no tiene importancia alguna porque el corazón de *El crítico del infierno* no está en la fotografía o la cámara, sino en los personajes. Patrick (Paul Casanave) es un joven egresado de Periodismo que pretende cambiar el mundo y escribir sobre temas científicos; por un contacto de su padre consigue un trabajo como practicante en el diario más importante de su pueblo, el *Ferguson Express*. Enfrentado a un editor con alzheimer y a una diseñadora de crucigramas que lo acosa sexualmente, Patrick termina convertido en el nuevo crítico de cine del periódico, topándose así con una galería de personajes extravagantes, empezando por un anciano que detesta las películas y una mujer que compara todo lo que ve con *Amor sin barreras*. A mitad de camino entre la comedia negra y el drama romántico, *El crítico del infierno* es una de las grandes pequeñas películas del último tiempo. Nadie debería perdérsela. MUY BUENA.

Durante un tiempo me entretengo escribiéndolas, pero de pronto y sin que nadie lo hubiera presagiado, *Cuando eyaculo* empieza a funcionar bien en las ventas. No es algo inmediato, pasa casi un año hasta que un editor argentino descubre la novela en una feria, se la presta a una amiga que tiene otra amiga y así terminan contactándome para publicar en Argentina y Colombia. Hay un traspaso de derechos editoriales: sin quererlo me transformo en un escritor. Firmo un contrato por tres novelas más con la editorial More Books, viajo a Estados Unidos y a España. A Mónica la contratan en la compañía por el hecho de ser mi descubridora. Todos ganamos. Somos felices.

El resto de la historia, de cómo se me ocurrió *Todos juntos a la cama* y el efecto dominó que tuvo en mi carrera posterior, podemos dejárselo a los biógrafos verdaderos, los que hablen de mí después de mi muerte. Por ahora esto es lo que hay, solo unos recuerdos sueltos antes de la confesión de la verdad. Mi verdad.

La idea de esta obra no se me ocurrió a mí: fue precisamente a Emilio Ovalle, inspirado por *La leyenda de Lylah Claire* y la imitación/homenaje descarado que Robert Aldrich pretendió hacer de *Vértigo*, de Hitchcock. Emilio decía que a través de la imitación también podría demostrarse genialidad y talento cinematográfico; todo esto lo conversamos cuando hicimos el documental sobre Vera, una experiencia fallida por varias razones, empezando por el alcoholismo sin vuelta de Emilio.

Luego de su matrimonio con Cecilia el trabajo se le había hecho cuesta arriba. No podía cumplir como padre de familia y al mismo tiempo como proveedor; le costaba ser responsable. Eso mismo me comentó durante la preproducción del documental, un proyecto que los dos estábamos haciendo más por el dinero que nos pagaban que por la necesidad de hablar una vez más de *Fragmentos sobre la importancia del delirio.* Un canal de televisión italiano conoció la historia de la película y se había obsesionado con este docudrama sobre los verdaderos descubridores; o sea, nosotros.

Nos contrataron como directores y protagonistas, nos pagaron *suites* en el Sheraton y desde ahí filmamos en diez días una película que luego se ha exhibido en varios festivales. El documental no es ninguna maravilla, pero me sirvió para reconectar con Emilio y descubrir, primero, que estaba totalmente perdido: se levantaba con un trago en la mano y se iba a la cama con la botella en la mesita. Segundo, que su vida matrimonial lo había envejecido antes de tiempo, tenía canas en la barba y en los costados de la cabeza. Y tercero, que con el paso de los años se había vuelto incapaz de concentrarse en una sola cosa a la vez; era un genio loco, imparable, demente. Hablaba de todo saltando de tema en tema, sin un orden lógico. A menudo sus intervenciones para el documental eran geniales, pero la mayoría de las veces los italianos tenían que parar la toma porque no se le entendía lo que decía o porque sin motivo perdía el hilo de su narración y empezaba a hablar de cualquier cosa. Varias veces lo vi tomando a escondidas durante el rodaje, por eso no me sorprendió para nada cuando me contaron que su esposa lo había enviado al psiquiatra como una condición para seguir casada con él: si mi fuente no me falla creo que estuvo en un tratamiento holístico, una de esas cosas un poco *hippies* que aparentemente están muy de moda en Chile. Lo cierto es que Emilio había pasado por rehabilitación y le dijeron que no podía volver a probar un trago nunca más en su vida. Ya no tomaba como antes, pero hacía poco había recaído.

Una madrugada, durante el rodaje del documental, Emilio Ovalle me dijo:

—Para tu próxima novela tienes que inventar algo tipo William Castle.

William Castle es el director de *Vi lo que hiciste.*

—¿Algo cómo qué?

William Castle dirigió además *Homicidal*.

—Algo que llame la atención para que el público compre tu novela.

William Castle es el padre de los *gimmicks*, las estrategias para vender una película.

Esa fue la primera vez que la idea cruzó por mi cabeza: faltaba una maquiavélica cabeza femenina para concretar el plan y esa fue la de mi querida editora Mónica Monarde. A través de sus contactos logramos concebir este plan que tenía como objetivo la venta acelerada de la colección de mis obras completas, recién salidas de la imprenta de More Books y publicadas en el más fino papel importado directamente de Hungría.

Yo solo le conté a Mónica lo que había conversado con Emilio al pasar, el concepto del *gimmick* y las posibilidades que había de aplicar ese modelo en la industria literaria. Antes de aprender lo que significaba literalmente la palabra *gimmick*, Mónica ya había contactado a Josh Kincaid para una reunión extraordinaria sobre el potencial de ventas que existía más allá de mi última novela publicada. Mónica confiaba en que podíamos convertir mi nombre en un *best seller* constante, un favorito del público; cada año aparecía uno nuevo y ya era hora de que le tocara a un latino.

Kincaid aceptó la idea, pero con una condición. No quiso arriesgar el pellejo, principalmente porque conocía a Mónica Monarde: exigió que mi familia no sufriera, y que si el asunto no daba resultado él tendría que cortarle la cabeza a alguien, más específicamente a ella. Mónica aceptó sin pensarlo dos veces.

El diseño de mi desaparición y muerte es absolutamente mi responsabilidad. Mi intención, además de vender libros, por cierto, lo que nunca está de más, tenía que ver con la concepción de una obra metaliteraria, un proyecto que trascendiera los convencionalismos de la forma o el soporte, que fuera más allá de la etiqueta de novela, cuento, pieza teatral, crónica, poema, ensayo, crítica, biografía; siempre busqué lo mismo, y ante esta idea del *gimmick*, un razonamiento que al comienzo parecía bastante genial y que lentamente se fue haciendo agua, no tuvimos más opción que aceptar.

Tenía todo para lograr el objetivo. Solo faltaba terminar lo más importante: la obra póstuma. Quedaba una semana para el día escogido, el día de mi muerte, y todavía no tenía un comienzo ni un final. En eso estaba, aprovechándome de una distancia temporal que había inventado para separarme de David, tratando de dedicarme a lo que yo pensaba que importaba, evadiendo mis responsabilidades y queriéndome cada vez menos cuando, sin aviso y como ya era su costumbre, Emilio Ovalle apareció en Skype. Nuevamente amenazó con visitarme; no le creí. Hablamos un rato hasta que me dijo que me preparara, que no era una broma, que estaba en Miami y se iba a escapar unos días a Nueva York. Pensé que no hablaba en serio.

La visita de Emilio era el empujón que necesitaba para cerrar el último capítulo. No importaba cómo, la vida siempre se encargaba de darme lo que necesitaba para inspirarme. Mis memorias tendrían un final digno.

Para llevar a cabo el plan reservé una habitación en el Hyatt. Le dije a Emilio que nos juntáramos en el *lobby* dos horas después de la llegada de su vuelo; el avión se atrasó. Dormí una siesta y desperté con el teléfono.

Salimos a comer a Hell's Kitchen. El barrio estaba lleno de estudiantes de teatro, actores de Broadway y dramaturgos principiantes, a cual de todos más presuntuoso. Comimos en un restaurante griego. Emilio dijo que quería drogarse. Le dije que nos fuéramos al East Village, que Hell's Kitchen era totalmente *vanilla*.

Fuimos de bar en bar. Éramos unos ancianos; aunque en Nueva York nadie clasifica a nadie, mucho menos por la edad, nos sentimos viejos. Ya no nos miraban como antes, cuando llegábamos a las fiestas y no había hombre o mujer que no se diera vuelta para desearnos. Emilio me dijo que ahora teníamos otras cosas, cosas más importantes; le pregunté qué. Él dijo que yo tenía mis novelas y él tenía sus niñitas, cada cual con lo suyo. No lo dejé terminar y le di un beso en los labios en medio del bar, sin importarme nada. Emilio me detuvo. Dijo que estaba equivocado, que no había venido a Nueva York para acostarse conmigo.

Compramos coca en la calle, era carísima y de mala calidad. Nos metimos a un *diner*, pedimos cervezas y no nos quisieron vender, agregamos unas hamburguesas que no tocamos. Por turnos fuimos al baño a meternos coca. El mozo era un ucraniano bastante guapo, pero nos vio pasándonos el frasquito con la coca y llamó al dueño: nos echaron a la calle sin derecho a reclamo. Ni siquiera nos cobraron la cuenta.

Caminamos por la Segunda Avenida hacia Houston. Entramos al Boiler Room, un bar legendario del lado este de la ciudad; a Emilio le gustó. Jugamos *pool* con unos negros. Nos invitaron a una fiesta. Emilio no quería. Yo le dije que esta era la gran oportunidad para drogarse, si eso era lo que estaba buscando. Compré dos *shots* de tequila y con eso nos elevamos un poco más. Un tipo se quedó mirándome con cara de deseo, Emilio me estaba hablando de algo y no le presté atención. El tipo me sonrió: le dije a Emilio que me esperara, que había un tipo que me gustaba. Emilio me miró con odio y me preguntó cómo era posible que tuviera la intención de dejarlo solo en un bar gay; que estábamos juntos y él no tenía costumbre de ir a esta clase de antros, que lo hacía por mí, para tratar de entenderme y saber cómo vivía, porque realmente se preocupaba por mí, por mis sentimientos y sobre todo por mi soledad, esa soledad que había escogido como si fuera una religión y que nadie comprendía ni respetaba. Le dije que era un huevón de mierda y que por favor no se atreviera a opinar sobre mi vida. El tipo que me gustó ya había encontrado a alguien más joven.

Cruzamos la Segunda Avenida para llegar a The Cock. Estaba repleto: Emilio se espantó. Me dijo que quería irse. Para convencerlo le dije que podíamos conseguir más drogas, que me esperara un momento. Me perdí; lo dejé solo un rato. Fui al baño y al primer tipo que encontré le pregunté si tenía coca. Me mostró su placa de policía. Me llevaron arrestado al precinto del Lower East Side; Emilio me acompañó. No me encerraron mucho rato. A las tres de la mañana estaba fuera, parando un taxi para irnos a otro bar. Emilio dijo que quería dormir. Le dije que no, que nos fuéramos a comprar más coca y luego al hotel. Volvimos a The Cock. Teníamos el timbre de la entrada en la mano; seguía repleto. Nos encontramos con los negros del Boiler Room y nos insistieron en que fuéramos a la fiesta. Era en Brooklyn, tocaba el mismo DJ de The Cock y la entrada costaba veinte dólares. Emilio y yo nos miramos: no perdíamos nada. Cerraron el bar. Salimos a la calle, tomamos un taxi con los negros. Llegamos a un dúplex en Bushwick, Brooklyn: Emilio me preguntó si estaba seguro de lo que íbamos a hacer. Uno de los tipos entendió el español y dijo que no tuviéramos miedo. Llegamos al lugar. La fiesta ya estaba armada, había una mesa con frutas cortadas y botellas de agua mineral, además de unos sillones grandes. Una pantalla transmitía porno gay de los años setenta. Miramos un rato y además de nosotros solo había tres personas más. Un grupo llegó más tarde y se sacaron la ropa; Emilio me preguntó adónde lo había llevado. Salimos del lugar. Yo quería quedarme.

Así fue como terminamos en el cuarto del Hyatt. Tomamos vodka y discutimos mucho. Hablamos de nuestra relación como amigos y de por qué cada vez que él se acercaba dos pasos, terminaba separándose diez. Emilio me pidió que no tratara de entenderlo, que para él también era complicado vivir siempre bajo un manto de confusión, pero era una vida que se había armado a partir de las decisiones que tomó, no todas correctas. Pensé que Emilio era un cobarde; más cobarde de lo que nunca había pensado. Me frustré. No sé si por la coca, por los tragos o porque se acercaba la falsa hora de mi muerte, pero me deprimí. Después de un buen rato Emilio se quebró y me pidió perdón: dijo que nunca podría olvidarse de mí y que quería que pasáramos la noche juntos. Nos quitamos la ropa. Por primera vez hicimos el amor. No fue como siempre me lo había imaginado, pero la imaginación es una cosa muy traicionera.

Emilio se fue a alguna hora entre las cinco y las seis treinta de la mañana. Inmediatamente después de su partida, sonó el teléfono de la habitación. Era Mónica, desde Chile; quería saber si estaba todo listo. Le dije que sí. Me advirtió que Josh Kincaid iba a llamar antes de que pasaran a buscarme. Le pregunté si pensaba visitarme. Dijo que sí, que era un compromiso. Le pregunté cuándo.

—Después del funeral —respondió.

Terminé de escribir. Primero cerré el último capítulo del documento y luego la nota de introducción. Pensé en cambiarle el título: *Yo besé a Gena Rowlands* todavía me gustaba, de hecho así me gustaría que fuera publicado, pero el capítulo dedicado a ese beso que al pasar le di a Gena Rowlands quedó olvidado en alguna de las versiones anteriores que terminaron en la papelera.

La culpa la tiene un bodrio llamado *The Mighty*. Al diario donde trabajaba llegó una invitación al festival de cine de Berlín; ninguno de los periodistas podía ir, y me mandaron a mí. Conocí a Marlee Matlin. Me saqué fotos con los hermanos Weinstein. Y en un pasillo del hotel, de regreso de ver tres películas sin almuerzo ni comida, me encontré con Gena Rowlands.

Gena Rowlands iba acompañada de su hijo y llevaba un vestido rojo. Borracho de cansancio, me acerqué a decirle que era un periodista chileno, que como todo cinéfilo amaba su carrera y que *Una mujer bajo la influencia* era una de mis películas favoritas de la historia del cine; Gena Rowlands me preguntó si había visto *The Mighty* y entonces reaccioné. Le mentí. Le dije que sí, que era una gran película de superación y esfuerzo, un subgénero que últimamente los directores parecían haber olvidado. Su hijo la miró sonriente, Gena Rowlands me tomó la mano y me dio las gracias, emocionada; la abracé con cuidado, no quería asustarla. Fue entonces cuando *Yo besé a Gena Rowlands*.

Ordené la habitación del Hyatt según las instrucciones que me habían dado: el trago, el hielo, las drogas, las pastillas. Me di una ducha. Me quité la ropa; pensé que tal vez debería haber ido un par de horas al gimnasio antes de morir. Sonó el teléfono. Era Josh Kincaid. Habló en inglés y en clave. Me preguntó cómo estaba, si necesitaba algo, lo que fuera; le dije que quería que todo pasara pronto. Kincaid me advirtió que si no estaba convencido de hacerlo todavía era tiempo de detener el procedimiento y olvidarnos de todo, pero también me recordó que había millones de libros en juego y que el recurso no significaba delito alguno. Que muchos autores habían utilizado herramientas similares y que en el caso de esta obra se justificaba completamente.

—*We love you, Baltazar.*

No supe si decirle «*We love you too, Josh*». No lo hice.

Me metí en la cama y esperé; solo esperé. Cerré los ojos. Los abrí una sola vez más y fue para vigilar por última vez lo único que realmente me importaba. El sobre de papel marrón estaba en su lugar.

El avión aterriza en el Aeropuerto Internacional Mataveri, de Isla de Pascua.

David es el primero en bajar, lo hace rápidamente y abrumado por la situación; no quiere toparse con Mónica, al menos no sin antes ordenar sus pensamientos.

Aún no está seguro de lo que ha leído. ¿Era genuina la confesión de Baltazar en el último episodio? ¿De verdad había planeado un final sorpresivo que imitaba los más bajos recursos de la peor calaña de novela negra? Para tranquilizarse David piensa que quizás es solo una forma, otra más, otro recurso desesperado para llamar la atención. No sabe cuál es la verdad. Ya ni siquiera está seguro de que exista una, pero el instinto le dice que la única manera de acercarse a las respuestas es siguiendo los pasos de Mónica.

Luego de finalizar la lectura le parece que las memorias tienen algo inconcluso que no le gusta demasiado, un estilo acelerado hacia el final: el defectuoso *coitus interruptus* del que hablaban los críticos enemigos, una característica para nada extraña en casi todos los trabajos de Baltazar, y que personalmente a él nunca le gustó pero que en esta novela, o lo que sea a esas alturas, parece intencional y hasta malvado; no hacia los personajes, sino hacia el lector.

Camina por la losa del aeropuerto a paso firme, cruza la entrada y espera sus maletas. El aeropuerto es pequeño. Sigue pensando obsesivamente en *Yo besé a Gena Rowlands*. Se siente acelerado; ha experimentado sensaciones parecidas después de leer las anteriores obras de Baltazar, en especial su favorita, *Todos juntos a la cama*. Piensa que es algo parecido a la excitación sexual, una calentura, una urgencia, una desazón no necesariamente grata. Busca cómo deshacerse de los efectos de la lectura cuando ve que Mónica baja del avión junto a los demás pasajeros, avanza un poco ansiosa hacia la correa del equipaje; él la vigila, oculto junto a una máquina de café. Espera un momento. Mónica permanece inmóvil con su celular en la mano. Los turistas se lanzan sobre el equipaje, Mónica contempla la pantalla del celular y advierte que no tiene señal. Un bus de turismo se detiene en la puerta del aeropuerto, se baja un grupo de hombres en taparrabos; suena música pascuense a todo volumen, David se estremece. Mónica gira para observar al grupo de pascuenses que se acerca a un chárter de ancianos, miembros del *tour* Rapa Nui Technicolor, y entonces sus ojos recorren las instalaciones del humilde aeropuerto para detenerse bruscamente en la máquina de café que a David le sirve de protección. Lo distingue entre turistas, locales, músicos y trabajadores aeroportuarios; la música retumba en el pequeño aeropuerto. La correa del equipaje comienza a moverse: Mónica reacciona, vigila las maletas, busca refugio en su celular. David finge no haberla visto, observa la portada de una revista olvidada. Mónica vigila atentamente las primeras maletas que empiezan a aparecer desde la bodega. No se quita los anteojos para buscar la suya. Solo lo hace unos minutos después, cuando David la intercepta. Sus maletas aún no aparecen.

Ella trata de decirle algo; está a punto de hacerlo, casi lo logra pero de pronto se interrumpe. Quiere escapar.

—Espera, Mónica —la detiene David—. Dime dónde está.

—¿Dónde está? —pregunta ella—. ¿Dónde está quién?

—Ya terminé de leer —le advierte él.

—Tú... no deberías estar aquí —le recuerda ella.

Mónica ha coordinado el envío del resto de su equipaje a través de un servicio privado: anota su dirección en un papel y luego se lo entrega a un encargado porque no quiere que David la escuche. Lo mira por última vez y luego desaparece.

—Vuelve a Santiago y luego a Nueva York —le pide—. Por favor.

David vigila simultáneamente la correa transportadora del equipaje y la salida del aeropuerto. Mónica cruza y detiene un taxi, David piensa que puede volver por su maleta más tarde. Sale corriendo, sube al primer taxi que encuentra; el chofer le pregunta adónde va. David le pide que siga al taxi que acaba de partir. El chofer gira para mirarlo con cara de pocos amigos: le pregunta si está metido en problemas. David no le responde porque, la verdad, aún no está seguro de si está metido en problemas o no.

El taxi donde viaja Mónica cruza la isla entera hacia el sector de la playa de Ovahe, cerca de Anakena. Antes de llegar a la costa, el auto toma un camino secundario perdido entre los árboles. El chofer le explica a David que el camino se acaba unos kilómetros más adelante, el terreno que sigue es parte de una reserva y no se puede ingresar en auto, solo a pie o a caballo. David le pide que se detenga antes de llegar al final del camino.

El camino se termina y comienza un sendero; Mónica se baja del taxi y camina por él en línea recta. Oculto bajo un árbol, estacionado a una distancia prudente, David le pide al chofer que vuelva a buscarlo en dos horas. Tiene que regresar al aeropuerto a buscar su equipaje. El chofer acepta. David paga y se despiden.

David baja el sendero, siguiendo de cerca los pasos de Mónica. Luego de diez minutos de caminata en descenso hacia la costa, el sendero se divide en dos: David escoge el de la izquierda. Avanza con dificultad por una ladera y no tarda en descubrir que esa alternativa termina abruptamente en una quebrada. David retoma sus pasos, agotado. Vuelve a la bifurcación, esta vez toma el camino de la derecha. Un bosque se eleva junto al sendero, que serpentea cerro arriba por el lado de la costa. Los pájaros cruzan del bosque al mar y a David le parece extraño ver campo y océano al mismo tiempo. Camina sin detenerse a descansar. No puede parar hasta no llegar al final del sendero.

Al final solo se ve una reja de madera y una pequeña cabaña. David busca entre los árboles un lugar donde esconderse.

La puerta de la cabaña está cerrada.

David se sienta en el suelo; trata de recobrar el aliento. En la cabaña no se ve ni se escucha ningún movimiento. Pasan varias horas, al menos tres. David no se mueve. Se pregunta qué puede hacer si nadie entra o sale hasta el día siguiente. Podría volver al aeropuerto, adelantar su *ticket* de regreso y volver a Nueva York sin haber encontrado una solución al misterio. Quizás eso sería lo más sano, piensa. O también podría morir de hambre esperando a que algo ocurra.

Está sediento. Son las dos de la tarde y no ha comido ni bebido nada hace por lo menos doce horas. Sin pensarlo decide moverse de su escondite.

Avanza a paso seguro hacia la cabaña, trata de no hacer ruido. Se detiene antes de los peldaños que llevan a la entrada de la propiedad. Del interior no se escucha nada, ni voces ni música ni pasos. David mira a su alrededor: los pájaros vuelan echando carrera entre el bosque y el rompeolas que se forma en el roquerío. Sube los tres peldaños aparentando seguridad y entereza, pero cuando está en el segundo debe cambiar de planes; se oyen pasos y una voz conocida. En un instante la puerta se abre. Mónica aparece con una bandeja. David salta hacia un rincón de la terraza y alcanza a ocultarse. Mónica desciende los peldaños de la escalera y se acerca a una mesa. Con una sonrisa en los labios prepara dos lugares con cubiertos, copas para el vino, plato principal y de pan; David la observa atentamente. Mónica termina de poner la mesa y gira para regresar a la cabaña. Alguien aparece desde el interior. David oye los pasos sobre la terraza primero, y luego bajando los peldaños. Los pies son de hombre, van descalzos. David se asoma levemente. El hombre va con unos pantalones grises y una camiseta blanca.

Es Baltazar.

Mónica lo besa en la mejilla mientras termina de poner la mesa. David se arrastra para acercarse un poco más. Baltazar toma a Mónica entre los brazos: lo hace espontáneamente, casi riendo, como si fuera otro Baltazar. Uno que David no conoce. Uno que nunca pudo ver. Baltazar la aprieta contra su cuerpo, ella lanza una carcajada y está a punto de dejar caer la bandeja donde están los trozos de atún y la salsa de wasabi. David se asoma del escondite, Baltazar y Mónica no dejan de reír. De un segundo a otro los ojos de Baltazar se congelan: su mirada se cruza con la de David, que lo mira fijamente de pie junto a la escalera.

Ya lo ha visto. No hay nada que perder. No va a volver atrás. Camina hacia la puerta de la cabaña; siente que el corazón le late con fuerza, que sus venas están a punto de estallar, que su rabia es enorme y su deseo de venganza inconmensurable, más grande que el amor que sentía.

En cuatro o cinco grandes trancos alcanza a Baltazar; sin perderlo de vista se detiene frente a él. David tiene los ojos rojos y humedecidos por el cambio de hora y la presurización de la cabina del avión, sin contar el funeral y todo lo que tuvo que hacer para soportarlo. Baltazar, en cambio, se ve muy descansado, como si hubiera rejuvenecido después de la muerte.

David piensa que debería golpearlo o exigirle una explicación. No lo hace. Él tampoco hace ningún esfuerzo por dar razones o justificarse, como si tuviera la certeza de que en su obra póstuma está la clave. Todo lo que diga está de más.

Mónica se encoge de hombros. Intenta acercarse, pero Baltazar la interrumpe.

—¿Nos dejas solos un momento, por favor? —le pide.

Ella se devuelve hacia la cabaña con el atún servido; mira a David moviendo la cabeza, molesta.

Baltazar se acerca.

—¿Estás bien?

David no puede responder. No tiene voz. La perdió.

Él trata de abrazarlo como si nada hubiera pasado, como si todo hubiera sido una ficción, un ejercicio, un pedazo de historia. Empieza a hablar. David solo escucha retazos, palabras, ideas inconexas; gestos que ya no reconoce, momentos en los que ya no cree. Insiste con la ilusión de este proyecto metaliterario, una verdadera utopía que siempre contó con el apoyo incondicional de More Books, en especial el de Josh Kincaid y la gente de Nueva York, todos esos locos maravillosos, *crazy motherfuckers*, que desde el primer minuto se obsesionaron con este juego. David no lo escucha. Baltazar le pide que lo entienda, él tiene la inteligencia y la sensibilidad artística necesarias para comprender que todo se trata de un proyecto. Le cuenta que jamás quiso mentirle, mucho menos amargarle la vida en vano, pero la relación que tenían hacía tiempo estaba envenenada, los dos eran conscientes de que ya no tenían remedio. Lo habían probado todo para volver atrás, para ser los de antes, para retroceder en el tiempo y amarse como la primera vez, pero nada, absolutamente nada, había dado resultado. David siente que cada palabra es una esquirla y que todas se clavan en el mismo lugar, una y otra vez, imparables, destruyendo carne, músculo, hueso y recuerdos. Muchos recuerdos. Baltazar le dice que la confidencialidad era uno de los detalles más importantes del trabajo. Él trató de incluirlo en la lista de «Los elegidos», los que sí sabrían la verdad del juego, pero Kincaid insistió en que al menos un miembro directo de la familia, en este caso él, su marido, tenía que llevarse la sorpresa: de eso se trataba el proyecto, de sorprenderse ante esa brecha insondable que existe entre ficción y realidad, un tema en el que, le recuerda —él lo sabe bien porque conoce su literatura—, siempre le ha interesado profundizar y cuya huella se advierte en la mayor parte de su obra.

David lo mira con lástima. Él le pregunta si se quedará en la isla. David le dice que no. Baltazar insiste: lo besa en la boca, le toma la mano. Caminan hacia la casa. El cielo brilla; los ojos de Baltazar también. David lo observa mientras avanzan por la escalera de tres peldaños y luego por la terraza hacia la cabaña. Ya casi puede oír a Mónica en la cocina abriendo la botella de Sauvignon Blanc que trajo de Santiago. Baltazar le sonríe y entonces se da cuenta de que esa es la señal que necesitaba. No hacía falta nada más: la sonrisa es la alarma. David aleja su mano de la de Baltazar. No dice nada, ni una sola palabra de despedida. Solo camina de regreso al bosque, luego al sendero y después hacia el camino donde lo espera el chofer en el taxi.

Una hora más tarde está sentado en el aeropuerto, esperando su vuelo.

Doce horas más tarde está cruzando el Pacífico para aterrizar de nuevo en Santiago.

Veinticuatro horas más tarde por fin está en Nueva York.

Un año más tarde descubre que puede comenzar a reír e incluso a hacer chistes con lo que ha pasado. Pero ese mismo día, después del trabajo, cruza frente a una librería del West Village y ve la portada del nuevo libro de Baltazar Durán, *I kissed Gena Rowlands*, y entonces todo vuelve a empezar.

Como un final que se convierte en principio y un principio que no tiene final.

Baltazar Durán
Obra escogida

1988 «Volver a casa: La verdad sobre la Operación Albania»
Crónica. Publicada en la revista *Pluma Negra*, octubre de 2010.

1989 *Los perfectos absolutos*
Nouvelle, Editorial Librería Bellavista. Publicada en la antología *Cuentos para leer sin respirar.*

1991 *Cuando eyaculo*
Novela, Editorial Librería Bellavista. *When I get off*, Editorial More Books.

1993 *Ciencia infección*
Nouvelle, Editorial de Santiago. Premio Mejor Nouvelle 1993, Municipalidad de Santiago, Chile.

1995 *La casa cercana al convento*
Novela, Editorial Librería Bellavista. *The house by the convent*, Editorial More Books.

2000 *Ansiedad*
Novela, Editorial Librería Bellavista. *Anxiety*, Editorial More Books.

2006 *Todos juntos a la cama*
Novela, Editorial Librería Bellavista. *Together in bed*, Editorial More Books.

2007   *Las memorias del caracol*
       Novela. *Memoirs of a snail,* Editorial More Books.

2009   *Devoradora de almas*
       Novela gráfica. *I eat your soul,* Editorial More Books.

2010   *Chaquetas amarillas*
       Novela. *Yellow jackets,* Editorial More Books.

2012   *A nadie le falta Dios*
       Nouvelle. God is there for everyone, Shock Publishing.

2014   *Yo besé a Gena Rowlands*
       Autobiografía, no publicada. *I kissed Gena Rowlands* (título no definitivo).

Índice de títulos